Von Hedwig Courths-Mahler sind bei Bastei Lübbe Taschenbücher u. a. lieferbar:

15096 Feenhände/Sein Kind
15131 Rote Rosen/Der Scheingemahl
15165 Durch Liebe erlöst

Über die Autorin:

Hedwig Courths-Mahler, geboren am 18.2.1867 und gestorben am 26.11.1950, Tochter einer Tagelöhnerin, besuchte nur vier Jahre die Volksschule, arbeitete als Dienstmädchen und Verkäuferin in Leipzig. Mit einundzwanzig Jahren heiratete sie. Der große Durchbruch als Schriftstellerin gelang ihr im Jahre 1905 mit dem Roman »Der Scheingemahl«. Zeitlebens schrieb sie 208 Romane und wurde zu einer der meistgelesenen deutschen Autorinnen.

Hedwig Courths-Mahler

Die Inselprinzessin

Die Aßmanns

ZWEI ROMANE IN EINEM BAND

BASTEI LÜBBE TASCHENBUCH
Band 15616

1. Auflage: Januar 2007

Bastei Lübbe Taschenbücher in der Verlagsgruppe Lübbe

© 2007 by Verlagsgruppe Lübbe GmbH & Co. KG, Bergisch Gladbach
Umschlaggestaltung: Bianca Sebastian
Satz: hanseatenSatz-bremen, Bremen
Druck und Verarbeitung: Ebner & Spiegel, Ulm
Printed in Germany
ISBN-13: 978-3-404-15616-0

Sie finden uns im Internet unter
www.luebbe.de

Der Preis dieses Bandes versteht sich einschließlich
der gesetzlichen Mehrwertsteuer.

Die Inselprinzessin

I

Gedankenvoll starrte Peter Hagenau durch das Fenster, weit über das Inselland hinweg auf das leicht bewegte Meer. Er sah nicht die üppige Tropenvegetation, die sein Haus umgab, sah nichts von der blühenden Pracht und der glutenden Farbensymphonie, die ihn sonst so sehr entzückte. Es wurde ihm nichts bewußt von seiner Umgebung. Er dachte nur an das, was in dem Brief stand, den er in der Hand hielt und der ihn aufgerüttelt hatte aus der Stille seines zurückgezogenen Lebens, das er nun schon reichlich ein Jahrzehnt auf dieser Insel führte, die südlich zwischen den Sundainseln Sumba und Timor lag und über die er wie ein Fürst Herr geworden war.

Lange saß er so, ohne sich zu rühren. Endlich atmete er auf und hob die Hand mit dem Brief. Es war eine schön gebildete, kraftvolle Männerhand, ebenso tief gebräunt wie sein charakteristisches, energisches Gesicht. Bedachtsam, Wort für Wort las er nun noch einmal den Brief durch. Er lautete:

»Mein lieber Peter!
Seit ich Deinen letzten Brief erhalten habe, der mir einmal so besonders ausführlich über Euer Leben auf Subraja berichtete, bin ich in unruhevolles Sinnen geraten. Mehr als bisher sorge ich mich um Dein Kind. Das Leben und Treiben auf Eurer einsamen Insel mag sehr interessant sein, aber ich möchte es um keinen Preis mit Euch teilen, diese Einsamkeit ertrüge ich nicht. Und nun muß ich immer daran denken, daß Deine junge Tochter dies Leben mit Dir teilt. Für einen Mann wie Du, der nach einer schlimmen Enttäuschung dieses Leben freiwillig gewählt hat, mag das an-

gehen, aber nicht für ein junges Wesen, das dem Leben gehört.
Ihr Männer seid eher für ein solches Abenteurerleben geschaffen. Aber doch Deine Tochter nicht, mein lieber Peter! Ich sehe sie im Geiste, wie sie auf halbwilden Pferden oder sonstigen phantastischen Reittieren durch das wilde Berggelände Deiner Insel oder mitten durch den Urwald reitet. Du schreibst mir, sie kenne keine anderen Kleider als Reithosen und Hemdblusen, dazu einen breitrandigen Hut, der keiner Mode unterworfen ist. Und sie durchstreift die ganze Insel entweder allein oder in Gesellschaft ihrer eingeborenen Diener. Umgeben von solchem Gefolge sehe ich das fast siebzehnjährige Mädchen, das bei uns schon als junge Dame gelten würde, den gewagtesten Situationen ausgesetzt. Nein, mein lieber Peter, das geht so nicht weiter!
Wenn du Lia nicht fortgeben willst in ein Pensionat, so sorge dafür, daß sie eine Erzieherin bekommt. Ich will gern versuchen, zu diesem Zweck eine junge, tatkräftige und lebensfrische Persönlichkeit, der es nicht an Takt und Verständnis fehlt, zu engagieren. Ich wüßte schon eine, die sich hervorragend dafür eignete. Es ist die Tochter von lieben Freunden von mir. Ihre Eltern sind kurz hintereinander vor Jahresfrist gestorben. Sie heißt Milde Volkner, ist 24 Jahre alt und momentan – da sie ihre Eltern in sehr bedrängter Lage zurückgelassen haben – Lehrerin an einer Privatschule. Sie gibt dort Sprachunterricht. In der Enge des Schulwesens fühlt sie sich nicht sehr wohl, denn sie ist ein sehr großherziger und impulsiver Mensch.
Soweit ich sie kenne, würde sie mit Freuden zugreifen, wenn sich ihr eine Gelegenheit bieten würde, in die Welt hinauszugehen. Sie würde Deinem wilden Füllen, mit liebevollem Verständnis für seine Eigenart, schmerzlos die nötigen Kulturbegriffe beibringen. Keinesfalls würde sie dabei Lia etwas von ihrer frischen Natürlichkeit nehmen oder sonst einen unerwünschten Einfluß auf sie ausüben.

Ich habe noch nicht mit ihr darüber gesprochen, werde es auch nicht tun, bevor ich nicht Deine Antwort habe. Auf eine gute Bezahlung kommt es Dir ja nicht an bei Deinem Reichtum. Auch die Reisekosten müßtest Du natürlich tragen. Ich habe Dir auf alle Fälle, ohne daß sie es weiß, eine Fotografie von ihr beigelegt, damit Du Dir klarwerden kannst, ob ihr Äußeres Dir und Lia sympathisch sein würde. Daß sie durch ihr Wesen Eure Sympathie gewinnen würde, erscheint mir zweifellos.

Also überlege Dir alles reiflich und sei mir nicht böse wegen meiner Offenheit.

Und nun zum Schluß noch etwas, das ich bis zuletzt aufgehoben habe, weil ich mich ein wenig fürchte, an die Wunde zu rühren, die wohl immer noch in Deinem Herzen brennt. Du mußt es aber wissen. Lias Mutter ist vor wenigen Tagen gestorben. Bei einer Autotour kam sie mit ihrem Gatten zusammen ums Leben.

Sie sind nun beide tot, die Dein Leben vergiftet haben, Dich in die Welt hinaustrieben. Suche ihnen zu verzeihen. Ich will Dir auch jetzt mitteilen, daß Lias Mutter zuweilen bei mir war und sich nach Deinem und Deiner Tochter Ergehen erkundigte. Wenn sie vielleicht auch keine Frau von tiefem Gefühl war, das Muttergefühl läßt sich in einer Frau doch nicht so leicht ersticken. Als sie zwei Tage vor ihrem Tod bei mir war und ich ihr sagen konnte, daß ein Brief von Dir gekommen und daß Lia gesund und wohl sei, sah ich, daß sie feuchte Augen hatte. Das will ich Dir nicht verschweigen. Es soll Dich ein wenig versöhnen.

Lia wirst Du ja nichts zu sagen brauchen von dem Tod ihrer Mutter, denn für sie lebte sie ja längst nicht mehr. Übrigens ist es für Lias Mutter vielleicht ganz gut gewesen, daß sie jetzt gestorben ist. Gleich nach ihrem und ihres Mannes Tod tauchte das Gerücht auf, daß die Firma Sanders ruiniert sei. Es soll ein sehr schlimmer Bankrott sein. Man sagt, daß

Hans Sanders mit Absicht das Autounglück herbeigeführt habe, um seinem Leben und dem seiner Frau ein Ende zu machen.

Wie dem auch sei, mein lieber Peter, Du bist gerächt. Begrabe Deinen Groll. Und vielleicht kehrst Du in die Heimat zurück, wenigstens für einige Zeit, wo Du weißt, daß diese beiden Menschen nicht mehr am Leben sind. Und nun laß bald wieder von Dir hören und beherzige meinen Rat, er kommt aus einem treuen, ehrlichen Herzen. Denn Du bist mir lieb gewesen wie ein eigenes Kind, zumal mir Gott eigene Kinder versagte. Alle Liebe, die einst Deinem Vater, meinem unvergeßlichen Bruder, galt, habe ich auf Dich vererbt.

Küsse Dein liebes Kind, das meinem Herzen teuer ist. Ich sehne mich danach, es kennenzulernen. Mit vielen herzlichen Grüßen

Deine Tante Herta

Kaum hatte Peter Hagenau diesen Brief zu Ende gelesen, als von draußen der helle Jauchzer einer frischen Mädchenstimme erklang. Er richtete sich hastig aus seiner Versunkenheit auf und trat an das Fenster. Auf dem großen vor dem Hause befindlichen Rasenplatz, der mit Blumenrabatten geschmückt war, hielt auf einem der kleinen, zähen Pferde, die Peter Hagenau auf die Insel gebracht hatte, eine jugendliche Reiterin. Man hätte sie für einen Knaben halten können, denn sie trug bauschige, an den Knien fest anliegende Khaki-Reithosen, eine luftige Hemdbluse und einen breiten, das Gesicht beschattenden Tropenhut, der unter dem Kinn festgeschnallt war. Das war Lia Hagenau, die einzige Tochter des Besitzers von Subraja.

Mit leuchtenden grauen Augen, die hell aus dem jungen Gesicht leuchteten, das leicht gebräunt war, sah sie zum Vater empor.

»Melde mich zur Stelle, Vati!«

Er sah mit einem sinnenden Blick zu ihr hin, und ein leiser Seufzer hob seine Brust. »Wo warst du, Lia?«

Sie sah ihn erstaunt an. »Das weißt du doch, Vati! Drüben im Kambong, bei den Leuten, die Nadinas und Karitas' Hochzeit feiern. Hast du das vergessen über deinen Büchern?«

Er strich sich das dichte braune Haar aus der Stirn. Es hatte nur an den Schläfen einen leichten grauen Schimmer.

»Richtig, du warst bei der Hochzeit Nadinas! Das hatte ich wirklich vergessen!«

Inzwischen war ein alter eingeborener Diener herbeigekommen – wohl der einzige, der nicht bei der Hochzeit im Dorf der Eingeborenen war. Lia sprang vom Pferd und warf ihm die Zügel zu. Dann stürmte sie mit großen Sätzen die Verandastufen empor, setzte mit einem eleganten, mühelosen Satz über einen im Wege stehenden Sessel hinweg und schwang sich über die Fensterbrüstung in das Zimmer hinein.

»Vati, was ist mit dir? Du siehst so seltsam aus – ganz bleich! Und deine Augen blicken so trübe – fast als ob du geweint hättest!«

»Aber Lia, ein Mann darf doch nicht weinen«, suchte er zu scherzen.

Sie atmete auf. »Ich habe dich auch noch nie weinen sehen. Aber deine Augen haben einen so feuchten Schein.«

»Es ist nichts, Kind.«

Damit zog er sie an sich, und das Herz tat ihm wieder einmal bitter weh, weil sein Kind keine Mutter hatte. Jetzt war ihre Mutter wirklich tot. Mit einem schmerzlichen Blick sah er auf Lia herab. Aber das sah sie nicht.

»Wenn du es sagst, Vater, dann muß es so sein. Aber ich erschrak, als ich dich sah. Du sahst ganz fremd aus. Und ich kenne doch jeden Zug in deinem Gesicht und weiß, was er bedeutet. Aber heute stimmt etwas nicht. Als ich vor einer Stunde fortging, sahst du anders aus. Und daß du Nadinas Hochzeit vergessen hast, ist auch sonderbar. Du wolltest doch nachkommen. Sie warten alle auf dich, denn du hast versprochen, auf ein Stündchen zu kommen, und was man verspricht, muß man halten. Ich dachte mir schon, daß du es vergessen hattest, und bin hier, um dich zu holen.«

Er zog sie an sich. »Nun ja, Lia, ich vergaß es über einem Brief, den ich in deiner Abwesenheit erhalten habe.«

»Ach, war der Postdampfer hier? Ich habe gar nicht gesehen, daß er angelegt hat.«

»Das Kambong liegt an der anderen Seite der Insel. So konntest du ihn nicht sehen. Er legt ja in Subraja nur an, wenn er Post für uns hat.«

»Und hattest du ärgerliche Post, Vati?«

»Nein, Lia, es war kein Geschäftsbrief diesmal. Aber jetzt wollen wir schnell zum Kambong reiten. Es tut mir leid, daß ich die Zeit versäumte. Nun müssen wir uns eilen, denn die Feier darf nur von drei bis acht Uhr dauern, nach malaiischer Sitte.«

Damit lenkte er Lia ab. Sie ging auch schnell auf das unverfängliche Thema ein:

»Ja, Vati, wir wollen uns sputen! Schade, daß du nicht früher kamst; es war so amüsant, ich habe so viel lachen müssen.«

Peter Hagenau sah mit einem seltsamen Blick in Lias vergnügtes Gesicht, und plötzlich fiel es ihm schwer auf die Seele, daß seine junge Tochter so gar keine Ahnung hatte von den Freuden der Jugend, die heranwachsende junge Damen in Europa genießen.

Lia war in dieser Beziehung sehr anspruchslos. Für sie bedeutete die Hochzeitsfeier einer Dienerin ein amüsantes Ereignis.

»Also du hast dich amüsiert, Lia?« fragte er mit unsicherer Stimme.

Sie nickte lachend. »Es war sehr lustig, Vati! Du hättest nur das Hochzeitsschwein sehen sollen, wie es, festlich geschmückt mit bunten Lappen, herumrannte, ehe Karitas es einfing, um es zu schlachten.«

»Da ist mein Wildfang natürlich mit herumgetollt?«

»Das kannst du dir denken! So einen Spaß erlebt man nicht alle Tage. Es sah so komisch aus, als Karitas das Schwein endlich am Schwanze faßte und ein Stück mit fortgeschleift wurde. Dann wurde das Schwein geschlachtet, und dazu tanzten die Männer und Frauen. Sie sangen auch dazu, aber das klang so traurig. Warum klingen nur alle Gesänge der Eingeborenen so melancholisch?«

»Das liegt im Volkscharakter, Lia; man kann es nicht ergründen.«

»Aber die Pantomimen, die sie dabei aufführen, sind ganz lustig, trotzdem gerade diese sehr feierlich sein sollen. Es ist so sonderbar, wenn ich tanze, dann muß ich dabei lachen und jubeln.«

Er sah sie erstaunt an. »Kannst du denn tanzen, Lia?«

»Aber natürlich, Vati! Ich tue es zuweilen, wenn ich draußen im Freien oder allein im Hause bin.«

Peter Hagenau sah seine Tochter an, als sähe er sie zum ersten Male.

»Aber – wer hat dich denn das Tanzen gelehrt?«

Sie lachte hell auf. »Ach, Vati, das braucht einen doch niemand zu lehren, das kann man doch einfach! Hast du denn vergessen, daß wir auf dem Dampfer, als wir nach Amerika fuhren, oft genug zugesehen haben, wenn die Passagiere tanzten?«

»Das hast du also nicht vergessen?«

Sie schüttelte den Kopf. »Natürlich nicht! Nichts, gar nichts habe ich vergessen, was ich auf dieser meiner ersten Reise erlebt und gesehen habe. Doch nein, meine erste Reise war das ja nicht. Meine erste Reise habe ich mit dir gemacht, als du mit mir von Deutschland nach Subraja gingst. Aber damals war ich noch so klein, daß ich mich gar nicht mehr daran erinnern kann.

Doch unsere Fahrt nach Amerika, die vergesse ich nicht. Das war das größte Ereignis meines Lebens, und was ich auf dem

Dampfer erlebt habe, das war wie ein seltsames Märchen. So viele Menschen beieinander auf einem Schiff – ich hätte kaum geglaubt, daß es so viele Menschen geben könnte. Und alle gaben sich so seltsam, so sonderbar. Über viele mußte ich lachen, weil sie sich so komisch gebärdeten. Und die jungen Damen haben mir sehr leid getan, weil sie sich in den langen, engen Kleidern kaum bewegen konnten, wenn sie auch zuweilen sehr hübsch darin aussahen.«

In ihres Vaters Gesicht zuckte es seltsam. »Möchtest du nicht auch so schöne Kleider tragen, Lia?«

Sie lachte hellauf. »Um Himmels willen nicht, Vati! Was sollte ich mit solchen Kleidern? So angetan, kann man doch weder reiten noch klettern, auch nicht auf die Jagd gehen. Ich wüßte nicht, was ich damit anfangen sollte. Und, weißt du, um solche Kleider tragen zu können, muß man schön sein. Das habe ich damals auf dem Dampfer gemerkt.«

Das klang so überzeugt und unbefangen. Peter Hagenau sah seiner Tochter in das jugendliche, blühende Gesicht. Er wußte, daß sie sich ihrer Reize gar nicht bewußt war, und das freute ihn.

»Und das Tanzen hat dir so gut gefallen, daß du es nachgeahmt hast?« fragte er zögernd.

Sie zuckte harmlos die Achseln. »Ach, weißt du, eigentlich fand ich es gräßlich, weil sich die Menschen beim Tanz so festhielten, immer ein Herr und eine Dame zusammen. Das könnte mir nicht gefallen. Nur die schöne Musik dabei, das war das Beste. Solche Musik, nach der man tanzen kann, die spielst du nie auf unserm Flügel. Dazu sind auch gar keine Noten da. Wenn ich zugleich tanzen und spielen könnte, dann hätte ich dich schon gebeten, mir solche Noten kommen zu lassen. Aber ich habe mir die Melodien gut gemerkt und pfeife sie mir zum Tanz. Das ist sehr vergnüglich, und es macht mich froh, fast so froh, als wenn ich auf meinem Gaul dahinfliege. Aber nun komm endlich, Vati!«

Und sie zog den Vater ungestüm mit sich fort. Draußen stieß sie einen hellen Jauchzer aus. Darauf erschien sofort der alte Diener wieder und brachte die Reitpferde von Vater und Tochter.

»Schnell, Dacus, schnell!« rief sie ihm entgegen.

Und mit einem Satz voltigierte sie über die Verandabrüstung hinweg, hinunter auf den Rasenplatz. Ebenso schnell sprang sie auf das Pferd. Der Vater war ihr fast ebenso schnell gefolgt, und nun ritten sie davon. Erst ging es wohl eine Viertelstunde lang auf glatten Wegen über das Hochplateau, auf dem das große Wohnhaus Peter Hagenaus stand. Hier oben auf den Bergen der Insel war die Luft bedeutend besser als unten in der Niederung. Deshalb hatte er sein Wohnhaus hier erbauen lassen, als er vor zirka zwölf Jahren das ganze Inselgelände von einem Holländer gekauft hatte.

Das Baumaterial heraufzuschaffen, war nicht schwer gewesen. Das Fundament war aus roh behauenen Felsblöcken gebaut. Auf diesem Fundament erhob sich ein langgestrecktes, sehr geräumiges Gebäude, das von allen Seiten von einer breiten Holzveranda umgeben war. Schlanke Holzsäulen trugen das luftige Sonnendach, das sich darüber spannte.

Achtzehn große luftige Zimmer enthielt dies Haus, das nur aus einem Stockwerk bestand. Außerdem lagen in der Mitte noch zwei saalartige Räume, die als Speisezimmer und als Musikzimmer eingerichtet waren. Im Musikzimmer stand sogar ein Flügel, den Peter Hagenau meisterhaft beherrschte. Er entlockte ihm die herrlichsten Melodien, und seine Tochter war seine gelehrige Schülerin. Freilich wurde nur klassische Musik gespielt, hauptsächlich Beethoven und Mozart. Lia war ebenfalls eine sehr gute Spielerin, aber sie saß nicht gern still. Nur wenn der Vater spielte, lauschte sie voll Andacht. Dann wurde auch dieser quecksilberne Wildfang still und ruhig.

Jetzt ritten Vater und Tochter, da sie das Ende des Bergplateaus erreicht hatten, langsamer den breiten Weg hinunter. Noch immer tat sich eine herrliche Aussicht vor ihren Blicken auf. Über die ganze Insel hinweg schweifte der Blick ins Weite. Ringsum breitete sich das Meer wie ein wogender Schutzwall um die Insel. Erst als sie in den üppigen Tropenwald einritten, wurde ihnen dieser Ausblick versperrt.

Fast urwaldartig wucherten Bäume und Pflanzen rings um sie her. Bananen und Betelnüsse wuchsen hier in Menge. Die mächtigen Waringibäume breiteten lorbeerartige Blätterdächer weit aus und überwölbten die schlanken Silberstämme der Kanaris. Auf dem Waldboden wucherte ein üppiger Blumenflor in schier märchenhafter Farbenpracht.

Weiter unten ging es durch einen Diattiwald, der für Peter Hagenaus Haus das eichenartige Holz geliefert hatte. Danach kamen sie in einen Wald, der vornehmlich aus Brotfruchtbäumen und Arengapalmen bestand.

Unten aber, in den Niederungen der Insel, wuchsen in weiten Strecken die Guttabäume. Diesen entzogen Peter Hagenaus eingeborene Diener den milchigen Saft – den Kautschuk.

Dieses Produkt seiner Insel hatte ihm ein großes Vermögen eingebracht, ganz abgesehen davon, daß ihm das felsige Gebirge auf der Insel auch Gold und Edelsteinfunde geliefert hatte.

Jedenfalls war Peter Hagenau jetzt ein schwerreicher Mann. Es hatte sich reichlich gelohnt, daß er sein nicht sehr großes Vermögen darangab, um Subraja zu erstehen.

Als Vater und Tochter die Wälder passiert hatten, lag vor ihnen ein ziemlich großer Binnensee, dessen Ufer sich in flachem Sumpfboden verliefen. In diesem Sumpf gedieh die Nipapalme vorzüglich, aber er war doch Peter Hagenaus Schmerzenskind. Er hätte gern dem sonst sehr klaren See – der zu erfrischenden Bädern einlud, die man hier im offenen Meere nicht nehmen konnte, weil sich zuweilen Haifische zeigten – einen Abzug geschaffen, damit das Sumpfland hätte trockengelegt werden können. Denn außer der Nipapalme gedieh in diesen Sümpfen nichts. Und diese Palmenart war ohnedies reichlich genug auf der Insel vertreten.

Peter Hagenau hatte sich schon mit dem Problem beschäftigt, für den See einen regulierbaren Abzugskanal zu bauen, der das überflüssige Wasser nach dem Meer ableiten sollte. Es hätte natürlich eine Schleuse angelegt werden müssen, aber sonst konnte es keine unüberwindlichen Schwierigkeiten geben, um den übervollen See nach dem Meer abzuleiten. Denn der See lag mindestens 30 Meter über dem Meeresspiegel. Peter Hagenau hatte schon daran gedacht, einen tüchtigen Ingenieur nach Subraja kommen zu lassen. Daß es ein deutscher Ingenieur sein müsse, stand für ihn fest. Als er jetzt mit Lia um den See herumritt, sagte er aufatmend: »Es wird höchste Zeit, daß hier etwas geschieht, der Sumpf dehnt sich immer mehr aus.«

Lia nickte verständnisvoll. So wenig sie von gesellschaftlicher Bildung verstand, fehlte es ihr nicht an praktischem Wissen. Der Vater war ihr in allen Dingen ein guter Lehrer gewesen. Er besprach auch oft Geschäfte und Pläne mit ihr, soweit das möglich war. Sie verstand seine Sorgen sehr wohl und sagte ganz verständig: »Du mußt also bald einen Ingenieur kommen lassen.«

»Es wird mir nichts anderes übrigbleiben, Lia.«

»Dann wird es freilich mit unserem behaglichen Frieden für ein Weilchen vorbei sein, denn der Ingenieur müßte doch wohl in unserem Hause wohnen. Im Kambong, bei den Eingeborenen, können wir einen Europäer nicht wohnen lassen.«

Forschend sah er sie an. »Sind dir der Frieden und die Einsamkeit unseres Heims wirklich so behaglich, daß du sie nicht gestört sehen möchtest?«

Mit einem Erstaunen, das die ganze Harmlosigkeit ihres Empfindens verriet, sah sie ihn an. »Aber Vater, wie sonderbar du fragst! Das ist doch selbstverständlich!«

Er seufzte auf. Seine Gedanken beschäftigten sich unablässig mit dem Brief seiner Tante. Er konnte sich ihren Vorhaltungen nicht verschließen. Aber er fürchtete sich, seine stille, ihm liebgewordene Zurückgezogenheit aufzugeben. Noch weniger mochte er sich freilich mit dem Gedanken vertraut machen, seine Tochter in ein Pensionat zu geben. Er hing mit allen Fasern seines Herzens an seiner Tochter und schob vor allen Dingen den Gedanken deshalb weit von sich, weil er sich sagte, daß Lia in ihrer unverdorbenen Reinheit in einem Pensionat nur unvorteilhaft beeinflußt werden könne.

Er war ein durch den Betrug seiner Frau und seines Freundes verbitterter und verdüsterter Mann, der mit seinem Kind in die Einsamkeit dieser Insel geflohen war, als er sich hatte von seiner Frau scheiden lassen müssen. Ihm wäre es das liebste gewesen, wenn er mit Lia für alle Zeit allein auf Subraja hätte bleiben können.

Aber nun hatte ihm seine Tante in ihrem Schreiben klargemacht, wie egoistisch er im Grunde gewesen war. Er würde ein Unrecht an seiner Tochter begehen, ließe er sie noch länger in dieser Weise aufwachsen. Er hatte Lia in eine Situation hineingedrängt, die für ein junges, lebensprühendes Geschöpf unnatürlich war. Und das beschwerte sein Herz.

Er mußte sich gewaltsam zusammenreißen, um Lia nicht merken zu lassen, was in ihm vorging. Vorläufig war er noch nicht imstande, Entschlüsse zu fassen oder mit ihr darüber zu sprechen. Er mußte erst selbst mit sich ins klare kommen. Und so sagte er mit angenommener Ruhe:

»Ach ja, Lia, wir müssen wohl in den sauren Apfel beißen und uns an den Gedanken gewöhnen, nicht mehr allein bleiben zu können.«

Lia lachte sorglos. »Nimm es nur nicht zu schwer, Vati! Wir wollen uns darüber keine grauen Haare wachsen lassen. Der Abzugskanal muß nun einmal gebaut werden, und ewig wird es ja nicht dauern. Und wenn er fertig ist, dann reist der Ingenieur ab, und wir sind wieder allein. Du solltest nicht länger zögern. Der See steigt immer höher, und schließlich bekommen wir eine Überschwemmung, die auch das Kambong gefährden kann.«

Ihr Vater nickte ihr zu. Sein Gesicht hatte einen besonders ernsten Ausdruck. Lia schob das auf Sorgen, die er sich des Sees wegen machte.

Er sah von der Seite in ihr blühendes Gesicht, das sehr reizvolle Züge hatte.

Wie gut, daß sie ihrer Mutter so gar nicht glich.

Ihre Mutter!

Wie ein Krampf zog es seine Brust zusammen. Lias Mutter war tot – und die Nachricht von ihrem Tod hatte noch einmal alles Leid wachgerüttelt, das er um sie getragen hatte. Er hatte sie namenlos geliebt und so fest an ihre Liebe geglaubt wie an die Treue seines Freundes, Hans Sanders. So lange, bis er eines Tages, bei einer unerwarteten Heimkehr, seine Frau in den Armen seines Freundes fand.

Er hatte sich scheiden lassen. Mit dem Freund hatte er ein Duell gehabt, wobei diesem der rechte Arm durchschossen wurde. Wie eine sinnlose Komödie hatte das auf Peter Hagenau gewirkt. Dadurch konnte sein zerstörtes Glück nicht wieder aufgerichtet werden. Verbittert und mit sich selbst und der Welt zerfallen, hatte er Deutschland verlassen und war nach Java gegangen. Durch Zufall lernte er den damaligen Besitzer von Subraja kennen, der ihm die Insel zum Kauf anbot. Rasch entschlossen hatte er zugegriffen. Gerade die einsame Lage dieser Insel hatte ihn gelockt. Er war so ganz mit sich und der Welt zerfallen, daß er keine Menschen mehr sehen wollte. Sein ganzes Vermögen hatte er darangegeben, um Subraja kaufen zu können. Heute hatte sich sein Vermögen mehr als verzehnfacht, und die Insel gehörte ihm mit all ihren Schätzen.

Und die, deren Falschheit und Treulosigkeit ihn hinausgetrieben hatten, waren nun nach Jahren doch von der rächenden Nemesis erreicht worden. Sie hatten einen tragischen Tod gefunden. Auch wenn das nicht geschehen wäre, hätte sie das Schicksal erreicht, denn Hans Sanders war ruiniert. Er hätte mit seiner Frau in Armut leben müssen. Das wäre ihnen noch schwerer gefallen als ein schneller Tod. Deshalb waren sie wohl lieber aus dem Leben geschieden.

Ahnungslos ritt Lia an seiner Seite. Sie hatte nicht einmal gewußt, daß ihre Mutter noch am Leben gewesen war. Schon als zartes Kind hatte sie viel mehr an dem Vater gehangen als an der Mutter. Und als man ihr damals gesagt hatte, die Mutter sei gestorben, hatte sie wohl im unverstandenen Schmerz geweint, aber über den neuen Eindrücken bald alles vergessen.

Sie sollte die Wahrheit auch nicht erfahren, sollte niemals wissen, daß die Mutter eine Treulose war, die Gatten und Kind leichten Herzens verraten hatte.

Ein tiefer Atemzug, der fast wie ein Stöhnen klang, drang über seine Lippen. Zum Glück hörte es Lia nicht, denn jetzt kam das Kambong in Sicht, und schon von weitem hörte man Gesang und Geschrei. Die Hochzeitsfeier war in vollem Gang.

Das Kambong wurde von zirka 300 verheirateten Männern bewohnt, außer den Frauen, Kindern, Jünglingen und Mädchen. Es waren friedliebende Malaien, aber die ihnen angeborene Trägheit war so groß, daß sie alles mögliche versuchten, um sich von einer Arbeit zu befreien.

Das Paar, das heute Hochzeit hielt, war in Peter Hagenaus Haus angestellt. Nadina, die Braut, war Lias persönliche Dienerin, eine Art Kammerzofe, soweit Lia einer solchen bedurfte. Und Karitas, der Bräutigam, servierte die Mahlzeiten. Um Hochzeit halten zu können, mußte das Brautpaar einige Tage vor der Hochzeit in dem heimischen Kambong verbringen, damit die Feier nach den religiösen Sitten abgehalten werden konnte. Peter Hagenau hatte dem Hochzeiter ein Schwein zum Hochzeitsschmaus gestiftet und dazu eine Anzahl Hühner und den nötigen Palmwein.

Karitas war sehr stolz, denn er konnte nun auf diese Weise eine sehr schöne Hochzeitsfeier abhalten. Und die junge Braut hatte einen neuen bunten Sarong zum Geschenk erhalten und eine hübsche Kabaja. Sie war ebenso stolz wie der Bräutigam und wurde von den anderen Mädchen sehr beneidet.

Peter Hagenau und Lia mußten sich bei dem Brautpaar niederlassen und sich an den Resten des Schmauses beteiligen, was allerdings nur der Form halber geschah. Denn das Fleisch des frisch geschlachteten Schweines war zäh und trocken, und die Reiskörner nicht minder. Lia langte nur bei den ebenfalls gereichten Durianfrüchten zu, und ihr Vater nahm eine Banane und einen Schluck Palmwein.

Dann verteilte er an die Festteilnehmer glückbringende Amulette, die aus mit Zaubersprüchen versehenen Holzblättchen in bunten Farben bestanden. Er hatte sie in großen Mengen von seinem letzten Besuch in Java mitgebracht, damit ihm der Vorrat nicht ausging.

Diese Amulette lösten begeisterten Jubel aus. Die abergläubigen Menschen glaubten fest an deren glückbringende Eigenschaften und hüteten diese Glückszeichen darum wie einen köstlichen Schatz.

Inzwischen war es fast sieben Uhr geworden, und da einige Festteilnehmer bereits dem Palmwein fleißig zugesprochen hatten, zog es der Herr der Insel vor, mit seiner Tochter das Feld zu räumen.

Ihnen folgten einige Diener seines Hauses, die zur Abendmahlzeit aufwarten mußten. Nadina und Karitas, das junge Ehepaar, hatten Urlaub bis zum nächsten Tag. Dann sollten sie ihre Ämter wieder aufnehmen.

II

Es war wenige Tage später. Peter Hagenau war noch zu keinem Entschluß gekommen. Immer wieder hatte er den Brief seiner Tante durchgelesen, und immer wieder hatte er die Fotografie Milde Volkners betrachtet. Irgend etwas in diesem Gesicht zog ihn an. Sie mußte sehr helles, blondes Haar haben. Das verriet selbst die Fotografie. Und große kluge Augen blickten aus dem feinen Gesicht, Augen, die Herzensgüte und eine frohe Lebensbejahung verrieten.

Alles in allem, ein sehr angenehmes, sympathisches Gesicht. Vielleicht war es sogar schön zu nennen.

Jedenfalls suchte sich Peter Hagenau in dieses Gesicht zu vertiefen und sich daran zu gewöhnen, damit er sich damit vertraut machen konnte. Denn so halb und halb war er doch schon entschlossen, die von seiner Tante so warm empfohlene junge Dame nach Subraja zu rufen. Und auch ein Ingenieur mußte nach Subraja kommen. Es war höchste Zeit, daß der Abzugskanal in Angriff genommen wurde, sonst überschwemmte der stetig steigende See noch die ganze Niederung der Insel.

Aufseufzend fuhr Peter Hagenau sich durch das dichte Haar, und sein ernstes, energisches Gesicht, in das tiefes Leid seine charakteristischen Linien gegraben hatte, bekam einen fast hilflosen Ausdruck, denn Peter Hagenau wußte, daß er seine friedliche Einsamkeit aufgeben mußte.

So fand ihn Lia, die eine ganze Weile mit den kleinen Zwergaffen gespielt hatte, die draußen in den Diattibäumen herumturnten. Das blonde Haar, das sie sonst fest geflochten unter ihrem Tropenhut versteckte, hatte sich gelöst und fiel in seiner ganzen gelockten Pracht über den Knabenanzug herab. Sie dehnte sich kraftvoll und warf sich ziemlich unsanft, mit einem hörbaren Krach, in einen Rohrsessel.

»Bist du mit deinen Büchern fertig, Vati?« fragte sie.

Er sah von seinem Schreibtisch, an dem er untätig, in Gedanken versunken, gesessen hatte, zu ihr hin. Mit einem forschenden Blick maß er die graziöse Gestalt, die sich ein wenig ungeniert in dem Sessel räkelte und behaglich ein Bein über das andere schlug und es lustig baumeln ließ.

Zum ersten Male kam es ihm zum Bewußtsein, daß sich unter dem dünnen bastseidenen Blusenhemd weiche, mädchenhafte Formen rundeten, und nervös, wie er durch das lange Nachdenken und den Kampf mit seinem Unbehagen geworden war, sagte er ziemlich hastig: »Kannst du dich nicht etwas gesitteter hinsetzen, Lia?«

Mit einem Ruck richtete sie sich auf und sah ihn mit großen Augen verständnislos an. »Was soll ich, Vati?«

Er ärgerte sich selbst, daß er von seiner Tochter etwas verlangte, was sie gar nicht verstand. Hatte er sie doch bisher wie einen wilden Jungen aufwachsen lassen, ohne Kritik an ihrem Wesen zu üben.

Ärgerlich schob er das Buch beiseite, in das er Eintragungen hatte machen wollen. Dabei warf er das Bild Milde Volkners herunter. Es fiel zu Lias Füßen nieder.

Sie beugte sich nieder und hob es auf. Erstaunt und doch angenehm berührt sah sie in das liebe kluge Mädchengesicht.

»Wer ist das, Vati?«

Er seufzte auf und sah sie unsicher an. »Nun muß es also doch heraus, Lia, diese junge Dame ist deine neue Gesellschafterin.«

Lia schüttelte ein wenig besorgt den Kopf und sah ihn unruhig an. Der Vater schien ihr ganz verändert. »Du warst wohl zu lange draußen in der Sonne, Vati?«

Er lachte ein wenig verlegen und hilflos. »Nein, Lia, ich bin ganz klar und vernünftig, klarer und vernünftiger als je. Diese junge Dame soll wirklich nach Subraja kommen. Du mußt eine junge Gesellschafterin haben, die dich alles lehren soll, was eine junge Dame der zivilisierten Welt wissen muß.«

Lia warf mit einem Ruck ihr Haar über die Schulter zurück und sprang auf. »Warum muß ich denn das wissen, Vati? Ich bin doch erstens keine Dame, sondern ein Kind, und zweitens bin ich keine Dame der zivilisierten Welt.«

»Aber wir wollen doch in den nächsten Jahren nach Deutschland reisen. Du selbst batest mich doch darum, daß wir unseren Erholungsurlaub diesmal in Deutschland verbringen wollen.«

»Nun ja, Vati, darauf freue ich mich schon lange. Ich möchte deine und meine Heimat kennenlernen. Aber weshalb muß ich denn da erst lernen, was die zivilisierten Damen wissen müssen? Ich reise ja doch wieder in meinen Knabenkleidern.«

Aufseufzend sah er sie an. »Das wird diesmal nicht mehr gehen, Kind.«

»Aber warum nicht? Davon hast du noch nie gesprochen.«

»Weil ich, offen gestanden, selbst noch nicht darüber nachgedacht habe. Aber vor wenigen Tagen habe ich von Tante Herta einen Brief bekommen. Sie hat mir klargemacht, daß es nicht so weitergeht, daß du noch immer wie eine kleine Wilde hier aufwächst. Wenn du mit mir nach Deutschland reist, mußt du unbedingt wie eine gesittete junge Dame auftreten, und dazu fehlt dir noch mancherlei. Zum Beispiel ist es ganz unmöglich, daß du dich so in einen Sessel wirfst und mit den Beinen baumelst. Das geht weder in Deutschland noch sonst irgendwo in der zivilisierten Welt.«

Sie sah ihn betreten an. »Das habe ich nicht gewußt. Ist denn das ein Unrecht? Es ist doch sehr bequem, zumal wenn man müde ist.«

Wieder seufzte er auf. Es wurde ihm immer klarer, wieviel er versäumt hatte. »Ein Unrecht ist es natürlich nicht, aber eine Ungehörigkeit«, sagte er nun etwas mutiger und fester. »Sieh mal, Kind, ich habe eben versäumt, dich so zu erziehen, wie es hätte sein müssen. Ich habe dich zu sehr als Knaben erzogen. Und du bist nun einmal eine junge Dame.«

Lia lachte laut auf. »Ach, Vati, wie ist das drollig! Ich eine junge Dame? So eine wie die auf dem Dampfer, mit den schönen Kleidern?«

»Ja, Lia.«

Sie schüttelte lachend den Kopf. »Ach, Vati, das lerne ich doch nie!«

Er zog sie an der Hand zu sich heran. »Aber Lia, so ein paar lumpige Mätzchen, so ein bißchen Formelkram, das schüttelst du doch aus dem Handgelenk«, scherzte er, um sie zu ermutigen.

Unsicher und betreten sah sie ihn an. »Na, weißt du, Vati, so leicht scheint mir das doch nicht. Mir ist es sehr fraglich, ob ich das je lerne.«

»Mir aber gar nicht!« rief er überzeugt. »Du weißt doch, was man ernstlich will, kann man auch.«

Er war ein stolzer Vater und traute seiner Tochter sehr viel zu.

Lia wickelte nachdenklich ihr schönes Haar um das Handgelenk und lachte dann laut auf. »Ach Vati, ist das eine komische Geschichte! Ist das nun wirklich wahr mit der Gesellschafterin?«

Er nickte nun sehr energisch. »Es ist mein voller Ernst, Lia. Wie gefällt dir denn die Fotografie der jungen Dame?«

Sie nahm das Bild wieder auf und betrachtete es genau.

Die feinen klaren Züge fesselten sie. »Du Vati, sie sieht eigentlich ganz vernünftig aus, so, als ob sie nicht gleich in Ohnmacht fiele, wenn man einmal etwas tut, was nicht ganz richtig ist. Und gute Augen hat sie auch, finde ich. Du nicht auch?«

»Unbedingt! Und Tante Herta ist des Lobes voll. Und sieh mal, da wir ja doch einen Ingenieur herkommen lassen müssen, bleiben wir doch nicht allein. Dann ist es schließlich einerlei, ob noch eine junge Dame herkommt. Man muß nur nicht bange sein, nicht wahr?«

Lia warf sich wieder in den Sessel. »Hm, es ist dann wirklich einerlei. Aber weißt du, ein komischer Gedanke ist es doch. Findest du nicht auch?«

»Ja, Kind, ich habe mich auch erst daran gewöhnen müssen.«

Sie strich ihm sanft über das Haar. »Mein armer Vater, nun mache ich dir auch noch Sorge. Bisher war das nie der Fall, nicht wahr?«

Er zog sie zu sich heran. »Nein, mein liebes Kind, ganz gewiß nicht. Und wenn du vernünftig bist und dich in das Unvermeidliche fügst, dann ist ja diese Sorge auch schon halb behoben. Und was geschehen muß, soll bald geschehen.«

Sie umhalste den Vater. »Also laß die Gesellschafterin nur kommen. Bitte, zeige mir noch einmal ihr Bild.«

Er reichte es ihr, und Lia studierte die Züge Milde Volkners noch einmal sehr aufmerksam. »Eigentlich sieht sie wirklich sehr nett aus, nicht? Wir werden schon mit ihr auskommen. Und schließlich ist dann ja auch noch der Ingenieur da. Wenn wir uns mit den beiden nicht zurechtfinden, können sie miteinander Freundschaft schließen, und wir brauchen uns nicht soviel mit ihnen abzugeben.«

Peter Hagenau war vorläufig zufrieden mit dem, was er erreicht hatte. Alles andere würde sich schon finden.

Wenn diese Milde Volkner wirklich so ein Prachtmensch war, wie Tante Herta sie schilderte, würde sie wohl auch die rechte Art finden, Lia die nötigen Formen beizubringen.

Allzusehr sollte sie ihm sein Naturkind freilich nicht zustutzen. Eine Modepuppe mit verlogenen Mätzchen sollte sie nicht werden. Dafür wollte er schon sorgen. Jedenfalls war ihm nun etwas leichter zumute. Und ohne langes Zögern machte er sich daran, an Tante Herta zu schreiben.

Auch richtete er zugleich ein Schreiben an die Hochschule in Charlottenburg. Dort würde man ihm am ehesten eine geeignete Persönlichkeit ausfindig machen können, die er für seinen Kanalbau benötigte.

Lia war wieder hinausgegangen ins Freie. Sie warf sich in ihre Hängematte, die unter schattenspendenden Diattibäumen angebracht war, und sah hinab auf das azurblaue Meer, das seine trägen Wellen an die Insel heranwälzte. Die Luft war wunderbar klar und rein. Man konnte weit am Horizont, wie einen Wolkenschatten, den Gipfel eines Berges erkennen. Dieser Berg, das wußte Lia, lag viele Meilen weit entfernt auf der Insel Timor. Nur bei sehr klarem Wetter konnte man ihn sehen. Aber heute flogen Lias Gedanken viel weiter als bis zu diesem Berg. Sie flogen nach Deutschland, nach der fernen Heimat, von der ihr der Vater schon oft erzählt hatte. Und plötzlich kam ihr ein Gedanke, der sie sonst nie beschäftigte:

In Deutschland liegt meine Mutter begraben, wenn ich hinkomme, will ich ihr Grab besuchen.

Sie lauschte diesem Gedanken nach wie einer leisen, fernen Melodie. Die Erinnerung an ihre Mutter war nur vage. Die Mutter war ihr nie viel gewesen. Immer hatte sie den Vater am meisten geliebt.

III

Professor Werner von der Hochschule in Charlottenburg wollte nach einem eben absolvierten Kolleg nach dem Garderobezimmer gehen, um Hut und Überrock zu nehmen und heimzugehen. Ehe er die Tür erreichte, kam ihm auf dem langen Korridor ein hochgewachsener junger Mann entgegen. Er verneigte sich artig vor dem Professor und wollte vorübergehen. Der Professor stutzte, erwiderte den Gruß und hielt dann den jungen Mann am Arme fest.

»Sie sind es, Herr Doktor! Warten Sie einen Augenblick. Sie kommen mir wie gerufen. Haben Sie einige Minuten Zeit?«

»Soviel Sie wollen, Herr Professor. Ich habe leider betrüblich viel Zeit, seit ich mit meinem Studium fertig bin.«

»Sie haben also noch keine passende Stelle gefunden, die Ihnen zusagt?«

Rudolf Bergen lachte leicht auf. »Die mir zusagt? Ich glaube, ich würde jetzt unbesehen jede Stellung annehmen, die sich mir bieten würde. Ich muß Geld verdienen, um leben zu können, Herr Professor.«

»Hm! Ich habe schon gehört, daß Ihr Herr Onkel, der Ihr Studium bezahlt hat, nicht mehr am Leben ist.«

»Sie haben recht gehört, Herr Professor, es ist leider Wahrheit.«

»Und liegen die Verhältnisse wirklich so schlimm, daß Ihnen aus seiner Hinterlassenschaft gar nichts geblieben ist?«

Rudolf Bergen machte eine hastige Handbewegung. »Mein Onkel hatte leider nichts mehr zu hinterlassen. Bitte, Herr Professor, lassen Sie uns nicht mehr davon reden – es ist so quälend für mich.«

»Dann natürlich nicht. Also mit einer Stellung wäre Ihnen da besonders gedient?«

»Ich fiebere danach, irgend etwas zu finden, und habe Herrn Professor Röder soeben erklärt, daß ich auch eine Stellung als Straßenkehrer annehmen würde, bis sich mir etwas anderes bietet. Aber ich fürchte, nicht einmal in dieser Branche ist eine Vakanz.«

»Nun, nun! Es wird ja noch etwas anderes geben für einen so tüchtigen Menschen, wie Sie es sind. Vielleicht weiß ich etwas für Sie. Würden Sie ins Ausland gehen?«

»Meinetwegen auf den Mars, wenn es sein muß.«

Der Professor lächelte. »Na, ganz so weit ist es nicht. Aber auf die Sundainseln.«

Rudolf Bergen reckte sich hoch auf. »Sprechen Sie im Ernst, Herr Professor?«

»Aber ja, lieber Herr Doktor. Ich habe heute morgen einen Brief zur Erledigung bekommen und dachte dabei gleich an Sie. Da ist ein Herr Peter Hagenau auf Subraja, der sich an uns gewandt hat.«

»Sie meinen wohl Surabaja auf Java?«

»Nein, nein, Subraja ist, wie mir dieser Herr Hagenau mitteilte, eine auf den gewöhnlichen Landkarten gar nicht angegebene sehr kleine Insel, die südlichste der kleinen Inselgruppe, die südlich von Timor und Sumba liegt. Immerhin muß sie so groß sein wie ein kleines deutsches Fürstentum. Und sie gehört diesem Herrn Hagenau. Dieser schreibt uns, daß sich auf seiner Insel, am Fuße eines Berges, ein Süßwassersee befindet, der etwa 30–40 Meter über dem Meeresspiegel liegt. Er hat, wie Herr Hagenau vermutet, einen unterirdischen Zufluß, aber keinen genügenden Abfluß. Jedenfalls steigt der See unaufhörlich, so daß die Ufer mehr und mehr versumpfen.

Herr Hagenau hat nun die Absicht, einen Abzugskanal mit Schleusenanlage nach dem Meere zu bauen zu lassen, um immer so viel Wasser ablaufen lassen zu können, wie nötig ist, um die versumpften Ufer wieder trockenzulegen und trocken zu halten.

Herr Hagenau bittet uns also, ihm eine geeignete, tüchtige Persönlichkeit zu senden, die diesen Abzugskanal bauen kann. Ich wüßte nun wirklich niemand, der sich besser dazu eignen würde als Sie. Und wenn Sie Lust haben – ich glaube, da könnten Sie ein hübsches Stück Geld verdienen.«

Rudolf Bergens Augen glänzten. »Das wäre ein so unerhörter Glücksfall, daß ich noch gar nicht daran zu glauben wage, Herr Professor. Ich hatte schon immer Lust, ins Ausland zu gehen. Ist Herr Hagenau Holländer?«

»Nein, er ist Deutscher.«

»Und halten Sie die Sache in pekuniärer Hinsicht für sicher, Herr Professor? Auf unsichere Sachen könnte ich mich nicht einlassen.«

»Damit hätte ich mich auch gar nicht befaßt. Nein, nein, die Sache sieht absolut sicher aus. Dieser Herr Hagenau scheint ein sehr reicher Mann zu sein, dem es auf einige tausend Mark nicht ankommt. Er hat seinem Schreiben einen zweiten Brief beigelegt, den wir dem von uns ausgewählten Ingenieur aushändigen sollen.

Dieser Brief war offen und für uns zur Einsicht frei. Er enthält einen Scheck für die Reisekosten 1. Klasse, die meines Erachtens nicht gerade knapp bemessen sind. Außerdem enthält er den bestimmten Auftrag für den fraglichen Ingenieur, alle für den Kanalbau nötigen Maschinen und Werkzeuge in Deutschland einzukaufen und mitzubringen, damit er unverzüglich beginnen kann.

Auf Subraja ist nichts vorhanden als die eingeborenen Arbeiter, die, wenn es nötig ist, durch geschulte Leute von einer benachbarten Insel ergänzt werden können. Eine Karte der Insel Subraja, die Herr Hagenau selbst angefertigt hat, liegt ebenfalls bei. Alle Anschaffungen, die der Ingenieur für nötig findet, sollen sogleich durch die Deutsche Bank bezahlt werden. Ein Konto in hinreichender Höhe ist dafür eröffnet worden.

Ich habe schon feststellen lassen, daß auch diese Angabe stimmt. Also ein pekuniäres Risiko ist ausgeschlossen, und soviel ich bei einer flüchtigen Durchsicht der eingesandten Pläne feststellen konnte, wird der Kanalbau mindestens ein halbes Jahr, vielleicht auch ein ganzes dauern. Die Rückreisekosten sind übrigens auch bei der Bank deponiert.

Also wenn Sie Lust haben, dann liefere ich Ihnen diesen Brief mit allem Material aus, denn ich kenne Sie als eine tüchtige, energische Persönlichkeit, die dieser Aufgabe gewachsen ist. Unverheiratet sind Sie auch. Also, wie steht es?«

Rudolf Bergen atmete tief auf. »Ich greife natürlich mit beiden Händen zu, Herr Professor, und bin Ihnen sehr dankbar, daß Sie an mich gedacht haben.«

»Ich freue mich, wenn ich Ihnen helfen kann! Denken Sie sich die Sache aber nicht zu leicht. Es wird sehr einsam sein auf Subraja, denn Herr Hagenau schreibt, daß außer ihm und seiner Tochter kein Weißer auf der Insel lebt, sondern nur noch Eingeborene.«

Der junge Mann zuckte die Achseln. »Wenn es so ein reicher Mann dort aushält, warum soll es dann ein so armer Schlucker wie ich nicht auch aushalten!«

Der Professor lachte. »Na, und die Malaiinnen sollen ganz hübsche Weiber sein.«

Rudolf Bergen winkte ab. »Das ist Nebensache, Herr Professor. Ich muß mir vor allem eine Existenz gründen. Wie Sie mir die Sache darstellen, ist es sicher, daß ich dabei Geld verdienen kann. Wenn ich nach Erledigung dieser Aufgabe wieder nach Deutschland zurückkehre, kann ich mir in Ruhe etwas anderes suchen. Bis dahin haben sich hoffentlich die Verhältnisse bei uns etwas gebessert.«

»Das wollen wir hoffen! Also kommen Sie mit in mein Zimmer, damit ich Ihnen das Material ausliefere und wir alles Weitere besprechen können.«

Das geschah. Und eine Stunde später verließ Doktor Rudolf

Bergen in hoffnungsvoller Stimmung die Hochschule. Er hatte in seiner Brusttasche den Scheck Peter Hagenaus und den Brief mit allen nötigen Anweisungen.

Unverzüglich begab er sich in seine Wohnung, die nicht weit von der Hochschule gelegen war. Er bewohnte hier jetzt nur ein einziges Zimmer. Ein zweites, das er bis zum Tode seines Onkels bewohnt hatte, war von ihm aufgegeben worden, da er nicht mehr über die nötigen Mittel verfügte, es bezahlen zu können. Seine Wirtin hatte ihm aber das zweite Zimmer kostenlos weiterhin zur Verfügung gestellt, bis sie einen Mieter dafür gefunden haben würde. Hastig legte er seinen Hut und Überrock ab und setzte sich an den Schreibtisch, um sogleich an Peter Hagenau zu schreiben, daß er von Herrn Professor Werner erwählt worden sei, den Kanalbau zu übernehmen, und daß er sofort darangehe, seine Vorbereitungen zu treffen. Er hoffe, in wenigen Wochen damit fertig zu sein, und werde ihm den Termin seiner Abreise rechtzeitig melden. Er hoffe, allen Wünschen seines Auftraggebers gerecht zu werden und alles zu seiner Zufriedenheit zu erledigen.

Rudolf Bergen beförderte den Brief selbst zur Post. Und dann begab er sich zur Bank, um den wirklich sehr beträchtlichen Scheck einzulösen. Darauf suchte er zunächst ein Restaurant auf, um seit Tagen zum erstenmal wieder ein ausgiebiges Mittagsmahl einzunehmen. Denn seit dem Tod seines Onkels war er in eine sehr peinliche Lage geraten und hatte wirklich schon kennengelernt, was Hunger war. In gehobener und hoffnungsfreudiger Stimmung begann er dann sofort seine Vorkehrungen zu treffen, denn er wollte so schnell wie möglich nach Subraja aufbrechen.

Frau Herta Rodeck, die Witwe eines Justizrates, saß in ihrem hübschen, behaglichen Wohnzimmer am Hohenzollerndamm in Berlin und hatte eine feine Handarbeit in den Händen. Sie saß auf dem von ihr bevorzugten Fensterplatz und sah immer wieder erwartungsvoll auf die Straße hinab.

Am Tage vorher hatte sie auf ihren langen Brief an ihren Neffen eine Antwort erhalten, die nicht minder ausführlich war. In diesem Brief hatte ihr Peter Hagenau für ihre gutgemeinten Ratschläge herzlich gedankt und sich ihnen bedingungslos unterworfen. Herzlich hatte er sie gebeten, entweder Fräulein Milde Volkner oder, wenn diese sich weigerte, eine andere vertrauenswürdige junge Dame zu engagieren und sie nach Subraja zu senden. Er sei überzeugt, daß sie die richtige Persönlichkeit ausfindig machen werde.

Auch diesem Brief lag ein Scheck für die Reisekosten bei.

Die Justizrätin hatte noch gestern an ihren Schützling Milde Volkner geschrieben und sie gebeten, am nächsten Tag, gleich nach Schulschluß, zu ihr zu kommen. Sie habe ihr etwas Wichtiges mitzuteilen.

Und nun erwartete die alte Dame voll Ungeduld das junge Mädchen. Sie konnte sich ziemlich genau ausrechnen, wann sie bei ihr eintreffen würde.

Endlich sah sie die junge Dame kommen, und wenige Minuten später klingelte es an der Flurtür. Die alte Dienerin der Justizrätin, die bereits seit langen Jahren in ihren Diensten stand, öffnete und ließ Milde Volkner ohne weiteres eintreten.

»Frau Justizrat wartet schon auf Sie, Fräulein Volkner«, sagte die Dienerin.

Dann stand die junge Dame mit lachendem, erwartungsvollem Gesicht vor der alten Dame.

»Liebe Frau Justizrat, ich bin geflogen, um schnellstens zu Ihnen zu kommen. Die Schulstunden erschienen mir heute doppelt so lang wie sonst. Ich bin so neugierig, was Sie mir zu sagen haben. Ihr liebes Schreiben klang so wichtig«, sagte sie mit ihrer weichen tiefen Stimme.

Die Justizrätin zog sie bei den Händen zu sich heran. »Ich habe sie ebenso ungeduldig erwartet, Kindchen! Kommen Sie, setzen Sie sich zu mir. Dann will ich mit meiner Neuigkeit gleich losschießen, um Sie nicht lange auf die Folter zu spannen. Ich habe nämlich einen langen Brief von meinem Neffen bekommen.«

»Von Subraja? Ah, da bin ich natürlich sehr gespannt. Sie wissen, wie sehr ich mich für alles interessiere, was Ihren Herrn Neffen und seine Tochter, die kleine wilde Inselprinzessin, betrifft.«

»Ja, Kindchen, das weiß ich. Sie haben immer geduldig zugehört, wenn ich Ihnen meine Sorgen über meinen Neffen und sein kleines Mädel anvertraut habe. Ich kann eben nicht damit fertig werden, daß meine Großnichte so wild und ungebunden aufwächst.«

Milde Volkner nickte lächelnd. »Ja, Frau Justizrat, Sie waren so gütig, mich an Ihren Sorgen teilnehmen zu lassen.«

»Nun gut, ich konnte diese Sorge meinem Neffen nicht länger verschweigen. Ich habe ihm einmal ganz energisch ins Gewissen geredet, habe ihm alles gesagt, was ich auf dem Herzen hatte. Und gestern habe ich endlich Antwort auf dieses Schreiben erhalten. Er gibt mir in allen Dingen recht und schreibt sehr lieb und vernünftig. Er sieht ein, daß eine junge Dame nicht länger so aufwachsen kann, wie es seine Tochter tut, und daß das anders werden muß.«

Milde Volkners Augen hatten einen gespannten Blick erhalten. Sie sah hinüber zu einer Fotografie, die auf dem Nähtisch der alten Dame stand. Es war ein Bild Peter Hagenaus, das ihn darstellte, als er vielleicht zwölf Jahre jünger war. Ein strahlendes Leuchten des Glückes hatte damals auf seinem Antlitz gelegen. Ein weicher Ausdruck lag in Mildes Augen, als sie auf diesem Bilde ruhten.

»Haben Sie Ihrem Neffen auch berichtet, daß seine ehemalige Gattin ums Leben gekommen ist?«

»Ja, natürlich, Kind, das mußte ich ihm doch mitteilen.«

Milde sah die alte Dame unruhig forschend an. »Wie hat er es getragen?«

»Er spricht sich darüber nicht offen aus. Aber natürlich hat ihn das tief erschüttert. Er schreibt nur, daß er sich bemühen will, zu vergessen, was sie ihm angetan hat, daß er aber Hans Sanders niemals, auch im Tode nicht verzeihen könne. Er hätte ihm vielleicht verzeihen können, daß er ihm die Gattin nahm, niemals aber, daß er seinem Kinde die Mutter genommen hat. Daß sein Kind ohne Mutter habe aufwachsen müssen, das werde ihn ewig mit Groll gegen den falschen Freund erfüllen.«

»Man kann das verstehen«, sagte Milde Volkner leise. Die Justizrätin seufzte. »Ja doch, verstehen kann man es gewiß. Aber lassen wir das jetzt. Ich habe Wichtigeres mit Ihnen zu besprechen, liebe Milde. Mein Neffe hat mich beauftragt, eine junge Dame zu engagieren, die als Gesellschafterin meiner Großnichte nach Subraja kommen und Lias vernachlässigte Erziehung in die Hand nehmen soll. Aber sie soll es mehr durch Beispiel tun als durch viele Worte.«

Mit brennendem Interesse hatte Milde zugehört. »Es müßte eine sehr feinfühlige, taktvolle Person sein, damit die kleine Inselprinzessin nicht scheu gemacht wird. Das ist eine lohnende Aufgabe, wenn sie auch nicht leicht ist«, sagte sie nachdenklich.

Die alte Dame faßte ihre Hand. »Kindchen, ich wüßte eine solche Persönlichkeit, die dieser Aufgabe voll und ganz gewachsen wäre. Sie sind das, Milde, Sie allein wären die Rechte dazu. Hätten Sie nicht Lust, diesen mutterlosen kleinen Wildfang zu kultivieren und damit meinem Neffen und mir die große Sorge vom Herzen zu nehmen?«

Milde war zusammengezuckt und wurde sehr rot, als ihr Blick jetzt wieder auf das Bild Peter Hagenaus fiel. »Ich?« rief sie mit halberstickter Stimme.

»Ja, Kindchen, Sie. Niemand wäre dazu geeigneter, niemand könnte ich für diesen verantwortungsvollen Posten wärmer empfehlen als Sie. Ist Ihnen doch meines Neffen Schicksal genau bekannt. Ich habe Sie immer in mein Vertrauen gezogen, habe Ihnen alles erzählt, was mein Neffe gelitten hat, und habe

Ihnen angemerkt, wie ehrlich Ihre Teilnahme war. Sie würden mit dem nötigen Takt an dies Werk gehen, und ich bin überzeugt, daß Sie dieser Aufgabe gewachsen wären. Hätten Sie nicht Lust, nach Subraja zu gehen?«

Milde Volkner wurde nun plötzlich sehr bleich.

»Ich – ich soll nach Subraja, in Peter Hagenaus Haus?« stieß sie in unterdrückter Erregung hervor.

Ein gütiges Lächeln spielte um den Mund der alten Frau. Sie wußte, warum sie es besonders gern sehen würde, wenn diese von ihr so hochgeschätzte junge Dame nach Subraja gehen würde. Sie wünschte brennend, daß ihr Neffe sich wieder verheiraten möchte. Und nun, da seine ehemalige Gattin tot war, kam es doch vielleicht dazu, wenn ihm ein so reizendes und liebenswertes Geschöpf wie Milde in den Weg lief. Daß diese ein brennendes Interesse für Peter Hagenau hatte und immer wieder sein Bild betrachtete, hatte sie wohl bemerkt.

»Ja, Milde, Sie haben sich doch so oft danach gesehnt, einmal aus Ihrer engen Schulstube hinaus ins Weite zu fliegen.«

Mildes Augen leuchteten wie im Fieber. »Das kann doch nicht Ihr Ernst sein, Frau Justizrat! Ich sollte für diesen Posten in Frage kommen? Mir wollten Sie ein so großes Glück zuweisen?« fragte sie mit halberstickter Stimme.

Die Justizrätin atmete auf. »Kindchen, ob es ein Glück für Sie wird, darüber habe ich noch gar nicht so recht nachgedacht. Mir war nur von Anfang an klar, daß Sie die geeignete Persönlichkeit für diesen Posten sein würden. Ich wäre froh, wenn Sie die kleine Lia leiten und führen könnten. Das Kind in eine Schablone zu pressen, wäre ein Verbrechen. Aber so mit zarter Hand und klugem Bedacht die wilden Schößlinge abzuschneiden oder anzubinden, die ihre Erziehung wuchern ließ, das wird niemand so gut können wie Sie. Eine strenge Lehrerin und Erzieherin braucht das Kind nicht, aber eine verständnisvolle Freundin, die durch ihr Beispiel wirkt.

Was mir aber noch besonders am Herzen liegt – Sie sind auch

dazu geschaffen, durch Ihr heiteres, sonniges Wesen meinen Neffen ein wenig aufzuheitern. Er könnte es so gut brauchen. Also haben Sie Lust, liebe Milde? – Ich will natürlich heute noch keine definitive Antwort auf diese Frage. Sie müßten sich das reiflich überlegen. Und einige Tage könnte ich schon warten, ehe ich meinem Neffen Bescheid gebe.«

Milde Volkner hatte mit allen Anzeichen tiefer Erregung zugehört. Nun sprang sie auf und blieb unruhig atmend vor der alten Dame stehen.

»Ich brauche keine lange Überlegung, liebe Frau Justizrat, ich bin schon entschlossen. Durch Ihre Erzählungen und Berichte kenne ich Ihren Herrn Neffen gut genug, um zu wissen, daß ich in seinem Hause gut aufgehoben sein werde. Und die mir gestellte Aufgabe reizt mich sehr. Einmal nicht nach der Schablone ein unverbildetes Menschenkind leiten und führen, einmal einen Menschen formen dürfen, ganz ohne Zwang, das muß doch verlocken. Und hinaus in die Weite schweifen, in Gottes schöne Welt, eine herrliche Reise machen, das ist ja schon wie ein schönes Märchen! Darf ich wirklich daran glauben, daß dies Wahrheit ist?«

Lächelnd, mit herzlichem Wohlgefallen, sah die alte Dame zu ihr auf. »Ich habe es mir gleich gedacht, daß Sie das locken würde. Also, Sie willigen ein?«

»Von ganzem Herzen! Aber – wird Ihr Herr Neffe auch mit meiner Person einverstanden sein?«

Die Justizrätin lächelte. »Da muß ich schon beichten, Milde, daß ich ein wenig Vorsehung gespielt habe. Ich habe meinem Neffen bereits den Vorschlag gemacht, Sie zu engagieren, und ich habe ihm auch Ihr Bild eingeschickt.«

Eine glühende Röte schlug in Mildes Gesicht, und ihre Augen flogen scheu zu Peter Hagenaus Bild hin. Ihr war, als sähen die klugen, gütigen Männeraugen prüfend und forschend zu ihr auf.

Der Justizrätin entging das nicht, und sie deutete es nach ihren Wünschen.

»Und – hat mein Bild Ihrem Herrn Neffen nicht mißfallen, liebe Frau Justizrat?«

»Das sollte wohl schwerfallen, liebes Kind. Aber warten Sie, ich werde Ihnen am besten die Stelle aus seinem Brief vorlesen, die von Ihrem Bild handelt.«

Und die alte Dame setzte ihre Brille auf, nahm den Brief aus ihrem Nähkörbchen und suchte die Stelle. Dann las sie vor:

»Lia hat beim Anblick der Fotografie von Fräulein Volkner sogleich großes Wohlgefallen an ihr bekundet, und auch ich muß sagen, daß mir die Züge der jungen Dame sehr sympathisch sind. Aus ihren Augen spricht Klugheit und Herzensgüte und dabei ein fröhliches Gottvertrauen. Alles Eigenschaften, die ich bei einer Erzieherin meiner Tochter nicht missen möchte. Die Augen konnte der Fotograf nicht retuschieren, darum kann man sich also auf das Bild verlassen. Außerdem bürgen mir Deine Worte dafür, daß die junge Dame alle nötigen Eigenschaften hat, die erforderlich sind. Sie soll mir also, wenn sie kommen will, herzlich willkommen sein.

Verhehle ihr aber nicht, daß es auf Subraja sehr einsam ist und daß sie auf vieles verzichten muß, was ihr vielleicht bisher Lebensbedingung war. Und sie darf nicht erschrecken, wenn mein kleiner Wildfang ein bißchen unmanierlich ist nach europäischen Begriffen. Seit ich Deinen lieben Brief erhalten habe, bin ich in dieser Beziehung ein wenig kritisch geworden und sehe nun plötzlich, daß meine Lia viel eher einem wilden Jungen als einer jungen Dame gleicht. Aber sie hat ein goldenes Herz und einen geraden, ehrlichen Sinn. Und daran soll Dein Fräulein Volkner, um Gottes willen, nicht herummodeln. Das soll alles bleiben, wie es ist.

Wenn es Fräulein Volkner versteht, Lia zu nehmen, so wird sie bald die nötigen Korrekturen an ihr vollzogen haben, ohne an den innersten Kern ihres Wesens rühren zu müssen. Das würde ihr wohl auch kaum gelingen, denn Lia weiß gottlob sehr genau, was recht und unrecht, was gut und böse ist. In dieser Beziehung, liebe Tante, denke ich, mein Kind tadellos erzogen zu haben.

Also schicke Fräulein Volkner in Gottes Namen, sie wird schon das Rechte treffen. Davon bin ich überzeugt, denn ich kenne Dich als eine kluge, warmherzige Frau, und Du wirst Lias Erzieherin mit dem Herzen ausgewählt haben –

Nun, Kindchen, wie gefällt Ihnen das? Sind Sie nun über diesen Punkt beruhigt?«

Milde küßte ihr enthusiastisch die Hand. »Liebste Frau Justizrat, wie soll ich Ihnen nur danken für Ihr Vertrauen?«

»Dadurch, daß Sie unsere kleine Inselprinzessin mit Geduld und Liebe zivilisieren.«

»Ich werde alles tun, was in meiner Kraft steht, um Sie nicht zu enttäuschen.«

»Das macht mir keine Sorge, liebes Kind. Aber nun wollen wir auch die geschäftliche Frage nicht außer acht lassen. Was haben Sie für Gehaltsansprüche?«

Milde zuckte verlegen die Achseln. »Das kann ich gar nicht sagen – es ist dort alles anders als hier. Ich habe doch im Hause Ihres Herrn Neffen freie Station und brauche für meinen täglichen Unterhalt nicht aufzukommen. Ich weiß wirklich nicht, was ich da fordern soll. Bitte bestimmen Sie das doch.«

»Nun, mein Neffe hat mir in diesem Punkt ebenfalls freie Hand gelassen und nur betont, daß ich Ihnen ein sehr gutes Gehalt aussetzen soll. Die Reisekosten trägt er natürlich, hin und auch zurück, falls Sie wieder nach Deutschland zurückkehren wollen. Er meint, daß Sie das vielleicht später in seiner und seiner Tochter Gesellschaft tun können. Denn in einigen Jahren will er mit ihr nach Deutschland kommen, um, wie er schreibt, mir dann seine Tochter, in Freiheit dressiert, vorzuführen.

Er ist ein sehr reicher Mann und kann sich die Erziehung seiner Tochter etwas kosten lassen. Wir dürfen auch nicht außer acht lassen, daß Sie hier aus einer, wenn auch bescheidenen, so doch sicheren Position gerissen werden und daß Sie nach Ihrer etwaigen Rückkehr vielleicht nicht gleich wieder eine passende Stellung bekommen werden. Da müssen Sie einen Notgroschen zurückgelegt haben. Ich will Ihnen etwas sagen, Milde, wir setzen deshalb bei freier Station das doppelte Gehalt aus, das Sie in Ihrer jetzigen Stellung ohne freie Station bekommen.«

Milde sah sie mit großen Augen an. »Aber liebe Frau Justizrat, das ist doch viel zuviel!«

»Das finde ich nicht. So ungewöhnliche Sachen müssen gut bezahlt werden, und ich handle da ganz im Sinne meines Neffen. Also – abgemacht?«

Wortlos küßte Milde die Hand der alten Dame. Erst nach einer Weile sagte sie aufatmend: »Wenn ich das nur nicht alles träume!«

Lächelnd klopfte ihr die alte Dame die Wange. »Sehen Sie nur das alles nicht durch eine rosige Brille. Wo viel Licht ist, ist auch viel Schatten, und Sie werden auch mancherlei Beschwerden haben. Sie dürfen außerdem nicht vergessen, daß Sie vielleicht jahrelang auf einer einsamen Insel leben müssen. Daß Sie dort einen Mann finden, ist ziemlich ausgeschlossen. Denn außer meinem Neffen und einem Ingenieur, den mein Neffe in dieser Zeit für einen Kanalbau nach Subraja kommen läßt, ist nicht ein einziger Weißer mehr auf der Insel. Das habe ich Ihnen schon erzählt. Durch meine gelegentlichen Berichte sind Sie ja auf Subraja genausogut zu Hause wie ich selbst. Also Heiratsaussichten sind ziemlich mangelhaft.«

Milde sah lächelnd in das forschende Gesicht der alten Dame. »Ach, Frau Justizrat, auch hier in dem durchaus nicht menschen- und männerleeren Berlin sind Heiratsaussichten für eine arme Kirchenmaus, wie ich es bin, ziemlich mangelhaft. Das bleibt sich also gleich. Ich bin ja auch mit meinen vierundzwanzig Jahren schon bald ein altes Mädchen.«

Lachend sah die Justizrätin in das lebensprühende jugendschöne Gesicht. »Ei, wo sind denn die Falten und Runzeln?« neckte sie. »Für ein altes Mädchen sehen Sie unerlaubt frisch und jung aus. Aber wie dem auch sei, liebes Kind, wenn es das Schicksal will, finden Sie auch auf einer einsamen Insel einen Mann. Man kann nie wissen, was kommt. Also, ich werde meinem Neffen Ihre baldige Ankunft melden. Wie ist es aber mit der Schule? Werden Sie sich ohne Schwierigkeiten frei machen können?«

»Das wird nicht schwer sein. Ich bin ja nur als Aushilfslehrerin angestellt, und wenn mein Posten frei wird, dann finden sich sofort hundert andere Reflektantinnen. Herrgott im Himmel, ist das schön, daß ich auf so lange Zeit dem Schulzwang entrinne. Mir ist zumute wie einem Kinde, das Ferien bekommen soll.«

»Ich freue mich an Ihrer Freude, liebes Kind. Und wenn es Ihnen recht ist, essen wir jetzt zusammen Mittag. Und dann fahren wir zu einem Reisebüro und erkundigen uns, wie die Dampfer fahren, die Sie benutzen können. In den nächsten Tagen müssen Sie mich dann auf einer großen Einkaufstour begleiten. Mein Neffe hat mich gebeten, für seine Tochter alles einzukaufen, was eine junge Dame braucht.

Wir wollen also eine nette, vernünftige Ausstattung für meine Großnichte einkaufen und uns bemühen, so zu wählen, daß die kleine Inselprinzessin Gefallen daran findet und Ihnen Ihr Amt nicht gar zu schwer macht. Vor allen Dingen müssen Sie ihr den Knabenanzug abgewöhnen, von dem sie sich gar nicht trennen will.«

Milde lachte. »Das kann ich ihr eigentlich recht gut nachfühlen. Wenn ich früher mit meinen Eltern in den Bergen war, fühlte ich mich auch am wohlsten, wenn ich mein Bergsteigekostüm tragen konnte. Da konnte man ganz ungehindert herumklettern und fühlte sich so leicht und frei.«

»Nun, so werden Sie ja das nötige Verständnis für meine Großnichte aufbringen, wenn diese nicht gleich von ihrem Knabenanzug lassen will. Ich rate Ihnen, nehmen Sie für alle Fälle Ihr geliebtes Bergsteigekostüm mit. Sie besitzen es doch hoffentlich noch?«

»O ja, ich habe es gut verwahrt!«

»Gut, dann nehmen Sie es mit. Es wird Ihnen vielleicht Lias Vertrauen gewinnen«, sagte die alte Dame lachend. Auch Milde lachte fröhlich auf.

»Das will ich gewiß tun.«

Die beiden Damen besprachen nun noch allerlei. Sie waren beide sehr angeregt. Auch bei Tisch verstummte die Unterhaltung nicht. Und nach eingenommener Mahlzeit fuhren sie zu einem Reisebüro.

IV

Milde Volkner hatte sich von ihren Verpflichtungen in der Privatschule, wo sie angestellt gewesen war, ohne Schwierigkeiten frei gemacht und hatte sogleich mit ihren Reisevorbereitungen begonnen. Sie freute sich sehr auf ihren Aufenthalt in Subraja. Warum ihr in dem Gedanken daran das Herz immer so unruhig klopfte, wußte sie selbst nicht. Sie hatte es sich nie eingestanden, daß sie schon seit langer Zeit ein seltsames Interesse an Peter Hagenau und seinem Schicksal genommen hatte. Nie hatte sie genug von Subraja und von seinem Besitzer hören können.

Vor wenigen Monaten hatte sie einmal Frau Melanie Sanders, Lia Hagenaus Mutter, bei der Justizrätin kennengelernt. Und mit einem seltsamen Gefühl des Grolls hatte sie in das noch immer bildschöne Gesicht dieser Frau gesehen. Es war ihr unbegreiflich erschienen, daß diese Frau einen Mann wie Peter Hagenau hatte verraten können. Das hatte sie dann nach dem Weggang Melanie Sanders der Justizrätin gesagt. Diese hatte in ihrer abgeklärten Ruhe gelächelt, sie mit ihren guten Augen angeblickt und erwidert:

»Mein liebes Kind, Sie sind noch so jung und kennen so wenig vom Leben, daß Sie manches noch nicht verstehen können. Man findet oft Unbegreifliches bei seinen Mitmenschen. Alles verstehen, heißt wirklich alles verzeihen. Melanie Sanders ist eine von den Frauen, die eine unerklärliche Macht über die Männer haben.

Das erkennen Sie auch daran, daß mein Neffe sie trotz allem, was sie ihm angetan hat, nicht vergessen kann. Er hat sie sicher nicht weniger geliebt und verwöhnt, als es ihr zweiter Mann tut. Warum sie ihn verraten hat – ob sie den andern mehr liebte, oder ob sie sein Reichtum lockte – mein Neffe war ja damals ein nur mäßig wohlhabender Mann –, wer kann es wissen. Meines Erachtens hat sie wohl mehr der Glanz gelockt als eine große Leidenschaft, aber es kann auch anders sein. Man muß sich hüten, den Stab zu brechen.«

Aber Milde hatte sich nicht frei machen können von ihrem Zorn gegen die schöne Frau Sanders und Peter Hagenau nur noch mehr bemitleidet. Und immer wieder hatte sie in sein Gesicht sehen müssen. Es fesselte sie immer wieder. Sie glaubte, nie so sympathische, vornehme Züge gesehen zu haben. Nie konnte sie genug hören von seinem Ergehen, und im stillen verglich sie alle Männer, die ihr begegneten, mit ihm. Aber keiner hielt den Vergleich mit ihm aus.

Nach einem herzlichen Abschied von der Justizrätin fuhr sie nach Bremerhaven, um sich hier auf der *Urania* einzuschiffen. Dabei konnte sie an nichts anderes denken als an den Mann, der seit Jahren ihr ganzes Sinnen und Denken ausfüllte. Ob er sich in den zwölf Jahren, da er auf Subraja weilte, wohl sehr verändert haben würde und ob seine Augen noch so gütig blickten, oder ob ihn die bittere Enttäuschung seines Lebens hart und finster gemacht hatte? Sie wußte, daß er jetzt dreiundvierzig Jahre zählte. Und ein tiefes Mitleid mit ihm, der die schönsten Jahre seines Lebens in einer freiwilligen Verbannung verlebt hatte, um eines treulosen Weibes willen, erfüllte ihr Herz.

Sonst war aber Milde Volkner guten Mutes. Sie freute sich, Peter Hagenau dienen zu können, freute sich auf ihre Aufgabe und auf die Reise in die Ferne. Mit offenem Herzen und Sinn wollte sie die Schönheiten der Welt in sich aufnehmen. Ein Reisetagebuch hatte sie sich auch zugelegt, damit sie alles festhalten könnte, was sie zu sehen bekam. So langte sie in Bremerhaven an und begab sich an Bord des Dampfers, der schon am nächsten Morgen in See stechen sollte.

Sogleich begab sie sich in ihre Kabine. Wie dankbar war sie

Peter Hagenau, daß sie erster Klasse fahren durfte. Das machte ihr die Reise natürlich sehr angenehm. Die *Urania* war mit allem Komfort ausgestattet. Ihre Kabine lag an der Außenseite des Dampfers, was eine große Annehmlichkeit war. Aufatmend sah sie sich darin um und machte sich dann daran, ihre Sachen auszupacken und es sich möglichst behaglich zu machen.

Als sie damit fertig war, machte sie Toilette, denn es war Zeit für die Abendtafel. Sie zog ein hübsches, einfach, aber geschmackvoll gearbeitetes Abendkleid an, nachdem sie sich erfrischt und das Haar geordnet hatte. Dann begab sie sich in den Speisesaal.

Es befanden sich schon die meisten Passagiere an Bord, und der Speisesaal war schon ziemlich besetzt.

Milde gelang es aber, noch ein kleines Tischchen am Fenster zu belegen. Sie nahm hier Platz und sah sich mit der ruhigen Sicherheit der selbständigen, im Berufsleben stehenden Frau um. Als ihre Eltern noch lebten, war sie viel mit ihnen auf Reisen gewesen. Dabei hatte sie sich ebenfalls die nötige Sicherheit angeeignet. Ruhig und unauffällig betrachtete sie ihre Reisegesellschaft und konstatierte dabei, daß die Mehrzahl ihrer Reisegefährten ziemlich uninteressante Erscheinungen waren. Es lohnte nicht, viele Bekanntschaften zu schließen.

Nur an einem jungen Paar, das sich offensichtlich auf der Hochzeitsreise befand, freute sie sich, weil diesem das helle Glück aus den Augen lachte. Und dann fiel ihr noch eine alte Dame auf, die wohl in Gesellschaft einer bezahlten Reisebegleiterin oder Pflegerin reiste, weil sie sehr unglücklich aussah. Solche Menschen weckten immer ihre Teilnahme und Sympathie. Auch einige ältere Herren mit markanten Gesichtern, sicher Großkaufleute, fielen ihr angenehm auf.

Schließlich wurde aber ihre Aufmerksamkeit besonders auf einen jungen, hochgewachsenen Herrn gelenkt, der sich eben an einen kleinen Nebentisch niederließ und zu ihr herübersah. Er hatte ein sehr energisches Gesicht, aus dem stahlblaue Augen offen und lebensfroh herausleuchteten. Seine hohe Stirn, die schmale, gerade Nase und der schmallippige, ausdrucksvolle Mund gaben seinem Gesicht ein charakteristisches Gepräge.

Milde gefiel dieser junge Mann sofort. Er machte einen sehr sympathischen, vertrauenerweckenden Eindruck auf sie. Die Augen des jungen Mannes verrieten übrigens sehr deutlich, daß Milde ebenfalls Eindruck auf ihn machte.

Mit großem Genuß und dem gesunden Appetit der Jugend nahmen die beiden jungen Menschen das Souper ein. Milde befand sich in einer märchenhaft glücklichen Stimmung. Und ihr junger Nachbar am Nebentisch schien sich auch des Lebens, der bevorstehenden Reise und des guten Abendessens zu freuen.

Als Milde sich nach dem Souper erhob, um noch eine kleine Promenade auf Deck zu machen, mußte sie an dem jungen Mann vorübergehen, und da ihr ein Sessel im Wege stand, erhob er sich artig und rückte den Sessel zurück. Mit einer Verbeugung ließ er sie passieren. Sie neigte dankend das Haupt.

Als sie dann in ihre Kabine zurückkam, setzte sie zunächst ein Telegramm an Peter Hagenau auf, um ihm ihre Abreise zu melden. Dann nahm sie einen leichten Mantel um und ging hinauf auf Deck. Oben angelangt, rief sie einen Steward an und gab ihm das Telegramm zur Besorgung.

In diesem Augenblick ging der junge Herr aus dem Speisesaal an ihr vorüber. Der Steward las die Depesche laut vor und fragte, gerade so, daß es der Vorübergehende hören mußte: »Su–bra–ja heißt der Bestimmungsort?«

»Ja, ist es nicht deutlich genug geschrieben?« erwiderte Milde.

»Doch, aber man muß sichergehen bei Telegrammen, gnädiges Fräulein.«

Der junge Herr zuckte leicht zusammen und blieb stehen. Unschlüssig sah er einen Moment in Mildes Gesicht. Dann trat er kurz entschlossen an sie heran und verneigte sich.

»Verzeihung, mein gnädiges Fräulein, wenn ich mir erlaube, Sie anzureden. Aber ich hörte den Steward soeben das Wort Subraja ganz deutlich aussprechen – und nun kann ich nicht widerstehen, Sie zu fragen, ob damit die kleine Insel Subraja, südlich von den Sundainseln Sumba und Timor gelegen, gemeint ist. Gestatten Sie, daß ich mich vorstelle – mein Name ist Bergen. Ich bin ebenfalls im Begriff, eine Reise nach Subraja anzutreten.

Ein schelmisches Lächeln spielte um Mildes Mund.

»Dann gehe ich wohl nicht fehl, wenn ich annehme, daß Sie Ingenieur sind und auf Subraja einen Kanal bauen wollen?«

Er stutzte, dann aber flog ein amüsiertes Lächeln um seinen Mund. »Alle Wetter, mein gnädiges Fräulein, sind Sie ein weiblicher Sherlock Holmes?«

Sie lachte leise. »Nein, ich habe wenigstens bisher noch nicht das mindeste Talent dazu in mir entdeckt. Ein wenig Kombinationsgabe – das ist alles. Ich weiß, daß Subraja nur eine sehr kleine Insel ist, die Herrn Peter Hagenau gehört, und daß dieser, außer seiner Tochter, der einzige Europäer auf dieser Insel ist.

Für dieses Fräulein Hagenau bin ich als Gesellschafterin engagiert und befinde mich also ebenfalls auf dem Wege nach Subraja. Die Tante des Herrn Hagenau, Frau Justizrat Rodeck, eine Freundin meiner verstorbenen Mutter, hat mir diese Anstellung verschafft, und von ihr weiß ich, daß Herr Hagenau einen Ingenieur nach Subraja kommen lassen will, der ihm einen Kanal bauen soll. Da ich nun von Ihnen höre, daß Sie nach Subraja reisen, war es für mich nicht schwer zu erraten, daß Sie der fragliche Ingenieur sind.«

Rudolf Bergen lachte vergnügt. »Also sind wir Reisegenossen und dann voraussichtlich für eine ziemlich lange Zeit Hausgenossen. Ich meine, das verpflichtet uns schon jetzt zu guter Kameradschaft. Sie haben schon vorhin einen sehr sympathischen Eindruck auf mich gemacht durch Ihre selbstverständliche Ruhe und Sicherheit. Und ich bitte Sie, mir zu gestatten, auch Ihnen ein wenig Sympathie abzunötigen, die wenigstens so weit ausreicht, Ihnen während der Reise meinen Schutz angedeihen zu lassen.«

Mit einem reizenden Schelmenlächeln, das jedoch frei von jeder Koketterie war, erwiderte Milde freimütig: »Ich glaube, dazu reicht die Sympathie schon aus, die Sie mir bereits eingeflößt haben. Wenn ich auch kein sehr ängstliches Menschenkind bin und die Verhältnisse mich frühzeitig gezwungen haben, mich meiner Haut selbst zu wehren, so nehme ich doch gern Ihr freundliches Anerbieten an, sofern ich eines männlichen Schutzes bedarf. Das ist ja auf so einer weiten Reise nicht ausgeschlossen.«

Er verneigte sich. »Wofür ich Ihnen meinen verbindlichsten Dank sage, mein gnädiges Fräulein.«

»Ach bitte, das gnädige Fräulein wollen wir gleich streichen. Es ist nicht am Platz, sobald ich meine Stellung angetreten habe, und Sie müßten dann umlernen.«

»Wie also darf ich Sie nennen?« fragte er.

»Nennen Sie mich einfach Fräulein Volkner. Damit habe ich mich Ihnen nun gleichfalls vorgestellt.«

»Ich danke Ihnen, Fräulein Volkner. Aber ich vermute, daß ich Sie abgehalten habe, eine Deckpromenade anzutreten.«

»Diese Absicht hatte ich allerdings.«

»Darf ich mich Ihnen dabei anschließen, oder wünschen Sie allein zu gehen?«

»Wenn Sie nichts Besseres vorhaben, dürfen Sie mich gern begleiten.«

»Etwas Besseres keinesfalls. Ich brenne, offen gesagt, darauf, Ihre Gesellschaft noch eine Weile zu genießen. Denn ich kombiniere ebenfalls. Nämlich, daß Sie mir, da Sie mit der Tante des Herrn Hagenau befreundet sind, einige Aufschlüsse geben können über die Insel Subraja im allgemeinen und über Herrn Hagenau im besonderen.«

»Also Neugier ist die Triebfeder Ihrer Galanterie?« scherzte Milde.

»O bitte, nicht so hart im Urteil, Fräulein Volkner! Nennen Sie es lieber Wißbegier«, bat er lachend.

»Ich weiß nämlich nichts, als daß ich auf Subraja einen Kanal bauen soll und daß auf dieser Insel ein Deutscher, namens Hagenau, der Alleinherrscher ist. Sonst aber weiß ich absolut nichts von ihm. Von Ihnen erst habe ich erfahren, daß er auch eine Tochter besitzt, und da Sie anscheinend gut informiert sind, hoffe ich, noch einiges mehr von Ihnen zu erfahren.«

»Ich werde Ihnen gern alles erzählen, was ich weiß, Herr Doktor.«

Und in ihrer ruhig klaren Art erzählte sie ihm, daß Peter Hagenau seit etwa zwölf Jahren Besitzer von Subraja sei, dort große Reichtümer erworben habe und während dieser Zeit als einziger Weißer auf der Insel gelebt habe. Sie berichtete auch, daß Peter Hagenau eine schwere Herzensenttäuschung in die Einsamkeit getrieben habe und daß er nie wieder in Deutschland gewesen sei, um nicht schmerzliche Erinnerungen zu wekken. Interessiert hörte Rudolf Bergen zu.

»Wie alt ist wohl die Tochter des Herrn Hagenau?« fragte er.

»Sie ist siebzehn.«

»Lieber Himmel! Und lebt so einsam zwischen den sicherlich ziemlich unkultivierten Eingeborenen?« sagte er mitleidig.

Absichtlich sagte ihm Milde nichts davon, daß sie berufen war, der kleinen Inselprinzessin die notwendigsten gesellschaftlichen Formen beizubringen. Deshalb verriet sie auch nicht, daß Lia Hagenau sich anscheinend ganz wohl unter der malaiischen Bevölkerung fühlte, und sie erwiderte nur:

»Deshalb bin ich zu meiner Anstellung als Gesellschafterin der jungen Dame gekommen.«

Er lachte. »Nun also, Fräulein Volkner, dann werden wir beide wohl so etwas wie das belebende Element für Subraja verkörpern!«

»Anscheinend wird Ihnen das nicht schwerfallen?«

»Gottlob, jetzt fühle ich mich dieser Aufgabe wieder gewachsen. Seit ich Aussicht habe, Geld zu verdienen, ist mir wieder wohl.«

»Sie sind so geldhungrig?« neckte sie.

Er wurde ernst. »Scherz beiseite, Fräulein Volkner – ich war in einer verteufelten Lage. Wir sind ja durch die Verhältnisse schneller miteinander bekannt geworden, als es sonst üblich ist, und Sie sind ein so vernünftiger Mensch. Da brauche ich kein Hehl daraus zu machen, daß mich Herr Hagenau durch seinen Auftrag aus einer scheußlichen Situation gerettet hat.

Ich hatte meine Studien noch nicht lange beendet und arbeitete seither praktisch in einem großen Betrieb, aber ohne Bezahlung. Das tat ich nur, um meine Kenntnisse zu erweitern. Es wäre nicht so schlimm gewesen, daß ich nicht gleich verdiente, wenn mein Onkel, der mein Studium bezahlte, am Leben geblieben wäre. Nach seinem Tode aber stand ich plötzlich vor dem Nichts.

Eine ganze Zeit bemühte ich mich vergeblich um eine Stellung, aber ich hatte das unerhörte Glück, daß meine Professoren etwas auf mich hielten, und Professor Werner traute mir sogar zu, daß ich auf Subraja den Kanal bauen könne. Da bin ich nun auf dem Wege dorthin. Eine herrliche Reise steht mir bevor in Ihrer liebenswürdigen Gesellschaft. Mehr kann man doch wirklich nicht vom Schicksal verlangen, nicht wahr?«

Lächelnd schüttelte Milde den Kopf. »Nein, wirklich nicht, sonst wäre man anmaßend. Ich bin in einer ganz ähnlichen Lage. Bisher war ich gezwungen, die Schülerinnen einer Privatschule in die Geheimnisse der französischen und englischen Vokabeln einzuweihen. Das ist, wie Sie mir glauben, eine gräßliche Beschäftigung.

Wie wenig mir meine Tätigkeit behagte, vertraute ich des öfteren einer mütterlichen Freundin an, der Tante des Herrn Hagenau. Und diese verschaffte mir die Stellung auf Subraja. So,

jetzt haben wir unsere Bekenntnisse gegenseitig ausgetauscht, und ich denke, nun wollen wir die Reise als gute Kameraden gemeinschaftlich zurücklegen. Sind Sie damit einverstanden?«
Damit reichte sie ihm freimütig die Hand, die er mit warmem Druck ergriff.

»Sie bezeugen mir großes Vertrauen, Fräulein Volkner!«
Milde lachte ein wenig. »Ja, ich bin sehr impulsiv. Das hat schon manchmal zu Unannehmlichkeiten geführt. Aber ich weiß immer sogleich: Entweder kann ich einen Menschen sehr gut leiden, oder gar nicht. Meine mütterliche Freundin pflegte zu behaupten, ich habe einen sechsten Sinn, der mir ermögliche, die Menschen gleich auf ihren wahren Wert zu taxieren.«

»Und ich darf mir also schmeicheln, von Ihnen eine gute Zensur zu bekommen?«

»So voreilig wollen wir doch noch nicht sein«, sagte sie scherzend. »Aber ich denke doch, daß wir gut miteinander auskommen werden.«

»Ich bin jedenfalls entzückt, daß ich mit Ihnen zusammengetroffen bin. Um ein Haar hätte ich einen anderen Dampfer wählen müssen, weil ich eine Maschine, die ich mit nach Subraja nehmen muß, erst im letzten Augenblick geliefert bekam. Ich fürchtete schon, erst mit dem nächsten Dampfer fahren zu können. Aber, wie gesagt, ein junger Mann muß Glück haben!«

»Wir wollen hoffen, daß es ein Glück für Sie ist und daß nicht gerade dieser Dampfer untergeht.«

»Sind Sie ängstlich?«
»Nein.«
»Famos! Sie sind eine ganz entzückende junge Dame!«
»Nein, bitte nicht solche Komplimente. Die wollen wir gleich zu Anfang streichen.«

»Das war kein Kompliment. Sie sind ein famoser Kamerad.«
»Schön! Das lasse ich gelten. Aber auf die entzückende junge Dame lege ich keinen Wert.«

»Aber ich, Fräulein Volkner. Denken Sie doch, wenn Sie ein

ältliches Fräulein gewesen wären, so mit Brille und Baldriantropfen!«

Sie lachte hell auf. »Ja, wirklich, das hätte Ihnen passieren können. Hingegen hätte auch mir allerhand Schreckliches geschehen können. Sie hätten ein unausstehlicher, von Wichtigkeit bis in die Zehenspitzen erfüllter Mensch sein können. Sie sehen also, daß auch ein junges Mädchen Glück haben muß, vorausgesetzt, daß Sie mich mit meinen vierundzwanzig Lenzen noch zu den Mädchen rechnen.«

Er lachte sie vergnügt an. »Ich werde das ehrwürdige Alter in Demut respektieren, wenn Sie mir versprechen, mich mit meinen dreißig Jahren nicht zu den Mummelgreisen zu zählen.«

»Das verspreche ich feierlich. Und damit will ich Ihnen gute Nacht sagen. Ich möchte morgen frühzeitig aufstehen, um das Ausfahren des Dampfers nicht zu versäumen. Auch bin ich reichlich müde, denn ich bin heute sehr früh aufgestanden, um den Morgenzug nicht zu verpassen.«

»Sie sind von Berlin gekommen, mit dem ersten Frühzug?«

»So ist es.«

»Dann hätten wir uns schon in Berlin treffen können. Schade, daß dies nicht geschehen ist.«

»Nun, wir haben jetzt mehr als einen Monat Zeit, uns kennenzulernen.«

»Und dann ziehen wir hoffentlich als gute Freunde auf Subraja ein und schließen ein Schutz- und Trutzbündnis gegen alle Gefahren, die uns auf diesem Eiland drohen können.«

»Dagegen habe ich nichts einzuwenden, Herr Doktor. Also gute Nacht.«

»Gute Nacht, Fräulein Volkner. Auf Wiedersehen, morgen früh!«

Damit trennten sie sich. Milde suchte ihre Kabine in sehr froher Stimmung auf. Und Doktor Bergen lehnte noch eine Weile an der Reling und schaute sinnend hinauf zu dem Sternenhimmel. Dann reckte er seine kraftvolle Gestalt und schlenderte noch eine Weile auf der Deckpromenade hin und her. Als er dann noch einen Kognak zu sich nehmen wollte, suchte er die Bar auf. Hier begegnete er einem alten Herrn, den er im Hause seines Onkels kennengelernt hatte. Es war der Großkaufmann Harland. Er begrüßte überrascht den jungen Mann und wollte ihm kondolieren zum Tode seines Onkels. Aber Rudolf Bergen bat ihn, er möge nicht mit ihm über den Tod seines Onkels sprechen. Er sei nicht imstande, das zu tun. Und ablenkend fragte er:

»Wo reisen Sie hin, Herr Harland?«

»Ich habe auf Java zu tun und will dort neue Handelsverbindungen anknüpfen.«

»Dann legen wir die Reise gemeinsam zurück.«

»Gehen Sie etwa auch nach Java?«

»Noch etwas weiter sogar. Ich will zu der Insel Subraja.«

»Die ist mir gar nicht bekannt.«

»Mir auch erst seit kurzem, Herr Harland.«

»Wo liegt sie denn eigentlich?«

Doktor Bergen gab ihm Auskunft und verriet ihm auch Zweck und Ziel seiner Reise. Das interessierte den Großkaufmann sehr.

»Vielleicht können Sie dort für mich Handelsbeziehungen mit dem Besitzer der Insel anknüpfen, Herr Doktor. Was wird denn auf Subraja vornehmlich angebaut?«

»Genaue Auskunft kann ich Ihnen da nicht geben. Soviel ich weiß, alle Arten von Palmen. Und in der Hauptsache wird wohl Kautschuk gewonnen. Präzisere Auskunft kann Ihnen sicher eine junge Dame geben, die ich heute abend hier an Bord kennengelernt habe. Sie geht zufällig auch nach Subraja, als Gesellschafterin der Tochter des Besitzers. Sie ist ziemlich gut informiert.«

»Ah, dann bitte ich Sie, mich der jungen Dame morgen vorzustellen. Vielleicht sucht dieser Inselfürst neue Absatzgebiete für seine Erzeugnisse. Vielleicht komme ich da durch Ihre Vermittlung zu einem guten Geschäft, und Ihr Auftraggeber auch.«

»Was an mir liegt, Herr Harland, will ich gern tun. Ich mache Sie morgen gern mit Fräulein Volkner bekannt.«

»Das ist sehr liebenswürdig. Ich freue mich jedenfalls, die Reise in Ihrer Gesellschaft zurücklegen zu können.«

Als am nächsten Morgen die meisten Passagiere der *Urania* auf Deck waren, um der Abfahrt des Dampfers beizuwohnen, stellte Rudolf Bergen Milde Volkner Herrn Harland vor. Diesem gefiel die junge Dame sehr, und er unterhielt sich äußerst angeregt mit ihr.

Durch den alten Herrn wurden Milde und Rudolf Bergen noch mit verschiedenen Herrschaften bekannt, und es dauerte nicht lange, so war – wie üblich auf solchen langen Reisen – eine allgemeine Geselligkeit im Gange.

Milde und Rudolf Bergen waren fast unzertrennlich, und meistens schloß sich ihnen Herr Harland an. Zwischen den beiden jungen Leuten herrschte ein netter kameradschaftlicher Ton. Rudolf spielte mit Würde den Beschützer Mildes, soweit ihm Herr Harland dies Amt nicht streitig machte, wobei es manchmal zu scherzhaften Streitigkeiten kam, die Milde durch ein Machtwort schlichten mußte.

Wenn der Dampfer die Hafenplätze anlief, wo ein längerer Aufenthalt genommen wurde, machten die Passagiere zumeist gemeinsame Ausflüge an Land. Auch da war es selbstverständlich, daß Herr Harland und Rudolf Mildes Begleiter waren.

Eines Abends, als Milde mit den beiden Herren wie üblich das Abendessen einnahm, sagte Herr Harland seufzend: »Es ist eigentlich unerhört, Fräulein Volkner, daß Sie sich jahrelang in die Einsamkeit dieser weltabgelegenen Insel vergraben wollen. Sie hätten in Deutschland auch außerhalb der verhaßten Schulstube einen geeigneten Wirkungskreis finden können. Was meinen Sie, wie meine Frau sich gefreut hätte, eine so angenehme und liebenswürdige Gesellschafterin zu finden. Ich engagiere Sie auf der Stelle, mit einem festen Vertrag auf mindestens zehn Jahre, wenn Sie wollen.«

Mildes Gesicht überzog eine helle Röte, als sie bei diesem schmeichelhaften Anerbieten denken mußte, daß nichts auf der Welt sie bewegen würde, die Stellung bei Peter Hagenau aufzugeben. Und sie sagte ruhig und bestimmt:

»Ich habe das Engagement angenommen und freue mich auf die mir gestellte Aufgabe. Keinesfalls würde ich jetzt Herrn Hagenau im Stich lassen, nachdem er mich engagiert hat.«

Der alte Herr nickte ihr lächelnd zu. »Konnte mir schon denken, daß ich eine abschlägige Antwort erhalten würde! Aber wenn Sie sich in Subraja nicht eingewöhnen können oder aus sonst einem Grund wieder nach Deutschland zurückkehren wollen, dann versprechen Sie mir, daß Sie es mich wissen lassen. Ich halte mein Anerbieten aufrecht. Denken Sie dann daran, daß meine Frau und ich einsame alte Menschen sind, seit unser einziger Sohn uns durch den Krieg geraubt worden ist. Wir würden mit Freuden so ein frisches, junges Blut bei uns aufnehmen.«

Tief bewegt reichte ihm Milde die Hand: »Ich danke Ihnen für das Vertrauen, das Sie mir damit beweisen, und ich werde es sicher nie vergessen, Herr Harland.«

»Das soll ein Wort sein, Fräulein Volkner!«

Die Reise wurde fortgesetzt, und zwischen Milde und Rudolf Bergen entwickelte sich mehr und mehr ein herzliches Freundschaftsverhältnis. Der junge Ingenieur erklärte ganz enthusiastisch, einen so guten, verständnisvollen Freund wie Milde habe er noch nie gehabt, und er habe nie geglaubt, daß man mit einer Frau so gut Freund sein könnte.

Als die *Urania* den Äquator überquerte, gab es natürlich die mit Recht von vielen Reisenden gefürchtete Äquatortaufe. Herr Harland, der sie schon früher erhalten hatte, konnte auch hier seinen beiden jungen Reisegefährten gute Ratschläge erteilen, um sie vor den unangenehmen Auswüchsen dieser Taufe zu bewahren. Und so bekamen sie ihren Taufschein ohne große Unbequemlichkeiten.

Nachdem der Äquator überkreuzt war, dauerte es nicht mehr lange, bis die *Urania* in den Hafen von Surabaja auf Java einlief. Hier mußten Milde und Rudolf den Dampfer verlassen. Sie verlebten noch einen Tag in Gesellschaft des Herrn Harland in Surabaja, denn ihr Postdampfer, der sie weiterbefördern sollte, ging erst am anderen Morgen weiter. Herr Harland erinnerte sie noch einmal daran, daß sie eventuell zwischen ihm und Herrn Hagenau Geschäftsverbindungen anknüpfen sollten.

»Vielleicht komme ich dann auch auf kurze Zeit nach Subraja, wenn es Zweck für mich haben sollte. Ich halte mich mindestens zwei Monate auf Java auf, denn ich will im Innern des Landes verschiedene Plantagen aufsuchen, um direkte Abschlüsse zu machen. Und wenn Sie mir im Verlaufe dieser Zeit nach Surabaja Nachricht senden, erreicht sie mich hier, ehe ich wieder nach Deutschland zurückkehre. Und dann verhandle ich am besten persönlich mit Herrn Hagenau.«

Milde und Rudolf versprachen das gern.

Herzlich verabschiedeten sie sich schließlich von ihrem Reisegefährten, denn sie mußten am anderen Morgen sehr zeitig auf ihrem Postdampfer sein, der sie dem Endziel ihrer Reise entgegenbringen sollte.

Je näher sie nun aber ihrem Bestimmungsort kamen, desto stiller wurden sie beide. Es kam ihnen nun erst so recht zum Bewußtsein, daß sich jetzt ein neues verantwortungsvolles Leben für sie auftat. Die Reise war ein einziger Festtag für sie gewesen. Jetzt kam der Alltag, und mit ihm der Ernst des Lebens. Was würde ihnen Subraja bringen?

Milde war natürlich viel erregter als Doktor Bergen. Ihr Herz klopfte mit einer schmerzhaften Heftigkeit. Sollte sie doch nun bald dem Mann gegenüberstehen, dessen Bild allein ihr einen unauslöschlichen Eindruck gemacht hatte und dessen Schicksal ihr tief zu Herzen gegangen war! Wie würde sie ihn finden nach seiner jahrelangen Einsamkeit?

Rudolf Bergen war ruhiger, ihn erwartete eine lohnende Aufgabe, der er sich gewachsen fühlte und nach deren Erfüllung er wieder in die Heimat zurückkehren konnte. Ihn reizte nur das Neue.

Und tief aufatmend sahen sie das Eiland aus dem Nebeldunst auftauchen wie ein geheimnisvolles Märchenland.

V

Lia Hagenau saß schon seit Stunden mit einem Fernglas bewaffnet da, um immer wieder den Horizont nach dem erwarteten Postdampfer abzusuchen, der noch gar nicht kommen konnte. Es war eben für sie etwas ganz Ungewöhnliches, daß Gäste nach Subraja kamen. Sie wußte, daß ihre neue Gesellschafterin, Fräulein Milde Volkner, und der Ingenieur, Doktor Rudolf Bergen, zusammen auf der *Urania* nach Java gereist waren; denn das hatten sie beide telegrafisch gemeldet. Also stand es ziemlich fest, daß sie der heutige Postdampfer nach Subraja bringen würde.

Lia war schon seit dem frühesten Morgen in heller Aufregung. Beim Frühstück hatte sie den Vater gefragt: »Nicht wahr, Vati, du bist auch fest davon überzeugt, daß die beiden heute mit dem Postdampfer zusammen ankommen?«

»Ja, Lia, ich nehme es an.«

Sie hatte teils bedrückt, teils erwartungsvoll aufgeatmet.

»Ich bin sehr neugierig, Vati, was sie für Menschen sind. Natürlich interessiert mich zumeist Fräulein Volkner, mit der ich nun einmal sehr viel zusammen sein muß. Hoffentlich ist sie nicht so unausstehlich wie die meisten der jungen Damen damals auf dem Dampfer, die sich immer wieder darüber aufhielten, daß ich einen Knabenanzug trug.«

»Sei nur ruhig, Lia, so wird sie sicher nicht sein, sonst hätte sie uns Tante Herta nicht so warm empfohlen.«

»Wenn es ihr nur bei uns gefällt, Vati!«

»Wir wollen es hoffen, Kind«, sagte Peter Hagenau, dem auch durchaus nicht wohl zumute war.

»Ob Doktor Bergen ein junger oder ein alter Mann ist?« fragte Lia weiter.

»Ein junger natürlich.«

»Woher willst du das wissen?«

»Weil er mir doch in seinem Schreiben mitgeteilt hat, daß er sein Studium noch nicht lange beendet habe. Folglich kann er kaum älter als dreißig Jahre sein.«

»Hm! Das ist aber auch schon sehr alt.«

Der Vater lachte. »Ach du Dummerchen, mit dreißig Jahren fängt das Leben erst an.«

»Oh, Karitas ist erst zwanzig Jahre alt und ist doch schon verheiratet. Dann ist man doch nicht mehr jung und darf schon im Rat der Dorfältesten sitzen.«

»Das ist hier in den Tropen etwas anderes. Hier werden die Menschen früher reif und früher alt. Die Europäer reifen später und halten sich daher auch länger jung.«

»Das ist sehr komisch, Vati. Ob Doktor Bergen auch schon verheiratet ist?«

»Das glaube ich nicht, sonst wäre er wohl kaum nach Subraja gekommen, wenigstens nicht ohne seine Frau.«

Sie nickte verständig. »Natürlich, die hätte er doch nicht allein lassen können. Karitas und Nadina wollen sich auch nie trennen. Ach, Vati, unsere Leute sind in großer Aufregung, weil ein neuer Sahib und eine neue Sahiba ankommen. Nadina fragte mich ganz ängstlich, ob sie gut oder böse seien.«

»Und was hast du darauf geantwortet?«

»Zu ihrer Beruhigung habe ich ihr gesagt, daß alle Weißen gut seien. Aber man kann natürlich nicht wissen, ob es so ist, nicht wahr?«

Er zog sie an sich. »Mut, mein liebes Kind! Wir fürchten uns doch nicht.«

Sie lachte. »Fürchten? Aber Vati, von Furcht weiß ich wirklich nichts.«

»Nun also!«

Plötzlich zuckte Lia zusammen. »Vati, ich sehe den Dampfer – und er hält auf Subraja zu.«

Peter Hagenau spähte hinaus. »Gib mir das Glas, Lia!«
Sie reichte es ihm, und er blickte forschend in die Ferne.
»Nun, Vati?« drängte Lia.
»Ja, ja, er ist es, und er hält auf Subraja zu. Wir müssen aufbrechen, damit wir rechtzeitig an die Anlegestelle kommen.«
Lia sprang auf, und ihr Vater rief die Diener herbei.
Ruhig gab er seine Befehle. Einige sollten sofort mit Ochsenkarren aufbrechen und hinunterfahren zu der Stelle, wo die Boote anzulegen pflegten, die vom Postdampfer ausgesetzt wurden. Denn bis an die Insel heran konnte der Dampfer nicht kommen, da das Wasser zu seicht war. Die Ochsenkarren sollten das Gepäck und die Gäste bis zum Wohnhaus bringen.
Vater und Tochter folgten eine Weile später zu Pferde. Es war immerhin eine gute Reitstunde bis zur Anlegestelle. Dort befand sich auch das Bootshaus, in dem ein schmuckes Motorboot, eine Segeljacht und zwei Ruderboote lagen. Dorthin hatte Peter Hagenau schon vor Stunden einige Diener geschickt, die, sobald sie den Postdampfer sichteten, das Motorboot flottmachen sollten.
Während Vater und Tochter nebeneinander bergab ritten, sagte Lia: »Weißt du, Vati, wir könnten mit dem Motorboot zum Postdampfer hinüberfahren, damit Fräulein Volkner und der Ingenieur bequemer übersetzen können.«
Lächelnd nickte der Vater. »Wir sind uns wieder einmal einig. Ich habe zu diesem Zweck schon Diener hinuntergeschickt.«
»Aber du nimmst mich mit.«
Unschlüssig sah er sie an, aber dann nickte er. »Selbstverständlich kommst du mit.«
Dann ritten sie weiter, gegen ihre sonstige Gewohnheit ziemlich schweigsam. Auch Peter Hagenau war nicht sehr wohl bei dem Gedanken an die beiden ankommenden Hausgenossen. Er war so gar nicht mehr an den Umgang mit zivilisierten Menschen gewöhnt. Wohl fuhr er jedes Jahr zweimal mit dem Post-

dampfer nach Timor, zuweilen auch nach Java, aber dann hatte er es nur mit Geschäftsleuten zu tun. Nun sollte plötzlich in seinem Haus eine junge Dame wohnen, der er als Hausherr allerlei Artigkeiten erweisen mußte und mit der er Tag für Tag in enger Gemeinschaft leben sollte.

Vor der Ankunft Doktor Bergens fürchtete er sich nicht, das war ein Mann, mit dem er nur geschäftlich zu tun hatte. Und wenn dieser jetzt im Haus wohnen würde, so war das eher eine Erleichterung, die den Verkehr mit Fräulein Volkner vermitteln konnte.

So kamen Vater und Tochter schweigend an der Anlegestelle an und sprangen vom Pferd. Die Tiere wurden vorläufig an einen Baum gebunden. Aus dem Bootshaus fuhr schon das hübsche Motorboot, von zwei Farbigen bedient. Auch die Ochsenwagen, die Vater und Tochter überholt hatten, langten eben mit der nötigen Dienerschaft an.

Peter Hagenau gab noch einige Befehle. Dann bestieg er mit seiner Tochter das Motorboot. Schnell fuhren sie an den Dampfer heran, der bereits stoppte. Der Kapitän sah lachend über die Reling.

»Haben Sie Passagiere für Subraja an Bord, Kapitän?« fragte Peter Hagenau.

»Jawohl, Mijnheer Hagenau, zwei Personen und dazu eine Menge Frachtstücke und Gepäck.«

»Gut, das Gepäck und die Frachtstücke lassen Sie in ihren Beibooten hinüberschaffen, Kapitän, die beiden Passagiere will ich in meinem Motorboot herüberholen.«

Der Kapitän lachte. »Dazu sind meine Beiboote wohl nicht gut genug?«

»Nein, weil eine Dame dabei ist; ich komme hinauf.«

Und mit elastischen Bewegungen kletterte Peter Hagenau die Fallreeptreppe hinauf.

»Du bleibst im Boot, Lia!« rief er seiner Tochter zu.

Lia nickte. Sie war ein wenig blaß und sah mit scheuen Augen hinauf zur Reling, wo sie eine Dame und einen Herrn nebeneinanderstehen sah.

Milde und Doktor Bergen sahen ihrem Brotherrn mit heimlicher Erregung entgegen. Sie sahen ihn am Fallreep heraufkommen, ohne vorläufig von Lia Notiz zu nehmen. Mit Herzklopfen bewunderte Milde die kraftvollen Bewegungen der schlanken, noch so jugendlich wirkenden Männergestalt. Gleich darauf stand Peter Hagenau vor ihnen.

»Fräulein Volkner, nicht wahr?« fragte er in deutscher Sprache und zog seinen Tropenhut von dem dichten, nur an den Schläfen leicht ergrauten Haar.

Milde verneigte sich. »Ich habe die Ehre, Herrn Hagenau vor mir zu sehen?«

Ein forschender Blick glitt aus seinen Augen über sie hin, die dann befriedigt aufleuchteten. Die Fotografie der jungen Dame hatte eher zu wenig als zu viel versprochen.

Mit einem warmen Druck reichte er ihr die Hand. »Seien Sie uns herzlich willkommen, Fräulein Volkner!«

»Ich danke Ihnen, Herr Hagenau«, erwiderte Milde mit halberstickter Stimme.

»Hatten Sie eine gute Reise?«

»Eine sehr gute, ich danke Ihnen.«

Nun sah Peter Hagenau zu Rudolf Bergen hinüber. »Und Sie sind Doktor Bergen, nicht wahr?« fragte er diesen, von seinem Anblick ebenfalls sympathisch berührt.

Rudolf verbeugte sich. »So ist es, Herr Hagenau.«

Auch ihm reichte Peter Hagenau die Hand. »Seien auch Sie mir herzlich willkommen. Und nun folgen Sie mir bitte in das Boot.«

Die beiden Reisenden verabschiedeten sich von dem Kapitän, der sehr freundlich zu ihnen gewesen war und der bereits die Gepäckstücke abladen ließ. Peter Hagenau kletterte zuerst die Fallreeptreppe hinab und war Milde, die ihm folgte, artig behilflich. Nach Milde kletterte Doktor Bergen herab. So gelangten sie in das Motorboot, in dem Lia, blaß vor heimlicher Erregung, am äußersten Ende hochaufgerichtet auf der Bank stand. Sie sah aus wie ein schlanker Junge von vielleicht vierzehn Jahren. Der breite Tropenhut, der ihr ganzes Haar verbarg, beschattete ihr Gesicht, aus dem die Augen nun ziemlich beklommen auf Milde sahen, ohne vorläufig von Doktor Bergen Notiz zu nehmen.

Milde erkannte Lia sofort nach den Momentaufnahmen, die Peter Hagenau an Frau Justizrat Rodeck gesandt hatte. Und ohne Zögern, von ihrem Herzenstakt getrieben, der sie befähigte, die Gefühle der kleinen, wilden Inselprinzessin zu verstehen, ging sie mit lachendem Gesicht auf sie zu.

»Darf ich Ihnen die Hand reichen, gnädiges Fräulein«, sagte sie bittend.

Lia senkte die Augen fragend und forschend in die Mildes, und als sie deren heiteres, gütiges Lächeln sah, lachte sie wie erlöst auf und reichte ihr die Hand.

»Sie sind aber nett! Aber ein gnädiges Fräulein bin ich nicht.«

Schelmisch sah Milde zu ihr auf. »Oh, Sie werden doch nicht ungnädig sein?«

Nun lachte Lia herzlich. »Ungnädig? Das ist böse, nicht wahr? Nein, ich glaube, das bin ich nicht, nur ein bißchen wild, sagt Vati.«

»Das schadet nichts, das ist jeder junge Mensch, wenn er gesund ist.«

Bei diesen Worten sah Milde, daß es in Peter Hagenaus Gesicht aufleuchtete. Das trieb ihr wohl die Röte ins Gesicht, aber sie zwang tapfer ihre Verlegenheit nieder. Lia fand, daß Milde Volkner in ihrem einfachen, aber geschmackvollen Reisekleid entzückend aussah.

»Also werden Sie nicht sehr entsetzt sein, wenn ich mich wie ein Junge benehme?«

»Ganz gewiß nicht. Ich tolle selbst gern noch ein wenig

herum, obwohl ich viel älter bin als Sie und eigentlich schon recht gesetzt sein sollte.«

Lia jauchzte auf und drückte Mildes Hand. »Das ist famos! Hast du das gehört, Vati?«

Dieser nickte lächelnd. Er begriff sofort, daß Milde mit diesen Worten Lia nur zutraulich machen wollte, und freute sich, daß es ihr so gut gelang.

Doktor Bergen war stummer Zuschauer dieser Szene gewesen. Er hatte Lia erst für einen Knaben gehalten und hatte gestutzt, als Milde diesen vermeintlichen Jungen mit »gnädiges Fräulein« anredete. Mit staunenden Augen sah er auf die schlanke Gestalt und gewahrte selber, daß er ein junges Mädchen vor sich habe. Diese Erkenntnis löste ein seltsames Empfinden in ihm aus.

Aber er hatte jetzt nicht lange Zeit, sich darüber klarzuwerden, denn Peter Hagenau sagte zu Lia: »Du begrüßt nun wohl auch Herrn Doktor Bergen, Lia!«

Erst jetzt wandte sich Lia dem Ingenieur zu. Bis jetzt hatte ihre ganze Aufmerksamkeit Milde Volkner gegolten. Nun blickte sie zu dem jungen Mann hin. Und plötzlich schlug eine dunkle Röte in ihr Gesicht. Ganz bestürzt sah sie ihn an, weil sie nicht wußte, weshalb sie sein Anblick so erregte.

Erschrocken sprang sie von der Bank und hatte nicht wenig Lust, sich hinter ihrem Vater oder hinter Milde zu verkriechen. Es schien ihr, als gehe etwas Feindliches von ihm auf sie aus, weil das Gefühl, das er in ihr auslöste, ein beklemmendes war.

Rudolf Bergen hatte sich schnell wieder gefaßt und verneigte sich vor Lia und sagte, ein wenig verlegen ihren Anzug musternd:

»Gnädiges Fräulein, gestatten Sie mir, Ihnen guten Tag zu sagen.«

Zögernd reichte ihm Lia ihre kleine gebräunte Hand, die so fest und kräftig war wie die eines Knaben.

Unwillkürlich mußte Rudolf Bergen lächeln, als ihm Lia mit festem Druck die Hand reichte. Sie sah dieses Lächeln, und es verwirrte sie. Aber sie stieß tapfer heraus: »Seien Sie uns herzlich willkommen auf Subraja, Herr Ingenieur. Es ist höchste Zeit, daß Sie kommen, sonst überschwemmt uns nächstens der See das ganze Dorf.« Sie sagte das, als habe sie es auswendig gelernt.

Er verbeugte sich. »Ich werde mir Mühe geben, das zu verhindern, gnädiges Fräulein.«

Diese Anrede von ihm erschien ihr wie ein Spott; sie wußte nicht, warum. Aber sie mußte daran denken, daß man sie damals auf ihrer Reise auch so oft verspottet hatte. Heftig schüttelte sie den Kopf.

»Ich bin kein gnädiges Fräulein, reden Sie doch vernünftig mit mir!« stieß sie fast unwillig hervor.

»Und wie befehlen Sie, daß ich Sie anreden soll?« fragte er, während er sich bemühte, ein amüsiertes Lächeln zu unterdrücken.

Doch sie sah, wie es in seinem Gesicht verräterisch zuckte, und ein unerklärlich schmerzhaftes Gefühl durchfuhr sie.

»Das ist doch sehr einfach, ich heiße Lia und damit basta.«

Das stieß sie in ihrer Verlegenheit fast zornig heraus. Rudolf Bergen sah hilflos auf Peter Hagenau. Dieser sah aber nicht weniger hilflos aus, und so legte sich Milde verständnisvoll ins Mittel und sagte lächelnd: »Sehen Sie wohl, Herr Doktor, mit dem Titel ›Gnädiges Fräulein‹ haben Sie kein Glück. Ich habe ihn mir auch schon verboten. Wenn Fräulein Hagenau nicht so tituliert werden will, dann müssen Sie Fräulein Hagenau zu ihr sagen.«

Peter Hagenau atmete erleichtert auf und warf Milde einen dankbaren Blick zu. »Selbstverständlich, Herr Doktor, Fräulein Volkner hat das Richtige gefunden.«

»Ist Ihnen das recht, Fräulein Hagenau?« fragte Rudolf artig.

Lia wagte vorläufig nicht wieder in seine Augen zu sehen. Sie fürchtete sich vor der seltsamen Empfindung, die seine Blicke in ihr auslösten. Und so sagte sie nur:

»Wie komisch das klingt: Fräulein Hagenau; so hat mich noch nie ein Mensch genannt. Vati nennt mich Lia, und unsere Leute nennen mich Sahiba.«

»Sahiba?« fragte Rudolf.

Sie nickte. »Ja, Vati heißt bei ihnen Sahib und ich Sahiba.«

»Vielleicht gestatten Sie mir dann auch, daß ich Sie Sahiba nenne?«

»Wenn Sie das tun wollen, ist es mir schon das liebste. Dann weiß ich wenigstens, daß ich damit gemeint bin. Auf Fräulein Hagenau würde ich wahrscheinlich meist ebensowenig hören wie auf ›Gnädiges Fräulein‹.«

»Dann gestatten Sie mir wohl auch, daß ich Sie Sahiba nenne«, sagte Milde.

Lia faßte ihre Hand.

»Nein«, sagte sie bittend, »Sie sollen mich Lia nennen, und ich darf Sie Milde nennen, das ist ein so schöner Name, und er paßt so gut zu Ihnen.«

»Damit bin ich gern einverstanden«, sagte Milde.

»Aber nun nehmen Sie Platz, meine Herrschaften. Wir wollen vom Dampfer abstoßen, denn wir sind hier im Wege, weil die Frachtstücke abgeladen werden«, warf Peter Hagenau ein.

Lia zog Milde ohne Umstände neben sich nieder, aber soweit wie möglich von Rudolf Bergen entfernt, zu dem sie immer wieder scheu hinübersah. Und wenn sie seinem Blick begegnete, überkam sie immer wieder ein seltsames Gefühl, das sie sich nicht erklären konnte.

Peter Hagenau nahm neben Rudolf Bergen Platz. Er fragte ihn nach dem Verlauf der Reise und ob er alle nötigen Werkzeuge und Maschinen mitgebracht habe.

»Soweit ich aus der Ferne beurteilen konnte, habe ich alles mitgebracht, was wir brauchen.«

»Das ist gut. Der See steigt nämlich in den letzten Wochen

ziemlich schnell. Wir müssen sofort mit den Arbeiten beginnen.«

»Das soll geschehen, Herr Hagenau.«

Die beiden Herren unterhielten sich nun sehr angeregt über den Kanal. Milde und Lia saßen am anderen Ende des Bootes, und Milde suchte eine unbefangene Plauderei in Gang zu halten. Sie mußte dabei zuweilen die größte Selbstbeherrschung aufbieten, um nicht über Lias ziemlich formlose, aber dafür sehr aufrichtigen Worte laut aufzulachen. Aber sie sagte sich sehr richtig, daß sie sich damit leicht Lias Vertrauen verscherzen könne. Und das durfte auf keinen Fall sein.

Während sie mit Lia plauderte, sah sie immer wieder zu Peter Hagenau hin. Heimlich forschend suchte sie in seinem Gesicht zu lesen. Dies von Wind und Wetter gebräunte Gesicht, dem die Tropensonne fast einen Bronzeton gegeben hatte, erschien ihr bedeutender und interessanter als sonst ein Männergesicht.

Das Motorboot legte den Weg zur Insel in schneller Fahrt zurück. Als es am Landungssteg anlegte, sprang Peter Hagenau zuerst aus dem Boot und reichte Milde hilfreich die Hand. Rudolf Bergen wollte Lia behilflich sein, aber sie nahm seine Hand nicht und sprang mit einem Satz aus dem Boot, der ihn in Erstaunen setzte.

Peter Hagenau gab nun seinen Leuten Befehl, das Ausbooten der Frachtstücke abzuwarten. Die Koffer der beiden Angekommenen sollten hinauf in das Wohnhaus gebracht werden, während die anderen Frachtstücke hinüber in das frühere Wohnhaus des alten Besitzers von Subraja geschafft werden sollten. Dies noch sehr gut erhaltene Gebäude stand in der Nähe des Sees, auf einer kleinen Erhöhung. Hier waren die Maschinen und Werkzeuge vorläufig gut untergebracht, denn es wäre zwecklos gewesen, sie erst den Berg hinaufzuschaffen.

Alsdann geleitete Peter Hagenau Doktor Bergen zu dem mit bequemen Polstersitzen versehenen Ochsenkarren. Er forderte ihn zum Einsteigen auf und war Milde dabei behilflich. Als seine Gäste Platz genommen hatten, bestieg er mit seiner Tochter die Pferde, die von den Dienern herbeigebracht worden waren. Rudolf Bergen sah bewundernd, wie leicht und elegant Lia sich in den Sattel schwang und wie sicher und anmutig sie zu Pferde saß. Jetzt störte ihn der Knabenanzug nicht. Hatte er doch schon viele Damen im Herrensitz reiten sehen, die dabei ähnliche Kostüme trugen wie die kleine Inselprinzessin.

Lia schien sich auf dem Rücken ihres Pferdes wieder bedeutend wohler zu fühlen. Sie sprengte übermütig davon, und erst als ihr Vater ihr nachkam und sie anrief, hielt sie ihr Pferd an.

»Was ist, Vati?«

»Wir dürfen unsere Gäste nicht sich selbst überlassen, Lia. Es geht nicht, daß du vorausreitest. Wir müssen neben dem Ochsenkarren herreiten.«

Sie seufzte tief auf. »Ach, Vati, was werde ich jetzt alles nicht dürfen!« sagte sie ahnungsvoll und ganz verzagt.

Mitleidig und liebevoll sah er sie an. »Du wirst doch kein Hasenfuß sein. Kind? Sei nur nicht bange, das findet sich alles von selbst – Gefällt dir Fräulein Volkner nicht?«

»Doch, Vati, sie ist entzückend. Mit ihr werde ich bald gut Freund sein. Aber der Ingenieur – der hat mich so sonderbar angesehen, als sei ich vom Mond gefallen oder als hätte er noch nie ein Mädchen in Hosen gesehen.«

Der Vater mußte lachen.

»Das dürfte wohl auch der Fall sein.«

Sie nagte an den Lippen. Aber dann warf sie den Kopf zurück und sagte trotzig: »Nun, so wird er sich jetzt an den Anblick gewöhnen müssen!«

»Selbstverständlich wird er das tun, Lia. Und sicherlich wirst du auch bald mit ihm gut Freund sein.«

Etwas unsicher blickte sie zum Ochsenkarren hinüber, der langsam näher kam. »Ich weiß doch nicht, Vati, ob ich jemals gut Freund mit ihm werden kann. Weißt du, als ich vorhin zuerst in seine Augen blickte, da hatte ich ein ganz komisches

Gefühl – so, als sträubten sich mir die Haare auf dem Kopf. So sonderbar ist mir noch nie in meinem Leben zumute gewesen.«

Ein inniges Mitleid mit seinem kleinen Wildfang erfüllte des Vaters Herz. Er konnte es gut verstehen, daß sie sich erst langsam an die fremden Menschen gewöhnen würde. Um ihr einigermaßen ihre Unbefangenheit wiederzugeben, sagte er scherzend: »Wie gut, daß du einen Hut aufhattest, der dein Haar festhielt. Es hätte sonst doch sehr komisch ausgesehen, wenn es sich gesträubt hätte.«

Nun mußte Lia laut auflachen. »Das wäre ein Spaß gewesen, Vati! Doktor Bergen hätte da wohl einen schönen Schrecken bekommen.«

»Im übrigen kannst du ihm wohl auch dein Vertrauen schenken. Ich habe einige Menschenkenntnis, und dieser junge Mann scheint mir ein guter und ehrenhafter Mensch zu sein.«

Mit einem vertrauensvollen Blick sah sie zum Vater empor.

»Nun, Vati, wenn du das sagst, dann ist er es sicher, und ich will mir Mühe geben, mich an ihn zu gewöhnen. Aber ob ich gut Freund mit ihm werden kann, das weiß ich noch nicht.«

»Das gibt sich schon, mein Kind.«

Inzwischen war der Ochsenkarren nahe herbeigekommen, und Lia ritt an die Seite, auf der Milde saß. »Sitzen Sie gut?«

»Danke, ausgezeichnet.«

»Ich sitze nicht gern im Ochsenwagen, ich finde es gräßlich. Aber wir wußten nicht, ob Sie reiten konnten, sonst hätten wir Pferde mitgebracht.«

»Nein, reiten kann ich allerdings nicht, ich habe noch nie auf einem Pferd gesessen«, sagte Milde.

»Oh, das müssen Sie aber auf Subraja lernen. Hier muß man reiten können, wenn man schnell vorwärts kommen will.«

Milde sah fragend zu Peter Hagenau hin. Er nickte ihr lächelnd zu.

»Meine Tochter hat recht, Fräulein Volkner, es wird nötig

sein, daß Sie reiten lernen. Sie können doch hoffentlich reiten, Herr Doktor?«

»Gewiß, Herr Hagenau, und ich würde mich sehr freuen, wenn ich dazu Gelegenheit haben könnte.«

»Nun, an Pferden fehlt es nicht bei uns, und Sattelzeug ist auch genügend vorhanden. – Sehen Sie, dort oben auf dem Berg liegt unser Wohnhaus.« Er zeigte hinauf, und Milde und der Ingenieur folgten mit den Blicken seiner Hand.

»Dort oben ist die Luft bedeutend besser, und wir haben ein außerordentlich gesundes Klima. Vor allem aber ist die Aussicht von oben bedeutend schöner.«

Brennend ruhten die Blicke der beiden neuen Bewohner von Subraja auf dem Haus, das nun für lange Zeit auch ihnen ein Heim sein sollte. Und dann flogen ihre Augen hinweg über die reizvolle Tropenlandschaft. Sie konnten zufrieden sein mit der schönen Umgebung, in der sie jetzt leben würden, und dankten dem Himmel dafür.

VI

Lia hatte Milde in ihr Zimmer geführt. Es war ein hübsches, luftiges Zimmer mit leichten Rohrmöbeln, eingebauten Schränken und einem weiß emaillierten Bett, auf dem eine hellblaue Steppdecke lag.

»Wird es Ihnen auch bei uns gefallen, Milde?« fragte Lia ein wenig verzagt.

Mit einem aufleuchtenden Blick sah sich Milde um. »Wie sollte es mir nicht gefallen, Lia, es ist doch sehr schön. Solchen Komfort hier zu finden, hatte ich nicht erwartet.«

»Dann bin ich sehr froh! Ist es Ihnen auch recht, daß Ihr Zimmer gleich neben dem meinen liegt? Ich dachte es mir sehr schön, Sie in meiner Nähe zu haben. Vati hat sein Schlafzimmer im anderen Flügel des Hauses. Ich bin sehr froh, daß Sie so nett sind, wie ich es mir nach Ihrem Bild gedacht habe. Oder nein, eigentlich sind Sie noch viel netter. Vati sagt das auch.«

Ein helles Rot schoß in Mildes Gesicht. Sie faßte Lias Hand. »Es freut mich sehr, Lia, denn ich möchte Ihnen gern gefallen, damit Sie Zutrauen zu mir fassen können.«

»Das ist schon geschehen, gleich als ich zum erstenmal in Ihre Augen sah. Aber ob ich Ihnen gefalle, ist leider wohl sehr fraglich.«

Sanft strich Milde über Lias Haar. »Mir gefallen Sie aber sehr gut.«

»Wirklich?«

»Ganz gewiß, sonst würde ich es Ihnen nicht sagen.«

»Nein, lügen können Sie nicht, dazu sind Ihre Augen zu wahr. Aber das ist mir unbegreiflich. Finden Sie nicht, daß ich in meinen Knabenkleidern sehr häßlich aussehe?«

Milde dachte an den Rat ihrer mütterlichen Freundin und sagte lächelnd: »Ich kann das nicht finden. Zuweilen sind solche Kleider sehr bequem und angenehm. Ich habe auch zuweilen Knabenkleider getragen, wenn ich zum Beispiel in den Bergen herumkletterte. Schön sieht man als Dame natürlich nicht darin aus, aber manchmal ist es wichtiger, praktisch gekleidet zu sein. Ich habe mir mein Bergsteigekostüm für alle Fälle mitgebracht, falls wir einmal eine Kletterpartie machen.«

»Ist das wahr?«

»Wenn meine Koffer da sind, werde ich Ihnen den Anzug zeigen. Immer möchte ich ihn natürlich nicht tragen, denn daß eine Frau in Kleidern viel schöner aussieht, ist sicher. Übrigens tragen die Damen bei uns zum Reiten auch oft Hosen, aber meistens mit geteilten Röcken darüber, weil es hübscher aussieht. Wenn Sie nach Deutschland kommen, müssen Sie natürlich im Haus, auf der Straße und in Gesellschaft auch Kleider tragen. Und am besten ist es, wenn Sie sich schon jetzt daran gewöhnen.«

Lia schüttelte abwehrend das Haupt. »Kleider sind schrecklich unbequem. Manchmal habe ich einen Sarong getragen wie die Frauen der Eingeborenen, aber schon das ist schrecklich. Wenn man schnell laufen will, fällt man hin. Und auf einen Baum kann man überhaupt nicht klettern.«

»Das kann ich mir denken«, sagte Milde, ihre Beherrschung bewahrend, »aber wenn man ruhig ausschreitet, dann sind Kleider sehr bequem. Sie müssen es gelegentlich einmal versuchen.«

Lia zuckte die Achseln. »Ich besitze überhaupt keine Kleider.«

Milde tat erstaunt. »Nein! Nun, dann trifft es sich sehr gut, daß Ihre Frau Großtante allerlei für Sie eingekauft hat, was eine junge Dame braucht. Sie hat sich schon gedacht, daß hier nichts zu haben ist. Sie hat alles nach der neuesten Mode eingekauft.«

Lia war zunächst sprachlos, aber dann lachte sie hellauf. »Ach, wie drollig! Kleider nach der neuesten Mode für mich?

Es ist ja sehr lieb von Großtante Herta, aber wie denkt sie sich das? Wann soll ich diese Kleider tragen?«

»Nun, hier im Haus bei den Mahlzeiten, oder wenn Sie im Garten promenieren.«

Lia lachte noch immer. »Ach, liebe Milde, was soll ich dann tun, wenn das Affenvolk zudringlich wird? Dann kann ich es nicht verjagen, und wenn die Affen dann an mir herumklettern, würden die Kleider bald sehr mitgenommen aussehen.«

Milde sah anscheinend sehr betreten aus. »Ja, was tue ich denn da, wenn mir die Affen zu nahe kommen?«

»Ach, Ihnen kommen Sie nicht zu nahe! Vor fremden Menschen verstecken sie sich. Auch zu mir kommen sie nur, wenn ich sie locke.«

Milde verbiß ein Lächeln. »Ach so, nur dann! Nun, dann gibt es ja einen Ausweg; wenn Sie ein Kleid tragen, locken Sie die Affen nicht.«

Lia wurde nachdenklich. Sie dachte wieder an Doktor Bergens Augen, die so seltsam über ihre Knabenkleidung weggestreift waren. Ihm gefiel es sicher nicht, daß sie diese trug. Ihm gefiel sicher Milde viel besser.

»Sie sind wohl sehr gut Freund mit dem Herrn Ingenieur?« fragte sie ganz unvermittelt.

Es lag ein seltsamer Unterton in dieser Frage, und Milde sah Lia plötzlich forschend an.

»O ja, wir haben auf der Reise gute Kameradschaft gehalten und sind sehr gut Freund geworden. Und wir haben beschlossen, auch in Zukunft fest zusammenzuhalten.«

»Ist er ein guter oder ein böser Mensch?«

»Sicher ist er ein sehr guter Mensch von vornehmer Gesinnung«, erwiderte Milde ruhig und bestimmt.

»Sie sind natürlich froh, daß er in Subraja ist?«

»Gewiß, denn er ist ein sehr guter Gesellschafter, er ist klug und vernünftig. Man kann nett mit ihm plaudern und sich unbedingt auf ihn verlassen.«

»Dann werden Sie ihn wohl heiraten, Milde?« stieß Lia hastig hervor.

Milde war über diese ziemlich formlose Frage zunächst eine Weile sprachlos. Forschend sah sie in Lias unruhig flackernde Augen und war klug genug, zu vermuten, daß dieses naive Naturkind lieber ein Nein als ein Ja auf diese Frage gehört hätte. Sollte Doktor Bergen gleich beim ersten Sehen einen so tiefen Eindruck auf die kleine Inselprinzessin gemacht haben? Endlich schüttelte sie den Kopf.

»Nein, Lia, das ist ganz ausgeschlossen.«

»Warum denn?« fragte Lia, leise aufatmend.

»Weil wir uns nicht lieben.«

»Und wenn man heiratet, muß man sich lieben, nicht wahr?«

»Wenn man glücklich werden will, ganz gewiß.«

»Hm! Nadina und Karitas lieben sich auch.«

»Wer ist das?«

»Meine Dienerin und unser Servierer. Sie haben vor einigen Monaten Hochzeit gehalten. Karitas hat Nadina von ihrem Vater gekauft.«

»Oh, kauft man sich hier Bräute?«

»Ja, es ist so Sitte. In Europa, bei den Weißen, gibt es das nicht, hat mir Vati gesagt.«

»Nein, wenigstens nicht in diesem Sinn«, sagte Milde lächelnd und dachte, wie oft auch bei den Weißen Bräute und Bräutigame gekauft würden.

»Also Sie werden Doktor Bergen bestimmt nicht heiraten, Milde?«

»Ganz bestimmt nicht, so wenig wie er mich heiraten würde. Wir sind nur sehr gute Freunde geworden.«

Lia dachte eine Weile nach. Dann sagte sie aus tiefen Gedanken heraus: »Nun, wenn Sie es ebenfalls sagen, daß er ein guter Mensch ist, dann will ich auch versuchen, gut Freund mit ihm zu werden. Vati wünscht es auch, und er sagt auch, daß er ein guter Mensch sei. Und vielleicht mag er gar nicht gut Freund mit mir werden, weil ich Knabenkleider trage.«

Eine leise Rührung wachte in Mildes Herzen auf. Sie zog Lia in einem Gefühl, das etwas Mütterliches hatte, an sich.

»Wenn die Koffer erst hier sind, dann zeige ich Ihnen all die schönen Sachen, die Frau Justizrat für Sie ausgesucht hat. Und dann probieren Sie das alles einmal an. Das verpflichtet ja zu nichts. Es sind so reizende Kleider dabei.«

Ganz leise regte sich die Eva in Lia. »Nun ja, man kann sie einmal probieren, wenn auch nur zum Scherz. Die Kleider werden mir aber sicher gar nicht passen.«

Milde verriet nicht, daß Lias Vater ihre Maße geschickt hatte. Sie wußte, das alles sollte nicht vorbereitet aussehen, um Lia nicht trotzig zu machen. So sagte sie nur:

»Oh, die werden schon passen. Die jetzige Mode, bei der alles lose und bequem ist, läßt sich leicht abändern.«

»Nun, wir werden sehen! Jetzt lasse ich Sie aber allein. Ich sende Ihnen eine Dienerin, die Ihre persönliche Bedienung übernehmen soll. Sie wird Ihnen in Zukunft immer zur Verfügung stehen und nur für Sie da sein.«

Milde sah Lia etwas betreten an. »Ich bin es gewöhnt, mich selbst zu bedienen, und brauche wirklich keine Dienerin.«

Energisch schüttelte Lia den Kopf. »Das geht nicht, daß Sie sich selbst bedienen, es würde Ihrem Ansehen schaden bei unserer Dienerschaft. Eine Dienerin müssen Sie sich schon gefallen lassen. Ihre Dienerin heißt Lodona und ist die Schwester meiner Dienerin Nadina. Lodona wird also gleich hier sein und Sie zum Bade führen, damit Sie sich erfrischen können. Wenn Sie fertig sind, kommen Sie zum Speisesaal, zur Reistafel. Lodona wird Sie führen. Wenn Sie sonst Wünsche haben, sagen Sie es ihr.«

Milde schwirrte ein wenig der Kopf. Diese kleine Inselprinzessin schien eines sehr gut zu verstehen – mit Nonchalance über eine Schar von Dienern zu gebieten. Und sie sagte sich, daß sie nun keine weiteren Einwände machen dürfe gegen eine eigene Bedienung.

»Ich danke Ihnen, liebe Lia.«

»Da ist doch nichts zu danken. Also bis nachher, liebe Milde.«

Peter Hagenau hatte inzwischen Doktor Bergen in sein am anderen Ende des Hauses gelegenes Zimmer geführt und hatte ihm gesagt, daß sogleich ein Bad für ihn gerichtet würde. Auch Rudolf Bergen wurde ein eigener Diener zur Verfügung gestellt. Dann ließ ihn der Hausherr allein.

Mit großem Behagen nahm Rudolf ein erfrischendes Bad. Es befanden sich mehrere Baderäume im Haus. Sie waren so ähnlich eingerichtet, wie man es auf Java findet. In der Mitte des Baderaumes stellte man sich auf einen nach der Seite etwas abfallenden Zementfußboden, der einen Abfluß hatte. Hier übergoß man sich mit Wasser, das in großen Kübeln bereitstand. Diese Art zu baden war sehr erfrischend und wenig zeitraubend.

Peter Hagenau hatte sich in das Wohnzimmer begeben. Hier trat Lia nach einer Weile ein. »Bist du allein, Vati?«

»Ja, Kind, Doktor Bergen erfrischt sich. Du hast doch gut für Fräulein Volkner gesorgt?«

»Ja, Vati, und wir verstehen uns nun schon sehr gut. Sie ist reizend und gar nicht entsetzt über meine Knabenkleider. Denke dir, sie trägt sogar selbst zuweilen Hosen, wenn sie in den Bergen herumklettert.«

Peter Hagenau lächelte. Kluges Fräulein Volkner, dachte er, sie fängt es richtig an, meinen kleinen Wildfang zutraulich zu machen.

»So, so«, sagte er, »dies Fräulein Volkner scheint ja eine sehr vernünftige Dame zu sein.«

»Zweifellos, Vati. Und sie will Doktor Bergen ganz gewiß nicht heiraten, und er sie auch nicht.«

Er stutzte. »Wie kommst du denn darauf, Lia?«

»Nun, sehr einfach, ich habe sie gleich gefragt.«

»Und über diese Frage war sie nicht entrüstet?«

»Gar nicht, warum sollte sie?«

»Weil diese Frage sehr indiskret war.«

»Indiskret? Was ist denn das, Vati?«

Er strich ihr über das Haar, das jetzt nicht mehr durch den Tropenhut verdeckt war und zwanglos über den Rücken fiel.

»Indiskret – das ist, wenn man sich neugierig nach Dingen erkundigt, die einen nichts angehen.«

»Aber Vati, es wäre uns doch sehr angenehm, wenn Milde und Doktor Bergen hätten heiraten wollen.«

Er biß sich auf die Lippen und gab es vorläufig auf, Lia klarzumachen, was indiskret sei. Aber es wurde ihm wieder einmal bewußt, wieviel er bei Lias Erziehung versäumt hatte.

Fräulein Volkner mußte helfen, und er hatte ein Gefühl der Erleichterung, daß dieses Fräulein Volkner anscheinend ein Mensch war, dem man vertrauen konnte. Vertrauen? Einer Frau vertrauen? Diese Frage schoß quälend durch sein Hirn. Und das Mißtrauen, das eine andere in ihm geweckt hatte, wollte sich auch gegen Milde Volkner regen.

Aber als er ihr bei der Reistafel gegenübersaß und in ihre reinen Augen sah, wollte dies Mißtrauen nicht mehr standhalten.

Dank Mildes heiterer Sicherheit und Doktor Bergens Frohsinn, herrschte bei Tisch ein sehr ungezwungener Ton. Milde brachte es immer wieder fertig, Lia ein frohes Lachen zu entlocken, und auch über Peter Hagenaus sonst so ernstes Gesicht flog immer wieder ein heller Schein. Das löste in Mildes Herzen ein herrliches Gefühl aus. Sie gab ihm von ihrer harmonischen Heiterkeit so viel, wie sie geben konnte, und fand für Lia einen lieben gütigen Ton.

Nach Tisch saß man draußen auf der Veranda. Lia vermied es noch immer, Doktor Bergen anzusehen. Dieser ließ aber kaum seine Augen von ihrem Gesicht. Seit sie den Tropenhut nicht mehr auf dem Kopf trug und das metallisch schimmernde Haar in üppiger Lockenflut über die bastseidene Hemdbluse fiel, sah sie allerdings noch viel seltsamer aus, aber sicher sehr viel reizvoller. Er malte sich aus, wie dieses ursprüngliche Naturkind wohl in Frauenkleidern aussehen müsse. Und wenn Lia sprach, lauschte er mit immer stärker werdendem Interesse auf den warmen frischen Klang dieser Stimme. Alles was sie sagte, klang so ungekünstelt. Manchmal kam es freilich ziemlich unhöflich heraus, aber er sah ein, daß sie nicht gewöhnt war, schöne Worte über Dinge zu sagen, die ihr nicht gefielen. Das war etwas ganz Neues für ihn. Und er fand es originell und drollig.

Im Laufe der Unterhaltung meinte Milde, Lia habe von Affen gesprochen, sie habe aber noch keine gesehen. Da sprang Lia auf, setzte mit einem Sprung über die Verandabrüstung hinweg, sprang in großen Sätzen hinüber zu einem der Diattibäume, die unweit des Hauses standen, und kletterte wie ein Eichkätzchen daran empor. Im Nu war sie in der Laubkrone verschwunden. Man hörte ein Gelächter und Gekreisch, und gleich darauf kamen ein Paar schlanke Beine zum Vorschein und wenige Augenblicke später Lias ganze Gestalt. Sie sprang vom Baume herunter und hielt ein zierliches Zwergäffchen im Arm. Schnell kam sie wieder auf die Veranda und hielt Milde das Äffchen entgegen. Es schaute mit ängstlichen Augen auf die Gruppe.

»Hier ist einer, Milde, wollen Sie ihn haben, oder soll ich ihn wieder laufen lassen?«

Milde und Rudolf Bergen hatten ihr sprachlos nachgeblickt und sahen ihr nun ebenso sprachlos entgegen. Milde faßte sich zuerst. »Ich fürchte, ich stelle mich sehr ungeschickt an, wenn ich das Tierchen anfasse. Wir sehen ja daheim so etwas nur im Zoologischen Garten, und da sind die Tiere in Käfigen.«

»Im Käfig? Diese harmlosen Tiere? Wie grausam ist das!« sagte Lia. »Du, Vati, wenn sie mich nur nicht auch in einen Käfig sperren, wenn ich nach Deutschland komme!«

Ihr Vater und die beiden neuen Hausgenossen mußten lachen. »Deswegen brauchen Sie nicht in Sorge zu sein, Sahiba, junge Damen werden in Deutschland nicht eingesperrt«, sagte Rudolf Bergen, der sich inzwischen von seinem Erstaunen über Lias Kletterkunststück erholt hatte. Sie wandte den Kopf und sah ihn mit einem seltsamen Blick an. Dann wandte sie sich schnell wieder Milde zu. »Also Sie wollen das Äffchen nicht haben? Dann lasse ich es wieder laufen.«

Damit setzte sie das Tierchen auf die Verandabrüstung. Es spazierte auf dieser eiligst davon, bis zu der nächsten Holzsäule, kletterte daran empor und wollte sich auf das Sonnendach schwingen.

Aber Lia hielt es lachend am Schwanz fest und spielte mit ihm, unbekümmert um ihre Zuschauer.

»Sie werden einen schweren Stand haben mit meinem Wildfang, Fräulein Volkner«, sagte Peter Hagenau halblaut zu Milde.

»Keine Sorge, Herr Hagenau, ich wette, daß Lia in wenigen Monaten alles gelernt haben wird, was nötig ist. Zu viel von ihrer Ursprünglichkeit wollen wir ihr nicht nehmen.«

»Das wäre schade!« kam es impulsiv über Rudolf Bergens Lippen.

»Sie sind also nicht restlos entsetzt über meinen kleinen Wildfang?« fragte der Hausherr aufatmend.

»Man muß Gott danken, wenn es einem vergönnt ist, ein so unverbildetes Naturkind kennenzulernen«, erwiderte der junge Mann warm und mit ehrlicher Überzeugung.

»Das ist auch meine Ansicht«, fügte Milde hinzu.

Nun kam Lia wieder in Hörweite, da der Affe davongelaufen war, und man wechselte das Thema.

Milde und Rudolf mußten von ihrer Reise erzählen, und Peter Hagenau berichtete Wissenswertes über Subraja.

»Morgen werden wir gleich einen Ausflug zum Kambong machen, damit Sie etwas mehr von der Insel zu sehen bekommen. Sie, Herr Doktor, können uns, meine Tochter und mich, zu Pferde begleiten und Fräulein Volkner lasse ich von einigen Dienern im Tragsessel hinuntertragen.«

Milde lachte. »Verwöhnen Sie mich nur nicht zu sehr, Herr Hagenau, ich kann doch laufen.«

»Ehe Sie nicht akklimatisiert sind, dürfen Sie sich nicht anstrengen. Im Tragsessel werden Sie schnell und angenehm befördert, und außerdem haben Sie noch ein Schutzdach über Ihrem Kopf. Was aber das Verwöhnen anbetrifft, so fürchte ich, daß Sie auf manchen gewohnten Komfort werden verzichten müssen. Deshalb gestatten Sie mir, daß ich Sie wenigstens soviel, wie es in meinen Kräften steht, dafür zu entschädigen versuche. Sobald als möglich sollen Sie reiten lernen, damit Sie sich wenigstens ungehindert auf der Insel bewegen können.«

Mildes Gesicht hatte sich bei seinen Worten mit einer leichten Röte überzogen. Sie sah ihn dankbar an und sagte mit einem reizenden Lächeln, das ihm seltsam ans Herz rührte:

»Ich kann Ihnen nicht genug danken für all Ihre Güte und Fürsorge. Im übrigen können Sie mir glauben, daß ich in den letzten Jahren ein hartes Leben gewöhnt war. Denn erst kam der Krieg mit seinen Entbehrungen, dann verloren meine Eltern ihr Vermögen, und schließlich war ich als Aushilfslehrerin auch nicht auf Rosen gebettet. Früher war ich freilich ein ziemlich verwöhntes Menschenkind, aber das ist lange her. Und ich bin Ihnen sehr dankbar, daß Sie mich in Ihr Haus riefen.«

»Danken Sie mir nicht, ich habe zu danken, daß Sie sich entschlossen haben, nach Subraja zu kommen.«

Sie atmete tief auf. »Wenn ich nicht mit Worten danken darf, dann muß ich versuchen, es durch die Tat zu tun. Danken muß ich Ihnen, denn Sie haben mir schon so viel Gutes getan.«

Fast erschrocken lehnte er ab. »Ich – Ihnen? Womit denn, wenn ich fragen darf?«

Ihre Augen strahlten ihn an. »Schon damit allein, daß Sie mich aus dem quälenden Schulzwang erlösten. Und dann die herrliche Reise, die Sie mir ermöglichten. Fragen Sie nur Doktor Bergen, wie wir um die Wette unsern Wohltäter gesegnet haben, wenn wir wieder und wieder Neues und Schönes zu sehen bekamen. Auch er betrachtet Sie als seinen Wohltäter.«

»Fräulein Volkner spricht mir aus der Seele, Herr Hagenau«, sagte Rudolf mit warmer Ergebenheit.

Peter Hagenaus Stirn hatte sich gerötet. »Sie beschämen mich beide. Ich dachte nicht einmal daran, Ihnen Wohltaten zu erweisen. Ich bedurfte Ihrer und ließ Sie kommen. Das Geld, das zu Ihrer Reise nötig war, besitze ich im Überfluß, ich brachte also nicht das kleinste Opfer. Bitte, sprechen Sie nicht mehr davon, es beschämt mich.«

»Das soll es gewiß nicht«, sagte Milde leise. Lia umfaßte den Hals ihres Vaters und schmiegte ihre Wange an die seine.

»Mein Vati ist der beste, herrlichste Mensch auf der Welt«, sagte sie mit so hinreißender Zärtlichkeit, daß das ganze, sonst so ungestüme Persönchen darin aufgelöst zu sein schien.

Rudolf Bergen sah mit großen Augen auf sie hin. Glücklich der Mann, der die Schätze dieser jungen Seele einst heben darf, dachte er.

Peter Hagenau aber war so verlegen, daß seine Stirn dunkle Röte deckte.

»Kind, du machst deinen Vater ganz verlegen«, wehrte er ab.

Eine Weile war es sehr still. Etwas Schönes und Gutes war in diesen vier Menschen, und es klang in ihnen nach, ohne daß sie es hätten in Worte fassen können. Dann brachte Peter Hagenau gewaltsam ein anderes Thema auf. Er wehrte sich gegen die Weichheit, die seine Seele befallen wollte, wenn er in Mildes Antlitz sah. Ob solche Augen auch lügen konnten?

Und mit einer seltsamen Bangigkeit erkannte er in dieser Stunde, daß in seinem Innern noch manches lebte, was er längst für tot gehalten hatte. Die schöne weiße Frau, die heute sein Reich betreten hatte, rührte mit beiden Händen an die alten Wunden seines Herzens – aber es tat nicht mehr weh. Es sprangen warme Quellen in seinem Innern auf, die er längst für versiegt gehalten hatte. Mit einer ihm selbst unverständlichen Unruhe merkte er plötzlich, daß er noch kein alter Mann war. Irgend etwas drang stark und belebend wie ein Jugendtrank durch seine Adern, und ihm war, als sei er lange lebendig begraben gewesen und steige nun wieder empor zum Licht.

Und dies alles weckte diese erste weiße Frau in ihm, die seine Insel betreten hatte.

Gewaltsam wehrte er sich gegen diese Gedanken und Empfindungen. Was sollten sie ihm? Er begann hastig von dem steigenden See zu sprechen, um seine Ruhe wiederzugewinnen. Er erzählte, daß der See einen unterirdischen Zufluß haben müsse, der vielleicht aus den Felsen, aus dem Erdinnern kam.

»Ich habe natürlich das ganze Felsengebiet durchsucht, um das Rätsel zu lösen. Aber ich entdeckte nichts Auffallendes als eine Quelle, oder nur ein Rinnsal, das aus felsigem Gestein unvermutet herausspringt und vielleicht eine halbe Stunde weit dahinfließt. Plötzlich verschwindet es wieder im Gestein und ist dann nicht mehr auffindbar. Sicher fließt es unter der Oberfläche dann weiter und unterirdisch in den See hinein. Nur so kann ich mir das Steigen des Sees erklären.«

»Wo bekommen Sie das Trinkwasser her?« fragte Rudolf interessiert.

»Das holen unsere Leute von einem Quell, der etwa zehn Minuten unterhalb des Bergplateaus aus dem Innern des Berges, auf dem dies Haus steht, hervorspringt. Es ist ein ausgezeichnetes, klares und erfrischendes Wasser.«

»Und wo fließt dieser Quell hin?«

»Durch das Kambong, denn auch die Eingeborenen holen sich das Trinkwasser von diesem ergiebigen Quell. Er fließt dann jenseits des Dorfes ins Meer. Ohne diesen Trinkwasserquell wäre Subraja gar nicht bewohnbar.«

»Also bleibt nur die Vermutung übrig, daß der von Ihnen aufgefundene Quell das Steigen des Sees verursacht.«

»Unbedingt.«

»Ich möchte Sie bitten, mich einmal an diesen geheimnisvollen Quell zu führen.«

»Selbstverständlich, ich halte es für nötig, daß Sie selbst das Terrain inspizieren. Das Seltsame ist, daß ich längs dieses Wasserlaufes reine Goldkörner und Saphire von nicht unbeträchtlicher Größe gefunden habe. Es hat den Anschein, als würden diese Schätze durch das Rinnsal aus dem Berginnern herausgespült.«

Interessiert sahen ihn seine Zuhörer an.

»Und Sie haben nicht nachgeforscht, woher diese Schätze kommen, von wo sie an das Tageslicht gespült worden sind?« fragte der junge Ingenieur.

»Es war nicht möglich, in den Felsspalt einzudringen, aus dem das Wasser herausfließt. Vielleicht könnte man den Felsen sprengen, aber offen gesagt, ich fürchte, es könnte eine Katastrophe zur Folge haben, die meine ganze Insel bedroht.«

»Haben Sie irgendwelche Anzeichen für diese Besorgnis?«

»Nein, sie liegt mehr im Gefühl. Und wozu soll ich das Experiment machen? Von Zeit zu Zeit suche ich das schmale Wasserbett ab und nehme an mich, was ich finde. Es ist meist eine ziemlich reiche Ausbeute.«

»Und trotz Ihres großen Reichtums leben Sie mit Ihrer Tochter in dieser Weltabgeschiedenheit?« fragte Rudolf fassungslos.

Ein düsteres Lächeln spielte um Peter Hagenaus Mund. »Ich suchte den Frieden und einen Boden, wo mein Kind sich ohne Lüge und Heuchelei zu einem ehrlichen Menschen entfalten konnte. Immer wieder habe ich meiner Tochter eingeprägt, daß Reichtum nicht glücklich macht. Glücklich kann nur der Mensch sein, der allen Reichtum aus sich selbst schöpft. Aber nun wollen wir davon nicht mehr sprechen. Um noch einmal auf den See zu kommen: Vor zwölf Jahren, als ich hierherkam, war er noch auf sein Bett beschränkt, und ich merkte erst nach einigen Jahren, daß er sehr gestiegen war. Und das begann mir Sorge zu machen. Endlich kam ich zu dem Entschluß, einen Abzugskanal bauen zu lassen. Aber ich schob es immer wieder hinaus, denn, das gestehe ich Ihnen ganz offen, leicht war es für mich und meine Tochter nicht, unsere Einsamkeit aufzugeben. Der See stieg aber höher und höher und versumpfte mir das angrenzende Gelände, und so entschloß ich mich denn, einen Ingenieur herbeizurufen. Und nun sind Sie da – und Fräulein Volkner auch, und zu unserem Erstaunen freuen wir uns über Ihr Hiersein, nicht wahr, Lia?«

»Ja, Vati, nun ist es gar nicht so schlimm, wie wir dachten«, sagte Lia lachend.

Er nickte ihr lächelnd zu und dann sagte er zu dem jungen Mann: »Also nun bauen Sie mir einen Abzugskanal. Sie sollen gut belohnt werden.«

»Oh, ich freue mich, wenn ich wieder im See schwimmen kann! Vati läßt es jetzt nicht zu, weil ihm der steigende See unheimlich wurde«, sagte Lia, die mit großem Interesse der Unterhaltung gefolgt war.

»Warum schwimmen Sie nicht im Meer, Sahiba?« fragte Rudolf.

Lia lachte. »Oh, lassen Sie sich ja nicht einfallen, im offenen Meer zu baden. Zuweilen zeigen sich hier Haifische.«

»Wirklich?«

»Ganz gewiß.«

»Und was für Tiere bevölkern Subraja? Gibt es Tiger oder Leoparden?«

»Nein, Herr Doktor, wenn Sie gehofft haben, hier auf eine Tiger- oder Leopardenjagd gehen zu können, dann muß ich Sie enttäuschen. Die einzigen Tiere, die eine Jagd lohnen und die auch noch reichlich vertreten sind, sind Wildschweine.«

»Gibt es auch Schlangen auf Subraja?« fragte Milde ein wenig ängstlich.

»Gottlob nicht. Sie können unbesorgt sein«, beruhigte Peter Hagenau sie. »In die Niederung aber gehen Sie bitte nicht allein. Es könnte sonst doch einmal zu einer Begegnung mit einem rabiaten Wildschwein kommen. Ihnen, Herr Doktor, empfehle ich deshalb, nie ohne Waffe auszureiten. Sind Sie mit dem Nötigsten versehen?«

»Wenn ein Browning und ein gutes Weidmesser genügen?«

»Unbedingt. So leicht greifen die Wildschweine nicht an. Und wenn Sie zuweilen mit uns auf die Jagd gehen wollen, werden Sie bald den richtigen Umgang mit Wildschweinen lernen.«

»Ich habe im letzten Monat zwei erlegt«, sagte Lia, als sei das ganz selbstverständlich.

Erschrocken sah Rudolf sie an. »Sie allein, Sahiba?«

»Das eine in Gesellschaft meines Vaters, das andere allein.«

»Um Gottes willen!« rief Milde aus.

Lia lachte. »Das ist gar nicht schlimm, wenn man eine gute Büchse und ein gutes Fangmesser hat.«

Rudolf Bergen sah den Hausherrn fassungslos an. »Sollten Sie Ihr Fräulein Tochter nicht auch lieber davon abhalten, allein durch das Revier der Wildschweine zu streifen?«

Peter Hagenau lächelte. »Meistens ist sie in meiner Gesellschaft. Aber wenn sie auch allein ist – sie weiß sich zu helfen. In der Regel ist sie ja zu Pferde und außerdem, Sie haben ja gesehen, wie schnell sie auf einem Baum ist. Da kommt ihr kein Wildschwein nach!«

»Von einem Baum aus habe ich mein letztes Wildschwein auch erlegt«, sagte Lia gemütsruhig. »Ich hörte es durch das Unterholz brechen, stieg auf einen Baum und nahm es aufs Korn. Der erste Schuß saß, und die Beute war mein.«

Das erzählte Lia ungefähr so, wie ein anderes junges Mädchen vielleicht von einer Tennispartie berichtet hätte.

Staunen und Bewunderung lag in den Augen ihrer Zuhörer.

VII

Die Tage vergingen schnell auf Subraja. Peter Hagenau hatte mit seinen neuen Hausbewohnern Ausflüge über die ganze Insel gemacht. Die beiden Herren hatten auch das Terrain um den See gründlich inspiziert. Auch waren sie beide bei der geheimnisvollen Quelle gewesen und hatten das ganze Gelände abgesucht, ohne etwas Neues zu finden. Rudolf Bergen war ebenfalls der Überzeugung, daß diese Quelle mit dem unterirdischen Zufluß des Sees in Verbindung stand.

Er hatte Peter Hagenau den Weg bezeichnet, den der Kanal nehmen sollte. Er hatte dazu die schmalste Stelle ausgesucht zwischen Meer und See. Immerhin mußte der Kanal mindestens eine gute Wegstunde lang werden. Die Schleuse, die nötig sein würde, um den Abfluß genau zu regulieren, sollte etwa in der Mitte dieser Strecke liegen.

Um nun aber das Steigen des Sees sogleich zu verhindern, war Rudolfs Vorschlag, zuerst einen primitiven Abfluß zu schaffen, akzeptiert worden. Seitlich von der Strecke, den der Kanal laufen sollte, wurde ein schmaler Graben ausgeworfen, durch den wenigstens das jetzt noch zufließende Wasser abgeleitet werden sollte.

Rudolf war frisch und fröhlich bei der Arbeit, trotzdem ihm natürlich das andere Klima ein wenig zusetzte. Eine nicht geringe Schwierigkeit entstand für ihn dadurch, daß er sich mit seinen Arbeitern nicht recht verständigen konnte. Aber da schaffte Peter Hagenau bald Abhilfe. Er diente entweder selbst als Dolmetscher oder sein alter Diener Dacus versah dies Amt. Dacus war mit Peter Hagenau vor zwölf Jahren nach Subraja gekommen, von Java herüber, wo ihm sein Herr durch einen

Zufall das Leben gerettet hatte. Dacus war ihm nun in Treue ergeben. Er war ein sehr intelligenter Mensch, hatte schon damals die holländische Sprache vollständig beherrscht und hatte nun in all den Jahren auch die deutsche Sprache von seinem Herrn gelernt. Er bekam bei dem Kanalbau eine Art Aufseherposten, fungierte als Dolmetscher zwischen dem Ingenieur und den Eingeborenen und war Rudolf sehr ergeben. Als er ihn das erstemal gesehen hatte nach seiner Ankunft in Peter Hagenaus Haus, hatte Dacus zu diesem gesagt: »Sahib, der deutsche Sahib wird dir ein großes Glück ins Haus bringen.«

Peter Hagenau wußte, daß Dacus, wie alle Malaien, sehr abergläubisch war und viel auf allerhand Anzeichen gab, aus denen er prophetische Schlüsse zog. Darauf gab er als aufgeklärter Mensch natürlich nicht viel, aber er schätzte an Dacus eine gewisse naive Menschenkenntnis, und deshalb freute er sich, daß Dacus eine große Sympathie und Anhänglichkeit für Rudolf an den Tag legte.

So war also auch diese Schwierigkeit für den jungen Ingenieur behoben. Im übrigen dauerte es nicht sehr lange, bis sich Rudolf selbst mit den Eingeborenen in ihrer Sprache verständigen konnte.

Die Hauptarbeitszeit war frühmorgens, gleich nach Sonnenaufgang, und dann die Stunden nach der größten Mittagsglut. In der heißesten Zeit des Tages mußte den Arbeitern eine ausreichende Zeit für die Siesta gegönnt werden.

Oben in Peter Hagenaus Wohnhaus war es seit Mildes und Rudolfs Anwesenheit sehr viel lebhafter geworden. Eine heitere Behaglichkeit hatte ihren Einzug gehalten. Zwischen Milde und Lia kam es schnell zu einem sehr herzlichen und innigen Verhältnis. Milde verstand es fabelhaft, einen segensreichen Einfluß auf Lia auszuüben, ohne daß diese überhaupt merkte, daß sie beeinflußt wurde.

Gleich am Tag nach Mildes Ankunft hatte Lia neugierig zugesehen, als Milde ihre Koffer auspackte. Lachend und scherzend ließ sie sich erklären, was das alles für Toilettenutensilien seien, die zutage gefördert wurden.

Die größte Sensation erregte aber am nächsten Tage das Auspacken der für Lia bestimmten Ausstattung. Immerhin schlief auch in Lia die Evanatur und wartete nur darauf, geweckt zu werden. Als Milde all die schönen Kleider auspackte, die sie mit der Justizrätin sorgfältig ausgesucht hatte, betrachtete Lia dieselben mit entschiedenem Wohlgefallen.

»Und das soll alles für mich sein?« fragte sie mit großen Augen.

»Ja, Lia, dies alles hat Ihre Großtante für Sie gekauft.«

Lia staunte sehr, daß die gute Großtante all die schönen Sachen für sie ausgesucht hatte. Und Milde ließ so ganz beiläufig durchblicken, daß Lia ihre Dankbarkeit für diese Aufmerksamkeit am besten dadurch beweisen könne, wenn sie auch all diese Gegenstände fleißig in Gebrauch nehme.

Darauf hatte Lia zunächst nur mit einem tiefen Seufzer geantwortet. Immer wieder staunte sie die schönen Sachen an. Am besten gefiel ihr vorläufig eine reizende und zugleich praktische Handtasche aus rotem Juchtenleder. Ohne Umstände hing sie diese an den Lederriemen, den sie über Hose und Hemdbluse trug. »Die ist famos, darin kann man allerlei aufbewahren«, sagte sie.

Milde machte ihr begreiflich, daß man diese Tasche an den Arm hängte und das Taschentuch und andere Kleinigkeiten darin aufbewahrte. Lia behauptete aber, es sei praktischer, die Tasche an dem Gürtel zu befestigen, weil man da die Hände frei habe. Damit hatte sie entschieden recht, und Milde stimmte ihr ohne weiteres zu. Lia dünkten jedenfalls diese Kleider und Toilettenutensilien wie kostbare Schätze und tausend Wunder. Dies junge Geschöpf, das wohl eine so reiche Erbin war, wie es in ganz Deutschland vielleicht keine zweite gab, war von einer rührenden Anspruchslosigkeit.

Aufseufzend sagte sie schließlich. »Was soll ich nur mit all dieser Pracht anfangen? Ich möchte ja natürlich die gute Großtante nicht, wie Sie sagen, durch Nichtachtung all dieser schönen Sachen kränken, aber ich kann sie doch nicht tragen. Nur diese schöne Ledertasche kann ich sehr gut brauchen.«

»Oh, Sie werden auch die anderen Sachen noch gut gebrauchen lernen, liebe Lia. Wissen Sie, was wir jetzt tun?«

»Nun?«

»Wir probieren jetzt einmal das eine oder das andere Kleid an, damit wir wissen, ob sie überhaupt passen.«

Lia lachte ein wenig, atmete aber dabei sehr unruhig. Und ein leises Rot stieg ihr dabei ins Gesicht. »Ich wüßte ja gar nicht, wie ich in so ein Kleid hineinkommen sollte.«

»Das werden Sie sehr schnell lernen. Ich zeige es Ihnen, lassen Sie es uns gleich versuchen.«

»O nein, ich stelle mich gewiß recht dumm an, und Sie werden mich auslachen.«

»Werden Sie mich auslachen, wenn ich reiten lerne?«

»Nein, natürlich nicht.«

»Nun, ebenso natürlich ist, daß ich Sie nicht auslache, wenn Sie Kleider anprobieren, die Sie noch nie getragen haben. Alles muß man doch erst lernen, und Sie sind viel zu gewandt, als daß Sie das nicht sehr bald gelernt hätten. Schnell, ich helfe Ihnen.«

»Ich will Nadina rufen, Sie sollen sich nicht bemühen.«

Das war aber nicht nach Mildes Sinn. Sie fürchtete, daß Nadina durch unangebrachtes Staunen Lia in Verlegenheit bringen könne.

»Nein, Lia, rufen Sie Nadina nicht. Die weiß ja doch nicht, wie Sie mit den Kleidern umgehen soll.«

Und unter Scherzen und Lachen warf Milde der kleinen Inselprinzessin erst einmal eines der spinnwebfeinen Unterkleider über, nachdem Lia ihren Knabenanzug abgestreift hatte. Das Haar hatte sie einstweilen fest zusammengeknotet, damit es nicht störte. Dann mußte Lia seidene Strümpfe und ein Paar zierliche schwarze Wildlederschuhe mit Spangen anziehen.

»Darin kann doch kein vernünftiger Mensch laufen!« behauptete Lia.

»Bin ich vielleicht kein vernünftiger Mensch?« fragte Milde schelmisch und streckte ihren zierlichen Fuß, an dem ein ähnlicher Schuh saß, vor.

»Aber die hohen Absätze ...«, kritisierte Lia.

»Die sind gewiß nicht hoch. Wir haben schon die niedrigsten gewählt. Sehen Sie doch, meine sind noch etwas höher, und ich trage sie schon niedriger als unsere Damen. Da, sehen Sie, die Schuhe passen Ihnen wie angemessen. Wir haben uns schon gedacht, daß die kleine Inselprinzessin Liliputfüßchen haben müsse.«

»Lieber Gott«, seufzte Lia ganz benommen, »in diesen Schuhen sehen meine Füße freilich sehr klein aus. Dafür werde ich aber nicht drin laufen können.«

»Versuchen Sie es erst einmal«, ermutigte Milde.

Lia ging erst zaghaft einige Schritte hin und her. Und als das zu ihrer Verwunderung sehr gut ging, lief sie nun im Zimmer auf und ab.

»Drollig! Das ist, als hätte man überhaupt nichts an den Füßen. So leicht sind die Schuhe. Mir ist, als könnte ich fliegen.«

Die letzten Worte kamen wie ein Jauchzen aus ihrer Brust, und lachend lief sie schnell und immer schneller durch das Zimmer. Dann blieb sie ein wenig verlegen mit einem Ruck stehen und sagte aufatmend:

»Aber einen Spaziergang den Berg hinab, und aus ist es mit der Herrlichkeit!«

»Dazu trägt man auch nicht solche Schuhe. Sehen Sie hier, da haben wir ein Paar solide Bergschuhe, damit können Sie unbesorgt auch in den Urwald hineinspazieren.«

Milde zeigte Lia bei diesen Worten ein Paar feste braune Kalbslederstiefel zum Schnüren. Lia nickte.

»Ja, die sehen mir vertrauenerweckender aus, wenn sie auch nicht so zierlich sind wie diese.«

»Fürs Haus sind auch diese Spangenschuhe viel passender. Behalten Sie diese jetzt an, die Bergschuhe probieren wir später. Passen werden sie gewiß, denn all die Schuhe, die ich für Sie mitgebracht habe, sind in einer Größe. So, nun wollen wir das Kleid noch überziehen. Welches ziehen wir zuerst an?«

Mit kritischem Blick sah Lia auf die ausgebreitete Kleiderpracht, die hauptsächlich aus ganz leichten, duftigen Stoffen gefertigt war, da sie in den Tropen getragen werden sollte. Ein weißes Lingeriekleid mit einer Schärpe aus mattblauer Seide gefiel Lia am besten. Die spinnwebfeine Stickerei daran erregte ihre Bewunderung. »Wollen wir das einmal probieren?« fragte sie zaghaft.

Milde nickte.

»Das wird sehr gut passen«, sagte sie und warf mit geschickten Händen Lia das Kleid über den Kopf. Es fiel lose und leicht an der schlanken Gestalt herab und paßte tadellos. In weichen Falten fiel es von der Taille bis zu den Fußknöcheln herab. Um die Hüfte verdeckte die blaue Schärpe den Ansatz des Rockes.

»Oh, wie leicht ist dies Kleid, man spürt es kaum! Es ist noch leichter als ein Sarong«, sagte Lia, an sich herabsehend, ahnungslos, wie reizend sie aussah. Milde löste ihr nun noch das bis jetzt festgebundene Haar und band es im Nacken mit einer blauen Schleife zusammen.

Sie war selbst davon überrascht, ein wie reizendes Jungfräulein sich aus dem wilden Jungen entwickelt hatte. Entzückend sah Lia aus, trotzdem sie sich in der ihr fremden Kleidung angstvoll steif hielt. Zaghaft ging sie einige Schritte hin und her. Als sie aber merkte, daß es sehr gut ging, daß die Kleider sie absolut nicht hinderten, da wurden ihre Bewegungen freier und leichter. Immer schneller schritt sie aus und schließlich fing sie an, im lachenden Übermut herumzutanzen. Ihre Bewegungen waren voll Grazie.

Wohlgefällig sah Milde ihr zu. »Nun müssen Sie auch einmal in den Spiegel sehen, Lia.«

Diese hielt inne und sah Milde erstaunt an. »Wozu denn? Sitzt das Kleid nicht?«

»Doch, es sitzt vorzüglich, es ist absolut nichts daran zu ändern. Aber Sie müssen doch einmal sehen, wie Fräulein Lia Hagenau in der Toilette einer jungen Dame aussieht.«

»Ach, sicher recht abscheulich! Ich habe gar keine Lust, in den Spiegel zu sehen.«

»Das muß man aber tun, wenn man sich schön macht, sonst kann man nie wissen, ob alles in Ordnung ist. Kommen Sie mit in mein Zimmer hinüber, hier ist der Spiegel viel zu klein. Sie müssen sich in Ihrer ganzen Größe sehen.«

Und Milde nahm Lia bei der Hand und führte sie in das Nebenzimmer, das sie selbst bewohnte und wo ein großer Spiegel in den Wandschrank eingelassen war.

Neugierig und doch ein wenig bange trat Lia vor den Spiegel und sah auf ihr eigenes Bild. Und da erschrak sie. Bis an die Haarwurzeln errötete sie vor Verlegenheit. Und die Augen öffneten sich weit.

»Das soll ich sein?« fragte sie fassungslos, als glaube sie an einen Spuk.

Milde lachte. »Nicht wahr, nun gefallen Sie sich auch besser als in Ihren Knabenkleidern?«

Lia betrachtete sich mit atemlosem Erstaunen, und dann machte sie eine unbeholfene Bewegung, als müsse sie die bis zum Ellenbogen freien Arme verstecken, die in köstlicher Rundung aus den weiten Ärmeln heraussahen. Es ging zum Glück nicht, denn es wäre schade gewesen. Errötend strich sie nun auch über den freien Hals und das schmale Streifchen des Nackens, das auch nicht vom Kleid bedeckt wurde. Was für eine entzückende Linie dieser Nacken bildete, der das feine Köpfchen mit der metallisch aufglänzenden Haarfülle trug, das konnte Lia ebenfalls nicht verstehen. Es genierte sie nur, daß Hals, Nacken und Unterarme zu sehen waren.

Beklommen sah sie zu Milde hinüber, und nun merkte sie,

daß auch Mildes Kleid diese Reize preisgab. Es war ihr nur an Milde nicht aufgefallen. Etwas tapferer blickte sie nun noch einmal auf ihr Spiegelbild und suchte sich an den ungewohnten Anblick zu gewöhnen. In diesem Augenblick schlug draußen der Gong an, der zur Reistafel rief.

»Mein Gott, es ist schon Tischzeit! Nun schnell aus diesem Kleide heraus!« rief Lia erschrocken.

»Wozu?« fragte Milde ruhig. »Wir werden uns doch jetzt nicht die Mühe machen, Sie umzukleiden. Sie sind ja sehr passend angezogen, um zu Tisch zu gehen.«

Unschlüssig sah Lia zu ihr auf.

»In diesen Kleidern soll ich zu Tisch gehen?«

»Nun ja, einmal müssen Sie ja doch den Anfang machen«, erwiderte Milde ruhig und bestimmt.

Lia seufzte tief auf. Einesteils lockte es sie, sich in den hübschen Kleidern zu zeigen. Was würde Doktor Bergen dazu sagen? Und andernteils quälte sie die Verlegenheit, sich so zu zeigen.

»Ich kann mich doch nicht so vor Doktor Bergen sehen lassen«, sagte sie kleinlaut, auf die bloßen Arme deutend.

Milde zeigte sich auch jetzt klug und verständnisvoll. Welch ein seltsames Geschöpf! dachte sie nur. Es geniert sie keineswegs, sich in Knabenkleidern vor einem Mann sehen zu lassen, aber die Preisgabe der sonst verhüllten Arme macht sie verlegen.

Ruhig legte sie den Arm um Lia und sagte: »Das wird Doktor Bergen gar nicht auffallen, Lia, Sie sehen doch, ich trage meine Kleider ebenso. Und in Deutschland tragen die Damen einen viel größeren Ausschnitt. Darauf achtet kein Mensch.«

Lia nickte aufatmend. »Ja, als ich mit Vati auf dem Dampfer nach Amerika fuhr, trugen die Damen an Bord auch so ausgeschnittene Kleider – und gar keine Ärmel daran. Aber ich fand das abscheulich, weil sie sich so im Tanz von den Herren umschlingen ließen. Nie könnte ich mich so vor jemand sehen lassen.«

»Daran gewöhnt man sich, Lia. Sehen Sie doch Ihre Eingeborenen, sie tragen nichts als den Sarong. Und der läßt doch auch die ganzen Schultern und Arme frei. Ist Ihnen das schon einmal unangenehm aufgefallen?«

Sinnend schüttelte Lia den Kopf.

»Das liegt wohl daran, daß die Eingeborenen eine viel dunklere Farbe haben. Da fällt es nicht so auf.«

»Ganz recht, das sind Sie eben gewöhnt. Und uns fällt auch nicht auf, was wir gewöhnt sind. Doktor Bergen wird einfach gar nicht merken, daß Sie anders gekleidet sind. Er wird glauben, daß Sie den Knabenanzug nur zuweilen tragen, Sie müssen nur ganz selbstverständlich in den neuen Kleidern auftreten. Nur Mut, kleine Inselprinzessin! Wir gehen jetzt einfach hinüber ins Speisezimmer. Sie werden sehen, wie Ihr Herr Vater sich freuen wird über sein reizendes Töchterchen.«

Lia atmete tief auf. Mut! Das hatte ihr auch der Vater zugerufen. Und so nahm sie das Herz tapfer in die Hände und ging mit Milde in das Speisezimmer hinüber.

Hier befanden sich schon die beiden Herren. Beklommen schob Lia Milde vor sich her und trat schüchtern hinter ihr in das Zimmer. Mit großen Augen sahen die beiden Herren auf das holde Wunder, und Doktor Bergen drängte sich ein überraschter Ausruf über die Lippen. Aber Milde sah ihn beschwörend an und legte leise den Finger auf die Lippen. Auch zu dem Hausherrn sah sie bittend hinüber, und beide Herren verstanden sie, als hätten sie Freimaurerzeichen miteinander getauscht.

Ruhig trat Peter Hagenau zu seiner Tochter, legte den Arm um sie und sagte nur: »Ei, das ist hübsch, du hast ja schon eins von den neuen Kleidern an, die Tante Herta dir gesandt hat.«

Lia war glühend rot geworden unter Rudolfs aufstrahlendem Blick und sah den Vater beklommen an.

»Ja, Vati, Milde ließ mir keine Ruhe. Es ist aber ein entsetzliches Gefühl, solche Kleider zu tragen, das kannst du mir glauben.«

»Mut, Lia«, sagte er leise, und ihre Hand drückend, führte er sie an den Tisch.

Lia sah wieder verlegen zu Rudolf hinüber und erschrak vor seinem bewundernden Blick, der ihr ein seltsames Gefühl verursachte.

Kleiner Wildling, was bist du plötzlich für ein süßes, reizendes Jungfräulein geworden!, dachte Rudolf. Und er konnte die Augen nicht von Lia lassen.

Sie wagte nicht mehr zu ihm hinzusehen. Ohne Appetit und mit einem entsetzlich beklommenen Gefühl nahm sie die Mahlzeit ein. Und kaum war diese zu Ende, da zog sie sich hastig zurück.

Die Herren sahen ihr nach.

»Was haben Sie aus meinem kleinen Wildfang gemacht, Fräulein Volkner?« fragte Peter Hagenau lächelnd.

Aufatmend sah ihn Milde an.

»Gottlob, es ist gutgegangen. Aller Anfang ist schwer, und auch Lia ist es nicht leicht geworden. Aber bitte, sagen Sie jetzt auch nichts, wenn Lia wieder in ihren Knabenkleidern auftritt. Auch Sie nicht, Herr Doktor. Ich müßte mich sehr täuschen, wenn sie jetzt dieselben nicht eiligst wieder anlegte, teils aus Unbehagen, teils aus Verlegenheit. Wir müssen alle es jetzt ganz selbstverständlich finden, ob sie Knaben- oder Frauenkleider trägt. Nur nicht darüber sprechen, sonst wecken wir ihren Trotz, und dann habe ich verspielt.«

Der Hausherr nahm ihre Hand.

»Wie Sie meinen kleinen Wildfang verstehen, und wieviel Güte Sie für ihn haben. Ich danke Ihnen.«

»Da ist nichts zu danken, Herr Hagenau. Ich habe eine Aufgabe übernommen und hoffe sie zu Ihrer Zufriedenheit zu lösen. Es wird mir bestimmt nicht schwerfallen.«

»Nun, stellen Sie es sich nicht so leicht vor.«

»Wenn es so leicht wäre, hätten Sie mich dazu nicht herrufen müssen. Ich bin ganz zuversichtlich, wenn es auch zuweilen Rückfälle geben sollte. Überlassen Sie Lia bitte mir in dieser Angelegenheit, und zeigen Sie ihr nie ein erstauntes Gesicht, wenn sie etwas tut, was sie bisher nicht getan hat, oder etwas läßt, was ihr bisher selbstverständlich war.«

Rudolf verneigte sich.

»Sie sollen mit mir zufrieden sein, Fräulein Volkner.«

»Und jetzt will ich Lia folgen und sehen, wie sie ihr erstes Debüt in Frauenkleidern überstanden hat. Wir kommen nachher hinaus auf die Veranda.«

Damit ließ Milde die Herren, die sich jetzt eine Zigarre ansteckten und über den Kanalbau sprachen, allein.

Als sie in Lias Zimmer trat, hatte diese richtig bereits das Kleid abgelegt und stand in Hosen und der bastseidenen Hemdbluse da.

Milde zeigte kein Erstaunen.

»Schon wieder umgekleidet? Die neue Kleidung ist wohl noch ein wenig unbequem? Aber das wird sich bald gewöhnen.«

»Nie wieder ziehe ich ein Kleid an!« stieß Lia zornig hervor.

Sorgsam hing Milde das abgelegte Kleid über einen Bügel in den Schrank zu den andern.

»Ach, Sie werden sich so bald daran gewöhnen, daß Sie nie mehr Knabenkleider tragen werden. Das ist nur im Anfang unbequem.«

Lia warf die Locken zurück, aus denen sie nun auch die blaue Schleife mit einem heftigen Ruck herausriß. »Unbequem sind sie mir nicht einmal, wenn ich ruhig durch das Haus gehen und nicht klettern oder reiten will. Aber sie haben mir wie Feuer auf dem Leibe gebrannt.«

»Aber warum denn nur? Sie sind doch so leicht und luftig.«

»Ja, aber Doktor Bergen hat mich angesehen, als sei ich vom Mond gefallen.«

»Nun, das kann ich ihm nun wirklich nicht verdenken, Sie sehen so viel reizender und hübscher aus in den Frauenkleidern, und jeder Mensch sieht doch lieber etwas Schönes als etwas Häßliches.«

Lia seufzte ganz leise.

»Ja, Sie sind schön, Milde, mit Ihrem goldenen Haar und den schönen blauen Augen. Aber ich? Ich bin doch nun mal ein sehr häßliches Geschöpf, und da ist es wirklich gleich, ob ich Männer- oder Frauenkleider trage.«

Unbeirrt räumte Milde weiter die Sachen in den Schrank.

»So? Sie sind häßlich? Wer hat Ihnen das gesagt?«

»Ich mir selbst, ich mag mich gar nicht ansehen.«

»Nein? Und vorhin, als Sie vor dem Spiegel standen in dem neuen Kleid?«

Ein helles Rot flog über Lias Wangen.

»Nun ja, da sah ich ganz nett aus, aber das war nur das Kleid.«

»Das schönste Kleid kann natürlich eine häßliche Frau nicht schön machen. Und ob Sie schön oder häßlich sind, das können Sie gar nicht selbst beurteilen. Ich gefalle mir auch gar nicht, wenn ich in den Spiegel sehe.«

Erstaunt sah Lia sie an.

»Nein?« fragte sie erstaunt.

»Ganz gewiß nicht. Ich glaube, kein Mensch findet sich selbst schön. Was man so alle Tage im Spiegel sieht, wird einem doch uninteressant. Es kommt doch auch gar nicht darauf an, daß man sich selbst gefällt. Die Hauptsache ist, daß man anderen gefällt.«

»Und – Sie meinen wirklich nicht, daß ich häßlich bin?« fragte Lia mit einem rührend zagen Lächeln.

»Ich meine, daß Sie vorhin in dem Kleid ganz reizend ausgesehen haben. In Knabenkleidern gefallen Sie mir natürlich nicht so gut. Aber das ist auch kein Wunder. Eine Frau muß eben Frauenkleider tragen.«

Lia warf einen unsicheren Blick nach den schönen Kleidern hinüber, aber dann drehte sie sich mit einem Ruck auf dem Absatz herum, warf den Kopf wie ärgerlich auf sich selbst zurück und sagte hastig: »Ich lobe mir trotzdem meinen Knabenanzug, und meinem Vati gefalle ich auch darin. Sonst brauche ich niemand zu gefallen.«

Und damit ging sie schnell aus dem Zimmer, als fürchte sie, schwach zu werden.

Lächelnd sah ihr Milde nach. Dann schloß sie die Schränke ab, rief Nadina herbei, damit sie in Lias Zimmer vollends Ordnung machte, und ging selbst hinaus auf die Veranda. Da saß Lia schon rittlings auf einem Stuhl, neben ihrem Vater. Rudolf bedauerte sehr, daß Lia das reizende Kleid abgelegt hatte. Auch gefiel es ihm gar nicht, daß sie rittlings auf dem Stuhl saß, obwohl auch das bei ihr sehr graziös und selbstverständlich aussah. Peter Hagenau war auch ein wenig nervös über diese Stellung seiner Tochter, aber in Rudolfs Gegenwart wollte er nichts darüber sagen, und er glaubte auch, es sei besser, wenn er es Milde überlassen würde, Lia den nötigen Schliff beizubringen.

Als Milde herauskam und Lia so dasitzen sah, noch immer mit einem leisen trotzigen Zug im Gesicht, trat sie lächelnd an ihre Seite. »Ich habe eine Bitte an Sie, Lia.«

Diese sah zu ihr auf, und als sie das gütige Lächeln in Mildes Antlitz sah, schämte sie sich ihres Trotzes ein wenig.

»Was wünschen Sie, Milde?« fragte sie, wie in stummer Abbitte nach ihrer Hand greifend.

»Ich kenne die Blumen nicht, die hier unter der Veranda stehen. Würden Sie mir deren Namen nennen?«

Lia konnte von ihrem Platz aus die Blumen nicht sehen und mußte notgedrungen aufstehen. Das hatte Milde bezweckt.

»Welche Blumen meinen Sie, Milde?« fragte Lia.

»Die mit den seltsam geformten Blüten«, erwiderte Milde, die sehr wohl diese Blumen aus dem botanischen Garten kannte.

»Das sind Orchideen«, erklärte Lia.

Milde stellte noch einige andere Fragen, dann zog sie Lia, wie zufällig, neben sich auf eine Bank aus Bambusstäben nieder, auf der sie nicht rittlings sitzen konnte.

Peter Hagenau warf Milde einen dankbaren Blick zu, den sie errötend auffing. Lia hatte nichts gemerkt von Mildes Manöver. Sie hatte ihren Trotz nun ganz vergessen und plauderte jetzt, von Milde angeregt, ganz ungezwungen. Nur vermied sie nach Möglichkeit, Rudolf anzusehen.

Als dann die Herren zu dem Arbeitsplatz am See hinunterritten, wurde Lia besonders liebenswürdig zu Milde und plauderte so lustig und unbefangen mit ihr, daß sie ganz verzaubert war.

Am Abend erschien Lia jedoch wieder in ihren Knabenkleidern bei Tisch. Niemand schien es zu bemerken, auch Milde sagte kein Wort darüber. Aber sie selbst hatte mit besonderer Sorgfalt Toilette gemacht. Mit seltenem Behagen ließ sich Peter Hagenau von ihr vorlegen und allerlei kleine Handreichungen leisten, die einer Frau zukommen und dem Mann die Häuslichkeit angenehm machen. Er war das gar nicht mehr gewöhnt. Lia hatte es nicht gelernt, frauliches Behagen um sich zu verbreiten. Jetzt mit einem Male kam ihm zum Bewußtsein, was er all die Jahre in seiner selbstgewählten Weltabgeschiedenheit entbehrt hatte. Und Lia sah stumm auf Milde, sah deren anmutiges Walten, ihre graziösen Bewegungen und ihre zarten gepflegten Hände. Sie wurde sehr nachdenklich dabei. Immer wieder betrachtete sie die duftige Kleidung Mildes, die bei aller Schlichtheit so vornehm wirkte. Und dazwischen flog ihr Blick immer zu Rudolf hinüber, der sich, wie der Vater, sehr angeregt mit Milde unterhielt. Ein seltsames Unbehagen wollte sie beschleichen. Sie fühlte sich mit einem Male gar nicht mehr wohl in ihrem Knabenanzug, obwohl sie sich das nicht eingestand.

VIII

Am nächsten Morgen hatte sich Lia zeitig erhoben und stand lange vor dem Schrank, der ihre schönen Kleider barg. Unschlüssig nahm sie eines nach dem andern heraus und versuchte, es anzulegen. Aber das ging nicht so einfach. Sie fand sich nicht damit zurecht. Resigniert stopfte sie alles wieder in den Schrank und wollte eben wieder in ihren Knabenanzug schlüpfen, als Milde bei ihr anklopfte und fragte, ob sie eintreten dürfe. Lia rief ihr zu, sie möge nur kommen, und als Milde auf der Schwelle erschien, sah sie ihr ein wenig verlegen entgegen. Milde begrüßte sie ganz unbefangen und fragte harmlos: »Wollen Sie heute morgen vielleicht einmal eines von den hübschen Morgenkleidern anlegen? Am Frühstückstisch ist das besonders angenehm. Sehen Sie zum Beispiel dieses reizende Voilekleid in hellblauer Farbe.«

Lia nagte unschlüssig an den Lippen und sah auf das reizende rosa Batistkleid, das Milde trug.

Endlich sagte sie in halbtrotziger Verlegenheit: »Ich finde mich nicht damit zurecht – ich wollte schon eines anziehen. Nadina weiß auch nicht damit umzugehen.«

»Dann helfe ich natürlich, bis wir Nadina angelernt haben. Also nehmen wir das blaue Voilekleid? Oder lieber dies erdbeerfarbige Batistkleid?«

Lia zeigte mit reizender Befangenheit auf das blaue Kleid. Milde nickte und war ihr behilflich. Dabei plauderte sie heiter und unbefangen, um auch Lia ihre Unbefangenheit wiederzugeben.

»Dies Kleid können Sie ruhig bis Mittag tragen, wenn Sie nicht ausreiten wollen, Lia.«

»Nein, heute will ich mit Ihnen zusammenbleiben. Vati ist schon in aller Frühe mit Doktor Bergen hinunter zum See. Und da wir allein sind, kann ich ja dieses Kleid anziehen.«

»Das könnten Sie auch, wenn wir nicht allein wären. Aber es ist gut, daß Sie sich daran gewöhnen, wenn die Herren nicht hier sind, dann sind Sie ungenierter.«

Und Milde ruhte nicht, bis Lia wieder ganz vergnügt war. Sie nahmen zusammen das Frühstück ein, und ohne daß es Lia merkte, gab ihr Milde eine Lektion nach der andern.

Lia war eine gelehrige Schülerin. Ihre natürliche Grazie machte ihr alles leicht. Von Tag zu Tag gewöhnte sie sich mehr an die neue Kleidung und legte, dank Mildes verständnisvoller Hilfe, eine ihrer kleinen Unarten nach der andern ab. Sie genierte sich bald nicht mehr, sich in den neuen Kleidern vor Doktor Bergen zu zeigen. Das war freilich das Schwerste für sie. Nur wenn sie zu Pferde stieg, legte sie immer wieder ihren Knabenanzug an und behauptete, in einem andern nicht reiten zu können. Auch wenn sie einmal wieder die alte Kletterlust packte, wurde der Knabenanzug hervorgeholt, und dann tollte sie noch immer wie ein wilder Junge mit den Affen um die Wette in den Bäumen umher. Das tat sie aber nur, wenn Rudolf Bergen nicht zugegen war.

Milde gewöhnte sich schnell an die neue Umgebung, ebenso schnell wie Rudolf Bergen, der fleißig bei der Arbeit war und sich den ganzen Tag darauf freute, daß er die Abende mit dem Hausherrn, seiner Tochter und Milde verplaudern konnte. Daß er dabei besonders gern in Lias Augen sah und ihre neue, reizvolle Mädchenhaftigkeit bewunderte, war ihm nicht zu verdenken, denn die kleine Inselprinzessin wurde mit jedem Tag entzückender und entfaltete eine so fremdartige Grazie, daß der junge Ingenieur seinen Blick nicht von ihr lassen konnte.

Milde bekam schon seit einiger Zeit Reitunterricht von Peter Hagenau. Das brachte es mit sich, daß sie zuweilen allein waren und sich miteinander beschäftigten. Und es war seltsam, der verdüsterte Mann, der sich jahrelang in seine Einsamkeit verbissen hatte, lebte von Tag zu Tag mehr auf. Er wurde lebhafter, und seine Augen bekamen einen warmen, frohen Glanz. Mildes harmonische Weiblichkeit weckte gleichsam ein neues Leben in ihm. Er begriff mit einem Male nicht mehr, daß er es ausgehalten hatte, jahrelang ohne die Gesellschaft einer weißen, kultivierten Frau zu leben.

Milde ahnte nicht, welche Revolution sie in Peter Hagenaus Herzen hervorgerufen hatte. Sie war so durchdrungen von dem Wunsch, ihm ein wenig Frohsinn und Heiterkeit in sein einsames Leben zu bringen, daß sie gar nicht mit der Möglichkeit rechnete, daß ihre Persönlichkeit irgendwelchen Eindruck auf ihn machen könne. All die Jahre, seit sie durch die Justizrätin von ihm und seinem Schicksal gehört hatte, war es ihr Wunsch gewesen, diesem bedauernswerten Einsiedler helfen zu können. Und nun sich ihr die Gelegenheit dazu bot, war es für sie selbstverständlich, daß sie mit Feuereifer an ihre Aufgabe ging. Sie wußte dabei selbst nicht einmal, daß er der Held ihrer Mädchenträume geworden war, nicht der, der sehnsuchtsvolle Wünsche in ihr geweckt hätte, sondern der, für den sich Frauen wie Milde Volkner klaglos opfern können. Sie hätte irgend etwas Großes, Schweres vollbringen mögen, um ihm das Leben wieder lieb zu machen, und ahnte nicht, daß sie schon auf dem besten Wege dazu war.

Da Damensättel auf Subraja nicht vorhanden waren, mußte auch Milde im Herrensattel reiten, und sie war sehr froh, daß sie ihre Breeches mitgebracht hatte. Dazu trug sie eine leichte Bluse und den geteilten Rock. Das sah so gut aus, daß Lia schließlich auch mit dem gleichartig gearbeiteten Reitanzug zu liebäugeln begann, den Tante Herta für sie mitgeschickt hatte.

Zu einem Morgenritt legte sie ihn eines Tages an, und obwohl sie vorher behauptet hatte, daß der Rock sie gewiß beim Reiten hindern würde, mußte sie doch zugeben, daß es durchaus nicht der Fall war.

Es war ein sehr hübsches Bild, als die beiden Damen in ihren eleganten Reitkleidern neben Peter Hagenaus stattlicher Gestalt dahinritten. Der Vater sah stolz auf seine reizende Tochter, die sich mehr und mehr von Mildes sanfter, ruhiger Art leiten ließ. Freilich kam noch oft genug der wilde, ungestüme Junge zum Durchbruch, aber das kam doch immer seltener vor.

Ob Mildes Beispiel auch so schnell gewirkt hätte, wenn nicht zufällig Doktor Bergen mit nach Subraja gekommen wäre, das bleibt dahingestellt. Jedenfalls übte dieser ganz im geheimen einen ebenso starken Einfluß auf Lia aus wie Milde. Davon wußte er aber nichts, denn Lia zeigte ihm gegenüber noch immer eine gewisse Zurückhaltung. Er staunte nur immer wieder das holde Wunder an und fühlte sehr bald, daß er sein Herz mehr und mehr an seine kleine Sahiba verlor.

Dabei hatte er mehr Angst als ihr Vater, daß dieses holde Naturkind bei seiner Metamorphose zu viel von seiner entzückenden quellfrischen Ursprünglichkeit verlieren könne. Und er war froh, wenn einmal wieder der ausgelassene Junge zum Durchbruch kam. Gerade die reizende Mischung von naiver Natürlichkeit und sensitiver Jungfräulichkeit bezauberte ihn.

Milde war viel zu klug und zu feinfühlig, als daß sie nicht geahnt hätte, daß zwischen Lia und Bergen ein warmes Gefühl emporkeimte. So sehr sich die beiden jungen Menschen auch beherrschten, um nichts von ihren Gefühlen zu verraten, so zeigte doch manch unbeherrschter Blick, manch Erröten und Erblassen, wie es um sie stand. Lia war sich freilich über ihre Gefühle selbst noch nicht klar, und das erkannte Milde sehr wohl. Auch mit Rudolf Bergen sprach sie kein Wort darüber. An solche Dinge durfte man nicht rühren. Aber sie sah auch keine Veranlassung, Peter Hagenau zu warnen oder sonstwie einzugreifen, denn sie kannte Rudolf Bergen als einen ehrenhaften jungen Mann von vornehmer Gesinnung.

Als die Damen mit Peter Hagenau unten am See ankamen,

wo etwa hundert Leute unter Rudolfs Aufsicht bei der Arbeit waren, kam ihnen dieser entgegen.

»In einer halben Stunde ist der Graben fertig, und dann kann ich den letzten Spatenstich machen, um das Wasser hineinzuleiten«, sagte er voll fröhlichen Eifers. Dabei sah er mit einem aufstrahlenden Blick zu Lia empor, die unbedingt bleiben wollte, bis der Graben fertig war, und auch Milde und Hagenau stimmten bei.

»Aber lassen Sie sich nicht stören, Herr Doktor. Ich suche inzwischen für die Damen drüben am See ein Ruheplätzchen, von dem aus sie alles übersehen können. Dann komme ich wieder herüber und beteilige mich an den letzten Arbeiten. Ich freue mich sehr, daß Sie das Steigen des Sees so bald zum Stillstand bringen.«

Nach diesen Worten geleitete Peter Hagenau die beiden Damen hinüber zu einer hügeligen Erhöhung, wo das alte Wohnhaus stand. Unter einem breitästigen Waringibaum half er ihnen vom Pferd und ließ von Dacus ein paar Stühle aus dem alten Wohnhaus holen. Nachdem die Damen hier Platz genommen hatten, ging er wieder zu Rudolf zurück.

Die Herren nahmen nun selbst Spaten zur Hand, um den letzten Durchstich zu machen. Alle Arbeiter stellten sich zu beiden Seiten des Grabens auf und sahen erwartungsvoll nach der Stelle, wo der vorläufige Abfluß in den Graben geleitet werden sollte.

Nun fehlte nur noch ein letzter Spatenstich. Rudolf bat Peter Hagenau zurückzutreten.

»Gehen Sie lieber zu den Damen hinüber, dann können Sie am besten übersehen, wie das Wasser in den Graben fließt«, sagte er, seine Ärmel zurückstreifend, damit er Bewegungsfreiheit habe. Peter Hagenau warf den Spaten hin und folgte der Weisung. Als er oben bei den Damen angekommen war, setzte Rudolf den Spaten an und löste die letzte Erdscholle, die das Wasser noch zurückhielt.

Langsam, wie Rudolf es gewollt und berechnet hatte, brach sich das Wasser Bahn durch den schmalen Graben und floß ruhig, aber unaufhaltsam dem Meer zu. Fast vier Wochen hatte das Aufwerfen des Grabens gedauert, aber nun war auch die schlimmste Gefahr vorüber, und das Kambong war nicht mehr bedroht. Soviel der See jetzt täglich Zufluß bekam, soviel floß nach dem Meer ab.

Die Eingeborenen, denen das Steigen des Wassers fast noch mehr Sorge gemacht hatte als ihrem Herrn, tanzten lachend und wie die Kinder jubelnd um den Graben herum und küßten Rudolf in naiver Dankbarkeit.

Auch Rudolf warf nun den Spaten hin und ging zu den Damen hinüber, und Lia kam ihm in freudiger Erregung entgegen.

»Jetzt kann der See nicht mehr steigen, nicht wahr, Herr Doktor?«

»Nein, Sahiba, nun ist keine Gefahr mehr, und heute noch beginnen wir mit dem Kanal. Dabei sollen Sie den ersten Spatenstich machen, dann wird meine Arbeit eine gesegnete sein.«

Sie errötete unter seinem Blick. »Ja, das will ich gern tun«, sagte sie leise.

Eine Weile sahen sie dem ruhig abfließenden Wasser zu, dann führte Rudolf Lia zu der Stelle, wo bereits die Breite des Kanals abgesteckt war. Er reichte ihr einen Spaten.

»Hier, Sahiba – bitte an dieser Stelle setzen Sie den Spaten an. Und geben Sie meinem Werk einen Segensspruch«, bat er ein wenig erregt.

Sie faßte mit leuchtenden Augen nach dem Spaten.

»So will ich es tun. In Gottes Namen! Er mag Ihre Arbeit segnen«, sagte sie warm und klar, und es war das erstemal, daß sie ihm gegenüber auf die heimliche Abwehr verzichtete, die sonst immer in ihrem Wesen lag, wenn er mit ihr sprach.

Er fühlte es, und in seinen Augen leuchtete es auf.

»Ich danke Ihnen, Sahiba – nie will ich diese Stunde vergessen«, sagte er mit leise bebender Stimme.

Eine dunkle Röte schoß in Lias Gesicht. Schnell beugte sie sich nieder und setzte mit kräftiger Bewegung den Spaten ein, um eine Erdscholle herauszuheben.

Inzwischen war Peter Hagenau mit Milde herbeigekommen und sagte lächelnd: »Jetzt wollen auch wir dem Werk unsern Segen erteilen, Fräulein Volkner.«

»Das freut mich, Herr Hagenau, denn die Hand des Bauherrn bringt einem Werk Glück«, bemerkte Rudolf.

So hob Peter Hagenau ebenfalls eine Erdscholle aus, und dann reichte er lächelnd Milde den Spaten.

»Aller guten Dinge sind drei«, sagte er.

Milde setzte den Spaten ein. »Gesegnet der Boden im fremden Land, der den Deutschen zu eigen und den deutscher Fleiß und deutsche Hand bebauen«, sagte sie ernst und ergriffen.

Rudolf atmete auf, und er wischte sich froh den Schweiß von der Stirn. »Nun kann es nicht fehlen. Mit Gott ans Werk!«

Und er hob die drei ersten Erdschollen aus. Dann klang seine Stimme hell und befehlend zu seinen Arbeitern hinüber. Jetzt konnte er ihnen das Nötigste schon in ihrer Sprache sagen. Und geschäftig, gegen ihre Trägheit mutig ankämpfend, gingen die Leute an ihre Arbeit.

»Sie kommen jetzt mit uns nach Hause zurück, Herr Doktor. Der Stillstand des Sees muß gefeiert werden. Dacus kann hierbleiben und die Leute bis Feierabend beaufsichtigen«, sagte Peter Hagenau.

Das ließ sich Rudolf nicht zweimal sagen. Er freute sich, den Weg an Lias Seite zurücklegen zu können.

Und so ritten die vier bald darauf bergaufwärts. Voran Milde und Peter Hagenau, und hinter ihnen Lia an Rudolfs Seite.

»Es ist mir ganz unfaßbar, daß erst vier Wochen vergangen sind, seit wir, Fräulein Volkner und ich, auf Subraja ankamen«, sagte Rudolf, nachdem sie eine Weile stumm nebeneinander dahingeritten waren, zu Lia.

Sie wandte ihm ihr Gesicht zu und zwang sich, seinen Blick auszuhalten.

»Vier Wochen erst? Mir ist, als seien schon viele Jahre vergangen. Das macht, weil meine Tage jetzt so ausgefüllt sind mit tausend Dingen, von denen ich früher keine Ahnung hatte«, erwiderte sie aufatmend.

»Zürnen Sie uns nicht, daß wir so viel Unruhe in Ihr Leben brachten?«

Sie schüttelte den Kopf. »O nein! Erst war mir freilich ein wenig bange, als Vati mir sagte, daß ein Ingenieur und eine Gesellschafterin für mich hierherkommen würden. Ich fürchtete, daß es nun gar nicht mehr so schön und friedlich auf Subraja sein würde. Aber nun ist alles sogar viel schöner geworden. Ich wünschte, Sie gingen nie mehr fort, Milde und Sie.«

Das klang so warm und überzeugt und verriet ihm so viel, daß eine tiefe Rührung sein Herz ergriff.

»Wie ich mich freue, Sahiba, daß Sie mir das sagen. Bis jetzt habe ich immer gefürchtet, daß ich wenigstens Ihnen sehr lästig gewesen sei. Sie waren immer so zornig und böse auf mich. Zum ersten Mal sprechen Sie heute in einem anderen Ton zu mir. Und das macht mich sehr froh.«

Sie war erschocken und sah ihn unsicher an.

»Zornig und böse? Zu Ihnen? Davon weiß ich gar nichts. Wenn es diesen Anschein hatte, war ich wohl immer böse auf mich selbst, weil ich so ein abscheuliches Geschöpf bin, das Ihnen gar nicht gefallen kann. Und wenn ich gar nicht mit mir zufrieden bin, dann schwatze ich dummes Zeug.«

Rührung überkam ihn, und zugleich heiße Freude. Lia verriet ihm mit ihren Worten immer mehr von ihrem innersten Empfinden. Jedenfalls gestand sie ihm damit ein, daß sie durch seine Anwesenheit im Herzen beunruhigt war. Er war ihr also ebensowenig gleichgültig geblieben wie sie ihm. Aber er wußte auch, daß sie sich dessen noch gar nicht bewußt war.

»Sie schwatzen niemals dummes Zeug, Sahiba. Und Sie dürfen auch nie wieder sagen, daß Sie ein abscheuliches Geschöpf sind. Das leide ich nicht.«

»Aber ich bin es doch!«

»Glauben Sie das wirklich?«

Sie seufzte. »Leider muß ich es glauben. Und ich möchte doch gern so schön und gut sein wie Milde.«

Mit einem seltsamen Blick sah er sie an. Er wußte nicht gleich, was er sagen sollte, um sie nicht zu beunruhigen. Erst nach einer Weile brach er das Schweigen. »Sie sind gewiß ebensogut wie Fräulein Volkner, und es gibt sicherlich Menschen, denen Sie schöner erscheinen als sie.«

Rasch wandte sie sich nach ihm um. »Gehören auch Sie zu diesen Menschen?«

Ihm wurde heiß unter dem bang forschenden Blick ihrer Augen. Die raffinierteste Kokette hätte ihn nicht mehr in die Enge treiben können als dieses unverfälschte Naturkind. Wie gern hätte er ihr gesagt, daß er sie viel schöner und reizender fände als Milde Volkner, schöner und reizender als jede andere Frau. Aber das durfte nicht sein. So sagte er nur: »Jedenfalls gefallen Sie mir nicht weniger als Fräulein Volkner.«

Erleichtert atmete sie auf. »Ach, das macht mich froh! Milde sagte mir auch schon, daß ich gar nicht häßlich sei, aber ich konnte es nicht glauben, weil ich mir gar nicht gefalle. Milde aber gefällt mir so sehr. Sie hat so schönes goldenes Haar und so herrliche blaue Augen. Und Milde ist so – ich weiß nicht, wie ich das nennen soll, so interessant. Ich bewundere sie sehr.

Ich dachte erst, Sie würden Milde heiraten, weil sie so schön ist. Aber sie sagte mir, daß dies nie geschehen würde, als ich sie danach fragte. Ja, so indiskret war ich. Vati sagte mir, das sei indiskret. Aber ich wußte das nicht. Ich wollte doch nur wissen, ob Sie und Milde auf Subraja Hochzeit halten wie vordem Nadina und Karitas.«

»Das hätten Sie wohl sehr gern gesehen?« konnte er sich

nicht enthalten zu fragen, während er sie forschend von der Seite ansah.

Sie schüttelte sehr heftig den Kopf, und ihre Augen sahen starr vor sich hin. »Hochzeit halten ist ganz schön, aber – nein, nein – ich, ich will nicht, daß Sie und Milde Hochzeit halten!« stieß sie heftig hervor.

Er hätte sie am liebsten in seine Arme genommen und ihren Mund mit Küssen bedeckt. Es fiel ihm sehr schwer, ruhig zu scheinen.

»Auch wenn Sie es wollten, hätte es nicht sein können, Sahiba. Wir denken nicht daran, uns zu heiraten, Fräulein Volkner und ich, dazu sind wir zu gute Freunde.«

»Darf man nicht heiraten, wenn man gut Freund ist?«

Da saß er wieder in einer Zwickmühle. Er überlegte, wie er da wieder herauskäme, ohne sie zu erschrecken. Endlich antwortete er mit leicht bebender Stimme: »Wenn man sich heiratet, darf man eben nicht nur gut Freund sein, sondern muß einen einzigen Menschen so lieb haben wie sonst nichts auf der Welt. Gut Freund kann man mit vielen Menschen sein, aber heiraten kann man nur einen.«

Mit großen Augen sah Lia vor sich hin. Ganz verträumt ritt sie an seiner Seite, und endlich sagte sie leise: »Tut einem das Herz weh, wenn man einen einzigen Menschen so lieb hat?«

Er erschrak vor dieser bangen Frage und sah sie forschend von der Seite an. Ihm war, als sähe er einen wehen, schmerzlichen Zug um ihren jungen Mund.

»Ja, Sahiba, aber nur so lange, bis man weiß, daß der andere Mensch einen ebenso lieb hat. Wenn man diese Gewißheit hat, dann – dann tut das Herz nicht mehr weh.«

»Aber wie erfährt man, ob einen der andere Mensch ebenso lieb hat?«

Er atmete tief auf. »Das fühlt man.«

Erschrocken sah sie ihn an. »Sie haben das wohl schon gefühlt?«

»Wie meinen Sie das, Sahiba?«

»Ich – ich meine, Sie haben wohl schon jemand sehr lieb drüben in Deutschland, jemand, den Sie heiraten werden. Oder ist das wieder indiskret?«

Er hörte die bange Erwartung aus ihren Worten klingen und sah, wie ihre Lippen zuckten wie in verhaltenem Weinen.

»Nein, Sahiba, das ist nicht indiskret, Sie fragen ja nicht aus müßiger Neugier, sondern aus freundlichem Interesse. Und deshalb kann ich Ihnen auch ganz offen antworten. Nein, ich habe drüben in Deutschland niemand so lieb.«

Sie war vor Erregung bis in die Lippen erbleicht. Nun atmete sie tief auf. Die Farbe kam wieder, und plötzlich gab sie ihrem Pferd die Sporen, daß es sich aufbäumte und ein paar Sätze bergauf machte.

Langsam folgte er ihr. Er fühlte, daß eine starke Unruhe in ihr war, und eine jauchzende Glückseligkeit wallte in ihm auf.

Mit strahlenden Blicken sah er ihr nach, und als sie sich nach einer Weile nach ihm umsah, sprengte er schnell an ihre Seite.

Er plauderte scheinbar ganz unbefangen mit ihr, und es gelang ihm bald, sie heiter zu stimmen. Als sie den Wald hinter sich hatten und man vom Berge einen weiten Ausblick gewann, sagte er begeistert: »Sehen Sie nur, Sahiba, wie schön die Welt ist, Ihre Welt.«

Sie holte tief Atem. »Ja, man sieht sich niemals daran satt. Und doch habe ich zuweilen daran denken müssen, was wohl weiter da draußen liegt, wo Deutschland ist, meines Vaters und meine Heimat.«

»Können Sie sich gar nicht mehr auf Deutschland besinnen?«

Sie schüttelte den Kopf. »Ich war kaum fünf Jahre alt, als ich mit meinem Vati nach Subraja kam.«

»Und sind Sie in der ganzen Zeit immer auf Subraja gewesen?«

»Einmal waren wir fort. Da sind wir nach Amerika gereist.

Vati hielt einen Klimawechsel für nötig, obwohl wir uns immer sehr wohl befunden haben. Und da waren wir fast ein halbes Jahr auf einer amerikanischen Farm, mitten in der Prärie.«

»Da war es aber doch ebenso einsam wie hier?«

»Ja, das wollten wir gerade. Aber auf Subraja gefiel es mir doch besser, wenn man in Amerika auch wundervolle Pferde hat und herrliche Ritte unternehmen kann, wie es hier gar nicht möglich ist. So richtig reiten habe ich erst in der Prärie gelernt. Und auf der Reise habe ich natürlich viel Neues gesehen, so viel, daß mich oft der Kopf davon schmerzte. Ich war sehr froh, als wir wieder auf Subraja waren.«

»Wie sind Sie damals gereist, wissen Sie das noch?«

»O ja! Ich war damals schon fast dreizehn Jahre alt und habe mir alles sehr gut gemerkt. Wir fuhren an der asiatischen Küste entlang, nach Yokohama und von dort direkt nach Vancouver. Von dort aus mit der Bahn nördlich in die Prärie. Ein Bekannter meines Vaters aus seiner Jugendzeit besitzt dort eine große Farm. Er lebt dort genauso einsam wie wir. Das wollte Vati gerade. Und wir blieben bis zu unserer Rückreise dort.«

»Da haben Sie aber wenigstens ein großes Stück der Welt gesehen, Sahiba.«

»O ja, und auf dem Dampfer war es sehr interessant. Nur neckten mich die Leute alle wegen meines Knabenanzugs, als sie erst wußten, daß ich ein Mädchen war. Und sie schwatzten so dummes Zeug, wenn ich etwas sagte, und lachten immerfort darüber; am meisten, wenn ich ganz ernsthaft war und ihnen sagte, was mir an ihnen nicht gefiel. Ich habe mich dann gar nicht mehr um sie gekümmert. Und meinen Knabenanzug habe ich ruhig weitergetragen, weil er mir eben am bequemsten war.«

»Sie waren damals nur noch nicht an andere Kleider gewöhnt. Ihre neuen Kleider sind doch sehr bequem.«

»Ja, man gewöhnt sich daran, nur manchmal ist es sehr lästig. Morgen wollen wir zum Beispiel auf die Wildschweinjagd. Da kann ich natürlich nur mit dem Knabenanzug gehen, denn da muß man gut laufen und klettern können. Freuen Sie sich auf die Jagd?«

»Sehr!«

»Warum sind Sie nicht schon öfter mit Vati und mir auf die Jagd gegangen?«

»Weil ich den Graben erst fertig haben wollte.«

»Ja, richtig, das war wichtiger. Ich bin sehr froh, daß Vati diese Sorge los ist. Und unsere Leute freuen sich natürlich noch mehr. Sie hatten solche Angst, daß ihre Felder noch überschwemmt werden könnten und ihre Hütten fortschwimmen würden. Das ist nun gottlob vorbei. Wie lange werden Sie an dem Kanal bauen müssen?«

»Ein halbes Jahr, vielleicht auch etwas mehr, so genau kann ich es nicht berechnen.«

»Oh, Sie können sich jetzt Zeit lassen, es kann ja jetzt nichts mehr geschehen. Sie können nun öfter einmal mit uns auf die Jagd gehen oder eine Segelpartie mit uns machen.«

»Gern, oh, wie gern, Sahiba, wenn ich abkommen kann.«

Inzwischen hatte sich Milde mit Peter Hagenau ebenfalls sehr angeregt unterhalten, und in froher Stimmung kam die kleine Gesellschaft zu Hause an.

Man kleidete sich um, nachdem man ein Bad genommen hatte, und Peter Hagenau gab Befehl, ein Festmahl für den Abend zu richten.

Als die Damen, in leichte, duftige Kleider gehüllt, auf die Veranda hinaustraten, waren die beiden Herren schon anwesend. Angeregt plaudernd verbrachte man die nächsten Stunden. Im Laufe des Gesprächs erwähnte Peter Hagenau, daß er noch sehr gut weitere Absatzgebiete für seine Erzeugnisse brauchen könne.

»Ich kann nicht alle Waren absetzen, die mir der Boden hier liefert. Am liebsten möchte ich mit Deutschland in Verbindung treten, was mir bisher wegen des Krieges nicht gelang. Deutschland wird ja jetzt seinen Außenhandel bald im vollen Umfange wieder aufnehmen«, sagte er.

Milde und Rudolf sahen sich bei diesen Worten an.

»Herr Doktor, wir haben ja Herrn Harland ganz vergessen«, sagte Milde.

Rudolf nickte ihr zu. »Ich habe drunten bei der Arbeit wohl zuweilen an den Auftrag gedacht, den er uns gegeben hat. Aber ich habe immer wieder vergessen, mit Herrn Hagenau darüber zu sprechen.«

Und er berichtete nun dem Hausherrn, was ihm Herr Harland aufgetragen hatte.

Aufmerksam lauschte Peter Hagenau, und als Rudolf zu Ende war, sagte er lebhaft: »Dies Anerbieten werde ich sicher nicht von der Hand weisen, es kommt mir wie gerufen. Ich danke Ihnen für diese Offerte. Wie lange, sagen Sie, ist Herr Harland noch auf Java?«

»Er wollte zwei Monate bleiben. Die Hälfte dieser Zeit ist verstrichen.«

»Gut. Darf ich Sie bitten, ihm mitzuteilen, daß ich seinen Besuch erwarte, ehe er nach Deutschland zurückkehrt? Es sollte mich freuen, wenn wir zu einem Abschluß kämen. Und Sie sollen mir diesen Dienst nicht umsonst geleistet haben. Ich werde Sie und Fräulein Volkner am Gewinn aus diesem Geschäft beteiligen.«

Milde und Rudolf wehrten hastig ab, davon könne keine Rede sein, aber Peter Hagenau schnitt ihnen das Wort ab.

»Sie dürfen gar nichts dagegen sagen. Geschäft ist Geschäft. Hätte ein Makler die Verbindung zwischen mir und Herrn Harland hergestellt, hätte ich ihm ebenfalls Prozente zahlen müssen. Wehren Sie sich doch nicht, etwas zu verdienen, da greift man ohne Zögern zu.«

Lachend sahen sich die beiden jungen Leute an.

»Was sagen Sie dazu, Fräulein Volkner?« fragte Rudolf.

»Daß Sie ruhig annehmen können, was Ihnen Herr Hagenau

bietet. Ich selbst komme gar nicht in Frage, denn Sie waren es, der mit Herrn Harland zuerst diese Angelegenheit besprach.«

»Und Sie waren es, die mich daran erinnerte. Sonst hätte ich sicher nicht zur rechten Zeit davon gesprochen. Außerdem haben Sie zuerst Herrn Harland Aufschlüsse gegeben, was auf Subraja alles wächst. Wenn Sie also Herrn Hagenaus Anerbieten nicht annehmen, dann werde ich es auch nicht tun.«

Lachend schlichtete der Hausherr den edlen Wettstreit.

»Ich werde Ihnen einfach keine Wahl lassen. Sobald das Geschäft mit Herrn Harland zustande kommt, schreibe ich Ihnen beiden einen prozentualen Anteil am Reingewinn gut. Unter Umständen kann das ein ganz hübsches Sümmchen für Sie werden. Und ich mache dann auch ein gutes Geschäft, denn mir verdirbt hier mancherlei, was ich nicht an den Mann bringen kann, weil es mir an Abnehmern fehlt.«

Rudolf lachte fröhlich auf. »Gut, ich füge mich, und mit Vergnügen. Geben Sie acht, Fräulein Volkner, jetzt werden wir Kaufleute, ganz ohne unser Zutun, und machen Geschäfte. Mit Schätzen reich beladen kehren wir dann nach Deutschland zurück. Ich sehe mich schon im Geiste von all meinen Kommilitonen angepumpt.«

Milde lachte nun auch. »Ich habe es mir nicht so leicht gedacht, Geschäfte zu machen.«

»Es ist auch nicht immer so leicht«, sagte der Hausherr lächelnd. »Also, mein lieber Doktor, morgen läuft der Postdampfer hier an, wenn er Post für uns bringt, oder wenn wir die rote Flagge am Bootshaus hissen. Das bedeutet, daß wir Post mitzugeben haben. Sie halten bis dahin das Schreiben für Herrn Harland bereit.«

»Das soll geschehen.«

»Und nun wollen wir ein wenig musizieren, Vati«, bat Lia. »Milde hat eine Menge Noten mitgebracht, die habe ich gestern erst bei ihr entdeckt. Es sind alles Sachen, die wir nicht haben, vor allen Dingen Lieder.«

Lebhaft richtete sich der Hausherr auf. »Singen Sie, Fräulein Volkner?« fragte er.

»Ein wenig«, antwortete Milde.

»Oh, sie singt wundervoll, Vati, gestern, als wir allein waren, hat sie mir einige Lieder vorgesungen. Du wirst staunen!«

»Machen Sie nur kein Aufhebens von meinem Gesang, Lia, sonst ist Ihr Herr Vater arg enttäuscht«, sagte Milde lachend und errötete. »Nun wage ich kaum noch zu singen, Herr Hagenau, jetzt erwarten Sie, eine große Sängerin zu hören«, scherzte sie.

»Ich glaube in diesem Fall Lia mehr als Ihnen, Fräulein Volkner, und wenn Sie wüßten, daß ich gerade Gesang immer sehr schmerzlich hier vermißt habe, hätten Sie mir wohl schon eher einmal eine Freude damit gemacht.«

»Wenn es nur eine Freude ist! Aber ich will mich nicht lange nötigen lassen. Wenn Ihnen mein Gesang nicht gefällt, können Sie es mir ruhig sagen.«

»Er wird Vati schon gefallen, Milde, da brauchen Sie keine Angst zu haben!« rief Lia begeistert.

»Darf ich Sie begleiten?« fragte der Hausherr.

»Wenn Sie es tun wollen, ist es mir lieb. Ich werde sogleich die Noten holen.«

Milde ging ins Haus, und Peter Hagenau begab sich in das Musikzimmer, um schon den Flügel zu öffnen.

Lia und Rudolf Bergen blieben allein auf der Veranda sitzen. Und wenige Minuten später saß der Hausherr am Flügel und spielte das Vorspiel zu Solveigs Lied von Grieg. Gleich darauf fiel Mildes Stimme ein. Es war ein weicher, voller Mezzosopran, nicht sehr groß, aber von süßem Wohlklang, der sich ins Herz schmeichelte und aus dem eine reiche Seele sprach.

Die Begleitung schmiegte sich diesen Tönen mit harmonischer Feinheit an.

Peter Hagenau sah mit großen Augen immer wieder auf die Lichtgestalt der schönen weißen Frau mit dem goldenen Strahlenkranz um die reine Stirn, sah in die leuchtenden Blauaugen hinein, aus denen so viel Güte strahlte, und ein seltsames Empfinden nahm ihn gefangen. Er trank den süßen Wohllaut der schönen Frauenstimme in sich ein wie einen Balsam, der Wunden heilen kann, die jahrelang gebrannt haben. Jedes der Worte aus Solveigs Lied grub sich in seine Seele.

> Der Winter mag scheiden,
> der Frühling vergeh'n,
> der Sommer mag verwelken,
> das Jahr verweh'n.
> Du kehrst mir zurücke,
> gewiß, du wirst mein,
> ich hab' es versprochen:
> Ich harre treulich dein.
>
> Gott helfe dir, wenn du
> die Sonne noch siehst,
> Gott segne dich, wenn du
> zu Füßen ihm kniest.
> Ich will deiner harren,
> bist du mir nah,
> und harrst du dort oben,
> so treffen wir uns da.

Leise verklang das Lied mit der weichen Schlußkoloratur. Peter Hagenau saß mit geschlossenen Augen und ließ das Lied in sich nachklingen. Ein seltsamer Glanz lag auf seinem Antlitz. Milde lehnte am Flügel und sah ihn beklommen an. Unsicher legte sie die Noten zusammen. Da hob er den Blick zu ihr.

»Glauben Sie, daß es eine solche Liebe, eine solche Treue gibt, wie die Solveigs?« fragte er heiser.

Sie richtete sich auf. »Ja, das glaube ich!«

Er seufzte tief auf. »Frauentreue?« fragte er zweifelnd.

»Treue ist nicht an ein Geschlecht gebunden, sie ist individuell.«

»Wer an eine solche Treue glauben dürfte! Ich habe an mir selbst erfahren müssen, daß Treue ein leerer Wahn ist.«

»Und Sie waren doch selbst so treu«, stieß sie bebend hervor. Er zog die Stirn zusammen. »Was wissen Sie von mir?«

»Alles, was Ihnen weh getan hat.«

Ein bitteres Lächeln huschte um seinen Mund. »Kann das ein Mensch vom andern wissen?«

»Oh, ich habe es gespürt, was für Schmerzen Sie gelitten haben, wenn Ihre Frau Tante mir von Ihrem Schicksal erzählte. Und ich sehe doch in Ihrem Antlitz, welche Zeichen der Schmerz hineingegraben hat. Damals, als sie noch glücklich waren, waren diese Züge noch nicht in Ihrem Gesicht.«

Er stutzte. »Damals haben Sie mich doch noch nicht gekannt. Damals waren Sie noch ein Kind.«

»Aber Ihr Bild aus dieser Zeit habe ich gesehen. Es stand auf dem Nähtisch Ihrer Frau Tante, und wenn sie mir von Ihnen erzählte, sah ich in Ihr Gesicht. Und nun sehe ich es in Wirklichkeit vor mir – und weiß, was Sie erduldet haben. Aber Sie dürfen nicht an der ganzen Menschheit verzweifeln, weil zwei Menschen sich an Ihnen versündigt haben. Sie sind nun tot, diese beiden, und nun müßten Sie endlich den Weg ins Leben zurückfinden.«

Unverwandt hatte er sie angesehen. »Das ist viel schwerer, als Sie denken.«

»Nur der Anfang ist schwer.«

Aufatmend strich er sich das dichte Haar aus der Stirn. »Mit grauem Haar ist der Anfang vielleicht überhaupt nicht mehr zu finden.«

»Oh, Sie sind noch so jung, Sie wissen es nur nicht! Die grauen Haare an Ihren Schläfen trügen, Sie haben ja zwölf Jahre Ihres Lebens nicht gelebt. Die zählen nicht. Streichen Sie sie aus!«

Mit einem unbeschreiblichen Blick sah er sie an. »Warum sprechen Sie so zu mir?«

Sie errötete jäh, sagte aber ruhig: »Ich habe Ihrer Frau Tante versprochen, nicht nur Lia zu einer zivilisierten jungen Dame zu machen, sondern auch Ihnen zu helfen, über alles Schwere hinwegzukommen und Sie aufzuheitern.«

Ein Schatten flog über sein Gesicht. »Ah, also nur deshalb«, sagte er enttäuscht.

Ihr Herz klopfte fast schmerzhaft in der Brust. »Nein, nicht nur deshalb, sondern auch, um mir selbst zu genügen. Ich kann niemand leiden sehen, ohne helfen zu wollen. Lassen sie mich Ihnen ein wenig helfen.«

Diese Bitte schmeichelte sich in sein Herz. Ein weiches Lächeln erhellte sein Gesicht. »Sie mir helfen? Wie denken Sie sich das?«

Sie seufzte auf. »Ich weiß es nicht, weiß nur, daß ich helfen möchte. Und was man mit Inbrunst will, das geht auch.«

Eine Weile sah er sie an mit einem Blick, der sie erbeben machte.

»Eines könnte mir helfen«, sagte er heiser.

Sie streckte die Hände flehend aus. Und ihre ganze Seele lag in ihrem Blick.

Er war erschüttert – weil er in diesem Augenblick in dieser schönen, gütigen Mädchenseele zu lesen verstand.

»Kind, Sie sind noch so jung. Und ich kann nicht darüber sprechen, was mir helfen könnte. Heute noch nicht. Vielleicht später einmal. Da draußen vor dem Fenster sitzen Lia und Doktor Bergen, die beide nichts von meinem Schicksal wissen. Wenn ich Ihnen eines Tages sagen sollte, was mir helfen kann, dann darf das keine Zeugen haben. Und nun singen Sie mir noch ein Lied. Ich will Ihnen kein Kompliment machen, Komplimente sind banal. Aber glauben Sie mir, Ihr Gesang ist Balsam für alle Wunden, lassen Sie mich recht oft Ihre Lieder hören.«

»Gern, wie gern, wenn sie Ihnen wirklich wohltun«, stieß sie atemlos hervor.

»Was wollen Sie jetzt singen?« fragte er nach einer Weile.

Nach kurzer Wahl legte sie ihm ein Notenblatt vor.

»Ein schlichtes Volkslied, das Sie sicher kennen«, sagte sie leise.

Er präludierte, und sie begann:

»Aus der Jugendzeit klingt ein Lied mir immerdar,
oh, wie liegt so weit, was mein einst war.
Was die Schwalbe sang, die den Herbst und Frühling bringt,
ob's das Dorf entlang wohl jetzt noch klingt ...
O du Heimatflur, laß in deinen heil'gen Raum
mich noch einmal nur entflieh'n im Traum.

Als sie geendet hatte, sah sie mit Ergriffenheit, daß es in seinen Augen feucht aufleuchtete. Still ging sie hinaus zu den andern. Heute mochte sie nicht mehr singen.

Peter Hagenau schloß den Flügel und starrte lange in Gedanken verloren vor sich hin. Dann trat auch er hinaus.

Lia hatte Mildes Hand ergriffen.

»Sie haben herrlich gesungen, Milde, und das hat Vati wohlgetan, ich weiß es. Seine Augen sind feucht«, flüsterte sie.

Auch sie hatte in stummer Ergriffenheit Mildes Liedern gelauscht, und Rudolf hatte seinen Blick nicht von ihr lassen können. Ein seltsam weiches Empfinden hatte sich in ihm geregt. Er sah, wie sie mit sich selbst kämpfte. Und was sie nun zu Milde sagte, rührte ihn. Es lag eine so tiefe Zärtlichkeit für den Vater in ihren Worten. Wie würde sie erst einen Mann lieben, dem sie ihr Herz schenkte? Er fühlte, daß in diesem jungen Geschöpf eine reiche Seele lebte, die sich erst unter dem Strahl der Liebe voll entfalten würde.

Als dann der Hausherr auch noch heraustrat, saßen die vier Menschen in versonnener Stimmung zusammen, ohne ein Wort zu sprechen. Jeder hing seinen Gedanken nach. Erst als der Gong zum Abendessen rief, schraken sie auf und sahen sich lächelnd an.

Peter Hagenau legte den Arm um die Schulter seiner Tochter.

»Wir wollten doch die Einweihung des Grabens feiern. Und nun sind wir so still gewesen«, sagte er lächelnd.

»Ach, Vati, man muß doch nicht laut sein, wenn man feiern will. Nie war mir so feierlich zumute, trotzdem wir nicht sprachen.«

»Hast recht, Kind, alles zu seiner Zeit. Aber nun wollen wir fröhlich sein. Die Fröhlichkeit des Herzens ist doch die schönste Feier.«

Und bei Tisch wurden sie nun sehr vergnügt. Aller Augen glänzten, als käme eine heiße Freude aus ihrem Herzen heraus.

IX

Die nächsten Wochen vergingen im gegenseitigen Bestreben der vier Hausgenossen, einander innerlich näherzukommen. Milde hatte bereits sehr großen Einfluß auf Lia gewonnen. Ohne Schwierigkeiten gewöhnte sie ihr eine kleine Unart nach der andern ab. Der alte Knabenanzug kam immer seltener zu Ehren, nur wenn sie einmal die alte Kletterlust packte, suchte sie ihn wieder hervor. Nicht einmal beim Reiten trug sie ihn mehr. Sie gefiel sich eben doch zu gut in ihren neuen Kleidern.

Dies alles aber tat sie hauptsächlich, um Rudolf zu gefallen. Das hätte sie aber niemand eingestanden, nicht einmal sich selbst. So offen und wahr sie sonst war, hier mahnte sie der weibliche Instinkt, Versteck zu spielen, soweit sie das bei ihrer großen Offenheit fertigbrachte. Sie war durchaus nicht immer so weich und nachgiebig zu Rudolf, wie an jenem Tag, da der Graben fertig wurde. Oft genug zeigte sie sich ihm wieder fast feindlich. Aber er wußte nun schon, daß das nur noch ein scheues Wehren war gegen das, was in ihrem Herzen nur zu mächtig für ihn sprach.

Ihr Vater erkannte nicht so schnell wie Milde, daß in Lias Herzen ein sehr warmes Empfinden für den jungen Ingenieur keimte. Aber eines Tages, als sie Rudolf ganz in träumerisches Sinnen verloren nachsah und jäh bei des Vaters Anruf zusammenschreckte, ging ihm doch eine Ahnung auf. Mit einem hilflos-erstaunten Blick sah er zu Milde hinüber, die Lia ebenfalls beobachtet hatte. Ernst und ruhig sah sie in seine Augen, und als Lia dann ins Haus gegangen war, sagte er zu Milde:

»Ich glaube wahrhaftig, meine kleine Lia ist kein Kind mehr.«
»Das glaube ich auch, Herr Hagenau.«

Forschend sah er sie an. »Haben Sie schon öfter bemerkt, daß sie Doktor Bergen so verträumt nachsieht?«

Milde nickte. »Ja, ich habe es zuweilen bemerkt.«

Er strich sich über die Stirn, als sei ihm zu heiß. »Aber um Gottes willen, was soll denn daraus werden?«

Milde strich sich ein paar lose Härchen hinter das Ohr. »Würden Sie es als ein Unglück empfinden, wenn sie wirklich in dieser Richtung etwas empfindet, was sie schnell reifen lassen würde?«

»Als ein Unglück? Mein Gott, darüber habe ich natürlich noch gar nicht nachgedacht. Ich sehe ja immer nur das Kind in ihr!«

»Sie ist aber jedenfalls auf dem besten Wege, die Kinderschuhe für immer abzustreifen. Und – ich glaube, Sie müssen dazu Stellung nehmen.«

Ganz erschrocken sah er sie an.

»Glauben Sie? Das ist ja nicht auszudenken!«

»Ich glaube, Sie nehmen die Angelegenheit zu tragisch. Vorausgesetzt, daß Sie gegen Doktor Bergen nichts einzuwenden haben, wüßte ich nicht, was Sie beunruhigen könnte.«

»Gegen Doktor Bergen? Nein, gewiß nicht. Soweit ich ihn in der ziemlich engen Gemeinschaft unseres Zusammenlebens hier kennengelernt habe, halte ich ihn für einen anständigen, vornehm denkenden Menschen, aber –«

»Aber? Stört Sie seine Armut?«

Er schüttelte heftig den Kopf.

»Nein, nein – ob reich oder arm, das macht doch den Wert eines Menschen nicht aus. Und er ist mir sehr sympathisch, er ist fleißig und tüchtig, zielbewußt und energisch. Und er hat Güte in seinem Wesen, das scheint mir wichtig. Ein Mensch ohne Güte ist eine Glocke ohne Ton. Sie halten doch auch viel von ihm?«

»Sehr viel. Wenn Sie seine Armut nicht stört, wüßte ich, wie gesagt, nicht, was Ihnen Sorge machen könnte.«

»Ich kann nur nicht fassen, daß mein Kind in so kurzer Zeit aufgehört haben soll, ein Kind zu sein. Auf Herz und Nieren müßte ich ihn natürlich auch erst prüfen, ehe ich solch einen Gedanken zu Ende denken könnte. Ich bin noch ganz fassungslos, daß mein Kind einem Mann mit solchen Augen nachsieht.«

Ein liebes Lächeln huschte um Mildes Mund. »Kommt Zeit, kommt Rat. So sehr eilt die Sache noch nicht. Man muß Lia Zeit lassen, sich klarzuwerden über ihre Gefühle. Vorläufig ist sie noch sehr im Kampf damit.«

»Und wenn Doktor Bergen nicht imstande sein sollte, die Gefühle meines Kindes zu erwidern, was dann?«

»Darf ich offen sprechen?«

»Ich bitte darum.«

»Nun, so will ich Ihnen sagen, daß ich bei Doktor Bergen die gleichen Anzeichen bemerkt habe wie bei Lia. Nur hat er sich viel mehr in der Gewalt und ist sich bewußt, daß er ein so junges Geschöpf nicht beunruhigen darf. Ich glaube, er kämpft ehrlich mit einem Gefühl, das er für aussichtslos hält. Er wird es nicht wagen, seine Augen zu der Tochter seines Brotherrn, dessen Reichtum er kennt, zu erheben. Aber gleichgültig steht er Lia bestimmt nicht gegenüber.

Neulich abends waren wir eine Weile auf der Veranda allein. Lia tanzte unten auf dem Rasenplatz zu den Klängen eines Mozartschen Menuetts, das Sie spielten. Sie tanzte ganz in sich versunken und ahnte nicht, daß wir sie beobachteten. Es war ein reizendes Bild, das ich nie vergessen werde. Doktor Bergen stand schwer atmend neben mir und sagte aus tiefen Gedanken heraus mehr zu sich selbst als zu mir:

›Kann man sich etwas Süßeres und Holderes denken als dieses Kind der Wildnis? Wie eine Elfenkönigin tanzt sie dahin mit ungewollter Grazie. Sie ist die verkörperte Poesie. Man möchte die Hände über sie halten, daß sie nichts von ihrem ursprünglichen Zauber und ihrer köstlichen Unberührtheit und Frische verliert.‹

So sprach er, und es kam ihm aus dem Herzen, das können Sie mir glauben.«

Er faßte ihre Hand mit festem Druck.

»Ich danke Ihnen, daß Sie mir das gesagt haben. Sie haben mir damit einen Druck von der Seele genommen. Wer so von meinem Kind spricht, wird ihm nichts zuleide tun wollen. Es ist wunderbar, wie Sie immer die rechten Worte finden für alles, was mich bewegt.«

Sie konnte ihm nicht antworten, weil jetzt Lia wieder zu ihnen herauskam. Sie blickte wieder ganz vergnügt drein und schlang die Arme um den Hals ihres Vaters.

»Vati, wir wollten doch einen Ritt zur Schildkrötenbucht machen, ehe es zu heiß wird.«

Fragend sah er zu Milde hinüber.

»Wie denken Sie darüber, Fräulein Volkner?«

»Oh, ich bin immer sehr gern bei allem, was reiten heißt. Es ist ein herrliches Vergnügen, und ich bin Ihnen dankbar, daß ich es ausüben darf.«

Er winkte ab.

»Ich bitte Sie, wenn Sie nicht reiten könnten, dann wären Sie immer auf den Tragsessel oder den Ochsenkarren angewiesen.«

Milde lachte. »Da lobe ich mir freilich das Reiten!«

»Also auf zur Schildkrötenbucht! Wir werden ein nettes Exemplar für den Koch mit heimbringen.«

»Das dachte ich auch, Vati, Doktor Bergen mag so gern Schildkrötenragout.«

Über Lias Kopf trafen sich die Blicke ihres Vaters und Mildes. So war es immer, Lias Gedanken waren immer bei Rudolf Bergen. Nur hatte es ihr Vater bisher noch nicht gemerkt.

Die Damen zogen nun schnell ihre Reitkleider an, und eine halbe Stunde später waren sie unterwegs zur Schildkrötenbucht, die jenseits des Berges auf der Südseite der Insel lag.

Rudolf Berger war fleißig bei der Arbeit. Der Kanalbau machte gute Fortschritte, und inzwischen sorgte der neue Graben dafür, daß das Wasser im See nicht höher stieg. Wochen waren vergangen, und heute war wieder Posttag. Als sich Rudolf am frühen Morgen von Peter Hagenau verabschiedete, hatte dieser gesagt:

»Wir kommen um die Postzeit hinunter. Erstens habe ich Post mitzugeben und zweitens ist es möglich, daß Herr Harland heute schon ankommt. Er hat mir ja geschrieben, daß er versuchen will, diesen Dampfer zu erreichen.«

Und nun wartete Rudolf voll heimlicher Ungeduld auf das Erscheinen Peter Hagenaus und der Damen. Der Tag wurde ihm jetzt immer recht lang, bis er Lia wiedersah. Denn unter Tags ritt er jetzt nicht mehr hinauf, weil es ihn zuviel Zeit kostete.

In dem alten Wohnhaus des früheren Besitzers hatte er sich ein Arbeitszimmer und einen Raum, in dem er Siesta halten konnte, von Dacus herrichten lassen. Denn zu einer Siesta hatte er sich doch, wie seine Arbeiter, in der heißesten Tageszeit entschließen müssen. Das verlangte das Klima. Dacus bereitete dann für ihn und für sich ein einfaches Reisgericht, wozu sie von den köstlichen Durianfrüchten aßen, die sie nur von den Bäumen zu pflücken brauchten. Aber wenn Rudolf seine Siesta hielt, flogen seine Gedanken sehnsüchtig zu seiner kleinen Inselprinzessin hinauf, die ihm von Tag zu Tag mehr ans Herz wuchs. Heute sollte nun die Trennung von ihr nicht so lange währen, heute kam sie mit ihrem Vater und Milde Volkner herunter. Er hatte ihr versprechen müssen, daß er sich auf ein paar Stunden frei machen würde für eine Motorbootfahrt auf dem Meer. Man wollte dann zum Schluß dem Postdampfer entgegenfahren.

Immer wieder sah Rudolf nach der Uhr. Um acht Uhr wollten die Herrschaften unten sein.

Endlich war es soweit, und nun sah er auch schon die kleine Kavalkade auftauchen. Pünktlich ritten sie aus dem Wald heraus. Schnell ging er ihnen entgegen. Ein heller Jauchzer Lias grüßte ihn. Und als sich die beiden jungen Menschen bei den Händen hielten und sich in die Augen sahen, da schob Peter Hagenau seinen Tropenhut aus der Stirn, als sei ihm zu heiß.

Milde sah es, und da er dicht neben ihr hielt, legte sie sanft ihre Hand auf seinen Arm. Ein beruhigender Zauber ging von dieser kleinen Frauenhand aus – und plötzlich faßte Peter Hagenau diese Hand und drückte seine Lippen darauf. Milde zuckte leise zusammen. Es war nicht üblich auf Subraja, daß die Herren den Damen die Hand küßten, und es war das erstemal, daß dies geschah. Es war auch ganz spontan über Peter Hagenau gekommen, und Milde mußte es unbedingt für eine Huldigung nehmen. Ein seliges Erschrecken darüber ließ ihren Herzschlag aussetzen. Ihr Antlitz überzog eine Röte, und es war gut, daß Lia und Rudolf mit sich selbst genug zu tun hatten, um ihre Gefühle zu verbergen, sonst hätte ihnen Mildes Verlegenheit auffallen müssen.

Am Anlegeplatz hatten Peter Hagenaus Diener schon alles vorbereitet. Das Motorboot lag schon fertig am Bootssteg. Die Pferde wurden im Schatten an Bäume angebunden und sich selbst überlassen. Die Herren stiegen in das Boot und halfen den Damen beim Einsteigen. Es schien ganz selbstverständlich, daß Rudolf Lia half, während ihr Vater Milde die Hand reichte. Und nun fuhr das Boot hinaus auf das leicht bewegte Meer. Milde beugte sich über den Bootsrand und sah mit großen Augen in das Wasser.

»Milde will unbedingt Haifische sehen!« neckte Lia.

»Um Gottes willen, danach verlangt mich wahrlich nicht. Ist es wirklich möglich, daß wir einen zu sehen bekommen?«

»Es wäre nicht der erste, der uns auf solcher Fahrt in Sicht käme«, meinte Peter Hagenau.

»Sie haben also schon welche gesehen?«

»Gewiß!«

»Ich auch!« rief Lia mit blitzenden Augen.

»Können die Haifische dem Boot nicht gefährlich werden?« fragte Milde ein wenig ängstlich.

»Seien Sie außer Sorge, Fräulein Volkner, sie halten sich in respektvoller Entfernung, zumal wenn wir das Motorboot benutzen. Das Geräusch des Motors verscheucht sie meistens. Wenn man einen Haifisch sehen will, muß man mit dem Segelboot fahren.«

»Ich glaube, darauf verzichte ich doch lieber«, sagte Milde lachend, »aber einen anderen Wunsch hätte ich.«

»Nennen Sie ihn mir«, drängte Peter Hagenau.

»Ich möchte gern einmal um die ganze Insel herumfahren.«

»Das können wir bald einmal tun. Heute geht es nicht, weil wir dazu immerhin einige Stunden brauchen, und dann würden wir den Postdampfer verpassen. Aber nächstens soll Ihr Wunsch in Erfüllung gehen.«

»Wenn es keine Schwierigkeiten macht, würde es mich freuen.«

»Es macht absolut keine Schwierigkeiten.«

»Sie sind so gütig, man braucht nur einen Wunsch laut werden lassen, dann wird er auch erfüllt.«

»Wenn ich Ihnen nicht gelegentlich so kleine Wünsche zu erfüllen suchte, würden Sie sich hier nicht lange wohl fühlen und Heimweh bekommen. Hat es sich noch nicht gemeldet?«

»Offen gestanden, nein, ich finde es paradiesisch schön hier, und ich glaube nicht, daß man im Paradies Heimweh bekommt.«

Mit einem seltsamen Blick sah er über das Wasser. »Doch – man kann. Ich habe es empfunden«, sagte er schwer und seufzte tief auf.

»Und warum folgen Sie diesem Heimweh nicht?« fragte Milde leise.

»Damals, als es mich befiel, fürchtete ich noch Erinnerungen. Und später war es überwunden, da wuchs mein Kind heran, und in ihm fand ich Ersatz für die Heimat.«

Lia fiel dem Vater um den Hals. »Mein lieber Vater, du hast mir doch nie gesagt, daß du Heimweh hattest.«

»Ehe du es hättest verstehen können, war es vorüber, mein Kind.«

»Aber eines Tages werden wir unsere deutsche Heimat wiedersehen, nicht wahr, Vati?«

»Verlangt dich sehr danach?«

Lia nickte. Und in ihren Augen lag ein Ausdruck, den er noch nicht an ihr kannte.

»Ja, Vati, wenn Milde und Doktor Bergen fortgehen, dann möchte ich mit ihnen reisen, in deiner Gesellschaft natürlich.«

Er lächelte. »Und wir beiden törichten Menschen haben uns so gefürchtet vor unserer Einquartierung, kleine Lia.«

»Ja, Vati, aber wir konnten doch auch nicht wissen, daß beide so liebe Menschen sind und daß es so schön sein würde, wenn sie hier sind.«

Peter Hagenau sah zu Milde hinüber mit einem brennenden Blick. »Nein, das konnten wir nicht wissen.«

Darauf blieb es lange still. Jeder hing seinen Gedanken nach. Es wurde erst wieder lebhaft, als der Postdampfer gesichtet wurde. Das Motorboot kreuzte und erwartete den Dampfer in der Nähe der Angelegestelle. Wie damals, als Milde und Rudolf ankamen, beugte sich der Kapitän wieder über die Reling. Reichlich zwei Monate waren seitdem vergangen, aber es erschien allen viel, viel länger her zu sein.

Herr Harland war wirklich an Bord des Postdampfers und rief Milde und Rudolf einen fröhlichen Gruß zu. Dann kam er behend die Fallreeptreppe herab und wurde im Motorboot herzlich begrüßt. Außerdem war noch Post abzuliefern und mitzunehmen. Milde bekam einen Brief von der Justizrätin, und für Rudolf war ein kleines Paket und ebenfalls ein Brief gekommen. Beides war von dem Notar seines Onkels.

Peter Hagenau sah ein wenig unruhig nach dem Brief, den Milde zu sich steckte, um ihn zu Hause in Ruhe lesen zu können. Es befiel ihn plötzlich eine angstvolle Erregung. Wer konnte ein Recht haben, an Milde Volkner zu schreiben? Daß sie allein in der Welt stand, wußte er doch. Zum ersten Mal legte er sich die Frage vor, ob Mildes Herz noch frei sei. Bis jetzt hatte er das als selbstverständlich angenommen. Und jetzt mit einem Male dieser quälende Zweifel. Er schob ihn wie einen Feind beiseite. Nein, nein, das durfte nicht sein! Wenn drüben in Deutschland ein Mann lebte, der Milde teuer war, dann wäre sie nicht nach Subraja gekommen – und dann hätte sie ihn niemals so angesehen, wie sie das zuweilen tat. Das gab ihm seine Ruhe wieder.

Aber dann legte er sich die Frage vor, warum ihm der Gedanke so quälend gewesen war, daß Milde einem anderen gehören könne. Eine Antwort darauf fand er nicht in dieser Stunde, denn er mußte sich jetzt seinem Gast widmen. Dieser rief noch zu dem Kapitän hinauf: »Vergessen Sie mich morgen auf der Rückfahrt nicht, Herr Kapitän!«

»Sie wollen doch nicht schon morgen fort, Herr Harland?« fragte Peter Hagenau.

»Doch, mein verehrter Herr Hagenau, es wird Zeit, daß ich wieder heim nach Deutschland komme. Wenn ich morgen nicht nach Surabaja zurückfahre, erreiche ich meinen Dampfer nicht.«

»Dann wird das aber nur ein kurzer Besuch«, bedauerte Peter Hagenau.

»Es tut mir auch leid, aber ich habe mir schon die Zeit zu diesem Besuch abstehlen müssen. Ich hielt es jedoch für wichtig, daß wir persönlich über unsere Geschäfte verhandelten – und da bin ich.«

»Das freut mich sehr, und damit muß ich mich begnügen.«

Das Motorboot steuerte wieder dem Lande zu. Harland wandte sich lächelnd an Milde.

»Nun, Fräulein Volkner, noch kein Heimweh?«

Sie schüttelte lächelnd den Kopf. »Nein, Herr Harland, absolut nicht.«

»Also gefällt es Ihnen auf Subraja?«

»Ausgezeichnet!«

Er machte ein drollig resigniertes Gesicht. »Haben Sie ein Glück, Herr Hagenau, allzugern hätte ich Ihnen diese junge Dame abspenstig gemacht. Meine Frau hätte so eine liebenswerte Gesellschafterin so gut gebrauchen können. Aber Fräulein Volkner wollte Ihnen absolut nicht untreu werden, trotzdem ich ihr eine Lebensstellung in meinem Hause bot.«

Peter Hagenau sah Milde erschrocken an.

»Ich wußte nicht, was Sie da ausgeschlagen haben, Fräulein Volkner!«

»Nun, ich habe ihr schon gesagt, wir halten ihr die Anstellung offen, falls Sie ihrer nicht mehr bedürfen sollten«, sagte Harland.

Milde errötete unter Peter Hagenaus forschendem Blick.

Die Unterhaltung wurde nun allgemein, bis man wieder an Land war. Da erst gelang es Peter Hagenau, einige Worte mit Milde allein zu sprechen.

»Warum haben Sie ein so glänzendes Angebot nicht angenommen, Fräulein Volkner?« fragte er heiser.

Sie sah die Unruhe in seinen Augen, ohne sie recht verstehen zu können, und so sagte sie lächelnd: »Ich hätte doch der Aufgabe, die ich hatte, nicht untreu werden können.«

Er sah sie mit brennenden Augen an. »Nein, Sie nicht – Sie nicht. Sie sind eine Solveig-Natur. Aber danken will ich Ihnen, daß Sie trotz allem kamen. Und ich will hoffen, daß Sie es nie zu bereuen brauchen.«

Sie schüttelte den Kopf. »Nie, niemals bereue ich das«, sagte sie mit inbrünstiger Überzeugung.

Sie sahen sich eine Weile schweigend an, dann mußten sie sich den anderen widmen.

Herr Harland war im Tragsessel den Berg hinaufgetragen worden, und nun saß man angeregt plaudernd auf der Veranda. Harland erzählte von seinen Geschäften auf Java, die ihn sehr befriedigt hatten. Er wollte auch gleich mit dem Hausherrn über Geschäfte reden, aber dieser wehrte lachend ab.

»Warten wir damit, bis die größte Hitze des Tages vorüber ist. Jetzt läßt sich nicht gut von Geschäften reden. Wir nehmen jetzt die Reistafel ein, und dann sollen Sie, wie wir alle, Siesta halten. Nach der Siesta wollen wir von unseren Geschäften reden, und ich hoffe, daß wir dann zu einem guten Abschluß kommen.«

»Das hoffe ich auch, und ich füge mich selbstverständlich Ihrer besseren Einsicht, obwohl ich hier oben bei Ihnen viel weniger unter der Hitze leide wie die ganze Zeit in Java. Sie haben anscheinend hier ein sehr gutes Klima.«

»Gottlob, deshalb habe ich mir mein Haus hier oben bauen lassen. Es ist manchmal ein wenig beschwerlich, heraufzukommen, aber es lohnt die Mühe.«

»Das glaube ich auch. Sie müssen sich überhaupt auf Ihrer schönen Insel vorkommen wie ein Fürst. Ihr Reich würde in Deutschland ein sehr ansehnliches Fürstentum repräsentieren.«

»Groß genug ist es dazu.«

»Über wieviel Seelen herrschen Sie hier?«

»Alles in allem sind etwa sechshundert Eingeborene auf Subraja.«

»Nun, da bleibt für alle Raum genug.«

»Jeder meiner Leute hat sein eignes Haus und ein Stück Land zum Bebauen. Das besorgen zumeist die Frauen und Kinder, während die Männer in meinen Diensten arbeiten.«

»Und Sie üben natürlich auch die Gerichtsbarkeit aus.«

»Nein, ich habe bestimmt, daß dies die Sache des Dorfältesten ist. Man kann als Europäer vielleicht nicht ganz gerecht sein, weil man diese Menschen nicht ganz verstehen kann, und deshalb habe ich dem Dorfältesten das Richteramt übergeben.

Ich kann versichern, daß sich an dessen schlichter Weisheit mancher studierte Richter ein Beispiel nehmen könnte.«

»Und Sie scheinen auch ein weiser Mann zu sein, mein lieber Herr Hagenau.«

»Sie dürfen mich nicht überschätzen. Welcher Mensch hätte das Recht, sich weise zu nennen?«

In diesem Moment wurde zur Reistafel gerufen, und das Gespräch mußte abgebrochen werden.

Nach beendeter Mahlzeit zog man sich zur Siesta zurück, und nach dieser erledigten die beiden Herren im Arbeitszimmer des Hausherrn ihre Geschäfte zu beiderseitiger Zufriedenheit.

Als das geschehen war, kamen sie auch auf Rudolf Bergen zu sprechen.

»Sie kennen Doktor Bergen schon länger, wie er mir sagte«, bemerkte Peter Hagenau.

Seit er ahnte, daß seine Tochter ein besonderes Interesse für den jungen Mann hatte, war er natürlich besonders darauf bedacht, ihn genau kennenzulernen, und er ergriff deshalb die Gelegenheit, etwas über dessen Vergangenheit in Erfahrung zu bringen.

»Ja«, erwiderte Harland arglos, »ich kenne ihn schon seit Jahren. Ich verkehrte im Hause seines Onkels, mit dem ich befreundet war, und bei ihm lernte ich Doktor Bergen kennen. Er ist ein prachtvoller Mensch.«

»Dafür halte ich ihn auch. Sein Onkel ist, wie er mir sagte, vor einiger Zeit gestorben.«

»So ist es, und zwar ist er auf eine sehr tragische Weise ums Leben gekommen. Doch das wird Ihnen Doktor Bergen sicher erzählt haben.«

Erstaunt sah ihn der Hausherr an. »Nein, davon sprach er nicht.«

»Nun, er spricht wohl nicht gern davon, es ist ihm sicherlich peinlich.«

»Wie meinen Sie das? Oder darf man nicht fragen?«

»Doch, es ist durchaus kein Geheimnis geblieben, daß sein Onkel durch Selbstmord endete. Angehörige sprechen von so etwas nicht gern. Der Onkel des jungen Mannes, der ihm die Mittel zum Studium gab, war ein Opfer der Inflation. Es gibt deren ja so viele in Deutschland, und er war unschuldig am Untergang seines Hauses. Die Verhältnisse in Deutschland haben ihn ruiniert. Er ist allgemein bedauert worden. Und das Grauenvolle an der Katastrophe war, daß er auch seine Frau, die er sehr geliebt haben muß, mit in den Tod genommen hat.«

Peter Hagenau richtete sich plötzlich auf. Ihm war, als krieche ihm etwas kalt den Rücken herab.

»Wie das?« fragte er heiser.

»Als er sah, daß sein Ruin nicht aufzuhalten war, unternahm er mit seiner völlig ahnungslosen Frau eine Fahrt im Auto – und man fand beide tot unter dessen Trümmern. Die Firma brach zusammen, und Doktor Bergen, der allgemein als der Erbe seines kinderlosen Onkels galt, der aber zum Glück eben sein Studium beendet hatte, stand vor dem Nichts. Wie er das ertragen hat, war bewundernswert. Er hat nichts beklagt als den Tod seines Onkels und dessen Gattin.«

»Wie hieß der Onkel Doktor Bergens?«

Harland blieb ganz unbefangen. Er merkte nichts von der heimlichen Erregung des Hausherrn.

»Er hieß Hans Sanders«, sagte er ruhig und brannte sich die Zigarre, die ihm ausgegangen war, wieder an, ohne auf seinen Gastgeber zu achten.

Peter Hagenau sprang nicht auf, er stieß auch keinen Laut aus, der seine Erregung verraten hätte. Dieser Mann hatte gelernt, sich in allen Lebenslagen zu beherrschen. Aber sein Gesicht wurde fahl und sah verfallen aus. Bergen der Neffe von Hans Sanders, der sein Todfeind gewesen war, der ihm die Gattin und seinem Kind die Mutter genommen hatte. Und er hatte Bergen aufgenommen in sein Haus, hatte ihn mit seiner Tochter verkehren lassen, hatte sich bereits mit dem Gedanken befaßt, daß er eines Tages sein Schwiegersohn werden könnte.

Peter Hagenau war zumute, als wache alles von neuem in ihm auf, was er gelitten, was ihm der falsche Freund angetan hatte. Und der Groll auf ihn packte ihn wie mit Geierkrallen, und ihm war, als müsse er Doktor Bergen mit dem gleichen Groll begegnen. War er nicht Blut vom Blute seines Todfeindes? Mußte er nicht treulos und verräterisch sein wie sein Onkel, der leichtfertig und gewissenlos den Frieden seines Hauses und seines Herzens gestört hatte?

Ihm war, als dürfe er nicht mehr gestatten, daß Doktor Bergen sein Haus betrete. Warum war er nach Subraja gekommen? Wußte er nicht, was sein Onkel ihm angetan hatte? Und wenn er es wußte, was für ein Licht warf das auf seinen Charakter? Überall hätte er hingehen können, nur in sein, Peter Hagenaus Haus, hätte er nicht kommen dürfen, auch dann nicht, wenn ihn die größte Not dazu getrieben hätte. Aber er mußte es gewußt haben, deshalb wohl hatte er ihm den Namen seines Onkels verschwiegen, deshalb ihm nichts von dessen Selbstmord erzählt.

Diese Gedanken jagten durch sein Hirn, während er sich mühte, seine Erregung zu verbergen und seine Selbstbeherrschung nicht zu verlieren.

Wohl merkte sein Gast, daß er stiller geworden war, aber er ahnte nicht, weshalb. Er hielt es für Teilnahme am tragischen Schicksal eines anderen Menschen.

Nach einer Weile raffte sich Peter Hagenau auf aus seiner Erstarrung. »Da nun unsere Geschäfte erledigt sind, Herr Harland, wollen wir wieder zu den Damen zurückkehren und eine Erfrischung nehmen«, sagte er.

Harland verneigte sich. »Mit Vergnügen. Ich plaudere gern noch mit Fräulein Volkner und Ihrem reizenden Töchterchen, deren herzerfrischende Natürlichkeit es mir angetan hat. Wenn Sie, wie Sie mir in Aussicht stellten, nach Deutschland kommen, müssen Sie mit Ihrem Töchterchen mein Gast sein. Meine Frau wird sich freuen, ein so köstliches Naturkind kennenzulernen.«

Peter Hagenau strich sich über die Stirn. Ein jäher Schmerz zuckte in ihm auf. Seine kleine Lia – das Schicksal mochte sie vor Schmerz bewahren!

»Wenn Sie zwei Monate früher auf meine Insel gekommen wären, dann hätte Sie dieses Naturkind wahrscheinlich durch ihre vernachlässigte gesellschaftliche Erziehung in Erstaunen gesetzt. Aber Fräulein Volkner hat schon ein kleines Wunder an ihr vollbracht.«

»Nun, ich freue mich über dieses Resultat. Und Fräulein Volkner ist wohl auch die Persönlichkeit, die mit dem nötigen Verständnis an so eine Aufgabe herangeht. Ich halte sie für eine selten vernünftige junge Dame und kann Ihnen offen sagen, daß ich Sie um sie beneide. Die Reise in ihrer und Doktor Bergens Gesellschaft war mir ein Genuß. So wertvolle Menschen wie diese beiden findet man unter der heutigen Jugend nur selten.«

Der Hausherr atmete auf. »Ja, es ist ein großer Gewinn für mich, daß Fräulein Volkner hierherkam.«

Die beiden Herren waren hinausgetreten. Milde und Lia hatten nebeneinander an einem runden Tisch Platz genommen. Sie hatten einander die Arme um den Hals gelegt, und die beiden reizvollen Mädchenköpfe beugten sich über eine illustrierte Zeitung.

Lächelnd schob Milde die Zeitung nun zurück.

»Ich soll Ihnen viele herzliche Grüße von Ihrer Frau Tante bestellen, Herr Hagenau«, sagte sie.

Er sah sie mit einem qualvollen Blick an, in dem doch ein heller Schein bei ihren Worten aufleuchtete.

»Der Brief, den Sie bekamen, war von Tante Herta?«

»Ja, sie hat mir geschrieben«, erwiderte Milde, aber als sie in Peter Hagenaus Gesicht sah, erschrak sie. So genau kannte sie dies charakteristische, vornehme Männergesicht, daß sie sofort wußte, daß ihm etwas Schmerzliches, Quälendes geschehen war. Mit großen Augen sah sie ihn an, aber sie verlor kein Wort darüber, wie sehr sie sich um ihn sorgte.

»Wollen Sie dafür sorgen, Fräulein Volkner, daß eine Erfrischung aufgetragen wird?«

Auch an seiner Stimme merkte sie, daß irgend etwas ihn aus seinem seelischen Gleichgewicht gebracht hatte. Beklommen tat sie, um was er sie gebeten hatte.

Lia war aufgesprungen und zeigte ihrem Vater lachend eine Illustration.

»Sieh, Vati, das ist die neueste Damenmode in den zivilisierten Ländern. Die Röcke sind so eng, daß man unmöglich darin eine Treppe hinaufsteigen kann, und dabei gibt es Häuser, in denen man viele Treppen hinaufsteigen muß. Wie wollen das die Damen machen? Milde hat mir aber gesagt, daß man solche Modetorheiten auch in Deutschland nicht mitzumachen braucht. Ich würde mich auch dafür bedanken.«

»Aber man interessiert sich auch auf Subraja für die neuesten Damenmoden?« neckte Herr Harland.

Lia nickte lachend. »Ja, aber erst seit neuester Zeit. Ehe Milde hierherkam, hatte ich keine Ahnung von solchen Dingen. Sie hat mir auch gesagt, daß die Mode immer wechselt und daß die Damen sich befleißigen müssen, ihr zu folgen. Die armen Damen!«

»Ja, ja, mein liebes kleines Fräulein, es gibt genug Märtyrerinnen der Mode. Seien Sie froh, daß Sie das Recht haben, sich immer so zu kleiden, wie es schön und bequem ist.«

»Bis jetzt war es mir die Hauptsache, daß meine Kleidung bequem war. Aber seit Milde hier ist, habe ich auch gelernt, darauf zu achten, daß sie schön ist. Milde hat sich viele Mühe geben müssen, mir das beizubringen. Nicht wahr, Milde?«

Diese war zurückgekommen. Ein Diener folgte ihr auf dem Fuße. Er trug ein Tablett, auf dem Erfrischungen standen.

»Was soll ich Ihnen bestätigen, Lia?« fragte sie.

»Daß Sie mich erst gelehrt haben, schöne Kleider zu tragen. Aber das ist nicht alles, was Sie mich gelehrt haben.«

»Sie waren eine sehr gelehrige Schülerin, Lia.«

Dabei warf Milde Peter Hagenau einen unruhig forschenden Blick zu. Er starrte düster vor sich hin und schien nicht zu hören und zu sehen, was um ihn her vorging. Zum Glück unterhielt sich Lia sehr angeregt mit dem Gast und führte ihn nun auch um das Haus herum, um ihm nach allen Seiten die Aussicht zu zeigen. Peter Hagenau blieb stumm sitzen, und Milde stand besorgt neben ihm und sah ihn unruhig an. Ihr Blick mußte wohl Macht über ihn haben, denn er sah auf, in ihre sorgenden Augen hinein.

»Warum sehen Sie mich so an, Fräulein Volkner?«

Sie errötete, hielt aber seinen Blick aus und sagte leise:

»Ich sehe Ihnen an, daß Ihnen etwas widerfahren ist, was Sie quält.«

»Lesen Sie so gut in meinem Gesicht?«

»Es ist sehr sprechend.«

»Aber Lia hat mir nichts angemerkt, gottlob, daß mich – nun ja, daß mich etwas quält. Und sie kennt mich doch so gut.«

»Sie war abgelenkt. Aber ich merkte sogleich, daß Sie erregt und bedrückt waren, als Sie mit Herrn Harland herauskamen.«

»Ja, das bin ich – bis in das tiefste Herz hinein«, stieß er hervor.

Erschrocken sah sie ihn an. »Kann ich Ihnen nicht helfen?« fragte sie leise.

Ein mattes Lächeln spielte um seinen Mund. »Ich weiß, Sie können niemand leiden sehen, ohne helfen zu wollen. Sagen Sie, Fräulein Volkner, haben Sie gewußt, daß Doktor Bergen der Neffe des Mannes ist, der – ich meine, Hans Sanders' Neffe?«

Sie schrak zusammen. »Um Gottes willen – nein, das wußte ich nicht.«

»Glauben Sie, daß er es weiß, in welcher Beziehung ich zur Frau seines Onkels gestanden habe, daß diese Lias Mutter war?«

Energisch schüttelte Milde den Kopf. »Ausgeschlossen, ganz ausgeschlossen! Wie ich Doktor Bergen kenne, wäre er dann auf keinen Fall hierhergekommen.«

»Auch dann nicht, wenn ihn die Not drängte, die Stellung hier anzunehmen?«

»Wie ich ihn kenne, auch dann nicht.«

Er seufzte tief auf. »Wie Sie ihn kennen – und wie ich ihn bisher kannte. Aber wer kennt denn einen Menschen? Ich glaubte ja seinen Onkel auch zu kennen, vertraute ihm unbegrenzt und – er betrog mich doch. Warum soll mich sein Neffe nicht auch betrügen und hinter seinem Gesicht Lüge und Heuchelei verstecken. Warum sagte er mir nie den Namen und die Todesart seines Onkels?«

»Das weiß ich nicht.«

»Nun, ich kann es mir aber denken, warum er es nicht getan hat. Er hatte wohl von seinem Onkel gehört, daß ich mit meiner Tochter hier lebe, und er hat sich gedacht, daß sie ein Goldfisch ist, den zu fangen sich lohnt. Und wenn ich nicht zufällig von Herrn Harland erfahren hätte, wer sein Onkel war, dann wäre ihm das vielleicht auch gelungen«, stieß er bitter hervor.

Beschwörend hob Milde die Hände. Das Herz tat ihr weh. Sie hatte mit Freude gemerkt, daß Peter Hagenau anfing, sein altes Leid zu vergessen. Und nun riß ein unglücklicher Zufall die Wunden wieder auf.

»Lassen Sie sich doch den Glauben an die Menschen nicht wieder nehmen, Herr Hagenau! Ich kann mir nicht denken, daß Doktor Bergen so niedriger Berechnungen fähig ist. Nie habe ich einen Zug an ihm entdeckt, der nicht vornehm, klar und wahr gewesen wäre. Ich halte es bei seinem Charakter für ganz ausgeschlossen, daß er zu Ihnen gekommen wäre, hätte er eine Ahnung gehabt von den Beziehungen seines Onkels zu Ihnen.«

»Aber Sie müssen doch verstehen, daß ich es für ein furchtbares Unglück halten müßte, würde meine Tochter gerade diesem Mann ihr Herz schenken. Sie verstehen mich doch sonst so gut!«

»Ich verstehe Sie auch jetzt. Aber Lia darf doch, um Gottes willen, nicht auch noch unglücklich werden durch die Schuld ihrer Mutter.«

Er streckte abwehrend die Hände aus. »Nein, nein, das wolle Gott verhüten! Und deshalb muß Doktor Bergen fort, so schnell wie möglich. Er muß Subraja verlassen«, sagte er mit wilder Energie.

Milde erschrak. Sie wußte ja viel besser als er, wie sehr Lias junges Herz an Rudolf Bergen hing.

»Sie können ihn doch nicht fortschicken, bevor der Kanalbau zu Ende geführt ist«, gab sie zu bedenken, weil ihr nichts Besseres einfiel.

Er wehrte hastig ab. »Was kümmert mich jetzt der Kanal, was ganz Subraja, wenn die Herzensruhe meines Kindes auf dem Spiel steht!«

Milde krampfte die Hände zusammen. »Könnten Sie sich auf keinen Fall mit dem Gedanken aussöhnen, daß Lia eines Tages Rudolf Bergens Frau würde?« fragte sie angstvoll.

Er fuhr auf. »Nein – nein, niemals!«

»Auch dann nicht, wenn er jede Prüfung bestehen würde, der Sie ihn unterziehen?«

»Auch dann nicht, niemals gebe ich meine Einwilligung, denn ich müßte immer fürchten, daß er Lia eines Tages verraten würde, wie sein Onkel mich verraten hat. Er muß fort, so schnell wie möglich, ehe Lia ihr Herz noch ganz an ihn verliert.«

»Und wenn es schon zu spät wäre?«

»Das verhüte Gott! Nein, nein, sie kennt ihn ja erst seit kurzer Zeit. Er ist der erste Mann, der in ihr Leben tritt. Ich werde, wenn es nötig ist, mit ihr reisen, sie zerstreuen, dann wird sie ihn bald vergessen.«

»Und sind Sie sicher, daß Lia, selbst wenn sie ihn vergessen sollte, mit einem anderen Mann glücklicher wird als mit ihm«?

Er stöhnte auf. »Sie sind sein eifriger Anwalt!«

Groß und ernst sah sie ihn an. »Weil ich damit zugleich auch Lias Anwalt bin, die ich von Herzen liebgewonnen habe. Und ich weiß, daß sie mit großer Intensität an Rudolf Bergen hängt, trotzdem sie sich dessen kaum bewußt ist. Ich warne Sie, täuschen Sie sich nicht über die Gefühle Ihres Kindes. Lia hat, trotz ihrer natürlichen Frische, ein sehr tiefes Gemüt, und so ein Frauenherz hält fest, was es einmal erfaßt hat.«

Forschend sah er sie an. Sprach sie aus eigener Erfahrung? – Aber er schob diesen Gedanken jetzt weit von sich. Nicht an sich durfte er jetzt denken, sondern nur an sein Kind.

»Nein, nein, Sie vergessen, daß Lia noch ein Kind ist, in ihrem ganzen Denken und Empfinden.«

»Sie war es noch vor wenigen Wochen. Aber über Nacht kann aus einem Kind eine Frau werden. Und – darf ich Sie an Ihr eigenes Schicksal erinnern? Sie konnten doch auch nicht die vergessen, der Ihr Herz gehörte. Sie gingen in die Verbannung, verkrochen sich wie ein wundes Tier – und hielten doch einer Frau die Treue, die Sie betrogen hatte. Lia ist so ganz Ihre Tochter – sie hat auch das treue Herz ihres Vaters geerbt. Sie wird nie von dem Mann lassen, dem sie ihr Herz geschenkt hat.«

»Es ist gut, daß Sie mich an mein Schicksal gemahnen – mein Kind soll kein gleiches ereilen, solange ich es verhindern kann. Ich kann diesem Mann nicht mehr vertrauen, seit ich weiß, daß er Hans Sanders' Neffe ist. Und deshalb muß er aus Lias Nähe, so schnell wie möglich. Noch ist es Zeit, noch muß es Zeit sein! Lia ist sich ihres Empfindens noch gar nicht bewußt, sie darf es nicht werden. Nein, sagen Sie mir nichts mehr dagegen. Ich bitte Sie, helfen Sie mir mein Kind vor Leid zu schützen. Versprechen Sie mir, daß Sie es tun wollen!«

Er sah sie mit brennenden Augen an und streckte flehend die Hände nach ihr aus.

Da wußte sie nur eins, daß sie ihm helfen mußte mit allen Kräften, damit er seine Ruhe wiedergewinne. Sie legte ihre Hand in die seine.

»Was in meiner Macht liegt, will ich tun, da ich Sie nicht anderen Sinnes machen kann. Gott helfe Ihnen, daß Sie recht handeln.«

Mit krampfhaftem Druck preßte er ihre Hand. Seinen brennenden Blick in dem ihren ruhen lassend, sagte er heiser:

»Ich danke Ihnen. Und nun still, ich höre Lia kommen. Sie darf nicht beunruhigt werden. Solange Bergen noch auf Subraja ist – versprechen Sie mir, Lia nicht eine Sekunde mit ihm allein zu lassen.«

»Ich verspreche es Ihnen«, sagte sie leise.

Was hätte sie ihm nicht versprochen. Denn die stille, mädchenhafte Schwärmerei, die sie immer für ihn empfunden hatte, war zu einer tiefen, starken Liebe geworden, seit sie in seiner Nähe war. Sie hätte auch ihr Leben willig dahingegeben, wenn sie ihm hätte Leid ersparen können.

Lia und Harland kamen zurück, und sie zwangen sich nun beide zur Ruhe und beteiligten sich am Gespräch. Lias Lachen zeigte, daß sie sich mit Herrn Harland sehr gut unterhalten hatte. Dies helle Lachen beruhigte ihren Vater. Er wollte sich nicht unnötig sorgen. Was sie für Bergen empfand, war nichts als eine leichte Backfischschwärmerei, wie sie alle Mädchen ihres Alters einmal befällt und die sie leicht vergessen, wenn man ihnen etwas anderes zu denken gibt.

Milde war freilich anderer Ansicht. Sie kannte Lia in dieser Beziehung besser als der Vater. Und als Lia jetzt mit dem Gast am Tisch Platz genommen hatte, war das erste, was sie sagte:

»Hoffentlich erscheint Doktor Bergen nun bald. Er hat doch

versprochen, zu Ehren unseres Gastes etwas zeitiger zu kommen als sonst. So muß er bald hier sein.«

Milde wagte Peter Hagenau nicht anzusehen bei diesen Worten Lias, aus denen eine verborgene Sehnsucht klang. Sie gab sich nur Mühe, eine leichte Plauderei im Gang zu halten, damit der Hausherr Zeit fand, sich zu fassen. Aber mit bangem Herzen sah sie Bergens Ankunft entgegen.

X

Rudolf Bergen war, als Peter Hagenau mit den Damen und seinem Gast im Walde verschwunden war, wieder an seine Arbeit gegangen. Das Paket, das er mit der Post bekommen hatte, gab er Dacus. Er sollte es in sein Arbeitszimmer tragen. Auch den Brief, den er erhalten hatte und der vom Notar seines Onkels war, las er jetzt nicht, er erschien ihm nicht so wichtig. Gutes erhoffte er sich von dieser Seite doch nicht.

Erst als er eine kurze Siesta halten wollte, dachte er wieder an den Brief, den er nun aus seiner Brusttasche zog und öffnete. Er las:

Sehr geehrter Herr Doktor!
Mit gleicher Post erhalten Sie allerlei Briefschaften und Dokumente aus dem Nachlaß Ihres Herrn Onkels. Für die Konkursmasse, die ich verwaltete, waren sie jedenfalls nicht von Interesse. Aber vielleicht sind sie von einigem Privatinteresse für Sie, deshalb will ich sie nicht vernichten, sondern sie Ihnen zusenden. Vor allem dürften die Papiere in der Schreibmappe Bedeutung für Sie haben. Ich glaube, daß sie ganz Persönliches enthalten, und deshalb habe ich sie vor fremden Augen geschützt. Auch ein Brief an Sie selbst ist mit dabei. Ich habe ihn erst jetzt entdeckt, weil er sich zwischen Futter und Leder der Mappe geschoben hatte. Leider muß ich Ihnen die Mitteilung machen, daß, wie ich Ihnen schon voraussagte, tatsächlich an realen Werten aus der Konkursmasse absolut nichts für Sie übriggeblieben ist. Es mußte zu Geld gemacht werden, um die Gläubiger zu befriedigen. Auch der Schmuck und sonstige Wertsachen aus dem Nachlaß Ihrer Frau Tante.

So gern ich Ihnen ein kleines Kapital gerettet hätte – es war nicht daran zu denken. Wir müssen noch froh sein, daß der ehrliche Name Ihres Onkels gerettet wurde, und wie ich Sie kenne, wird Ihnen das immerhin eine Genugtuung geben. Es war ja nicht sein eigenes Verschulden. Er ist, wie so viele andere, ein Opfer der Inflation geworden.
Ich freue mich jedenfalls, daß Sie eine so gute Gelegenheit gefunden haben, im Ausland Geld zu verdienen, denn hier ist das noch immer sehr schwer. Hoffentlich bleibt Ihnen das Glück auch weiter treu. Es würde mich freuen, gelegentlich Gutes von Ihnen zu hören. Bitte bestätigen Sie mir der Ordnung halber den Empfang des mit gleicher Post an Sie abgehenden Einschreibepaketes.
Mit hochachtungsvollem Gruß
Ihr Dr. Schneller,
Rechtsanwalt und Notar.

Mit einem resignierten Lächeln faltete Rudolf den Brief wieder zusammen und ging dann hinüber in sein Arbeitszimmer, wo Dacus das Paket auf seinen Schreibtisch gelegt hatte. Er wollte es gerade öffnen, als Dacus ihn herausrief, weil er sich an der Hand verletzt hatte. Rudolf warf also vorläufig das Paket in das Fach seines Schreibtisches, in dem er seine Pläne aufbewahrte. Es eilte nicht. Er verband Dacus die Hand und warf sich dann müde auf sein Ruhebett, um eine Stunde zu schlafen. Wohlig dachte er an die schöne Bootsfahrt in Lias Gesellschaft, und im Geiste sah er Lia mit Milde Volkner und den beiden Herren oben auf der Veranda sitzen, hörte ihr weiches, frisches Lachen, das so warm aus dem Herzen kam.

Wie hoffnungsvoll war ihm heute zumute. Er hatte in Lias Augen etwas gelesen, das ihn sehr beglückte, und ihr Vater hatte ihn so gütig angesehen, als Lia im Motorboot im Eifer seinen Arm angefaßt und dann errötend schnell wieder losgelassen hatte. Nein, er konnte ganz ruhig sein, Peter Hagenau würde nicht zwischen ihn und sein Glück treten, wenn er ihn auch vielleicht lange prüfen würde, um zu ergründen, ob er Lias würdig war.

Er ahnte nicht, daß dieses Glück gerade heute arg bedroht und mit einem Schlage Peter Hagenaus Wohlwollen für ihn zerstört worden war.

Nach Beendigung seiner Siesta hatte er noch allerlei zu tun, und er mußte sich sputen, weil er heute zeitiger als sonst Feierabend machen wollte.

Das Paket mit den Briefen und Dokumenten, das ihm der Notar geschickt hatte, hatte er ganz vergessen. Er geizte mit jeder Minute, um so bald als möglich hinaufzukommen.

Endlich war er so weit, daß er mit gutem Gewissen aufbrechen konnte. Froh bestieg er sein Pferd und ritt davon. Bergaufwärts mußte er im Schritt reiten, aber als er endlich das Plateau erreicht hatte, sprengte er im gestreckten Galopp auf das Wohnhaus zu. Ein Tüchlein flatterte ihm ein Willkommen entgegen. Lia stand auf der Veranda, neben Milde, und Peter Hagenau saß mit seinem Gast daneben. Aber Rudolf sah nur Lia, die ihm mit strahlenden Augen entgegenlachte.

Rudolf sprang vom Pferd, das ein Diener fortführte, eilte auf die Veranda hinauf und begrüßte zuerst die Damen und dann Harland, der ein paar heitere Worte für ihn hatte. Dann erst wandte er sich an Peter Hagenau, um ihn ebenfalls zu begrüßen. Dieser aber machte sich so angelegentlich mit den Rauchutensilien zu schaffen, daß er Rudolfs Gruß nur mit einem Neigen des Kopfes erwidern konnte. Da Rudolf Bergen aber bereits mit seinen Augen bei Lia war, bemerkte er nichts Auffallendes an dieser Begrüßung. Er verschwand gleich darauf, um sich für die Abendtafel umzukleiden, und sah nicht den düsteren Blick des Hausherrn, den dieser hinter ihm her sandte.

Milde klopfte das Herz bang und schwer. Was würde der heutige Abend noch bringen? Würde sich Peter Hagenau genug in der Gewalt haben, um einen Eklat zu vermeiden? Besorgt sah sie zu ihm hinüber. Ihre Seele litt mit ihm. Wie gern hätte sie seine Hand gefaßt und ihm Trost gespendet. Ihre Furcht vor einem Eklat sollte aber unbegründet sein. Dank ihres taktvollen Eingreifens und Lias und Harlands Unbefangenheit verlief der Abend ohne Störung, Rudolf merkte freilich im Verlauf des Abends, daß der Hausherr anders zu ihm war als sonst, daß er kaum das Wort an ihn richtete und sehr ernst und still war. Er schob das aber auf ein leichtes Unwohlsein, und da ihn Lia um so heiterer anlachte und so lieb war wie noch nie, hatte er keine Zeit, weiter darauf zu achten.

Als man dann am späten Abend auseinanderging und die Damen und Herr Harland sich zurückzogen, sagte der Hausherr zu Rudolf: »Ich habe noch etwas Geschäftliches mit Ihnen zu besprechen, Herr Doktor. Bitte, begleiten Sie mich in mein Arbeitszimmer.«

Rudolf verneigte sich. Dabei fing er einen seltsam bangen, traurigen Blick Mildes auf, der ihn stutzig machte. Er sah, daß Milde den Arm liebevoll um Lias Schultern legte und sie fortführte.

Er konnte sich das alles nicht deuten, aber es beunruhigte ihn ein wenig. Als er dann im Arbeitszimmer des Hausherrn diesem gegenüberstand und in sein Gesicht sah, das von unterdrückter Erregung zuckte, fühlte er plötzlich etwas in sich aufsteigen wie eine dunkle Furcht vor etwas sehr Unangenehmem, das ihn bedrohte.

»Was haben Sie mir zu sagen, Herr Hagenau?« fragte er, unruhig forschend zu ihm hinübersehend.

»Etwas sehr Ungewöhnliches, Herr Doktor! Wenn ich es in einer etwas schroffen Form tue, so halten Sie es meiner Erregung zugute. Ich muß kurz und bündig sein. Es ist mir unmöglich, Sie länger in meinem Haus zu behalten, und ich ersuche Sie, schon heute nacht wieder hinunterzureiten und im alten Wohnhaus zu übernachten.«

Rudolf war zusammengezuckt und sah ihn erschrocken an.
»Herr Hagenau!«

Das war alles, was er hervorstoßen konnte. Ehe er ein weiteres Wort fand, hob der Hausherr die Hand und fuhr fort: »Bitte, warten Sie, bis ich Ihnen alles gesagt habe, was gesagt werden muß. So leid es mir tut, muß ich Sie bitten, Ihre Arbeit hier abzubrechen. Ich bin gezwungen, sie von einem anderen Ingenieur zu Ende führen zu lassen.«

Rudolf war sehr bleich geworden. Er krampfte die Hände zusammen und atmete schwer.

»Verzeihen Sie, wenn ich Ihren Worten etwas fassungslos gegenüberstehe. Das alles trifft mich ganz unvorbereitet. Wollen Sie nicht die Güte haben, mir zu erklären, weshalb Sie mir so plötzlich diese Eröffnung machen?«

»Es bleibt mir keine lange Zeit zur Vorbereitung, und ich bitte Sie auch, keinerlei Erklärung zu verlangen. Ich halte es für unbedingt nötig, daß Sie Subraja so schnell wie möglich verlassen. Morgen, wenn der Postdampfer auf seinem Rückweg Herrn Harland mitnimmt, können Sie allerdings nicht mitfahren. Ich möchte vermeiden, daß er aus Ihrer plötzlichen Abreise Schlüsse zieht. Daß diese aber stattfinden muß, steht fest.

Ich schlage vor, daß Sie übermorgen mit dem Frachtdampfer, der hier mit Kautschuk beladen wird, abreisen. Es ist freilich kein Genuß, mit diesem Dampfer zu fahren. Aber Sie können Ihn schon im nächsten Hafen verlassen und Ihre Reise auf bequemere Art fortsetzen. Das Geld für Ihre Heimreise habe ich ja schon auf der Bank deponiert. Aber ich will auch sonst nicht, daß Sie Schaden haben. Ich werde Ihnen ein halbes Jahr Ihr Gehalt weiterzahlen. Außerdem werden Sie den prozentualen Gewinn an den Geschäften, die ich mit Herrn Harland abschließe, an eine Bank, die Sie mir angeben wollen, überwiesen erhalten. Jedenfalls aber müssen Sie sich verpflichten, übermorgen abzureisen, und müssen mir Ihr Ehrenwort geben, daß Sie vor Ihrer

Abreise nicht mehr versuchen werden, mit meiner Tochter zu sprechen oder ihr zu begegnen.«

Aufatmend schwieg Peter Hagenau still, als sei ihm jedes Wort schwer geworden. Rudolf hatte schweigend zugehört, weil er das Unfaßbare nicht begreifen konnte. Erst als Peter Hagenau von Lia sprach, zuckte er zusammen wie unter einem Schlag. Er sah mit unbeschreiblichem Blick zu seinem Arbeitgeber auf, und ihm war, als gehe ihm endlich ein Licht auf. Peter Hagenau hatte also gemerkt, daß seine Tochter ihm teuer geworden war und – daß Lia ihn liebte. Und es war ein Irrtum von ihm gewesen, wenn er glaubte, daß diesem reichen Inselfürsten das Glück seiner Tochter über seinen Reichtum ginge. Nein, er war genauso geldstolz wie andere reiche Leute. Er wollte seine Tochter nicht mit einem armen Schlucker verheiraten. Und damit seine Tochter von ihrer Unvernunft geheilt würde, wurde er, Rudolf, des Landes verwiesen.

Ein grelles, bitteres Lachen entfloh seinen Lippen.

»Ah, jetzt verstehe ich Sie, Herr Hagenau. Jetzt weiß ich, weshalb ich plötzlich von Ihrer Insel verbannt werden soll. Was Sie soeben von Ihrer Tochter sagten, klärt mich endlich auf, was ich verbrochen habe. Ich habe Sie falsch beurteilt, habe Sie für zu großherzig gehalten und nicht geglaubt, daß Sie Menschenglück nach Gold abwiegen.

Sie haben gemerkt, was ich vielleicht nicht sorgfältig genug verbarg, daß mir Ihre Tochter teuer geworden ist – bei Gott, so lieb und teuer, daß ich jedes Opfer gebracht haben würde, um sie mir zu erringen. Ja, ich gestehe es Ihnen ohne Zagen, ich liebe Ihre Tochter, habe sie geliebt vom ersten Augenblick an, da ich dieses holde, ungekünstelte Naturkind kennenlernte, da ich in ihre unschuldsvollen Kinderaugen sah. Und ich gestehe auch, ich habe einen Traum geträumt, habe geglaubt, es sei möglich, mir eines Tages diese köstliche Wunderblume zu gewinnen, zu verdienen.«

»Und nebenbei eine glänzende Partie zu machen!« rief Peter

Hagenau voll höhnischer Bitterkeit, sich wehrend gegen den Eindruck, den Rudolfs schmerzlichbittere Worte auf ihn machten.

Rudolf wurde noch bleicher als zuvor. Seine Zähne bissen sich wie im Krampf aufeinander. Mühsam zwang er sich zur Ruhe und sagte mit heiserer Stimme:

»Ich bin wehrlos Ihnen gegenüber, Herr Hagenau, deshalb sollten Sie mich nicht beleidigen. Das ist nicht vornehm gehandelt. Ob Sie es glauben oder nicht, nie ist mir Ihre Tochter um des Geldes willen begehrenswert gewesen. Wenn ich an Ihren Reichtum dachte, so geschah es nur mit dem bangen Gefühl, daß er mir den Weg zu dem Mädchen, das ich liebe, versperren könne. Ich liebe Ihre Tochter nur um ihrer selbst willen.

Aber ich fürchte, Sie nicht belehren zu können. Sie wollen keinen armen Mann wie mich zum Schwiegersohn. Sie schikken mich darum einfach fort und nehmen mir so jede Möglichkeit, um mein Glück kämpfen zu können. Sie wollen mir nicht einmal gestatten, mich von Ihrer Tochter zu verabschieden. Ich darf ihr nicht sagen, wie sehr ich sie liebe. Und da ich nach Ihrem Willen Subraja verlassen muß, will ich das auch nicht einmal tun – ich will Lia nicht beunruhigen mit meinem Schmerz. Ich weiß ja nicht, ob ihre Liebe schon so stark ist, daß ihr mein Weggang unheilbares Leid zufügen wird. Da ich sie liebe, muß ich beten, daß sie mich bald vergißt.«

Es sprach ein so ehrlicher, tiefer Schmerz aus seinen Worten, daß Peter Hagenau all seinen Groll auf seinen Todfeind ins Treffen führen mußte, um nicht schwach zu werden. Aber das eine war ihm jetzt klargeworden, daß Rudolf Bergen nicht einmal ahnte, daß die Frau seines Onkels Lias Mutter gewesen war. Er wollte es ihm auch nicht sagen. Mochte er glauben, daß er ihn nur verbannte, weil er seine Tochter nicht mit einem armen Ingenieur verheiraten wollte. Was lag daran, wie er über ihn dachte. Und sich aufraffend sagte er, so fest und kalt wie er konnte:

»Ich will nicht, daß Sie meiner Tochter nähertreten, und deshalb bleibe ich bei meinem Ersuchen, daß Sie übermorgen Subraja verlassen, ohne Lia wiedergesehen zu haben. Damit Sie keinen Schaden erleiden, werde ich Ihnen wie gesagt für ein halbes Jahr Ihr Gehalt zahlen und Ihnen, wenn Sie wünschen, auch einen Vorschuß geben auf den prozentualen Gewinn aus den Geschäften mit Herrn Harland.«

Rudolf fuhr auf. Seine Stirn rötete sich jäh.

»Ich muß dies Anerbieten energisch zurückweisen und werde nicht einen Pfennig mehr von Ihnen annehmen, als mir zukommt, nämlich mein Gehalt bis zum heutigen Tage und die Rückreisekosten, ohne die ich ja leider nicht zurückfahren könnte. Sonst würde ich auch dies nicht von Ihnen annehmen. Ganz ausgeschlossen ist, daß ich Vermittlerprozente von Ihnen annehme. Ich habe Ihnen keine Dienste dafür geleistet, den Dienst erwies ich Herrn Harland aus Gefälligkeit und lasse dafür mich nicht bezahlen. Und nun bitte ich Sie, mich zu entlassen, ich bin außerstande, mich jetzt länger zu beherrschen, denn – glauben Sie mir – diese Stunde hat mein Lebensglück zerstört.«

Er verneigte sich hastig und ging schnell hinaus.

Peter Hagenau starrte ihm mit brennenden Blicken nach und lauschte auf seinen verklingenden Schritt. Wenige Minuten später vernahm er den Hufschlag eines Pferdes und atmete auf. Langsam trat er auf die Veranda hinaus und sah einen Reiter in wildem Tempo davonjagen. Ein tiefer Seufzer hob seine Brust.

In diesem Augenblick sah er eine weibliche Gestalt im lichten Mondenschein auf sich zukommen.

»Vati, bist du hier?«

Er erschrak. »Ja, Kind, was tust du noch so spät im Freien? Du weißt, daß die Nachtluft zu kühl ist.«

»Ich konnte nicht einschlafen, Vati, mir war so sonderbar, als habe mich irgendwer gerufen. So unruhig war ich und so bange, als drohe mir eine Gefahr. Gottlob, daß ich dich noch treffe, nun ist mir wieder ganz wohl. Aber wer ist da eben fortgeritten, war das nicht Doktor Bergen?«

»Ja, Lia.«

»Wo reitet er so spät noch hin?«

»Er will unten übernachten, damit er frühzeitig bei der Arbeit ist, es ist nötig. Er hat so viel zu tun, daß wir ihn überhaupt einige Tage nicht sehen werden.«

Sie hob ihr vom Mondlicht beschienenes Gesicht zu ihm auf, und er sah, wie betrübt es aussah.

»Davon hat er mir nichts gesagt, Vati.«

»Er kann doch nicht wissen, daß dich das so interessiert. Auch haben wir eben erst darüber gesprochen und diesen Entschluß gefaßt. Es ist doch auch gar nicht so wichtig, daß er ein paar Tage unten bleibt.«

Ein angstvolles Forschen lag bei diesen Worten in seinen Augen.

»Ach, Vati, natürlich ist es wichtig, ich plaudere doch so gern mit ihm.«

»Kleine Plaudertasche! Hast du nicht genug Gesellschaft zum Plaudern an Fräulein Volkner und mir?«

Sie umfaßte ihn und legte ihren Kopf auf seine Schulter.

»Ach, Vati, es ist jetzt so wunderschön, seit Milde und Doktor Bergen hier sind.«

Er streichelte ihr Haar. »Es soll noch schöner für dich werden, Kind. Nächstes Jahr reisen wir nach Deutschland. Fräulein Volkner bleibt so lange bei uns. Doktor Bergen muß natürlich früher fort.«

Sie seufzte tief auf. »Muß das sein, Vati?«

»Ja, mein Kind.«

»Ich würde es viel schöner finden, wenn er immer hier sein würde und nie mehr von uns ginge – und Milde natürlich auch.«

Ihm wurde bei diesen sehnsuchtsvollen Worten Lias unsagbar schwer ums Herz.

»Aber Kind, was denkst du? Doktor Bergen wird Subraja vielleicht schneller verlassen, als wir denken.«

»Aber nicht, ehe der Kanal fertig ist.«

»Vielleicht auch schon früher, wenn er einmal einen wichtigen Auftrag erhält.«

Rasch hob sie den Kopf und sah ihn an. Angst lag in ihren Augen.

»O nein, er darf nicht eher fort, wir lassen ihn nicht fort, Vati, du läßt es nicht zu!« stieß sie atemlos hervor.

»Aber Lia, wir können ihn doch nicht halten. Du wirst ihn auch gar nicht vermissen, wir reisen dann vielleicht etwas früher.«

Sie nickte lebhaft.

»Ja, Vati, gleich mit ihm. Das wäre am schönsten.«

Es wird höchste Zeit, daß er Subraja verläßt, dachte Peter Hagenau sorgenvoll. Ehe er aber etwas erwidern konnte, trat am Ende der Veranda Milde Volkner aus ihrem Zimmer. Auch sie hatte nicht schlafen können und hatte mit schwerem Herzen Rudolf Bergen fortreiten sehen. Besorgt um Lia, trat sie hinaus.

»Lia, sind Sie hier?« fragte sie leise.

Lia löste sich von ihrem Vater und kam schnell auf sie zu.

»Ja, Milde, ich habe noch ein wenig mit Vati geplaudert, weil ich nicht schlafen konnte. Ihnen geht es wohl auch so?«

Nun erst sah Milde den Hausherrn.

»Ich hörte nur jemanden sprechen, da ich noch nicht schlief. Verzeihen Sie die Störung, ich entferne mich sofort wieder.«

»Nein, nein, Sie stören nicht, Fräulein Volkner. Nehmen Sie bitte Lia mit hinein, sie muß schlafen gehen.«

»Denken Sie, Milde, Doktor Bergen ist soeben fortgeritten. Im Mondlicht reitet er den Berg hinab, um nur ja morgen früh gleich bei der Arbeit zu sein. Als ob der Kanal so eilig wäre! Das Wasser steigt doch nicht mehr.«

Milde sah fragend in Peter Hagenaus Gesicht.

Er nickte ihr heimlich zu und gab ihr dann dieselbe Erklärung wie Lia. Sie gab sich den Anschein, seinen Worten zu glauben und es ganz natürlich zu finden, daß Bergen noch so spät hinunterreiten mußte. Aber sie wußte natürlich, warum Bergen das Haus hatte verlassen müssen, und das Herz tat ihr weh, Lias wegen und Bergens wegen.

Lia verabschiedete sich nunmehr von ihrem Vater, um ihr Zimmer aufzusuchen. Milde zögerte noch eine Weile und sah unruhig forschend zu dem Hausherrn auf.

Dieser beugte sich zu ihr herab. »Sorgen Sie dafür, daß Lia morgen nicht herunterkommt. Übermorgen früh reist Doktor Bergen mit dem Kautschukdampfer ab. Lia darf ihn nicht wiedersehen.«

Betreten sah sie in sein versteinertes Gesicht. »Mußte das sein?« fragte sie leise.

Er biß die Zähne zusammen. »Machen Sie mich nicht auch noch weich. Es muß sein, und – es ist die höchste Zeit.«

»Sagen Sie mir nur eins, glauben Sie noch immer, daß er wußte, daß seine Tante Lias Mutter war?«

»Nein, das glaube ich nun nicht mehr.«

»Und was sagte er, als Sie ihm diese Eröffnung machten?«

»Ich habe sie ihm gar nicht gemacht. Er weiß nicht, was sein Onkel in meinem Leben für eine Rolle gespielt hat. Er nimmt an, daß ich ihn verbanne, weil ich keinen armen Schwiegersohn haben will.«

Milde hob die Hände. »Warum zeigen Sie sich ihm in einem solchen Licht? Wäre es nicht besser, wenn Sie ihm die Wahrheit sagten, warum Sie ihn verbannen?«

Er zuckte die Achseln. »Was liegt daran, wie er mich einschätzt. Ich will mein Kind vor Leid bewahren, weiter habe ich jetzt keinen Wunsch und keinen Gedanken. Und nun gute Nacht, Fräulein Volkner, gehen Sie hinein, die Nachtluft ist schädlich. Hüten Sie mir Lia gut – bis das Kautschukschiff fort ist.«

Sie neigte still den Kopf und wollte gehen. Da rief er: »Fräulein Volkner!«

»Sie wünschen, Herr Hagenau?«

»Sie halten mich wohl für einen sehr harten, engherzigen Menschen?«

Leise seufzend schüttelte sie den Kopf. »O nein, ich kenne Sie genügend, um zu wissen, daß Sie selbst unter Ihrer Härte leiden. Darf ich noch eine Bitte aussprechen in dieser Angelegenheit?«

»Sprechen Sie.«

»Ich bitte Sie, lassen Sie mich an Doktor Bergen einige Zeilen schreiben, in denen ich ihm mitteile, warum Sie ihn verbannen.«

»Warum wollen Sie das tun?«

»Er soll nicht klein von Ihnen denken«, stieß sie hervor.

Es zuckte in seinem Gesicht, und er faßte ihre Hand. »Bedrückt es Sie, wenn jemand klein von mir denkt?«

»Ja«, sagte sie glühendrot werdend.

»Warum?«

»Weil Sie es nicht verdienen.«

Er zögerte einen Moment. Dann sagte er hastig: »Gut, so schreiben Sie es ihm, wenn es Sie beruhigt. Vielleicht – vielleicht sieht er dann selbst ein, daß ich hart sein mußte.«

Nach diesen Worten ging er schnell ins Haus, als fürchte er sich vor weiteren Zugeständnissen.

Langsam ging Milde in Lias Zimmer. Diese hatte sich auf ein Ruhebett geworfen und sah Milde mit großen Augen entgegen.

»Ist es nicht furchtbar traurig, Milde, daß wir Doktor Bergen jetzt einige Tage nicht sehen sollen?«

Milde streichelte ihr Haar. »Ja, Lia, es ist sehr bedauerlich, aber es ist doch nicht zu ändern, da er so nötig dort unten gebraucht wird.«

Lia sprang plötzlich auf. Impulsiv umfaßte sie Mildes Hals. »Doch, es ist zu ändern! Mir kommt eine gute Idee. Wir können doch jeden Tag zu ihm hinunterreiten!«

Beklommen sah Milde in die bittenden Augen. »Nein, Lia,

es ist besser, wir bleiben ihm fern, bis er die wichtigsten Arbeiten erledigt hat. Um so schneller wird er fertig.« Milde war zumute, als übe sie Verrat an einem liebenden Herzen.

Lia seufzte tief auf. »Ach, das halte ich nicht aus, ihn so lange nicht zu sehen! Abends könnte er doch wenigstens heraufkommen, da sind die Arbeiter auch nicht da.«

»Er hat wahrscheinlich noch an den Plänen zu arbeiten.«

»Wie soll ich das nur ertragen, ihn so lange nicht zu sehen?« stieß Lia schmerzlich bewegt hervor.

Milde zog sie an sich. »So gut Freund sind Sie schon mit ihm geworden, Kind?« fragte sie voll Erbarmen.

Lia nickte. »Ja. Ich wünschte, er bliebe für immer hier. Ich – ich glaube, ich werde es nicht ertragen – wenn er einmal fortgeht.«

Die letzten Worte hatten einen so leidenschaftlichen Klang und verrieten ein so starkes Gefühl, daß Mildes Herz immer schwerer wurde.

»Daran wollen wir gar nicht mehr denken, Lia, sondern nun endlich zu Bett gehen. Morgen müssen wir früh aufstehen, wenn wir Herrn Harland noch beim Frühstück Gesellschaft leisten wollen, denn er muß schon zeitig aufbrechen. Schnell, ich helfe Ihnen noch beim Auskleiden, kleine Inselprinzessin.«

Lia lachte schon wieder. »Wie drollig und lieb das klingt, wenn Sie ›kleine Inselprinzessin‹ zu mir sagen. Doktor Bergen nennt mich auch manchmal so, aber meistens nennt er mich Sahiba. Und von niemand klingt das so lieb wie von ihm.«

Wenn Peter Hagenau dies alles hören könnte, wie schwer würde ihm das Herz werden, dachte Milde.

Sie half Lia beim Auskleiden, und als diese im Bett lag, beugte sie sich über sie mit einer liebevoll mütterlichen Gebärde. »Gott mit Ihnen, kleine Lia, er behüte Sie vor allem Leid«, sagte sie innig.

Lia schlang die Arme um sie. »Sie sind so lieb und gut zu mir, liebe Milde, so gut, wie wohl Mütter zu ihren Kindern sind. Ist es nicht traurig, daß ich keine Mutter habe? Das kommt mir erst jetzt zum Bewußtsein. Aber ich habe ja Sie, Milde. Ich will nicht klagen. Sie haben weder Vater noch Mutter mehr, ich aber habe meinen lieben Vater und Sie – und Doktor Bergen. Da bin ich doch reich, nicht wahr?«

Innig küßte Milde Lias Augen. »Gute Nacht, mein liebes Kind.«

Wohlig streckte sich Lia aus. »Wie lieb das klingt: Mein liebes Kind«, lächelte sie halb verträumt.

Leise ging Milde hinüber in ihr Zimmer und schloß behutsam die Verbindungstür hinter sich zu. Denn sie wollte noch an Rudolf Bergen schreiben. Der alte Dacus sollte ihm morgen früh den Brief mit hinunternehmen.

XI

In einer unbeschreiblichen Verfassung war Rudolf durch den nächtlichen Tropenwald geritten. Er achtete nicht auf das heimliche Raunen und Weben, das ihn umgab. Hier streifte ein Affenkörper dicht über ihn dahin; dort raschelte es im Unterholz wie verborgenes Leben.

Der Mond warf hier und da matte Streiflichter durch das Laub. Die Baumriesen nahmen gespenstige Formen an in der ungewissen Beleuchtung. Nichts davon bemerkte er. Eine dumpfe Verzweiflung erfüllte ihn.

Als er dann in seiner einsamen Behausung anlangte, die ihn nun beherbergen sollte, bis er Subraja verließ, stellte er sein Pferd ein und begab sich in das Zimmer, in dem er sonst nur seine mittägliche Siesta hielt.

Müde und bedrückt warf er sich auf das Ruhelager und starrte mit großen brennenden Augen in die Nacht. Nie hatte er so stark und tief für Lia empfunden als jetzt, da er wußte, daß er sie lassen mußte, daß er sie nie wiedersehen würde. Wie ein Krampf befiel ihn der Schmerz. Er mußte die Zähne zusammenbeißen, um nicht schwach zu werden.

Da fiel ihm plötzlich das Paket ein, das ihm der Notar seines Onkels gesandt hatte. Er nahm es aus der Schublade und öffnete es. Er wollte diese Papiere wenigstens einmal flüchtig durchsehen.

Es war wirklich nichts von Wichtigkeit dabei.

Bald hatte er alles durchgesehen, mit Ausnahme der Papiere in der Schreibmappe seines Onkels, die der Notar mitgeschickt hatte. Ehe er sie öffnete, las er nochmals den Brief des Notars durch, und da fiel ihm erst jetzt folgende Stelle auf:

›Vor allem dürften die Papiere in der Schreibmappe von Interesse für Sie sein. Ich glaube, daß sie Persönliches enthalten, und deshalb habe ich sie vor fremden Augen geschützt. Auch einen Brief an Sie enthält die Schreibmappe. Ich habe ihn erst jetzt entdeckt, weil er sich zwischen Futter und Leder der Mappe geschoben hatte.‹

Erst jetzt gewannen diese Worte Bedeutung für Rudolf, nun, da ihn nichts mehr zur Eile antrieb, in Lias Nähe zu kommen.

Schnell öffnete er die Schreibmappe. Sie enthielt zumeist nur Familienpapiere, aber endlich hielt er auch den an ihn adressierten Brief in der Hand. Er war ziemlich dick und schwer, als habe er eine Einlage, und war sorgfältig versiegelt.

Hastig öffnete er ihn und nahm den Inhalt aus dem Kuvert. Er sah, daß noch ein zweiter Brief eingelegt war und daß dieser Brief eine besondere Aufschrift trug. Diese Aufschrift las Rudolf nun, aber er starrte zunächst völlig verständnislos darauf nieder, als traue er seinen Augen nicht. Denn diese Aufschrift lautete: »An Herrn Peter Hagenau, Insel Subraja. Kleine Sunda-Inseln.«

Verständnislos starrte Rudolf auf diesen Namen. Er schüttelte den Kopf. Was sollte das heißen? Wie kam sein Onkel dazu, an Peter Hagenau zu schreiben? Kannte er ihn? Bestanden irgendwelche Beziehungen zwischen diesen beiden Menschen?

Noch immer kopfschüttelnd, begann er nun den an ihn gerichteten Brief zu lesen. Er lautete:

Mein lieber Rudolf! Wenn Du diesen Brief in den Händen hältst, werde ich nicht mehr sein, denn Du sollst ihn erst nach meinem Tode erhalten. Ich bin völlig ruiniert und ziehe es vor, aus einem Leben zu scheiden, das mir nichts mehr zu bieten hat. Auch meine Frau, die ich über alles liebe, nehme ich mit mir, denn sie ertrüge noch weniger als ich ein Leben in Armut und Dürftigkeit.

Dir, mein lieber Rudolf, wird mein Tod und auch mein völliger Vermögenszusammenbruch, der hauptsächlich durch die katastrophale Inflation verursacht wurde, eine schwere Enttäuschung sein, denn Du hast Dich mit Recht als meinen Erben betrachten können. Gottlob bist Du wenigstens mit Deinem Studium fertig geworden und wirst Dich hoffentlich nun auf eigene Füße stellen können. Du besitzt Willenskraft und Wagemut genug, um Dich durchzusetzen, zumal Du nicht so vom Schicksal verwöhnt warst wie ich. Laß Dir also Lebewohl sagen von einem Mann, der Dich immer sehr gern gehabt hat und Dir gern weitergeholfen hätte. Es sollte nicht sein. Du wirst mir trotzdem ein gutes Andenken bewahren, das weiß ich. Du bist einer von den wenigen Menschen, die dankbar sein können. Und da ich Dich außerdem als zuverlässigen Menschen kenne, bitte ich Dich, den Brief, den ich diesem Schreiben beifüge, eingeschrieben an die angegebene Adresse zu senden. Ich hätte ihn selbst vor meinem Tode noch bestellen können, aber er soll erst auf den Weg gebracht werden, wenn ich nicht mehr bin. Und in Deinen Händen weiß ich ihn gut geborgen, Du wirst meinen Auftrag gewissenhaft erfüllen, zumal wenn ich Dir sage, daß dieser Brief eine alte Rechnung begleichen soll zwischen mir und einem Menschen, der mir einst ein treuer Freund war und dem ich weh tun mußte. Und nun lebe wohl, mein lieber Junge, alles Gute für Dich und Deine Zukunft. Gedenke zuweilen
      Deines Onkels Hans Sanders.

Gedankenverloren sah Rudolf auf das Schreiben nieder. Wie sonderbar, daß er diesen Brief hier auf Subraja erhielt, hier, wo Peter Hagenau residierte, an den er diesen Brief senden sollte. Und ein Freund seines Onkels war Peter Hagenau einst gewesen? Wie seltsam doch das Leben spielte.

Jedenfalls war Rudolf sehr erschüttert von diesem Schreiben seines Onkels, das ihm die Gewißheit brachte, daß dieser tatsächlich selbst in den Tod gegangen war. Wie grauenhaft genau mußte sich der Onkel diese Todesart ausgedacht haben, die es ihm ermöglichte, der geliebten Frau jede Todesangst zu ersparen. Sie hatte keine Ahnung gehabt, daß ihr Gatte vor dem Nichts stand, und hatte noch weniger geahnt, daß diese Fahrt die letzte ihres Lebens sein würde. Davon war Rudolf überzeugt.

Eine Weile war Rudolf durch diesen Brief von seinem eigenen Schmerz abgelenkt worden. Endlich aber fuhr er aus seinem Sinnen auf und sah nun wieder auf den für Peter Hagenau bestimmten Brief herab. Was es damit für eine Bewandtnis hatte, konnte er natürlich nicht ergründen, aber jedenfalls hatte er ihn abzuliefern. Er konnte es ja persönlich tun, was wohl die sicherste Beförderung war. Bestimmt sah er Peter Hagenau noch einmal, ehe er die Insel verließ, und dann wollte er den Brief abgeben.

Was mochte zwischen Peter Hagenau und seinem Onkel geschehen sein, was für eine Rechnung war da zu begleichen?

Wie seltsam das Schicksal doch spielte, und wie bunt die Menschen durcheinandergewürfelt wurden! Aber mochte in diesem Brief stehen, was da wollte, ihm, Rudolf Bergen, konnte es weder nützen noch schaden. Schlimmeres konnte Peter Hagenau nicht über ihn verhängen, als er schon getan hatte.

Und wieder überwältigte ihn der Schmerz, und er warf sich in seinen Sessel und starrte mit brennenden Augen vor sich hin.

So saß er noch, als die Arbeiter sich einfanden. Er hörte ihr Rufen und Sprechen und erhob sich müde, um die Papiere zusammenzupacken. Nur den Brief an Peter Hagenau steckte er zu sich, mit dem seines Onkels an ihn. Er legte beide in seine Brieftasche, in der sich auch der Brief des Notars befand.

Dann ging er hinaus, um den Arbeitern die nötigen Befehle zu geben. Er wollte bis zum letzten Augenblick seine Pflicht tun. Als er die Leute instruiert hatte, suchte er wieder sein Zimmer auf, um seine Sachen zu packen, denn er wußte, daß der Kautschukdampfer schon sehr frühzeitig am nächsten Morgen abging, und da mußte er bereit sein.

Am Hauseingang kam ihm der alte Dacus entgegen und reichte ihm einen Brief.

»Sahib, da ist ein Brief für dich.«

Erregt faßte Rudolf nach dem Schreiben. »Von wem?« fragte er heiser.

»Von Sahiba mit dem goldenen Haar.«

Rudolf stutzte. Die Sahiba mit dem goldenen Haar war Fräulein Volkner. Was konnte sie ihm zu sagen haben?

»Es ist gut, Dacus. Bereite mir eine Tasse Tee.« Damit ging Rudolf hinein in sein Zimmer und öffnete Mildes Schreiben. Er las:

Lieber Freund! So darf ich Sie wohl nennen auf Grund unseres ehrlichen Freundschaftsverhältnisses. Ich habe Herrn Hagenau um Erlaubnis gebeten, an Sie schreiben zu dürfen. Denn ich weiß, lieber Freund, daß Sie gezwungen werden, Subraja zu verlassen, und weiß, warum das geschieht.

Sie sind auf falscher Fährte, wenn Sie glauben, daß Herr Hagenau Sie zur Abreise zwingt, weil er seine Tochter nicht an einen armen Mann verheiraten möchte. Aber so klein und engherzig ist er nicht. Er hätte Ihnen Lias Hand nicht versagt, doch das Schicksal hat es gewollt, daß Sie der Neffe des Mannes sind, den Herr Hagenau als seinen Todfeind betrachtet, trotzdem er einst sein bester Freund war. Peter Hagenau hat sich nach Subraja, in die Einsamkeit der Wildnis geflüchtet, weil Ihr Onkel, Hans Sanders, ihm die Gattin von der Seite riß, die er über alles geliebt hat. Sie betrogen ihn beide. Durch Herrn Harland hat er erfahren, daß Sie der Neffe von Hans Sanders sind. Er glaubte sogar, Sie hätten gewußt, daß Lia die Tochter Ihrer Tante ist und wie das alles zusammenhängt. Ich habe ihm aber gleich gesagt, daß Sie um keinen Preis nach Subraja gekommen wären, hätten Sie das gewußt. Und Ihr Verhalten gestern abend hat ihn auch wenigstens davon überzeugt. Er kann einfach nicht vergessen, was ihm Ihr

Onkel zugefügt hat, und weil Sie Blut von seinem Blute sind, hält er eine Verbindung zwischen Ihnen und Lia für unmöglich. Und damit Lia nicht eine unheilbare Herzenswunde erhält, müssen Sie fort. Zürnen Sie ihm nicht darum, er hat schon so viel gelitten.
Ich hoffe, Sie kennen mich gut genug, um zu wissen, daß ich alles versucht habe, ihn milder zu stimmen. Es geschah nicht nur Ihretwegen, sondern auch Lias wegen. Ich weiß, sie wird unendlich leiden unter der Trennung von Ihnen, viel schwerer, als ihr Vater es für möglich hält. Und das tut mir weh, ich habe das mutterlose Kind von Herzen liebgewonnen und hätte ihr einen Mann, wie Sie es sind, von Herzen gegönnt.
Aber ich kann leider nicht mehr tun, als Ihnen wenigstens die Wahrheit zu sagen. Peter Hagenau ist in dieser Angelegenheit von unbeugsamer Härte, die nur durch sein jahrelanges Leid zu erklären ist, und auch nur dadurch, daß er annimmt, daß Lia schnell über diese Herzenskrise hinwegkommt. Ich habe den Befehl, Lia nicht aus den Augen zu lassen und jedes Zusammenkommen mit Ihnen zu verhindern. Sie sollen vollständig aus ihrem Leben verschwinden.
Ich darf Ihnen keine Hoffnung machen, aber das Schicksal geht seine eigenen Wege, und wenn Gott will, führt er Sie und Lia dennoch zusammen. Lassen Sie mich jedenfalls immer wissen, wo ich Sie finden kann.
Wenn es mir nicht möglich ist, Sie vor Ihrer Abreise noch einmal zu sehen, dann sende ich Ihnen hiermit ein herzliches Lebewohl. Es tut mir weh, daß wir so scheiden müssen. Gott mit Ihnen auf allen Wegen.
Ihre aufrichtige Freundin
Milde Volkner!

Mit einem tiefen Atemzug ließ Rudolf den Brief sinken. Das also war es, was ihn um sein Lebensglück brachte. Die Frau seines Onkels war Lias Mutter gewesen! Sie beide hatten Peter

Hagenau betrogen, und er mußte nun für die Schuld dieser beiden Menschen büßen.

Hatte er Peter Hagenau, seit dieser ihm seine Verbannung angekündigt hatte, aus tiefstem Herzen gegrollt, so war dieser Groll jetzt verflogen. Er konnte diesen Mann verstehen, konnte ihm nachfühlen, daß er keine Gemeinschaft wollte mit einem Menschen, der seinem Todfeind nahegestanden hatte.

Widerstreitende Empfindungen beherrschen ihn. Einesteils wünschte er, daß Lia ihn lieben möge, so heiß und innig, wie er sie liebte, und andernteils mußte er hoffen, daß sie leicht über diese Enttäuschung hinwegkommen möge. Bisher hatte er das letztere nur Lias wegen gewünscht, aber nun wünschte er es auch Peter Hagenaus wegen. Dieser Mann durfte nicht ein neues Unheil erfahren, nicht durch ihn. Er hatte schon genug gelitten. Wenn er wenigstens noch einmal mit Milde Volkner hätte sprechen können! Ihr hätte er alles anvertrauen können, was ihn bewegte, denn er wußte, daß sie ihm volles Verständnis entgegenbringen würde.

So mußte er sich damit begnügen, an sie zu schreiben und sie zu bitten, ihm zu berichten, wie Lia die Trennung ertrug. Milde Volkner war ein wertvoller Mensch, dessen Freundschaft er nicht missen wollte.

Herr Harland war mit dem Postdampfer wieder abgefahren, ahnungslos, was er mit seiner Eröffnung, daß Rudolfs Onkel Hans Sanders hieß, angerichtet hatte. Nur Peter Hagenau begleitete Herrn Harland zu dem Dampfer.

An der Baustelle des Kanals verabschiedete sich Harland auch von Rudolf, während dieser mit Peter Hagenau nur eine stumme Verbeugung tauschte. Dann hatte Peter Hagenau seinen Gast noch weiter begleitet. Als er nach der Abfahrt des Dampfers wieder an der Arbeitsstelle vorüberkam, vertrat ihm Rudolf den Weg. »Darf ich Sie um eine kurze Unterredung bitten, Herr Hagenau? Ich habe Ihnen etwas mitzuteilen vor meiner Abreise.«

Peter Hagenau nickte zustimmend und stieg vom Pferd. »Was wünschen Sie?«

Rudolf nahm die Brieftasche heraus. Er sah sehr blaß aus, und in seinem Gesicht zuckte eine verhaltene Erregung.

»Sie werden sich erinnern, Herr Hagenau, daß ich gestern mit dem Postdampfer einen Brief und ein kleines Paket erhielt. Es war beides von dem Notar meines Onkels an mich gesandt worden. Erst durch das Schreiben von Fräulein Volkner erfuhr ich, in welcher Weise mein Onkel einst in Ihr Leben eingegriffen hat und daß Sie ihn überhaupt gekannt haben. Nie wäre ich nach Subraja gekommen, hätte ich nur eine Ahnung gehabt, daß sich mein Onkel einst an Ihnen vergangen hat.

Der Notar meines Onkels teilte mir gestern in seinem Schreiben mit, daß er mir in einem Einschreibebrief verschiedene unwichtige Papiere aus dem Nachlaß meines Onkels mit gleicher Post zusende. Auch ein Brief meines Onkels an mich, den er jetzt erst gefunden habe, befinde sich in dem Paket. Dieses Paket schloß ich gestern in meinen Schreibtisch, weil ich viel zu tun hatte und dann mit jeder Minute geizte, um baldigst zu Ihnen hinaufzukommen. So fand ich den Brief meines Onkels erst heute nacht, als ich meine Sachen packen wollte.

In dem Brief fand ich zu meinem grenzenlosen Erstaunen einen zweiten, der an Sie adressiert war. Und mein Onkel bat mich, diesen Brief an Sie zu befördern. Ich kann das am fürsorglichsten tun, indem ich Ihnen diesen Brief selbst überreiche. Und ich bitte Sie nur noch, Einsicht zu nehmen in den Brief meines Onkels, als auch in den Brief des Notars, damit Sie meine Angaben bestätigt finden.« Damit überreichte er Peter Hagenau die drei Briefe. Dieser wollte die nicht an ihn adressierten Briefe zurückweisen.

»Ich glaube Ihnen auch ohnedies«, sagte er rauh, mit seiner eigenen Erregung kämpfend.

»Ich bitte Sie aber dringend, sich zu überzeugen. Da Sie an mir gezweifelt haben, sind Sie mir das schuldig.«

Da sah Peter Hagenau die Briefe schweigend durch, gab sie Rudolf zurück und steckte den von Hans Sanders an ihn adressierten Brief ungeöffnet in seine Brieftasche. »Ich wüßte freilich nicht, was mir Ihr Onkel noch zu sagen haben könnte. Doch ich werde dieses Schreiben lesen, wenn ich mich einmal dazu entschließen kann. Haben Sie mir sonst noch etwas zu sagen?«

In Rudolfs Gesicht zuckte es.

»Nur, daß ich Ihre Handlungsweise jetzt verstehe. Ich weiß jetzt, daß Sie nicht anders handeln konnten. Wenn ich auch völlig schuldlos bin an dem, was man Ihnen angetan hat, so begreife ich doch, daß Sie die Hand Ihrer Tochter nicht in die eines Mannes legen wollen, der mit Ihrem Todfeind verwandt ist.

Ich füge mich nun ohne Murren, wenn auch tief bedrückt, Ihrem Urteilsspruch und werde morgen abreisen, ohne den geringsten Versuch zu machen, Ihre Tochter noch einmal zu sprechen. Ich – ich muß ja wünschen, daß sie mich bald vergessen kann – wenn auch mein Herz dabei blutet.«

Die letzten Worte brachen wie ein Schrei aus seiner Brust.

Peter Hagenau kämpfte mit einem Gefühl des Mitleids, mit einer tiefen Bewegung. Er konnte Rudolf nicht mehr grollen. Die Art, wie er sich ihm heute zeigte, hatte die alte Sympathie für ihn wieder in ihm geweckt. Er wollte es sich nur selbst nicht eingestehen. Äußerlich ruhig scheinend sagte er nun:

»So wissen wir uns eins in dem Gedanken, daß meine Tochter nicht auch noch unter der Schuld Ihres Onkels und ihrer Mutter leiden darf. Hat sie doch schon ohne Mutter aufwachsen müssen. Sie weiß nicht, daß ihre Mutter erst vor kurzem gestorben ist, sondern glaubt, sie sei schon längst tot; dabei soll es bleiben.

Eines will ich Ihnen in dieser Stunde sagen – es tut mir leid, daß Sie der Neffe von Hans Sanders sind. Aber daß es keine

Gemeinschaft zwischen uns geben kann, das sehen Sie sicher ein. Also, leben Sie wohl. Wir werden uns voraussichtlich nicht mehr sehen.«

Rudolf verneigte sich. »Ich danke Ihnen. Den Arbeitern werde ich die nötigen Instruktionen zurücklassen, damit sie weiterarbeiten können, bis Sie Ersatz für mich gefunden haben. Und darf ich Sie bitten, Fräulein Volkner zu sagen, daß ich ihr für ihr Schreiben danke, das manche Bitterkeit in mir ausgelöscht hat, und daß ich mir erlauben werde, ihr durch Dacus einen schriftlichen Abschiedsbrief zu senden.«

Peter Hagenau nickte. »Das will ich ausrichten.« Dann bestieg er sein Pferd und ritt schnell, wie auf der Flucht vor sich selbst, davon.

Mit brennenden Augen sah Rudolf ihm nach.

Onkel Hans, diese Stunde hat uns quitt gemacht. Was du mir je an Wohltaten erwiesen hast, das reicht nicht heran an das Opfer, das ich jetzt bringen muß um deinetwillen, dachte er. Und müde und zerschlagen von seines Herzens Kämpfen wandte er sich wieder seiner Arbeit zu.

Als er damit fertig war, begab er sich in sein Zimmer, um an Milde Volkner zu schreiben. Danach bereitete er alles für seine Abreise vor.

Daß die Reise an Bord eines Kautschukdampfers nicht angenehm sein würde, wußte er. Aber was kümmerte ihn das. All seine Sorgen und Ängste galten Lia – und all seine Liebe und Sehnsucht auch.

Zuweilen stiegen rebellische Gedanken in ihm auf. Dann fragte er sich, ob er wirklich gehen müsse, ob er Lia verlassen dürfe. Was kümmerte sie und ihn, was zwischen ihrem Vater und seinem Onkel geschehen war? Wenn er allem trotzte und Lia entscheiden ließ? Aber dann fiel ihm ein, daß er Peter Hagenau sein Wort gegeben hatte, keinen Versuch zu machen, Lia noch einmal zu sprechen. – Zu sprechen? – Ja, das hatte er versprochen. Aber sie noch einmal zu sehen, ganz heimlich, ohne daß sie oder ein anderer es ahnte, das konnte ihm niemand verwehren.

Und eine glühende Sehnsucht, noch ein letztes Mal in Lias holdes Gesicht zu sehen, überfiel ihn wie eine Krankheit, wie ein Fieber. Abends, wenn alles dunkel war, konnte er sich an das Wohnhaus Peter Hagenaus heranschleichen und versuchen, einen letzten Blick auf seine kleine Inselprinzessin zu werfen. Er mußte es tun – das mußte er dem Schicksal noch abtrotzen.

XII

Als Peter Hagenau zu seinem Wohnhaus zurückkam, sah er Lia und Milde auf der Veranda sitzen. Lia vergaß einmal wieder, daß sie ein Kleid trug, und sprang mit einem Satz über die Brüstung und eilte ihrem Vater entgegen.

»Vati, wie geht es Doktor Bergen? Hast du ihn gesehen und gesprochen?«

»Gewiß, Lia. Aber was habe ich da eben gesehen? In diesem Kleide bist du über die Brüstung gesprungen?«

Sie lachte ein wenig beschämt. »Ach, Vati, zuweilen vergesse ich immer wieder Mildes gute Lehren, aber ich konnte nicht schnell genug bei dir sein. Sag doch, Vati, wie geht es Doktor Bergen?«

»Es geht ihm gut.«

»Hat er dir einen Gruß an mich aufgetragen?« forschte sie und sah ihn unruhig an.

Bekümmert blickte er zu Milde hinüber. »Nein, Lia, wir haben nur von Geschäften gesprochen.«

Ein Schatten flog über Lias Gesicht. »Nicht einmal einen Gruß! Das ist nicht recht von ihm. Einen Gruß hätte er mir doch senden können.«

»Er war sehr in Eile, Kind.«

»Oh, wenn ich es noch so eilig gehabt hätte, einen Gruß hätte ich dir doch für ihn aufgetragen. Soviel Zeit, an mich zu denken, müßte er doch haben!« sagte sie mit zuckenden Lippen.

Er legte den Arm um sie und ging mit ihr die Verandatreppe empor. Oben erwartete sie Milde.

»Haben Sie gesehen, Fräulein Volkner, wie Lia über die Brüstung hinwegsetzte? Und das will nun eine junge Dame sein!« suchte er zu scherzen.

Milde zog die traurigblickende Lia zärtlich an sich.

»Ich habe es immer bewundert, wie schnell sich Lia in alles gefunden hat, was sie als junge Dame tun und lassen muß. So ein kleiner Rückfall zählt gar nicht. Aber was macht meine kleine Inselprinzessin für ein betrübtes Gesicht?«

Trostbedürftig lehnte Lia den Kopf an Mildes Schulter. »Denken Sie, Milde, Doktor Bergen hat Vati nicht einmal einen Gruß an uns aufgetragen!«

»Oh, dann muß er sehr viel zu tun gehabt haben«, sagte Milde und strich sanft über Lias Kopf. Dabei sah sie über denselben hinweg forschend in Peter Hagenaus blasses Gesicht. Er wich ihrem Blick aus und ging ins Haus.

In seinem Arbeitszimmer ließ er sich in einen Sessel sinken und starrte düster vor sich hin. Eine heiße Angst hatte ihn befallen, daß Lias Herz doch schon fester an Rudolf Bergen hing, als es gut war. Sie würde jedenfalls schmerzlich berührt sein, wenn sie von seiner Abreise erfuhr.

Seufzend zog er dann den Brief Hans Sanders' aus seiner Brusttasche und sah finster darauf nieder.

»Das kommt auch noch auf dein Konto, wenn mein Kind Schmerzen leiden muß«, sagte er heiser vor sich hin. Und er warf den Brief ungelesen in ein Schreibtischfach. Er konnte ihn jetzt nicht lesen. Was hatte ihm dieser Mann noch zu sagen? Vielleicht hatte sich in seiner letzten Stunde doch das Gewissen gerührt, vielleicht sah er in seinem finanziellen Zusammenbruch die Strafe des Himmels für den Verrat an dem einstigen Freunde. Am liebsten hätte er den Brief verbrannt. Warum er es nicht tat, wußte er selbst nicht. Hastig schloß er das Fach des Schreibtisches ab, als wolle er den Brief nicht mehr sehen.

Müde erhob er sich dann, um ein Bad zu nehmen und sich für die Reistafel umzukleiden.

Als er eine Stunde später wieder auf die Veranda hinaustrat, sah er Milde allein dort sitzen. Sie las in einem Buch.

»Wo ist Lia?« fragte er.

Sie zeigte hinüber zu den Diattibäumen.

»Dort drüben, Herr Hagenau.«

Er blickte hinüber und sah, daß Lia in ihrer Hängematte lag und ebenfalls las. Aufatmend setzte er sich zu Milde.

»Störe ich Sie bei einer interessanten Lektüre, Fräulein Volkner?«

»O nein, Sie stören mich niemals, und meine Lektüre verträgt es, daß ich sie unterbreche.«

Er richtete ihr nun aus, was Rudolf ihm für sie aufgetragen hatte, und fuhr dann fort:

»Ich danke Ihnen jedenfalls, daß Sie Doktor Bergen den wahren Grund angaben, der mich bewog, ihn zur Abreise zu nötigen. Er sieht jetzt selbst ein, daß es unerläßlich ist. Wir sind uns einig, daß wir alles tun müssen, um Lia vor Leid zu bewahren.«

Sie sah ihn mit großen, ernsten Augen an.

»Daraus ersehen Sie hoffentlich, daß er Lia wirklich liebt.«

»Nun gut, ich will es nicht in Abrede stellen. Es ist ja immer so, die Unschuldigen müssen mit den Schuldigen leiden.«

»Und was werden Sie Lia sagen, weshalb er abgereist ist?«

Er sah sie gequält an. »Ich weiß es nicht, raten Sie mir.«

»Ich?«

»Ja, Sie. Es ist für mich eine große Wohltat, daß Sie bei uns sind. Von Ihnen geht so viel Ruhe und Güte aus.«

Sie dachte nach und sagte dann: »Am besten wäre es, wenn Sie Lia die Wahrheit sagen würden.«

Er schüttelte den Kopf. »Nein, dann müßte sie erfahren, daß ihre Mutter eine Unwürdige war, und das will ich ihr ersparen. Sie soll nicht schlecht denken von ihrer Mutter.«

Milde überlegte und sagte dann aufseufzend: »Dann gibt es nur die Wahl zwischen zwei Ausreden. Entweder Sie sagen Lia, daß Doktor Bergen einen ehrenvollen Ruf bekommen habe, der ihn gezwungen hat, sofort abzureisen – oder Sie sagen ihr, daß Sie gemerkt haben, daß er zu viel für sie empfindet und daß Sie ihn deshalb fortgeschickt haben. Im ersteren Fall wird sie Doktor Bergen zürnen, weil er ohne Abschied von ihr ging, im zweiten Falle wird sie Ihnen grollen, weil Sie den Mann entfernen, den sie liebt.«

Er fuhr auf. »Den sie liebt? Sie darf ihn nicht lieben!«

»Das Herz fragt nicht danach, was es darf.«

»Aber so tief kann doch der Eindruck unmöglich sein, den er auf sie gemacht hat in der kurzen Zeit«, sagte er nervös.

»Um eine Liebe zu erwecken, genügt zuweilen ein Augenblick. Und ich gebe Ihnen nochmals zu bedenken, unterschätzen Sie nicht die Tiefe des Gefühls, das Ihrer Tochter Herz erfüllt.«

»Aber was soll ich tun?« stöhnte er auf.

»Können Sie nicht verzeihen und vergessen?« fragte sie leise. »Muß Doktor Bergen ein schlechter Mensch sein, der Ihre Tochter unglücklich macht, nur weil er der Neffe eines Menschen ist, der Ihnen Böses tat? War Hans Sanders wirklich ein schlechter Mensch? Ich will Ihnen einmal sagen, was Ihre Frau Tante mir eines Tages sagte, als ich ein hartes Urteil fällte über die Frau, die Sie betrog. Es war an dem Tag, da ich Lias Mutter bei ihr traf.«

Er sah sie forschend an. »Sie kannten Lias Mutter persönlich?«

»Nur dies eine Mal sah ich sie, vor etwa zwei Jahren. Sie war noch immer eine sehr schöne Frau, und – ich konnte verstehen, daß Sie diese Frau nie vergessen konnten. Als ich, nachdem sie gegangen war, ein hartes Urteil über sie fällte, sagte Ihre Frau Tante: Man findet oft Unbegreifliches bei seinen Mitmenschen. Alles verstehen, heißt wirklich alles verzeihen. Man muß sich hüten, den Stab zu brechen. – Und ein anderes Mal sagte sie in ihrer gütigen, abgeklärten Art: Der Tod löscht alles aus.«

Er saß eine Weile schweigend da, die Ellenbogen auf die Knie, das Gesicht in die Hände gestützt.

»So milde kann man nur sein, wenn man nicht selbst der Betroffene ist«, sagte er endlich heiser.

Sie erzitterte und sah ihn angstvoll an. »Nun habe ich Ihnen weh getan. Das wollte ich nicht!«

»Nein, das wollten Sie nicht, ich weiß. Aber sagen Sie mir, Fräulein Volkner, könnten Sie einen Mann, dem Sie alles waren, und Ihr eigenes Kind verlassen?« fragte er erregt.

Sie wurde dunkelrot und erwiderte leise: »Ich könnte nur einem Mann angehören, den ich von ganzer Seele liebte. Einem solchen Mann würde ich auch die Treue halten. Lias Mutter kann Sie nicht geliebt haben, sonst wäre sie treu geblieben.«

Er atmete tief auf. »Nein, sie kann mich nicht geliebt haben, obwohl ich es glaubte und – obwohl ich sie mehr liebte als mein Leben.«

»Sie lieben sie noch immer, noch über den Tod hinaus«, kam es wider Willen und wie in dumpfer Qual über Mildes Lippen.

Etwas in ihren Worten, im Ton ihrer Stimme rüttelte an seinem Herzen. Er sah sie mit brennenden Augen an, sah ihr erglühendes Gesicht, ihre angstvollen Augen. Und plötzlich leuchtete ein helles Licht in seiner Seele auf. In diesem Augenblick hatte sich Milde ihm verraten. Er spürte den Hauch einer reinen, tiefen Liebe, und das war, als wenn linde Hände Balsam legten auf seine Wunden.

»Nein, Milde Volkner, ich liebe sie nicht mehr. Ich weiß nicht, wie und wann diese Liebe gestorben ist. Sie war ein Teil von mir und ist langsam, sehr langsam vergangen. Daß sie gestorben war, fühlte ich erst, als ich die Nachricht von dem furchtbaren Unglück erhielt.

Und – dann ist etwas Neues in mein Leben getreten, etwas, das mir nach langen Jahren wieder Licht in die Seele gab. Es kam mit Ihnen, Milde Volkner, und durch Sie. Ich hätte es gerne in Worte gefaßt. Es wollte ein neuer Mut in mir aufleben.

Ich verlangte nach langen toten Jahren endlich wieder zu leben, nicht nur zu vegetieren.

Aber nun ist vorläufig alles wieder dunkel in mir. Ein zweites Mal greift die Schuld dieser zwei Menschen zerstörend in mein Leben. Ich wage nicht mehr, in das helle Licht zu blicken – weil ich um das Glück und die Herzensruhe meines Kindes bangen muß. Da kann ich nicht an eigenes Glück denken. Verstehen Sie das? Finde ich auch dafür, wie für soviel anderes, was ich bisher allein tragen mußte, Verständnis bei Ihnen?«

Ihre zitternde Hand lag in der seinen. Sie fühlte, verstand, was er ihr mit diesen Worten gab, und es beglückte sie namenlos. Ihre Liebe war ja wunschlos, bescheiden, still und treu. Und es erfüllte sie mit unsagbarer Seligkeit, daß sie ihm etwas sein durfte. Auch in ihrer Seele glomm ein stilles Leuchten auf, ein heimliches verschwiegenes Glück. Denn ein Glück war es für sie, daß er sie brauchte. Sie schämte sich nicht, aus seinen Worten zu merken, daß er ihre Liebe zu ihm ahnte. Mochte es sein, sie konnte sich ja stolz zu dieser Liebe bekennen, die nichts wollte, als ihm helfen, ihn trösten und stützen.

»Ich verstehe Sie, Peter Hagenau – und es macht mich stolz und froh, daß ich Licht in Ihr Dunkel tragen durfte und daß Sie mir gestatten, Ihre Sorgen zu teilen. Könnte ich sie doch zerstreuen, diese Sorgen. Aber ich fürchte, sie werden sich noch verdichten. Ich kenne Lia. Sie hat kein Geheimnis vor mir und legt mir ihr Herz offen dar. Ich fürchte für sie, wenn sie von Doktor Bergens Abreise erfährt. Muß es denn wirklich sein?«

So suchte sie ihn noch einmal durch ihre Worte zugunsten der beiden jungen Menschen umzustimmen. Aber noch immer glaubte er nicht daran, daß die Liebe im Herzen seiner Tochter so fest saß. Und hastig abwehrend sagte er:

»Es muß sein. – Und je schneller es geht, desto eher vergißt sie ihn. Er sieht es ja auch selbst ein, daß an eine Verbindung zwischen ihm und meiner Tochter nicht zu denken ist. Übrigens hatte er schon, ehe er Ihren Brief erhielt, erfahren, daß zwischen mir und seinem Onkel irgendwelche Beziehungen bestanden haben.«

»Wie das?«

»Er erhielt erst jetzt einen Brief seines Onkels, den dieser kurz vor seinem Tod an ihn geschrieben hatte. Und diesem Brief lag ein anderer Brief bei – der an mich adressiert war.«

Sie sah ihn betroffen an. »Ein Brief an Sie? Von Hans Sanders?«

»Ja.«

»Und was schreibt er Ihnen? Darf ich das wissen?«

»Ich las den Brief noch nicht, ich konnte mich nicht dazu entschließen. Sicher eine Bitte der Verzeihung. Wozu soll ich das lesen? Mein Groll gegen ihn ist stärker als je, denn seine Schuld wirft nun auch noch einen Schatten auf den Weg meines Kindes. Und dadurch wird auch mir der Weg verdunkelt, den ich jetzt vielleicht zu einem neuen Glück gefunden hätte.«

Voll gütigen Mitleids sah Milde in seine Augen. Da zog er ihre Hand an seine Lippen und vergrub sein Gesicht in diese weiche, kühle Frauenhand.

»Sie sollten dennoch diesen Brief lesen, Peter Hagenau«, sagte sie leise. »Vielleicht würde er Ihnen helfen, Frieden mit dem Toten zu schließen. Man soll niemand ungehört verdammen.«

Er sprang jäh auf und warf den Kopf zurück. Sein Gesicht bekam harte, feste Linien.

»Nein, nein, es gibt Dinge, die ein Mann nicht vergeben kann!«

Während er aufsprang, hatte er seinen Sessel umgeworfen. Das hatte Lia gehört. Sie richtete sich in der Hängematte auf und sah nach der Veranda hinüber.

»Vati, du bist da!«

Er faßte sich. »Ja, Kind.«

»Ich komme zu dir!« rief sie und schwang sich aus der Hängematte.

»Bitte, denken Sie darüber nach, was wir Lia morgen über Doktor Bergens Abreise sagen. Bitte, helfen Sie mir!« sagte er leise zu Milde.

»Ich will versuchen, etwas zu erfinden, was ihr am wenigsten weh tut«, flüsterte sie.

Er drückte ihre Hand.

»Dank, innigsten Dank! Es ist mir ein Trost, daß Lia Sie hat, Sie ersetzen ihr die Mutter.«

Jetzt kam Lia herbei. Das Buch, in dem sie gelesen hatte, hielt sie in der Hand.

»Was für eine Lektüre hat dich so gefesselt, Lia?« fragte der Vater.

Sie reichte ihm lächelnd das Buch. »Milde hat mir das Buch gegeben. Es ist wundervoll, Vati.«

Er sah nach dem Titel.

»Chamissos Werke! Und das liest mein kleiner Wildfang? Wer hätte das noch vor drei Monaten gedacht, daß du Geschmack an solcher Lektüre finden würdest«, suchte er zu scherzen.

Aber dabei wurde ihm das Herz doch recht schwer. Und er blickte ängstlich in Lias Augen. Ihm wollte scheinen, als blickte sein Kind jetzt anders in die Welt als früher.

Er wagte es nicht, Milde anzusehen, und war froh, als in diesem Augenblick der Gong zur Reistafel rief.

Am Spätnachmittag brach Peter Hagenau zu einem Ausflug in die Berge auf. Er wollte wieder einmal an dem geheimnisvollen Quell nachsehen, was er für Schätze an den Tag gefördert hatte. Jede Woche pflegte er einmal diesen Weg zu machen. Nur er allein kannte ihn, außer Rudolf Bergen, den er einmal mitgenommen hatte. Sonst hütete er sein Geheimnis. Selbst Lia kannte den Weg zu dem Quell nicht. Weil er zu beschwerlich war, hatte er sie nie mitgenommen.

Eine treibende Unrast lag ihm im Blut. Das, was in seinem Herzen für Milde Volkner erwacht war, lag im Kampf mit der Sorge um seine Tochter. So trieb ihn die Unruhe aus dem Hause. Hinunter zu dem Kanalbau wollte er nicht gehen, um nicht noch einmal mit Rudolf zusammentreffen zu müssen. So war ihm der Ausflug zu dem Quell eine angenehme Ablenkung.

Gleich nach der Teestunde verabschiedete er sich von den Damen und ließ sie auf der schattigen Veranda zurück. Lia sah ihm eine Weile nach, dann sagte sie aufatmend:

»Wir könnten doch eigentlich die Zeit bis zu Vatis Rückkehr dazu benützen, um hinunter zu dem Kanal zu reiten und Doktor Bergen einen Besuch machen. Wir brauchen ihn gar nicht von der Arbeit abzuhalten. Nur einmal nach ihm sehen und ihm guten Tag sagen.«

Milde klopfte das Herz. Was sollte sie tun, um Lia von diesem Schritt zurückzuhalten?

»Wir haben aber doch Ihrem Herrn Vater versprochen, ihn hier zu erwarten«, sagte sie unsicher.

»Ach, bis Vati zurückkommt, sind wir längst wieder hier. Kommen Sie, Milde, wir wollen unsere Reitkleider anziehen, mich verlangt ohnedies nach einem frischen, fröhlichen Ritt, wir sind ja seit gestern morgen nicht mehr aufs Pferd gekommen.«

Milde hatte inzwischen eine andere Ausrede gefunden.

»Ich muß Ihnen ganz offen sagen, liebe Lia, daß ich scheußliches Kopfweh habe. Ich wage mich heute nicht aufs Pferd.«

»Oh, Sie Ärmste! Und das haben Sie mir nicht gesagt? Da habe ich Sie sicher mit meiner Schwatzhaftigkeit gequält.«

»Nein, nein, es tut mir sehr wohl, wenn wir plaudern, es stört mich nicht.«

»Das sagen Sie in Ihrer Gutmütigkeit. Aber Sie müssen unbedingt Ruhe haben. Gleich legen Sie sich in den Liegestuhl hier im Schatten und ruhen sich aus. Ich kann ja ganz gut allein hinunter reiten.«

Milde erschrak. »Das tun Sie bitte nicht, Lia, das – das schickt sich nicht.«

Lia lachte hell auf. »Es schickt sich nicht, daß ich allein ausreite? Nun ja, ich weiß, daß ich das in Deutschland nicht tun dürfte, und werde es dort auch sicher nicht tun. Hier auf Subraja aber wird kein Mensch etwas dabei finden, wenn ich allein ausreite.«

Milde war der Verzweiflung nahe. »Aber Lia, Sie wissen doch, daß Doktor Bergen zugehört hat, als ich Ihnen erklärte, daß es unschicklich sei, wenn junge Damen jungen Herren Besuche machen. Wenn Sie nun allein unten ankämen, welchen Eindruck müßte das auf ihn machen!«

Jetzt wurde Lia nachdenklich. »Sie meinen, es würde ihm mißfallen, wenn ich allein hinunterkäme?«

»Das wäre sehr leicht möglich.«

Lia seufzte herzbrechend. »Dann will ich es also lieber unterlassen. Schade! Es wäre so hübsch gewesen. Und ganz offen, Milde, ich habe Sehnsucht nach ihm, ja, richtige Sehnsucht. Ich weiß gar nicht, wie ich es noch tagelang aushalten soll, ihn nicht zu sehen. Morgen werde ich Vati bitten, mit mir hinunterzureiten.«

»Nun wohl, morgen können wir zusammen hinunterreiten«, sagte Milde aufatmend. Sie sah dabei sehr blaß und matt aus, denn sie kam sich falsch und hinterlistig vor Lia gegenüber; aber was sollte sie tun?

»Arme Milde, Sie sehen wirklich sehr bleich und abgespannt aus! Ist das Kopfweh sehr stark? Sie sind gewiß in der Sonne draußen gewesen.«

»Es ist möglich, ich habe nicht darauf geachtet.«

»Das müssen Sie aber tun, sonst werden Sie uns krank. Kommen Sie, legen Sie sich nieder. So, und nun setze ich mich ganz still zu Ihnen und lese in Chamissos Gedichten.«

Mit mattem Lächeln sah Milde zu ihr auf. »Wenn das Ihre Frau Großtante wüßte, Lia, daß Sie jetzt Chamissos Gedichte lesen, wie würde sie sich freuen. Sie war immer so in Sorge, daß Sie nie eine richtige junge Dame werden würden. Und nun sind Sie es so schnell geworden.«

Lia lachte. »Bin ich es wirklich schon? Manchmal möchte ich die schönen Kleider abwerfen und lustig in den Bäumen herumklettern.«

»Aber Sie tun es doch nur noch sehr selten und nur, wenn Sie mit mir allein sind. Da schadet es nichts. Also Chamissos Gedichte gefallen Ihnen so gut?«

»Wundervoll! Hören Sie nur:

> Er, der Herrlichste von allen,
> wie so milde, wie so gut!
> Holde Lippen, klare Augen,
> heller Sinn und fester Mut.

Ist das nicht schön?«

»Ja, kleine Inselprinzessin, es ist sehr schön.«

Verträumt sah Lia vor sich hin. Ihr Blick schweifte ins Weite, über das azurblaue Meer hinweg.

»Ich muß dabei immer an Doktor Bergen denken, Milde«, sagte sie leise, als sei sie sich ihrer Worte kaum bewußt.

Eine tiefe Rührung stieg in Milde auf. Dieses junge, unerfahrene Geschöpf ahnte nicht, daß es mit jedem dieser Worte sein innerstes Empfinden verriet.

Von ihren Gefühlen überwältigt, erhob Milde sich, zog Lia in ihre Arme und streichelte wortlos ihr Haar. Lia ließ es sich ganz still gefallen, sah mit großen, feuchtschimmernden Augen zu ihr auf und streichelte ihre Hand.

»Liebe Milde, wie gut sind Sie zu mir! Ich habe das Gefühl, als hätten Sie mich sehr lieb. Ist es so?«

»Ja, Lia, liebe kleine Lia, ich habe Sie herzlich lieb.«

»Wollen wir du zueinander sagen, Milde? Ich habe es mir schon lange gewünscht.«

»Gern, Lia, aber erst wollen wir Ihren Vater fragen, ob es ihm recht ist.«

»Was sollte Vati dagegen haben? Er hat Sie doch auch lieb.«

Eine dunkle Röte stieg in Mildes Gesicht. »Würde es Sie kränken, Lia, wenn Ihr Vater mich auch ein wenig lieb hätte?«

»Aber Milde, wie sollte mich das kränken? Vati nimmt mir doch nichts! Ich merke doch an mir selbst, je mehr Menschen man lieben darf, desto mehr kann man Liebe geben. Das ist, als wenn man reicher würde, je mehr man gibt.

Und Vati ist so froh, seit Sie und Doktor Bergen hier sind. Ihn hat er auch sehr lieb, das weiß ich. Und das freut mich so sehr. Seit Sie beide hier sind, ist Vati so viel heiterer. Nie habe ich ihn früher so froh lachen hören. Selten nur ist er noch so düster und in sich gekehrt, wie er früher oft war. Nur gestern abend und auch heute war er wieder einmal so ernst. Ich weiß aber, woran das liegt.«

»Nun, woran denn wohl?«

»Weil Doktor Bergen nicht heraufkommt. Ich merke es doch an mir, ich bin auch so traurig.«

Wieder Doktor Bergen!, dachte Milde beklommen. Alle Gedanken drehen sich um ihn – weil eben Lias ganzes Herz bei ihm ist.

Und so saßen die beiden Damen noch lange plaudernd zusammen und kamen sich in dieser Stunde wieder um vieles näher. Wohl kam Lias Lebhaftigkeit immer wieder zum Durchbruch, und einmal sprang sie mitten im Gespräch auf, jagte lachend einem bunten Schmetterling nach und tanzte dann eine Weile in wilder Grazie auf dem Rasenplatz vor dem Haus. Aber nach einer Weile kam sie mit einem reizenden verlegenen Lächeln auf die Veranda zurück und bat ganz damenhaft um Entschuldigung.

»Manchmal kommt es so über mich, daß ich nicht stillsitzen kann, Milde. Dann muß ich irgend etwas Tolles tun, sonst preßt es mir die Brust zusammen. Ist das sehr schlimm?«

Milde umfaßte ihren Kopf und küßte sie.

»Nein, kleine Inselprinzessin, das ist gewiß nicht schlimm. Gott erhalte Ihnen diese jauchzende Lebensfreude.«

Und beklommen mußte sie daran denken, wie bald dieser jauchzende Lebensmut zerstört werden würde. Dann würde Lia viel ernster und stiller geworden sein.

XIII

Es war um die Zeit des Sonnenunterganges, als Peter Hagenau wieder nach Hause kam. Er brachte reiche Ausbeute mit heim von der geheimnisvollen Quelle. Er zeigte den Damen seinen Fund. Außer einer Anzahl sehr kleiner Saphire waren auch zwei von beträchtlicher Größe dabei. Aber man merkte diesem reichen Mann an, daß ihm das keine Freude machte. Unruhig fragend sah er Milde an. Diese berichtete mit einem beruhigenden Lächeln, daß sie mit Lia die ganze Zeit auf der Veranda gesessen habe.

Lia aber sagte offenherzig:

»Ich wollte mit Milde zum Kanal hinunterreiten, um endlich Doktor Bergen einmal wiederzusehen. Aber Milde hatte Kopfweh und – allein reiten, das schickt sich nicht, sagte Milde. Ist das nicht komisch, Vati, was sich alles für eine junge Dame nicht schickt? Allein einen Herrn aufsuchen, um mit ihm zu plaudern, das schickt sich nicht. Aber beim Tanzen, da dürfen sich Herren und Damen fest umschlingen, obwohl die Damen manchmal ganz wenig Kleider anhaben. Daß sich das schickt, ist mir viel unerklärlicher. Dir nicht auch?«

Er streichelte zärtlich über ihr Haar, das über ein mattrosa Batistkleid herabfiel und im Nacken von einem Band in gleicher Farbe zusammengehalten wurde.

»Ja, mein Kind, das ist wirklich unerklärlich. Solche Widersprüche gibt es viele. Man muß es aufgeben, darüber nachzudenken. Hast du dich gut unterhalten mit Fräulein Volkner?«

»Sehr gut! Und denke dir, Milde fragte mich ganz ernsthaft, ob es mich kränken würde, wenn du sie auch ein wenig lieb hättest. Ich sagte ihr nämlich, daß du sie lieb hast. Nicht wahr, es ist doch so?«

Mit einem seltsam weichen Blick sah er Milde an, die glühendrot geworden war.

»Ja, Lia, es ist so. Und sie verdient es, daß man sie lieb hat, nicht wahr?«

»Ja, Vati, das verdient sie gewiß. Sie ist so gut, so herzlich gut zu mir wie eine Mutter. Ich meine wenigstens, daß eine Mutter so lieb und gut zu ihren Kindern ist.«

Wieder sah Peter Hagenau Milde seltsam an. »Wie eine Mutter? Ja, Kind, es gibt Frauen, die in ihrem ureigensten Wesen immer etwas Mütterliches haben, und – das sind wohl die besten. Ich wünsche von ganzem Herzen, daß sie dir eine Mutter ersetzt. Aber nun will ich gehen und ein erfrischendes Bad nehmen. Mein Weg war beschwerlich. Bis nachher.«

Damit ging er ins Haus. Gleich darauf kam der alte Dacus herbei und näherte sich den beiden Damen. Lia sah ihm erwartungsvoll entgegen.

»Geben Sie acht, Milde, jetzt wird uns Dacus einen Gruß von Doktor Bergen bringen«, sagte sie erregt.

Aber Dacus brachte keinen Gruß, er überreichte Milde nur einen Brief. »Von dem deutschen Sahib, ich soll der goldhaarigen Sahiba den Brief geben«, sagte er.

Milde faßte hastig nach dem Schreiben. Unter Lias enttäuschtem und erstauntem Blick wurde sie glühend rot. Verlegen sah sie an ihr vorbei. Da überkam Lia ein seltsam schmerzliches Gefühl, das sie sich nicht erklären konnte.

»Ist der Brief auch wirklich für Sie, Milde?« fragte sie unruhig.

»Ja, Lia, er ist für mich«, erwiderte Milde, sich unbefangen stellend, und barg den Brief in dem Gürtel ihres Kleides.

»Wollen Sie ihn nicht lesen?«

»Nein, nein, er ist nicht wichtig.«

Noch stärker brannte das seltsam peinigende Gefühl in Lias

Herzen. »Wie können Sie wissen, ob der Brief wichtig ist oder nicht, da Sie doch nicht wissen, was darinnen steht?«

Milde war tödlich verlegen. Sie wußte, daß Lia um keinen Preis etwas von dem Inhalt des Briefes erfahren durfte.

»Doch, ich weiß, was in dem Brief steht«, sagte sie, sich mit aller Macht zur Ruhe zwingend, »es ist die Abschrift eines Liedertextes.«

»Oh, und dazu hatte er Zeit«, sagte Lia mit bebender Stimme, »und für mich hatte er nicht einmal einen Gruß! Ich habe noch niemals in meinem Leben einen Brief bekommen.« Das brach wie eine wehe Klage aus ihr heraus.

Zum ersten Male lernte Lia die Qualen der Eifersucht kennen. Sie wußte nicht, was das für ein Gefühl war; es befiel sie wie eine Krankheit, und sie wußte nur, daß sie tief unglücklich war, weil Rudolf Bergen an Milde geschrieben hatte und nicht an sie.

Der wehe Klang in Lias Stimme erschütterte Milde. Sie überlegte in fieberhafter Hast, was sie tun könne, um Lia zu beschwichtigen. Aber ehe sie eine Ausrede gefunden hatte, lief Lia plötzlich davon, in ihr Zimmer.

Ratlos stand Milde da – und so stand sie noch, als Lias Vater wieder heraustrat. Mit zitternder Stimme berichtete sie, was geschehen war.

»Glauben Sie mir, Herr Hagenau, das war richtige Eifersucht, wenn sie dies Gefühl auch vielleicht nicht einmal dem Namen nach kennt. Und mit dieser Eifersucht verrät sie, wie tief die Zuneigung zu Doktor Bergen schon ist.«

Peter Hagenau wollte aber nicht gelten lassen, daß Lia schon eines so starken Empfindens für Bergen fähig sei.

»Sie sehen Gespenster, Fräulein Volkner, es ist nichts als ein kindliches Gefühl der Zurücksetzung. Sie hätte gern auch einen Brief bekommen. Weiter ist es nichts.«

»Jedenfalls kann mich dieser Zwischenfall ihr ganzes Vertrauen kosten«, klagte Milde mit Tränen in den Augen.

Er ergriff beschwichtigend ihre Hand. »Nur Ruhe, das darf natürlich nicht geschehen. Ich gehe sofort zu ihr und werde ihr begreiflich machen, daß Doktor Bergen Ihnen auf meinen Wunsch den Liedertext sandte, weil Sie mir das Lied heute abend vorsingen sollen. Sie müssen dann irgendein Lied singen und scheinbar den Text von dem Brief ablesen. Das sieht unverfänglich aus und wird Lia beruhigen und Ihnen ihr Vertrauen zurückerobern.«

Milde atmete auf. »Ja, so wird es gehen. Aber wenn das auch heute noch gutgeht – wie werden wir das arme Kind über die Trennung von Doktor Bergen hinwegbringen?«

Und dabei sahen Mildes Augen so flehend in die seinen, daß er sein Heil nur in schleuniger Flucht suchen konnte. Er begab sich, durchaus nicht so ruhig, wie er scheinen wollte, in das Zimmer seiner Tochter.

Lia saß mit bleichem, verstörtem Gesicht in einem Sessel und starrte vor sich hin. Er erschrak über den Ausdruck des Jammers, der auf ihrem Antlitz lag. Besorgt legte er den Arm um sie.

»Nun, du kleines törichtes Mädel, weshalb bist du denn so kopflos davongelaufen? Fräulein Volkner hat mir gesagt, du seist verstimmt, weil du nicht auch einen Brief von Doktor Bergen erhalten hast. Da muß ich also die Sache schon aufklären. Ich bat heute vormittag den Doktor dringend, mir den Text für ein Lied aufzuschreiben, das ich gern wieder einmal hören wollte. Er kannte den Text zufällig. Fräulein Volkner kennt nur die Melodie.

Obgleich Doktor Bergen gar keine Zeit hatte, versprach er mir doch, den Text aufzuschreiben und ihn durch Dacus an Fräulein Volkner zu senden. Das sagte ich ihr, und sie wußte also ganz genau, was der Brief enthielt. Was hast du dummes Mädel dir nur gedacht? Nun mußt du schnell zu Fräulein Volkner laufen und sie beruhigen, denn sie weiß nicht, was sie von deinem seltsamen Verhalten denken soll.«

Aus Lias Gesicht war bei seinen Worten die nervöse Spannung gewichen. Sie erhob sich, sah den Vater mit einem unbeschreiblichen Blick an und warf sich an seine Brust.

»Ach, Vati, ich weiß gar nicht, was mit mir war! Es tat mir etwas so furchtbar weh, und ich wußte doch nicht, was.

Ich bin wohl sehr garstig zu Milde gewesen – ich glaube, ich war neidisch, daß sie einen Brief von Doktor Bergen hatte und ich nicht. Was wird Milde nun von mir denken? Sie wird mich gar nicht mehr liebhaben können!«

Und aufschluchzend barg sie ihren Kopf an seinem Herzen. Er streichelte mit einem seltsam bangen Empfinden über ihr Haar.

»Nun ist aber alles gut, nicht wahr?«

Sie nickte tapfer. »Wenn Milde mir nur wieder gut ist!«

»Sie war dir gar nicht böse, sondern hatte nur Angst, daß *du* ihr böse sein könntest.«

»Komm schnell, ich will sie um Verzeihung bitten!«

Sie zog den Vater hinaus, und als sie auf die Veranda kam, fiel sie Milde um den Hals.

»Sie dürfen mir nicht böse sein, Milde! Haben Sie mich noch lieb?«

Aufatmend drückte sie Milde an sich. »Mein liebes Kind, wie könnte ich Ihnen zürnen? Ich habe Sie sehr wohl verstanden und wußte nur nicht gleich, wie ich Sie beruhigen sollte. Dabei habe ich mich dann wohl sehr dumm angestellt. Aber nun ist alles zwischen uns wieder gut, nicht wahr?«

»Ja, liebe Milde, und nun wollen wir du zueinander sagen. Nicht wahr, Vati, du erlaubst es? Milde will es nur tun, wenn du nichts dagegen hast.«

Peter Hagenaus Blick leuchtete auf. »Es freut mich herzlich, daß du dich so gut mir ihr verstehst, daß du diesen Wunsch hast.«

Milde und Lia küßten sich zärtlich, und nun erst war der Schatten zwischen ihnen verschwunden.

Während Peter Hagenau bei Lia gewesen war, hatte Milde mit tiefer Bewegung Rudolfs Brief gelesen und eilig wieder in ihren Gürtel gesteckt. Sie wollte ihn ja nachher bei sich haben, wenn sie scheinbar beim Singen den Liedertext ablas.

Nach der Abendtafel gingen die drei Personen in das Musikzimmer. Peter Hagenau spielt einige Piecen. Auch Lia setzte sich an den Flügel, den sie vollständig beherrschte, und spielte eine Serenade von Toselli, zu der Milde die Noten mitgebracht hatte.

Als sie damit fertig war, sagte sie lächelnd: »Nun singe uns das Lied, Milde, zu dem dir Doktor Bergen den Text aufgeschrieben hat.«

Milde nickte und sah Peter Hagenau an. Sie hatten sich verständigt. Milde trat zum Flügel, an dem Peter Hagenau, um sie zu begleiten, Platz genommen hatte. Ruhig, als müsse es so sein, zog sie Rudolf Bergens Brief hervor und entfaltete ihn. Und während sie ein Lied von Schumann sang, das Lia noch nicht kannte, gab sie sich den Anschein, als läse sie den Text von dem Brief ab.

»O Sonnenschein, o Sonnenschein,
wie scheinst du mir ins Herz hinein.«

Atemlos lauschte Lia auf dies Lied, ihr war, als spräche Rudolf Bergen aus diesem Lied zu ihr, weil der Text von seiner Hand geschrieben war. Und ihr Blick hing sehnsüchtig an dem Blatt, das Milde in der Hand hielt. Sie hätte viel darum gegeben, wenn sie es hätte besitzen können. Mit brennendem Blick sah sie, daß Milde das Blatt, nachdem das Lied zu Ende war, wieder in ihren Gürtel schob. Gar zu gern hätte sie darum gebeten, daß Milde es ihr überlassen möge, aber sie wagte das nicht zu sagen.

Milde sang noch andere Lieder, aber Lia schien etwas zu beunruhigen. Es war, als lausche sie hinaus in die schweigende Tropennacht. Ihr Blick flog wie in stiller Sehnsucht hinaus. Sie dachte, daß Rudolf Bergen jetzt ganz allein unten in dem alten Wohnhaus in seinem primitiven Arbeitszimmer saß. Was er wohl tat? Ob er wohl ein wenig heraufdachte?

Sie ahnte nicht, daß er – nur wenige Schritte von ihr entfernt – draußen hinter den Büschen stand und mit brennenden Augen in ihr hellerleuchtetes Gesicht blickte, als müsse er für alle Zeit sich ihre Züge einprägen. Heimlich war er den Berg heraufgeritten, hatte am Waldrand sein Pferd angebunden und war, sich im Gebüsch versteckend, bis an das Haus herangeschlichen. Und nun stand er dort, schon solange Milde sang, und schaute hinein wie in ein verlorenes Paradies.

Lia aber saß drinnen und wußte nicht, was ihr das Herz so unruhig in der Brust schlagen ließ. Sie sah immer wieder nach dem Brief in Mildes Gürtel und hätte ihn gar zu gern gehabt. Es kam eine träumerische Versunkenheit über sie. Sie sann über sich selbst nach. Warum hatte sie der Gedanke, daß Milde einen Brief von Rudolf Bergen haben könne, so maßlos erregt?

Ein unverstandenes Sehnen erfüllte ihre Seele. Immer mächtiger wurde der Wunsch in ihr, das Briefblatt zu besitzen, auf dem, ihrer Meinung nach, Rudolf Bergen die Worte von Sonnenschein und Liebeslust geschrieben hatte.

Während Milde sang, sah Lia, daß sich der heißersehnte Brief in Mildes Gürtel höher und höher schob. Und endlich, als Milde einen Stoß Noten emporhob, fiel der Brief zu Boden. Lia saß wie gebannt und hielt den Atem an. Wenn Milde doch nicht merken würde, daß sie das Blatt verloren hatte, dann würde sie es nachher ganz still und verschwiegen aufheben und für sich verwahren. Milde brauchte es sicher nicht mehr und würde den Verlust kaum bemerken.

Und nun erklärte Milde, daß sie heute nicht mehr singen werde. Es sei spät genug, um zu Bett zu gehen.

Peter Hagenau erhob sich und trat mit Milde in das Nebenzimmer.

Draußen verschwand das blasse Männergesicht hinter dem Gebüsch. Rudolf Bergen schlich sich davon; hinter sich ließ er ein verlorenes Paradies.

Eine Weile stand Lia allein im Zimmer und starrte auf das Blatt, das sich weiß von der braunen Kokosmatte abhob. Und wie von einer unwiderstehlichen Macht getrieben, huschte sie hinüber, hob es auf und barg es wie einen köstlichen Raub in dem Ausschnitt ihres Kleides. Dann erst folgte sie ihrem Vater und Milde in das Nebenzimmer.

Man verabschiedete sich, und Milde brachte Lia in ihr Zimmer und suchte dann das ihre auf.

Eine Weile stand sie in Gedanken verloren am Fenster und schaute hinaus in die Nacht. Sie sorgte sich um Lia. Wie würde diese morgen die Kunde aufnehmen, daß Rudolf fort war? Und was sollte man ihr sagen?

Seufzend griff sie nach Rudolfs Brief in ihrem Gürtel, sie wollte ihn noch einmal lesen. Erschrocken merkte sie, daß er nicht mehr dort steckte.

Unruhig sah sie sich im Zimmer um, aber der Brief war nicht zu finden. Leise, um Lia nicht zu stören, ging sie über die Veranda zum Musikzimmer hinüber. Beruhigt sah sie, daß in Lias Zimmer das Licht schon verlöscht war. Sie ahnte nicht, daß es Lia eben erst gelöscht hatte, als sie merkte, daß Milde ihre Zimmertür noch einmal öffnete.

Milde glaubte, Lia schlafe bereits. Sie ahnte nicht, daß Lia nur gewartet hatte, bis alles im Hause still war, damit sie in Ruhe den Text des schönen Liedes, von Rudolf Bergens Hand geschrieben, lesen konnte.

Leise trat Milde in das Musikzimmer und suchte nach dem Brief. Wo war er nur geblieben? Nirgends war er zu finden, auch im Nebenzimmer nicht. Aber er mußte gefunden werden! Um keinen Preis durfte es in Lias Hände fallen.

Auch auf der Veranda suchte sie und dann wieder in den Zimmern – vergeblich. Und während sie noch suchte und nicht wußte, was sie tun sollte, sah sie draußen auf dem langen breiten Gang den alten Dacus gehen. Sie rief ihn leise an:

»Dacus, ist dein Sahib noch wach?«

»Ja, Sahiba, ich soll ihm noch eine Erfrischung bringen.«

»So gehe schnell zu ihm und sage ihm, daß ich ihn sogleich sprechen müsse; er möge hierherkommen.«

Dacus verneigte sich in seiner würdevollen Art. »Ich werde ihn rufen, Sahiba.«

Wenige Minuten später stand Peter Hagenau vor Milde. »Was ist geschehen?« fragte er, erschrocken in ihr blasses Gesicht sehend.

»Ich habe das Blatt aus dem Gürtel verloren, Herr Hagenau – den Brief, den mir Doktor Bergen sandte. Und ich kann ihn nicht wiederfinden.«

Er sah sie unruhig an. »Im Musikzimmer hatten Sie ihn noch?«

»Ja, aber dann muß ich ihn verloren haben. Ich merkte es erst jetzt, als ich den Brief noch einmal lesen wollte. Gottlob ist Lia schon zur Ruhe gegangen.«

»Beruhigen Sie sich nur, Fräulein Volkner, er muß sich ja finden lassen. Verschwunden kann er nicht sein.«

Und sie suchten nun beide überall. Auch auf die Veranda traten sie schließlich hinaus. Hier herrschte ein starker Luftzug.

»Es kann sein, daß Sie den Brief, als Sie zu Ihrem Zimmer gingen, hier auf der Veranda verloren haben und daß ihn der Wind entführt hat. Können Sie mir sagen, was in dem Brief stand?« fragte er, indem er ratlos vor sich hinsah.

Milde berichtete über den ungefähren Inhalt.

»Von Lias Mutter stand also nichts darin?« fragte er, als sie fertig war.

»Nein, soviel ich mich erinnern kann, nicht.«

Er atmete tief auf. »Nun, wenn Lia morgen früh erwacht, ist Bergen schon fort. Selbst wenn Lia dann den Brief noch finden sollte, wäre es kein Unglück.«

»Aber sie weiß dann, daß wir ihr nicht die Wahrheit sagten.«

Er seufzte tief auf. »Ein wenig wird sie wohl an uns irre werden – aber das ist nun nicht zu ändern. Vielleicht finden wir den Brief morgen früh, wenn es hell geworden ist, unten im Garten, wo ihn sicher der Wind hingetrieben hat. Jetzt wollen wir zur Ruhe gehen – und sorgen Sie sich nicht mehr, als nötig ist. Gute Nacht, Milde Volkner, und haben Sie Dank für Ihre Lieder, sie haben meinem zerrissenen Herzen wohlgetan.«

Sie standen nebeneinander auf der Veranda und sahen sich im bleichen Mondlicht in die blassen Gesichter. Er reichte ihr die Hand. Sie legte die ihre hinein und sagte halblaut: »Herr Hagenau, ist es wirklich Ihr unabänderlicher Entschluß, daß Doktor Bergen morgen Subraja für immer verläßt? Ich möchte noch einmal von ganzem Herzen für die beiden jungen Menschen bitten, die, ich fühle es, sich beide sehr, sehr liebhaben.«

Sein Gesicht wurde hart. »Nein, bitten Sie nicht. Es wird für Lia jetzt eine kleine Enttäuschung sein, aber darüber kommt sie bald hinweg. Besser jetzt ein leichter Schmerz als ein Leben voll Kummer. Ich kann nun einmal nicht daran glauben, daß mein Kind mit einem Neffen von Hans Sanders glücklich wird. Art läßt nicht von Art. Gute Nacht, Milde Volkner, und denken Sie darüber nach, was wir Lia morgen sagen.«

Damit ging er schnell davon, wie auf der Flucht vor sich selbst.

Milde ging leise in ihr Zimmer zurück. Angstvoll, wie eine sorgenvolle Mutter, lauschte sie nochmals zu Lias Zimmer hinüber. Da war alles still. Sie glaubte, Lia schlafe sanft und ruhig, und ging nun auch – mit einem schweren Herzen freilich – zur Ruhe.

XIV

Lia schlief nicht. Sie hatte Milde an ihrem Zimmer vorübergehen sehen und blickte ihr unruhig nach. Sie sah, verstohlen hinausspähend, daß nun auch ihr Vater auf die Veranda hinaustrat und daß sie beide nach etwas suchten. Daß es der Brief war, nach dem sie suchten, wurde ihr klar, und zum erstenmal fühlte sie etwas wie ein böses Gewissen. Das hinderte sie, frei und offen, wie sie es sonst getan haben würde, hinauszugehen und sich bemerkbar zu machen. Reglos stand sie und lauschte hinaus, lange Zeit, und dann drangen durch die Nachtluft einige Worte verständlich an ihr Ohr. Es waren die Worte Mildes:
»Herr Hagenau, ist es wirklich Ihr unabänderlicher Entschluß, daß Doktor Bergen morgen Subraja für immer verläßt? Ich möchte noch einmal von ganzem Herzen für die beiden jungen Menschen bitten, die, ich fühle es, sich beide sehr, sehr liebhaben.«
Mehr hörte Lia nicht. Aber ihr war plötzlich zumute, als würde ihr mit diesen Worten der Boden unter den Füßen fortgezogen. Was ging da vor? – Hatte sie recht gehört? Doktor Bergen sollte Subraja verlassen, morgen schon, und für immer?
Ein Zittern überlief sie. Sie stand versteinert da, in einer Angst, die ihr das Herz abzudrücken drohte, und wagte nicht, sich zu rühren. So stand sie noch, als Milde vorüberging und in ihrem Zimmer verschwand. Lia hielt den Atem an, damit Milde sie auf ihrem Lauscherposten nicht entdeckte. Als dann Milde in ihrem Zimmer verschwunden war, sank Lia, wie aller Kraft beraubt, in einen Sessel und starrte ins Dunkel. Immer noch klangen ihr Mildes Worte im Ohr.
Rudolf Bergen sollte fort von Subraja, morgen schon?

Warum denn? Warum denn nur? Ihr Vater wollte es. Und man hatte es ihr verschwiegen, sie sollte es wohl erst erfahren, wenn er fort war.

Jetzt war ihr, als habe sie schon den ganzen Abend gefühlt, daß etwas Furchtbares, Quälendes an sie heranschleichen wollte und sie bedrücke. Ja, seit Milde den Brief bekommen hatte von Rudolf Bergen, seit diesem Augenblick war es so seltsam dunkel in ihrer Seele geworden, und ihr war gewesen, als sei sie von einer schweren Gefahr bedroht.

War es wirklich nur ein Liedertext, den Rudolf Bergen aufgeschrieben hatte? Sie drückte das erbeutete Blatt an sich. Noch hatte sie keinen Blick darauf werfen können. Warum hatten Milde und der Vater so unruhig danach gesucht, wenn nur ein Liedertext darauf stand? Und wer waren die beiden jungen Menschen, für die Milde so eindringlich bat? Damit konnten doch nur sie und Rudolf Bergen gemeint sein.

Aber Rudolf Bergen sollte morgen Subraja für immer verlassen. Warum? War er auch schon aus einem bestimmten Grund von ihr ferngehalten worden?

Rudolf Bergen sollte fort!

Das stand wie ein Verhängnis vor ihr, wie ein furchtbares Unglück. Fort sollte er, ohne daß er sie noch einmal wiedersah?

Lia stöhnte leise, wie in tiefster Qual. Nein, nein, das durfte nicht sein, wenn sie nicht todunglücklich werden sollte! Was ging vor auf Subraja? Weshalb mußte Rudolf plötzlich unten in dem alten Wohnhaus bleiben? Das mußte einen anderen Grund haben als den, den man ihr angegeben hatte. Was war geschehen, und was sollte noch geschehen? Und in allem Schmerz durchzuckte es sie plötzlich wie eine heiße Glückseligkeit.

>Er, der Herrlichste von allen,
wie so milde, wie so gut!
Holde Lippen, klare Augen,
heller Sinn und fester Mut.‹

Das klang in aller Not wie ein Jauchzen durch ihre Seele, und sie preßte das Blatt innig an ihre Lippen, weil es von ihm kam, weil seine Hand es berührt hatte.

Und lauschte dann wieder hinaus. War nun alles still? Konnte sie nun endlich lesen, was auf dem Blatt stand? Vielleicht wurde es dann klarer in ihrer Seele. Noch eine Weile saß sie still da und lauschte. Nichts rührte sich mehr im Haus. Drüben lag Milde wohl längst im tiefen Schlaf, kein Lichtschein drang mehr aus ihrem Zimmer. Leise erhob Lia sich und zündete ein Licht an. Zitternd hielt sie den Brief vor ihre Augen und las:

»Liebe verehrte Freundin! Wie danke ich Ihnen, daß Sie mich Ihrer Freundschaft für wert halten und mir den wahren Grund gesagt haben, weshalb mich Herr Hagenau so plötzlich von Subraja, aus der Nähe seines Kindes, verbannt. Ich glaubte, er wolle mich entfernen, weil der reiche Mann sich einen armen Schlucker, wie ich es bin, nicht als Schwiegersohn gefallen lassen will.

Damit tat ich ihm also unrecht, das lehrte mich Ihr Schreiben. Nun sehe ich ein, daß ich mich fügen muß, ohne Gegenwehr. Ich darf nicht einmal den Kampf wagen um meine süße kleine Inselprinzessin. Was Sie mir mitteilen, nimmt mir jede Waffe gegen diesen Mann, der schon so viel gelitten hat – durch meines Onkels Schuld. Ich hatte natürlich keine Ahnung, daß zwischen diesen beiden Männern je Beziehungen bestanden hatten, sonst wäre ich gewiß nie nach Subraja gekommen.

Und nun muß ich gehen, aber das können Sie mir glauben: mit unsagbar schwerem Herzen.

Sie sollen es wissen – wissen es wohl schon, daß ich Lia liebe mit der ganzen heißen Sehnsucht meines Herzens. Vom ersten Sehen an hat dieses holde Wesen mein ganzes Sinnen und Denken ausgefüllt. Ich war wie bezaubert von so viel unberührtem Liebreiz. Und Lias Augen haben mir verraten, daß meine Gefühle nicht ganz unerwidert blieben. Das weckte ein stilles, heimliches Hoffen in mir, obwohl mir vor dem Reichtum ihres Vaters graute, den ich, Gott weiß es, nur als unerwünschtes Hindernis betrachtete.

Und nun muß ich darum beten, daß die Zuneigung, die mir Lia wohl in ihrem jungen Herzen unbewußt entgegenbrachte, nicht so feste Wurzeln geschlagen hat, daß ihr die Trennung von mir ein Unglück bedeute wie mir selbst. Und doch – wer will es mir verargen, wenn ich sage, daß es mich trotzdem unsagbar glücklich machen würde, wüßte ich mich mit der gleichen Inbrunst von ihr geliebt, wie ich sie liebe. So bin ich in einen schmerzvollen Widerstreit der Gefühle verwickelt. Und daß ich morgen fort muß, ohne meine kleine Inselprinzessin noch einmal sprechen zu dürfen, daß ich ihr nicht sagen darf, wie sehr ich sie liebe, das ist hart und grausam. Daß ich mich kampflos fügen muß, geht gegen meine Natur, und deshalb leide ich doppelt darunter.

Aber nun will ich Sie nicht mehr mit meinen Klagen belästigen, will Sie nur noch bitten, mit tiefster Inbrunst: Halten Sie Ihre gütigen Hände über meine kleine Lia. Helfen Sie ihr, wenn ihr die Trennung von mir weh tut, darüber hinwegzukommen. Und ich flehe Sie an, geben Sie mir Nachricht, wie sie es trägt. Adressieren Sie die Briefe an mich an Herrn Professor Werner, solange ich Ihnen keine andere Adresse angebe, also direkt an die Hochschule in Charlottenburg.

Und nun ein herzliches Lebewohl, liebe verehrte Freundin. Heißen Dank für Ihre Teilnahme. Gedenken Sie zuweilen
Ihres getreuen Freundes
Rudolf Bergen.«

Lia hatte jedes dieser Worte wie einen Zaubertrank in sich hineingetrunken. Unter den heißen, innigen Liebesworten des Mannes, dem sich ihr junges Herz nach kurzer, vergeblicher

Gegenwehr zu eigen gegeben hatte, sprangen alle Quellen ihres Lebens auf. Mit einem Mal wurde sie sich bewußt, welcher Art die Gefühle waren, die sie für Rudolf Bergen hegte. Das Wunder hatte sich an ihr vollzogen, aus dem Kind war eine junge Frau geworden, die sich einer heißen, tiefen Liebe bewußt geworden war. Sie hätte in aller Not vor Glück laut aufjauchzen mögen und konnte doch nur still weinen, um den überströmenden Empfindungen Luft zu machen. Wieder und wieder drückte sie den Brief an ihre Lippen und an ihr Herz.

Aber als dann die zitternde Freude ein wenig verebbte, dachte sie wieder daran, daß Rudolf Bergen morgen Subraja verlassen sollte. Sie las nun den Brief noch einmal aufmerksam durch. Was gab es da für ein schmerzliches Geheimnis? Weshalb verbannte ihr sonst so gütiger Vater, der ihr doch die Sterne vom Himmel geholt hätte, den Mann, der ihrem Herzen so teuer war?

Lia mußte so viel nachdenken in dieser Nacht, daß ihr der Kopf ganz wirr wurde. Sie wußte weder aus noch ein. Nur eins wurde ihr klar und immer klarer, je länger sie über alles nachdachte – Rudolf Bergen durfte nicht fort. Er durfte nicht mit seinem wehen Herzen hinaus in die fremde Welt, durfte sie nicht allein und unglücklich zurücklassen. Nein, nun sie wußte, daß er sie liebte und daß es Liebe war, was sie tief im Herzen für ihn fühlte, nun durfte sie ihn nicht fortlassen.

Aber wie konnte sie es hindern, daß er fortging?

Wie sollte er überhaupt die Insel verlassen? Morgen ging doch kein Postdampfer. Morgen? Ah, jetzt fiel ihr ein, morgen früh fuhr der Kautschukdampfer, der in dieser Nacht anlegen würde, wie in jeder Woche, und mit diesem Schiff würde Rudolf Subraja verlassen sollen. Das würde sie aber nicht zulassen – um keinen Preis!

Sie erhob sich und starrte vor sich hin. Leise trat sie an das Fenster und sah hinaus. Fern am Horizont dämmerte schon leise und fahl der kommende Morgen. Mit wildjagendem Herzen sann Lia darüber nach, was sie tun sollte.

Und plötzlich spannten sich ihre weichen Züge und wurden fest und entschlossen. Mit einem Male wußte sie, was sie tun würde, tun mußte. Und nun kam Leben in ihre Gestalt. Leise, jedes Geräusch vermeidend, trat sie an ihren Kleiderschrank und nahm ihr Reitkleid heraus. Mit fliegenden Händen kleidete sie sich an, band das Haar fest zusammen und drückte den Tropenhut darauf. Schnell war sie fertig. Aufatmend stand sie eine Weile still und lauschte hinaus. Nichts rührte sich im Haus.

Und niemand vernahm, daß die junge Sahiba leise über die Veranda ins Freie schlich, nicht einmal Milde, die in dieser Nacht keinen Schlaf fand. Lia vermied es, an Mildes Fenster vorüberzugehen. Sie schlich leise, jedes Geräusch vermeidend, die Verandatreppe hinab und preßte die Hand auf die Brust. Dort hatte sie Rudolf Bergens Brief an Milde verborgen, den nahm sie mit sich – den brauchte sie zu ihrer Rechtfertigung. Leise schlich sie zu den Ställen hinüber, die hinter dichtem Gebüsch verborgen lagen.

Wenige Minuten später hatte sie ihr Reitpferd Leila gesattelt und schwang sich in den Sattel. Erst jetzt, als sie zum Haus zurücksah, um sich zu versichern, daß niemand ihre Flucht bemerkte, sah sie, daß im Zimmer ihres Vaters Licht brannte. Ihre Augen weiteten sich, und einen Moment verhielt sie das Pferd und spähte unruhig hinüber. Aber es regte sich nichts. Auch der noch wache Vater hatte ihre Flucht nicht bemerkt.

Unwiderstehlichem Drange folgend, ritt sie davon, erst langsam auf weichem Boden, damit niemand den Hufschlag des Pferdes vernahm, dann schneller und immer schneller über das Bergplateau hinweg und schließlich in den dichten Tropenwald hinein.

Der Tag graute leise, und im Wald erwachte schon langsam das Leben der Tierwelt. Das Naturkind kannte keine Furcht.

Lia hatte auch keine Zeit, auf ihre Umgebung zu achten. All ihre Gedanken weilten bei ihrem Vorhaben und flogen dem Ziel ihrer Sehnsucht entgegen.

Viel zu langsam für ihre fieberhafte Unruhe mußte sie das Pferd bergabwärts gehen lassen. Hier konnte sie kein schnelles Tempo anschlagen, dazu war der Weg zu beschwerlich. Ein großer Affenschwarm turnte über sie dahin in den Baumwipfeln, und die Warnungsrufe der Tiere gellten durch den stillen Tropenmorgen, als sie der Reiterin ansichtig wurden. Auch darauf achtete Lia nicht. Alles das waren für ihr Ohr vertraute Töne.

Endlich kam sie unten aus dem Wald heraus und sah klopfenden Herzens drüben auf dem Meer den Kautschukdampfer liegen. Gottlob, es war noch alles still an Bord. Auch die Arbeiter, die den Kautschuk verladen sollten, waren noch nicht zu sehen.

Vorsichtig ritt Lia weiter, jedes Geräusch vermeidend – bis sie das alte Wohnhaus vor sich liegen sah. Da setzte ihr Herzschlag aus vor Aufregung. Dort weilte Rudolf Bergen, der Mann, der sie liebte und den sie liebte. Sie preßte die Hand aufs Herz, wo sie seinen Brief verwahrte, den Brief, der ihr ein Recht gab zu dem, was sie vorhatte. Trotzdem ritt sie zaghaft auf das Haus zu. Es lag still und wie verzaubert da.

Ohne ein Geräusch zu machen, stieg sie vom Pferd, band die Zügel an einen Baum und setzte sich aufatmend auf die Schwelle des Hauses. Sie nahm den Hut vom Kopf und ließ das Haar über die Schultern herabfallen. Dann faltete sie die Hände auf dem Schoß und lehnte den Kopf gegen den Türpfosten. Eine gewisse Ruhe kam über sie. Hier mußte Rudolf Bergen vorüber, wenn er das Haus verließ – und hier wollte sie wachen und warten, bis er erschien.

Was dann kommen würde, wußte sie nicht. Sie wußte nur eins: daß sie ihn nicht fortlassen würde. Und wenn sie sich an ihn hängen müßte – er durfte nicht fort von Subraja, nicht ohne sie.

Dieser Entschluß grub feste Linien in ihr junges Gesicht. Und so saß sie da und wartete – und hätte noch viel länger warten müssen, wenn ihr Pferd nicht gewiehert hätte.

XV

Rudolf Bergen war am Abend mit schmerzvollen Gefühlen wieder zu dem alten Wohnhaus geritten, nachdem er zum letzten Male in Lias süßes Gesicht gesehen hatte.

Müde und hoffnungslos war er in seiner primitiven Behausung angelangt. Lange hatte er noch am Fenster gesessen und in die Tropennacht hinausgestarrt. Endlich hatte er sich erhoben, um die letzten Vorbereitungen für seine Reise zu treffen. Dann hatte er sich, ohne sich auszukleiden, auf sein Lager geworfen, um einige Stunden zu ruhen.

Aber der Schlaf hatte seine Lider geflohen. Er sah den Morgen dämmern, den Morgen, der ihn für immer von Lia trennen sollte. Bitterer Schmerz befiel ihn von neuem, eine ingrimmige Verzweiflung, daß er so machtlos war. Er mußte die Zähne zusammenbeißen, um nicht fassungslos zu werden.

In dieser qualvollen Stimmung hörte er plötzlich das Wiehern eines Pferdes. Er stutzte. Sein Pferd befand sich nicht außerhalb des Hauses. Es mußte also ein fremdes Pferd vor der Tür stehen. Was bedeutete das?

Mit einem Satz sprang er auf und sah hinaus. Mit großen Augen blickte er auf das angebundene Pferd. Das war doch Leila, das Pferd Lias, er kannte es sofort an dem Sattelzeug. Eine namenlose Erregung befiel ihn. Wie kam das Pferd hierher – um diese Stunde?

Ohne sich lange zu besinnen, stürmte er hinaus und wäre fast über eine schlanke weibliche Gestalt gefallen, die auf der Schwelle seines Hauses saß. Erschrocken sah er darauf nieder.

»Lia!«

Wie im wilden Jubel kam ihr Name über seine Lippen, und doch zitterte ein jähes Erschrecken durch diesen Jubelruf.

Lia erhob sich langsam, von Rudolf gestützt, und stand nun vor ihm, erst jäh errötend und dann tief erblassend. Nur aus den Augen leuchtete ihm ein intensives Leben entgegen.

»Sahiba, um Gottes willen, was tun Sie hier? Wie kommen Sie hierher, noch mitten in der Nacht?« fragte er heiser.

Sie preßte die Hand mit einer hilflosen Gebärde auf ihr Herz und sagte mit versagender Stimme: »Ich mußte kommen.«

Er suchte sich krampfhaft zu fassen und mußte alle Selbstbeherrschung aufbieten, um Lia nicht an sich zu reißen in überströmender Empfindung.

»Warum? Warum mußten Sie kommen, Sahiba?«

Ihre Hände sanken schlaff herab, und sie sah ihn mit einem unbeschreiblichen Blick an, der ihn bis in das tiefste Herz erschütterte.

»Weil – weil ich es verhindern will, daß Sie fortgehen von Subraja.«

Er erschrak. »Mein Gott, wer hat Ihnen gesagt, daß ich fortgehe?«

Sie nestelte mit zitternden Händen den Brief aus ihrem Kleid und reichte ihm denselben.

»Milde verlor gestern abend diesen Brief. Ich wußte, daß er von Ihnen war, und ich war so traurig, daß – daß Sie an Milde geschrieben hatten und nicht an mich. Milde und Vater sagten mir, um mich zu trösten, es sei nur ein Liedertext, den Sie aufgeschrieben hätten. Ich hätte es so gern gehabt, dies Blatt Papier – als Milde es verlor, hob ich es heimlich auf.

Milde und Vater suchten es dann, als ich im Dunkeln in meinem Zimmer saß und sie mich schlafend glaubten. Da hörte ich, als ich hinauslauschte, daß Sie heute fort sollen von Subraja. Und nachher – nachher las ich den vermeintlichen Liedertext – dabei war es ein Brief von Ihnen an Milde – ein so wundervoller Brief und – nun weiß ich, daß Sie fort sollen. Aber wenn Sie wirklich gehen – dann – dann muß ich sterben.«

Er zitterte bei diesen rührenden Worten, die ihn erschreckten und doch aufjauchzen ließen. Er biß die Zähne zusammen, und seine Hände krampften sich um den Türpfosten, als müsse er einen Halt haben. Aber in seinen Augen las sie, was er empfand.

»Sahiba, liebe, teure Sahiba – das darf ja nicht sein! Ich habe Ihrem Vater versprochen, Sie nicht mehr zu sprechen. Bitte, gehen Sie, reiten Sie sofort wieder nach Hause, ehe jemand ahnt, daß Sie hier unten bei mir waren«, stieß er heiser vor unterdrückter Erregung hervor.

Sie schüttelte den Kopf und fragte nur leise: »Ist das alles wahr, was in dem Brief steht – das, was Sie von mir schreiben?«

Er lehnte fassungslos das Gesicht gegen seinen Arm, den er noch immer an den Türpfosten stemmte.

»Kind – liebes, teures – fragen Sie mich nicht – ich bin doch auch nur ein Mensch. Führen Sie mich nicht in Versuchung! Ich darf nicht tun, was ich tun möchte.«

Ihre Augen strahlten in überirdischem Glanz.

»Es ist also wahr? Sagen Sie mir das!« bat sie mit erhobenen Händen.

Tief atmete er auf. »Nun ja, alles ist wahr. Ich kann es nicht leugnen, das kann kein Mensch von mir verlangen. Aber nun gehen Sie heim.«

Wieder schüttelte sie den Kopf. »Ich hab dich lieb«, sagte sie leise, aber mit einem so innigen, erschütternden Ausdruck, daß Rudolf ganz fassungslos war. Er machte eine Bewegung, als wollte er Lia fassen, sie an sich reißen. Aber mit fast übermenschlicher Anstrengung ließ er die Arme sinken.

»Geh, ich bitte dich, geh – ich darf dich nicht halten, darf dich nicht in meine Arme schließen, wie ich es so gern möchte!« stöhnte er auf.

Da trat sie dicht an ihn heran. »Aber ich darf es, mich bindet kein Wort. Und ich halte dich und lasse dich nicht – nie – niemals darfst du von mir gehen! Denn das schwöre ich dir, gehst du von mir, dann sterbe ich.«

Und sie umfaßte seinen Hals und legte ihren Kopf an seine Brust und sah mit leuchtenden Augen zu ihm auf. Sie fühlte, wie er erbebte, und auch sie überlief ein Zittern. Da war es vorbei mit seinem Widerstand. Er schlang die Arme um die bebende Gestalt und sah ihr tief in die leuchtenden Augen, aus denen ihm ein Himmel entgegenstrahlte.

»Meine kleine Lia – wie machst du es mir schwer, standhaft zu bleiben! Aber ich muß dich fortschicken, du darfst nicht bleiben, niemand darf ahnen, daß du bei mir warst.«

Sie schmiegte sich an ihn. »Alle dürfen, sollen es wissen – ich lasse nicht von dir.«

»Bedenke doch, dein Vater wünscht, daß ich gehe, mein Liebling, deshalb muß es sein. Mach mir das Scheiden nicht noch schwerer, als es schon ist!«

Leidenschaftlich schüttelte sie den Kopf. »Sprich nicht von Scheiden! Du darfst nicht gehen oder, bei Gott – ich werfe mich ins Meer und folge dir, bis meine Kräfte mich verlassen und ich den Tod finde. Und das werde ich meinem Vater auch sagen, wenn er mich noch immer von dir trennen will. Dann wird er es nicht mehr wollen, er hat mich doch lieb. So grausam wird er nicht sein.

Ach, mein Rudolf, ich liebe dich mehr als mein Leben, mehr, als ich je einen Menschen geliebt habe, mehr sogar, als ich meinen Vater liebe. Und wenn er nach allem, was ich ihm sagen werde, noch auf unsere Trennung besteht – dann werde ich ihn verlassen und mit dir gehen.«

Er sah erschüttert in ihre Augen, sah, daß aus dem Kind eine Frau geworden war. Und in der aufwallenden Glückseligkeit über ihre Liebe ging alles unter, was ihn widerstandsfähig machte. Mit einem tiefen Seufzer preßte er seine Lippen auf die ihren. Sie erzitterte unter seinem Kuß und lag willenlos, mit geschlossenen Augen an seiner Brust. Lange standen sie so im seligen Selbstvergessen in der Stille des langsam aufstrahlenden Morgens. Aber endlich richtete sich Rudolf auf, wie aus einem Traum erwacht.

»Meine süße Sahiba, was soll nun werden? Nun ich weiß, wie sehr du mich liebst und daß du lieber sterben willst, als von mir lassen, kann ich dich nicht kampflos aufgeben. Ich werde deinem Vater trotzen und heute noch nicht abreisen. Erst muß ich ihn noch einmal sprechen, muß ihm sagen, wie unglücklich er auch dich machen wird, wenn er auf unserer Trennung besteht. Aber nun bist du ein liebes Kind und reitest sofort nach Hause. Bald treffen die Arbeiter hier ein. Sie dürfen dich nicht hier sehen. Und oben wird man dich sonst auch vermissen. Also kehre heim, ich bitte dich.«

Unruhig forschend sah sie ihn an.

»Und wer bürgt mir dafür, daß du nicht dennoch abreist, wenn ich dich jetzt allein lasse?«

Er riß sie noch einmal an sich.

»Liebling, als ich noch nicht wußte, daß du mich so sehr liebst, daß mein Gehen ein Unglück für dich bedeuten würde, hätte ich vielleicht reisen können, ohne noch das Letzte zu wagen. Jetzt aber kann ich es nicht mehr. Wir beide wollen noch einmal mit deinem Vater sprechen, und du sollst ihm sagen, wie sehr du mich liebst. Er glaubte ja, daß du schnell über diese Neigung, die er für eine flüchtige hielt, hinwegkommen würdest. Wenn er nun erfährt, daß du lieber in den Tod gehen willst, als von mir zu lassen, dann ändert er doch vielleicht seinen Entschluß.«

»Was steht zwischen dir und mir, Rudolf, weshalb will mein Vater dich nicht zu seinem Schwiegersohn?«

Zärtlich strich er ihr das Haar aus der Stirn.

»Ich darf es dir nicht verraten, nicht mehr wenigstens, als du, ohne mein Verschulden, aus meinem Briefe an Milde Volkner weißt. Mein Onkel hat sich vor langen Jahren schwer an deinem Vater versündigt. Sie waren erst Freunde und sind dann

Todfeinde geworden durch die Schuld meines Onkels. Ich hatte davon keine Ahnung, und dein Vater wußte ebensowenig, daß ich der Neffe seines Todfeindes war. Durch Herrn Harland erfuhr er zufällig den Namen meines Onkels, und da verbannte er mich noch an demselben Abend aus seinem Haus. Er will keine Gemeinschaft zwischen uns.«

Lia warf sich in seine Arme.

»Oh, müssen wir unglücklich werden, weil dein Onkel meinem Vater ein Leid zufügte? Du hast ihm doch nichts zuleide getan, du bist lieb und gut, und erst hat er dich auch liebgehabt, das weiß ich. Nein, nein, mein Vater wird nicht wollen, daß ich unglücklich werde! Wenn er weiß, wie lieb ich dich habe, wird er alles andere vergessen.«

»Wenn ich das glauben dürfte! Aber nun geh heim. Dein Vater würde mir zürnen, würde ich dich nicht zu ihm zurückschicken.«

Sie faßte seine Hand. »Komm mit mir«, bat sie.

Er schüttelte den Kopf »Das darf ich nicht.«

»Oh, wir fragen niemand, ob du es darfst, du kommst einfach mit.«

Das schien ihr so selbstverständlich. Was wußte sie davon, daß sie kompromittiert werden könnte, wenn sie jetzt mit Rudolf heimkehrte und es klarwerden mußte, daß sie in der Nacht zu ihm geeilt war.

Er durfte ihr das nicht erklären und sagte nur ruhig und bestimmt: »Ich folge dir, kleine Sahiba. In einer Stunde komme ich dir nach, es ist besser so.«

»Gib mir dein Wort, daß du bestimmt kommst und ganz gewiß nicht abreist.«

»Ich gebe dir mein Wort, Liebling, daß ich nicht gehen werde, ehe ich noch einmal mit deinem Vater gesprochen und das Letzte für unser Glück gewagt habe. Und nun komm, ich bringe dich zu deinem Pferd!«

Sorglich setzte er ihr den Hut auf, und dann hob er sie hoch und trug sie zu ihrem Pferd hinüber. Sanft setzte er sie in den Sattel und gab ihr die Zügel in die Hand.

»Hast du auch Waffen bei dir, Liebling, falls dir im Wald etwas begegnet?«

Sie zeigte lächelnd auf ihre Satteltasche.

»Browning und Waidmesser habe ich immer bei mir.«

Er drückte ihre Hand an seine Lippen.

»Leb' wohl, meine kleine Sahiba.«

»Nein, sag nicht Lebwohl, sondern auf Wiedersehen, mein Rudolf.«

»Auf Wiedersehn also, wenn es dein Vater gestatten wird.«

Sie stutzte. Aber dann sagte sie zuversichtlich:

»Er wird es gestatten. Ich will auf meines Vaters Liebe fest vertrauen. Wir sehen uns wieder. Ich warte auf dich, in einer Stunde folgst du mir.«

Noch einmal küßte er ihr die Hand mit großer Inbrunst.

»Wie du befiehlst, kleine Inselprinzessin. Dein Vater muß verstehen, daß ich deinem Befehl gehorchen muß«, sagte er lächelnd.

Rasch beugte sie sich zu ihm nieder und reichte ihm ihre Lippen. Dann ritt sie schnell davon.

Lia hatte vielleicht die Hälfte des Weges zurückgelegt, als ihr plötzlich ein aufgescheuchtes Wildschwein den Weg verstellte. Es war ein riesiger Eber, der ihr wütend entgegenstarrte. Das Pferd bäumte sich hoch auf und machte einen so jähen, wilden Satz, daß Lia fast aus dem Sattel geworfen worden wäre. Nur ihre Gewandtheit bewahrte sie vor dem Sturz. Aber das Pferd war bei dem jähen Satz über eine knorrige Baumwurzel gestolpert und brach plötzlich unter ihr zusammen.

In dieser heiklen Lage merkte Lia, daß der Eber mit glühenden Augen und gesenktem Kopf auf sie zukam. Schnell hatte sie nach ihren Waffen gefaßt und sie aus der Satteltasche gezogen. Das Pferd mühte sich vergeblich, wieder hochzukommen; es schien sich verletzt zu haben. Lia sprang aus dem Sattel und rettete sich vor den Hufen des um sich schlagenden Pferdes. Zugleich kam aber nun auch der Eber mit zornigem Grunzen auf sie zu. Es war eine sehr gefährliche Lage. Aber Lia ließ sich so leicht nicht aus der Fassung bringen. Mit einem Ruck hatte sie den geteilten Reitrock ihres Kleides abgeworfen, die beiden Waffen in den Gürtel gesteckt und kletterte im Nu gewandt und eilig auf einen neben ihr stehenden Baum. Sie war kaum hoch genug über dem Erdboden, als auch schon der Eber wütend gegen den Baum anrannte und immer wieder mit seinen Hauern auf dessen Stamm einhieb.

Als er merkte, daß dies ein fruchtloses Beginnen war, wandte er sich wütend gegen das Pferd, das nun hilflos seiner Wut preisgegeben war. Lia hatte nicht die Absicht, ihr Pferd im Stich zu lassen. Sie legte ihren Browning an und zielte einen Moment, dann drückte sie ab.

Der Eber grunzte wild auf und wollte nun wieder in voller Wut auf den Baum losrennen. Da traf ihn aber ein zweiter Schuß, und gleich darauf brach er tot zusammen. Lia wartete noch einige Augenblicke, um sicherzugehen, daß der Eber erlegt war. Dann sprang sie mit einem Satz zu Boden. Aber sie sprang auf dieselbe knorrige Baumwurzel, über die das Pferd gestolpert war, und zwar so unglücklich, daß sie von der Wurzel abglitt und mit einem Schmerzensruf zusammensank, zwischen dem toten Eber und dem um sich schlagenden Pferd.

Der verletzte Fuß schmerzte sie so sehr, daß sie unfähig war, sich zu erheben. Unter großen Schmerzen mühte sie sich, so weit von dem Pferd abzurücken, daß sie nicht von den Hufen getroffen werden konnte. Sie schob sich langsam bis an einen Baumstamm heran, an den sie sich anlehnte, wickelte den eben abgerissenen Reitrock zusammen und schob ihn so unter das Bein, daß der verletzte Fuß frei schwebte und nicht gedrückt wurde. Auch versuchte sie den Stiefel auszuziehen, das ging aber nicht, weil es furchtbar schmerzte. So mußte sie es lassen. Seit der Fuß hoch lag, waren die Schmerzen nicht mehr so unerträglich heftig. Die arme Leila schien sich nun auch in ihr Schicksal ergeben zu haben und lag ganz still.

Ganz friedlich war es rings um Lia her. Nur ein paar Affen kletterten über ihr in den Bäumen umher und sahen neugierig auf das ungewohnte Bild. Lia sah zu ihnen empor und lachte ein wenig über ihre possierliche Neugier. Aber dann wußte sie an schönere Dinge zu denken. Mit verträumten Augen sah sie vor sich hin und war gar nicht unglücklich über ihre Lage. Rudolf mußte ja bald hier vorüberkommen und sie erlösen.

Rudolf – ihr Rudolf –

Eine heiße Glückswelle schlug über ihr zusammen. Er liebte sie, sie gehörten für immer zueinander, was auch kommen mochte. Für alle Ewigkeit war sie sein. Niemand durfte sie trennen, auch der Vater nicht. Sie war viel zuversichtlicher als der Geliebte, daß ihr Vater bei der Eröffnung, wie sehr sie Rudolf liebe, ihren Wunsch erfüllen würde. Was ihn auch veranlaßt haben mochte, Rudolf zu verbannen, alles das mußte vor ihrer Liebe schweigen.

So saß sie da, in glückselige Gedanken eingesponnen, und wartete auf Rudolf. Sie dachte gar nicht daran, daß man inzwischen ihre Abwesenheit entdecken könnte. Es hätte ihr auch keine Sorge gemacht, denn sie hatte durchaus nicht die Absicht, ihre nächtliche Flucht vor dem Vater und Milde zu verheimlichen. Aber während sie nun saß und wartete, wurde sie sehr müde. Die schlaflose Nacht und die ungewohnten Herzensstürme hatten selbst dieses widerstandsfähige Naturkind ein wenig angegriffen. Sie kämpfte mit ihrer Müdigkeit. Einschlafen durfte sie nicht, das wußte sie. Irgendeine Gefahr konnte sich an sie heranschleichen. Ach, und es war auch zu schade, zu schlafen mit diesem heißen Glücksgefühl im Herzen. Denn das Glück ihrer Liebe überstrahlte doch alles andere.

Wie gut war es, daß ihr dies kleine Mißgeschick nicht geschehen war, als sie sich auf dem Weg zu Rudolf befand. Sie schauerte zusammen, als sie daran dachte. Dann wäre Rudolf abgereist, und sie hätte ihn, hilflos wie sie war, nicht erreichen können.

Dankbar faltete sie die Hände zum Gebet, daß sie der liebe Gott erst auf dem Heimweg festgehalten hatte. Was Rudolf wohl für Augen machen würde, wenn er sie hier fand? Wie er erschrecken und sie besorgt in die Arme nehmen würde. Schön würde das sein, dafür konnte man schon ein wenig Schmerzen leiden.

XVI

Rudolf Bergen war, als Lia ihn verlassen hatte, eine Weile in der offenen Tür stehengeblieben und hatte forschend nach allen Seiten gesehen. Aber nein, gottlob war niemand Zeuge gewesen von seinem nächtlichen Zusammentreffen mit Lia. Tief gerührt dachte er darüber nach, wie sie, von ihrer Liebe getrieben, zu ihm gekommen war, ohne zu zaudern und zu fragen. Unbekümmert um die Folgen war sie ihrem Herzen gefolgt.

Er fühlte, er konnte jetzt nicht mehr kampflos auf sie verzichten, jetzt, da er wußte, daß ihr Leben durch die Trennung von ihm einen unheilbaren Schlag erhalten würde. Er mußte einen letzten Versuch machen, ihren Vater umzustimmen, selbst auf die Gefahr hin, sich vor ihm demütigen zu müssen.

Unruhe trieb ihn rastlos hin und her. Er wußte nicht, was er mit der Stunde anfangen sollte, die er Lia Vorsprung gegeben hatte. Und schließlich beschloß er, sogleich aufzubrechen, und zwar zu Fuß, damit er nicht zu früh oben ankam. Dann brauchte er wenigstens nicht tatenlos herumzusitzen.

Und so machte er sich auf den Weg. Er war im Wald schon eine gute Strecke bergan gestiegen, als er plötzlich einen Schuß hörte und gleich darauf einen zweiten. Erschrocken fuhr er zusammen. Der Schuß klang von weiter oben – so weit etwa, wie Lia jetzt sein mußte. Drohte ihr Gefahr?

Er dachte sogleich an streifende Wildschweine, die ihm auch schon zuweilen begegnet waren. Und jetzt, so früh am Morgen, wagen sie sich sicher weiter vor als sonst. Eine furchtbare Angst überkam ihn. In wilder Hast kletterte er bergauf, um den Weg abzuschneiden, quer durch das Unterholz. Zuweilen lauschte er atemlos, aber er hörte nichts mehr und wußte nicht, ob er das als ein günstiges oder ungünstiges Zeichen ansehen sollte. Seine Augen flogen angstvoll seinen Schritten voraus. Und die Angst um Lia stieg bei jedem Schritt, den er vorwärts tat.

Endlich, endlich sah er sie, sich durch dichtes Unterholz Bahn brechend, an den Baum gelehnt sitzen. Neben ihr erblickte er entsetzt den toten Eber und auf der anderen Seite die jetzt reglos liegende Leila.

Er schrie auf vor Entsetzen. »Lia!«

Und wie von Sinnen stürmte er auf sie zu.

Sie winkte ihm mit mattem Lächeln und müden Augen zu. »Du darfst nicht erschrecken, Rudolf. Aber wie gut, daß du schon so bald kommst, ich hatte dich noch gar nicht erwartet«, rief sie ihm entgegen.

»Was ist geschehen, meine Liebste – was ist dir geschehen?« fragte er, neben ihr niederkniend und sie umfassend, als müsse er sie jetzt noch vor jeder Gefahr schützen.

Sie lehnte ihren Kopf an seine Schulter. »Ich war ungeschickt und sprang vom Baum herab auf eine Wurzel, über die auch Leila gestolpert ist, als uns der Eber angriff«, sagte sie und erzählte ganz schlicht und sachlich ihr Abenteuer, als sei es nichts Besonderes gewesen.

Er war tief erblaßt und drückte ihren Kopf an seine Brust.

»Mein süßer kleiner Wildfang, was machst du mir für Sorgen!«

Sie schmiegte sich an ihn. »Nun ist ja alles gut, du bist bei mir. Aber bitte, sieh erst einmal nach meiner armen Leila. Sie muß sich auch weh getan haben, sonst wäre sie aufgestanden.«

»Erst laß mich nach deinem Fuß sehen, mein Liebling«, bat er besorgt.

Sie seufzte ein wenig.

»Ja, der Stiefel muß herunter. Ich bekam es nicht allein fertig. Wenn du ihn abziehen könntest, das wäre mir eine Erleichterung.«

»Hast du arge Schmerzen?«

»Nicht so sehr. Das ist ja alles nicht so schlimm, jetzt da du bei mir bist. Aber ich glaube, der Knöchel ist arg geschwollen, der Stiefel drückt sehr.«

Behutsam schnürte er den hohen Stiefel auf und löste ihn mit aller Vorsicht. Er wurde sehr blaß dabei, weil er wußte, daß er ihr weh tun mußte. Fest biß er die Zähne zusammen.

Lia aber war tapfer und lächelte ihm zu. Es steckte viel Kraft und Selbstbeherrschung in diesem jungen Geschöpf. Sie wollte nicht, daß er sich um sie sorgen sollte. Nur leise zuckte es in ihrem Gesicht, und sie wurde ein wenig bleich, als er endlich den Schuh gelöst hatte. Auch den Strumpf streifte er ab und sah nun, daß der Knöchel arg geschwollen und gerötet war. Da er kein Wasser zur Hand hatte, legte er zur Kühlung große saftige Blätter auf die Schwellung.

»Wenn du daheim kühle Kompressen auflegst, meine kleine Sahiba, wird es schnell besser werden. Gebrochen ist der Fuß gottlob nicht. Der Knöchel ist verstaucht. Tut es noch sehr weh?«

»Jetzt kaum noch, Rudolf, du mußt nicht so besorgt sein. So kleine Unfälle sind mir schon häufig zugestoßen. Das wird bald wieder heil. Ich danke dir.« Dabei streichelte sie leise und zärtlich über seinen Kopf.

Innig küßte er die ihn streichelnde Hand und sah mit brennendem Blick in ihr Gesicht.

»Wie blaß du bist, mein Liebling.«

Sie lächelte. »Ich bin so müde, Rudolf, fast wären mir die Augen zugefallen. Es ist das erste Mal in meinem Leben, daß ich eine ganze Nacht nicht geschlafen habe. Aber nun sieh bitte nach Leila.«

Behutsam hob er sie hoch und trug sie an einen sicheren Platz. Dann sah er nach dem Pferd und untersuchte es. Zu seinem größten Bedauern mußte er konstatieren, daß es eine Fessel gebrochen hatte. Er streichelte den Kopf des Tieres, das mit großen Augen wie hilfeflehend zu ihm aufsah.

»Arme Leila, dir ist nicht mehr zu helfen«, sagte er mitleidig und ging zu Lia zurück, um ihr zu berichten.

»Du wirst sie nicht mehr reiten können, Liebling.«

Lias Augen füllten sich mit Tränen.

»Arme Leila, das heilt niemals. Sie wird sterben müssen.«

Er kniete neben ihr nieder und nahm sie in seine Arme.

»Wie danke ich dem Schicksal, daß du mir nicht schlimmer zu Schaden kamst, meine kleine Sahiba«, sagte er zärtlich.

Sie sah ihn mit einem innigen Blick an, und dann sagte sie: »Wie komme ich aber nun nach Hause, Rudolf? Mein Pferd kann mich nicht mehr tragen, und du bist ohne Pferd gekommen.«

»Wie du nach Hause kommst? Da gibt es keine Wahl, mein Liebling. Auf meinen Armen werde ich dich heimtragen.«

»Ach, ich bin so schwer, und der Weg ist noch weit.«

»Nicht zu schwer für mich. Wir brechen sofort auf, du mußt zur Ruhe kommen, und dein Fuß muß gekühlt werden. Jetzt hilft es nichts, jetzt kannst du nicht mehr unbemerkt nach Hause zurückkehren. Dein Vater wird uns kommen sehen.«

»Ich hätte ihm auch ohnehin nichts verschwiegen«, sagte sie ruhig.

Er hob sie behutsam hoch, wie eine Mutter ihr krankes Kind, und trug sie weiter. Und während er mit ihr bergauf schritt und zärtlich in ihr blasses Gesicht sah, erzählte er ihr, daß er gestern abend oben am Wohnhaus gewesen sei, um sie wenigstens noch einmal zu sehen.

Da schmiegte sie ihre Wange an die seine.

»Das habe ich wohl gefühlt, Rudolf, denn da mußte ich so intensiv an dich denken. Wo hast du dich verborgen?«

»In den Büschen vor der Veranda. Von da aus konnte ich dein liebes Gesicht sehen und prägte mir deine Züge ganz fest ein. Glaubte ich doch, dich das letzte Mal zu sehen. Hold und schön war meine kleine Sahiba, wie nie zuvor, und das Herz war mir so schwer.«

Sie streichelte seine Wange. »Armer du – nun sollst du nicht mehr daran denken, nun ist alles gut.«

Er seufzte auf, denn er konnte ihre Zuversicht nicht teilen.

»Werde ich dir zu schwer?« fragte sie, als sie seinen Seufzer hörte.

Er schüttelte den Kopf. »Könnte ich dich doch so durch das ganze Leben tragen, meine Kleine, wie glücklich wäre ich!«

Als Peter Hagenau sich am Abend vorher von Milde getrennt hatte, saß er noch lange in düstere Gedanken versunken in seinem Zimmer. Er fühlte, daß Lia stärker mit dem Herzen engagiert war, als er angenommen hatte. Und wieder stieg der Groll gegen seinen Todfeind in ihm hoch, der ihn so unglücklich gemacht hatte und nun auch noch die Herzensruhe seines Kindes bedrohte. Der Brief, den ihm Hans Sanders vor seinem Tode geschrieben und den er von Rudolf Bergen bekommen hatte, kam ihm wieder in den Sinn. Und trotzdem er ihn nicht lesen wollte, trieb ihn doch eine unwiderstehliche Macht dazu. Halb willenlos schloß er das Schreibtischfach auf, in das er den Brief geworfen hatte, und faßte nach dem Schreiben. Zögernd und doch ohne Widerstand öffnete er das Kuvert und entfaltete den Brief. Er lautete:

Peter Hagenau! Ein Toter spricht zu Dir, und ihm wirst Du glauben, wenn Du auch dem Lebenden nicht geglaubt hättest in Deiner Verbitterung. Daß man, bevor man mit Bewußtsein den letzten Weg geht, keine Lüge ausspricht, wirst Du glauben. Und so sage ich Dir in meiner letzten Stunde: Ich habe Dir die Frau Deiner Liebe nicht geraubt, sondern Du hast mir Melanie genommen. Ich habe Dir Freundestreue gehalten, fast über menschliche Kraft hinaus. Ich wollte Dich nicht betrügen, wollte Dir um jeden Preis die Treue halten. Daß es anders kam, war Verhängnis, nicht meine Schuld.

Und nun höre meine Beichte:
Ich liebte Melanie, lange bevor Du sie kennenlerntest. Du weißt, ich war sehr reich und verwöhnt und sehr mißtrauisch gegen die Frauen. Ich konnte mich nicht von dem Argwohn befreien, daß alle nur meines Reichtums wegen mir schöne Augen machten. Das glaubte ich erst auch von Melanie, trotzdem ich sie liebte, mehr als je zuvor eine Frau. So sehr liebte ich sie, daß ich den Gedanken erwog, sie zu heiraten. Aber mein ewig waches Mißtrauen forderte von mir, daß ich sie erst einer Prüfung unterziehen sollte. Und obwohl sie eines Abends, als wir uns in Gesellschaft trafen und in einem stillen Nebenzimmer eine Weile allein waren, in meinen Armen lag und mir ihre Liebe nicht verhehlte, reiste ich doch am nächsten Morgen ab. Ich wollte mich nicht von meiner Leidenschaft überrumpeln lassen und sagte mir, wenn Melanie mich wahrhaft liebe, müsse sie mir treu bleiben, auch wenn ich mich von ihr entfernte.
Ich teilte ihr nur – so schwer es mir auch fiel – in einem Schreiben mit, daß ich eine längere Reise antrete und nicht wisse, wann ich zurückkehre. Daß ich damit ihren Stolz verletzte, daran dachte ich in meiner Verblendung nicht. Monatelang war ich abwesend, obwohl mich die Sehnsucht nach Melanie immer wieder nach Hause treiben wollte. Ich wehrte mich dagegen, solange ich konnte, aber endlich kehrte ich heim.
Zu Hause auf meinem Schreibtisch fand ich Deine und Melanies Verlobungsanzeige, und ich hörte, daß Eure Hochzeit nahe bevorstehe.
Wie Ihr Euch gefunden hattet, wußte ich nicht; ich lachte nur höhnisch und bitter auf. Melanie hatte die Probe nicht bestanden. Sie hatte, so glaubte ich, nicht mich geliebt, sondern mein Geld. Aber diese Erkenntnis löschte meine Liebe nicht aus, im Gegenteil, sie wuchs um so stärker und machte mich sinnlos vor Eifersucht auf Dich, meinen besten Freund. Am Tage Eurer Hochzeit reiste ich wieder ab, ohne Melanie wie-

dergesehen zu haben. Ich machte, wie Du weißt, eine Reise um die Welt, war jahrelang nicht daheim und suchte meinen Schmerz über Melanies Verlust zu betäuben. Es gelang mir nicht. Tiefer und tiefer grub er sich in meine Seele, und nun machte ich mir Vorwürfe, Melanie auf eine zu harte Probe gestellt zu haben. Auch Dir grollte ich in meiner Eifersucht, obwohl ich dazu kein Recht hatte. Denn Du hattest ja nicht gewußt, was mir Melanie war.
Nach Jahren kam ich heim, ohne Melanie vergessen zu haben. Dann traf ich Dich im Klub. Du weißt wohl noch, wie sehr Du mir zureden mußtest, zu Euch zu kommen. Ich hätte mich nicht dazu überreden lassen sollen, aber ich hoffte, der Anblick Eures Familienglücks könne mich kurieren. Schließlich kam ich also in Dein Haus und sah Melanie wieder, sah, wie sie bei meinem Anblick erblaßte und wie es in ihrem Gesicht zuckte wie verhaltener Schmerz.
Ich litt tausend Qualen der Eifersucht und kam doch immer wieder, weil ich die Sehnsucht nach Melanies Anblick nicht ersticken konnte. Aber Gott ist mein Zeuge, daß ich Dir die Freundestreue halten wollte. Und ich hielt sie Dir mit übermenschlicher Kraft, obwohl bei Melanies Anblick alle Wunden wieder aufbrachen, und ich merkte, daß auch sie litt. Ja, sie litt um mich, das wurde mir immer klarer. Was sie auch dazu gebracht hatte, Deine Frau zu werden, Liebe war es nicht. Sie liebte mich – mich allein, das wurde mir immer klarer. Und einmal, als wir kurze Zeit allein waren, fragte ich sie:
›Warum haben Sie mir das angetan, Melanie?‹
Da sah sie mich mit einem Blick an, der mich bis ins Innerste traf, und sagte mit halberstickter Stimme: ›Mein Stolz und mein Trotz trieben mich dazu, dem ersten Mann, der sich um mich bewarb, mein Jawort zu geben. Ich wollte Sie vergessen, Hans Sanders, weil Sie mich gedemütigt hatten. Warum sind Sie damals fortgegangen?‹

›Ich war ein unsinniger Tor, Melanie, und habe unser Glück verspielt‹, antwortete ich ihr.
Dann kamst du herein und wir haben danach nie mehr ein Wort gesprochen, das Du nicht hättest hören dürfen. Aber wir wußten beide, daß wir uns liebten, und meine Eifersucht auf Dich wuchs von Tag zu Tag.
Trotzdem hielt ich Dir die Treue.
Aber schließlich konnte ich es nicht mehr ertragen, Melanie an Deiner Seite zu sehen, ich litt namenlos. Und um nicht an Dir zum Verräter zu werden – denn ich wußte ja, wie sehr auch Du Melanie liebtest –, beschloß ich, wieder auf Reisen zu gehen. Doch ehe ich ging, wollte ich mich ein einziges Mal ungestört mit Melanie aussprechen, wollte ihr sagen, was ich um sie litt und daß mich diese unglückliche Liebe wieder hinaustriebe in die Welt.
Ich hatte in Erfahrung gebracht, daß Du an einem Abend eine geschäftliche Konferenz hattest, so daß Du nicht zu Hause sein würdest.
An diesem Abend ging ich zu Melanie, um Abschied von ihr zu nehmen. Wir sagten einander alles, was wir auf dem Herzen hatten, ohne daß ich Dir und Deiner Ehre zu nahegetreten wäre, das schwöre ich Dir in meiner Sterbestunde. Nur als wir uns dann Lebewohl sagten, bekam unsere Liebe Macht über uns. Ich riß Melanie, von Schmerz und Liebe überwältigt, in meine Arme, um ihre Lippen ein letztes Mal zu küssen. Heiß und verzehrend war dieser Kuß, so daß wir einen Moment alles um uns her vergaßen, und in diesem Augenblick tratest Du in das Zimmer. Wir hatten Dich nicht kommen hören.
Du nanntest mich einen Schurken. Ich mußte es mir gefallen lassen, obwohl ich Dir die Treue hielt bis zur Grenze des Möglichen. Du wiesest Melanie aus dem Haus, ohne uns Gehör geschenkt zu haben. Da wollte ich noch einmal, Melanies wegen, Dir alles zu erklären suchen, wollte Melanie rechtfertigen, aber sie schloß mir den Mund.

›Er wird Dir nicht glauben, und es ist gut so. Nun bin ich frei, da er mich gehen heißt. Nun gehöre ich Dir.‹
So flüsterte sie mir zu. Und ich schwieg und ließ mich von Dir einen Schurken und Verräter nennen. Ich stellte mich Deiner Pistole und schoß selbst in die Luft. Danach haben wir uns nie mehr wiedergesehen. Ich weiß, Du hast gelitten, wie ich vordem gelitten hatte. Eine Frau wie Melanie vergißt man nicht, und Du hast sie nicht minder geliebt als ich.
Aber betrogen haben wir Dich nicht. Wir versündigten uns nur dadurch an Dir, daß wir nicht ehrlich bekannten, wie alles gekommen war, und dadurch, daß wir in der Abschiedsstunde nicht stark genug waren, ohne Kuß auseinanderzugehen. Und Melanie hat sich an Dir versündigt, weil sie ohne Liebe Deine Frau wurde, um ihrem gekränkten Stolz Genüge zu tun. Das hast Du dann freilich wettgemacht, indem Du ihr das Kind nahmst.
Und wenn Du nach dieser Beichte noch immer Rachegedanken hegst, so wisse, daß Du gerächt bist. Die Inflation hat mich ruiniert, zum Bettler gemacht. Deshalb gehe ich aus dem Leben. Und ich nehme Melanie mit mir, denn ein Leben ohne mich, ein Leben am Bettelstab soll sie nicht führen, da sie es nicht ertragen könnte. Sie wird nicht wissen, daß ich ruiniert bin, daß sie mit mir in den Tod geht. Ahnungslos, wie zu einem Fest, soll sie den letzten Weg mit mir antreten. Laß mit unserm Tod Deinen Groll begraben sein, Peter Hagenau – ich war kein Schurke, kein Verräter an unserer Freundschaft. Das Schicksal war stärker als wir. Und deshalb grüße ich Dich trotz allem noch ein letztes Mal als

Dein getreuer Freund
Hans Sanders.

Peter Hagenaus Seele war durch diesen Brief bis in die tiefsten Tiefen aufgerüttelt. Noch lange starrte er auf den Brief. Er war namenlos erschüttert. Das hatte er nicht gewußt, nicht geahnt, daß Melanie seine Frau geworden war mit der Liebe zu einem andern im Herzen und daß er diesem andern die Frau seiner Liebe genommen hatte. Mit einem Male stand seine Rechnung mit Hans Sanders ganz anders. Daß dieser ihn in seiner letzten Stunde nicht belog, bezweifelte er keinen Augenblick.

Ein tiefer Atemzug hob endlich seine Brust.

Hans Sanders war kein Schurke gewesen, wie er lange Jahre geglaubt hatte. Nicht mit schlimmer Absicht war er in ein Familienglück eingebrochen, um es leichtsinnig zu zerstören. Ein unglücklicher Mensch war er gewesen, der sein Lebensschiff verfahren hatte und um der Freundestreue willen schwere Kämpfe gekämpft hatte.

Stundenlang saß Peter Hagenau in dieser Nacht da und dachte an vergangene Zeiten, vergangene Leiden. Aller Haß auf Hans Sanders war verflogen. Er sah nicht mehr seinen Todfeind in ihm, konnte wieder ohne Groll der Zeiten gedenken, als sie noch Freunde waren. Was er und Melanie an ihm gesündigt hatten, war mehr Unglück als Vergehen. So konnte er ihnen beiden verzeihen. Ja, verzeihen konnte er nun und durfte es, ohne sich etwas zu vergeben.

Als der Morgen anbrach, erhob er sich und sah in den schweigenden kommenden Tag hinein. Ein friedlicher Glanz lag auf seinem Gesicht. Mit dieser Beichte Hans Sanders' fiel auch eine andere Last von seiner Seele, eine Last, die viel schwerer gewesen war, als er sich hatte eingestehen wollen. Nun brauchte er sein Kind nicht mehr von Rudolf Bergen zu trennen. Wenn sie ihn wahrhaft liebte, mochte sie ihm angehören. Gottlob, daß er den Brief gelesen hatte, ehe es zu spät war. Nun konnte noch alles gut werden.

Auch an Milde mußte er denken, und ein Lächeln huschte über sein tiefernstes Gesicht. Wie sie sich freuen würde, daß er Frieden gefunden hatte und seiner kleinen Lia den Herzenstraum nicht zu zerstören brauchte. Weich wurden seine Züge, und eine tiefe Freudigkeit kam über ihn. Milde Volkner! Er liebte sie mit einer späten, aber um so innigeren Liebe. Sie hatte seinem Leben Licht und Sonne wiedergegeben. Und nun er seines Kindes Glück nicht mehr bedroht sah, durfte er auch an das eigene denken.

Sobald es vollends hell geworden war, wollte er hinunter zu Rudolf Bergen und ihm sagen, daß er nicht fortzugehen brauche.

Draußen wurde es heller und heller. Eine rosige Glut lag am Horizont über dem Meer. Wie schön war die Welt, wie schön das Leben, wenn man nicht zu hassen brauchte und lieben konnte! So leicht und frei fühlte er sich. Ihm war, als sei er in dieser Nacht um viele Jahre jünger geworden.

Ein leichtes Geräusch ließ ihn aus seinen Träumen aufschrecken. Und da sah er Milde leise über die Veranda zum Garten hinabgehen, sah, wie sie da unten suchend umherging. Er wußte, was sie suchte. Die Sorge um Lia hatte sie so zeitig herausgetrieben, sie suchte den verlorenen Brief.

Mit jugendlicher Leichtigkeit sprang er aus dem Fenster und die Verandastufen hinab.

»Guten Morgen, Fräulein Volkner!«

Sie schrak zusammen und machte eine bittende Gebärde. »Bitte nicht so laut, damit uns Lia nicht hört. Ich suche den Brief, damit er nicht in ihre Hände fällt.«

Er faßte ihre Hände. »Lassen Sie den Brief, Milde, er ist so unwichtig geworden. Sie sollen es zuerst wissen, ich habe diese Nacht mit der Vergangenheit abgeschlossen, sie ist ausgelöscht. Friede ist in meinem Herzen. Hier, lesen Sie diesen Brief, dann werden Sie alles verstehen.«

Sie las und sah ihn dann mit strahlenden Augen an. »Sie haben verziehen, und Rudolf Bergen braucht nun Subraja nicht zu verlassen?«

»Nein, Milde, er soll bleiben und, so Gott will, mein Kind glücklich machen. Das freut Sie, nicht wahr?«

Sie nickte mit leuchtenden Augen. »Ja, ja, um der beiden Liebenden willen und – um Ihretwillen. Ist nun alles gut?«

»Ja, Milde, die ganze Vergangenheit habe ich in dieser Nacht ausgelöscht. Alle Qual ist mir vom Herzen genommen. Sie ahnen ja nicht, wie ich mich um mein Kind gesorgt habe!«

Ein liebes Lächeln huschte um ihre Lippen. »O ja, ich wußte es wohl, wie Sie mit den Gespenstern der Vergangenheit kämpften.«

Er küßte ihre Hand.

»Ja, Sie mit Ihrem feinen, gütigen Empfinden. Ach, Milde, nun darf ich ja auch an mich denken. Milde, wollen Sie mir das Leben noch einmal schön und lebenswert machen?

Sehen Sie, wie die Sonne alles in rosigen Glanz hüllt? Und Sie stehen vor mir in diesem rosigen Glanz, in Ihrem weißen Kleid, mit Ihrem goldenen Haar. Seit Sie mir Solveigs Lied sangen, wußte ich, daß Sie mich erlösen könnten, Sie allein. Wollen Sie es tun, Milde? Oder habe ich mich getäuscht, wenn ich in Ihren Augen die Verheißung las, daß Sie dem einsamen, verbitterten Mann Ihr junges Herz schenkten?«

Sie sah erglühend zu ihm auf.

»Ich habe Sie geliebt, seit ich Ihr Bild gesehen, von Ihrem Schicksal gehört habe. Immer brannte der Wunsch in mir, Ihnen helfen zu können. Aber ich glaubte niemals, daß es mir möglich sein könnte, glaubte es auch nicht, als ich schon auf Subraja war. Nur in letzter Zeit keimte ein stilles Hoffen in mir auf. Und nun soll das Wirklichkeit werden? Sie wollen mir Ihr gütiges, großes Herz schenken?«

»Es gehört dir schon lange, meine Milde. Nur hatte ich Angst, daß ich dir zu alt sein könnte.« In tiefer Bewegung zog er sie an sich.

Sie lächelte zu ihm auf, wie nur Milde Volkner lächeln konnte.

»Ach, du bist so jung, Peter, du hast ja zwölf Jahre deines Lebens versäumt in bitterer Not. Die zählen nicht, die löschen wir aus und fangen ein neues Leben an.«

Innig küßte er ihren Mund. »Ein Leben der Glückseligkeit,

Milde. Und du wirst meiner Lia eine liebevolle Mutter sein. Trotz deiner Jugend hast du etwas so Mütterliches in deinem Wesen. Auch deshalb liebe ich dich, weil du meinem Kind ein so zartes, liebevolles Verständnis entgegenbrachtest. Sie wird dich mit Freuden als Mutter anerkennen.«

Mildes Augen glänzten froh. »Ich habe sie so lieb, meine kleine Inselprinzessin.«

»Und du wirst nun *meine* Inselkönigin sein!«

Lange sahen sie sich in die Augen. Dann atmete Milde auf.

»Nun mußt du wohl hinunterreiten, Peter, damit Doktor Bergen nicht doch noch mit dem Kautschukdampfer davonfährt. Ach, wie bin ich froh, daß er bleiben darf! Denn, das glaube mir, Lias Herz wäre darüber gebrochen – sie denkt und fühlt ja nichts als ihn.«

Er atmete tief auf. »Fast glaube ich es nun auch, obwohl ich mich lange dagegen sträubte. Mir war auch sehr bange zumute, weil ich glaubte, hart sein zu müssen. Gottlob ist es nun nicht mehr nötig. Und ich glaube, er ist ein guter Mensch.«

»Davon bin ich fest überzeugt. Du kannst ihm Lias Geschick ruhig in die Hände legen. Er wird sie hochhalten in seinem Herzen, denn er liebt sie wahr und aufrichtig. Das kannst du mir glauben.«

»Ja. Das ist ja das Herrliche, daß du mir den Glauben an die Menschen wiedergebracht hast. Aber nun gehe zu Lia, weck sie auf, ich will mit euch frühstücken.«

»Wirst du dann nicht zu spät hinunterkommen?«

»Keine Sorge, der Dampfer geht nicht eher ab, als bis ich das Zeichen dazu gegeben habe.«

»Dann will ich Lia schnell wecken. Ich höre drinnen die Leute an der Arbeit. Wir haben unsere Umgebung ganz vergessen, Peter. Und ehe ich mich meines Glückes von Herzen freuen kann, will ich das meiner kleinen Lia gesichert wissen.«

»Meine schöne blonde Frau!« sagte er mit verhaltener Stimme. »Ahnst du, wie mir zumute ist? Wie einem Menschen, der lebendig begraben war und der nun wieder zu Licht und Sonne begnadigt ist.«

Sie umfaßte zärtlich seinen Hals. »Ich will dich alles Trübe vergessen machen, wenn es in meiner Macht steht.«

Sie drückten sich fest und warm die Hände, und dann eilte Milde davon, um Lia zu wecken.

XVII

Nach wenigen Minuten kam sie wieder heraus und sah ihn schreckensbleich an.

»Peter!«

Es war ein Ruf in höchster Not. Schnell war er bei ihr und sah sie erschrocken an.

»Was ist, Milde?«

Sie ergriff zitternd seinen Arm. »Lia ist fort! Sie hat ihr Bett nicht berührt in dieser Nacht. Ihr Schrank steht offen, und ihr Reitkleid fehlt. Peter, was ist da geschehen?«

Er sah betroffen aus. »Ist sie nicht im Haus?«

Sie schüttelte den Kopf. »Nein, nein! Oh, meine Ahnung! Peter, sie hat Rudolf Bergens Brief gefunden, glaube es mir. Nur sie kann ihn gefunden haben. Und –«

»Und?« fragte er erregt.

»Ach, ich weiß nicht, was ich denken, fürchten soll.«

Er raffte sich auf aus seiner Erstarrung. »Komm«, sagte er nur und zog sie zu den Ställen hin. Sie sah, daß Lias Pferd fehlte. Da hob sich Peter Hagenaus Brust, und ein seltsamer Ausdruck lag auf seinem Gesicht.

»Milde, ich glaube, du hast recht, wenn du sagst, daß meine Lia kein Kind mehr ist. Und wenn sie Bergen liebt und wirklich den Brief gefunden hat, dann weiß ich, wo sie ist.«

»Bei ihm?«

Er nickte. »Sie ist keine verkümmerte Kulturpflanze und hat nicht gelernt, ihr Fühlen zu verstecken hinter anerzogener Heuchelei. Unbeirrt wird sie ihrem Herzen folgen, und das wird sie zu Rudolf Bergen treiben. Er wird dann einen schweren Stand haben.«

Das letzte kam mit einem Lächeln über seine Lippen. Milde atmete auf.

»Gottlob, daß du es so auffaßt, Peter.«

Er ergriff ihre Hand. »Gottlob, daß ich es nicht anders aufzufassen brauche. Ich muß ja nicht hart sein. Aber frühstücken kann ich nun nicht erst mit dir, Milde, jetzt muß ich schleunigst hinunter und mein Füllen wieder einfangen. Wer weiß, was Lia angestellt hat in ihrer Unruhe. Was sich in solchen Fällen für eine Dame schickt, davon hat Lia keine Ahnung. Und darin hast du ihr ja auch noch keinen Unterricht geben können.«

Damit stieg er in den Sattel.

»Du wirst nicht hart zu ihr sein?« bat Milde.

Mit einem Lächeln schüttelte er den Kopf. »Sei unbesorgt, das habe ich nicht nötig. Lia tut impulsiv immer nur das Rechte und Gute, auch wenn es mit dem europäischen Sittenkodex nicht in Einklang zu bringen ist. Ich hoffe, ich bringe den Flüchtling bald zurück – und Bergen vielleicht gleich mit.« Er reichte Milde die Hand und sprengte davon.

Sie sah ihm unruhig nach. Viel besorgter als er sann sie darüber nach, wann Lia wohl fortgeritten sein könne. Sie hatte doch so wenig geschlafen in ihrer Unruhe um den verlorenen Brief und hatte doch nichts gehört. Langsam ging sie ins Haus zurück. Sie wagte es noch nicht, sich ihres Glückes zu freuen. Lia war ihrem Herzen teuer geworden, und ihr war bang bei dem Gedanken, daß sie in die Nacht hinausgeritten war, mitten durch den Wald, durch den Milde schon am hellen Tage um keinen Preis allein geritten wäre. Wenn ihr nun etwas zugestoßen war?

Voller Unrast kleidete sie sich um und trat auf die Veranda hinaus. Sie konnte ja nichts tun als warten –

Peter Hagenau ritt schnell über das Bergplateau und dann den Berg hinunter in den Wald hinein. Er war noch nicht weit gekommen, als er plötzlich sein Pferd anhielt. Nicht weit von ihm entfernt sah er, von loderndem Sonnenlicht umflutet, Rudolf Bergen bergaufwärts schreiten – und auf seinen Armen trug er Lia. In zärtlicher Sorge beugte er sich zu ihr herab, und beide waren so in den gegenseitigen Anblick vertieft, daß sie ihn gar nicht bemerkten. Es lag etwas über dem jungen versunkenen Menschenpaar, das Peter Hagenau das Herz rührte. Er hielt reglos sein Pferd, bis Rudolf mit Lia auf dem Arm dicht vor ihm stand. Nun blickten die beiden jungen Menschen erschrocken zu der vor ihnen stehenden Reitergestalt auf.

»Vati!« rief Lia endlich ein wenig scheu und verlegen.

Rudolf aber vermochte kein Wort hervorzubringen. Er sah nur mit flehendem Blick zu Peter Hagenau empor.

»Halten Sie so Ihr Wort, Herr Doktor?« fragte dieser nun mit gespielter Strenge.

Rudolf atmete tief auf, ohne Lia aus seinen Armen zu lassen.

»Ich fand Ihre Tochter im Wald – neben ihrem gestürzten Pferd und einem erlegten Eber, unfähig, sich zu erheben, da sie sich den Fuß verletzt hatte. Sollte ich sie hilflos liegen lassen?«

Erschrocken sah Peter Hagenau auf seine Tochter.

»Was ist geschehen, Lia?«

»Es ist nicht schlimm, Vati, du brauchst nicht zu erschrecken. Aber du mußt die Wahrheit wissen. Ich bin im Morgengrauen hinuntergeritten zu dem alten Wohnhaus und habe mich da auf die Schwelle gesetzt, bis Doktor Bergen herauskam. Er hat mich dann fortgeschickt, weil er dir sein Wort gegeben hatte, nicht mehr mit mir zu sprechen, und erst auf dem Heimweg fiel mich der Eber an. Das Pferd stürzte, ich kletterte auf einen Baum, erlegte den Eber, und als ich herabsprang, war ich ungeschickt, verstauchte mir den Knöchel und konnte nicht weiter, weil Leila auch verletzt ist und nicht aufstehen kann. Und so saß ich ruhig da, bis Doktor Bergen kam und mich weitertrug.«

In ihres Vaters Gesicht zuckte es wie Wetterleuchten.

»Und was wolltest du zu dieser nachtschlafenen Zeit in Doktor Bergens Wohnung?«

Sie richtete sich auf, so gut es ging, und sah den Vater mit großen Augen an.

»Ich war nur vor seiner Wohnung, Vater, und setzte mich ganz still auf die Schwelle, bis er herauskam. Ich wollte ihn nicht fortlassen, Vati, denn wenn er von Subraja fortgegangen wäre, hätte ich sterben müssen.«

Der Ton, in dem sie das sagte, erschütterte den Vater. Um sich das nicht anmerken zu lassen, stieg er vom Pferd und trat an die beiden heran.

»Geben Sie mir erst einmal meine Tochter, Herr Doktor, wir wollen sie auf das Pferd setzen. Sie wiegt immerhin mehr als einen Zentner, und mit solch einer Last bergauf zu gehen, ist beschwerlich«, sagte er so ruhig er konnte.

Die beiden Herren hoben nun Lia sorgsam auf das Pferd. Dann fragte Peter Hagenau weiter:

»Nun erkläre mir erst einmal, woher du weißt, daß Doktor Bergen heute abreisen soll?«

Lia atmete tief auf, und ihre Augen hingen so voll Liebe an Rudolfs Gesicht, daß ihr Vater über ihre Gefühle nicht mehr im Zweifel sein konnte.

Lia berichtete nun alles, was geschehen war, ohne etwas zu beschönigen. Eindringlich schilderte sie ihre Herzenskämpfe und auch Rudolfs Verhalten in der ganzen Angelegenheit. Und dann schloß sie vertrauensvoll:

»Siehst du, Vati, Rudolf konnte nun gar nicht anders handeln, wenn er nicht schuld an meinem Tod sein wollte. Ich habe ihm auch gleich gesagt, daß mein Vati ganz sicher nicht will, daß sein Kind unglücklich werden soll. Sage es nur Rudolf gleich, damit er es glaubt. Du hast nur nicht gewußt, wie lieb wir uns haben, sonst hättest du ihn nicht fortgeschickt. Er kann ja nichts dafür, daß sein Onkel dich gekränkt hat.

Nicht wahr, mein lieber Vati, du willst nicht, daß ich unglücklich werde?«

Es lag ein so felsenfestes Vertrauen in ihren Worten, daß den beiden Männern die Augen feucht wurden. Sie sahen eine Weile stumm einander in die Augen, und in denen Rudolf Bergens lag ein stummes Flehen.

Endlich raffte sich Peter Hagenau auf, legte den Arm um seine Tochter und sagte, mit einem Lächeln zu ihr aufsehend:

»Nein, mein Kind, das will ich gewiß nicht. Ich habe nur nicht gewußt, wie lieb du diesen jungen Mann hast.«

Lia fiel fast vom Pferd, weil sie sich so stürmisch zu ihm herabbeugte, um ihn zu küssen. Und dann mit einem hinreißenden Lächeln auf Rudolf blickend, sagte sie:

»Siehst du nun, daß ich recht hatte, Rudolf?« Dieser stand, noch nicht fähig, sein Glück zu fassen, Vater und Tochter gegenüber und sah Peter Hagenau mit brennendem Blick an.

»Kann es denn sein?« fragte er heiser.

Da reichte ihm Peter Hagenau die Hand.

»Ich habe diese Nacht Frieden gemacht mit Ihrem Onkel. Ich las seinen letzten Brief an mich. Und auch ohne den Gewaltakt meines kleinen Wildfangs hätte ich Sie nicht abreisen lassen. Ich war im Begriff, zu Ihnen zu kommen, als ich Lias Abwesenheit bemerkte. Und da Fräulein Volkner den Verlust Ihres Briefes festgestellt hatte und in aller Frühe angstvoll danach suchte, ohne ihn zu finden, dachte ich mir gleich, daß ihn Lia gefunden haben müsse. Und da es dann für sie nur einen Weg geben konnte, wie sie nun einmal ist, machte ich mich auf, um den Flüchtling einzuholen, um ihn möglicherweise vor noch größeren Torheiten zu bewahren.«

Rudolf Bergen strich sich über die Augen. »Verzeihen Sie, wenn ich das alles noch nicht zu fassen vermag. Gott weiß, wie schwer mir der Abschied von Lia gefallen wäre. Aber ich verstehe noch nicht, wie Ihre Sinnesänderung zustande kam.«

Peter Hagenau nahm Hans Sanders Brief aus seiner Brusttasche.

»Da lesen Sie, dann werden Sie alles begreifen. Ihr Onkel war nicht so schuldig, wie ich glaubte.«

Rudolf las, und als er zu Ende war, hob sich seine Brust in einem tiefen Atemzug.

»Gott sei gelobt!« sagte er ergriffen. Dann faßte er impulsiv Peter Hagenaus Hand und stieß heiser vor Erregung hervor: »Darf ich Sie jetzt um die Hand Ihrer Tochter bitten?«

Peter Hagenau sah erst zu Lia hoch, in deren Augen ein heißes Flehen war. Dann wandte er sich Rudolf mit einem humorvollen Lächeln zu und sagte:

»Es bleibt mir ja nichts anderes übrig. Diese junge Dame hat sich durch ihren nächtlichen Ausflug so rettungslos kompromittiert, daß ich ohne weiteres Ja und Amen sagen muß. Aber Lia ist noch sehr jung. Eine Weile müßt ihr schon noch warten mit der Hochzeit. Mein kleiner Wildling muß unbedingt erst noch ein wenig kultiviert werden.«

»Oh, sie ist anbetungswürdig, so wie sie ist!« rief Rudolf, mit leuchtenden Augen zu Lia aufsehend, die ihn in gleicher Weise anblickte.

Lächelnd sah Peter Hagenau die beiden glückstrahlenden Menschen an.

»Ich halte es doch für nötig, daß Lia erst noch ein wenig geschult wird, und damit sie eine angemessene Anstandsdame bekommt, habe ich mich vorhin mit Fräulein Milde Volkner verlobt. Milde soll dir eine Mutter sein, Lia.«

Diese jauchzte auf. »O wie schön, jetzt bekomme ich auch noch eine Mutter! Vati, lieber Vati, und du bekommst eine liebe, schöne Frau. Wie herrlich das ist! Was für ein wundervoller Tag ist das heute! Ich möchte laut aufjubeln – wenn mir nur mein dummer Fuß nicht so weh täte.«

Rudolf streichelte zärtlich den wehen Fuß.

»Du mußt nach Hause, meine kleine Sahiba, damit du Kompressen auf den Fuß bekommst.«

»Ja, wir wollen schnell heim zu Milde. Oh, wie gut wird sie mich pflegen!«

»Und ich?« fragte Rudolf eifersüchtig.

Sie sah ihn zärtlich an.

»Du mußt auch bei mir bleiben. Heute darfst du nicht mehr hinunter zum Kanal, heute müssen die Arbeiter ohne dich schaffen. Wenn du abgereist wärst, hätte es auch ohne dich gehen müssen.«

Er hielt ihre Hand in der seinen, während sie nun den Heimweg antraten.

»Ist nun alles gut, mein Rudolf?« fragte Lia leise, während ihr Vater an die andere Seite des Pferdes trat.

Rudolf küßte ihre Hand. Peter Hagenau sah es, und er erkannte, daß sein Kind geliebt wurde mit der ganzen Innigkeit eines ehrlichen Mannesherzens.

So schritten die beiden Männer rechts und links von dem Pferd, das Lia trug. Die drei Menschen sprachen über alles, was ihr Herz bewegte, und im Laufe des Gespräches fragte Lia den Vater:

»Willst du mir nicht sagen, Vati, was dir Rudolfs Onkel angetan hat?«

»Nein, mein Kind, das soll alles vergessen sein, ich will nicht mehr daran erinnert werden. Es soll nun ein ganz anderes Leben beginnen, in dem die bösen Geister der Vergangenheit keine Macht mehr haben sollen. Nicht wahr, Rudolf, wir sind uns darin einig, daß Lias Herz nie mit solchen Dingen beschwert werden soll?« Damit reichte Peter Hagenau Rudolf seine Hand über den Pferderücken. Dieser faßte die Hand mit warmem Druck. Das war ein stilles Gelöbnis, daß Lia nie erfahren sollte, daß ihre Mutter sie und den Vater um eines anderen willen verlassen hatte.

Als sie sich dem Haus näherten, kam ihnen Milde mit einem angstvollen Ausdruck entgegen. Aber Lia jauchzte ihr entgegen.

»Mütterchen, liebes Mütterchen, ich bin so glücklich! Und du kannst mich nun gleich in Pflege nehmen und mir Kompressen auf den verstauchten Fuß legen.«

Da löste sich die Spannung in Mildes Gesicht. Peter Hagenau legte den Arm um sie und berichtete ihr, was geschehen war. Und Rudolf schritt neben Lia her und führte das Pferd am Zügel. Mit leuchtenden Augen sahen sie einander an und flüsterten sich zärtliche Worte zu. Und Milde lauschte Peter Hagenaus Bericht, und auch auf ihrem Gesicht lag nun ein volles Glücksleuchten.

Eine Stunde später lag Lia – von Milde in ein weißes, duftiges Gewand gehüllt – sorglich gebettet auf einem Ruhebett auf der schattigen Veranda und hatte kühlende Kompressen auf dem verstauchten Fuß. Zwischen Milde und Lia war es während des Umkleidens zu zahlreichen innigen Liebkosungen gekommen. Lia berichtete glückstrahlend, was diese Nacht und der neue Morgen ihr gebracht hatten, und jauchzte immer wieder glückselig auf, wie schön doch die Welt sei und wie herrlich es nun auf Subraja werden sollte, bis sie alle nach Deutschland gehen würden.

Inzwischen hatten die beiden Herren eine ernste Unterredung gehabt, und erst als Lia auf der Veranda lag, kamen sie heraus. Vier glückliche Menschen nahmen nun ein verspätetes Frühstück ein.

Da zuckte Lia plötzlich zusammen.

»Ach, Vati, meine arme Leila!« rief sie erschrocken.

Auch Rudolf erschrak. »Die haben wir über unserm Glück vergessen.«

»Was ist mit ihr?« fragte der Vater.

»Sie muß erschossen werden, da sie eine Fessel gebrochen hat, Vater«, sagte Rudolf.

Da erhob sich Peter Hagenau und ging ins Haus, um einem Diener den Auftrag zu geben, die arme Leila zu erlösen.

Für eine Weile lag ein leiser Schatten auf dem jungen Glück, aber es blieb nur ein flüchtiger Schatten, der bald verschwand.

Und dann wurden Zukunftspläne gemacht.

Vorerst sollte Rudolf den Kanal fertig bauen, und während dieser Zeit sollte er seine Wohnung unten im alten Wohnhaus behalten. Er sollte natürlich täglich heraufkommen zu den Mahlzeiten. Milde und Lia blieben in dem einen Flügel des Hauses wohnen, und die Verbindungstür zwischen ihren Zimmern sollte nun nicht mehr geschlossen werden, damit sie immer beieinander sein konnten.

Sobald der Kanal fertig war und Peter Hagenau unbesorgt Subraja für einige Zeit verlassen konnte, wollten sie alle vier nach Deutschland reisen – und dort Hochzeit halten auf gute deutsche Art. Frau Justizrat Rodeck sollte gebeten werden, für die beiden Paare das Hochzeitsfest zu richten. Wenn sie dann nach Monaten wieder alle nach Subraja zurückkehrten, sollte Rudolf sich in die Geschäfte einarbeiten.

»Du wirst noch mancherlei auf Subraja zu tun finden, was in dein Fach schlägt. Vielleicht gehen wir dann doch noch dem Geheimnis der Saphirquelle auf den Grund. Dann wirst du eine Lebensaufgabe haben, mein Sohn, die dich befriedigen wird. Ich schlage vor, wir bleiben noch manches Jahr auf Subraja. Ich lasse für dich und Lia hier oben noch ein zweites Haus bauen. Und wenn uns zwischendurch der Sinn in die Welt hinaustreibt, dann wechseln wir uns ab. Wir können dann Kultur genießen, soviel wir wollen, und den nötigen Klimawechsel vornehmen, ohne doch unser friedliches Inselidyll aufgeben zu müssen. Einmal gehst du mit Lia hinaus in die Welt, das andere Mal Milde und ich. So wird alles gutgehen. Seid ihr alle mit diesem Plan einverstanden?«

Alle stimmten begeistert diesem Vorschlag Peter Hagenaus zu. Er nickte lächelnd.

»Hier sind wir unsere eigenen Herren, und das ist ein Gefühl, das mit nichts zu vergleichen ist. Auf die Dauer möchte ich es nicht mehr missen«, sagte er ernst.

Und so, wie es Peter Hagenau geplant hatte, geschah alles.

Frau Justizrat Rodeck hatte mit strahlenden Augen die Verlobungsanzeigen von Subraja erhalten und hatte nun die Vorbereitungen zu dem doppelten Hochzeitsfest getroffen.

Es war am zehnten August, fast ein Jahr nach Mildes und Rudolfs Reise nach Subraja, als die beiden Paare in aller Stille in Berlin getraut wurden. Gleich nach der Hochzeit unternahmen die beiden Paare eine Hochzeitsreise, und zwar Milde und Peter Hagenau nach Skandinavien, während Lia und Rudolf sich in die Schweiz begaben. Im Oktober trafen sie sich alle vier wieder in Berlin, wo sie den ganzen Winter verlebten.

Nach dem geselligen Berliner Winter wachte aber in Vater und Tochter, und auch in Milde und Rudolf, die Sehnsucht nach dem stillen Frieden von Subraja auf. Sie gestanden es einander ein, und da gab es dann kein langes Zögern mehr; sie hatten vorläufig genug Kultur genossen. Im April machten sie sich alle auf zu einer Reise durch Italien und schifften sich dann in Genua ein.

Ende Mai trafen sie nach einer märchenhaft schönen Seereise auf Subraja ein. Der alte Dacus holte sie mit dem Motorboot vom Postdampfer ab, und die ganze Einwohnerschaft der Insel stand erwartungsvoll an der Anlegestelle und bezeigte ihre Freude über die Rückkehr des Sahibs und der Sahiba auf sehr lebhafte Weise.

Rudolf trug seine kleine Inselprinzessin an Land, und Peter Hagenau folgte mit seiner schönen Frau Milde mit glückstrahlenden Augen.

Das Glück folgte den beiden Paaren auch an das Gestade der heimischen Insel und blieb ihnen treu für alle Zeit.

Droben auf dem Berg war ein zweites Wohnhaus erstanden unter des alten Dacus getreuer Aufsicht. Und unten plätscherte das Wasser durch den von Rudolf erbauten Kanal. Die Ufer des Sees waren trockengelegt, und ein reizendes kleines Badehaus stand im Schatten. Hier konnten nun die beiden Paare nach Belieben dem Schwimmsport huldigen.

Frohen Herzens hielten sie ihren Einzug in die beiden Wohnhäuser auf dem Berg.

»So schön wie auf Subraja ist es doch nirgends auf der Welt, meine kleine Inselprinzessin«, sagte Rudolf, seine junge Frau glückstrahlend in die Arme ziehend.

Und drüben im anderen Wohnhaus fragte Peter Hagenau zur selben Stunde:

»Wird es dir nicht zu einsam sein auf Subraja, meine Milde?«

Sie sah ihn mit ihrem schönen, gütigen Lächeln an.

»Du bist meine Welt; wo du bist, wird es mir niemals einsam sein. Und wir haben doch auch unsere geliebten Kinder. Was brauchen wir mehr zu unserem Glück, mein lieber Peter.«

Er küßte sie innig.

»Du – mein Glück!«

Die Aßmanns

I

Aber Bettina – wirst du nie lernen, sparsam zu sein?«

Das junge Mädchen, das vor dem Ofen kniete, um Feuer anzuzünden, blickte erschrocken hoch in das ärgerliche Gesicht der scheltenden Frau.

»Was hab' ich denn getan, Tante Adolfine?« fragte es ängstlich.

»Was du getan hast? Sie fragt auch noch, unglaublich! Ist das eine Art, Feuer anzuzünden? Meinst du, das Holz kostet nichts? Du stopfst das ganze Ofenloch voll damit. Das teure Holz! Nicht einmal die Hälfte davon ist nötig. Schnell, nimm das übrige heraus. Es ist ein Kreuz mit dir, Bettina. Du solltest doch doppelt sparsam sein. Natürlich, wenn ihr zu Hause so gewirtschaftet habt, dann ist es kein Wunder, daß ihr zu nichts gekommen seid. Bei mir gibt es solche Lotterwirtschaft nicht, das solltest du nun endlich wissen und dich danach richten.«

Bettina war sehr bleich geworden. Sie holte mit flinken Fingern von den Holzspänen einen Teil wieder aus dem Ofenloch heraus und legte sie sorgsam in den Holzkorb zurück. Das Feuer brannte nun etwas langsamer an. Es war eine Kunst, die Kohlen so um das winzige Holzhäufchen aufzubauen, daß es nicht erdrückt wurde. Aber Bettina brachte es doch fertig.

Das Feuer brannte. Bettina erhob sich und entfernte sorgsam jedes Stäubchen vor dem Ofen. Sie sah zuweilen scheu zu der Tante hin, die inzwischen mit ihrem Stuhl an den Ofen herangerückt war und fröstelnd zusammenschauerte.

Es war ein feuchtkalter Herbstabend. Den ganzen Tag hatte die mehr geizige als sparsame Hausfrau in dem kalten Wohnzimmer gefroren. Jetzt endlich hatte sie sich entschlossen, Feuer anzünden zu lassen, weil sie es vor Kälte nicht mehr aushalten konnte. Auch kam bald der Hausherr, Peter Aßmann, aus der Fabrik nach Hause. Und der liebte ein warmes Zimmer sehr.

Bettina trug nun den Holzkorb hinaus und kehrte dann in das Zimmer zurück. Es war, wie das ganze alte Patrizierhaus, mit vornehmer, behaglicher, etwas altväterlicher Pracht ausgestattet. Die Aßmanns waren reich und ein altes Patriziergeschlecht, das seinen soliden Wohlstand schon seit Jahrhunderten vom Vater auf den Sohn vererbt hatte. Sie stellten Tuche her, die noch heute Weltruf hatten und allen ›Neuheiten‹ zum Trotz auf der Höhe blieben.

Peter Aßmann war der einzige Sohn seines Vaters und alleiniger Besitzer der großen Fabrik und des weitläufigen alten Hauses am Fluß. Seine Frau Adolfine war ein sehr schönes Mädchen gewesen. Noch heute, mit mehr als fünfzig Jahren, war sie eine gutaussehende Frau. Ihr glattgescheiteltes dunkles Haar war voll und schwer und von keinem einzigen grauen Faden durchzogen. Das Gesicht zeigte keine Falten außer dem strengen Zug um den Mund, der wie mit einem ehernen Griffel eingegraben schien. Die großen blauen Augen, von dunklen Brauen und Wimpern umsäumt, waren schön in Farbe und Schnitt, aber sie blickten kühl und streng und so durchdringend und nüchtern, daß warmblütige Menschen froren, wenn sie hineinsahen.

Das Leben dieser Frau mußte, ihrem Aussehen nach, leidenschaftslos und ruhig verlaufen sein. Und so war es auch. Aus einer armen Beamtenfamilie stammend, hatte sie seelenruhig ihre Hand in die Peter Aßmanns gelegt, der sein Herz an das schöne Geschöpf verloren hatte und, allem Brauch seiner Familie entgegen, das arme Mädchen zur Herrin seines Hauses machte.

Adolfine liebte den reichen, stattlichen Freier nicht, aber sie liebte auch keinen anderen. Ihr Herz schlug immer in gleich ruhigem Tempo. Wenn sie etwas hätte aus ihrem kühlen seelischen Gleichgewicht bringen können, dann wäre es der Gedanke gewesen, als Herrin in das reiche, alte Haus am Fluß einzuziehen.

Peter Aßmanns Eltern waren schon beide gestorben, als Adolfine seine Gattin wurde. In seinem Haus lebte nur noch eine Schwester seines Vaters. Sie bewohnte drei große Zimmer, nach dem Fluß hinaus gelegen, und lebte dort ein stilles, beschauliches Altfrauendasein. ›Großtanting‹ Emma, wie sie von den beiden Aßmannschen Söhnen, Ernst und Georg, genannt wurde, hatte als junges Mädchen einen Bräutigam gehabt. Der war 1870 im Deutsch-Französischen Krieg gefallen, und sie hatte ihm über den Tod hinaus die Treue bewahrt und war trotz ihres Reichtums und ihrer Schönheit unverheiratet geblieben.

Großtanting Emma war der Frau ihres Neffen innerlich nie nahegetreten. Adolfine war zu klug und zu gierig nach Reichtum, um nicht mit der Tante ihres Mannes Frieden zu halten. Denn da diese unverheiratet blieb, würde ihr Vermögen natürlich einst ihrem Mann und ihren Kindern zufallen. Und Großtanting war eine stille, sanfte Natur und liebte den Frieden um seiner selbst willen. Wohl fand sie sich innerlich bald abgestoßen von Adolfines kühlem, nüchternem Wesen. Sie begriff ihren Neffen nicht, daß er sich mit einer solchen Frau glücklich fühlte. Aber sie war viel zu taktvoll und fein empfindend, sich das anmerken zu lassen.

Gleich von Anfang an verstand es Adolfine, sich die führende Stellung im Haus zu sichern. Großtanting, die ihrem Neffen den Haushalt geführt hatte, wurde ruhig und bestimmt in ihre drei Zimmer zurückgedrängt und fügte sich darein mit ihrem stillen, feinen Lächeln – einem Lächeln, das alles Menschliche verstand, alles verzieh.

Die beiden Frauen lebten ruhig nebeneinander hin. Adolfine führte ein strengeres Regiment im Haus ein und tat sich viel darauf zugute, daß sie viel sparsamer wirtschaften konnte als die Tante ihres Mannes. Diese lächelte dazu. Es wäre ja so gar nicht nötig gewesen, dieses Sparsystem, aber da es Adolfine Befriedigung gewährte, ließ man ihr den Willen. Weder Peter noch seine Tante protestierten und sahen sich nur zuweilen mit einem gütigen Lächeln ins Gesicht. Sie verstanden sich und verstanden Adolfine. Sie wollte wohl durch große Sparsamkeit den Schaden wettmachen, der dem Hause Aßmann durch Peters Heirat mit einem armen Mädchen erwachsen war.

So kam in das großzügige vornehme Patrizierhaus die ängstliche Pfennigrechnerei der Beamtentochter und machte sich breit – ganz allmählich.

Großtanting kam meist nur zu den Mahlzeiten mit Adolfine und den anderen Familienmitgliedern zusammen. Aber mit dem ältesten Sohn Peters und Adolfines verband sie mit der Zeit ein ganz eigenartig inniges Verhältnis. Ernst Aßmann war ein warmherziger, etwas wilder und unbändiger Junge, der von seiner Mutter nur Tadel und Schelte bekam, den sie nicht verstand und dessen feuriges Wesen ihr direkt unsympathisch war. Ungerechte Strafen weckten seinen Trotz gegen die Mutter, wofür er wiederum von seinem Vater gestraft wurde. Er war auf dem besten Weg, sich zu verhärten und zu verbittern. Da griff Großtanting ein. Sie sah, welch ein Verbrechen die schablonenhafte Erziehung an diesem Knaben war, und ganz still und sanft, aber eindringlich machte sie ihren Einfluß auf ihn geltend. Und Ernst begann ein anderes Leben zu leben. Manche Stunde, die er früher zu tollen Streichen benutzt hatte, saß er jetzt bei Großtanting im Zimmer und plauderte mit ihr. Das alte, einsame Fräulein begann diese Knabenseele zu studieren, sich ihr anzupassen, die Schätze zu heben, die darin verborgen waren. Und ihr Leben erhielt dadurch plötzlich einen ungeahnten Wert. Ernst aber erkannte bald trotz seiner Jugend, was er an Großtanting hatte, und diese zwei Menschen schlossen in der kalten Atmosphäre des Hauses ein warmes, festes Herzensbündnis.

Da Ernst verständiger und ruhiger wurde unter Großtantings Einfluß, ließ Adolfine die beiden ruhig gewähren, und

Peter war herzlich froh, seinen Frieden wieder zu haben und nicht immer strafen zu müssen. Im Grunde liebte er seinen Ältesten mehr als Georg. Aber er ließ sich das niemals anmerken und glaubte, doppelt streng gegen ihn sein zu müssen.

Als Ernst älter wurde, entwickelte er sich zu einer lebensfrischen, kraftvollen Persönlichkeit. Es war ihm bekannt, daß er, gleich Georg, nach Beendigung der Schulzeit in die Fabrik eintreten sollte. Ihm fehlten aber jede Lust und Begabung zum Kaufmannsstand. Lange ehe er das seinen Eltern eröffnete, wußte Großtanting, daß Ernst den Sitten des Hauses Aßmann untreu werden wollte. Manche Dämmerstunde saß er auf dem Erkerplatz zu ihren Füßen und gab seinen idealen, feurigen Zukunftsplänen Ausdruck. Welch drängende, lebensstarke Jünglingsseele enthüllte sich da den Blicken Großtantings. Sie saß und staunte und schwärmte dann mit ihm um die Wette. Sein ganzes Sinnen und Streben richtete sich auf die Baukunst. Architekt, Baumeister wollte er werden. Und vor Großtantings staunenden Augen entstanden unter seinen feurigen Worten herrliche Paläste, ernste, schöne Kirchen, wundervolle Villen und liebliche Landhäuser. Die halbe Welt durchstreiften die beiden Menschen im kühnen Geisteszug. Großtanting wurde manchmal etwas schwindlig dabei – aber sie flog tapfer mit. Und ganze Bücherstöße ließ sie sich ins Haus schicken, um sie mit Ernst durchzustudieren. Da zeigte er ihr, wohin er reisen würde, wenn er erwachsen war; was er alles sehen und lernen würde; und lange, ehe seine Eltern etwas davon ahnten, stand es bei den beiden fest, daß Ernst Baumeister werden sollte.

Daß es nicht ohne Kämpfe dazu kommen würde, wußten sie wohl, und so schoben sie die Eröffnung so lange wie möglich hinaus. Erst als Ernst das Abitur hinter sich hatte und nun in die Fabrik eintreten sollte, kam es zur Katastrophe.

Seine bündige Erklärung, daß er nicht Kaufmann, sondern Architekt werden wolle, machte seinen Vater fassungslos. Er konnte das vorläufig gar nicht glauben. Aber die Mutter erklärte sofort mit herrischer Willkür, daß Ernst seine ›verrückten Einfälle‹ aufzugeben und sich zu fügen habe. Der wehrte sich gegen diesen Machtspruch. Es gab unruhevolle Auftritte in dem alten Patrizierhaus. Mutter und Sohn stießen mit harten Köpfen aneinander. Denn einen harten Kopf hatte Ernst, so weich und liebevoll auch sein Herz, dank Großtantings Einfluß, geblieben war.

Und Frau Adolfine konnte Widerspruch nicht vertragen. Je mehr sich Ernst dagegen wehrte, desto fester bestand sie darauf, daß er Kaufmann würde. Ernsts Vater stand auf ihrer Seite. Alle Aßmanns waren Kaufleute gewesen, hatten Wohlstand und Reichtum durch den Kaufmannsstand errungen. Er hatte eine sehr hohe Meinung von diesem Stand und wollte, daß seine Söhne ihm beide angehörten.

So kam es zum Bruch zwischen Ernst und seinen Eltern. Er weigerte sich, Kaufmann zu werden, und sie weigerten sich, ihm auch nur einen Pfennig zu geben, um seinen Plan auszuführen. Sie glaubten, ihn durch diese Drohung gefügig zu machen, aber gerade diese Drohung steigerte seinen Trotz. »So hungere ich mich durch – ihr sollt mich nicht knechten und zu einem Beruf zwingen, der mir zuwider ist«, hatte er auf ihre Drohung erwidert und war aus dem Zimmer gestürmt.

Grollend und verzweifelt war er zu Großtanting gekommen. Er hatte auch ihr versichert, daß er noch heute fortgehen wolle und sich zur Not durchhungern, nie aber darauf verzichten würde, Architekt zu werden. Großtanting hatte lächelnd in sein flammendes Gesicht gesehen. Ernst hatte nicht, gleich seinem Bruder Georg, die Schönheit der Züge von seiner Mutter geerbt. Er war äußerlich ein echter Aßmann. Groß und stattlich war er gewachsen, aber seine Züge waren zu groß angelegt für einen Jünglingskopf, zu kantig und zu markig. Zum Mann gereift, würde er bedeutend und charaktervoll seine Stirn dem Leben darbieten, eisern und unbewegt, das sah man schon heute dem Gesicht an; jetzt wirkte es eckig, fast unschön. »Min leiven

Jung«, Großtanting nannte ihn immer so, »du willst doch wohl nicht mit dem Kopf durch die Wand? Das denkst du dir sehr romantisch und heroisch – das mit dem Durchhungern. Aber ein leerer Magen geht oft mit einem leeren Kopf einher, darauf wollen wir es lieber nicht ankommen lassen. Wozu ist dein Großtanting da? Hier – nimm diese Brieftasche; sie lag schon für dich bereit, denn ich sah das alles kommen. Wenn du denn einmal hinauswillst, so sollst du nicht mit leeren Taschen gehen. Du sollst deinen Monatswechsel haben wie andere Söhne aus gutem Haus auch. Wozu hab' ich so viel Geld, wenn ich damit dir, min leiven Jung, nicht deinen Herzenswunsch ermöglichen soll? Nun geh mit Gott und werde ein tüchtiger Baumeister! Vergiß auch nicht, daß da oben unter deinem dichten Haardach ein ungestümer Sinn regieren will. Beherrsche dich selbst – dann kannst du auch andere Menschen beherrschen. Und in dem Beruf, den du dir wählst, kommt es viel auf diese Herrschaft an. Soll ein Bau recht gelingen, muß der Bauherr Menschen zwingen – zum Gehorsam bis ins kleinste.«

Ernst hatte die alte Dame fest in seine jungen starken Arme genommen. »Großtanting – ich nehme das Geld von dir. Und du sollst sehen, ich werde ein ganzer Kerl, schon dir zuliebe. Ich danke dir herzlich. Du kennst mich wie kein anderer Mensch, und du weißt auch, daß ich gehen muß, soll ich mich nicht selbst verlieren.«

»Ich weiß es, min leiven Jung. Und zürne deinen Eltern nicht. Sie stehen auf einem anderen Standpunkt und wollen dein Bestes. Zeigst du ihnen, daß es dir ernst ist mit deinem Wollen, dann versöhnst du sie dir schon eines Tages wieder. Und bis dahin schreibst du mir oft und ausführlich über dein Leben, du weißt, ich lebe jede Stunde mit dir. Ich sende dir auch fleißig Nachricht über unser Leben daheim. Aber weißt du – schick mir deine Briefe lieber postlagernd, es ist besser. Ich möchte nicht in Unfrieden leben mit deinen Eltern. Und wenn du dein Ziel erreicht hast, ehe die Eltern sich mit dir versöhnen, so reich ihnen dann zuerst die Hand. Fester Wille ziert den Mann, Trotz schändet ihn.«

Das waren Großtantings Geleitworte für ihren ›leiven Jung‹. Noch am selben Tage verließ Ernst das Vaterhaus. Der Abschied von Eltern und Bruder war kurz und kühl. Man glaubte, er würde bald reuig zurückkehren, wenn ihm der Ernst seiner Lage bewußt würde.

II

Aber er war bis heute noch nicht zurückgekehrt. Seit zehn Jahren hatte er das Vaterhaus nicht wieder betreten. Adolfine wunderte sich zuerst, daß ihr Sohn nicht darbend zu Kreuze kroch. Schließlich nahm sie mißtrauisch ihren Mann ins Verhör, ob er etwa heimlich den ungehorsamen Sohn unterstütze. Er konnte aber mit gutem Gewissen beschwören, daß Ernst keinen Pfennig von ihm erhalten hatte. Peter Aßmann wäre wohl über das Schicksal seines Sohnes nicht so ruhig gewesen, wenn Großtanting ihn nicht beauftragt hätte, ihr jeden Monat eine bestimmte Summe von ihren Zinsen flüssig zu machen. Peter verwaltete das Vermögen seiner Tante, und als er sie eines Tages wie beiläufig fragte, wozu sie diese sich stetig wiederholende Summe nötig habe, da hatte sie lächelnd die Hand auf seine Schulter gelegt und gesagt:

»Ich unterstütze damit einen tüchtigen jungen Mann, der einmal einen großen Namen haben wird. Sein Vater hat seine Hand von ihm abgezogen, weil er einen eigenen Willen hatte. Aber ich weiß, es tut dem Vater ganz heimlich im Herzen leid, denn er ist kein Barbar. Nur will er seinem störrischen Jungen gegenüber nicht klein beigeben, so lange dieser nicht bewiesen hat, daß er einer inneren Notwendigkeit und keiner eigensinnigen Laune folgte. Ich weiß aber, daß es eine innere Notwendigkeit war, denn ich kenne den jungen Mann besser, als ihn sein eigener Vater kennt. Und deshalb halte ich zu ihm und sorge, daß er nicht untergeht. Denn das würde den Vater trotz seines Grolls sehr betrüben. Das weiß ich, denn ich kenne den Vater auch sehr genau. So, mein Peter – nun sorgst du mir pünktlich für das Geld, und fragst mich nicht mehr, wozu ich es brauche.«

Peter Aßmann hatte mit großen Augen in das alte, feine Frauengesicht geblickt. Ein Seufzer war tief aus seiner Brust emporgestiegen, es klang wie heimliche Befriedigung.

»Nein, ich frage nicht mehr, Tante Emma, und ich glaube auch, daß du den Vater recht gut kennst«, hatte er erwidert, und mit einem guten Lächeln, das die beiden Gesichter sehr ähnlich machte, waren sie auseinandergegangen.

Adolfine hegte aber noch heute tiefen Groll gegen ihren Sohn Ernst. Viel zu klug, um nicht zu merken, daß Ernst mit Geldmitteln unterstützt wurde, fiel ihr Verdacht bald auf Großtanting. Aber sie gab diesem Verdacht keinen Ausdruck, um es mit der alten Dame nicht zu verderben. Mochte sie Ernst immerhin Geld schicken, er wäre sonst doch schließlich verkommen in seinem Trotz. Und so war sie wenigstens nicht gezwungen, klein beizugeben. Ernst sandte seinen Eltern jeden Monat einen geschäftsmäßig gehaltenen Bericht über sein äußeres Leben. Diese knappen und klaren Berichte kamen aus aller Herren Länder, denn Ernst betrieb sein Studium, dank Großtantings Hilfe, im großen und sah sich die Bauten der halben Welt an. Überallhin, wo es etwas zu lernen gab für ihn, wandte er seine Schritte.

Großtanting bekam viel öfter und viel ausführlicher Nachricht von ihm. Es gab nichts in seinem Leben, woran er sie nicht hätte teilnehmen lassen. Sie holte sich diese Post in regelmäßigen Zwischenräumen vom Schalter, und es war jedesmal ein Festtag für sie, wenn sie einen seiner liebevollen Briefe erhielt.

Sie schrieb natürlich ebenso oft an ihn und füllte immer mehrere Bogen mit ihrer feinen, klaren Handschrift. Daß er von allem unterrichtet war, was im Hause vorging, dafür sorgte sie gewissenhaft. So erfuhr er auch, daß einige Jahre nach seinem Fortgehen ein anderes junges Menschenkind Einzug in sein Vaterhaus hielt. Seine Mutter hatte eine junge Verwandte zu sich ins Haus genommen. Bettina Sörrensen war die Tochter einer

Base von Frau Adolfine. Ihr Vater, Major Sörrensen, war vor Jahren gestorben und hatte seine Witwe mit zwei Kindern in sehr drückenden Verhältnissen zurückgelassen. Bettinas Bruder Hans, der fast zehn Jahre älter war als sie und von ihr innig geliebt wurde, war Offizier geworden. Durch des Vaters Tod mußte seine ohnedies knappe Zulage noch mehr beschnitten werden. Er hatte sich dann, um seinen Verhältnissen abzuhelfen, zum Spiel verleiten lassen und eines Tages eine größere Summe auf Ehrenwort verspielt. Es war ihm nicht gelungen, diese Summe aufzutreiben. Verzweifelt bat er in einem Schreiben Adolfine Aßmann um Hilfe. Sie hatte ihm diese Hilfe versagt. Da hatte er sein junges Leben durch eigene Hand beenden müssen. Seine Mutter hatte darüber den Verstand verloren und war wenige Wochen nach ihm gestorben, ohne noch einmal zur Besinnung zu kommen. Und da hatte Adolfine, als sie zur Beerdigung ihrer Verwandten gereist war, Bettina mitgebracht, wohl in einer Anwandlung, aus Reue und Großmut gemischt, und mit der Voraussetzung, daß Bettina mit der Zeit einen Dienstboten im Hause ersetzen würde.

In Großtantings Brief an Ernst hieß es: »Daß Gott erbarm, das arme, blasse Ding. Wie sie einen anschaut mit ihren großen blauen Augen, so verängstigt, so verschüchtert und im Leid erstarrt. Min leiven Jung, das Herz hat sich mir rein im Leibe umgedreht, als ich sie zuerst sah in ihrem schwarzen Kleidchen. Es gibt doch viel Elend auf der Welt. Die arme Kleine sitzt nun oben in ihrem Stübchen und starrt so trübselig und versteinert in die Welt. Mir geht es bei ihrem Anblick immer eisigkalt durchs Herz. Gestern wollt' ich sie trösten und strich ihr über das Haar. Es ist so fein und goldig, lockt sich um Stirn und Schläfen und fällt in zwei schweren Flechten über ihr schwarzes Kleidchen herab. Sie sah mich mit einem unbeschreiblichen Blick an und schauerte zusammen. Welches Leid, welche Schrecknisse mögen ihre jungen Augen schon gesehen haben!«

Daß Ernsts Mutter durch ein wenig Güte und Milde diese

Schrecknisse hätte verhindern können, wenn sie Bettinas Bruder die für sie geringe Summe geliehen oder geschenkt hätte, erwähnte Großtanting nicht. Es war nicht nötig, daß Ernst davon erfuhr. In seinem nächsten Briefe schrieb dieser:

»Über das fernere Schicksal der armen kleinen Bettina bin ich beruhigt. Ich müßte mein Großtanting schlecht kennen, wenn das sich die Gelegenheit entgehen ließe, ein armes junges Menschenkind aufzurichten, mit Liebe zu umgeben und dadurch mit seinem Schicksal auszusöhnen.«

Und Ernst hatte richtig vermutet.

Sobald Bettina sich etwas erholt und gekräftigt hatte, entließ Adolfine ein Stubenmädchen und beauftragte Bettina mit deren Arbeit. Adolfine war nicht die Frau, die einen Menschen umsonst auffütterte. Bettina mochte sich nur nützlich machen und tüchtig mit zufassen im Haushalt.

Sie tat es auch ohne Murren und bestrebte sich ehrlich, die Zufriedenheit der strengen Tante zu erwerben. Leider gelang ihr das nie. Adolfine stellte an ihre Dienstboten große Anforderungen und machte Bettina gegenüber durchaus keine Ausnahme. Seit sieben Jahren war die junge Waise nun im Haus. Still und bescheiden schaffte sie und war froh, die Dankesschuld in etwa durch ihren Fleiß vermindern zu können. Je mehr die Tante schalt, desto eifriger wurde sie. Diese hatte immer etwas zu mäkeln und auszusetzen. Die Dienstboten liefen ihr einfach davon, wenn sie es zu bunt trieb. Aber Bettina mußte aushalten, sie konnte nicht einfach kündigen und sagen: »Hier paßt es mir nicht.«

Manchmal wäre sie wohl verzagt, wenn es nicht auch für sie ein Plätzchen gegeben hätte, wo sie aufatmen konnte. Großtanting war auch für sie, wie einst für Ernst, zum rettenden Engel geworden. Eine ganze Weile hatte die gütige alte Dame ruhig mit angesehen, wie Adolfine das arme Ding drangsalierte. Dann legte sie sich aber zu Bettinas Gunsten ins Mittel, und zwar auf so feine Weise, daß Adolfine gar nichts davon merkte.

Eines Tages bei Tisch sagte die alte Dame zu Adolfine:
»Mit meinen Augen wird es immer schlechter. Das Lesen greift mich sehr an. Und auf meine liebgewordene Gewohnheit mag ich nicht verzichten. Ich will deshalb einmal im Tagblatt eine Vorleserin suchen. Wenn sich Bewerberinnen melden, schickst du sie mir wohl in mein Zimmer, liebe Adolfine.«

Diese hatte aufgehorcht, und auf ihrem Gesicht spiegelte sich eine unliebsame Überraschung. Eine Vorleserin im Haus, vielleicht eine anspruchsvolle Dame, die viel Geld kostete und allerlei Rücksichten forderte? Das paßte Frau Adolfine gar nicht. Und plötzlich fiel ihr Bettina ein. Wozu war denn das Mädchen da? Sie konnte sehr gut dieses Amt übernehmen. Man sparte Unannehmlichkeiten und Geld. Denn wenn auch Tante Emma die Vorleserin selbst bezahlen würde, Adolfine rechnete mit deren Geld schon wie mit eigenem. Sie richtete sich entschlossen auf.

»Wozu eine fremde Person ins Haus nehmen, Tante Emma? Bettina ist ja da, sie kann dir vorlesen, so viel du willst.«

Ein leises Aufzucken in Großtantings Mundwinkeln verriet, daß sie diesen Vorschlag erwartet hatte. Sie sah aber scheinbar überrascht auf. »Bettina? Das möchte wohl gehen – ja, das ließe sich einrichten, sie hat eine angenehme, weiche Stimme. Aber nein, du brauchst sie ja im Haushalt so nötig, ihre Zeit ist vollständig ausgefüllt. Das geht also nicht.«

Adolfine hatte keine Ahnung, daß die alte Dame ein wenig Komödie spielte. Sie ereiferte sich.

»Aber ich bitte dich, Tante Emma, das ist ja ganz einfach. Ich nehme noch eine Putzfrau, die Bettina entlastet. Dann bleibt ihr Zeit genug für dich. Und eine Putzfrau ist natürlich billiger und anspruchsloser als eine Vorleserin.«

Tante Emma sah mit gütigem Blick zu Bettina hinüber, in deren Gesicht bei dieser Verhandlung eine feine Röte gestiegen war und deren Augen mit einem bangen Ausdruck an Adolfines Gesicht hingen.

»Möchtest du das Amt einer Vorleserin bei mir übernehmen, Bettina?« fragte sie sanft.

Bettinas Gesicht rötete sich noch mehr. »Sehr gern – o sehr gern«, stieß sie hastig hervor.

»Dann soll es mir recht sein, wie du bestimmst, liebe Adolfine. Bettina kann dann gleich morgen beginnen. Ich denke vormittags zwei Stunden und nachmittags von fünf Uhr an, wenn ich von meinem Spaziergang zurückkomme. Und damit auch die Geldfrage erörtert wird: Wenn es dir recht ist, übernehme ich dafür die Kosten für Bettinas Kleidung, denn da ich ihre Dienste beanspruche, ist es auch recht und billig, daß ich dich dafür entschädige.«

Adolfine war sehr damit einverstanden, und so hatte Großtanting einmal Bettina auf Stunden von anstrengender Hausarbeit erlöst und zum andern sich das Recht erkauft, Bettinas stark vernachlässigter Garderobe aus eigenen Mitteln aufzuhelfen. Denn Adolfine knauserte auch in dieser Beziehung. Bettina trug noch immer das ausgewachsene schwarze Kleidchen, in dem sie ins Haus gekommen war.

So wurde Bettina Vorleserin bei Großtanting, und damit erfuhr ihr Leben eine erfreuliche Veränderung. Ach – was waren ihr diese köstlich stillen Stunden bei der gütigen, feinfühligen alten Dame! Es wurde durchaus nicht die ganze Zeit gelesen. Großtantings Augen und ihre gute Brille taten ihre Dienste noch recht gut in der Zeit, da Bettina im Haushalt beschäftigt war. Die zum Vorlesen bestimmten Stunden wurden in der Hauptsache von der alten Dame benützt, um der armen jungen Waise erst wieder einmal etwas Lebensfreudigkeit einzuflößen, sie zu trösten und sie liebevoll und gütig von ihrem Schmerz um die verstorbene Mutter und den geliebten Bruder zu heilen. Bettina lebte auf, und ihr Herz wandte sich mit inbrünstiger Dankbarkeit und seinem ganzen großen Liebesreichtum der alten Dame zu.

Zwischen Tante Emma und Bettina entstand ein so inniges

Verhältnis wie zwischen Mutter und Tochter. Die beiden vereinsamten Frauenherzen hingen fest aneinander.

Seltsamerweise machten sich bei dem sonst noch so rüstigen alten Fräulein in schneller Reihenfolge allerlei kleine Schwächen bemerkbar. Sie fühlte sich plötzlich zu schwach und unsicher, ihre Spaziergänge allein auszuführen. Man mußte ihr Bettina zur Stütze mitgeben. So kam das junge Mädchen täglich zwei Stunden mit ihr ins Freie. Bei dieser Gelegenheit besorgte Großtanting auch immer die Einkäufe für Bettinas Garderobe, und es machte ihr viel Freude, das junge Mädchen nett und geschmackvoll zu kleiden. Adolfine machte zwar scheele Augen dazu und suchte Tante Emma klarzumachen, daß es für Bettina nicht gut sei, wenn sie verwöhnt würde, da sie doch ein armes Mädchen sei. Großtanting machte ihr undurchdringliches Gesicht.

»Sei unbesorgt, Adolfine. Bettina wird nicht zu sehr verwöhnt. Da sie mich auf meinen täglichen Spaziergängen begleiten muß, will ich, daß dies in einem anständigen Anzug geschieht. Man könnte sonst übel davon reden, wenn eine Verwandte des Hauses Aßmann wie ein Dienstmädchen gekleidet neben mir geht. Auch mußt du bedenken, daß Bettina mir jetzt vollständig eine teure Gesellschafterin ersetzt. Und wir wollen uns doch von einer armen Waise nichts schenken lassen.«

So wurde Adolfine der Wind aus den Segeln genommen, und sie mußte sich fügen.

Bettina hatte als Schlafzimmer von Adolfine eine getünchte Dachkammer angewiesen bekommen, wie sie von den Dienstboten benutzt wurde, obwohl in dem großen Haus eine ganze Anzahl sehr hübscher Fremdenzimmer leerstanden.

Da stellte sich bei Tante Emma eine scheinbar nervöse Schlaflosigkeit ein. Sie klagte über Unruhe und Beklemmung und wünschte des Nachts jemand in ihrer Nähe zu haben. Adolfine ließ von Großtantings Bett eine elektrische Klingel nach ihrem eigenen Schlafzimmer legen, damit die alte Dame sie herbeirufen konnte, wenn diese Beklemmungen eintraten. Prompt klingelte Großtanting nun Adolfine jede Nacht zwei-, dreimal aus ihrem warmen Bett. Das machte dieser nun freilich wenig Vergnügen. Da fand Großtanting plötzlich einen Ausweg.

»Weißt du, liebe Adolfine, das geht auf die Dauer nicht. Du bist auch die Jüngste nicht mehr, und ich kann nicht verlangen, daß du deine Gesundheit schädigst mit diesen unruhigen Nächten. Bettina ist noch jung, ihr macht das wenig aus. Du brauchst sie nur in das Fremdenzimmer hier neben meinem Schlafzimmer einzuquartieren, dann ist sie mir des Nachts erreichbar. Das Zimmer ist ja ohnehin unbenutzt, und du hast deine Ruhe wieder.«

Das leuchtete Adolfine ein. Das Aufstehen Nacht für Nacht war ihr sehr unangenehm gewesen. Mochte sich Bettina damit abquälen. So junge Menschen schlafen ja immer schnell wieder ein, wenn man sie weckt.

Und Bettina erhielt das hübsche Fremdenzimmer neben Großtantings Wohnung als Schlafraum – doch von der Zeit an erfreute sich Großtanting seltsamerweise wieder eines ungestörten Schlummers. Bettina konnte ruhig in ihrem Bett bleiben. Also hatte wohl die Nähe des jungen Mädchens beruhigend auf Großtantings Nerven eingewirkt.

So hatte sich Bettinas Stellung im Haus durch Großtantings Hilfe sehr gebessert. Natürlich sorgte Adolfine trotzdem noch ausreichend für Beschäftigung des jungen Mädchens, aber das trug sich leicht. Mochte Tante Adolfine noch so viel schelten, ihr noch so viel Arbeit aufpacken, die herrlichen Stunden bei Großtanting konnte sie ihr nicht rauben.

Heute war Waschtag. Da mußte Bettina einen Teil der Mädchenarbeit mit übernehmen, und die Nachmittagsstunden bei Großtanting fielen aus.

Nachdem Bettina Feuer angezündet hatte, mußte sie den Tisch für das Abendessen decken, den Tee bereiten und die Speisen aus der Vorratskammer herausgeben.

Zu diesem Zweck ließ sie sich von Tante Adolfine den Speisekammerschlüssel geben, den diese zum Ärger ihrer Dienstboten stets bei sich trug. Sie reichte ihn Bettina.

»Schneide von der Wurst und dem Rollschinken auf, Bettina. Aber die Scheiben nicht wieder so dick, das ist Verschwendung. Und nicht zu viel. Zwei Scheiben Wurst, eine Scheibe Schinken für die Person. Das genügt vollständig. Reste liebe ich nicht, die verderben nur.«

Bettina tat, wie ihr geheißen war. Sie schnitt so feine, dünne Scheiben wie möglich und legte sie auf die schwere silberne Platte. Diese trug sie in das schöne, dunkelgetäfelte Speisezimmer hinüber. Auf den mächtigen Tisch hatte sie ein blütenreines Tischtuch von feinem Damast gebreitet. Kostbares Meißner Porzellan und schwersilberne Eßbestecke zierten die Tafel. Teegläser mit silbernen Haltern standen auf einem schönen silbernen Tablett vor der Teemaschine, unter der Bettina bereits den Spiritus entzündet hatte. Auf diesem mit gediegener Pracht gedeckten Tisch, der deutlich den Reichtum der Familie Aßmann zeigte, nahm sich die schwere Silberplatte mit den dünnen Wurstscheiben seltsam genug aus.

Seit Frau Adolfine das Zepter im Haus führte, hatte sie diese schmale Abendkost als der Gesundheit zuträglich eingeführt. Warum es auch mittags möglichst Sparmahlzeiten gab, sagte sie nicht. Tatsache war, daß in diesem reichen alten Patrizierhaus nur gut und reichlich getafelt wurde, wenn Gäste zugegen waren.

Diese fixe Idee Frau Adolfines hatte seltsame Verhältnisse gezeitigt: Peter Aßmann, an gute und reichliche Kost gewöhnt, hatte seit seiner Verheiratung die Gewohnheit angenommen, ein zweites Frühstück auf dem Weg zur Fabrik im Restaurant einzunehmen. Dieses zweite Frühstück wurde schließlich seine Hauptmahlzeit, an der sich auch in stillschweigendem Übereinkommen Georg zu beteiligen pflegte, seit er in der Fabrik tätig war. So hielten sich die beiden Herren schadlos, ohne daß Adolfine eine Ahnung davon hatte. Und Großtanting – die lächelte fein, wenn Peter mittags gar so wenig aß und so schnell gesättigt war wie Georg auch. Sie ahnte den Grund und tat es stillschweigend den beiden nach.

Auf ihren täglichen Nachmittagsspaziergängen suchte sie jedesmal eine Konditorei auf. Dort nahm sie Schokolade und kleine Kuchen zu sich. Sie sorgte auch dafür, daß sie stets Keks und anderes Naschwerk im Hause hatte. Die bewahrte sie in ihrem Schrankeckchen auf, neben Hauben und Handschuhen.

Diesen Schokoladenschlupfwinkel hatte früher Ernst ganz genau gekannt. Dort fanden sich immer allerhand gute Sachen für ihn, wenn er in der Dämmerstunde in Großtantings Zimmer kam. Schöne große Äpfel und Birnen, Weintrauben, kleine Kuchen und Schokolade. Immer war etwas für ihn da, und fleißig sorgte er mit seinem gesunden Jungenappetit, daß es bald Platz für neue Einkäufe gab. Großtanting strahlte, wenn unglaubliche Mengen zwischen seinen gesunden weißen Zähnen verschwanden.

Jetzt nahm eine andere Ernsts Stelle ein. Bettina war die unerschöpfliche Schrankecke zugänglich gemacht worden, seit sie damals Vorleserin bei Großtanting wurde. Und seit Bettina die alte Dame auf ihren Spaziergängen begleitete, ging sie auch mit in die Konditorei. Wenn sie dann mit gesundem Appetit schmauste und dankbar Großtantings feine, faltige Hände drückte, dann strahlten die gütigen Altfrauenaugen genauso glücklich wie früher, wenn Ernst ihre Schätze zu genießen wußte.

O Adolfine – wenn du geahnt hättest, wie schändlich dein selbstgepriesenes Sparsystem in die Brüche ging!

Und wenn du wüßtest, wie rüstig und kräftig Großtanting noch ohne jede Stütze ausschreiten konnte, wie herrlich sie des Nachts mit Bettina um die Wette schlief, wie scharf sie mit ihrer guten Brille noch sehen konnte – o Adolfine, was hättest du wohl zu alledem gesagt?

Peter Aßmann hatte vor langen Jahren seine Tante Emma einmal gefragt, ob ihr auch die veränderte Lebensweise, die Adolfine eingeführt habe, gut bekomme. Da hatte sie ihn mit humorvollem Lächeln angesehen,

»Sei ganz ruhig, Peter. Frühstücken gehe ich ja nicht wie du – aber ich gehe nachmittags zum Konditor.«

Peter war rot geworden.

»Tante, das geht doch nicht. Du sollst nicht darunter leiden, da will ich doch lieber mit Adolfine sprechen. Weißt du, sie ist von zu Hause so kleine Verhältnisse gewöhnt.«

Die alte Dame hatte ihn lächelnd auf die Schulter geklopft.

»Laß gut sein, Peter, es geht auch so. Du sollst Adolfine meinetwegen kein Wort sagen. Kleine Schwächen hat jeder Mensch. Was meinst du wohl, wie glücklich deine Frau ist, daß sie durch ihre Tüchtigkeit im Haushalt sparen kann. Das hebt sie über sich selbst hinaus, sie ist stolz darauf, als hätte sie dir damit ein großes Vermögen eingebracht. Wozu sie kränken und ihr diese Genugtuung schmälern? Laß ihr den Spaß, wir halten uns schon schadlos.«

Damit war diese Angelegenheit zwischen den beiden erledigt. So fügte sich scheinbar jeder im Haus in Frau Adolfines Sparsystem. Nur die Dienstboten murrten zu ihrer Entrüstung sehr oft. Die wollten ihr Recht haben und begehrten auf, wenn sie nicht genug zu essen bekamen. Das gab manchmal Streit und manche ungute Stunde.

III

Bettina hatte im Speisezimmer die Rolläden herabgelassen, den Tisch besorgt und alles fertiggemacht. Sie sah nach der Uhr. Es blieb ihr noch ein Viertelstündchen Zeit. Da konnte sie flink noch ein Weilchen zu Großtanting hinüberhuschen.

Diese saß in einem tiefen Lehnstuhl in dem Erker ihres Wohnzimmers, mit im Schoß gefalteten Händen und sinnendem Blick. Sie trug ein dunkelviolettes Tuchkleid, das bei Licht fast schwarz wirkte und einen ganz eigenartigen Schnitt hatte. Es fiel von der Taille in reichen, schweren Falten an der noch fast mädchenhaft zierlichen Gestalt herab und schloß am Hals mit einer schönen alten Spitze, die mit einer goldenen Brosche befestigt war. Weißes Haar umrahmte das frischfarbige, wenn auch mit zahllosen feinen Fältchen durchzogene Gesicht. Auf dem weißen Haar saß eine Spitzenhaube, deren Bänder über den Rücken herabfielen. Ganz kokett nahmen sich die hellen Spitzenbänder auf dem dunklen Kleid aus.

Großtanting hielt trotz ihres Alters auf ein hübsches Aussehen. Das weiße Scheitelhaar wurde jeden Abend vor dem Zubettgehen fest eingeflochten, damit es am Tag, zu lockeren Wellchen aufgebauscht, noch recht reich und voll erschien. Um den Hals schlang sich eine lange goldene Kette, daran trug sie ihr Stiellorgnon, und von dieser Kette zweigte sich ein dünnes Nebenkettchen ab, dessen Ende zwischen dem Schluß ihres Kleides verschwand. Daran war eine Kapsel befestigt, in der sie ein Bildchen ihres im Krieg gefallenen Bräutigams trug. Sie ließ es nie von sich, und nur, wen sie sehr liebte, wie Ernst und Bettina, der durfte zuweilen einen Blick auf dieses Bildchen werfen. Sie hatte ihn so sehr geliebt, den stattlichen jungen Offizier, und als er ihr gestorben war, wollte sie niemand an seine Stelle setzen.

Großtantings dunkle Augen blickten lächelnd auf, als Bettina eintrat und schnell auf dem Erkertritt zu ihren Füßen Platz nahm.

»Noch ein Viertelstündchen, Großtanting. Wie lang ist mir heut der Nachmittag geworden, weil ich nicht bei dir sein konnte«, rief Bettina zärtlich und streichelte die blassen, gefalteten Altfrauenhände.

»Hast du viel Arbeit gehabt, mein Blondchen?« fragte die alte Dame zärtlich.

»O nein, nicht mehr als sonst bei der Wäsche. Die Mädchen sind alle noch in der Waschküche.«

»Und nun bist du fertig?«

»Alle Arbeit ist getan. Sonst wäre ich doch jetzt nicht bei dir. Tante wird so leicht bös.«

»Hat es heute keine Schelte gegeben?«

Bettina seufzte leise.

»Doch, ich habe beim Feueranzünden zu viel Holz verbraucht.«

Großtanting strich sacht über das goldene Gelock und die jetzt aufgesteckten blonden Flechten.

»Kleine Verschwenderin, du sollst doch sparsam sein.«

Es lag mehr gütiger, lächelnder Trost in ihren Worten als ein Vorwurf. Bettina küßte ihr mit leidenschaftlicher Innigkeit die Hände.

»Großtanting – wenn ich dich nicht hätte!« Diese Worte schienen förmlich durchtränkt von heißer Zärtlichkeit. Die alte Dame bog den blonden Mädchenkopf zurück und sah ernst in die schönen, tiefblauen Augen hinein. »Gott gebe, daß du, wenn ich einmal nicht mehr bin, einen Menschen findest, der für den großen Liebesreichtum in deiner Seele Verständnis hat. Ganz angst wird mir manchmal um dich, Bettina. Bist wirklich eine kleine Verschwenderin, hüllst mich alte Frau förmlich ein in Liebe und Zärtlichkeit.«

Bettinas Augen wurden feucht. »Ist es dir zu viel? Darf ich dich nicht lieben, du Gute? Ich hab' ja keinen Menschen mehr auf der Welt als dich, den ich lieben kann. Laß es dir doch gefallen – es macht mich so glücklich.«

Die alte Dame lachte gerührt.

»Gern – ich halt ja still, Dummerchen. Bist ein rechter Krauskopf. Sonst so scheu und still, machst du mir die feurigsten Liebeserklärungen. Und da soll mir nicht bange werden? Kein Mensch außer mir weiß, welch tiefes und starkes Empfinden in deinem Herzen lebt.«

Bettina atmete tief und gepreßt. »Früher hatte ich so viele Menschen, die ich liebhaben konnte. Vater, Mutter und meinen Bruder Hans. Nun sind sie alle fortgegangen. Weißt du – wie ein Stein lag mir das Herz in der Brust, als ich damals hier ins Haus kam. Als mir der Vater starb, da merkte ich noch nicht, was mir genommen wurde. Ich war noch so jung. Und ich hing dafür mein Herz mit doppelter Innigkeit an meinen Bruder. Ach, Großtanting, was war er für ein lieber, fröhlicher Mensch. Er lachte so gern, alles an ihm war Sonnenschein, Lebensfreude.

Und dann war es mit einem Mal so ganz anders. Ganz deutlich erinnere ich mich noch des letzten Abends, als er bei uns war. Tante Adolfine hatte ihm eben geschrieben, daß sie ihm das Geld nicht leihen wolle. Er war so still und ernst und sagte uns dann scheinbar gleichmütig Lebewohl. ›Sorg dich nicht, Mutter, ich versuche morgen das Geld bei einem Kameraden aufzutreiben‹, sagte er noch, um Mutter zu beruhigen. Als ich ihm dann aber die Treppe hinab leuchtete, sah er noch einmal nach mir zurück. So blaß sah er aus im Kerzenschein. Und seine Augen – ach, nie vergesse ich diesen letzten Blick von ihm; wenn ich damals gewußt hätte, was alles in diesem Blick lag, ich hätte mich an ihn geklammert und ihn nicht fortgelassen. Aber ich wußte nicht, daß er mit diesem Blick Abschied nahm vom schönen Leben, das er so liebte, von allem, was ihm teuer war. Noch jetzt schrecke ich nachts manchmal hoch, dann sehe ich ihn so vor mir, wie er mit zurückgewandtem Blick die Treppe hinabstieg, und ich höre seine Stimme: ›Schlaf gut, kleine Bettina.‹«

Die alte Dame streichelte wortlos den blonden Kopf. Worte halfen hier nichts, das wußte sie. Solcher Schmerz muß austoben und braucht lange Jahre zur Heilung. Bettina war es eine Wohltat, immer wieder davon sprechen zu dürfen, was ihre junge Seele bis ins Innerste erschüttert hatte. Leise fuhr sie fort:

»Am andern Morgen kam sein Bursche mit bleichem, verstörtem Gesicht und sagte mir leise, seinem Herrn Leutnant sei ein Unglück passiert. Ich lief wie gejagt in seine Wohnung, vergaß ganz, auf Mutter zu achten. Und da fand ich meinen geliebten Bruder starr und bleich auf seinem Bett – mit durchschossenem Herzen. Nie vergesse ich das – nie auch das schreckliche Lachen, das mich aus meiner Betäubung weckte. Mutter war mir gefolgt und stand nun neben mir, schreiend und furchtbar lachend; sie war von Sinnen vor Schmerz – ach Großtanting!«

Bettina legte erschauernd den blonden Kopf in den Schoß der alten Dame, die sie wortlos streichelte. Endlich faßte sich Bettina wieder und sah empor.

»Nun schilt mich nur aus – ich habe wieder von diesen traurigen Dingen gesprochen«, sagte sie, sich zu einem Lächeln zwingend.

Großtanting schüttelte den Kopf.

»Schelten hilft da nichts. Könnt' ich mit Schelte diese traurigen Gedanken bannen, da solltest du mal hören, wie energisch ich zanken kann. Aber ich will versuchen, dich abzulenken. Sieh mal, was ich hier habe.«

Sie holte einen Brief aus ihrer Tasche. Bettinas Augen leuchteten auf.

»Ach, das hatte ich ja ganz vergessen, daß du einen Brief von

Ernst hast. Was schreibt er? Hast du gute Nachrichten von ihm?«

»Sehr gute, gottlob. Du sollst nach dem Abendessen lesen, was min leiven Jung schreibt. So viel Schönes und Großes sieht er draußen in der Welt. Er ist jetzt auf der Rückreise nach Deutschland. Du wirst staunen, was er alles von den indischen Tempeln und Fürstenpalästen schreibt. Wie ein farbenglühendes Märchen klingt es. Und schau – hier am Schluß, was er da schreibt, mußt du gleich jetzt noch lesen, hier, von dieser Stelle an.«

Bettina nahm den umfangreichen Brief und las die bezeichnete Stelle: »Und in all der glühenden, blühenden Pracht und Herrlichkeit packt mich plötzlich die Sehnsucht nach meinem Erkerplätzchen zu Deinen Füßen, Großtanting. Denn so weit und groß und schön die Welt auch ist, nirgends schlägt mir ein Herz so voll Liebe wie das Deine. Mein Bäschen Bettina sitzt da wohl jetzt zu Deinen Füßen, und Ihr haltet Dämmerplausch, sprecht auch wohl von mir? Das ist mir ein so traulicher Gedanke. Ein liebes Ding muß das blonde Bäschen sein, Deiner Beschreibung nach. Grüße sie herzlich von mir. Ach Großtanting, lange halt' ich's nun nicht mehr aus, dann komme ich heim, selbst auf die Gefahr, daß meine Eltern noch immer unversöhnlich sind. Ich habe einen Plan. In Eurer Stadt will man ein neues Theater bauen. Es soll ein großer Prachtbau werden, Geld dazu ist in meiner reichen Vaterstadt in Fülle vorhanden. Man hat ein Preisausschreiben für den Entwurf erlassen. Ich gedenke mich daran zu beteiligen. Nun halte mir den Daumen, Liebe, Gute. Es wäre eine so schöne Gelegenheit, heimzukehren, wenn ich das Glück hätte, mit meiner Arbeit den Preis zu erringen. Ich will zeigen, was ich gelernt habe. Also wünsch mir Glück, ja? Base Bettina soll zur Sicherheit mitwünschen, das hilft dann doppelt. Sie tut es gewiß gern. Glückt es, dann komme ich bald heim. So warm und kuschelig wie in Deinem Stübchen ist es nirgends auf der

Welt, und ich werde glücklich sein, wenn ich erst wieder zu Deinen Füßen sitzen kann.«

Bettina sah zu der alten Dame auf.

»Da sitze ich nun – auf seinem Platz. Ob er wohl böse ist auf mich, daß ich ihn einnehme?« fragte sie versonnen.

»Nein, gewiß nicht. Er freut sich, daß meine alten Augen auf ein liebes Gesicht hinabschauen können, wenn ich hier auf meinem Großmutterthron sitze.«

»Wie schön wäre es, wenn er wirklich den Preis bekäme, Großtanting. Ich mußte gleich an Ernst denken, als ich neulich in der Zeitung von dem Preisausschreiben las.«

Die alte Dame nickte.

»Ich auch, Bettina. Und an unseren guten Wünschen soll es nicht liegen, wenn er den Preis nicht bekommt. Wie glücklich wollt' ich sein, sähe ich ihn wieder daheim im Vaterhaus. Hab' ich das erreicht – dann will ich auch gern sterben.«

»Sprich doch nicht vom Sterben! Du tust mir weh damit.«

»Kind, es ist doch menschlich, bei meinem Alter – es fehlt mir nur wenig an siebzig Jahren, da muß man täglich darauf gefaßt sein. Aber wir wollen nicht davon sprechen. Ist Georg schon zu Hause?«

»Nein, er kommt ja immer erst mit Onkel Peter. Warum kommt Georg nur nie zu dir herein, wie es Ernst getan hat?«

Die Augen der alten Dame blickten ein wenig trüb. Sie seufzte.

»Er ist seiner Mutter Sohn, Überschwenglichkeiten liebt er nicht, und sich um eine alte Großtante zu kümmern, erscheint ihm wohl als solche. In seinem Herzen ist kaum für etwas anderes Platz als für Rechenexempel. Zum Glück weiß er selbst nicht, wie arm sein Leben dadurch ist. Er tut mir leid, wie seine Mutter auch. Wenn sie wüßte, welch ein Schatz von Liebe in Ernsts Herzen wohnt, sie würde es nicht leiden, daß ich ihre Stelle in seinem Herzen einnehme. Sie betrügt sich selbst um das höchste Glück, das Gott einer Frau schenkt.«

Bettina seufzte.

»Ja, Tante Adolfine ist sehr hart und kalt. Es ist unrecht von ihr, daß sie Ernst gegenüber nicht liebevoller war.«

Die alte Dame erhob sich und zog das junge Mädchen mit sich hoch.

»Hüte dich vor einem vorschnellen Urteil, Bettina. Was man versteht, verzeiht man auch. Ernsts Mutter ist anders geartet als wir.«

»Ja, Großtanting. Ach, wäre sie so lieb und gut wie du, dann lebten mir Bruder und Mutter vielleicht noch. Sie hätte nur Onkel Peter um die Summe zu bitten brauchen, die mein Bruder nötig hatte. Aber sie hat es nicht getan und stieß ihn damit ins Verderben.«

»Du vergißt, daß sie nicht wußte, daß dein Bruder in der Verzweiflung Hand an sich legen würde. Er war in ihren Augen ein leichtsinniger Mensch, und ein Leichtsinniger verdiente Strafe. Wenn sie gewußt hätte, daß sie ihn mit ihrer Weigerung in den Tod trieb, so hätte sie wohl geholfen. Streng und sparsam ist sie gewiß, aber doch nicht so herzlos, jeder Mensch hat seine Fehler. Und ob Onkel Peter geholfen hätte, fragt sich noch sehr. Kaufleute haben ihre Grundsätze. Sie pflegen über den Geldpunkt sehr pedantisch und genau zu denken. Laß also nicht Ungerechtigkeit in dir groß werden, Bettina. Tante Adolfine hat gute, vortreffliche Eigenschaften, man muß sie nur erkennen und nicht gedankenlos urteilen.«

Bettina schmiegte sich an das alte Fräulein.

»Ich schäme mich, Großtanting. Es ist undankbar von mir, nicht immer daran zu denken, daß ich Tante Adolfine so viel zu danken habe. Es ist nur noch der alte Schmerz um meinen Bruder, meine Mutter, der mich ungerecht macht. Alle Menschen können ja auch nicht so himmlisch gut sein wie du. Ich weiß, du hättest meinem Bruder Hans sicher geholfen, wenn du alles gewußt hättest, nicht wahr, das hättest du?«

»Ja doch, gewiß, Kind, wenn ich gewußt hätte, wie das alles lag. Aber Tante Adolfine hat eben auch nicht gewußt, wie schlimm es um deinen Bruder stand.«

Bettina schwieg. Sie wußte freilich, daß Hans an Tante Adolfine geschrieben hatte: »Wenn du mir nicht hilfst, bleibt mir nur der letzte Weg noch offen«, aber es war ja möglich, daß sie nicht daran geglaubt hatte.

Die Uhr zeigte die achte Stunde an. Großtanting rückte vor dem Spiegel die Haube zurecht.

»Es ist Zeit zum Abendessen, laß uns hinübergehen. Nach Tisch liest du dann Ernsts Brief.«

IV

Fast zu gleicher Zeit traten die Familienmitglieder von verschiedenen Seiten in das Speisezimmer. Oben an der Schmalseite des Tisches nahm Peter Aßmann Platz. Er war ein mittelgroßer, etwas beleibter Herr mit nicht sehr ausdrucksvollen Zügen. Ergrautes Haupthaar und ein ebensolcher Vollbart umgaben sein frisch gerötetes Gesicht, aus dem die guten, klugen Augen Großtantings herausschauten. Sehr stark ausgeprägte Krähenfüße an den Augenwinkeln verrieten, daß Peter Aßmann einen stillen Humor besaß, der ihn befähigte, allen Dingen eine rosige Seite abzugewinnen. Er liebte Ruhe und Frieden über alles, und um sich beides zu erhalten, ließ er seiner noch immer herzlich geliebten Frau in allen Dingen, die nicht sein Geschäft betrafen, freie Hand.

Rechts von ihm saß Tante Adolfine, links Großtanting und neben dieser Bettina. Neben seiner Mutter war Georgs Platz.

Dieser war ein sehr elegant gekleideter, stattlicher Mensch, etwa dreißig Jahre alt und das, was man einen schönen Mann zu nennen pflegt im landläufigen Sinne. Sein sorgfältig frisiertes dunkles Haupthaar und der nach der neuesten Mode gestutzte Lippenbart verrieten die aufmerksamste Pflege. Seine sehr weißen Hände waren lang und schmal, aber nicht schön. Die Fingerkuppen waren zu breit und plump im Verhältnis zur Hand. Georg suchte diesen Fehler durch besonders lange und spitz zulaufende Fingernägel zu verbessern, doch bekamen seine Hände dadurch etwas Krallenartiges. Seine blauen Augen, gleich denen der Mutter von dunklen Brauen und Wimpern umsäumt, blickten kühl und nüchtern. In der ganzen Art seines Benehmens sprach sich sehr viel Selbstgefälligkeit aus. Er konnte, wenn er wollte, sehr liebenswürdig sein. Zu Hause kam es ihm jedoch nie darauf an. Er pflegte allerdings seiner Mutter und der Großtante beim Kommen und Gehen artig die Hand zu küssen, aber diese Artigkeit hatte etwas Steifes, Formelles und nichts Wohltuendes.

Bettina gegenüber war er kaum höflicher, als wenn sie ein Dienstbote gewesen wäre. Nur wenn es sich gar nicht vermeiden ließ, richtete er das Wort an sie. Er blickte auch heute kühl und gleichmütig an ihr vorbei. Und doch war sie wohl des Betrachtens wert. Selbst Onkel Peter sah wohlgefällig in ihr sanft gerötetes, liebreizendes Gesicht und schenkte ihr einige Aufmerksamkeit.

Bei Tisch wurden nur wenige gleichgültige Redensarten gewechselt, höchstens flog zwischen Großtanting und Peter Aßmann zuweilen ein humorvolles Scherzwort herüber und hinüber, das Georg mit gleichgültigem, mattem Lächeln begleitete und Frau Adolfine nicht zu beachten pflegte. Sie hatte ebensowenig Sinn für den warmen geistreichen Humor, der den Grundzug dieser beiden Charaktere bildete, wie ihr Sohn Georg. Nur in Bettinas Augen leuchtete dann heiteres Verständnis auf. Aber sie beteiligte sich nicht an der Unterhaltung, wenn sie nicht gefragt wurde. Tante Adolfine hätte das streng gerügt.

Nach Tisch verabschiedete sich Georg, wie fast jeden Abend, um noch in den Klub zu gehen. Er küßte Mutter und Tante Emma die Hand, ›kühl bis ans Herz hinan‹, gewährte seinem Vater einen matten Händedruck und nickte Bettina nachlässig zu.

Peter Aßmann pflegte noch ein Stündchen bei den Damen sitzen zu bleiben, ehe er zu Skat oder Schach ebenfalls den Klub aufsuchte. Er richtete freundlich einige Worte an Bettina, neckte sich mit Großtanting und spielte mit den Fäden der Handarbeit, die seine Frau gleich nach Tisch wieder aufnahm.

Oft mußte ihm Bettina Volkslieder singen, die er sehr liebte. Sie hatte eine weiche, volle Altstimme und verstand einfache Lieder mit Wärme und Verständnis zu singen und zu begleiten. Selbst Frau Adolfine hörte gern zu und gestattete ihr jeden Tag ein Übungsstündchen. Für Großtanting waren Bettinas Lieder ein Genuß, den sie mit keinem andern vertauscht hätte. Sobald das junge Mädchen in das Empfangszimmer hinüberging, wo ein schöner Blüthnerflügel stand, setzte sich das alte Fräulein mit behaglichem Gesicht in die Sofaecke und schloß die Augen, um ungestört lauschen zu können.

So ging es einen Abend wie den andern. Wenn Peter Aßmann sich dann auch verabschiedet hatte, ging Großtanting mit Bettina hinüber in ihr Zimmer, um sich noch ein Stündchen vorlesen zu lassen. Adolfine blieb bei ihrer Handarbeit sitzen. Um zehn Uhr gingen die Damen zu Bett.

Anders verliefen die Abende natürlich, wenn Gesellschaft im Haus war oder wenn Aßmanns geladen waren. Jeden Winter wurden einige größere Festlichkeiten im Haus gegeben, wozu immer die erste Gesellschaft der reichen Handelsstadt geladen war. Da solche Einladungen natürlich erwidert wurden, war es, im Winter hauptsächlich, nicht eben selten, daß Bettina und Großtanting allein zu Hause blieben. Bei ihrem hohen Alter bedeuteten solche Geselligkeiten immerhin eine Anstrengung. Das war Frau Adolfine im Grunde sehr lieb. Hatte man doch dadurch den besten Vorwand, auch Bettina zu Hause zu lassen. Sie mußte eben Großtante Gesellschaft leisten.

Bettina war sehr damit zufrieden, bei Großtanting bleiben zu dürfen. Was sollte sie in Gesellschaft der Menschen, die sie fast alle ein wenig von oben herab betrachteten und sich nicht viel um sie kümmerten? Die jungen Herren sahen wohl gern in ihr liebliches, süßes Gesicht und fanden sie reizend, entzückend. Aber da sie arm war und bei Aßmanns nur aus Gnade und Barmherzigkeit Aufnahme gefunden hatte, hielten sie sich fern von ihr. Zu einer Liebelei war sie nicht zu haben und sonst –

was sollte man sonst mit solch einem armen süßen Ding? Das konnte einen höchstens zu Torheiten verleiten. Also lieber nicht zu nahe herankommen.

Bettina war feinfühlig und empfand das alles sehr deutlich. Deshalb blieb sie lieber daheim. Es kränkte sie nicht, weil sie es selbstverständlich fand in ihrer Bescheidenheit, daß man sie wenig beachtete. Aber es war ihr immer peinlich, wenn im Haus Gesellschaft war, an der sie sich natürlich beteiligen mußte, die herablassende oder mitleidige Freundlichkeit über sich ergehen zu lassen. Sie kam sich ganz verloren und verlassen vor zwischen all den gleichgültigen Menschen und atmete auf, wenn solch ein Abend hinter ihr lag.

Wieviel schöner war es, wenn sie mit Großtanting allein war. Dann sang sie ihr erst all ihre Lieblingslieder. Und nachher saß sie in dem warmen Stübchen zu Füßen des alten Fräuleins. So wonnig kuschelig und gemütlich war es dann, wenn draußen der Wind heulte oder Schnee und Regen an die Fenster schlugen. Wenn dann Großtanting zärtlich über ihr Haar strich und mitleidig sagte: »Nun mußt du armes Blondchen bei einer alten Frau sitzen und möchtest doch sicher auch gern tanzen und vergnügt sein«, dann lachte sie fröhlich – selten genug hörte Großtanting dies warme, klare Lachen – und antwortete: »Bei dir ist es tausendmal schöner! Ich bin so froh und glücklich, daß ich bei dir bleiben darf.«

Dann plauderten sie meist von Ernst, lasen seine Briefe wieder durch und legten dazu einige Photographien von ihm auf den Tisch, die sie abwechselnd betrachteten. Da war er einmal als kleiner Bub mit den ersten Hosen. Seine ganze Haltung verriet, daß man ihn nur mit Mühe zum Stillhalten gebracht hatte und daß er es nicht zu den Annehmlichkeiten des Lebens rechnete, photographiert zu werden. Dann als etwa zwölfjähriger Knabe, mit einem weißen Kragen um den Hals, der aber etwas schief saß und diese photographierte Bravheit sehr beeinträchtigte. Auch als Jüngling im ehrwürdigen Abiturienten-Bratenrock war er abkonterfeit – kurz bevor er das Elternhaus verlassen hatte.

Zuletzt gab es eine Kabinettphotographie, die er Großtanting vor einem Jahr aus Rom geschickt hatte. Auf ihren immer wiederkehrenden Wunsch hatte er sich endlich photographieren lassen, und Großtanting waren die hellen Tränen aus den Augen gestürzt beim Anblick des Bildes. Was war aber auch aus dem eckigen, unschönen Jünglingskopf geworden! Die großen, geistvollen Augen beherrschten jetzt ein Gesicht mit charakteristischen, festen Linien. Niemand fragte wohl beim Anblick dieses Männerkopfes: ›Ist er schön oder häßlich?‹ Ein Künstlerkopf von ausgeprägter Bedeutung, mit Augen, die das Schöne suchten und es voll Begeisterung und Tatkraft festhielten.

Bettina hatte das Bild mit Herzklopfen betrachtet. Wieviel zwingender und bedeutender mußte das Original im Vergleich zu der Photographie sein, die doch das Leben nur sehr mangelhaft wiederzugeben vermochte. Wie mochten diese gedankentiefen Augen in Wirklichkeit unter der mächtigen Stirn hervorstrahlen? Bettina konnte sich, gleich Großtanting, nicht satt sehen an dem Bildchen.

Aßmanns gaben die erste Gesellschaft in diesem Winter. Tagelang vorher ging es im Haus drunter und drüber. Die sonst leerstehenden Gesellschaftsräume im Parterre mußten gesäubert, gelüftet und geheizt werden. Die leinenen Schutzdecken wurden von den kostbaren Brokatmöbeln und Gobelins entfernt, die Kronleuchter von ihren Mullhüllen befreit und der Parkettfußboden frisch geglättet. Es gab eine Menge Arbeit, und obwohl Hilfskräfte angestellt wurden, kam Bettina in diesen Tagen kaum zu Atem. Die Dienstboten konnten nicht selbständig arbeiten, und Frau Adolfine mußte mit der Köchin den Speisezettel gründlich durchstudieren. Wohl wußte die sparsame Hausfrau, daß bei solchen festlichen Anlässen nicht geknausert werden durfte, sollte der Glanz des alten Patriziergeschlechtes nicht darunter leiden, aber wie man am billigsten und praktischsten diesen Glanz erhalten konnte, das bedurfte angestrengten Nachdenkens.

So ruhte auf Bettinas Schultern alles übrige. Sie hastete treppauf, treppab, um alles in das rechte Geleise zu bringen und Tante Adolfine zufriedenzustellen. Und dabei war draußen so köstliches klares Winterwetter, nicht zu kalt und windstill, und Großtanting bestand darauf, daß Bettina wenigstens eine Stunde täglich mit ihr ins Freie ging.

Frau Adolfine seufzte steinerweichend, wenn die beiden fortgingen, und fand, daß diese Spaziergänge bis nach dem Fest hätten unterbleiben können. Es kostete sie Mühe, Großtanting gegenüber diesen Unwillen zu verbergen, aber sie wagte auch nicht, ihm Ausdruck zu geben. Das alte Fräulein konnte so unglaublich lächeln bei derartigen Gelegenheiten, und dieses Lächeln genierte Adolfine mehr als sonst etwas auf der Welt. So verschieden diese beiden Frauen waren, so waren sie doch beide klug genug, um nicht einzusehen, daß zwischen ihnen kein echter Herzensfriede bestand.

So kam also Bettina trotz aller Arbeit täglich zu ihrem Spaziergang und zu ihrer Tasse Schokolade mit Schlagsahne.

Endlich waren alle Vorbereitungen fertig. Die Lohndiener hatten schon die Tafel gedeckt und liefen nun drum herum, um mit einem letzten Blick alles zu prüfen. Die Musikanten – ein Klavierspieler, ein Geiger und ein Flötist – waren im großen Saal, in dem getanzt werden sollte, hinter einer Blattpflanzengruppe untergebracht worden und stimmten ihre Instrumente.

Bettina war in einem reizenden weißen Kleidchen aus duftiger Seide und Tüllspitzen schnell noch einmal zu Großtanting hinübergehuscht, um zu sehen, ob sie der alten Dame beim Anziehen helfen konnte. Diese war aber schon fertig und sah in dem schwerseidenen, silbergrauen Seidenkleid, das mit echten Spitzen ausgeputzt war, sehr elegant und vornehm aus. Auch heute trug sie ein Häubchen auf dem weißen Scheitel, aber es war kleiner als sonst und von prachtvollen alten Spitzen hergestellt.

Bettina betrachtete sie strahlend.

»Bist du schön, Großtanting!« sagte sie stolz und rückte sorglich das Häubchen noch ein wenig nach vorn. Die alte Dame lachte.

»Wenn mir das jemand vor fünfzig Jahren gesagt hätte, dann hätte ich es vielleicht geglaubt, du Närrchen.«

»Glaub es oder nicht, Großtanting, aber du bist die schönste alte Dame, die ich je in meinem Leben gesehen habe.«

Diese zwinkerte lustig mit den Augen.

»Du – mir scheint, du rechnest auf eine Erwiderung deiner Schmeichelei.«

Bettina stellte sich lächelnd mit gespreizten Händen vor sie hin und drehte sich um ihre eigene Achse.

»Bin ich vielleicht nicht schön und fein? Schau nur, wie weich die Falten meines Kleides fallen. Ich kann mich nicht satt sehen daran. Man sieht, dies Kleid hat mir mein liebes Großtanting geschenkt.«

»Hättest es daranschreiben sollen, dann merkt man es gleich«, spottete die alte Dame gutmütig, sah aber mit innigem Wohlgefallen auf die anmutige Mädchengestalt, die in ihrer knospenden Frische und Schönheit entzückend aussah. Das Kleid war mit feinem Verständnis ausgewählt und schmiegte sich weich und duftig um die feinen, edelgerundeten Formen. Das goldschimmernde Köpfchen mit den wunderschönen, beseelten Blauaugen hob sich lieblich von den zarten runden Schultern. Großtanting seufzte ein wenig. Was nützte ihrem Schützling alle Schönheit und Lieblichkeit? Ein armes Mädchen – wer beachtete sie!

Und Bettina seufzte mit.

»Ich wollte doch, der Abend wäre erst vorbei«, sagte sie leise.

»Nun hör einer dies törichte Mädchen«, schalt Großtanting liebevoll. »Du sollst dich doch freuen auf heute abend, sollst endlich mal wieder lustig und fröhlich sein, tanzen und dich unterhalten. Oder denkst du, du bekommst keine Tänzer und mußt Mauerblümchen spielen?«

Bettina lächelte.

»Nein, das fürchte ich nicht. Tänzer bekomme ich sicher, die Herren sind ja alle so höflich, einen Anstandstanz mit mir zu tanzen. Nur merkt man den meisten dabei an, daß sie mich ›der Not gehorchend, nicht dem eigenen Triebe‹ auffordern, weil ich nun mal zum Hause Aßmann gehöre, wenn auch als recht überflüssiges Anhängsel.«

»Aber Bettina – du sollst nicht so bitter werden.«

Das junge Mädchen küßte der alten Dame die Wange und lachte.

»Keine Spur von Bitterkeit, Liebe, Gute. Ich spreche nur Tatsachen aus und sehe die Verhältnisse mit klaren Augen an.«

»Aber du fühlst dich nicht wirklich als ›überflüssiges Anhängsel‹?«

Bettina sah mit leuchtendem Blick in die guten alten Augen und atmete tief auf.

»Nein, das tue ich nicht, dank deiner Liebe und Güte.«

Die alte Dame trat zu einem Schränkchen und nahm etwas heraus.

»Komm einmal her, Bettina. Da ich dir das Kleid geschenkt habe, will ich auch für den passenden Schmuck dazu sorgen. Schau, hier hab' ich ein Goldkettchen mit einer türkisenbesetzten Kapsel. Als ich jung war, trugen wir Mädchen sehr viel Türkise. Dies Schmuckstück bekam ich von meiner seligen Mutter, als ich den ersten Ball besuchte. Ich erinnere mich ganz deutlich der Stunde, als sie es mir um den Hals legte. Ich stand auch, so wie du jetzt, fertig vor ihr. Mit einem Segenswunsch erhielt ich es, mit einem Segenswunsch schenke ich es dir. Möge es dir ein Talisman sein!«

Sie legte das Kettchen um den schlanken Mädchenhals. Ein paar große Tränen liefen aus Bettinas Augen auf die Hände der alten Dame. Bettinas Busen hob sich in zitternden Atemzügen.
»Großtanting, Großtanting!«
Mehr brachte sie vor Rührung nicht heraus.
Großtanting betrachtete lächelnd ihr Werk.
»So, Bettina – jetzt bist du fertig; nun laß die Tränen beiseite, mein liebes Kind.«
»Ach, du bist so gut, so himmlisch gut zu mir. Wie soll ich dir nur danken?«
»Dadurch, daß du recht vergnügt und fröhlich bist heute abend. Ich bin es auch – und du sollst wissen, warum. Ich hab' dir noch nicht gesagt, was der Brief enthielt, den ich heute von Ernst bekam. Er hat den ersten Preis bekommen in dem Preisausschreiben für das hiesige neue Theater. Sein Entwurf wird ausgeführt, und er ist mit der Oberleitung des Baues beauftragt worden. In wenigen Wochen kommt er heim.«
Bettina hatte mit strahlender Miene zugehört. Das Herz schlug ihr bis zum Hals hinauf. Sie preßte die Hände gegeneinander:
»O Großtanting, welch eine herrliche Botschaft! Gott – wie freue ich mich, wie freue ich mich.«
Die alte Dame lächelte mit feuchten Augen.
»Gelt, das freut dich auch. Und schau, ich mußte meinem Glück Ausdruck geben. Deshalb schenke ich dir das Kettchen, das mir sehr lieb und teuer war als Andenken an meine gute Mutter. Lieb schaut es an deinem weißen Hälschen aus, und die Farbe der Türkise strahlt um einige Schattierungen dunkler aus deinen Augen wider.
Türkise bedeuten Treue. Früher schmückte man deshalb die Verlobungsringe damit. Da – sieh den hier an meinem Finger: ich erhielt ihn zur Verlobung von meinem Bräutigam. Und ich konnte nicht anders, als ihm die Treue halten. Nun trag mein Kettchen als Sinnbild der Treue. Sei treu in allen Lebenslagen –

zuerst dir selbst, mein Kind. Und wenn du später, falls ich mal nicht mehr bin, dies Kettchen in die Hand nimmst, dann denk immer daran, daß du mir mit deiner Liebe und Anhänglichkeit meinen Lebensabend verschönt hast und daß ich es dir umlegte, als eine große Freude mein Herz erfüllte, die Freude über den Erfolg und die baldige Heimkehr von min leiven Jung.

Aber nun geh, Tante Adolfine könnte dich brauchen. Ich will noch ein halbes Stündchen in meinem Lehnstuhl sitzen, ehe ich mich in den Gesellschaftstrubel wage, damit ich nicht zu schnell müde werde. Und halt – noch eins, sieh doch zu, ob du Onkel Peter nicht unbemerkt zu mir heraufschicken kannst. Ich möchte ihm sagen, was Ernst geschrieben hat, damit er es nicht heute abend von fremden Menschen zuerst hört.«

»Und Tante Adolfine?«

Großtanting lächelte.

»Oh, die soll es gern zuerst von andern erfahren, welch ein tüchtiger Mensch ihr Sohn geworden ist. Dann macht es ihr mehr Eindruck. Und sie wird nicht, gleich meinem Peter, die Fassung verlieren und dadurch verraten, daß zwischen Ernst und seinen Eltern all die Jahre ein Zerwürfnis bestand. Sie versteht sich sehr gut zu beherrschen.«

»Dann will ich gehen und dir Onkel Peter schicken. Nicht wahr, der wird sich auch sehr freuen?«

»Sicher, er leidet im geheimen sehr unter der Trennung von seinem Sohn.«

»Warum sprach er nur nicht ein Machtwort und rief ihn trotz Tante Adolfines Gegenwehr heim?«

Großtanting klopfte ihr die Wange.

»Das ist ein großes Rätsel, das noch niemand gelöst hat. Der Einfluß einer Frau auf den Mann, der sie liebt, ist mächtig. Und Onkel Peter liebt seine Gattin noch heute zärtlich und innig, obwohl ich das bei ihrer Charakterverschiedenheit nie habe verstehen können. Darüber wollen wir uns aber den Kopf nicht zerbrechen. Nun geh.«

»Ja, sofort. Nur laß dir erst noch einmal ganz innig danken für den schönen Schmuck.«

Sie küßte der alten Dame Wangen und Hände und eilte hinaus. Onkel Peter lief ihr draußen gerade über den Weg, und sie konnte ihren Auftrag ausrichten. Dann ging sie hinunter in die Gesellschaftsräume, um noch einmal nach dem Rechten zu sehen. Tante Adolfine kam ihr schon entgegen. Sie trug ein kostbares schwarzes Spitzenkleid und sah sehr schön und stattlich aus, hatte aber einen verärgerten Zug um den Mund.

»Wo bleibst du nur so lange, Bettina? Du brauchst zum Ankleiden wahrhaftig länger als ich. Es gibt noch allerlei für dich zu tun.«

»Verzeih, Tante Adolfine, ich war noch bei Großtanting, um zu sehen, ob sie mich nötig hätte. Ich hole schnell alles nach. Was soll ich tun?«

Frau Adolfine hatte Bettina mit scharfen Blicken gemustert und sofort das eigenartige Schmuckstück an ihrem Hals bemerkt.

»Was trägst du da für einen Schmuck?« fragte sie scharf.

»Großtanting hat ihn mir eben geschenkt.«

Die Tante faßte schnell danach und betrachtete prüfend die Kapsel.

»Geschenkt? So ein wertvolles Stück? Das ist wohl ein Irrtum. Diese kunstvolle Goldschmiedearbeit ist sehr kostbar. Großtante hat dir das wohl nur geliehen und nicht geschenkt.«

Bettina war glühend rot geworden.

»Ich glaube nicht, daß Großtanting von mir verlangen würde, daß ich geliehenen Schmuck trage«, sagte sie leise.

»Hm – bist du stolz. Ich sag' es ja immer, Großtante verwöhnt dich. Daß sie aber so verschwenderisch ist, dir aus dem Stegreif ein so kostbares Geschenk zu machen, das glaube ich nicht.«

Das junge Mädchen behielt nur mühsam seine Fassung.

»So frage Großtanting selbst, Tante Adolfine. Und sag mir nun bitte, was für mich zu tun ist.«

Frau Adolfine ließ nur widerwillig das hübsche Schmuckstück aus den Fingern gleiten und nahm sich vor, Tante Emma gegenüber ihr Befremden über das Geschenk zum Ausdruck zu bringen. Ihre kalten Augen blickten sehr hart und streng, als sie Bettina auftrug, noch einen Karton mit Kotillonorden auszupacken und dafür zu sorgen, daß die Musiker zu essen bekämen, ehe die Gäste erschienen.

Froh, aus dem Bereich der kalten Augen zu kommen, eilte Bettina davon. Bald darauf trafen die ersten Gäste ein. Peter Aßmann kam gerade im letzten Augenblick noch die Treppe herab, um sie an der Seite seiner Gattin zu empfangen. Er sah etwas erregt aus, und seine Augen glänzten froher als sonst. Adolfine beachtete es jedoch nicht.

Auch Georg war zur Stelle. Tadellos, vom wohlfrisierten Scheitel bis zu den Spitzen seiner Lackstiefel herab, war er das Urbild des Salonhelden, der, seines vorteilhaften Eindrucks sicher, mit sieghaftem, selbstgefälligem Lächeln um sich schaute.

Auf der Treppe war er Bettina begegnet, die hinaufging, um Großtanting zu holen. Er stutzte etwas beim Anblick ihrer lichtvollen, holdseligen Erscheinung und warf einen prüfenden Blick aus zusammengekniffenen Augen hinter ihr her.

»Hm – die entwickelt sich beinahe zu einer Schönheit«, dachte er überrascht.

V

Inzwischen trafen schnell hintereinander die übrigen Gäste ein. In dem großen Empfangsraum, dessen Wände kostbare alte Gobelins schmückten, hatten verschiedene ältere Herrschaften Platz genommen. Da war zuerst Bürgermeister Langhammer mit seiner Gattin. Sie wurde von losen Zungen das Riesenbaby genannt, weil auf ihrem kolossalen Körper ein unglaublich kindlich dreinschauendes Gesicht mit ewig erstaunten Augen saß. Der stattliche Bürgermeister mit dem kühn aufgezwirbelten Lippenbart sah fast klein neben ihr aus und suchte sich durch schneidig militärische Haltung neben ihr zu behaupten.

In einer gemütlichen Ecke saßen die Damen, deren Männer zu einer Gruppe vereinigt daneben am Kamin standen. Der alte Herr mit dem weißen Knebelbart und dem blauroten Gesicht war Geheimrat Wolter. Er erzählte mit Vorliebe Witze, denen die Pointe fehlte, und belachte sie zuerst, was den Vorteil hatte, daß die andern wußten, wann sie mitlachen mußten. Die kleine rundliche Matrone mit dem krampfhaft festgehaltenen Lächeln und dem etwas verblichenen fliederfarbigen Seidenkleid war seine Gattin. Ihre Augen, über denen die Lider nervös zuckten, schienen fortwährend um Entschuldigung zu bitten, daß sie auf der Welt war.

Neben ihr saß Frau Konsul Hagemann, eine stolze, üppige Erscheinung mit weißblondem Haar und ebensolchen Augenwimpern über den schläfrig blickenden, halb geschlossenen Augen. Sie hatte eine große, schmale Nase, die sich seltsam genug in dem runden, fleischigen Gesicht ausnahm, und war mit sehr viel Brillanten behängt. Ungemein hochmütig sah sie aus, und dazu sah sie allen Grund. Denn sie war die Tochter eines australischen Millionärs, der sein Vermögen in einer Großschlächterei zusammengescharrt hatte, wovon aber niemand unterrichtet war. Außerdem war sie die Gattin eines ebenso reichen Mannes und die Mutter einer einzigen Tochter – und das will immerhin etwas heißen. Es war also nur natürlich, daß sie vornehm lispelte und ein wenig mit der Zunge anstieß, daß sie jeden Gast, der eintrat, durch ihr goldenes, mit echten Steinen besetztes Stiellorgnon betrachtete und fast über jeden eine abfällige Meinung hatte. Ebenso natürlich war es, daß die arme kleine Geheimrätin in ihrem abgetragenen Seidenkleid all ihre Worte wie ein Evangelium aufnahm.

Der Gatte dieser höchstbedeutenden Dame lehnte mit untergeschlagenen Armen neben ihr am Kamin und beschränkte sich aufs Zuhören. Er spielte mit Vorliebe den stummen Denker, pflegte sich für jede gesellige Vereinigung mit einigen geistigen Fakten und Schlagworten auszurüsten, die in anderen Köpfen als dem seinen geboren waren, und wartete den ganzen Abend auf den Zeitpunkt, daß er diese Geistesblitze passend anbringen konnte. Darin hatte er es zu solcher Fertigkeit gebracht, daß man ihn wirklich für einen geistreichen Mann hielt.

Vor ihm bewegte sich lebhaft ein kleiner, zierlicher Herr mit dünnem blonden Haar und Bart und mit vor Vergnügen tanzenden Augen. Es war Sanitätsrat Filtner. Alles, was er in seiner lebhaften Art hervorsprudelte, zündete. Er war der geborene Komiker und hatte immer die Lacher auf seiner Seite. Sein Mundwerk ging wie eine Wassermühle. Er pflegte von sich selbst zu sagen: »Wenn ich mal sterbe, legt mir ein Schloß extra vor den Mund, sonst rede ich weiter.« Trotzdem war er ein anerkannt tüchtiger Mensch, und was er sagte, hatte Hand und Fuß.

Seine Gattin, die schlanke, brünette Frau in dem hellen Seidenkleid, die Frau Konsul Hagemann gegenüber in einem Sessel lag und anmutig den großen Straußenfederfächer bewegte, war um so ruhiger. Sie unterhielt sich, lächelnd ihre schönen

Zähne zeigend, mit Oberst von Sanden, der ihr ein wenig in allen Ehren den Hof machte, was er sich als Junggeselle leisten konnte. Während er mit ihr plauderte, sah er zu einer Gruppe Offiziere hinüber, die mit Georg Aßmann und einigen anderen jungen Herren in Zivil Sturm liefen auf die Tanzkarten der jungen Damen.

Georg Aßmann unterhielt sich liebenswürdig mit allen und erwiderte mit selbstgefälligem Lächeln die heißen oder schmachtenden Blicke, die ihn trafen. Die jungen Damen zeichneten ihn sehr aus, denn er war nicht nur ein schöner Mann, sondern vor allem eine begehrenswerte Partie.

Drüben am Fenster stand Hauptmann Retzschkau mit seiner jungen Frau, einer schlanken, ätherischen blonden Erscheinung. Die beiden plauderten mit Leutnant von Bühren, vor dem vorsichtige Mütter ihre Töchter warnten. Denn so hübsch und charmant er war, so tüchtig im Dienst und beliebt bei seinen Vorgesetzten – er hatte einen großen Fehler: Er war arm, sehr arm und bekam seine äußerst knappe Zulage von einer Schwester seiner Mutter, die dies nur mit großen Opfern ermöglichte. Seine Eltern waren beide tot. Bühren war mit Georg befreundet, das heißt, er hatte ihn schon einige Male mit einer kleinen Anleihe bedacht. Der junge Offizier wußte trotz aller Sparsamkeit nicht, wie er mit seiner lächerlich kleinen Zulage auskommen sollte, und hatte in seiner Bedrängnis Georg verschiedene Male um eine kleine Summe gebeten. In Kleinigkeiten war Georg Aßmann groß. Bis zu hundert Mark ließ er es kommen, darüber hinaus nicht. Er hatte seine Grundsätze. Und von Bühren wußte das und blieb bescheiden. Er hatte sich auch nun beinahe an die ›Armeleutnantsmisere‹ gewöhnt, die sein Schicksal war.

Bei den jungen Damen war Bühren trotz der Mahnungen der Mütter sehr beliebt. Sein gutherziges, bescheidenes Wesen, sein trotz aller Sorgen heiterer Sinn nahmen sie für ihn ein. Und er war ein schneidiger, flotter Tänzer.

Bettina stand bei den jungen Damen, mit denen sie herzlich

wenig anzufangen wußte. Ihre Welt lag so weit ab von diesem lebenslustigen, gedankenlosen Treiben der andern. Sie wußte nicht mitzusprechen von Flirt, Tennis, Eissport, Bällen und Theater. Und die gehaltvolle, ernste Lektüre, die sie mit Großtanting trieb, war den jungen Damen unbekannt. Also konnte sie auch darüber nicht mit ihnen sprechen.

Außerdem wußten all die jungen Mädchen, daß Bettina hier im Haus sozusagen das Gnadenbrot aß, und sahen mit einer gewissen mitleidig herablassenden Duldung auf sie herab. Sie betrachteten sie nicht als gleichberechtigt. Georg hätte das sehr leicht ändern können. Bei seiner Beliebtheit in Damenkreisen hätte er seiner Base, wenn er gewollt hätte, sehr leicht eine andere Stellung in der Gesellschaft schaffen können. Sie war ihm jedoch nur eine sehr untergeordnete Persönlichkeit, und er ließ das so deutlich durchblicken, daß man sich nicht die Mühe nahm, sich viel mit ihr zu beschäftigen.

Bettinas Augen suchten immerfort Großtanting. Diese hatte einige alte Freunde begrüßt und ging eben quer durch den Saal. Dabei entfiel ihr der seidene Schal, den sie um die Schultern trug. Bettina lief hinüber, ihn aufzuheben, froh, einen Grund zu haben, sich ihr zu nähern. Zugleich mit ihr langte Leutnant Bühren bei der alten Dame an. Gleichzeitig bückten sie sich nach dem Schal und lachten sich an, als sie ihn zusammen aufhoben. Großtanting lachte mit und dankte den beiden jungen Leuten. Bühren bat sich bei dieser Gelegenheit Bettinas Tanzkarte aus und unterhielt sich sehr nett und artig mit ihr. Dann wurde er von einem älteren Herrn angesprochen und mit fortgeführt. Bettina hing sich an Großtantings Arm:

»Gottlob, daß ich wieder bei dir bin, Großtanting. Ganz beklommen ist mir unter all den fremden Menschen. Laß mich bei dir bleiben, ja?«

»Aber Kind, du sollst dich doch unter das Jungvolk mischen, sollst tanzen und lustig sein. Hast dich doch eben mit Herrn von Bühren ganz nett unterhalten.«

Bettina seufzte.

»Ach, Großtanting, so nett wie Herr von Bühren ist auch sonst hier keiner zu mir. Ich passe nicht in diese Gesellschaft, und man läßt es mich deutlich genug fühlen, daß ich eigentlich nicht zu ihnen gehöre.«

»Ach, das bildest du dir wohl nur ein, mußt nicht so empfindlich sein«, erwiderte Großtanting tröstend, obwohl sie wußte, daß Bettina recht hatte.

»Nein, es ist gewiß nicht Einbildung und Empfindlichkeit. Es ist ja auch so verständlich, ich nehme es ihnen gar nicht übel. Aber laß mich an deiner Seite bleiben, dann ist mir viel froher zumute.«

»So bleib bei mir, Dummerchen. Hast du meine alte Freundin, Frau Sanitätsrat Dönges schon gesehen?«

»Ja, Großtanting, die sitzt mit Herrn Professor Kretner drüben im kleinen Salon. Bergrat Seitmann und seine Gattin sind auch dabei.«

»Ah, also alle meine Getreuen. So führe mich zu ihnen, Bettina. Auf ein Plauderstündchen mit diesen freien Geistern freue ich mich. Und davon kannst auch du lernen, wenn es mir auch für dich lieber wäre, wenn du statt einiger Lebensweisheit ein bißchen fröhliche Lebenstorheit in dich aufnähmst.«

Sie schritten beide durch den Saal zu einem kleineren Nebensalon hinüber. Ehe sie die Tür erreicht hatten, trat ihnen Frau Adolfine in den Weg.

»Ich hörte vorhin von Bettina, du hättest ihr dies wertvolle Schmuckstück geschenkt, Tante Emma. Das ist doch wohl ein Irrtum. Oder solltest du nicht wissen, daß dieses schöne alte Schmuckstück schon durch die wertvolle Goldschmiedearbeit einen Wert von einigen hundert Mark hat?«

Großtanting sah ruhig in das verärgerte Gesicht Adolfines und wandte sich dann an Bettina.

»Geh doch schnell mal hinauf in mein Zimmer, Kind, ich habe mein Riechsalz vergessen«, sagte sie bittend.

Bettina eilte mit rotem Kopf davon. Tante Adolfines Worte waren ihr peinlich, weil sie einen Tadel für Großtanting enthielten.

Diese legte, nachdem sich Bettina entfernt hatte, ihre Hand auf Frau Adolfines Arm.

»Ich schickte Bettina fort, weil ich es nicht liebe, von dem Geldwert gemachter Geschenke in Gegenwart der beschenkten Person zu reden. Übrigens hast du recht, das Kettchen mit der Kapsel würde zwei- bis dreihundert Mark wert sein. Es hat aber noch einen viel größeren ideellen Wert für mich gehabt. Meine Mutter schenkte es mir, als ich das erste Mal zum Ball ging, als eine Art Talisman gegen die Gefahren des Ballsaals. Bettina ist ein so armes, bedauernswertes Geschöpf, sie hat schon so viel im Leben verloren. Und kein sorgendes Mutterauge wacht über sie. Deshalb schenkte ich ihr das Kettchen als Talisman. Du hast doch nichts dagegen einzuwenden, liebe Adolfine?«

Diese hätte sehr viel dagegen einzuwenden gewußt, aber dem klugen, gutmütig überlegenen Lächeln der alten Dame gegenüber wagte sie nichts weiter zu sagen als:

»Es ist mir nur darum zu tun, daß Bettina nicht verwöhnt wird.«

»Laß gut sein, Adolfine. Auf Rosen ist das arme Ding nicht gebettet. Und ein kleines bißchen Liebe und Güte braucht solch junges Menschenkind, soll es nicht verbittern.«

Adolfine lachte gezwungen.

»Du bist eine große Idealistin, Tante Emma, trotz deiner Jahre.«

Die alte Dame nickte.

»Ja, und hoffentlich bleibt mir mein bißchen Idealismus treu, so lange ich noch lebe.«

Weil Bettina jetzt zurückkam, ging Frau Adolfine davon. Das junge Mädchen legte zitternd seine Hand auf den Arm der alten Dame.

»War Tante Adolfine sehr böse, daß du mir ein so kostbares Geschenk gemacht hast?« fragte es leise.

Großtanting lachte und sah es an.

»Hu – was machst du für ängstliche Augen. Gar nicht, sie wollte nur hören, ob es ein Irrtum von dir war. Und wenn sie auch bitterböse gewesen wäre, mich kann heute nichts aus meiner freudigen Stimmung bringen. Sei also ruhig, Blondchen, und freu dich mit mir über den Erfolg von min leiven Jung.«

»Was hat Onkel Peter dazu gesagt, Großtanting?«

Die alte Dame atmete tief auf.

»Gar nichts, Bettina, aber ich hab' ihn seit seinen Kindertagen das erste Mal wieder weinen sehen.«

»Onkel Peter ist gut.«

»Ja, gottlob, das ist er. Er müßte ja auch kein Aßmann sein.«

»Georg ist auch ein Aßmann – und er ist gewiß nicht gut.«

»Nein, Georg ist kein Aßmann, und er ist seiner Mutter Sohn. Aber nun komm, Blondchen, hier sind meine alten Freunde. Setz dich zu uns, du darfst zuhören, was kluge Menschen reden.«

Großtanting wurde herzlich begrüßt von ihren Bekannten, und von diesen vier geistig bedeutenden Menschen wurde auch Bettina mit lächelnder Güte aufgenommen.

»Kommen Sie, Fräulein Goldblondchen, wir alten Leute können einen Sonnenstrahl brauchen, uns daran zu wärmen«, sagte Professor Kretner lächelnd zu ihr.

Bettina setzte sich neben Großtanting nieder und war froh und glücklich, als hätte sie einen sicheren Hafen erreicht.

Als Frau Adolfine Großtanting verlassen hatte, sah sie noch einen verspäteten Gast kommen. Es war der Geheime Baurat Bürger. Sie ging auf ihn zu, um ihn zu begrüßen. Er küßte ihr die Hand und sah aus seinem klugen, scharf markierten Gesicht mit lachenden Augen in die ihren.

»Ich habe mich verspätet. Meiner Frau ging es in letzter Stunde nicht gut. Nein, nichts Schlimmes – Kopfweh, Migräne, ihr altes Leiden. Sie bedauert sehr. Aber ich wollte heute nicht fehlen, hoffentlich komme ich noch zurecht, um Ihnen als erster zu gratulieren zu dem Erfolg Ihres Sohnes. Großartige Leistung – auf Ehre. Das ganze Preisrichterkollegium ist rein aus dem Häuschen vor Entzücken. Wir werden ein Theater haben wie keine zweite Stadt in Deutschland. Einstimmig wurde der Entwurf Ihres Herrn Sohnes angenommen und zur Ausführung bestimmt. Es war ein Jubel, als sich herausstellte, daß ein Sohn unserer Stadt den Preis davongetragen hat! Also meinen innigsten Glückwunsch, verehrte gnädige Frau. Der Name Ernst Aßmann wird bald in aller Munde sein. Sie können stolz sein auf Ihren Sohn.«

Adolfine hatte diese lebhaft hervorgesprudelte Rede mit unbeschreiblichen Gefühlen angehört. Ein Sausen und Surren fuhr ihr durch den Kopf, und die Lichter im Saal drehten sich einige Sekunden in schneller Jagd vor ihren Augen. Aber Großtanting hatte recht gehabt, wenn sie auf Frau Adolfines Selbstbeherrschung baute. Kein Zug in ihrem Gesicht verriet die Gefühle, die in diesem Augenblick auf sie einstürmten. Lächelnd und einige Worte des Dankes sagend, ließ sie sich die Hand küssen. Sie durfte mit keinem Atemzug verraten, daß ihr diese Nachricht neu und überraschend kam, wenn sie nicht offenbaren wollte, daß zwischen Ernst Aßmann und seinen Eltern ein Zerwürfnis bestand.

Und neben dem Stolz auf den Erfolg ihres Sohnes erwachte noch einmal der Groll über sein eigenmächtiges Verhalten. Diese beiden Gefühle rangen in ihrer Seele um die Herrschaft. Sie war zu kleinlich, um in diesem Augenblick zu vergessen, wie sehr sie sich über den Ungehorsam ihres Sohnes geärgert hatte. Fast wäre es ihr lieber gewesen, er hätte draußen im Leben Schiffbruch erlitten und kehrte gedemütigt heim, als daß sein Eigenwille durch Erfolg gekrönt wurde. Aber natürlich durfte kein Mensch merken, was in ihr vorging. Sie mußte sich des Erfolges ihres Sohnes vor aller Augen freuen.

Und plötzlich dachte sie mit Schrecken an ihren Mann und Georg. Wenn diese beiden die Nachricht von Ernsts Erfolg so plötzlich vorgesetzt bekamen, würden sie sich nicht in der Überraschung verraten?

Sie geleitete mit liebenswürdigen Worten ihren Gast zu einer Gruppe von Herren und Damen, denen er seine Neuigkeit mitteilen konnte, und entschuldigte sich, um ihren Mann aufzusuchen. Er stand lächelnd hinter Großtantings Sessel und unterhielt sich mit ihr und ihren Freunden. Adolfine trat zu ihm heran.

»Einen Augenblick, Peter«, sagte sie und führte ihn abseits.

Peter Aßmann kannte seine Frau sehr genau. Er allein merkte an dem unruhigen Blick ihrer Augen, daß sie aus ihrem seelischen Gleichgewicht gerissen war.

»Was gibt es, liebe Adolfine?«

Sie sah an ihm vorbei auf all die plaudernden, lachenden Menschen.

»Soeben erfuhr ich vom Geheimen Baurat Bürger, daß Ernst sich unter den Bewerbern befand, die sich am Preisausschreiben für unser neues Stadttheater beteiligten. Sein Entwurf erhielt den ersten Preis und ist zur Ausführung bestimmt worden. Das wollte ich dir sagen, damit du dich in der Überraschung nicht verrätst. Es ist nicht nötig, daß man jetzt noch erfährt, daß Ernst gegen unsern Willen Architekt wurde.«

Peter sah lächelnd in ihre unruhigen Augen.

»Du brauchst deshalb nicht in Sorge zu sein. Ich suche schon eine ganze Weile nach einer Gelegenheit, unbemerkt mit dir sprechen zu können, um dir dieselbe Mitteilung zu machen. Ich wußte bereits davon durch Großtante.«

Adolfine sah starr in sein Gesicht.

»Woher wußte sie davon?«

»Durch Ernst selbst.«

Ihr Gesicht rötete sich. Der scharfe Zug um den Mund vertiefte sich.

»Also ihr hat er es mitgeteilt, und wir müssen es von fremden Menschen erfahren«, rief sie heftig.

Er sah mit stillem, ernstem Vorwurf in ihre Augen.

»Tante Emma hat ein größeres Anrecht darauf als wir. Ihr hat es Ernst zu danken, daß er sein Studium vollenden konnte, denn sie hat ihm die Mittel dazu gewährt. Wir haben uns ja auf den Standpunkt des Fremdseins mit ihm gestellt. Mit keinem Wort haben wir seine monatlichen Berichte erwidert. Es darf uns nicht wundernehmen, wenn er uns erst in zweiter Linie berücksichtigt. In einigen Tagen ist sein laufender Monatsbericht fällig, dann wird er uns schon Mitteilung machen. Nach allem konnte er nicht erwarten, daß uns sein Erfolg mehr interessiern würde als alles, was er bisher draußen getrieben und erreicht hat. Sei also nicht ungerecht, Adolfine, und freu dich mit mir, daß unser Sohn ein tüchtiger Mensch geworden ist. Es hätte auch anders kommen können. Ich weiß – im Grunde grollst du ihm, gleich mir, längst nicht mehr, willst es nur nicht eingestehen.«

Frau Adolfine biß die Zähne in die Unterlippe. Sie hatte wieder den Groll gegen den starrköpfigen Sohn in sich aufsteigen fühlen, der es so gar nicht nötig gefunden hatte, die Eltern für sein eigenmächtiges Handeln um Verzeihung zu bitten oder gar die Hand zur Versöhnung zu bieten. Ihres Gatten eindringliche Worte, sein ernster Blick zeigten ihr, wie sehr er unter dem Zerwürfnis mit dem Sohn gelitten hatte. Und das blieb nicht ohne Eindruck auf sie. Hatte sie nicht auch darunter gelitten? Wenn sie es sich auch nicht eingestanden hätte, fühlte sie doch, daß es so war.

Und zugleich regte sich zum ersten Male etwas wie Reue in ihrem Herzen, daß sie Ernst all die Jahre so schroff gegenübergestanden hatte, ihr Mann hatte recht, sie durfte sich nicht wundern, wenn er zuerst Großtanting Mitteilung gemacht hatte.

Jedenfalls war sie nun doch etwas aus ihrem seelischen

Gleichgewicht gerissen. Peter sah in ihren Augen etwas wie Tränen funkeln. Das machte ihn ganz fassungslos.

»Adolfine!« rief er weich und herzlich.

Sie ruckte sich zusammen und zerdrückte hastig die Tränen in ihren Augen.

»Bitte, verständige auch Georg davon. Ich muß jetzt das Zeichen zum Beginn der Tafel geben«, sagte sie etwas unsicher, winkte ihm flüchtig zu und ging davon.

Peter sah ihr eine ganze Weile mit sonderbarem Ausdruck nach. Er bemerkte selten genug eine Gefühlsregung bei seiner Frau. Sie verlor nie ganz die Selbstbeherrschung. Daß ihr aber heute der Gedanke an ihren ältesten Sohn sehr nahe ging, merkte er recht wohl.

Er suchte dann Georg auf.

Dieser nahm die Mitteilung mit unbewegtem, kühlem Erstaunen auf. Ihm war der Bruder eine Art Abenteurer gewesen, von dem nicht viel Gutes zu erwarten war. Und nun entpuppte er sich als so eine Art Berühmtheit. Jedenfalls brachte ihn diese Eröffnung in keiner Weise aus seiner Seelenruhe.

»Es ist gut, Vater, du brauchtest nicht in Sorge zu sein, daß ich mich verraten hätte. Es geht ja niemanden etwas an, daß wir im Grunde nur noch sehr lose mit ihm zusammenhängen«, sagte er gelassen.

Peter nickte.

»Das wird nun wieder besser werden, wenn Ernst heimkehrt.«

»So? Er kehrt zurück?«

»Sicher. Er wird sich diese Gelegenheit nicht entgehen lassen, Frieden mit uns zu schließen.«

»Wohl möglich. Aber du gestattest, Vater, ich muß Fräulein Hagemann zu Tisch führen, ich sehe, sie wartet bereits.«

Damit ging er eilig auf eine schlanke, blonde Dame zu, die genauso hochmütig und herablassend aus den blauen, schläfrigen Augen blickte wie ihre Mutter.

Bei Tisch ließ es sich der Geheime Baurat Bürger natürlich nicht nehmen, einen Toast auf den Sohn des Hauses auszubringen.

»Der angehende Stern am Himmel der Baukunst, der unserer lieben Vaterstadt einen Tempel der Kunst aufbauen wird, wie er schöner und herrlicher nicht gedacht werden kann, lebe hoch!«

Nun war Ernst Aßmann plötzlich in aller Mund. Jeder wollte Näheres von ihm wissen. Man bestürmte alle Familienmitglieder, und je nach der Quelle, aus der man schöpfte, erhielt man ein entsprechendes Bild des preisgekrönten Architekten. Großtanting malte in den sattesten, leuchtendsten Farben und zitterte vor Stolz über ihren leiven Jung. Peter und Adolfine zeigten eine stolze, abwehrende Bescheidenheit, und Georg lieferte ein sehr wässeriges Bild seines Bruders. Er ärgerte sich, daß all die jungen Damen, die sich bisher eifrig um seine Gunst bemüht hatten, sich so angelegentlich nach Ernst erkundigten. Den ganzen Abend gab es keinen anderen Gesprächsstoff mehr. Auch nachher, während des Tanzes, mußte er immer wieder Auskunft geben. Er wünschte verdrießlich seinen Bruder ins Pfefferland.

Nach der Tafel hatte sich Großtanting bald zurückgezogen. Bettina wäre am liebsten mit ihr gegangen, aber das ging leider nicht, da Tante Adolfine wünschte, Bettina bis zum Schluß zur Hand zu haben. Auch war ihre Tanzkarte gefüllt, und sie mußte aushalten.

Sie atmete jedesmal wie erlöst auf, wenn einer dieser Pflichttänze zu Ende war. Die Herren kamen auch alle nicht in Stimmung mit ihr. Bettina merkte ihnen das Gezwungene an und gab sich sehr zurückhaltend und still. Die Gabe, gedankenlose Redensarten auf den Markt zu bringen, fehlte ihr vollständig. Man fand sie langweilig.

Nur Leutnant von Bühren traf den rechten Ton für sie. War er doch selbst so ein Stiefkind des Glücks. Und er war mit Bettinas Bruder zusammen im Kadettenkorps gewesen, wußte auch, daß dieser dem Armeeleutnant selend mit einem Schuß ins Herz ein Ende gemacht hatte. Natürlich sprach er nicht mit ihr über den Bruder, aber Bettina wußte, daß er ihn gekannt hatte. Bei einer früheren Begegnung hatte er es ihr erzählt.

Bühren gegenüber ging Bettina etwas aus sich heraus. Sie unterhielt sich ganz zutraulich mit ihm, und er blieb in ihrer Gesellschaft, bis der nächste Tänzer sie ihm entführte. Auch später verplauderte er noch eine Pause mit ihr. Er fühlte sich von ihrer lieblich-ernsten Anmut gefesselt. Als er sich von ihr verabschiedete, entstieg ein Seufzer seiner Brust.

Das wäre nun mal ein süßes, liebes Mädel, das einem gefallen könnte. Aber du lieber Himmel, das wäre auch der Anfang vom Ende. Die ist ja noch ärmer als ich. So etwas kann sich unsereiner natürlich nicht leisten, überlegte er und suchte den Gedanken an Bettina zu verbannen. Diese dachte, ehe sie nach Schluß des Festes zu Bett ging, mit einem Seufzer der Befriedigung, daß sie nun in den nächsten Wochen vor Ballfreuden Ruhe haben würde.

Aber Herr von Bühren ist viel netter und liebenswürdiger als die andern alle. Mit ihm kann man doch reden, wie einem ums Herz ist, und er ließ es mich nicht merken, daß er nur aus Pflichtgefühl mit mir tanzte. Fast glaube ich, es hat ihm wirklich Vergnügen gemacht, sann sie und legte sorglich das Kettchen mit den Türkisen in ein Kästchen. Sie betrachtete es liebevoll und legte ihre Wange schmeichelnd daran, als wäre es Großtantings liebe Hand.

Ehe sie einschlief, sagte sie plötzlich halblaut vor sich hin: »Nun wird Ernst Aßmann bald heimkommen.« Und mit dem Gedanken an ihn schlief sie ein.

VI

Der ›verlorene Sohn‹ sollte heute ins Vaterhaus zurückkehren. Zwar hatte man ihm kein Kalb geschlachtet, aber eine Art Festmahl hatte Frau Adolfine doch herrichten lassen.

Nichts an ihr verriet ihre innere Erregung. Nur ihre Wangen brannten etwas heißer als sonst, und ihre Augen hatten einen unruhigen Blick. Auch ihrem Tun fehlte die sonstige Stetigkeit. Bettina hatte es heute doppelt schwer. Einmal sollte sie dieses tun und jenes lassen, und dann war es wieder umgekehrt. Dabei war das junge Mädchen selbst in fieberhafter Erregung.

Durch den steten Umgang mit Großtanting war ihr Ernst Aßmann ganz vertraut. Sie hatte fast alle seine Briefe an die alte Dame mitgelesen, hatte seinen Werdegang verfolgt, und ihr Herz schlug ihm erwartungsvoll entgegen. Sein Ringen und Kämpfen draußen in der Welt, sein heißes Streben nach Vollendung hatten ihre Bewunderung erregt, und seine warmherzigen, liebevollen Worte für Großtanting hatten verwandte Saiten in ihr berührt. Nun sah sie seinem Kommen mit ebenso großer Erregung entgegen wie Großtanting.

Diese saß schon seit Stunden in besonders festtägigem Anzug in ihrem Lehnstuhl auf dem Erkerplatz und sah versonnen zum Fenster hinaus auf den Fluß, der an den Ufern zugefroren war. Ihre Hände waren wie im Gebet gefaltet, und in ihren Augen lag erwartungsvoller Glanz.

»Min leiven Jung – min leiven Jung«, sagte sie manchmal innig vor sich hin. Hier in ihrem Lehnstuhl wollte sie auf ihn warten, hier sollte er sie finden, wie er sie vor mehr als zehn Jahren verlassen hatte. Erst mochte er drüben Frieden machen mit seinen Eltern, ihnen sollte er zuerst allein gehören. Dann aber wollte sie ihn auch ein Stündchen für sich allein haben.

Als Bettina mit ihrer Arbeit draußen fertig war, kam sie zu Großtanting ins Zimmer.

»Nur eine halbe Stunde noch, Großtanting, dann ist er hier.«

Die alte Dame nickte verklärt.

»Ja – dann ist er hier.«

Bettina atmete tief und schwer.

»Mir ist so feierlich zumute, Großtanting. Wie schön, daß Ernst so stolz und gerechtfertigt heimkehren kann ins Vaterhaus. Wenn er Schiffbruch da draußen erlitten hätte, wie bitter wäre dann seine Rückkehr geworden.«

»Dann wäre er wohl nie heimgekehrt, Bettina. So weich sein Herz ist, so hart ist sein Kopf.«

Bettina saß auf ihrem alten Platz und verschränkte die Hände um die Knie.

»Tante Adolfine ist aber auch sehr erregt, ich merke es wohl, so sehr sie es verbergen will. Sie hat mir zweimal Butter für die Leute herausgegeben.«

Großtanting lächelte über diese erschöpfende Beweisführung.

»Er ist ja doch ihr Sohn. Und sie ist von Fleisch und Blut, nicht von Stein. Und Onkel Peter – ist er zu Hause geblieben, Bettina?«

Die lachte leise.

»Ja, Großtanting. Er sitzt im Wohnzimmer und liest die Zeitung. Aber er hielt sie verkehrt und merkte nicht, daß die Buchstaben auf dem Kopf standen. Und wenn Tante Adolfine durch das Zimmer ging, dann sah er ihr nach und lächelte. So lächelst du zuweilen, Großtanting. Ich glaube, er freut sich, daß sie heute nicht ganz so ruhig ist wie sonst.«

Die alte Dame klopfte Bettina die Wange.

»Was bist du für eine scharfe Beobachterin, Kind. Man muß

sich vor dir in acht nehmen. Also, mein Peter hält die Zeitung verkehrt und lächelt. Und Georg?«

»Der ist, wie jeden Tag, in die Fabrik gegangen. Tante Adolfine wollte ihn zurückhalten. Da machte er ein ärgerliches Gesicht.

›Hat es Ernst ausgehalten, zehn Jahre lang auf dieses Wiedersehen zu warten, so werde ich meine Sehnsucht nach ihm auch bezwingen können, bis ich heute mittag heimkomme‹, sagte er, als er ging.«

Die alte Dame nickte.

»Sie werden nie einen guten Faden miteinander spinnen, diese beiden Brüder. Es ist ein Glück, daß ihr Beruf sie trennt. Wären sie, dem Wunsch ihrer Eltern entsprechend, beide in die Fabrik eingetreten, würde es immer Unfrieden geben.«

Frau Adolfine saß ihrem Mann gegenüber am Fenster des Wohnzimmers, als wäre dies ein Tag wie andere auch. Ihre Hände hielten eine Stickerei, aber sie führte die Nadel wie im Traum. Als endlich draußen der Wagen vorfuhr, der den heimkehrenden Sohn brachte, zuckte sie einen Augenblick empor, als wollte sie aufstehen und ihm entgegeneilen. Aber sie sank wieder in sich zusammen und stichelte weiter an ihrer Arbeit. Nicht einmal den Kopf wandte sie, um ihn durch den Vorgarten kommen zu sehen.

Peter hatte seine Zeitung weggelegt und war aufgesprungen. In erwartungsvoller Haltung stand er da, die zitternde Hand auf den Tisch gestützt. Nun hörten sie draußen auf dem Korridor einen raschen Schritt, eine männliche, volltönende Stimme.

Ein leises Beben flog über die Gestalt des alten Herrn, als er diese Stimme hörte. Als Ernst das Vaterhaus verließ, war seine Stimme heller gewesen, war noch leicht umgeschlagen von der Höhe zur Tiefe. Jetzt klang sie voll und fest. Aus dem Jüngling war ein Mann geworden.

Und nun öffnete sich die Tür. Noch im Mantel, den weichen

Filzhut in der Hand, stand eine kraftvolle, schlanke Männergestalt auf der Schwelle. Aus dem scharf markierten, großzügigen Gesicht sahen die großen, machtvollen Augen forschend in das Zimmer hinein. Ernst zog die Tür hinter sich ins Schloß. Und dann flog plötzlich der Hut in weitem Bogen in eine Ecke, und Vater und Sohn hielten sich umschlungen, wortlos vor Bewegung. Sie fühlten in diesem Augenblick beide, daß nur der starke Wille der jäh erblaßten Frau da drüben am Fenster sie all die Jahre getrennt hatte. Im Herzen waren sie trotz allem vereint gewesen.

In Frau Adolfine stieg etwas würgend im Halse empor, als sie auf die beiden umschlungenen Männer blickte. Ihrem Mann gehörte der erste Gruß des Sohnes, der vorläufig ihre Gegenwart gar nicht beachtete. Sie hatte ihm verzeihend, großmütig die Hand zum Gruß bieten wollen, und er sah es nicht einmal, hielt nur den Vater, als wollte er ihn nicht mehr lassen. Sie fühlte in diesem Augenblick die ganze Bitterkeit der Erkenntnis, daß sie ihrem Sohn fremd geworden war, aber sie wollte sich die Schuld daran nicht eingestehen. In ihres Mannes Gebaren lag eine stumme Abbitte dem Sohn gegenüber, und Ernst hatte das sofort herausgefühlt. Sie selbst wollte nicht so schwach sein. Ernst hatte Abbitte zu leisten für seinen trotzigen Eigenwillen. Daß der Erfolg für ihn sprach, änderte nichts an der Tatsache, daß er seinen Eltern den Gehorsam verweigert hatte.

Unter diesen Gedanken erhielt sie ihre Fassung zurück, die sie beim Anblick ihres Sohnes einen Augenblick verloren hatte. Langsam legte sie ihre Arbeit aus den Händen und erhob sich. Peter dachte zuerst an sie und schob Ernst an den Schultern der Mutter zu, ohne ein Wort zu sagen. Einen Augenblick stutzte er vor ihrer kalten, beherrschten Miene, aber dann nahm er seine Mutter ohne weiteres in seine jungen, starken Arme und küßte sie herzlich auf Mund und Wangen. Da wurde Frau Adolfine gar seltsam zumute. So eigen wohlig und warm stieg es in ihrem Herzen auf, und sie war sich plötzlich bewußt, daß sie freiwillig auf etwas Köstliches verzichtet hatte in ihrer herben, strengen Art. Als Ernst sie dann freigab, zwang sie freilich dies neue Gefühl in sich nieder. Es war ihr doch störend, unbequem. Aber auf eine Abbitte des Sohnes wartete sie auch nicht mehr.

Ernst zog nun seinen Mantel aus, indem er sich gerührt im Zimmer umblickte.

»Daheim bei Vater und Mutter«, sagte er halblaut vor sich hin. Er schüttelte die Weichheit ab und warf lachend seinen Mantel zur Tür hinaus, einer Dienerin in die Arme. Dann blieb er vor den Eltern wieder stehen und faßte beider Hände.

»An euch ist die Zeit fast spurlos vorbeigegangen, hauptsächlich an dir, Mutter. Noch immer kein graues Haar, keine Falte im Gesicht, wie eine junge Frau. Und frisch und gesund seht ihr gottlob beide aus.«

»Desto mehr hast du dich verändert, Ernst«, sagte Peter Aßmann, noch immer mit seiner Bewegung kämpfend.

»Ja, Vater, in meinen Jahren entwickelt sich der Mensch und verändert sich am meisten. Und zehn Jahre sind eine lange Zeit.«

»Warum bliebst du uns so lange fern?«

Ernst sah seinem Vater offen ins Gesicht.

»Ihr habt mich nie zur Heimkehr aufgefordert, und freiwillig wollte ich nur kommen, wenn ich euch beweisen konnte, daß ich es in meinem Beruf zu etwas Tüchtigem gebracht habe. Jetzt, denke ich, bin ich soweit. Deshalb schrieb ich euch, daß ich nun heimkommen wollte. Aber nun – seid mir nicht bös – ich weiß, drüben sitzt Großtanting und wartet auf mich. Jetzt muß ich erst zu ihr – es hält mich nicht länger.«

Er drückte Vater und Mutter die Hand und stürmte hinaus. Mit langen Schritten durchmaß er den Korridor und klopfte an Großtantings Tür. Ehe sie noch »herein« rief, war er schon drinnen.

Das alte Fräulein saß auf ihrem Erkerplatz. Ernst eilte auf sie zu und kniete, sie innig umfassend, vor ihr auf dem Erkertritt nieder.

»Grüß Gott, Großtanting – da bin ich, endlich wieder zu deinen Füßen, daheim«, rief er lachend, und doch mit feuchtschimmernden Augen. Sie strich ihm mit zitternder Hand das Haar aus der Stirn und sah ihm glücklich in das freie, offene Gesicht.

»Min leiven Jung, hab' ich dich wieder«, sagte sie leise und küßte ihn auf Stirn und Augen. Dann sah sie ihn lange forschend an.

»Ein Mann bist du geworden, richtig erwachsen. Aber die Augen, die sind geblieben, wie sie waren: klar und wahr, ehrlich und treu. Gottlob!«

»So sollen sie bleiben, Großtanting, das verspreche ich dir.«

Sie nickte und strich ihm wieder über das kurzgeschnittene Haar, das sich nur über der Stirn in schweren Ringeln emporbäumte.

»Wie haben dich deine Eltern aufgenommen?« fragte sie leise.

Er lachte gerührt.

»Vater hat mich in die Arme genommen, als hätte er sich lange danach gesehnt. Das hat alle Bitterkeit in mir ausgelöscht. Und Mutter – ach, du kennst sie ja –, sie wollte sich nicht schwach zeigen und machte ein Gesicht, als sollte eine geharnischte Standpauke auf mein schuldiges Haupt herabprasseln. Ich hab' sie gar nicht dazu kommen lassen, sondern sie in die Arme genommen und abgeküßt. Da ergab sie sich in ihr Schicksal. Also Sieg auf der ganzen Linie.«

Sie sah mit stolzem Lächeln in sein Gesicht.

»Der alte Unband bist du noch immer.«

Er sprang übermütig auf und lief durch das Zimmer, jedes Möbel als alten Bekannten begrüßend. Zuletzt trat er an das Schränkchen, in dem Großtanting die Leckereien aufzubewahren pflegte. Er öffnete es und sah hinein. Dann lachte er herzlich auf.

»Wahrhaftig – da liegt Schokolade! Davon muß ich ein Stück nehmen, Großtanting. Der erste Bissen im Vaterhaus soll mir aus deinen lieben Händen kommen. Zwar duftete es aus der Küche nach einem Festbraten, als ich vorüberging, aber ich werde trotz der Schokolade noch einen Appetit entwickeln, daß Mutter mich für ganz ausgehungert halten wird.«

Und wieder zu der alten Dame tretend und ihre Hände streichelnd, fuhr er fort:

»Wie wäre ich wohl heimgekehrt, hättest du deine Hände nicht immer offen gehabt für mich. Mein Studium war nicht billig. Weit wäre ich ohne Geld nicht gekommen. Vor allen Dingen hätte ich die Reisen nicht machen können, die mich doch am meisten gefördert haben. Nur dir hab' ich's zu danken, daß ich so viel gelernt habe.«

Um den Mund der alten Dame huschte das alte liebe Lächeln.

»Hätte ich dir das Geld nicht geschickt, so hätte es dein Vater getan. Ich schrieb dir doch, daß er darum weiß. Sonst hätte er doch keine Ruhe gehabt.«

Ernst setzte sich auf den Erkertritt. Seine langen Beine streckten sich weit ins Zimmer hinein.

»Das schmälert alles dein Verdienst nicht, Großtanting. Ich weiß sehr wohl, was ich dir zu danken habe. Was bist du mir gewesen! Mutter, Freundin, Schützerin – ach, ich brauch' dir das nicht aufzuzählen, du weißt es ja selbst.«

Sie saßen eine Weile still beisammen. Dann sah Ernst plötzlich auf in Großtantings Gesicht.

»Richtig, jetzt hab' ich doch ganz mein Bäschen Bettina vergessen. Wo hältst du denn dein gerühmtes Goldblondchen versteckt? Eigentlich hatte ich, deinen Erzählungen nach, erwartet, sie hier auf meinem Platz zu finden. In der Wiedersehensfreude vergaß ich sie. Wo ist sie denn? Ich bin doch neugierig, ob du sie mir nicht in zu rosigen Farben gemalt hast.«

»Bettina wird in ihrem Zimmer sein. Sie wollte wohl das Wiedersehen nicht stören. Bei Tisch wirst du sie ja sehen. Oder eilt es dir zu sehr? Drück mal dort auf die Klingel – gleich wird sie dann hier sein.«

Er sprang auf.

»Aber sehr eilig ist es mir, ihre Bekanntschaft zu machen. Meine Nebenbuhlerin in deinem Herzen, meine Nachfolgerin auf diesem molligen Erkerplatz. Gleich will ich sie sehen, damit ich weiß, was ich von ihr zu fürchten habe. So – das Zeichen habe ich gegeben, nun: Sesam, tu dich auf!«

Er lehnte sich auf die Erkerbrüstung und sah erwartungsvoll nach der Tür. Großtanting lachte leise in sich hinein. Gleich darauf öffnete sich die Tür, und Bettina trat ein. Sie blieb zögernd an der Tür stehen und sah errötend auf den hochgewachsenen Mann neben Großtanting. Ihr Blick traf in seine großen, weitgeöffneten Augen hinein und blieb wie gebannt darin ruhen.

Ernst hatte sich bei ihrem Anblick hastig aufgerichtet und betrachtete mit forschenden Augen die lieblich anmutige Mädchengestalt. Sie trug ein hübsches dunkelblaues Kleidchen mit weißen Streifen, das gerade durch die schlichte Machart ihre weichen runden Formen erkennen ließ. Sein schönheitsdurstiges Auge weidete sich an den edlen, reinen Linien. Und das flimmernde Goldgespinst des Haares, die tiefen, seelenvollen Mädchenaugen! So rein und klar wie ein Bergsee blickten sie aus dem zartgeröteten Gesicht. Ihm war zumute, als sähe er in ein Heiligtum hinein. Schnell trat er auf sie zu und reichte ihr die Hand.

»Grüß Gott, Bäschen«, sagte er herzlich und hielt ihre kleine Hand fest in der seinen. Ein Zittern lief über sie hin vor heimlicher Erregung. Etwas Starkes, Zwingendes strömte von seiner Hand in die ihre und aus seinen Augen in ihre Seele.

Dieser Mann ist dein Schicksal.

Das wurde ihr klar in dieser ersten Minute, so empfand sie es als etwas Unabänderliches. Und sie wußte nicht, ob sie darüber im Herzen aufjubeln sollte oder schmerzlich weinen. Rührend hilflos und beklommen sah sie aus. Er hielt es für Schüchternheit und erbarmte sich ihrer,

»Nun – keinen Willkommensgruß für mich, kleine Bettina? Wir sind doch schon ganz alte Freunde.«

Da löste sich der Bann. Ein Lächeln huschte über ihr Gesicht, das Ernst sehr reizend erschien.

»Wenn ich ein Recht habe, dich willkommen zu heißen, Vetter Ernst, dann sei es von Herzen geschehen.«

Sie erwiderte seinen Händedruck so fest sie konnte.

»Wirklich? Freust du dich ein wenig, daß ich heimgekommen bin?«

Sie atmete auf.

»Sehr freue ich mich.«

Und dann lief sie zu Großtanting hinüber, die lächelnd die Begrüßung beobachtet hatte, und umfaßte sie zärtlich.

»Gelt, jetzt bist du glücklich, daß du ihn wiederhast?« fragte sie leise, doch so, daß es Ernst hörte.

Er betrachtete die beiden Frauen mit sinnendem Blick.

Großtantings strahlende Augen lachten in die Bettinas hinein.

»Sehr glücklich, mein Blondchen. Nun hab' ich nichts Schöneres mehr auf Erden zu erwarten.«

Ernst trat zu ihnen heran.

»Wir müssen uns in Großtantings Zärtlichkeiten teilen, Bäschen. Ich bin nämlich nicht edel genug, zu deinen Gunsten auf mein Teil zu verzichten. Trittst du es mir freiwillig ab, oder muß ich darum kämpfen?«

Sie sah mit einem so lieben Blick zu ihm auf, daß ihm das Herz warm wurde.

»Du hast ältere und geheiligtere Rechte als ich. Aber Großtantings Herz ist so reich an Liebe und Güte, da bleibt auch für mich noch genug übrig.«

»So – und ich werde bei diesem Handel gar nicht gefragt?«

sagte die alte Dame launig. »Ihr bestimmt so über meinen Kopf hinweg über meine Gefühle, als hätte ich da gar nicht mitzureden.«

»Hast du auch nicht, Großtanting. Wer sich in Gefahr begibt, kommt darin um. Wessen Herz am reichsten ist an Liebe, der ist immer der Sklave derer, die er liebt. Warte nur, wir wollen dich tyrannisieren, daß dir angst wird«, sagte Ernst übermütig.

Sie zupfte an seinem Haar.

»Du hast ja merkwürdige Weisheiten mit heimgebracht, du Unband. Und das Rebellieren steckt dir noch immer im Blut.«

Er haschte nach ihrer zausenden Hand und küßte sie.

»Meinst du, ich sei zahmer geworden draußen in der Welt? Eher das Gegenteil. Aber ich kann mich beherrschen – du sollst es bald merken.«

Bettina mußte ihn immer wieder ansehen. Wie wenig hatte seine Photographie den Zauber dieses geist- und lebensprühenden Gesichtes wiedergegeben. Sie fühlte, der heutige Tag hatte über ihr Leben entschieden. Es war so schön, so wunderschön, daß er nun da war. Wie ein heimlicher Glanz würde es auf ihren Tagen liegen, so lange er hier blieb. Und ging er eines Tages wieder fort, dann war sie dennoch reicher geworden um ein Köstliches, dem sie nicht Namen geben konnte. Aber jetzt nur nicht an sein Fortgehen denken, jetzt seine Gegenwart empfinden mit all ihren Sinnen.

Sie wußte nicht, daß ihre Seele das Bild dieses Mannes schon längst umschlossen hielt, daß er durch Großtantings Einfluß zur Idealgestalt für sie geworden war. Der Boden war für ihn bereit in ihrem Herzen, und sieghaft hatte er, ohne es zu ahnen, seinen Platz darin eingenommen. So stark ihr Empfinden aber auch war, sie verschloß es scheu in ihrer Brust. Mit der Erkenntnis, daß Ernst Aßmann ihr Schicksal sein würde, kam ihr auch zugleich die Gewißheit, daß dieses Schicksal Entsagen heißen würde. Sie, die arme, verwaiste Majorstochter, die man aus Gnade und Barmherzigkeit ins Haus genommen, und

Ernst Aßmann, der Sohn eines reichen, vornehmen Patriziergeschlechts, der bereits die ersten Stufen auf der Leiter des Ruhmes emporgestiegen war! Die stolzesten Schönheiten wären geehrt, wenn dieses Mannes Wahl auf sie fallen würde.

Aber war es nicht schon herrlich und schön, daß er sie sein Bäschen nannte und so lieb, so gut zu ihr war? Sie sprach nicht viel, hörte nur mit glänzenden Augen zu, was er Großtanting erzählte, und hatte dabei ein Gefühl, als ob sie etwas Wundersames erlebte.

Ernst neckte sich mit ihr, und sie lachte einige Male herzlich. Und weil ihm dies warme, klare Lachen so gut gefiel, reizte er sie immer wieder dazu. Großtanting klopfte ihr die glühenden Wangen.

»Siehst du, Blondchen, wenn so ein junges, frisches Blut in mein Stübchen kommt, dann kannst du fröhlicher sein, als wenn du mit deinem alten Großtanting allein bist.« Und zu Ernst gewandt, fuhr sie fort: »Bettina ist leider viel zu ernst für ihre Jugend. Das macht wohl, weil sie hauptsächlich auf meine Gesellschaft angewiesen ist. Du tust ein gutes Werk, min leiven Jung, wenn du sie ein bißchen aufrüttelst.«

Er fuhr sich durch den Haarbusch über die Stirn.

»Wird besorgt, Großtanting. In meinen Mußestunden werde ich hier bei euch sitzen, und dann soll es am Aufrütteln nicht fehlen. Mach dich auf einen kräftigen Sturmwind gefaßt, Bettina. Nur werde ich leider oder gottlob nicht viel Mußestunden haben. Arbeit wird es in Hülle und Fülle für mich geben. Und darauf freue ich mich. Die Schaffenskraft und Schaffenslust prickeln mir durch die Adern wie Feuer.«

Bettina hing mit den Blicken an seinen lebensvollen Zügen und konnte sich nicht satt daran sehen. Aber dann erinnerte sie sich doch, daß draußen noch Arbeit für sie war. Sie erhob sich.

»Tante Adolfine wird mich brauchen, Großtanting.«

»So geh, Bettina. Bei Tisch sehen wir uns wieder.«

Das junge Mädchen ging hinaus. Ernst rief ihr noch ein

Scherzwort nach, worüber sie lachen mußte. Als sie auf den Flur hinauskam, sah sie sich Tante Adolfine gegenüber.

»Wo steckst du nur, ich suche dich schon eine ganze Weile; wenn man dich sucht, bist du nie zu finden.« Es lag eine scharfe Gereiztheit in Adolfines Worten. Sie ärgerte sich, daß Ernst da drinnen bei Großtanting saß und daß Bettina so fröhlich aus deren Zimmer kam. Sie gönnte niemand seine Gesellschaft. Ganz plötzlich war eine mütterliche Eifersucht in ihrem Herzen aufgewacht. Die Umarmung ihres Sohnes, seine warmherzigen Küsse hatten in ihrer Seele etwas aufgeweckt, das sie früher nie empfunden hatte, ein Verlangen nach Zärtlichkeit. Sie hätte das nie eingestanden und wehrte sich gegen dieses Gefühl. Es war ihr ebenso neu wie unbequem.

Mit kurzen Worten gab sie Bettina allerhand Aufträge und ging dann in das Wohnzimmer zurück. Sie wartete mit heimlicher Unruhe, daß Ernst wieder herüberkommen sollte.

Der aber saß ›schnurrbehaglich‹ bei Großtanting. Als Bettina hinausgegangen war, sah er ihr eine Weile nach. Dann blickte er zu der alten Dame empor.

»Draußen in der Welt vergißt man, daß es solche Mädchen gibt, Großtanting. Der größte Zauber einer Frau sind doch ein reiner Sinn und echt weibliche Anmut.«

Die Greisin nickte.

»Wohl dir, min leiven Jung, daß dir die Welt den Geschmack nicht verdorben hat. Das war immer meine größte Sorge um dich, daß du mit deinem feurigen, ungestümen Wesen in dieser Hinsicht Schiffbruch erleiden könntest. Die Welt hat so viele Gefahren für einen Feuerkopf, wie du bist.«

Er blickte eine Weile schweigend vor sich hin. Dann seufzte er auf. »Ganz glatt und ruhig ist es natürlich nicht bei mir abgegangen, das kannst du dir denken. Man will nicht wie ein Einsiedler leben. Und es sind die besten Frauen nicht, die man auf seinem Weg findet. Aber es ging mir sonderbar, Großtanting. Hatte ich einmal Feuer gefangen, mich in eine Leidenschaft verstrickt, daß ich glaubte, sie schlüge mir über dem Kopf zusammen, dann kam plötzlich die Ernüchterung. Und weißt du, wodurch. Durch deine Briefe. Du erzähltest mir darin so viel von Bettina – und sonderbar, jedesmal verglich ich meine jeweilige Liebe mit diesem blonden Bäschen. Dann gefiel mir dies und das nicht mehr an der Angebeteten, und ich kühlte mich schnell ab. Wie das kam? Nun, du entwarfst mir in deinen Schilderungen von Bettina immer das Bild eines jungen Mädchens, wie ich es wohl halb unbewußt als Ideal im Herzen trug. Und jetzt weiß ich auch – binde ich mich einmal auf Lebenszeit an eine Frau, so muß sie diesem Ideal gleichen. Sonst lieber nicht.«

Großtanting hatte still zugehört. Nun sagte sie lächelnd: »Wie gefällt dir Bettina eigentlich, ich meine, ihr Äußeres? Das war ja wohl so ziemlich das einzige, was du nicht von ihr kanntest, weil ich dir das durch meine Briefe nicht so beschreiben konnte wie ihren Charakter.«

»Ich hatte sie mir anders vorgestellt, kleiner, zarter – unfertiger will ich sagen. Sie ist reizend, ohne Zweifel, wenn auch nicht direkt schön. Und dann hat sie etwas in ihrem Wesen, etwas Rührendes, Hilfloses. Man möchte die Hände über sie halten, daß ihr nichts Böses widerfährt. Das fesselt uns Männer mehr als die stolze Haltung einer vollendeten Schönheit. Ich glaube ganz sicher, daß ich sie verwöhnen möchte wie ein großer Bruder seine junge, geliebte Schwester. Hat sie viele Verehrer?«

»Ich glaube nicht. Wie soll sie auch dazu kommen? Sie lebt still zu Hause bei mir. Nur wenn hier im Haus Gesellschaft ist, kommt sie unter junge Leute. Und da gibt sie sich unfrei, bedrückt. Sie empfindet sehr tief. Nähert sich ihr ein junger Mann, glaubt sie, er tue es aus Rücksicht darauf, daß sie eine Verwandte des Hauses ist. Und meist hat sie recht damit. Man weiß eben, daß sie ein armes Mädchen ist. Der einzige junge Mann, der ihr gefällt, und mit dem sie sich gern unterhält, ist

Leutnant von Bühren. Dieser ist mit ihrem Bruder zusammen Kadett gewesen. Das hat sie ihm nähergebracht. Sie liebte ihren Bruder Hans leidenschaftlich. Überhaupt verbirgt sich unter ihrem stillen Wesen eine Empfindungstiefe, die mich für sie fürchten läßt.«

»Was für ein Mensch ist dieser Leutnant von Bühren?«

»Ein lieber Kerl. Offen, lustig, gescheit, hübsch und stattlich. Aber arm, sehr arm. Und deshalb bin ich froh, daß Bettina selten mit ihm zusammenkommt.«

»Du meinst nicht, daß sie ihn schon jetzt liebt?«

»Das glaube ich bestimmt nicht. Dazu plaudert sie zu unbefangen mit und von ihm und gesteht zu offen ein, daß sie ihn nett und sympathisch findet. Aber daß er ihren Bruder gekannt hat, macht ihn ihr sehr wert. Und die Liebe sucht sich oft sonderbare Wege, um in ein Menschenherz zu gelangen. Es würde mir sehr leid tun, wenn Bettina sich nun auch noch in eine aussichtslose Neigung verstrickte. Ihr Leben ist ohnedies an Schmerzen reich genug gewesen.«

»Ja, ein armes Hascherl ist sie schon, und wenn sie dich nicht hätte! Lieber Gott, von meiner Mutter wird sie nicht viel Liebe erfahren haben, so lange sie im Hause ist. Dazu kenne ich Mutter zu gut. Wie hat sich denn Georg zu ihr gestellt – ah, Georg –, den hatte ich wahrhaftig ganz vergessen. Ist er nett zu ihr?«

Großtanting zuckte die Achseln.

»Der Georg? Na, du weißt ja, er ist kühl bis ins Herz. Und stolz. Für den ist so ein armes Mädchen kaum vorhanden. Mehr als Luft ist sie ihm nicht.«

»Wo ist er denn?«

»In der Fabrik. Er ist sehr gewissenhaft.«

Ernst lachte.

»Und große Sehnsucht wird er nicht nach mir haben, kann ich mir denken.«

»Das ist ja auch begreiflich. Sehr gut habt ihr euch nicht vertragen.«

»Nein, leider nicht. Ich glaube, ich habe ihn oft verprügelt.«

»Ja, ein Unband bist du immer gewesen. Ich hoffe, ihr kommt jetzt besser miteinander aus.«

»Prügeln werden wir uns gewiß nicht mehr«, sagte er lachend.

»Nein, ernstlich.«

»Nun gut, auch ernstlich. Sei unbesorgt, Großtanting, zu einem dramatischen Bruderzwist kommt es nicht zwischen uns. Dazu ist Georg zu leidenschaftslos, und ich habe es gelernt, mich selbst im Zaum zu halten.«

»Wohl dir, min leiven Jung. Aber nun geh zu deinen Eltern hinüber. Ich will dich heute nicht egoistisch für mich allein in Anspruch nehmen. Du wirst mit Vater und Mutter noch manches zu besprechen haben, was ich aus deinen Briefen schon weiß.«

Ernst erhob sich rasch.

»Du hast recht. Ich vergaß, daß ich dir nur guten Tag sagen wollte. Es ist zu mollig und behaglich bei dir.«

Frau Adolfine hatte eine verstimmte Miene aufgesetzt, als Ernst wieder ins Wohnzimmer trat. Aber er bemerkte das gar nicht, plauderte mit seinem Vater über seine Pläne und Zukunftsaussichten, und zwar so interessant, daß seine Mutter sich schließlich sehr lebhaft mit am Gespräch beteiligte. Ernst wollte sich entweder in Berlin oder in seiner Vaterstadt als Baumeister niederlassen. Die Entscheidung behielt er sich noch vor, obwohl ihn die Eltern drängten, hier zu bleiben.

»Hier wird es dir nicht an ehrenvollen Aufträgen fehlen. Wir gehören zu den ersten Familien der Stadt, und das wird dir die Wege ebnen.«

Ernst lachte.

»Weißt du, Mutter, das würde mir eher gegen als für die Sache sprechen. Meine Arbeiten sollen für mich reden, nicht meine Familie.«

»Aber im Anfang ist es doch gut, wenn du schon bekannt bist«, meinte Peter.

Ernst zog ein Notizbuch aus seiner Tasche und hielt es lächelnd dem Vater hin, indem er es aufschlug.

»Schau, Vater – das sind alles feste Aufträge. Habe ich die alle erledigt, dann, denke ich, bin ich bekannt genug. Du mußt nicht denken, daß das Theater mein Erstlingswerk ist. Ich kann auch meine Zeit nicht vollständig in den Dienst dieses Theaterbaues stellen. Mit dem Geheimen Baurat Bürger teile ich mich in die Oberleitung. Jede Woche muß ich auf einen oder zwei Tage nach Berlin fahren, wo eben jetzt nach meinem Entwurf ein großes Warenhaus gebaut wird. Jedenfalls richte ich mir aber hier vorläufig ein Büro ein. Ich denke, ein passendes Lokal dazu werde ich in der Nähe des Theaterneubaues finden.«

»Aber du wohnst doch bei uns«, rief Adolfine unruhig.

Er lächelte und streichelte sanft über ihre Hand.

»Möchtest du es denn?«

»Aber Ernst – solch eine Frage.«

»Ja, Mutter, ich weiß doch nicht, ob ich dir zu viel Unruhe ins Haus bringe. Ich bin ein geräuschvoller Mensch, das hat sich noch nicht geändert. Und früher warst du mir oft darüber böse. Bei euch geht alles so still und ruhig zu. Aber wenn du es darauf ankommen lassen willst, bleibe ich natürlich gern.«

Frau Adolfines Hand lag noch immer unter der ihres Sohnes. Und sie zog sie nicht fort, sondern fühlte wohlig die Wärme dieser schlanken, großen Männerhand.

»Es ist ja so viel Platz im Haus. Du kannst zwei Parterrezimmer bekommen, wenn du nicht mit Georg im zweiten Stock wohnen willst.«

»Schön, dann bin ich für die Parterrezimmer, da störe ich euch am wenigsten und kann kommen und gehen, wie ich will.«

Gleich darauf kam Georg nach Hause.

Bei seinem Anblick wallte es doch warm in Ernsts Herzen

auf. Aber Georg legte nur mit kaltem, mattem Lächeln seine krallenartigen Fingerspitzen in des Bruders Hand.

»Guten Tag, da bist du ja«, sagte er ruhig, als hätte er Ernst gestern das letzte Mal gesehen.

Da ebbten auch Ernsts Gefühle wieder zurück.

»Ja, da bin ich, in Lebensgröße«, erwiderte er mit leiser Ironie und ließ Georgs Hand ohne Druck aus der seinen gleiten.

Zwischen diesen beiden Brüdern gab es keine Gemeinschaft.

Ernst ließ sich jedoch die Stimmung nicht verderben. Bei Tisch plauderte er in so sprühender, lebensfrischer Weise, daß selbst seine Mutter einige Male laut lachte. Das war eine Seltenheit, und Peter Aßmann sah ganz verliebt in das angeregte Gesicht seiner Frau.

Großtanting strahlte – einen anderen Ausdruck gab es nicht, der ihre Stimmung so erschöpfend bezeichnet hätte. Und Bettina saß mit klopfendem Herzen und leuchtenden Augen da und konnte gar nicht fassen, daß seit gestern die Welt so schön geworden war. Dabei sah sie so lieblich aus, daß Ernst immer wieder zu ihr hinüberschaute.

Widerstandslos ließ Bettina den Zauber seiner Persönlichkeit, dem sich selbst seine Mutter nicht entziehen konnte, auf sich einwirken. Das Leben erschien ihr köstlicher, lebenswerter. Ihr unberührtes Herz öffnete sich weit, und er hielt wie ein leuchtender Stern seinen Einzug darin.

Er ahnte nicht, was in Bettina vorging, und doch lag auch für ihn etwas in ihrer holden Erscheinung, das ihn gefangennahm. Es war nicht die stürmische Leidenschaftlichkeit, die ihn schon zu manchem weiblichen Wesen hingezogen hatte, was er für sie empfand. Sein Empfinden für sie war zarter, reiner, wunschloser, wie etwa die zärtliche Liebe eines Bruders für seine Schwester.

VII

Seit Wochen war Ernst nun schon daheim. Den größten Teil des Tages verbrachte er im Baubüro. Die Vorarbeiten zu dem Theaterbau waren bereits im Gange, und seine Zeit war stark in Anspruch genommen. Man überschüttete ihn mit Einladungen. Die jungen Damen schwärmten für ihn und fanden ihn ›riesig interessant‹. Georgs Stern verblaßte bedenklich neben dem seinen.

So blieb Ernst für Großtanting und Bettina nur wenig Zeit. Mit dem Dämmerplausch wurde es nicht viel; nur des Sonntags, da hielt er daran fest, da war er immer einige Stunden in Großtantings Zimmer. Sie nannte diesen Tag lächelnd ihren ›Jour fix‹ und freute sich die ganze Woche darauf. Bettina nicht minder, denn sie durfte an diesem Zusammensein teilnehmen.

Anfang Januar gaben Aßmanns dem heimgekehrten Sohn zu Ehren einen großen Ball. Frau Adolfine wollte Triumphe feiern als Mutter zweier so ausgezeichneter junger Männer.

Bettina freute sich zum ersten Mal auf eine solche Festlichkeit. Ernst hatte sie bereits um den Suppé-Walzer gebeten. Sie hatte ihn ganz erschrocken angesehen.

»Das geht doch nicht, Ernst. Es sind doch so viele junge Damen aus erster Familie geladen. Tante Adolfine wird das auch nicht gern sehen.«

Er hatte sie schelmisch angeblinzelt.

»Soll das heißen, daß du mir einen Korb geben willst, Bäschen?«

»Nein, o nein. Ich weiß auch, daß du es sehr gut meinst. Nur – ich weiß nicht, ich meine, es könnte dir verübelt werden, wenn du mich in dieser Weise auszeichnest. Und Tante Adolfine ist das ganz gewiß nicht recht.«

»Also Angst vor Schelte, Bettina?«

»Ja, vielleicht.«

»Wenn ich aber nun darauf bestehe und dir bitterböse bin, wenn du mir einen Korb gibst?«

Sie lächelte ungläubig.

»Ach, du tust es ja doch nur aus Mitleid.«

Er zog die Stirne hoch und sah sie mit drolligem Erstaunen an.

»So? Aus Mitleid? Meinst du, ich opfere mich auf und seufze im stillen unter der Last, die mir dieses Mitleid aufbürdet?«

Sie lachte leise.

Er zog sie neckend am Ohr.

»Du, das kostet Strafe. Jetzt mußt du auch noch den Kotillon mit mir tanzen.«

Sie schlug erschrocken die Hände zusammen.

»Um Gottes willen.«

Er setzte sich rittlings auf einen Stuhl und betrachtete sie lustig.

»Nun – dein Entsetzen ist nicht sehr schmeichelhaft für mich.«

Bettina sah hilflos zu Großtanting hinüber, die lächelnd zugehört hatte.

»Großtanting, sag du doch bitte Ernst, daß das nicht geht«, bat sie ängstlich.

Die alte Dame lachte.

»Also nein, es geht nicht, Ernst. Gegen den ersten Walzer will ich ja nichts einwenden. Aber den Kotillon auch noch, das ist zu viel. Als Haussohn mußt du ja möglichst alle jungen Damen durchtanzen. Und da hast du gerade genug zu tun, wenn jede einen Tanz bekommt.«

Bettina nickte eifrig.

»Siehst du wohl, Ernst.«

Er stützte das Kinn auf beide Arme, die auf der Stuhllehne ruhten, und in seinen Augen funkelte etwas wie übermütiger Trotz.

»All die anderen Damen können mir im Mondschein begegnen. Ich kenne sie ja nun alle und muß mich genug mit ihnen langweilen, wenn ich eingeladen bin. Du bist als Tänzerin nur zu haben, wenn hier im Haus etwas los ist. Und da sehe ich nicht ein, weshalb ich von meinem Vorrecht als Vetter nicht Gebrauch machen soll. Willst du also, oder willst du nicht?«

Bettina hätte ja gern zugesagt – ach, wie gern. Aber sie fürchtete Frau Adolfines Unwillen, mehr für Ernst als für sich selbst. Sie legte ihre Hand auf seinen Arm.

»Wir wollen es bei dem ersten Walzer lassen. Bitte, bitte, lieber Ernst, sei nicht bös. Es würde mich sehr betrüben, wenn du mich falsch verstehst. Du bist gut zu mir – so gut, ich danke dir für deinen guten Willen. Und ich bin stolz, daß du mich so auszeichnen möchtest. Aber sieh, Georg hat nie mit mir getanzt, und Tante hat das selbstverständlich gefunden. Laß du es bei diesem einen Tanz bewenden. Du hörst ja, Großtanting hält es auch für richtiger.«

Er sah abwechselnd auf ihre Hand herab und in ihre lieben, bittenden Augen und stellte sich störrisch, um sie noch länger bitten zu lassen. Sie war zu reizend mit diesem Ausdruck im Gesicht. Schließlich seufzte er steinerweichend. »Schön, ich füge mich. Wenn ihr beide gegen mich seid, bin ich machtlos. Ein rechtes Kunststück, zwei starke Frauen gegen einen schwachen Mann«, sagte er ergebungsvoll, und seine Lippen streiften leise die schlanke Mädchenhand auf seinem Arm, die sich darauf schnell zurückzog.

»Ja, min leiven Jung, du siehst auch schon ganz schwach aus. Wir werden dich gleich ein bißchen bedauern«, neckte Großtanting.

Er sprang auf und faßte sie bei den Schultern.

»Du – ich zerdrück' dich, wenn du mich verspotten willst.«

»Mit deinen ›schwachen‹ Armen?«

Nun lachten sie alle drei.

Überhaupt, wenn Ernst in Großtantings Zimmer war, gab es immer etwas zu lachen. Er konnte sehr witzig und ausgelassen sein und freute sich, wenn Bettina über seine Tollheiten kicherte. Irgend etwas trieb ihn immer dazu, ihr eine Freude zu machen, ihr etwas zuliebe zu tun, sie zu verwöhnen. Sie konnte sich so innig freuen über die kleinste Aufmerksamkeit, ihr Gesicht rötete sich dann vor Entzücken, und die Augen strahlten so warm und dankbar in die seinen. Und so überzeugungsvoll klang es, wenn sie sagte: »Du bist so gut, Ernst.«

Am Ballabend selbst brachte er ihr einige prachtvolle Rosen, ehe sie hinabging.

»Passen Sie zu deinem Kleid?« fragte er und hielt sie prüfend gegen ihre Schulter. Dann nickte er befriedigt und sah lächelnd zu, wie sie die Blumen befestigte.

Frau Adolfine war sehr unmutig, als sie erfuhr, daß Ernst Bettina zum ersten Walzer gewählt hatte.

»Das geht doch nicht, Ernst. Dafür hatte ich dir Fräulein Wendheim bestimmt«, sagte sie ärgerlich. »Ich werde mit Bettina reden, sie muß natürlich zurücktreten.«

Ernst hielt seine Mutter am Arm zurück.

»Auf keinen Fall, Mutter. Weshalb Bettina kränken? Fräulein Wendheim wird es als ›mehrfacher Millionärstochter‹ nicht an Herren fehlen, sie wird auch ohne mich den ersten Walzer tanzen. Bettina bleibt meine Tischdame.«

Sie biß sich auf die Lippen.

»Du vergreifst dich Bettina gegenüber im Ton, Ernst, bist viel zu vertraulich mit ihr. Daran ist Tante Emma schuld.«

»Bettina gehört doch zur Familie, sie ist mir so lieb wie eine Schwester, und ich will nicht, daß sie sich zurückgesetzt fühlt.«

»Ach – ihr macht zu viel Aufhebens von ihr, du und Tante Emma. Nimm dir ein Beispiel an Georg, er trifft immer den rechten Ton für sie.«

Ernsts Augen flammten dunkel auf.

»Das heißt, er benimmt sich Bettina gegenüber wie ein Flegel«, sagte er zornig.

»Aber Ernst!«

»Jawohl, Mutter. Bettina lebt im Schutz unseres Hauses. Sie ist arm und verwaist. Das ist ein Grund, besonders ritterlich gegen sie zu sein, aber nicht, sie wie einen Dienstboten zu behandeln. Jedenfalls werde ich mir Georg in dieser Beziehung nicht zum Beispiel nehmen. Und du solltest lieber deinen Einfluß geltend machen und ihm zum Bewußtsein bringen, daß es eine traurige Heldentat ist, ein armes Mädchen zu verletzen, das keinen Beschützer und Hüter auf der Welt hat.«

Frau Adolfine zog die Stirn zusammen.

»Man merkt, daß Tante Emma viel Einfluß auf deine Entwicklung gehabt hat. Du bist ein Idealist«, sagte sie, sich zu einem Lächeln zwingend.

Er legte den Arm um ihre Schulter.

»Laß mich nach meiner Form selig werden, Mutter. Und versprich mir, daß du Bettina kein böses Wort sagst wegen dieses Tanzes. Sie wollte durchaus nicht, ich hab' ihn mir ertrotzen müssen.«

»Also siehst du doch, daß sie selbst das Gefühl hat, nicht am richtigen Platz zu sein.«

»Ach, sie ist verschüchtert und ängstlich. Also nicht wahr, du zankst sie nicht aus?«

Er sah die Mutter so bezwingend an, daß sie lächelnd seufzte.

»Man ist dir gegenüber einfach machtlos.«

Er küßte sie auf die Wange und führte sie in den Saal, wo die Gäste schon in plaudernden Gruppen zusammenstanden.

Sehr stolz schritt Frau Adolfine am Arm ihres Sohnes dahin, hier und da stehenbleibend und einige Worte sagend. Ernst versprach ihr, Fräulein Wendheim um den Kotillon zu bitten, und steuerte auf diese junge Dame zu. Sie war eine hübsche, temperamentvolle Brünette, und ihre Augen blitzten ihn feurig an. Sie saß zwischen mehreren jungen Damen, deren Tanzkarten sich Ernst nun auch ausbat.

Während er mit ihnen scherzte, sahen seine Augen suchend umher. Wo war Bettina?

Da sah er sie mit Herrn von Bühren drüben am Fenster stehen. Sie unterhielt sich lebhaft mit ihm, und ihr blondes Köpfchen leuchtete wie gesponnenes Gold zu ihm herüber. Langsam ging er quer durch den Saal auf sie zu. Halbwegs kehrte er aber wieder um. Was wollte er? Wenn sie Bühren liebte, war es doch zu spät, und wenn nicht – dann mochte sie ruhig mit ihm plaudern.

Aber er sah immer wieder zu ihr hinüber, bis sie sich von Bühren verabschiedete und Großtanting aufsuchte, die wieder mit ihren Getreuen zusammensaß.

Da wurde ihm ordentlich leicht ums Herz, als wüßte er sie nun geborgen vor Gefahren.

Einige Minuten später stand er neben Bühren und verstrickte ihn in eine längere Unterhaltung. Der junge Mann interessierte ihn, Bettinas wegen. Er machte ihm auch einen ganz sympathischen Eindruck. Aber im Grunde war er doch froh, daß aus Bühren und Bettina kein Paar werden konnte. Warum, wußte er selbst nicht, es war ihm nur sicher, daß es ihm ein unangenehmes Gefühl gewesen wäre, wenn Bettina Bührens Braut geworden wäre.

Bei der Quadrille stand später Bühren mit Bettina Ernst und Fräulein Hagemann gegenüber. Ernst war sichtlich zerstreut und machte verschiedene Fehler. Die Damen riefen ihn lachend zur Ordnung. Da nahm er sich zusammen. Aber er sah immer zu Bettina hinüber. Ihr Gesicht schien wie von einem heimlichen Glück verklärt. Wem mochte dieser Ausdruck gelten? Wer hatte ihn hervorgezaubert? Er ahnte nicht, daß er selbst es war, dem das Leuchten ihrer Augen galt. Ob sie doch Bühren liebte?

Bei Tisch, als er neben ihr saß, brachte er das Gespräch auf den jungen Offizier. Bettina ging lebhaft auf das Thema ein und sprach sich sehr warm und lobend über Bühren aus.

»Du hast ihn sehr gern, Bettina, nicht wahr?« fragte er dann.

Sie nickte unbefangen.

»Sehr, er ist ein so lieber Mensch und immer sehr nett zu mir. Er gefällt mir viel besser als alle anderen.«

»Auch besser als ich?« fragte er scheinbar neckend, aber nicht absichtslos.

Ihr Herz klopfte schneller bei seiner Frage, aber sie zwang sich, ihn ruhig lächelnd anzusehen.

»Du bist doch mit den anderen gar nicht zu vergleichen.«

Er lachte.

»Da habe ich also die Wahl, mich liebenswürdiger oder unausstehlicher als die anderen zu finden. Du bist eine kleine Diplomatin, Bettina. Ich bin aber gar nicht zufrieden mit deiner Antwort.«

»Nein? Das tut mir leid.«

»Dann antworte mir klipp und klar. Wer gefällt dir besser, Bühren oder ich?«

Die Röte schlug ihr ins Gesicht.

»Erlaß mir die Antwort«, bat sie leise.

Er verneigte sich nur stumm und griff dann ein anderes Thema auf. Aber sie merkte, er war ein klein wenig verstimmt. Warum nur? Was konnte ihm daran liegen, zu wissen, ob er ihr besser gefiel als Bühren. Eitel war er doch nicht, das wußte sie genau. Warum war sie aber auch so töricht gewesen, ihm nicht ruhig zu antworten: »Du gefällst mir besser.«

Sie sah ihn von der Seite an. Er fing ihren Blick auf und lachte. Sie sah aus wie ein kleines gescholtenes Schulmädel, das den Herrn Lehrer erzürnt hat und ihn versöhnen möchte. Es war unrecht von ihm, sie zu quälen. Sicher gefiel ihr Bühren besser, und sie hatte es nicht sagen wollen, um ihn nicht zu kränken.

»Warum siehst du mich so ängstlich an, kleine Bettina?« fragte er weich.

»Ich fürchte, du bist mir böse.«

Er drückte ihre Hand.

»Nein, Bäschen – dir kann ich gar nicht böse sein.«

Da war sie wieder von Herzen froh.

Georg saß ihnen schräg gegenüber mit Fräulein Hagemann. Er blickte aber immer an ihnen vorbei. Es war ihm unverständlich, daß Ernst Bettina zu Tisch geführt hatte. Überhaupt ein merkwürdiger Mensch, sein Bruder. Was die Damen nur alle an ihm hatten, daß sie ihn so anhimmelten? Es war unausstehlich, daß man ihm sein Lob in allen Tonarten sang. Er konnte es schon gar nicht mehr mit anhören.

VIII

Großtanting war in den letzten Monaten sehr schwach und hinfällig geworden. Es war, als ob mit Ernsts Heimkehr ins Vaterhaus ihr Lebensziel erfüllt sei, als habe sie all ihre Kraft in Erwartung dieser Heimkehr aufgezehrt. Jetzt brauchte sie Bettinas Hilfe ernstlich. Das junge Mädchen wich kaum noch von ihrer Seite. Spaziergänge konnte die alte Dame überhaupt nicht mehr unternehmen, weil sie häufig von Ohnmachten und Schwächezuständen befallen wurde.

Bettina trug immer ein Fläschchen mit Riechsalz bei sich. Sobald Großtanting ohnmächtig wurde, mußte sie den scharfen Geruch einatmen, damit ihre Lebensgeister wieder geweckt wurden. Das Alter verlangte seinen Tribut. Die sonst so frischen Farben der Greisin wichen und machten einer wachsfarbigen Blässe Platz.

Ernst und Bettina sahen betrübt die traurige Veränderung und wetteiferten in Liebesbeweisen für die alte Dame.

Eines Sonntagnachmittags trat Ernst gerade in Großtantings Zimmer, als eine tiefe Ohnmacht sie befallen hatte. Sie lag in einem Sessel, und Bettina mühte sich mit angstvollem Gesicht um sie. Er trat schnell heran. »Schon wieder?« fragte er schmerzlich besorgt.

Sie nickte traurig.

»Die Ohnmachten werden immer länger, und der Arzt sagt, man kann nichts dagegen tun«, flüsterte sie leise und verzweifelt.

Er strich wie ein zärtlicher Bruder über ihr Haar.

»Nicht so ängstlich, Bettina«, sagte er beruhigend, obwohl ihm selbst nicht hoffnungsvoll zumute war.

Sie erzitterte.

»Was soll aus mir werden, wenn sie mir genommen wird? Dann bin ich erst ganz verwaist.«

Es lag ein tiefer Schmerz in ihren Worten. Am liebsten hätte er sie tröstend in seine Arme genommen, aber er war ihr gegenüber nicht so ganz unbefangen. Die herzliche, innige Neigung, die er für sie fühlte, war doch nicht mehr ganz brüderlich. Wilde Wünsche weckte dieses reine, holde Geschöpf nicht in ihm, keine auflodernde Leidenschaft verwirrte ihm die Sinne, aber er war doch ihr gegenüber nicht mehr ruhig genug, um unbefangen zu sein. Er wußte nicht, daß eine tiefe, starke Liebe zu ihr in ihm keimte, denn was er bisher für Liebe gehalten hatte, trug ein ganz anderes Gesicht. Was er für sie empfand, hatte er noch für keine andere empfunden, deshalb hielt er es noch immer für brüderliche Zärtlichkeit. Daß er sie zu seiner Frau machen könnte, der Gedanke kam ihm gar nicht.

Ehe er antworten konnte, hob ein tiefer Atemzug Großtantings Brust, und sie schlug die Augen auf. Mit mattem Lächeln sah sie in die beiden jungen, besorgten Gesichter.

»Wieder einmal eine Mahnung, daß es zu Ende geht mit mir. Nun macht nicht solche trüben Gesichter, ihr beiden. Bei meinem Alter muß man täglich gefaßt sein, abgerufen zu werden.«

Bettina barg das Gesicht in ihrem Schoß.

»Großtanting – Großtanting, verlaß mich doch nicht!« murmelte sie verzweifelt.

Die alte Dame strich ihr liebevoll über das Haar.

»Armes Blondchen! Ja, du wirst mich am schwersten entbehren, ich weiß es, du mit deinem liebebedürftigen Herzen; für dich wäre ich gern noch ein paar Jahre hier geblieben.«

»Und für mich, Großtanting?« sagte Ernst schmerzlich.

Sie sah mit klar gewordenen Augen zu ihm auf und lächelte.

»Du, min leiven Jung, du bist ein Mann geworden und brauchst mich nicht mehr. Aber nun seid doch nicht so betrübt.

Das hilft alles nichts, es kommt an jeden die Reihe, und ich habe meine siebzig Jahre auf dem Rücken.«

Sie hob Bettinas Gesicht empor und lächelte sie ermutigend an.

»Nur Mut, Bettina, ganz verlassen wirst du nicht sein. Nicht wahr, min leiven Jung, du versprichst mir, daß du dich ihrer annimmst? Du wirst ihr Schutz und Schirm sein, denn sie ist nicht stark und selbständig wie du.«

»Sei ruhig, Großtanting. Bettina soll mir lieb und teuer sein wie eine Schwester. Hoffentlich bleibst du uns noch lange erhalten. Wenn du aber eines Tages von uns gehst, werde ich Bettina als dein teuerstes Vermächtnis betrachten«, erwiderte Ernst bewegt und legte seine Hand wie zum Schwur auf das blonde Köpfchen.

Bettina sah selbstvergessen zu ihm auf, als müßte ihr alles Heil der Welt von ihm kommen. Ein Gefühl süßen Geborgenseins erfüllte ihre Brust. Großtanting streichelte ihre Wange.

»Hörst du es, Bettina? An Ernst wirst du eine Stütze haben. Er ist stark und gut.«

Bettina atmete tief auf.

»Ja, Großtanting, stark und gut«, sagte sie voll gläubigen Vertrauens, und ein zartes Lächeln huschte über ihr trauriges Gesicht.

Ernst sah auf sie herab. Ihr süßer Liebreiz machte ihm das Herz warm. Eine tiefe Zärtlichkeit für das schlanke, blonde Mädchen erfüllte seine Seele. Daß sie seines Schutzes bedürftig war, machte sie ihm doppelt teuer.

So gingen die Tage hin, und jeder nahm etwas von Großtantings Lebenskraft mit sich fort. Sie wurde immer schwächer, ohne sich indessen krank zu fühlen. Mit heiterer Ruhe sah sie ihrem Ende entgegen. Was von ihr auf der Welt zu tun war, hatte sie getan. Ihr Testament hatte sie schon vor Jahren gemacht im Beisein ihres Neffen Peter Aßmann. Sie hatte es für ihre Pflicht gehalten, ihn von ihrem Letzten Willen in Kenntnis zu setzen, und Peter hatte alles, was sie beschlossen, gut geheißen.

So hatte sie Bettina in ihrem Testament mit fünfundzwanzigtausend Mark bedacht. Sie glaubte, unbeschadet ihres Familiensinnes, diese Summe dem armen, verwaisten Mädchen zukommen lassen zu dürfen, und Peter hatte nichts dagegen einzuwenden gehabt. Im übrigen hatte sie ihr gesamtes Vermögen mit Übergehung Peters dessen beiden Söhnen zu gleichen Teilen vermacht. Das war so geschehen für den Fall, daß Ernst nicht wieder ins Vaterhaus zurückgekehrt wäre. Sie wollte ihn durch diese Form des Erbes unabhängig wissen von allen etwaigen Zwischenfällen, denn sie traute Adolfine keine unbedingte Unparteilichkeit zu in bezug auf ihre beiden Söhne. Peter war auch damit einverstanden gewesen.

Bettina hatte keine Ahnung, wie großherzig die alte Dame für sie gesorgt hatte. Jedenfalls war aber Großtanting sehr zufrieden mit ihrem Testament, wußte sie doch, daß für Bettina ein Notgroschen bereitlag für alle Fälle. Wenn es nach ihrem Herzen gegangen wäre, hätte sie in ihrem Testament Ernst zum Nachteil Georgs bevorzugt. Aber dazu war ihr Gerechtigkeitssinn zu stark ausgeprägt. Was konnte Georg dafür, daß seine Art ihr unsympathisch war? Und außerdem hatte sie Ernst ohnedies bevorzugt, indem sie ihm reiche Mittel für sein Studium zugewendet hatte. Freilich war dieser dafür von seinen Eltern all die Jahre benachteiligt worden. So glich sich auch dies wieder aus, und Großtanting konnte sich mit gutem Gewissen sagen, daß sie gerecht gehandelt hatte.

Und das gab ihr eine heitere, gleichmäßige Ruhe im friedlichen Erwarten ihres Endes.

Bettina konnte sich in dieser Zeit gar nicht genug tun. Allen Liebesreichtum ihres Herzens ließ sie über die alte Dame ausströmen. Und diese ließ es sich lächelnd gefallen.

»So schön und reich ist mein Leben gewesen, obwohl ich einmal glaubte, durch den Tod meines Verlobten sei alles Schöne und Liebe daraus gestrichen«, sagte sie eines Tages zu dem jungen Mädchen. »Und nun zuletzt ist es, als wollten alle Sonnenstrahlen noch einmal in meine Seele fallen. Du und min leiven Jung, ihr gebt mir so viel Liebe, so viel Licht und Wärme. Ich danke dem Schicksal dafür, daß ich euch jahrelang die Mutter ersetzen durfte. So war mein Leben nicht ganz zwecklos.«

Der Winter wurde lang und streng. Anfang März lag die Erde noch unter einem dichten, festen Schneetuch. Mittags, wenn die Sonne schien, sickerten zwar die Tropfen von den Dächern, und es krachte und knirschte leise zwischen Eis und Schnee, als wenn die Erde sich dehnte und reckte, um den engenden Panzer zu sprengen. Aber sobald die Sonne unterging, fror alles wieder fest zu.

Die Wintersaison ging aber doch zu Ende. Am 3. März schlossen die Geselligkeiten mit dem Kasinoball. Den gaben gewöhnlich die Offiziere als Saisonschluß, um sich für die im Winter genossene Gastfreundschaft erkenntlich zu zeigen.

Natürlich waren Aßmanns alle geladen – auch Bettina. Leutnant von Bühren kam sogar selbst mit heran, um Frau Adolfine zu bitten, Bettina mit teilnehmen zu lassen. Adolfine ließ das junge Mädchen rufen, damit sie selbst entscheiden sollte, ob sie den Ball besuchen wollte oder nicht, denn es war ihr peinlich, daß man denken könnte, sie hindere Bettina am Besuch eines Festes. Außerdem wußte sie ganz genau, daß Bettina Großtanting jetzt um keinen Preis zu Hause allein lassen würde.

Bettina dankte Bühren herzlich für seine Bemühungen, lehnte aber entschieden ab.

»Ich kann unmöglich mitkommen, Herr von Bühren. Großtanting ist leider so schwach und matt, daß sie mich immer braucht. Ich hätte keine ruhige Minute. Nicht wahr, Sie verstehen das und sind mir wegen der Absage nicht böse?«

Nein, böse war er nicht, er fand nur wieder, daß sie ein liebes, süßes Mädchen war und daß es sehr, sehr schade war, daß sie immer zu Hause bleiben mußte bei einer alten, schwächlichen Frau, statt jung sein zu dürfen mit der Jugend.

Auch Ernst bat Bettina, diesen letzten Ball mitzumachen, aber auch ihm gab sie eine abschlägige Antwort.

»Du weißt doch, Ernst, Großtanting braucht mich. Ich fürchte, lange werde ich das Glück nicht mehr haben, um sie sein zu dürfen, und nichts könnte mich veranlassen, aus dem Haus zu gehen, wenn sie allein ist. Ihr geht alle zum Ball, also muß wenigstens ich bleiben. Ich habe Herrn von Bühren auch schon eine Absage gegeben, obwohl er liebenswürdigerweise herkam, um mich besonders um mein Kommen zu bitten.«

Ernst fuhr sich durch seinen dichten Haarbusch.

»So, Bühren hast du auch schon abgesagt? Dann freilich – dann hätte ich mir meine Bitte sparen können«, sagte er mit sonderbarem Gesichtsausdruck.

Bettina blieb unbefangen, da sie ihn nicht ansah und diesen Ausdruck nicht bemerkte.

»Ernstlich hast du wohl auch gar nicht geglaubt, daß ich Großtanting allein lasse, nicht wahr?«

»Ich hätte es mir wenigstens sagen müssen. Am liebsten bliebe ich auch daheim, aber Mutter wäre außer sich, fehlte einer ihrer Paradesöhne. Ich glaube wahrhaftig, sie verzichtete lieber auf Georgs Erscheinen als auf das meine. So ändern sich die Zeiten.«

Bettina lächelte.

»Tante Adolfine hat dich so lange entbehrt, nun möchte sie das Versäumte nachholen und dich gar nicht mehr von sich lassen. Sie ist sehr stolz auf dich.«

»Ja, das habe ich auch schon gemerkt. Und immer denke ich dann, wie sie sich mir gegenüber verhalten hätte, wenn ich ihr zu diesem Stolz keine Veranlassung gegeben hätte.«

Eine leise Gereiztheit klang aus seinen Worten. Das Benehmen seiner Mutter verursachte ihm Unbehagen. Sie spielte sich in Gesellschaft auf, als sei es ihr Verdienst, daß sie einen so bedeutenden Sohn hatte. Und immer wieder versuchte sie diplomatisch, ihn unter ihre Herrschaft zu bekommen. Georg wurde jetzt entschieden von ihr vernachlässigt. Ihr Streben ging dahin, ihre beiden Söhne glänzend zu verheiraten. Sie hatte auch schon Umschau gehalten unter den Töchtern des Landes, die sich zu Schwiegertöchtern für sie eigneten. Und ihre Wahl war bereits getroffen. Georg hatte sich auch widerstandslos schieben lassen von ihr. Er ließ sich willig die Anbetung Fräulein Elina Hagemanns gefallen, denn sie war leidlich hübsch, sehr reich, und – was für sie bei ihm am meisten sprach – sie war nicht mit fliegenden Fahnen wie die anderen jungen Damen ins feindliche Lager übergegangen, das heißt, sie hatte sich nicht bewundernd und himmelnd an Ernst herangedrängt. Mit diesem Paar hatte also Frau Adolfine wenig Not. Sie vereinigte ihr Interesse daher auf Ernst und Magda Wendheim, die sie sich als zweite Schwiegertochter auserkoren hatte. Leider schien Ernst dieser jungen Dame gegenüber von betrübender Kaltblütigkeit. Sie ließ es an deutlichem Entgegenkommen keineswegs fehlen, aber all ihre Liebenswürdigkeit prallte erfolglos an Ernsts stoischem Gleichmut ab. Trotzdem ließ Frau Adolfine nichts unversucht. Sie sang ihrem Sohn Magda Wendheims Lob in den höchsten Tönen, brachte Ernst geschickt wieder und wieder in ihre Nähe und gab sich die erdenklichste Mühe, eine Verlobung zustande zu bringen.

Ernst war gegen alle jungen Damen von der gleichen kühlen Liebenswürdigkeit – am kühlsten aber gegen die, welche ihm die Mutter als künftige Lebensgefährtin ausgesucht hatte. Er merkte sehr wohl all die kleinen Manöver und hatte nur ein Achselzucken dafür. Seine Mutter kannte ihn schlecht, wenn sie glaubte, ihn auf diese Weise in Fesseln schlagen zu können. Fräulein Wendheim mochte einen biederen Durchschnittsmenschen mit ihrer Huld beglücken. Er würde niemals Geschmack an einer Frau finden, deren Gedankenkreis sich um Putz und

Modetorheiten drehte und die, mehr aufdringlich als mädchenhaft, einem Mann schöne Augen machte, der ihr durch sein Verhalten deutlich zu verstehen gab, daß sie ihm gleichgültig sei.

Vom Kasinoball erhoffte Frau Adolfine viel. Fast jedes Jahr hatte es danach einige Verlobungen gegeben. Vielleicht erfüllten sich ihre heimlichen Wünsche an diesem Abend. Jedenfalls würde sie alles aufbieten, den jungen Leuten eine ungestörte Aussprache zu ermöglichen, denn nach dem Ball wurden die geselligen Zusammenkünfte sehr selten.

So brachen Aßmanns am Abend des 3. März mit sehr gemischten Gefühlen zum Kasinoball auf.

Ernst war noch einen Augenblick zu Großtanting hereingekommen, um ihr Lebewohl zu sagen. Sie lag auf dem Diwan, weil sie sich matt und müde fühlte, sagte ihm aber lächelnd, daß ihr sehr wohl und behaglich zumute sei, und wünschte ihm viel Vergnügen.

Ernst sagte auch Bettina Lebewohl und ging. Bettina sah mit leuchtenden Augen hinter ihm her. Wie stolz und stattlich sah er aus in dem gutsitzenden Frack, der die Schultern noch breiter als sonst erscheinen ließ. Ehe Ernst die Tür schloß, sah er noch einmal ins Zimmer zurück. Sein Auge umfing einen Augenblick die schlanke, anmutige Mädchengestalt, die durch den roten Lampenschleier von rosigem Licht überstrahlt war. Ihr Gesicht konnte er nicht erkennen, weil es beschattet war. Trotzdem verließ ihn dies friedliche Bild den ganzen Abend nicht, und in all dem lauten, glänzenden Treiben sehnte er sich nach Großtantings stillem Stübchen.

IX

Bettina war nun ganz allein mit Großtanting, wie so viele Abende. Die Mädchen waren schon in ihre Kammern hinaufgegangen. Es war still im ganzen Haus. Draußen über dem Fluß stand der Mond in einer großen, leuchtenden Scheibe und goß sein mildes Licht über die weißbeschneite Erde. Der Sterne Glanz verblaßte gegen ihn. Die alte Dame hatte lange reglos durch das Fenster auf die Mondscheibe geblickt.

»Wie schön ist das, Bettina! Welch stillen Frieden löst solch eine Mondnacht im Menschenherzen aus.«

Bettina trat ans Fenster und sah hinaus.

»Wunderschön, Großtanting. Nur wollte ich, der Schnee wäre für diesmal zu Ende. Ich hoffe so viel für dich vom Frühling. Wenn du erst hier in der Sonne sitzen kannst, am offenen Fenster, dann wirst du wieder kräftiger werden.«

Großtanting lächelte und sah wehmütig zu dem schlanken Mädchen hinüber. Eine Weile blieb es still. Endlich legte sich Großtanting auf die Seite.

»Bettina, ich hab' dich so lange nicht singen hören, sing mir ein Lied. Wenn du hier meine Zimmertür offenstehen läßt und drüben die vom Salon, dann höre ich dich sehr gut. Willst du?«

»Gern, Großtanting, wenn es dich nicht anstrengt.«

»Gewiß nicht. Nur ein Lied möchte ich hören – du weißt, mein Lieblingslied.«

Bettina küßte liebevoll den weißen Scheitel und ging hinaus. Die alte Dame sah ihr nach und lauschte in stiller Andacht, als die präludierenden Töne an ihr Ohr klangen. Und dann fiel Bettinas Stimme ein mit warmen Herzenstönen:

»Es ist so still geworden,
Verrauscht des Abends Wehn,
Nun hört man aller Orten
Der Engel Füße gehn.
Rings in die Täler senket
Sich Finsternis und Nacht: –
Wirf ab, Herz, was dich kränket
Und was dir bange macht!

Es ruht die Welt im Schweigen,
Ihr Tosen ist vorbei,
Stumm ihrer Freude Reigen
Und stumm ihr Schmerzensschrei.
Hat Rosen sie geschenket,
Hat Dornen sie gebracht:
Wirf ab, Herz, was dich kränket
Und was dir bange macht!

Nun stehn im Himmelskreise
Die Stern' in Majestät,
In gleichem, festem Gleise
Der goldne Wagen geht.
Und gleich den Sternen lenket
Er deinen Weg durch Nacht:
Wirf ab, Herz, was dich kränket
Und was dir bange macht!«

Das Lied war verklungen. Bettina kam still wieder herüber und setzte sich neben Großtanting in einen Stuhl. Die alte Dame sah wie verklärt hinaus in das Mondlicht.

»Wirf ab, Herz, was dich kränket und was dir bange macht!« sagte sie leise vor sich hin.

Bettina faßte ihre Hand und streichelte sie.

»Willst du noch nicht zu Bett gehen, Großtanting?«

Diese wandte Bettina ihre Augen zu.

»Laß mich noch ein Stündchen hier liegen. Von meinem Bett aus kann ich den Mond nicht sehen. Und er ist so schön heute abend.«

»Soll ich dir vorlesen, Großtanting?«

»Nein, Kind. Bleib nur so still bei mir sitzen. Laß mir deine Hand. Sie ist so warm.«

»Ist dir kalt, Liebe, Gute?«

»Nein, nein.«

So saßen sie still beieinander und sahen in das Mondlicht hinaus. Großtanting schloß aber nach einer Weile müde die Augen.

Bettina wurde das Herz schwer. Wie lange würde sie diese liebe Hand noch in der ihren halten dürfen? Vor ihrem geistigen Auge zog alles vorüber, was ihr die alte Dame Liebes und Gutes erwiesen hatte. Ach – es war so viel, so viel. Nie konnte sie es ihr genug danken, nie. Wie zart und liebevoll hatte sie ihr bedrücktes Gemüt aufgerichtet, damals, als sie hier ins Haus kam. Wie fein und taktvoll hatte sie ihre Stellung im Haus gebessert und sie gegen Tante Adolfines Härte in Schutz genommen. Welche unermeßlichen Schätze für Geist und Gemüt hatte sie in ihr Herz gelegt und damit ihrem Leben einen höheren Wert gegeben. Was wäre sie heute, hätte Großtanting sie nicht liebevoll an ihr Herz genommen?

In ihre Gedanken hinein tönte ein schwerer Seufzer aus Großtantings Brust. Bettina fuhr zusammen und sah sie an. Die alte Dame hatte die Augen aufgeschlagen und versuchte sich aufzurichten.

»Ich habe Durst, Bettina – gib – gib mir zu trinken.«

Das junge Mädchen sprang auf und holte Wasser herbei. Großtanting trank begierig.

»Ah, meine Lippen sind so trocken. Eis möchte ich haben.«

»Eis? Das würde dir schaden, Liebste.«

»Ja, ja – aber mir ist – mir ist –«

Sie fiel matt zurück. Der Atem ging mühsam, das Gesicht wurde fahl und schlaff. Unruhig drehte sie den Kopf von einer Seite zur andern.

Eine ungeheure, namenlose Angst kroch in Bettina hoch. Ihr Herz drohte stillzustehen. Sie fühlte plötzlich ganz deutlich: Jetzt geht es zu Ende mit Großtanting.

Die alte Frau sah unruhig im Zimmer umher.

»Min leiven Jung – min leiven Jung!«

»Du weißt, Großtanting, er ist mit Georg und seinen Eltern auf dem Kasinoball.«

»Ach ja, richtig – ich hatte es vergessen«, lächelte die Greisin.

Ihre Augen hatten einen überirdischen Glanz. Bettina dachte an Ernst. Wenn es so war, wie sie verzweifelt fürchtete, wenn Großtantings letzte Stunde gekommen war, dann mußte sie ihn sofort rufen lassen. Er würde es ihr nie verzeihen, wenn sie es unterlassen würde.

Sie schlüpfte zur Tür hinaus und klingelte draußen nach dem Mädchen. Dann ging sie ins Zimmer zurück und setzte sich neben die alte Dame. Voll Angst und Unruhe sah sie in das liebe alte Gesicht. Es erschien ihr so anders, so fremd – weltentrückt.

Es währte eine Ewigkeit für ihre Angst, bis das Mädchen herunterkam. Bettina ging leise hinaus.

»Schnell, laufen Sie in das Kasino, Sie wissen, in der Arndtstraße. Dort fragen Sie nach Herrn Leutnant von Bühren, man wird ihn am ehesten kennen. Er soll Herrn Ernst sofort nach Hause schicken, aber ganz schnell – ich fürchte, es steht nicht gut mit Großtanting. Aber eilen Sie, eilen Sie. Auf dem Rückweg laufen Sie zum Arzt.«

Das Mädchen sah Bettinas Angst und rannte davon. Inzwischen war die Köchin auch herabgekommen, die Mädchen waren zum Glück noch nicht zu Bett gegangen.

»Bleiben Sie unten, in meiner Rufnähe, es könnte sein, daß

ich Sie brauche«, rief ihr Bettina zu und eilte zu Großtanting zurück. Diese lag mit geschlossenen Augen und bewegte die trockenen Lippen wie im flüsternden Gespräch.

Bettina kniete an ihrer Seite nieder und legte schmeichelnd ihre Wange an die ihre.

»Großtanting, Liebe, Beste, hörst du mich?« rief sie leise.

Ihr angstvolles Flehen rief die verlöschenden Lebensgeister noch einmal zurück. Die alte Dame sah zärtlich in das blasse, angstvolle Mädchengesicht.

»Wirf ab, Herz, was dich kränkt und was dir bange macht. Hörst du, Bettina. Gott segne dich, mein Blondchen.«

»Wie fühlst du dich, Großtanting?«

»Durst.«

Bettina hielt ihr das Glas an den Mund, aber sie netzte kaum die Lippen.

»Wo ist nur min leiven Jung?« fragte sie unruhig, versonnen.

»Er wird gleich hier sein, Liebste.«

»Das ist gut, sehr gut.«

Sie dämmerte wieder vor sich hin, und die Atemzüge kamen immer schwächer, zitternder.

Bettina wurden die Minuten zur Ewigkeit. Im Geist folgte sie dem Mädchen und rechnete sich aus, wie weit es sein könnte. Die Arndtstraße lag etwa zehn Minuten entfernt. Jetzt konnte sie dort sein. Jetzt schickte man ihr Bühren heraus. Er würde Ernst sofort aufsuchen. Aber vielleicht fand er ihn nicht gleich? Aber jetzt – ja, jetzt wußte es Ernst. Und nun eilte er in die Garderobe – nahm Hut und Mantel. Und nun mußte er auf dem Heimweg sein. Ach Gott – Großtantings Hände wurden so kalt. Sie umfaßte sie mit den ihren und hauchte ihren jungen, warmen Atem darüber hin und preßte die heißen Lippen darauf. Wenn du schon gehen willst, Liebe, Gute – warte nur noch bis Ernst kommt – nur so lange noch, dachte sie ängstlich. Und lauschte in die schweigende Nacht hinaus, ob sie seinen Schritt nicht hörte. Und endlich hörte sie ihn auf der Treppe.

Sie kannte ihn unter Tausenden heraus. Immer drei Stufen auf einmal nehmend, hastete er empor.

»Großtanting – Großtanting, er kommt! Ernst kommt!« rief sie wie erlöst, als hätte alle Not nun ein Ende.

Gleich darauf trat Ernst in das Zimmer. Hut und Mantel flogen in seiner raschen, ungestümen Art zu Boden. Er kniete neben Bettina nieder.

»Großtanting, Großtanting!«

Sie sah auf. Ein blasses Lächeln huschte um ihren Mund.

»Min leiven Jung – min leiven –«

Ein schluchzender Atem – ein leise gurgelnder Laut – ein letzter tiefer Atemzug. Ernst hielt eine Tote im Arm.

Er schloß ihr mit liebender Hand die gebrochenen Augen. Tieferschüttert sah er in das stille Gesicht. Friedlich wie im Schlaf lag sie da. Bettina sah zu Ernst auf.

»Wenn doch der Arzt bald käme – ich hab' solche Angst um sie«, sagte sie leise. Sie begriff noch nicht, was geschehen war.

Er legte die Arme um ihre Schultern und hob sie empor,

»Komm, Bettina. Großtanting ist hinübergeschlummert.«

Sie schrak zusammen und starrte in das stille Gesicht.

»Tot – tot?« rief sie leise.

»Ja, Bettina.«

Ein Schwanken und Zittern flog über ihre schlanken Glieder. Sie sah ihn an, daß ihm das Herz weh tat. Ein krampfhaftes Schluchzen stieg aus ihrer Brust empor, und dicke Tränen rollten über ihr Gesicht.

Er zog sie in seine Arme und streichelte ihr Haar.

»Fasse dich, Bettina, störe ihre Ruhe nicht«, bat er zärtlich besorgt. Dann ließ er sie in einen Sessel gleiten und küßte ihr die Hand.

»Hab Dank, daß du mich rufen ließest, ich wäre sehr betrübt gewesen, hätte ich ihren letzten Blick nicht aufgefangen.«

Sie suchte sich zu fassen.

»Ich wußte das, deshalb schickte ich nach dir.«

Er strich ihr das Haar aus der Stirn wie eine zärtliche Mutter. Sein eigener Schmerz verblaßte neben dem ihren. Er wußte, wieviel Bettina in dieser Stunde verloren hatte und wie schwer es ihr wurde, diesen Verlust zu tragen.

Durch Bühren hatte er auch seine Eltern benachrichtigen lassen, daß Bettina Botschaft geschickt habe und daß er nach Hause gehe und sie bald erwarte. Frau Adolfine war sehr ärgerlich. Mußte ihnen gerade dieses Fest gestört werden, von dem sie so viel erwartet hatte. Diese Bettina war ein zu törichtes Geschöpf, sie alle zu alarmieren. Wenn Tante Emma wirklich wieder eine ihrer Ohnmachten hatte, das ging doch vorüber. Und wenn nicht, dann hätte man es bei der Heimkehr noch früh genug erfahren. Am liebsten wäre sie geblieben, aber Peter Aßmann sah ihr so ernst und dringend in die Augen, daß sie keinen Widerspruch wagte, als er den Wagen zur Heimfahrt bestellte.

Aber Georg streikte entschieden. Er unterhielt sich gerade ausgezeichnet und hatte keine Lust, sein Vergnügen ›ohne triftigen Grund‹ zu unterbrechen. »Wenn es unbedingt sein muß, daß ich heimkomme, dann kannst du nach mir schicken. Ich komme dann immer noch früh genug. Helfen kann ich ja doch nicht«, sagte er gemütsruhig zu seiner Mutter.

Was lag ihm an dem Leben der alten Dame – sie galt ihm nichts, er hatte nie etwas für sie empfunden.

Seine Eltern trafen mit dem Arzt zur selben Zeit ein. Dieser konnte nur den eingetretenen Tod feststellen und entfernte sich bald wieder. Peter Aßmann stand schmerzlich erschüttert an Großtantings Leiche. Es tat ihm herzlich leid, daß er zu spät gekommen war, einen letzten Gruß mit Tante Emma zu tauschen. Bettina mußte ihm über die letzte Stunde berichten. Sie tat es mit bebender Stimme und verweinten Augen. Alle waren fassungslos, obwohl man das Ende hatte kommen sehen. Nur Frau Adolfine bewahrte ihre kühle Ruhe und erledigte klar und bestimmt, was in solchen Fällen nötig ist. Sie sandte nun auch nach Georg. Es ging doch nicht, daß er länger auf dem Ball blieb. Aber ärgerlich, sehr ärgerlich war es ihr, daß Tante Emma gerade heute sterben mußte, gerade jetzt, wo ihr so viel daran gelegen war, auf dem Ball zu bleiben. Für sie war Großtantings Tod nichts als eine vorübergehende Verdrießlichkeit wegen der damit verbundenen Rücksichten. Zugleich empfand sie aber auch ein Gefühl heimlicher Befreiung, denn sie wußte, Großtanting war mit ihren klugen Augen bis in ihr innerstes Wesen eingedrungen und hatte sie besser gekannt als sonst ein Mensch.

X

Die Maiensonne fiel zum Fenster herein und hüllte Bettinas schwarzgekleidete Gestalt in helles Licht. Doppelt ernst und düster wirkte das Trauergewand gegen das goldschimmernde Haar und das zartgerötete Gesicht des jungen Mädchens.

Bettina besserte Wäsche aus. Ihre schlanken Finger schafften emsig und unermüdlich. Sie sah aber sehr traurig und ernst aus. Noch hatte sie den schmerzlichen Verlust, der sie betroffen, nicht verwunden.

Zuweilen blickte sie seufzend in den lachenden Frühlingstag hinaus. Sie wäre so gern einmal wieder in den Stadtwald gegangen, dessen Bäume zartgrün über den Fluß herüberschimmerten. Aber Tante Adolfine versorgte sie immer reichlich mit Arbeit, und Bettina kam nur aus dem Haus, wenn sie Besorgungen in der Stadt zu machen hatte.

Es war alles ganz anders geworden seit Großtantings Tod.

Ihre Gedanken schweiften, wie so oft, in die schöne Zeit, als sie zu den Füßen ihrer liebevollen, gütigen Schützerin sitzen und sich alles vom Herzen herunterreden durfte, was sie drückte. Jetzt konnte sie zu niemand von dem sprechen, was ihr Herz bewegte. Tante Adolfine war ihr gegenüber fast noch strenger und härter geworden. Sie war außer sich gewesen, daß Großtanting Bettina fünfundzwanzigtausend Mark vermacht hatte, und verlangte allen Ernstes, daß ihr Mann das Testament anfechten sollte; Bettina habe sich das Erbe durch allerlei Schmeicheleien erschlichen. Als sie dann hörte, daß Peter ganz genau gewußt hatte, was das Testament enthielt, und daß er nur voll und ganz billigen könnte, daß Tante Emma der armen Waise für ihre aufopfernde Pflege einen kleinen Teil ihres Vermögens vermacht hatte, war sie einfach fassungslos.

»Du bedenkst wohl nicht, daß dieses Geld unseren Söhnen entzogen wurde, Peter?«

»Doch, das bedenk' ich wohl, Adolfine. Es macht für jeden nur zwölfeinhalbtausend Mark, ich denke, das können sie beide leichten Herzens verschmerzen. Es bleibt ihnen auch so noch genug. Ich hoffe, ihr denkt wie ich«, wandte er sich an seine Söhne, die dieser Unterredung beiwohnten.

Georg zog einen schiefen Mund.

»Na – ich hätte mir ja ein Auto dafür leisten können«, sagte er mit einem Versuch, zu scherzen. Es klang aber auch etwas wie Ärger mit durch. Ernst sah ihn groß und flammend an.

»Ich bin ganz und gar Vaters Ansicht. Mir wäre es ebenso recht gewesen, wenn Großtanting die Summe für Bettina verdoppelt hätte.«

Adolfine lachte hart auf.

»Ihr seid ideale Schwärmer. Mit euch ist nicht vernünftig zu reden«, sagte sie empört und ging hinaus.

Bettina gegenüber ließ sie aber deutlich genug ihr Mißfallen über die ihr zugefallene Erbschaft durchblicken.

Das junge Mädchen war ganz fassungslos gewesen, als sie davon erfuhr und ihr Onkel Peter, wie es die Verstorbene gewünscht hatte, in einem eisernen Kassettchen die fünfundzwanzigtausend Mark überreichte und ihr dabei den Gebrauch der Zinsscheine erklärte, die den Wertpapieren beigefügt waren. Sie wußte nicht, ob sie sich darüber freuen sollte, und Frau Adolfines Verhalten überzeugte sie fast, daß ihr das viele Geld zu Unrecht gehörte. Erst Ernsts Ermahnungen, Großtantings Fürsorge für sie mit frohem Herzen anzuerkennen und sich durch nichts in dem Glauben irremachen zu lassen, daß ihr Großtanting dies Geld mit dem Recht ihrer Liebe hinterlassen hatte, machte sie ruhiger.

Großtanting hatte ausdrücklich bestimmt, daß Bettina das

Geld in sicheren Papieren sofort ausbezahlt bekommen sollte und daß es zu ihrer freien Verfügung stand. Niemand sollte ihr dreinzureden haben. Das hatte die alte Dame so angeordnet, weil sie Bettina einigermaßen unabhängig von Adolfine machen wollte. Und dieser Bestimmung mußte selbstverständlich auch entsprochen werden; daran ließ sich nun einmal nichts ändern.

Das junge Mädchen hatte die eiserne Kassette mit heiliger Scheu in ihren Schrank geschlossen, und wenn sie abends allein in ihrem Zimmer war, dann strich sie wohl leise darüber hin mit den Händen, als wäre sie ein Teil der geliebten Verstorbenen.

Mit Ernst kam Bettina sehr wenig zusammen, nun sie sich in Großtantings Stübchen nicht mehr zu einem Dämmerplausch einfanden. Nur bei Tisch sahen sie sich und zuweilen im Vorübergehen. Manchmal kam Ernst mittags gar nicht nach Hause, denn er hatte sehr viel zu tun. Immer neue Aufträge erhielt er. Seine Entwürfe waren so eigenartig und künstlerisch vollendet, dabei praktisch leicht durchführbar, daß jeder, der zu bauen hatte, zuerst zu ihm kam. Er mußte Hilfskräfte einstellen, obwohl er eine ganze Menge Arbeiten zurückwies. Dazu nahm ihn der Theaterbau stark in Anspruch, und nach Berlin mußte er jede Woche einmal fahren.

Auch heute mittag hatte er nach Hause telephoniert, daß er nicht zum Essen kommen könnte. Und das machte Bettina immer sehr traurig, denn sie lebte nur noch in den kurzen Minuten, da sie ihn sehen konnte.

Wieder seufzte sie auf und nahm ein frisches Wäschestück vor. Da öffnete sich plötzlich die Tür, und Ernst trat ein. Alle Trauer wich aus ihrem Gesicht, ihre Augen leuchteten auf.

»Tag, Bettina.«

»Guten Tag, Ernst.«

»Nun, schon wieder so fleißig? Du solltest bei dem herrlichen Wetter doch lieber spazierengehen.«

Sie lächelte.

»Und meine Wäsche? Wer soll die in Ordnung bringen?«

»Du selbst, wenn du wieder heimkommst. Der Tag ist lang. Und mit deiner Arbeit eilt es doch nicht.«

Er setzte sich ihr gegenüber und wühlte in dem Wäschestoß herum.

»Doch, Ernst. Tante würde mich schelten, wollte ich meine Arbeit liegenlassen und nach Gefallen fortlaufen.«

»Dann will ich schnell um Urlaub für dich bitten. Wo ist meine Mutter?«

»Tante ist ausgegangen.«

»So!«

Ernst erhob sich und ging im Zimmer auf und ab. Dabei sah er immer wieder zu Bettina hinüber, deren Liebreiz ihm noch nie so zum Bewußtsein gekommen war wie eben jetzt. Endlich blieb er vor ihr stehen.

»Meinst du, daß deine Flickerei wichtiger ist als meine Baupläne?«

Sie schüttelte lächelnd den Kopf.

»Nein – das meine ich gewiß nicht.«

»Na also, dann pack deinen Kram zusammen. Ich bin auch mitten aus meiner Arbeit fortgelaufen, um mit dir eine Stunde in den Wald gehen zu können.«

Sie sah errötend mit freudigem Schrecken zu ihm auf.

»Du – mit mir in den Wald?« rief sie voll zitternder Freude.

»Ja, gewiß. Deshalb komme ich nach Hause. Willst du nicht mitkommen?«

Sie atmete tief auf.

»Ob ich will – ach, furchtbar gern –, aber die Tante.«

Er nahm ihr lächelnd die Arbeit aus der Hand.

»Furchthase«, schalt er gutmütig. »Du mußt dich nicht so unterkriegen lassen, Bettina – ernstlich. Zeig doch Mutter einmal, daß du auch einen Willen hast.«

»Ach Gott!« seufzte sie erschrocken.

Nun lachte er laut auf.

»Vorwärts, fertiggemacht. In fünf Minuten bist du wieder hier. Du sollst dir heute rote Wangen laufen. Es ist mir schon lange aufgefallen, daß du so blaß aussiehst. Das muß anders werden. Und wenn du dich unbedingt tyrannisieren lassen willst, kann ich das ja auch sehr gern tun. Also los.«

Sie zögerte noch, obwohl ihr dieser Spaziergang unsagbar verlockend erschien.

»Tante wird schelten –«

»Rrrruhe, Order parieren. Ich werde es selbst vor meiner Mutter verantworten.«

Nun eilte sie hinaus. Mit fliegenden Händen machte sie sich zum Ausgehen fertig und stand noch vor Ablauf der fünf Minuten wieder vor Ernst.

Dieser hatte inzwischen mit aufgestütztem Kopf in einem Sessel gelehnt und vor sich hin gesonnen. Mitten in seiner Arbeit hatte ihn eine treibende Unrast erfaßt: Ein blonder Mädchenkopf war vor ihm aufgestiegen. Tiefblaue, leuchtende Augen sahen ihn verlockend an und ließen ihn nicht mehr los, bis er heftig seine Zeichnungen beiseite schob und nach Hause stürmte. So ging es ihm oft. Immer stahl sich der Gedanke an Bettina in seine Arbeit, und er fand viele Gründe, um sich das zu erklären. Es war ja so natürlich. Großtanting hatte ihn zu Bettinas Schützer bestellt. Er betrachtete das junge Mädchen als ein teures Vermächtnis. Da mußte er sich selbstverständlich um es kümmern, sich in Gedanken mit ihm beschäftigen. Das war doch so klar. Warum ihn aber oft eine fiebernde Unruhe packte, die nicht eher nachließ, bis er Bettina gegenüberstand – das erklärte er sich nicht. Sie tat ihm natürlich leid, das arme, liebe Ding. Sie war so einsam, so verlassen mit ihrem weichen Herzen, seit Großtantings Tode. Und seine Mutter war schroffer und härter als je zu ihr, das entging ihm nicht.

Sie konnte ihr die Erbschaft nicht vergeben. Ach, wie klein

sind die Menschen – und wie bitter, wenn man die eigene Mutter kleinlich finden muß. Bettina hatte keinen Menschen, der lieb und gut zu ihr war. Da mußte er sich doch ihrer annehmen.

Und er tat es mit innigem Behagen. Er erwies ihr kleine Aufmerksamkeiten, brachte ihr ein Buch, ein paar Blumen und – legte in Großtantings Schrankeckchen Schokolade und kleine Näschereien für sie.

»Großtanting hat dir was gebracht«, pflegte er dann lächelnd zu ihr zu sagen und freute sich an dem Aufleuchten ihrer Augen.

Heute hatte er es nicht mehr bei der Arbeit aushalten können. Der Maienzauber hatte es ihm angetan.

Und nun schritten sie nebeneinander die Straße entlang, über die Brücke und am gegenüberliegenden Ufer dem schönen großen Stadtwald zu. Bettina ging wie in einem seligen Traum. Die Welt war so schön, die Sonne so golden und warm. Die Vögel sangen in den Zweigen, an denen sich das Laub in zartem, feinem Gekräusel angesetzt hatte, jauchzende Lebenslust, sehnsüchtiger Lebensdrang ringsum. Und neben ihr der Mann, dem ihr junges, reines Herz in scheuer, tiefer Liebe entgegenschlug. Mit allen Sinnen empfand sie das Herrliche, Köstliche dieser Stunde.

Und Ernst schritt versonnen neben ihr und sah auf ihr blondes Köpfchen herab.

Nun waren sie mitten im Wald.

»Wie schön, wie schön!« jubelte Bettina auf. »Schau doch nur dies zarte Grün. Die Birken wie im Festtagskleid – ach, wie herrlich!«

Sie atmete in tiefen Zügen die klare Luft. Ihre Wangen röteten sich, und die Augen strahlten, als sei ihnen eine Offenbarung geworden. Er sah sie nur immer an.

»Ja – wunderschön – wunderschön«, sagte er mit verhaltener Stimme, und sein Herz klopfte stark und unruhig.

Ein Eichkätzchen huschte über den Weg. Sie faßte schnell Ernsts Arm und zeigte darauf hin.

»Da – hast du es gesehen?«

»Was denn?«

»Ein Eichkätzchen – da, sieh.«

Sie drängte sich an ihn heran, um ihn beiseite zu schieben, damit er das Tierchen sehen konnte.

»Siehst du es jetzt?« fragte sie eifrig. »Da, es läuft an dem Baumstamm hinauf. Siehst du?«

»Ja, ja«, sagte er. Aber er sah nichts als sie und fühlte nur ihren weichen Arm auf dem seinen, die Nähe ihrer jugendschönen Gestalt. Ganz dicht vor seinem Gesicht flimmerte ihr goldiges Haar. Entzückt betrachtete er das kleine, rosige Ohr, die weiche Linie der Wangen und des Kinns. Er verhielt den Atem. Der Zauber dieser Stunde nahm ihn gefangen – heiß stieg es in ihm empor. Zum ersten Mal regten sich die Wünsche in seiner Brust, die er noch gar nicht fassen konnte, so plötzlich waren sie da.

»Ach – nun ist es fort«, rief Bettina, ahnungslos, was in Ernst vorging. Sie ließ seinen Arm los. Fast unbewußt machte er eine Bewegung, um sie festzuhalten. Da zuckte sie zurück und errötete jäh.

Er nahm sich zusammen und zwang sich zur Ruhe. Nein, erschrecken durfte er sie nicht, wegen – nun ja, wegen einer plötzlichen zärtlichen Aufwallung. Sie durfte das Vertrauen zu ihm nicht verlieren. Was wollte er denn auch von ihr? Liebte er sie? Wollte er sie gar zu seiner Frau machen? Nun, warum denn nicht? Wenn er sie liebte – und das, was er für sie fühlte, war doch wohl viel mehr als kühle, brüderliche Zärtlichkeit – wenn er sie also liebte, warum sollte sie dann nicht seine Frau werden? Ja – warum denn nicht? So ein süßes, holdes Geschöpf, so rein, so gut – ganz sein Ideal einer Frau.

Aber ob sie ihn lieben würde? Ja, das war freilich sehr fraglich – sehr. Bühren war ihr doch augenscheinlich lieber gewesen. Und wenn sie ihn auch nicht heiraten konnte – weil sie beide zu arm waren –, nein, eine Frau heiraten, der er nicht der Erste, der Einzige war – nein. Und sie würde ihn ja auch gar nicht nehmen mit der Liebe zu einem anderen im Herzen, das wußte er, dazu kannte er sie zu gut.

»An was denkst du, Ernst? Du machst so ein düsteres Gesicht«, sagte sie in seine Gedanken hinein.

Er fuhr auf und lachte gezwungen.

»Oh, ich dachte etwas sehr Geheimnisvolles«, sagte er.

Sie antwortete nicht und ging weiter.

Er sah sie prüfend an.

»Nun – bist du gar nicht neugierig, Bettina? Wenn Frauen ein Geheimnis ahnen, suchen sie es doch zu ergründen.«

Sie lachte schelmisch.

»O ja, neugierig bin ich – wie alle Frauen. Aber ich weiß, wenn du ein Geheimnis hast, wirst du es vor allen vorwitzigen Nasen zu verbergen wissen.«

»Gehört deine Nase auch dazu?«

»O nein, die steckt sich nicht in andrer Leute Geheimnisse«, neckte sie.

»Du bist ein Schelm, kleines Mädchen.«

Sie reckte sich.

»Ich bin nicht klein.«

Er stellte sich dicht neben sie.

»Da schau, bis an die Schulter reichst du mir gerade.«

»Ja – du bist aber auch ein Riese, neben dir bin ich freilich klein.«

Er umfaßte sie plötzlich und hielt sie einen Augenblick fest. Ein unruhiger Glanz zuckte in seinen Augen. Vor diesem Ausdruck erschrak sie, ohne zu wissen, warum. Sie machte sich mit einem Ruck frei und ging schnell einige Schritte voraus. Ganz blaß war sie geworden, und ihre Stirn zog sich zusammen wie im Schmerz. Ernst war über sich selbst erschrocken, faßte sich aber sofort. Bettina durfte jetzt nicht ahnen, was in ihm vorgegangen war, wollte er ihr Vertrauen nicht verlieren. Er mußte sich ganz unbefangen stellen.

»Was läufst du denn auf einmal so schnell, Bäschen?« rief er, scheinbar ahnungslos, daß er sie erschreckt hatte; Bettinas Fuß stockte. Sie hatte sich inzwischen auch gefaßt und sich selbst ausgescholten, daß sie sich so töricht benommen. Ernst hatte ganz unbefangen brüderlich den Arm um sie gelegt, und sie lief davon wie eine Törin. Wenn sie sich nicht besser beherrschen konnte, wo sollte das hinführen?

Sie sah mit blassem Lächeln zu ihm zurück.

»Ich kann ja auch langsamer gehen«, sagte sie möglichst ruhig. Und sie zeigte sich beherrscht und unbefangen. So gingen sie nebeneinander durch den lachenden Maienzauber, und während die Lippen plauderten und lachten, zitterten die Herzen in unruhiger Beklemmung.

Ernst sah immer wieder mit heimlichem Forschen in ihre Augen. Nein, böse war sie ihm nicht. Lieb und gut blickte sie ihn an wie immer. Und er faßte wieder Mut. Es war ja noch gar nicht ausgemacht, daß sie Bühren liebte. Vielleicht – nein, gewiß war ihr Herz noch frei, und er durfte um sie werben. Natürlich mußte er Geduld haben und nicht so ungestüm vorgehen, sie nicht mehr erschrecken. Am Ende hatte sie gar geglaubt, er wolle leichtsinnig mit ihr herumtändeln, wie er es wohl früher mit anderen Frauen getan, und war deshalb erschrocken gewesen. Da mußte er doch ernstlich sorgen, daß sie so etwas nicht von ihm glaubte. Doppelt zart und rücksichtsvoll wollte er nun zu ihr sein, wenn es ihm auch plötzlich recht schwer erschien, sich ihr so zurückhaltend brüderlich zu zeigen. Jedenfalls mußte er erst klar sehen, wie sie mit Bühren stand, ehe er merken ließ, daß er anders als brüderlich für sie empfand. Nach einer Weile fragte er sie lächelnd:

»Bist du noch nicht müde? Komm, stütz dich auf meinen Arm.«

Sie schüttelte den Kopf.

»Nein, müde bin ich gar nicht. Stundenlang könnte ich noch so weiterlaufen, immer in die grüne Pracht hinein. Es ist ja so schön draußen, und ich war so lange nicht hier. Früher kam ich mit Großtanting jeden Tag hierher.«

Sie hatte trotz ihrer Versicherung, nicht müde zu sein, ihre Hand leicht auf seinen Arm gelegt, und er freute sich ihrer Zutraulichkeit mit stillem Lächeln.

»Und das fehlt dir jetzt sehr, gelt?« fragt er herzlich.

Sie nickte.

»Ja. Es ist ja alles so anders geworden, seit Großtanting von uns gegangen ist.«

»Du bist zu viel allein. Und mit meiner Mutter verstehst du dich nicht.«

Sie machte ein bedrücktes Gesicht.

»Ach – Tante Adolfine ist mir böse, ich weiß es, weil Großtanting mir das viele, viele Geld vermacht hat.«

Er lachte.

»Du hältst fünfundzwanzigtausend Mark wohl für einen sehr großen Reichtum.«

Sie nickte ernsthaft.

»Ja, es ist furchtbar viel Geld. Ach, Ernst – du weißt gar nicht zu beurteilen, wieviel das für einen Menschen ist, der immer arm gewesen. Nie hab' ich so viel Geld auf einmal gesehen, viel weniger besessen. Fast macht es mich bange. Ach – vor Jahren hätte weniger als der zehnte Teil davon meinem Bruder und meiner Mutter das Leben gerettet. Nun weiß ich gar nicht, was ich mit dem Geld anfangen soll. Ich brauche es nicht, und es macht mir wenig Freude. Eigentlich gehört es doch euch, und Tante Adolfine hat recht, wenn sie zürnt.«

Seine Stirn hatte sich gerötet. Er machte ein finsteres Gesicht.

»Nein, sie hat nicht recht. Großtanting konnte über ihr Vermögen verfügen, wie sie wollte. Wäre es nach mir gegangen, hätte sie dir mehr vererben müssen. Was ist denn diese

Summe? Ein Notpfennig für dich. Und für Georg und mich ist das leicht zu verschmerzen. Sei doch nicht töricht, Bettina, verrenne dich nicht in den Gedanken, daß du kein Recht auf das Geld hast. Mit dem Recht der Liebe hat es Großtanting dir hinterlassen, du darfst es mit demselben Recht für dich in Anspruch nehmen. Es schmerzt mich sehr, daß meine Mutter so kleinlich denkt.«

»Sie tut es ja nur für euch, Ernst. Du mußt deine Mutter nicht schelten, weil sie alles Gute für euch vom Schicksal will. Sei ihr nicht böse – nicht meinetwegen –, das tut mir weh.«

Er sah lächelnd in ihr bittendes Gesicht.

»Also nein – ich bin es nicht mehr, weil du so lieb bitten kannst.«

Nun war sie zufrieden.

Ernst sah sinnend vor sich hin.

Wenn er Bettina zu seiner Frau machen wollte – das würde noch einen heißen Kampf geben mit seiner Mutter. Sie hatte so ganz andere Pläne mit ihm, das wußte er. Aber diese Pläne würden sich nie verwirklichen. Das Mädchen, das ihm die Mutter ausgewählt hatte, war ihm im günstigsten Fall gleichgültig, und daß es eine reiche Erbin war, blieb ohne Einfluß auf ihn. Was fragte er danach? Er war selbst reich, und sein Beruf, sein Können und Schaffen würden ihm gestattet haben, eine arme Frau zu heiraten. War seine Mutter nicht auch vermögenslos gewesen? Aber daran dachte sie nicht mehr. Sie wollte reiche Schwiegertöchter haben um jeden Preis. Vielleicht gerade, weil sie selbst arm gewesen war. Das Haus Aßmann sollte wohl für den Ausfall ihrer Mitgift entschädigt werden.

Nun, Georg würde ja nach ihrem Herzen wählen, er würde auch darin der korrekte, wohlerzogene Sohn seiner Mutter sein.

Den Vater hatte er sicher auf seiner Seite, das wußte er. Bettina war dem alten Herrn sehr lieb, das hatte er bei der Erbschaftsangelegenheit bewiesen. So peinlich und genau er sonst in Geldangelegenheiten war – als Kaufmann mußte er das sein –, den Betrag für Bettina hatte er freudig aus der Erbschaftsmasse an sie abgeliefert.

Wie ängstlich Bettina war. Fast ein Unrecht erschien es ihr, das Geld zu behalten. Überhaupt, was war sie für ein scheues, ängstliches Geschöpf. Man würde immer an ihr zu beschützen, zu behüten haben. Aber gerade das erschien ihm reizvoll. So ein weiches Herz hatte sie. Und wie liebevoll sie war.

Wenn sie einen Mann liebte, dann geschah es sicher mit vollem, ganzem Herzen. Sie würde aufgehen in ihm. Und so zärtlich konnte sie sein, wo sie liebte, das hatte er in ihrem Verkehr mit Großtanting gesehen. Auch opferfreudig; für einen Menschen, den sie liebte, würde sie alles zu tun imstande sein.

Immer mehr wurde es klar in ihm, daß Bettina seine Frau werden mußte, wenn sie ihn liebhaben konnte, wie er es wollte.

»Wir möchten nun umkehren, Ernst, es wird sonst zu spät«, sagte Bettina mitten in seine Gedanken hinein. Er fuhr auf und sah nach der Uhr.

»Wir sind ja kaum eine halbe Stunde unterwegs.«

»Aber wir brauchen ebenso lange für den Rückweg.«

»Richtig, dagegen läßt sich nichts sagen. Also kehrtgemacht, Bäschen. Weißt du was? Wir werden jetzt jeden Tag eine Stunde miteinander spazierengehen, mit Ausnahme der Tage, an denen ich in Berlin bin.«

Sie sah erschrocken zu ihm auf.

»Oh, deine kostbare Zeit! Das kann wohl nicht sein.«

»Nicht? Auch nicht, wenn ich dir sage, daß ich diese Spaziergänge ebenso nötig brauche wie du selbst? Oder meinst du, es tut mir nicht gut, wenn ich mich ein bißchen auslaufe?«

Sie sah ihn unsicher an.

»Das wohl – gewiß. Aber in meiner Gesellschaft?«

»Warum gerade nicht mit dir?«

»Ach – ich weiß nicht, wie ich dir das erklären soll. Ich meine, es muß sehr langweilig für dich sein. Ich bin ein so unbedeutendes Geschöpf.«

Er sah sie neckend an.

»So? Unbedeutend? Das habe ich noch gar nicht gemerkt. Und mich hältst du wohl demnach für bedeutend?«

Sie nickte energisch.

»Sehr. Ich komme mir nie so klein vor wie in deiner Gesellschaft.«

Er lachte übermütig.

»Und dabei widersprachst du vorhin, als ich dich ein kleines Mädchen nannte.«

»Ach, so hast du das gemeint? Dann will ich es nicht mehr tun«, erwiderte sie nun auch neckend.

»Zwar hab' ich es nicht so gemeint, sondern ganz anders, aber lieb ist es von dir, daß du vernünftig sein willst. Es würde dir auch gar nichts nützen. Von morgen an gehst du jeden Tag nach Tisch eine Stunde mit mir in den Wald.«

Sie seufzte.

»Ach, schön wäre das – wunderschön. Aber du vergißt deine Mutter. Sie wird es nicht leiden und – am Ende schickt es sich auch nicht«, schloß sie zögernd.

»Daß ich mit meiner Base spazierengehe, soll sich nicht schicken? Na, erlaube mal – wer soll uns das denn verbieten? Mutters Einwilligung erhalte ich schon, hab keine Angst. Und ich verordne dir einfach täglich einen Spaziergang in meiner Gesellschaft. Hab' ich Großtanting nicht versprochen, dein Hüter zu sein? Deine Gesundheit erfordert Bewegung im Freien – Punktum.«

Sie lachte hell und glücklich auf, und er sah sie entzückt an.

»Siehst du, schon der Gedanke daran übt eine gute Wirkung auf dich aus. Ich glaubte schon, du könntest gar nicht mehr lachen.«

Sie sah ihn bewegt an und reichte ihm die Hand.

»Fast hatte ich es verlernt. Ach, Ernst, du bist so gut zu mir, so sehr gut. Ich danke dir von Herzen.«

Er zog ihre Hand an seine Lippen. Sie errötete und machte sich schnell wieder frei. Sie war es so gar nicht gewöhnt, sich die Hand küssen zu lassen.

XI

Als sie eine halbe Stunde später wieder zu Hause anlangten, hatten sie beide das Gefühl, etwas sehr Schönes erlebt zu haben. Aber daheim fiel sofort die rauhe Prosa über sie her. Frau Adolfine war inzwischen heimgekehrt und hatte vergeblich nach Bettina gesucht. Sie empfing das junge Mädchen scheltend und verärgert.

»Was ist das für eine Art, Bettina? Du läufst von der Arbeit fort, ohne mich um Erlaubnis zu fragen.«

»Verzeih, Tante – du warst nicht zu Hause, sonst hätte ich es sicher getan.«

»Dann hättest du eben warten sollen, bis ich zurückkam. Ich bitte mir sehr aus, daß solche Unordnung unterbleibt. Was hast du überhaupt draußen herumzulaufen ohne Zweck? Das ist nutzlose Zeitvergeudung, und die dulde ich nicht in meinem Hause, das solltest du wissen.«

Bettina war sehr blaß geworden und machte ein ängstliches Gesicht. Ehe sie aber Zeit fand, noch einmal um Verzeihung zu bitten, legte Ernst seine Hand auf ihren Arm. »Geh jetzt auf dein Zimmer, Bettina, ich habe mit meiner Mutter zu sprechen«, sagte er ruhig und beherrscht. Aber auch sein Gesicht war bleich, und die Augen brannten. Bettina sah angstvoll zu ihm auf, aber er lächelte ihr zu und öffnete ihr artig die Tür.

Als sie verschwunden war, wandte er sich seiner Mutter zu, die ihm ärgerlich entgegenblickte.

»Was soll das heißen, Ernst?«

»Zuerst will ich dir sagen, daß ich es war, der Bettina zu diesem Spaziergang verleitete.«

»Wie kommst du dazu?«

»Nun, eigentlich müßte es keiner besonderen Veranlassung bedürfen, aber ich kann dir sagen, daß ich Bettina sehr blaß aussehend finde. So ein junges Mädchen braucht doch frische Luft zum Gedeihen. Seit Großtantings Tod ist sie nur aus dem Haus gekommen, wenn sie Besorgungen für dich zu machen hatte. Zank doch nicht immer mit ihr, Mutter. Wenn du zu ihr sprichst, geschieht es nur in diesem harten, scheltenden Ton.«

»Der ist ihr sehr gesund. Sie ist ohnedies von Tante Emma viel zu sehr verwöhnt worden, und es ist kein Wunder, wenn sie sich wie eine Prinzessin aufspielt.«

»Davon habe ich nie etwas gemerkt, Mutter. Bettina ist still und bescheiden und nimmt es stets ruhig hin, wenn du sie ausschiltst. Sei doch ein bißchen gut zu ihr, Mutter, sie würde dir so dankbar sein.«

Frau Adolfine lachte brüsk.

»Dankbar – dankbar! Dies Wort gibt es wohl kaum in ihrem Sprachschatz, sonst würde sie schon Gebrauch davon gemacht haben.«

»Da irrst du, Mutter. Wenn sie auch das Wort nicht im Munde führt, das Gefühl der Dankbarkeit ist sehr stark in ihrem Herzen ausgeprägt. Du solltest nur hören, wie sie von Großtanting spricht.«

»Natürlich, die hat sie ja auch verwöhnt und verhätschelt, mit Schmuck behängt, ihr ein Vermögen vermacht, was von Rechts wegen euch zukam. Da ist es freilich kein Kunststück, dankbar zu sein.«

Ernst biß sich auf die Lippen, um die scharfen Worte zurückzudrängen, die der Mutter Verhalten tadeln wollten. Er dachte an Bettinas Bitte und bezwang sich.

»Sie ist auch um Kleineres dankbar, Mutter. Du hättest sie nur sehen sollen, wie dankbar sie mir war, daß ich sie ins Freie geführt hatte. Nicht wahr, du bist im Grunde gar nicht so bös? Sei gut, Mutter, und erlaube, daß ich Bettina jeden Tag ein Stündchen mit hinausnehme in den Wald.«

Er hatte sehr warm und herzlich gesprochen. Seine Mutter sah ihn plötzlich sehr scharf und mißtrauisch an.

»Wie kommst du dazu, dich zu ihrem Ritter aufzuwerfen? Was geht dich Bettina an?«

Er merkte sofort ihre mißtrauische Unruhe und nahm einen leichten Ton an.

»Ich hab' Großtanting versprochen, mich ihrer anzunehmen, und du wirst mir doch helfen, mein Wort zu halten.«

Frau Adolfine zuckte ärgerlich die Schultern.

»Tante Emma hat einen idealen Schwärmer aus dir gemacht, wie sie selbst bis zu ihrem Tod eine übertrieben gefühlvolle Person war. Aber was bei ihrem altjüngferlichen Wesen hingehen mochte, ist bei einem Mann nicht am Platze. Mach du nun nicht auch noch solch ein Aufhebens um Bettina. Ihr ist viel gesünder, wenn sie ein bißchen rauh angefaßt wird. Sie kann ja nicht immer bei uns im Haus bleiben. Eine glänzende Partie wird sie einmal nicht machen, das ist so gut wie sicher. Und wenn wir alten Leute sterben, oder ihr verheiratet euch, da kann sich vieles ändern, dann ist ihr besser, wenn sie nicht so verzärtelt ist.«

»Das mag sehr klug gedacht sein, Mutter. Aber ich meine, ein bißchen Sonnenschein schadet keinem Menschen etwas. Und überdies – wenn ihr eure schützende Hand nicht mehr über Bettina halten könnt, dann bin ich ja auch noch da.«

Wieder flog ihr Blick argwöhnisch zu ihm hinüber.

»Du? Willst du sie vielleicht als Inventar mit in deine zukünftige Ehe nehmen?«

Er mußte lachen, der Schalk blitzte ihm aus den Augen. Wenn die Mutter geahnt hätte, wie er sich heute seine ›zukünftige Ehe‹ ausgemalt hatte. Sie durfte vorläufig um keinen Preis davon wissen, schon Bettinas wegen. Er mußte sich unbefangen stellen.

»Warum denn nicht, Mutter?«

»Du bist unklug geworden, Ernst. Meinst du, eine junge Frau nimmt so ohne weiteres eine dritte Person mit in die Ehe?«

»Vielleicht doch. Wenn ich nun eine Frau fände, die sich gut mit Bettina versteht?«

Frau Adolfine dachte an Magda Wendheim und zuckte die Achseln.

»Ich bitte dich, schlag dir so etwas aus dem Sinn, dafür würde sich jede Frau bedanken.«

»Aber warum? Großtanting war doch auch hier im Haus, als du Vaters Frau wurdest.«

Seine Mutter lächelte höhnisch.

»Glaubst du, das wäre mir so sehr erwünscht gewesen? Und Tante Emma war immerhin kein junges Mädchen.«

»Wenn Bettina nun meine Schwester wäre? Fast ist es doch so. Meinst du nicht, daß sich meine junge Frau ganz gut mit ihr vertragen würde, wenn sie wüßte, es geschähe mir ein Gefallen damit?«

»Ach, laß die Phantastereien, dahin wird es ja gottlob nicht kommen. Wir haben Bettina bisher eine Heimat gegeben und werden es auch ferner tun, wenn sie sich so beträgt, wie ich es von ihr erwarten kann. Und was die Spaziergänge anbetrifft, so mag Bettina meinetwegen alle Tage eine Stunde gehen, – aber nicht mit dir; man würde darüber sprechen.«

»Wer soll denn darüber sprechen? Wir sind doch wie Geschwister. Kein Mensch wird etwas dabei finden. Und ich hab' es ihr nun einmal versprochen, daß ich mit ihr gehen will, und werde mein Versprechen halten. Übrigens werden mir diese Spaziergänge auch wohltun, denn ich muß jetzt sehr angestrengt arbeiten. Um mir meine Zeit nicht zu zerreißen, gehe ich gleich nach Tisch mit ihr. Willst du aber ganz beruhigt sein, so schlage ich dir vor, geh mit uns. Sollst mal sehen, wie nett das wird.«

Frau Adolfine machte ein sehr verdrießliches Gesicht.

»Du weißt doch, daß ich nach Tisch an meinen Mittagsschlaf gewöhnt bin, wie dein Vater auch. Es würde mir nicht gut bekommen, müßte ich darauf verzichten.«

In Ernsts Augen zuckte der Schalk. Er hatte diesen Mittagsschlaf wohlweislich in Berechnung gezogen.

»Ach richtig – verzeih, daran dachte ich nicht. Schade! Aber natürlich geht deine Bequemlichkeit vor. Du kannst ja auch ganz unbesorgt sein, es wird niemand einfallen, sich darüber aufzuhalten.«

Frau Adolfine dachte nach. Sie wollte Ernst nicht durch das Versagen seiner Bitte reizen, denn er hatte nun einmal einen unseligen Hang, das zu tun, was er nicht sollte. Aber diese Spaziergänge mit Bettina erschienen ihr gar nicht so unbedenklich. Wenn sich da gar eine Liebelei anbandelte? Das wäre durchaus nicht nach ihrem Sinn. Noch schien er ja sein Verhältnis zu Bettina sehr brüderlich aufzufassen. Versagte man ihm ihre Gesellschaft, so reizte ihn das natürlich erst recht. Am Ende war es doch das klügste, ihn gewähren zu lassen. Dann konnte man immer noch die Augen offenhalten. Vielleicht war es auch möglich, Bettina irgendwie zu beeinflussen. Am besten wäre es freilich, wenn sie aus dem Haus ginge. So ein Mensch wie Ernst war unberechenbar. Aber wie sie auf gute Art loswerden? Man hatte doch eine Menge Unannehmlichkeiten mit diesem Mädchen.

Das war nun der Dank dafür, daß sie die Waise in einer großmütigen Aufwallung ins Haus genommen hatte. Dazu war sie auch nur gekommen, weil sie damals so töricht gewesen war, etwas wie Reue zu empfinden, daß sie Hans Sörrensen das Geld nicht geliehen hatte. Aber wozu Reue? Ihr Mann hätte ihr die Summe doch nicht gegeben, er verlieh grundsätzlich kein Geld an leichtsinnige Menschen, und er tat recht daran. Ob er mit Hans Sörrensen wohl eine Ausnahme gemacht hätte, weil er ihr Verwandter war? Scheußlich – Bettina rief ihr immer wieder diese unbehaglichen Geschichten ins Gedächtnis zurück.

»Nun, Mutter – ich habe doch deine Erlaubnis, nicht wahr?«

Sie schrak zusammen. Hatte sie doch ganz vergessen, daß sie nicht allein war.

»Was willst du?« fragte sie unsicher.

»Deine Erlaubnis, Bettina jeden Tag eine Stunde ins Freie führen zu dürfen. Nur diesen Sommer. Nächstes Jahr ist doch vielleicht keine Gelegenheit mehr. Vielleicht bin ich dann schon verheiratet.«

Frau Adolfine horchte auf.

»Hast du denn schon Heiratspläne?«

Er lachte.

»Na, Mutter, verstell dich nicht; du möchtest mich doch gern unter die Haube bringen.«

Sie lachte verlegen.

»Also bist du nicht abgeneigt zu heiraten?«

»Bewahre – im Gegenteil.«

»Und hast gar im stillen schon gewählt?«

»Ganz im stillen – ja, ich glaube wohl.«

»Und ich kenne sie, deine Auserkorene, nicht wahr?« fragte sie eifrig. Er lachte und wußte ganz genau, daß er die Mutter auf falsche Fährte lockte. Aber er wollte sie von Bettina ablenken. Bevor er mit dieser nicht im klaren war, durfte die Mutter nicht Verdacht schöpfen.

»Freilich kennst du sie.«

»Sag mir doch den Namen.«

»Nein, Mutter – erst muß ich ihr Jawort haben, dann sollst du die erste sein, die ihn erfährt. Also nicht wahr, ich darf mit Bettina gehen?«

»Meinetwegen denn, wenn dir so viel daran liegt.«

Er hörte ihre Unruhe heraus.

»Es ist ja nur, weil ich es ihr versprach und weil ich Großtanting mein Wort gegeben habe, mich ihrer anzunehmen.«

»Tante Emma hätte etwas Klügeres tun können«, dachte Adolfine verdrießlich.

Wohl war ihr gar nicht bei dem Gedanken an Bettina. Sie mochte das junge Mädchen überhaupt nicht mehr leiden, seitdem Großtanting Bettina so reich in ihrem Testament bedacht hatte. Auf keinen Fall gönnte sie es ihr, und wenn Bettina nicht eine brauchbare und billige Arbeitskraft im Haushalt geworden wäre, hätte Frau Adolfine sicher schon einen Vorwand gefunden, sie zu entfernen. Und nun schien es wirklich ernstlich notwendig zu sein, Bettina aus dem Haus zu bringen. Sie verstand es so gut, sich einzuschmeicheln, und Ernst war ein unberechenbarer Charakter. Schließlich ließ er sich von ihr gar in Fesseln legen. Nein, das durfte um keinen Preis geschehen, da mußte sie streng auf der Hut sein.

Trotzdem konnte sie vorläufig nichts dagegen tun, daß Ernst und Bettina fast täglich um die Mittagszeit spazierengingen. Für das junge Mädchen wurde dadurch das Leben reich und schön – wie sie es nie gekannt hatte. Mit allen Sinnen nahm sie diese Feierstunden in sich auf und genoß sie voll Dankbarkeit gegen das Schicksal. Sie waren ihr etwas Köstliches, Wundervolles, was auf ihr ganzes ferneres Leben einen Glanz werfen würde. Sie wollte jetzt nicht daran denken, daß ihr Los Entsagung hieß, und lebte nur in der Gegenwart, in der Stunde, wenn sie mit ihm draußen im Wald war und die geheimnisvollen Wunder der erwachenden Natur wie eine Offenbarung in sich aufnahm.

Sie ahnte nicht, daß in Ernsts Herz ein gleiches Empfinden emporwuchs, wußte nicht, daß sein Blick viel lieber auf ihr ruhte als auf den Schönheiten der Natur. War sie ihm doch selbst das Lieblichste, Wunderbarste, was aus der Hand des Schöpfers hervorgebracht werden konnte.

Bettina war glücklich wie nie in ihrem Leben, und selbst Tante Adolfines Tadel und Vorwürfe vermochten sie nicht aus dieser seligen Stimmung zu reißen.

Noch hatte Ernst mit keinem Wort verraten, welche Wünsche er im Herzen trug. Und Bettina verstand sich so gut zu beherrschen, daß er noch immer nicht wußte, ob sie ihm mehr als eine ruhige verwandtschaftliche Neigung entgegenbrachte. Aber ungeduldig wurde er bereits. Lange würde er nicht mehr warten können. Nur die Sorge um Bettina hielt ihn noch zurück, das entscheidende Wort zu sprechen. Wenn sie ihn abweisen mußte, ihn nicht liebte, wie peinvoll war dann ihre Stellung im Haus.

So waren einige Wochen vergangen. Eines Tages – Frau Adolfine hatte großen Hausputz angeordnet – stand Bettina im Arbeitszimmer Onkel Peters und staubte Bücher ab. Sie trug über ihrem Kleid eine große Schürze und hatte das blonde Haar mit einem weißen Tuch verhüllt, damit es vor Staub geschützt war. Neben dem Arbeitszimmer befand sich die Bibliothek, ein kleiner, achteckiger Raum, der rings an den Wänden mit Büchergestellen versehen war. Durch die abgeschnittenen Ecken des im Grunde viereckigen Zimmers waren kleine gemütliche Leseecken entstanden, in denen man sich durch Zuziehen eines Vorhanges ganz absondern konnte. Als Bettina im Arbeitszimmer fertig war, ging sie in die Bibliothek, um auch dort die Bücher vorzunehmen. Die beiden Räume waren nur durch einen Vorhang getrennt, der jetzt zur Hälfte zurückgezogen war.

Eifrig war sie bei der Arbeit, während ihre Gedanken bei Ernst weilten. Da hörte sie plötzlich im Nebenzimmer jemand eintreten und vernahm zugleich Onkel Peters Stimme.

»Bitte, nehmen Sie Platz, Herr von Bühren, ich stehe zu Diensten.«

Bettina erschrak. In dem Aufzug konnte sie sich vor Bühren nicht sehen lassen, und die Bibliothek hatte keinen anderen Ausgang als den durch Onkel Peters Zimmer. Schnell huschte sie in eines der Leseeckchen, um sich zu verbergen. Sie hoffte, die Herren würden sich bald entfernen. Es war ihr sehr unangenehm, daß sie ihre Unterhaltung mit anhören mußte, es gab jedoch keine Wahl für sie.

Durch einen schmalen Spalt im Vorhang konnte sie Bühren sitzen sehen, und es kam ihr vor, als sähe er furchtbar blaß aus. Sie hatte ihn lange nicht gesehen und wunderte sich, daß er so verändert schien. Und als sie ihn mitleidig schärfer betrachtete, fiel ihr ein eigentümlicher Ausdruck in seinen Augen auf. Sie blickten so verstört, so starr und doch voll Angst und Erregung – wo hatte sie doch den gleichen Ausdruck schon gesehen? Und da zuckte sie plötzlich zusammen – mit einem Male wußte sie es. So hatte sie ihr Bruder Hans angesehen an jenem Abend, als sie ihm die Treppe hinableuchtete – als sie ihn das letzte Mal lebend sah. Sie preßte die Hand aufs Herz. All die traurigen Bilder aus ihrer Vergangenheit stiegen in ihr empor und wurden lebendig. Sie lauschte jetzt angestrengt auf das, was die beiden Herren sprachen.

»Ich komme in einer verzweifelten Lage zu Ihnen, Herr Aßmann, und kann mir nicht anders helfen. Allezeit habe ich versucht, mit meiner knappen Zulage auszukommen, die mir eine Schwester meiner Mutter gewährt, obwohl sie selbst nur über eine bescheidene Pension als Witwe eines Beamten verfügen kann. Im letzten Jahr traten allerhand größere Ausgaben an mich heran. Trotz aller Gegenwehr geriet ich in Schulden, und um diese Schulden tilgen zu können, ließ ich mich – das erste Mal in meinem Leben – zum Spiel verleiten. Wie es gekommen ist – ich weiß es selbst nicht mehr. Genug: Ich muß bis morgen mittag, zwölf Uhr, dreitausend Mark zahlen, ich habe mich ehrenwörtlich dazu verpflichtet. Ich habe mir alle Mühe gegeben, das Geld aufzutreiben – es ist mir nicht gelungen. Meine Tante besitzt nichts als ihre Pension. Wo ich sonst anklopfte, wurde ich abgewiesen. Ich war auch bei Ihrem Sohn Georg in der Fabrik. Er ist mein Freund, und ich hoffte, er werde mir helfen. Vergeblich. Er sagte mir, daß er Ihnen versprochen habe, nie mehr als hundert Mark an Freunde zu verleihen. Nun komme ich zu Ihnen, Herr Aßmann. Man sagte mir in der Fabrik, daß ich Sie hier treffen würde. Ich bitte und beschwöre Sie, leihen Sie mir die Summe, sonst bin ich verloren, Sie sind mein letzter Rettungsanker.«

Bettina zitterte. Was würde Onkel Peter antworten? War es nicht, als wenn da drüben ihr Bruder Hans säße und um Rettung flehte? So mußte auch er damals von einem zum andern gelaufen sein, um die Summe aufzutreiben, von der sein Leben abhing.

Peter Aßmann hatte mit unbehaglichem Gesicht zugehört, was Bühren vorbrachte. Nun zuckte er die Schulter.

»Es tut mir leid, Herr von Bühren – ich kann und will Ihnen nicht helfen. Als Kaufmann habe ich meine Grundsätze. Ich verleihe niemals Geld ohne genügende Sicherheit, am wenigsten einem – Spieler.«

»Ich spielte das erste und letzte Mal in meinem Leben«, sagte Bühren verzweiflungsvoll bittend.

»Das sagt jeder. Vielleicht haben Sie auch jetzt die beste Absicht, es nicht wieder zu tun, aber es wird dennoch geschehen. Wie wollen Sie auch das Geld an mich zurückzahlen, da Sie selbst sagen, daß es Ihnen unmöglich ist, mit Ihrer Zulage auszukommen? Wenn ich Ihnen heute das Geld gebe, sind Sie in absehbarer Zeit wieder soweit wie heute. Nein, Herr von Bühren, ich gebe Ihnen das Geld nicht, selbst nicht auf die Gefahr hin, daß Sie des Königs Rock ausziehen müssen.«

Peter Aßmann war ein gründlicher und etwas nüchtern denkender Kaufmann. Er hatte kein Mitleid mit diesem nach seiner Meinung leichtsinnigen jungen Mann. Klare, ehrliche Verhältnisse waren ihm Lebensbedingung; für Leichtsinn hatte er kein Verständnis. Wie konnte man Geld verspielen, das man nicht besaß? Bühren würde ihm das Geld nie zurückzahlen können, und dreitausend Mark an einen fremden Menschen zu verschenken, dazu war er nicht bereit. Ganz war Frau Adolfines Sparsamkeit doch nicht ohne Einfluß auf ihn geblieben.

Bettina sah mit großen Augen in Bührens Gesicht. Er hatte sich langsam erhoben und nestelte an seinem Degengehänge. Sein Gesicht war noch blasser und starrer als zuvor, und der Blick, der aus seinen Augen brach, war so verzweifelt, daß Bettina die Lippen zusammenpreßte, um nicht aufzuschreien. Bührens Schicksal schien sich ihr in eins zu verschmelzen mit dem ihres Bruders. Wie durch einen Schleier sah sie, daß sich Bühren verneigte, hörte ihn etwas wie eine Bitte um Entschuldigung stammeln und vernahm das schnappende Geräusch einer sich schließenden Tür.

Bühren war fort, und auch Onkel Peter hatte das Zimmer verlassen. Aber Bettina stand mit auf die Brust gepreßten Händen noch lange reglos in ihrem Versteck. Ihre Gedanken folgten Bühren. Wie mochte es in ihm aussehen? Immer mehr schien er ihr eins zu werden mit dem Bruder. Wenn er nun bis morgen das Geld nicht auftrieb – und er hatte es ja schon überall vergeblich versucht –, dann blieb ihm auch nur der letzte, furchtbare Ausweg.

Das sollte sie geschehen lassen, sollte ruhig mit ansehen, wie ein junges Menschendasein um ein paar tausend Mark zugrunde ging? O wie hartherzig waren doch die Reichen mit der satten Moral eines gefüllten Magens, eines gefüllten Geldbeutels! Sie konnten gut zu Gericht sitzen über so einen armen Schlucker, der sich nicht mehr zu helfen wußte. Aber sie hatte all dies Elend an ihrem eigenen Bruder erlebt, und sie war ja jetzt reich – gottlob, gottlob! Ach, Großtanting, Liebe, Gute – erst jetzt freue ich mich dieses Vermächtnisses. Mit dreitausend Mark kann ich ein Menschenleben retten. Er soll das Geld haben, heute noch, denn morgen könnte es zu spät sein. Ich brauche ja nur in die kleine eiserne Kassette zu greifen, nichts weiter.

Aber halt – wie soll ich es ihm zukommen lassen? Wo wohnt er denn? Ach, die Adresse finde ich in Tante Adolfines Notizbuch, wo ich immer die Adressen für Einladungen herausschreiben muß. Aber wie nun – wie kommt es in seine Hände?

Ach – dachte sie denn gar nicht an Ernst? So dumm von ihr. Natürlich – Ernst, natürlich –, Ernst würde helfen. Er war nicht so starr und hart wie die andern. Sie brauchte ihm nur alles zu sagen, ihn zu bitten, dann würde er schon alles in Ordnung bringen. Ach, nun war ihr so leicht und frei zumute. Wie spät war es denn? Zwei Uhr gleich, da mußte ja Ernst zu Tisch nach Hause kommen. Aber wie es ihm unbemerkt sagen? Des Hausputzes wegen mußten sie einige Tage auf die gemeinsamen Spaziergänge verzichten. So war ihr diese Gelegenheit, ihre Bitte unbemerkt von den anderen vorzubringen, abgeschnitten. Nun, es mußte auch so gehen. Wenn es keine andere Möglichkeit gab, würde sie unten im Hausflur warten, bis Ernst wieder in sein Büro ging. Dann konnte sie es ihm sagen.

Sie wurde nun ruhiger, ein froher Glanz trat in ihre Augen. Sie ging, um sich zum Mittagessen zurechtzumachen. Draußen hörte sie zu ihrem Schrecken, daß Ernst eine Absage geschickt hatte. Er kam zu Tisch nicht nach Hause. Nun mußte sie bis zum Abend warten. Das machte sie unruhig. Während sie am Nachmittag mit fieberhafter Eile arbeitete, lauschte sie immer, ob nicht ein glücklicher Zufall Ernst nach Hause brachte. Vergeblich. Und sie wurde die unruhigen Gedanken an Bühren nicht los. Wenn es nur nicht zu spät wurde zur Hilfe.

Am liebsten wäre sie fortgelaufen, zu Ernst, aber sie fürchtete Adolfines Schelten. So kam in heimlicher Angst und Unruhe der Abend heran. Onkel Peter war schon da, Georg trat eben ein, nur Ernst fehlte noch. Da berichtete Georg, Ernst habe ihn angerufen, daß er noch zu tun habe und deshalb zum Abendessen auch nicht nach Hause kommen könne.

Bettina erschrak. Was nun? Sie hatte so fest mit Ernst gerechnet. Nun kam er nicht. Und daß die Nacht nicht verstreichen durfte, ehe Bühren geholfen wurde, das fühlte sie mit Sicherheit. Im Laufe des Tages hatte er vielleicht noch einige Versuche unternommen, das Geld zu erhalten. Wenn es aber vergeblich war, und er saß dann mutlos und verzweifelt allein zu Hause – dann, wenn die Nacht anbrach –, dann geschah das Schreckliche. Oh, nie würde sie wieder froh werden können, wenn sie das nicht verhinderte. Sie mußte es tun, um jeden Preis. Aber wie – wie? Hier zu Hause durfte sie nichts davon sagen, man würde sie ausschelten und nicht fortlassen, wenn sie ihr Vorhaben beichtete und Ernst aufsuchen wollte im Büro. Aber geschehen mußte es – und das gleich –, sofort nach Tisch, sonst war es zu spät.

Sie hatte sich Bührens Adresse aufgeschrieben und trug schon seit dem Nachmittag die dreitausend Mark in Wertpapieren bei sich, immer hoffend, Ernst würde kommen. Sie vermochte kaum einen Bissen hinunterzubringen und sah sehr blaß aus. Peter Aßmann fragte sie freundlich, ob sie sich nicht wohl fühle. Da stotterte sie etwas von Kopfweh hervor und bat Tante Adolfine, sich in ihr Zimmer zurückziehen zu dürfen.

Die Erlaubnis wurde ihr erteilt.

»Leg dich lieber gleich zu Bett, damit du morgen wieder frisch bist. Jetzt mitten im Hausputz könnte es mir gerade noch fehlen, daß du krank würdest«, sagte Frau Adolfine verdrießlich.

Bettina ging in ihr Zimmer. Eine Weile stand sie reglos und sah vor sich hin. Was sollte sie tun? Wenn sie sich jetzt heimlich hinausschlich, um Ernst aufzusuchen? Man würde sie nicht vermissen, sie schlafend glauben. War sie erst draußen, dann war alles gut. Und wenn sie zurückkam und dann gesehen wurde, das war nicht schlimm; dann konnte sie sagen, sie habe ihres Kopfwehs wegen noch einen kurzen Spaziergang gemacht. Nur erst unbemerkt hinaus.

Jetzt kam Leben in ihre Gestalt. Sie setzte schnell ein schlichtes schwarzes Strohhütchen auf, fühlte in ihre Taschen, ob ihr Schatz noch richtig vorhanden war, und öffnete leise die Tür ihres Zimmers. Draußen war alles still. Sie huschte hinaus und schloß zur Sicherheit ihr Zimmer ab, den Schlüssel zu sich steckend.

Nun eilte sie leise über den langen Korridor, glitt die Treppe hinab, durch den stillen Hausflur. Jetzt noch durch die Tür, und dann ins Freie. Die Haustür war stets verschlossen, aber jeder Hausbewohner besaß einen Schlüssel dazu. So war es ihr leicht, hinauszukommen und auch vielleicht unbemerkt heimzukehren. Nur schnell jetzt zu Ernst. Es war schon ein Viertel nach acht. Sie mußte eilen.

Voll Unruhe und Sorge um ein gefährdetes Menschenleben legte sie den Weg zurück. Der arme Bühren – wie würde er in Not und Verzweiflung die Stunden verbracht haben. So wie ihr armer Bruder Hans damals.

Wie lang doch der Weg war – wie lang! Aber endlich war er doch zurückgelegt, sie stand mit klopfendem Herzen am Ziel – aber was war das? Das Büro geschlossen – kein Mensch anwesend, der ihr hätte Auskunft geben können, wohin sich Ernst gewandt hatte. Sie lehnte sich mit zitternden Knien an die Tür und starrte vor sich hin. Was nun? Sollte sie nun unverrichteter Dinge wieder heimkehren, Bühren seinem Schicksal überlassen? Nein – nein, das auf keinen Fall.

Wenn es denn nicht anders ging, mußte sie selbst Bühren das Geld bringen. Sie erschrak zuerst vor diesem Gedanken, aber dann sah sie im Geiste Bühren kalt und starr auf seinem Bett liegen – wie ihren Bruder Hans. Der liebenswürdige, lustige Bühren, der seine Armut bisher so tapfer getragen hatte und immer so freundlich und gut zu ihr gewesen war. Sie schüttelte sich in namenlosem Grauen. Herrgott – Herrgott – nein, das darf nicht sein. Sie mußte selbst zu ihm. War ein junges, blühendes Menschenleben nicht wert, daß man sich einmal über die Form hinwegsetzte? Und es wurde ja schon dunkel, man würde sie nicht sehen, wenn sie in sein Haus schlüpfte. Und er würde ihr sein Ehrenwort geben, niemand etwas von ihrem Besuch zu verraten. Ach, wozu überhaupt so kleinliche Bedenken! Wie ein Verbrechen würde es ihr erscheinen, wollte sie darüber ein Menschenleben zugrunde gehen lassen. Vorwärts also – und schnell, sonst war es doch schließlich noch zu spät.

Entschlossen machte sie sich nun von neuem auf den Weg.

Bührens Wohnung war zum Glück nicht weit entfernt. Sie befand sich in einer stillen Querstraße. Viele Menschen begegneten ihr nicht, und es war schon so dunkel, daß man niemand erkennen konnte. Gerade, als sie Bührens Wohnung erreicht hatte, sah sie, daß die Straßenlaternen angezündet wurden. Mit einem bangen Blick an der schlichten Fassade hinauf trat sie in das Haus. Zwei Fenster im ersten Stock waren erleuchtet worden. Ob das Bührens Zimmerfenster waren?

Mit stürmisch klopfendem Herzen stieg sie die Treppe empor. An einer Tür im ersten Stock fand sie Bührens Namen. Sie preßte die Hände gegen die Brust, als wollte sie den Aufruhr darinnen beschwichtigen. Dann zog sie tapfer entschlossen die Klingel. Nun stand sie lauschend. Aber es wurde ihr nicht aufgetan. Sie erzitterte. War es schon zu spät – lag schon ein Toter da drinnen? Die Angst schnürte ihr die Kehle zusammen. Sie riß verzweifelt noch einmal die Klingel. Und da hörte sie drinnen eine Tür gehen, vernahm einen langsamen, zögernden Schritt. Die Tür wurde geöffnet. Im Halbdunkel erkannte sie nicht, wer vor ihr stand.

»Herr von Bühren?« fragte sie leise.

Er war es selbst. Mit einem Ruck öffnete er die Tür zu dem Zimmer, welches er eben verlassen hatte, das Licht der Lampe fiel hell auf ihr Gesicht. Er erschrak.

»Gnädiges Fräulein – Sie?« fragte er erstaunt, bestürzt. Er vergaß, zurückzutreten, um ihr den Eintritt freizugeben.

»Bitte, lassen Sie mich eintreten, ich habe Wichtiges mit Ihnen zu besprechen«, sagte sie, froh aufatmend, daß sie ihn lebend vor sich sah.

»Verzeihung!« sagte er und ließ sie an sich vorbei ins Zimmer treten. Sie zog selbst die Tür hinter sich zu.

Erst jetzt, als sie das maßlose Erstaunen in seinem Gesicht sah, kam ihr das Peinliche dieses Augenblicks zum Bewußtsein. Sie schloß einen Augenblick die Lider wie ein furchtsames Kind und lehnte sich ermattet an den Türpfosten. Er schüttelte seine eigene furchtbare Stimmung ab und schob ihr artig einen Stuhl zu.

»Bitte, nehmen Sie Platz, gnädiges Fräulein, und entschuldigen Sie, daß ich Sie warten ließ. Ich habe meinen Burschen für heute abend beurlaubt und wollte erst nicht öffnen. Ich konnte ja nicht ahnen, daß Sie Einlaß begehrten. Es kann nur etwas ganz Ungewöhnliches sein, was Sie zu mir führt.«

Sie ließ sich in den Stuhl gleiten und sah starr auf ein schwarzes Kästchen, das, halb verdeckt von Papieren, auf dem Schreibtisch stand. Der Lauf einer Pistole blitzte im Lampenlicht auf. Sie schüttelte sich wie im Frost und biß die Zähne zusammen. Er war ihrem Blick gefolgt und schob halb unwillkürlich die Papiere vollends über den Pistolenkasten.

Sie sah ihn an und faßte sich mühsam.

»Herr von Bühren – Sie geben mir Ihr Ehrenwort, daß Sie keinem Menschen verraten, daß ich bei Ihnen war, und was ich hier wollte«, sagte sie leise.

»Ich gebe es Ihnen selbstverständlich, gnädiges Fräulein.«

Sie holte tief Atem und fuhr mit Ihrem Taschentuch über ihr Gesicht. Nun blickte sie mit einem rührenden Lächeln zu ihm auf.

»Ich bin ein so großer Hasenfuß und vor Angst noch ganz fassungslos!«

Er antwortete nicht, dachte nur, wie lieb und reizend sie aussah und daß er diesen holdseligen Anblick mit hinübernehmen wollte in das Schattenreich, das er aufsuchen mußte, weil ihm kein anderer Ausweg blieb aus seiner Not.

Sie fuhr nun tapfer fort:

»Herr von Bühren, ein Zufall ließ mich heute zum Zeugen Ihres Gespräches mit meinem Onkel werden.«

Er zuckte zusammen und sah an ihr vorbei.

»Verzeihen Sie, daß ich das berühren muß, Herr von Bühren. Mein Bruder Hans, den Sie ja gekannt haben, war einst in gleicher Lage wie Sie. Ich hatte ihn so lieb, er war so jung und lebensfroh. Auch er fand nirgends Hilfe und – und mußte sterben. Daran mußte ich denken, als ich heute hörte, was Sie zu Onkel Peter führte. Mein Bruder hatte auch bei Tante Adolfine um das Geld gebeten, das ihn retten sollte. Vergeblich. Leichtsinnigen Menschen helfen sie nicht, diese reichen Leute. Sie nennen Leichtsinn, was oft nur bittere Not ist.

Und nun hörte ich, daß Sie in gleicher Lage sind wie mein armer Bruder. Da hatte ich so große Angst um Sie, und ich beschloß, Ihnen zu helfen. Wie, wußte ich nicht. Zuerst dachte ich an meinen Vetter Ernst. Er ist gut und weichherzig. Wenn Sie sich an ihn gewandt hätten, er würde Sie nicht abgewiesen haben wie Georg. Ich wollte Ernst bitten, zu Ihnen zu gehen, Ihnen das Geld zu bringen. Aber gerade heute kam er nicht nach Hause. Und als ich ihn vorhin in seinem Büro aufsuchen wollte, fand ich es schon verschlossen. Da bin ich denn selbst gekommen und will Sie herzlich bitten, nehmen Sie das Geld von mir. Ich hab' es Ihnen gleich mitgebracht.«

Er trat einen Schritt zurück und hob die Hände empor. In seinen umschatteten Augen zitterten unruhige Lichter.

»Nein – gnädiges Fräulein – nein, das kann Ihr Ernst nicht sein«, rief er fassungslos.

Sie sah in bittend an.

»Ach – mir ist gar nicht zum Scherzen zumute, das können Sie mir glauben. Ich hab' mich doch so sehr gebangt herzukommen. Es ist – es ist doch –, aber nein, ich konnte nicht daran denken, was sich schickt oder nicht – es ging um ein Menschenleben, ich weiß es. Dort, der Kasten – Sie haben ihn versteckt, aber ich weiß nun doch, daß es die höchste Zeit war, wenn ich Ihnen helfen wollte. Und, nicht wahr, Herr von Bühren, Sie nehmen das Geld von mir, ich hab' ja fünfundzwanzigtausend Mark von Großtanting geerbt. Heute freut es mich zum ersten Mal, weil ich Ihnen nun helfen kann. Da, nehmen Sie, bitte – kein Mensch soll davon erfahren. Mein Wort darauf.«

Sie hatte die Wertpapiere aus der Tasche gezogen und hielt sie ihm mit bittendem Ausdruck hin. Er sah verwirrt, errötend in ihr süßes, liebes Gesicht. Um ihren Mund zuckte ein tapferes Lächeln. Er hätte vor ihr niederknien mögen, so anbetungswürdig erschien sie ihm. Und zugleich fragte er sich: Warum tut sie das? Entspringt ihre Tat wirklich nur rein menschlichem Mitleid? Dem Andenken ihres Bruders? Oder – oder empfindet sie mehr und tiefer für dich wie für andere Menschen? Würde sie das, was sie für dich tut, auch für andere tun? Er sah sie an mit brennendem Blick, fand aber keine Antwort in ihren klaren, bittenden Augen.

Er raffte sich auf.

»Gnädiges Fräulein – ich kann das nicht annehmen, so gern ich möchte. Weiß Gott, das Messer steht mir an der Kehle und – aber nein, Geld annehmen von einer Frau –, nein, das geht nicht.«

Ganz zornig blickte sie ihn an.

»Ach – wie können Sie so kleinlich sein – in diesem Augenblick? Wenn Sie ins Wasser stürzen und Gefahr laufen, zu ertrinken, ist es Ihnen dann nicht gleich, ob Ihnen ein Mann oder eine Frau das Rettungstau zuwirft? Seien Sie doch vernünftig und setzen Sie sich über so kleinliche Bedenken hinweg! Lassen Sie sich doch nicht von mir beschämen! Sie wollen mich doch nicht wieder fortschicken mit dem Geld? Ich soll doch nicht gehen mit der gräßlichen Angst, daß Sie dann doch tun, was ich um jeden Preis verhindern wollte? Das dürfen Sie einfach nicht, das wäre unritterlich. Da, nehmen Sie. Sie zahlen es mir zurück, wenn sie später in bessere Verhältnisse kommen. Ich brauche es ja nicht.«

Er atmete gepreßt.

»Es könnten lange Jahre vergehen, ehe ich es Ihnen zurückzahlen könnte. Und eine Sicherheit kann ich Ihnen auch nicht bieten. Nein, es geht nicht.«

»Hätten Sie meinem Onkel mehr Sicherheit geben können?

Nein, nicht wahr? Nur weil er ein Mann ist, hätten Sie es von ihm genommen. Das ist doch Unsinn. Ach Gott, halten Sie mich doch nicht so lange auf. Ich muß nach Hause. Niemand ahnt, daß ich fortgegangen bin. Nehmen Sie und gönnen Sie mir das Glück, einen Menschen vom Untergang gerettet zu haben. Wenn Sie mich abweisen, kränken Sie mich bitter. Und keine ruhige Stunde hätte ich mehr, wenn Sie – nein, ich lege das Geld einfach hierhin und nehme es nicht wieder mit«, schloß sie energisch. Sie erhob sich und legte die Papiere auf den Tisch.

Er faßte ihre Hand und führte sie voll Ehrerbietung an seine Lippen. Seine Augen belebten sich, er atmete tief auf.

»Wenn ich das Geld nehme, so nehme ich zugleich mein Leben aus Ihrer Hand – das sollen Sie wissen«, sagte er langsam.

»Aber Sie nehmen es?«

»Ja – Sie verstehen zu geben. Ich nehme es und bin damit auf ewig Ihr Schuldner.«

Sie seufzte tief auf und lächelte glücklich.

»Gottlob! Das war aber schwer, Herr von Bühren. Aber nun muß ich schnell nach Hause zurückkehren.«

Er sah sie bewegt an. Wie ein Engel des Lichts erschien sie ihm.

»Sie gestatten mir, daß ich Sie begleite, gnädiges Fräulein. Es ist inzwischen dunkel geworden, Sie können den Heimweg nicht allein antreten.«

Er nahm seine Mütze und schnallte seinen Säbel um. Dann faßte er noch einmal ihre Hand.

»Nehmen Sie meinen innigsten Dank für Ihre Güte, mein verehrtes gnädiges Fräulein. Ich gestehe Ihnen offen ein, ohne Ihr Dazwischenkommen wäre es zu Ende mit mir gewesen. Ich wußte keinen Ausweg mehr. Und man hängt doch am Leben, trotz allem – mit tausend Banden, wenn man jung ist – und stark und gesund.«

Ihre Augen wurden feucht, seine Worte klangen so bewegt. Und wieder dachte sie an ihren Bruder Hans. Fast schwesterlich zärtlich empfand sie für den jungen Offizier. Und sie war froh und glücklich, daß sie ihn dem Leben wiedergegeben hatte.

Sorglich geleitete er sie dann hinaus und die Treppe hinab. Als sie aus dem Haus traten, fiel das Licht einer Laterne voll auf die beiden jungen Menschen. Drüben auf der anderen Straßenseite, die mehr im Schatten lag, gingen einige Herren in lebhafter Unterhaltung. Bühren zog Bettina schnell mit sich fort aus dem Bereich der Laterne. Er wollte nicht, daß man seine Begleiterin erkannte. Es war aber schon zu spät. Zwei der Herren drüben lösten sich aus der Gruppe und blieben einige Schritte zurück, wie auf Verabredung. Sie hatten scharf nach dem Paar hinübergespäht. Es waren Ernst und Georg, die eben mit einigen anderen Herren auf dem Weg zum Klub zusammengetroffen waren. Ernst war gleich nach Bettinas Verschwinden nach Hause gekommen, hatte von ihrem vermeintlichen Unwohlsein gehört und war dann mit Georg aufgebrochen. Jetzt sahen die Brüder mit sehr verschiedenen Gefühlen hinter dem enteilenden Paar her.

»Donnerwetter, das war doch Bettina, die da eben mit Bühren aus seiner Wohnung kam«, zischte Georg in Ernsts Ohr.

Dieser war beim Anblick des Paares zusammengezuckt. Auch er glaubte Bettina erkannt zu haben, aber er verwarf den Gedanken sofort wieder. Das konnte, durfte nicht sein. Aber ein würgendes Gefühl stieg ihm im Hals empor.

»Unsinn«, stieß er hervor.

Georg zuckte die Achseln.

»Na, bitte – ich hab' doch meine Augen. Laß uns hier einbiegen und den Weg abschneiden, dann kommen wir ihr zuvor und können uns vor unserem Haus überzeugen, ob sie es wirklich war. Ich wette zehn gegen eins darauf.«

Ernst wandte nichts ein, als Georg den vorausgehenden Herren zurief, sie möchten nur vorgehen, er käme mit seinem Bruder nach in den Klub. Er ließ sich auch willig mit fortziehen. Ein dumpfer Druck schnürte seine Brust zusammen. Bettina und Bühren?

Bettina, zu dieser Stunde mit Bühren aus seiner Wohnung kommend? War sie es wirklich gewesen? Er mußte Gewißheit haben.

»Es kann Bettina nicht gewesen sein«, stieß er plötzlich hervor.

Georg zuckte die Achseln.

»Warum nicht? Die Frauen sind alle gleich. Und stille Wasser sind tief.«

»Nein – ich glaube es nicht.«

»Du wirst gleich Gewißheit haben. Schnell hier quer durch. Wir sind mindestens fünf Minuten eher am Haus und können uns dem Eingang gegenüber im Schatten der Bäume verstecken.«

Ernst wußte nicht, was in ihm vorging. Er kämpfte vergeblich gegen die niederdrückende Stimmung in seinem Herzen. Jetzt erst wurde ihm ganz klar, wie tief seine Liebe zu Bettina in seinem Herzen wurzelte.

Mit fest zusammengepreßten Lippen stand er dann neben Georg unter den Bäumen und starrte zur anderen Straßenseite hinüber. Es dauerte nicht lange, da sahen sie von weitem Bühren mit Bettina um die andere Ecke biegen. Seine Uniformknöpfe blitzten im Laternenlicht. Nun blieb er stehen und verabschiedete sich von Bettina. Sie eilte allein die Straße herab, während er stehenblieb, um zu warten, bis sie im Haus verschwunden war.

Ernsts Herz klopfte wild in der Brust. Mit brennenden Augen sah er der schlanken Mädchengestalt entgegen. Er erkannte sie nur zu gut. Jetzt war sie am Haus angelangt. Georg blickte höhnisch in Ernsts Gesicht.

»Nun?« flüsterte er.

Ernst antwortete nicht. Er sah, wie Bettina leise das Haustor öffnete und dahinter verschwand. Ganz deutlich hörte er das Einschnappen des Schlosses.

Georg lachte höhnisch auf.

»Das ist ja eine reizende Entdeckung. Mein Freund Bühren und das blonde Bäschen. Saubere Geschichte. Das ist schon eine ganz abgefeimte Person. Wenn die anderen Herren sie erkannt haben, kann das einen netten Skandal geben«, sagte er empört.

Ernst antwortete nicht. Er blickte zu Bettinas Fenster hinauf, als müßte ihm dort Antwort werden auf die brennende Frage, die sein Herz beklemmte. Jetzt wurde es hell in ihrem Zimmer. Er atmete tief auf und sah sich voll Zorn nach dem Offizier um. Der war verschwunden.

»Komm«, sagte er dumpf zu Georg, »die anderen dürfen nichts merken, wir müssen in den Klub und uns unbefangen stellen.«

Sie gingen schweigend davon.

Ernst hätte schreien und toben mögen, um den Druck von seiner Brust zu wälzen. Wenn dieses Mädchen nicht rein war, wenn diese klaren Augen logen – wem konnte man da noch trauen? Was hatte sie bei Bühren gewollt? Wie überhaupt kam sie zu diesem Schritt? War es vielleicht nicht das erste Mal, daß sie Bühren in seiner Wohnung aufgesucht hatte? War sie schlecht, leichtfertig? Aber nein – nein, es konnte nicht sein, so sieht eine Verlorene nicht aus. Vielleicht war es nur ein unbedachter Schritt? Daß sie Bühren liebte, daran war nun wohl kein Zweifel mehr. Wer weiß, was sie zu ihm geführt haben mochte. Ach, so oder so – für ihn war sie nun verloren. Und diese Erkenntnis brannte wie ätzendes Gift in seiner Seele. Jetzt erst wußte er, wie tief und heiß seine Liebe war. Aber mochte sie zu Bühren getrieben haben, was da wollte, etwas Unreines war es nicht; nein, so konnten diese lieben blauen Augen nicht lügen.

Auch Georg hatte sich in Gedanken mit den beiden beschäftigt, nur sahen sie ganz anders aus, als die seines Bruders. Und mitten aus seiner sittlichen Entrüstung heraus sagte er plötzlich zu Ernst:

»Bühren ist doch ein schrecklich leichtsinniger Mensch, daß er das Mädchen in eine Liebschaft verstrickt. Und ehrenhaft ist sein Benehmen auch nicht. Ich werde ihn zur Rede stellen. Heute vormittag war er bei mir, um dreitausend Mark von mir zu leihen zur Tilgung einer Ehrenschuld. Ich wies ihn natürlich ab. Solche Sachen – ich danke, da laß ich mich nicht mit ein. Er ist dann auch zu Hause bei Vater gewesen und hat versucht, das Geld zu bekommen. Natürlich auch ohne Erfolg. Er führte sich wie ein Verzweifelter auf. Und abends ist er zu solchen Tändeleien aufgelegt. Schrecklicher Leichtsinn.«

Ernst hatte aufgehorcht. In seinen Augen blitzte etwas wie Verständnis auf. Da hatte er ja den Schlüssel zu Bettinas unbedachtem Schritt. Sie hatte wohl von der Not des Geliebten gehört – durch ihn selbst oder durch einen Zufall. Als Tochter eines Offiziers wußte sie, welche Bedeutung solch eine Ehrenschuld hatte. Sie hatte es ja auch am eigenen Bruder mit grausamer Schärfe erfahren. Die Angst um den Geliebten hatte sie wohl zu ihm getrieben, die Sorge, daß er sich ein Leid antun könnte. Ja, so mußte es sein, so und nicht anders.

»Überlaß mir die Abrechnung mit Bühren. Ich werde ihn morgen aufsuchen und die Sache in Ordnung bringen«, sagte er rauh.

»Gut – mir ist es gleich. Eine angenehme Auseinandersetzung wird das nicht. Wenn er sie wieder zu Ehren bringen will, muß er sie heiraten. Und zur Heiratskaution langt das Geld nicht, das sie von Großtante ergattert hat. Na, schließlich muß er so oder so den Abschied nehmen, es bleibt ihm kaum etwas anderes übrig«, erwiderte Georg gleichmütig.

Seine kalten Worte reizten Ernst, aber er schwieg. Er war jetzt nicht in der Stimmung, sich mit dem Bruder zu streiten.

Seine Gedanken flogen wieder zu Bettina. Armes, liebes Ding! Wie mußte sie mit ihrem zärtlichen, weichen Herzen um den Geliebten gebangt haben. Und gerade heute war er nicht zu Hause gewesen. Vielleicht hätte sie den Mut gefunden, sich ihm anzuvertrauen, und er hätte ihr helfen können.

Aber dazu war es noch nicht zu spät. Großtanting hatte sie ihm ans Herz gelegt, er sollte ihr Schützer und Hüter sein. Jetzt war es an der Zeit, sein Wort einzulösen, wie ein Bruder für sie zu sorgen. Nun er Gewißheit hatte, daß sie Bühren liebte, mußte er seine Neigung für sie unterdrücken und wenigstens ihr zu ihrem Glück verhelfen. Für ihn war sie verloren, aber er wollte dafür sorgen, daß sie ihre Liebe zu Bühren nicht scheu im Dunkel verbergen mußte. Bühren war, trotz Georgs Verdammungsurteil, ein anständiger Kerl, er würde wissen, was er Bettina schuldig war, wenn er erfuhr, daß sie mit ihm gesehen worden war. Um aus diesen beiden Menschen ein glückliches Paar zu machen, fehlte nichts als Geld – und davon besaß er mehr, als er je brauchen würde. Es würde ihm kein Opfer sein, die Heiratskaution zu stellen.

Nur daß er sie einem andern in die Arme führen mußte, das war ein Opfer, das ihn Herzblut kosten würde. Aber für ihn war sie doch verloren, da sie einen andern liebte. Und wie mußte sie ihn lieben, daß sie alle weibliche Scheu beiseite gesetzt hatte und heimlich zu ihm gegangen war. Nur die Angst um sein Leben konnte sie so weit getrieben haben. Armes, liebes Geschöpf – so allein, so schutzlos in der Welt. Er wollte ihre Sache führen und nicht nur, weil er Großtanting versprochen hatte, für sie zu sorgen, sie zu schützen.

Aber leichter wurde ihm bei alledem nicht zumute. Ihm war, als habe er einen köstlichen Schatz verloren, der ihm durch nichts ersetzt werden konnte.

Nur mit Mühe konnte er sich im Klub beherrschen und scheinbar unbefangen und vergnügt sein. Die anderen Herren schienen die beiden jungen Menschen zum Glück nicht erkannt zu haben. Sie gaben sich zu harmlos und unbefangen. Ernst war froh, als er aufbrechen konnte. Georg schloß sich ihm auch auf dem Heimweg an. Aber sie sprachen kein Wort mehr über die Angelegenheit. Ernst nicht, weil er es nicht mit anhören konnte, wie geringschätzig Georg von Bettina sprach, und Georg nicht, weil er sich vorgenommen hatte, gleich moren früh seiner Mutter von dem ›skandalösen Vorfall‹ Bericht zu erstatten, und weil er fürchtete, Ernst würde ihm sein Wort abfordern, den Eltern nichts zu sagen.

Sie trennten sich zu Hause mit flüchtigem Gruß und suchten ihre Zimmer auf.

Ernst fand nicht viel Schlaf in dieser Nacht. Bettinas Schicksal und seine vernichtete Liebeshoffnung ließen ihn nicht zur Ruhe kommen.

Bettina hatte ihr Zimmer erreicht, ohne jemandem im Haus begegnet zu sein. Schnell ging sie zu Bett. Erst jetzt überkam sie Furcht. Es war doch ein Wagnis gewesen, Bühren in seiner Wohnung aufzusuchen. Wenn sie gesehen worden wäre? Sie schauerte zusammen und schloß die Augen. Solange sie von dem Drange beseelt gewesen war zu helfen, einem Menschen das Leben zu retten, hatte sie den Mut gehabt. Nun ihr Werk gelungen war, malte sie sich erst aus, welche Folgen ihr Schritt hätte für sie haben können. Gottlob, daß sie unbemerkt wieder in ihr Zimmer gelangt war. Warum war ihr nur jetzt noch so bange zumute? Sie konnte doch froh und zufrieden sein. Bühren war gerettet, und man hatte zu Hause nichts von ihrem Vorhaben gemerkt. Und nie würde jemand erfahren, daß sie bei Bühren war. Er hatte ihr sein Ehrenwort gegeben; und sie würde das ihre halten und niemandem verraten, daß sie ihm das Geld gebracht hatte. Nun war ja alles gut.

Aber sie fand lange den gewohnten Schlaf nicht. Einmal setzte sie sich auf und sah in das helle Mondlicht hinaus. Es war so schön und klar, wie an jenem Abend, als Großtanting starb. Großtanting! »Nicht wahr, du heißt es gut, was ich heute getan habe?« flüsterte sie und sah mit großen Augen in die glänzende Mondscheibe. Dann legte sie sich zurück und faltete die Hände.

> »Wirf ab, Herz, was dich kränket
> Und was dir bange macht.«

Lächelnd schlief sie ein.

XII

Als sie aber am nächsten Morgen aufwachte, waren ihre Gedanken gleich wieder bei ihrem Erlebnis von gestern abend. Und in das Frohgefühl, ein gutes Werk vollbracht zu haben, mischte sich doch immer wieder die nachträgliche Unruhe über den ungewöhnlichen Schritt, den sie getan hatte. Dennoch sagte sie sich auch jetzt noch, daß sie im gleichen Falle genauso handeln würde. Schnell kleidete sie sich an und ging ihren häuslichen Geschäften nach. Tante Adolfine sagte ihr mürrisch wie sonst guten Morgen und bemerkte: »Es ist gut, daß du wieder auf dem Platz bist, es gibt heute viel Arbeit.«

Am Frühstückstisch ging es meist sehr still und ruhig zu, aber heute schien eine besondere Verstimmung auf allen zu liegen. Onkel Peter hatte schlecht geschlafen. Vielleicht hatte ihn die Angelegenheit mit Bühren doch ein wenig verstimmt. Tante Adolfine hatte Hausputzfieber und trommelte nervös auf dem Tischtuch herum.

Georg warf Bettina hämische Seitenblicke zu, und um seinen Mund lag ein gehässiger, verkniffener Zug. Und Ernst, der sonst immer einige freundliche Blicke und Worte für sie hatte, hob die Augen nicht von seiner Tasse, trank sie hastig leer und ging mit einem allgemeinen flüchtigen Gruß schnell davon. Er sah blaß und übermüdet aus, und über der Nasenwurzel hatte sich auf der Stirn eine düstere Falte zusammengezogen, als leide er heimliche Schmerzen.

Was mochte mit ihm sein? War er krank? Die Sorge um ihn ließ Bettina alles andere vergessen. Eine bange Unruhe um ihn erfüllte ihr Herz.

Georg pflegte sonst gleich nach Ernst aufzubrechen. Heute

blieb er noch ruhig sitzen, bis Bettina das Frühstücksgeschirr hinausgetragen hatte und draußen an ihre Arbeit gegangen war. Seine Mutter sah ihn erstaunt an.

»Nun, Georg, gehst du nicht in die Fabrik?«

Georg richtete sich auf, als habe er nur auf diese Frage gewartet.

»Ich habe euch etwas mitzuteilen – etwas sehr Unangenehmes.«

Peter Aßmann legte seine Zeitung zusammen und sah ihn erwartungsvoll an. Auch seine Frau fragte gespannt: »Nun?«

Georg betrachtete aufmerksam seine krallenartigen Fingernägel.

»Es betrifft Bettina. Wißt ihr, daß sie gestern abend ausgegangen ist?«

Frau Adolfine sah sehr erstaunt aus.

»Bettina? Bewahre – du weißt doch, daß sie zeitig vom Abendtisch ging, um sich niederzulegen.«

Georg schnippte wegwerfend mit den Fingern.

»Schwindel. Sie ist aus gewesen, wir haben sie gesehen, Ernst und ich.«

Frau Adolfine erhob sich.

»Aber das ist doch nicht möglich, da will ich doch Bettina gleich –«

Georg hielt sie fest.

»Bleib noch, Mutter, höre erst alles. Bettina hat Leutnant von Bühren gestern abend in seiner Wohnung besucht. Wir sahen sie mit ihm das Haus verlassen und folgten ihr unbemerkt, um uns zu überzeugen, daß sie es war.«

Jetzt fuhr auch Peter Aßmann aus seinem Stuhl empor.

»Das ist unmöglich«, rief er ungläubig.

»Es ist doch so. Ein Irrtum ist ausgeschlossen.«

Jetzt fand Frau Adolfine die Sprache wieder. Jeder Zoll an ihr war sittliche Entrüstung. Und zugleich frohlockte sie innerlich. Das war eine gute Gelegenheit, Bettina loszuwerden.

»Das ist ja empörend! Ich bin außer mir! Solch eine Person in meinem Hause. Ich finde keine Worte vor Entrüstung. So etwas muß man erleben für seine Gutmütigkeit. Ah, ich habe längst geahnt, daß ihre scheinheilige Miene nur Verstellung war. So eine Person – so eine Person!«

Georg lachte ingrimmig.

»Ja, sie hat uns alle genarrt.«

»Sie muß aus dem Haus, sofort, ich dulde sie keinen Tag länger in meiner Umgebung. Wer weiß, wie oft sie schon bei ihm war. Wenn das jemand gesehen hat – dieser Skandal! Nein, sofort sage ich ihr, daß sie aus dem Haus muß.«

Sie wollte hinaus. Peter hielt sie zurück.

»Nichts übereilen, Adolfine. Ich meine, man müßte Bettina erst hören, ehe man sie verurteilt.«

»Ich bitte dich – wenn unsere Söhne mit eigenen Augen sahen, wie sie mit Bühren aus dem Haus kam?«

»Dennoch – man richtet niemand, den man nicht gehört hat. Erst frage sie, ob sie schuldig ist.«

Sie lachte schneidend auf.

»Natürlich wird sie leugnen.«

»Dann kann man sie überführen.«

»Nun gut, ich werde sie rufen.«

Adolfine schritt zur Tür, ganz strenge Richterin, ganz Erbarmungslosigkeit. Georg rückte sich bequem in einem Sessel zurecht, als wolle er mit Behagen ein interessantes Schauspiel genießen, und Peter Aßmann setzte nervös seinen Kneifer zurecht. Ihm war die ganze Angelegenheit peinlich, und er wünschte, daß Bettina sich zu rechtfertigen vermochte.

Auf Frau Adolfines Ruf erschien das junge Mädchen sofort. Ahnungslos, was man von ihm wollte, blickte es auf. Drei forschende, scharfblickende Augenpaare sahen ihr entgegen. Betroffen flogen ihre Blicke von einem zum andern.

»Was wünschst du, Tante Adolfine?«

Diese rückte sich steif empor.

»Ich wünsche zu wissen, wo du gestern abend gewesen bist, als du dich angeblich wegen Kopfweh auf dein Zimmer zurückgezogen hattest?«

Bettina zuckte zusammen und wurde glühend rot. Ihre Hände krampften sich zusammen, und gleich darauf wich die Röte einer fahlen Blässe. Aber kein Wort kam über ihre Lippen. Zu unerwartet kam ihr diese Frage. Sie rang nach Fassung.

»Nun – du antwortest nicht? Also ist es wahr, was ich mit Entrüstung von Georg hören mußte. Du hast Leutnant von Bühren in seiner Wohnung besucht?«

Noch immer vermochte Bettina nichts zu sagen. Sie zitterte am ganzen Körper und sah hilfeflehend um sich.

»So antworte doch«, herrschte Frau Adolfine sie an.

Georg lachte zynisch auf.

»Ich denke, einen besseren Beweis für das böse Gewissen kann niemand geben als sie.«

Bettina sah ihn schmerzlich an. Seine Worte gaben ihr jedoch die Fassung wieder, sie wußte jetzt, woher der Schlag kam, der sie traf.

»Ich habe kein böses Gewissen, denn ich habe nichts Böses getan«, sagte sie leise.

Georg fuhr auf.

»Was, du willst leugnen, bei Bühren gewesen zu sein? Das spare dir nur. Ernst und ich, wir haben dich mit eigenen Augen mit ihm aus seinem Haus kommen sehen.«

Bettina griff schwankend nach einer Stuhllehne.

»Ernst auch?« fragte sie erschauernd und wußte nun mit einem Mal, weshalb er sie heute morgen gar nicht angesehen, weshalb er so finster geblickt hatte.

»Ja, Ernst auch«, äffte ihr Georg nach. »Willst du nun noch immer leugnen?«

Bettina atmete tief auf. Groß und offen sah sie ihre drei Richter an. Aber sie war plötzlich sehr ruhig geworden. Was konnte ihr nun noch Schlimmeres geschehen. Ernst wußte, was sie getan, und er verurteilte sie, stumm, aber um so schärfer, ohne sie nur zu fragen, ob sie schuldig war.

»Ich habe nicht die Absicht gehabt, zu leugnen. Ja, ich bin gestern abend bei Herrn von Bühren gewesen.«

Frau Adolfine trat dicht an sie heran und bebte vor sittlicher Entrüstung.

»Schamloses Geschöpf – pfui über dich! Noch heute packst du deine Sachen und verläßt unser Haus. Ich mag dich nicht mehr sehen – geh!«

Jetzt griff Peter ein. Bettina machte ihm so gar nicht den Eindruck einer schamlosen Person.

»Sag doch, wie du dazu gekommen bist, Bettina. Was wolltest du bei Bühren?«

»Darüber kann ich nicht sprechen, Onkel Peter. Ich hab' mein Wort gegeben.«

Wieder lachte Georg verächtlich auf.

»Galante Abenteuer plaudert man nicht aus«, sagte er boshaft.

Bettina sah ihn groß und ernst an.

»Was hab' ich dir denn getan, daß du mich so kränkst?« fragte sie traurig.

»Schweig still«, fuhr Adolfine zornig auf sie los. »Es ist eine himmelschreiende Frechheit von dir, daß du nicht vor Scham zu Boden sinkst. Ich will nichts mehr hören. Wir sind fertig miteinander. Für Personen dieses Schlages ist unter unserem Dach keine Heimat. Geh.«

Bettina erbebte. Sie empfand die Schmach, die man ihr antat, wie einen körperlichen Schmerz. Aber sie war machtlos diesen Schmähungen gegenüber. Der Schein war gegen sie, und diese Menschen würden ihr nie glauben, daß ihr Besuch bei Bühren harmloser Natur gewesen war. Auch Ernst nicht – Ernst –, sie hätte aufschreien mögen vor namenlosem Jammer. Hilflos sah sie von einem zum andern. Onkel Peter sah aus, als wäre ihm etwas sehr Widerwärtiges begegnet. Georg betrachtete sie mit unverschämt frechen, durchdringenden Blicken, und Tante Adolfine sah aus wie die leibhaftige sittliche Entrüstung. Was half da alles Wehren? Sie mußte wie eine Geächtete in die Verbannung gehen.

Niemand hielt sie zurück, als sie sich langsam zum Gehen wandte.

Die drei Menschen sahen ihr schweigend nach. Peter Aßmann fuhr sich durch das Haar. Er fand, seine Frau sei zu hart gewesen. Aber Frauen urteilen eben in solchen Fällen unnachsichtig und streng, und er konnte nicht verlangen, daß sie Bettina im Haus behielt. Dank Tante Emmas Fürsorge brauchte sie ja auch schließlich keine Not zu leiden. Und leichtsinnig war es ohne Zweifel, daß sie sich in eine Liebelei mit Bühren verstrickt hatte. Da konnte er eben nichts für sie tun. Er stieß pfeifend die Luft zwischen den Zähnen hindurch.

»Na – dann kann ich ja nun in die Fabrik gehen«, sagte er unbehaglich.

»Ich gehe mit«, rief Georg.

So blieb Frau Adolfine allein zurück und wußte nicht, ob ihre Empörung über Bettina größer war als die Genugtuung, sie loszuwerden. Ernst würde ja nun gründlich von seiner gefährlichen Vorliebe für diese leichtfertige Person geheilt sein. Mochte die nun sehen, wie sie sich draußen im Leben zurechtfand. Alt genug war sie ja, um auf eigenen Füßen zu stehen. Wie sich wohl Bühren bei der ganzen Sache verhalten würde? Heiraten konnte er sie natürlich nicht, selbst wenn er wollte. Er war ja arm. Und man würde sich hüten, etwas für die beiden zu tun. Auf keinen Fall – was gingen sie diese Menschen noch an? Nichts – gar nichts. Sie wollte Bettina ganz aus ihrem Leben streichen. Genug hatte sie schon für sie getan. Nun mochte sie sich selbst weiterhelfen.

Bettina saß wie vernichtet in ihrem Zimmer am Fenster und sah mit trostlosen Augen vor sich hin. Fort aus diesem Haus sollte sie. Wie eine Ehrlose jagte man sie hinaus, ohne sich die Mühe zu nehmen zu ergründen, ob sie schuldig war oder nicht. Und Ernst war gegangen, sie stumm verurteilend. Auch er glaubte an ihre Schuld. Nun mußte sie hinaus in die Welt, die sie nicht kannte, vor der sie sich fürchtete, in der sie sich schwer zurechtfinden würde. Wo sollte sie hingehen, wohin zuerst ihre Schritte lenken?

Sie schlug die Hände vor das blasse Gesicht und schluchzte auf.

»Großtanting, Liebe, daß du noch am Leben wärst. Du hättest mich nicht verdammt. Du kanntest mich und hättest mir etwas Schlimmes nie zugetraut«, flüsterte sie vor sich hin.

Und dann jagten ihr die Gedanken wieder durch das schmerzende Hirn. Ob sie noch einmal hinüberging zu Tante Adolfine und sie bat, bleiben zu dürfen? Ob sie ihr alles beichtete? Aber nein – sie durfte ihr Wort nicht brechen, sie hatte Bühren versprochen, daß niemand erfahren sollte, daß sie ihm das Geld gebracht hatte. Und schließlich half es ihr auch nichts. Tantes kalter, strenger Sinn würde ihre Handlungsweise nie verstehen und verzeihen. Nur neuen Demütigungen würde sie sich aussetzen.

Und es war auch besser, wenn sie ging, wenn sie Ernst nicht mehr wiedersah. Es würde ihr furchtbar sein, seine schweigende Verachtung zu ertragen. Da war es doch besser, sie traf gar nicht mehr mit ihm zusammen.

Tränen stürzten aus ihren Augen. Vorbei war es nun mit ihrem stillen, scheuen Glück, das sie im täglichen Verkehr mit ihm gefunden hatte. Wie schön war es gewesen, wenn sie mit ihm spazierengehen durfte, wenn er sich so liebevoll und brüderlich mit ihr beschäftigte. Ach – sie hatte ja nie mehr vom Leben verlangt als diese stillseligen Stunden. Nun war es aus damit. Grau und öde lag ihr Weg vor ihr.

Sie erhob sich müde und begann ihre Sachen zusammenzupacken. Und dabei sann sie unruhig darüber nach, wo sie hingehen sollte. Sie hatte ja keinen Menschen auf der Welt, der ihr hätte raten und helfen können. Natürlich mußte sie fort aus der Stadt. Gottlob, daß sie Geld hatte. Ach, gutes, liebes Großtanting, nun werde ich es brauchen, das Geld, das du mir mit so viel Liebe hinterlassen hast.

Vielleicht konnte sie zuerst einmal eine der so oft in Zeitungen angepriesenen Pensionen aufsuchen. Wo hatte sie denn neulich erst davon gelesen? Ach ja, auf einem Druckbogen – einer Zeitungsbeilage. Wo hatte sie die hingetan? Halt – hier im Tischkasten vielleicht. – Sie kramte mit zitternden Händen das Blatt hervor und überflog die Anzeigen. Richtig, hier: »In einer Pension, herrlichste Lage des Thüringer Waldes, finden Familien und auch einzelne Damen angenehmen, nicht zu teuren Aufenthalt für kürzere und längere Zeit. Näheres bei Frau Dr. Hartung, Ilmenau.« Das war wohl für sie passend. Wie gut, daß sie sich das Zeitungsblatt aufbewahrt hatte. Sie wollte es als einen Schicksalswink betrachten und zuerst dorthin die Schritte lenken, bis sie fähig war, Pläne für die Zukunft zu schmieden.

Etwas wie Ruhe kam über sie, als sie diesen Entschluß gefaßt hatte. Sie begann nun eifrig ihre Sachen zusammenzusuchen. Das Nötigste packte sie in einen alten Lederkoffer, in dem einst ihre wenigen Habseligkeiten hier ins Haus geschafft wurden. Sie hatte sich nie von ihm trennen mögen. Nun sollte er mit ihr hinaus in die Verbannung.

Wie oft war ihr das Leben hier im Haus schwer und drückend erschienen. Nun sie aber fort sollte, war ihr zumute, als müsse sie eine liebe Heimat verlassen. Hatte sie doch neben manchen trüben auch lichte und schöne Stunden hier erlebt. Großtantings Liebe und Güte hatte ihr viele geschaffen und letzter Zeit auch Ernst.

Ernst! – Heiße Tränen überfluteten wieder ihr Antlitz. Es war doch das schwerste, daß sie von ihm gehen mußte – von ihm verachtet und verurteilt.

XIII

Ernst war, als er das Haus am Morgen verlassen hatte, nicht in sein Büro gegangen. Erst lief er eine Stunde im Freien herum, um sich einen klaren Kopf zu schaffen. Dabei überlegte er sich, wie er Bühren entgegentreten und überhaupt Bettinas Schicksal sichern sollte.

Schon nach zehn Uhr stand er dann vor Bührens Wohnung. Der Bursche sagte ihm, sein Herr wäre vom Dienst noch nicht nach Hause zurückgekehrt, er müsse jedoch bald heimkommen. Ernst beschloß zu warten, und der Bursche ließ ihn eintreten.

Eine Viertelstunde später kam Bühren. Er stutzte betroffen, als er seinen Besucher erkannte.

»Sie, Herr Baumeister?«

Ernst hatte sich erhoben und sah ihn fest und forschend an. Dann sagte er langsam und schwer:

»Gestern abend gegen neun Uhr ging ich mit meinem Bruder und einigen anderen Herren auf der gegenüberliegenden Straßenseite an Ihrer Wohnung vorüber – und sah Sie mit einer Dame das Haus verlassen.«

Bühren fuhr erblassend zurück. Seine Augen wurzelten jedoch fest und furchtlos in denen seines Besuchers. Er antwortete aber nicht. Ernst sah ihn düster an.

»Haben Sie mir nichts zu sagen, Herr von Bühren?«

Dieser erwiderte seinen Blick jetzt groß und ruhig.

»Nein«, sagte er fest.

Ernst holte tief Atem.

»Mein Bruder und ich – wir haben die Dame erkannt, hoffentlich nicht auch einer der anderen Herren. Wir beide wissen bestimmt, daß die Dame unsere Base Bettina Sörrensen war. Wir sind Ihnen gefolgt, sahen, daß Sie unsere Verwandte bis an die Straßenecke begleiteten und daß diese Dame unser Haus betrat. Haben Sie mir immer noch nichts zu sagen, Herr von Bühren?«

Seine letzten Worte klangen drohend. Bühren sah sehr bleich aus. Es war ihm ein furchtbarer Gedanke, daß Bettina Mißdeutungen ausgesetzt war. Er atmete schwer.

»Ich wollte, ich dürfte sprechen, Herr Baumeister – aber mein Ehrenwort bindet mich«, sagte er gepreßt.

Ernst fuhr sich wild durchs Haar. Die äußere Ruhe kostete ihn viel. Er lief einige Schritte auf und ab. Dann blieb er vor Bühren stehen.

»Eigentlich dürften wir jetzt nur noch mit den Waffen in der Hand die Angelegenheit behandeln. Aber ich will zuvor versuchen, ob wir nicht zu einem friedlichen Abschluß kommen. Sie bindet ein Ehrenwort, das Ihnen jedenfalls Fräulein Sörrensen abgefordert hat. Sie ist von einer geliebten Verstorbenen meinem Schutz anvertraut worden, und ich weiß – ich glaube bestimmt, daß sie nicht so schuldig ist, wie es den Anschein hat.«

Bühren fuhr auf.

»Fräulein Sörrensen ist rein und schuldlos wie ein Engel. Ich zolle ihr die ehrerbietigste Hochachtung, sie steht mir hoch über allen Frauen, glauben Sie mir das. Mein Ehrenwort, daß ich jeden vor meine Waffe fordere, der es wagt, ihre Reinheit anzuzweifeln«, rief er mit Wärme und voll tiefen Empfindens.

Ernst atmete auf, als sei ihm eine schwere Last von der Seele genommen.

»Ich zweifle nicht an ihr. Daß sie aber bei Ihnen war, steht fest, und es gibt für mich nur eine Erklärung. Ich verlange natürlich nicht, daß Sie Ihr Ehrenwort brechen. Aber ich will Ihnen sagen, wie ich mir das alles erklärt habe.

Mein Bruder erzählte mir von Ihrer Verlegenheit. Sie hatten ehrenwörtlich eine bestimmte Summe zu beschaffen. Ich denke mir nun, Bettina erfuhr von Ihrer Not auf irgendeine Weise. Sie liebt Sie, und die Angst um Sie trieb sie hierher. Ihr stand wohl das Schicksal ihres Bruders vor Augen, und sie wagte das Äußerste, Sie vor einem ähnlichen Schritt zu bewahren. So erkläre ich mir ihren unbedachten Schritt. Hätten Sie beide doch Vertrauen zu mir gehabt.

Sie sind arm – Bettina besitzt nur wenig, eine Verbindung zwischen Ihnen wäre eine Unmöglichkeit gewesen. Nach dieser Sache jedoch darf es keine Unmöglichkeit in diesem Sinn mehr geben. Ich hoffe, Sie wissen, welcher Weg Ihnen einzig und allein bleibt, um die Ehre meiner Base wiederherzustellen. Nein – sprechen Sie noch nicht –, hören Sie mich noch eine Weile an. Es fehlt Ihnen beiden also nur an Geld, um glücklich werden zu können. Dies Hindernis will ich beseitigen. Ich stelle die Heiratskaution. Meine Base ist mir teuer wie eine Schwester. Ich bin reich genug, ihr von meinem Vermögen abzutreten, was sie zu ihrem Glück braucht. Ich denke, mehr bedarf es zwischen uns beiden nicht, um uns zu verständigen. Mein Vater ist von ein Uhr an zu Haus anzutreffen. Wenn Sie um Bettinas Hand anhalten wollen, werden Sie noch heute zu ihm gehen. Nicht wahr?«

Bührens Gesicht hatte sich gerötet. Ein lockendes Zukunftsbild stieg vor ihm auf. Seit gestern abend hatte er Bettinas süßes Gesicht nicht mehr vergessen können, und immer hatte er sich gefragt: Warum tat sie das? Er glaubte fast selbst, daß sie ihn liebte, und dieser Gedanke erfüllte ihn mit unruhiger Freude, der sich stille Trauer beimischte, weil sie ihm unerreichbar war. Und nun wurde ihm plötzlich eine Möglichkeit geboten, sie sich fürs Leben zu eigen zu machen. Sollte er sich da noch lange bedenken? Nein – nein, da griff er zu mit beiden Händen, um das Glück festzuhalten.

»Ich werde um ein Uhr bei Ihrem Herrn Vater sein«, sagte

er bewegt. »Willigt Fräulein Sörrensen ein, meine Frau zu werden, so fühle ich mich glücklich und hochgeehrt, denn sie ist ein hochherziges Geschöpf, und ich habe sie sehr liebgewonnen. Selbst wenn Sie mir nicht so überaus gütig Ihre Hilfe angeboten hätten, wäre ich nach diesem unseligen Zufall, der Sie an meiner Wohnung vorüberführte, sofort zu Ihrem Herrn Vater gegangen, um von ihm die Hand Fräulein Sörrensens zu erbitten. Freilich wäre mir dann nichts übriggeblieben, als den Abschied zu nehmen. Und es wäre mir schmerzlich gewesen, sie mit mir in eine ungewisse, sorgenvolle Zukunft zu reißen. Mir bleibt keine Wahl. Ich nehme Ihr großherziges Anerbieten an. Bettinas wegen darf ich nicht kleinlich sein.«

Ernst seufzte auf und reichte ihm die Hand.

»Ich danke Ihnen.«

»Dazu habe ich mehr Veranlassung.«

»Wenn Sie das glauben, so machen Sie Bettina glücklich. Dann sind wir quitt.«

Bühren sah forschend in Ernsts blasses, düsteres Gesicht. Eine Ahnung stieg in ihm auf, daß dieser Bettina wohl inniger zugetan sein mochte, als es sonst zwischen Verwandten üblich ist. Ernst bemerkte diesen forschenden Blick und nahm sich zusammen.

»Wir sind also friedlich ins klare gekommen, Herr von Bühren. Ich will nun mein Büro aufsuchen und hoffe, Sie heute mittag zu Hause als Bettinas Verlobter begrüßen zu können. Aber halt – noch eins. Ich wünsche nicht, daß meine Eltern erfahren, daß ich die Heiratskaution stellen will. Es würde unnötiges Hin und Her geben. Sagen Sie, durch eine unverhoffte Erbschaft – oder sonst einen Glücksfall – wären Sie in Besitz der nötigen Summe gekommen. Da Sie gestern meinen Vater und meinen Bruder um ein Darlehen angingen, müssen Sie natürlich eine Erklärung über Ihre veränderten Vermögensverhältnisse abgeben.«

»Ich werde in Ihrem Sinn handeln, Herr Baumeister.«

Die beiden Männer sahen sich fest ins Auge und reichten sich die Hand. Dann ging Ernst.

Er war ruhiger geworden, weil er für Bettina getan hatte, was er tun konnte. Zugleich aber kam eine tiefe Niedergeschlagenheit über ihn, die er nicht hinwegphilosophieren konnte. Er vergrub sich förmlich in seine Arbeit. Sie brachte ihm aber heute keine Befreiung. Seine Gedanken ließen sich nicht abwenden von dem Verlust, der sein Herz betroffen.

Peter Aßmann war eben aus der Fabrik nach Hause zurückgekehrt, als ihm Bühren gemeldet wurde. Der alte Herr war in verdrießlicher Stimmung. Seine Frau hatte ihm auf seine Frage nach Bettina eben erklärt, daß diese fertig mit Packen sei und zwei Uhr dreißig abreisen würde. Sie blieb also bei ihrem Entschluß, das junge Mädchen abzuschieben, und das gefiel dem alten Herrn gar nicht. Er empfing Bühren sofort in seinem Arbeitszimmer in der Hoffnung, daß dieser Aufklärung in die Angelegenheit bringen würde.

»Ich nehme an, daß Sie gekommen sind, um mir eine Erklärung zu bringen über das seltsame Vorkommnis. Meine Söhne haben unsere junge Verwandte mit Ihnen aus Ihrer Wohnung kommen sehen. Wie verhält sich das?« fragte er sofort.

Bühren war erstaunt, daß Peter Aßmann bereits um die Angelegenheit wußte. Wahrscheinlich hatte Georg geschwatzt. Ihm traute er es zu. Er nahm eine förmliche Haltung an.

»Ich habe die Ehre, Sie um die Hand Ihrer Verwandten, Fräulein Bettina Sörrensen, zu bitten, das ist meine Erklärung.«

Peter Aßmann riß die Augen auf und sah Bühren erstaunt an.

»Sie sehen mich einigermaßen außer Fassung, Herr von Bühren. Diese im Grunde einfachste Lösung habe ich nicht erwartet. So sehr mich auch einerseits Ihre Werbung freut, da sie allein imstande ist, Bettinas Ehre wiederherzustellen, haben Sie mir andererseits gestern Ihre Verhältnisse so geschildert, daß ich nicht annehmen kann, sie seien im Besitz der Mittel, einen

Hausstand zu gründen. Und Bettina besitzt auch nur ein kleines Kapital von fünfundzwanzigtausend Mark.«

Bührens Brust hob sich im tiefen Atemzug.

»Seit gestern haben sich meine Verhältnisse durch ein Ereignis, das ich nicht voraussehen konnte, geändert. Ich bin heute in der glücklichen Lage, die Heiratskaution stellen zu können, und bitte Sie nochmals um Ihre Zustimmung zu meiner Werbung.«

Peter Aßmann war entschieden freudig erregt.

»Das ist etwas anderes. Natürlich, das ändert die Sache. Gottlob, daß diese scheußliche Situation geklärt ist. Gewiß gebe ich meine Einwilligung. Es wäre mir persönlich schmerzlich gewesen, Bettina wie eine Verlorene aus meinem Haus jagen zu lassen. Und meine Frau ist sehr streng. Bettina hat bereits ihre Sachen packen müssen.«

Bühren trat entsetzt zurück.

»Nicht möglich?«

»Doch – es ist so.«

Bühren war außer sich.

»Wie hat Ihre Frau Gemahlin von dieser Sache erfahren?«

»Durch meinen Sohn Georg. Er hat uns heute morgen natürlich Bericht erstattet über diese Angelegenheit.«

Der junge Offizier atmete gepreßt.

»Ich bin untröstlich, daß Fräulein Sörrensen dadurch Unannehmlichkeiten hatte, und bitte Sie herzlich, mir sofort eine Unterredung mit ihr zu gestatten«, sagte er hastig.

Heiß stieg es in ihm empor. Das arme liebe Mädchen – wie schwer hatte sie für ihre Güte büßen müssen! Wenn nun Ernst Aßmann nicht bei ihm gewesen wäre – er hätte keine Ahnung gehabt, wie sehr Bettina zu leiden gehabt hätte für ihn. Gottlob, daß er noch zurecht kam, sie aus der peinlichen Lage zu erlösen. Gleichviel, ob sie seine Werbung annahm oder nicht – sie mußte ihm nun sein Ehrenwort zurückgeben, damit er erklären konnte, wie rein und schuldlos sie war.

Peter Aßmann lud Bühren ein, Platz zu nehmen.

»Ich werde Bettina gleich selbst herbeiholen«, sagte er und ging hinaus. Zuerst machte er Adolfine Mitteilung von Bührens Werbung und schickte sie zu ihm hinein. Sie begrüßte den jungen Offizier sehr kühl, mit strengen Blicken und ließ sich die Gelegenheit nicht entgehen, eine geharnischte Strafpredigt über ›unverantwortlichen Leichtsinn und unerhörte Unschicklichkeit‹ vom Stapel zu lassen. Bühren konnte nur mühsam ihren Ausfällen gegenüber den artigen Ton festhalten, den ein Herr unter allen Umständen einer Dame gegenüber aufrechterhalten soll. Er wollte etwas zu Bettinas Verteidigung sagen, aber sie ließ ihn gar nicht ausreden.

Im Grund war sie heilfroh, so billig bei dieser Sache wegzukommen. Als Bührens Braut war Bettina noch unschädlicher, und außerdem schnitt man allem Gemunkel die Spitze ab. Einigermaßen hätte man sich doch in ihren Kreisen gewundert über Bettinas Fortgang. Nun mochte sie bis zur Hochzeit im Haus bleiben. Man konnte vielleicht noch zum Ausdruck bringen, daß man nur mit schwerem Herzen so streng gewesen war. Sie gab Bühren gleich eine Schilderung, wie furchtbar es ihr gewesen sei, gegen Bettina hart sein zu müssen. Aber in solch einem Fall sei Milde einfach ein Verbrechen.

Bühren sah unruhig nach der Tür. Aus Frau Adolfines Reden merkte er ungefähr, wie sich die Szene am Morgen abgespielt hatte. Er sehnte sich fieberhaft nach Bettinas Anblick. Ihr nur erst sagen dürfen, daß er für sie eintreten würde mit jedem Atemzug ...

Peter Aßmann hatte inzwischen an Bettinas Zimmertür geklopft. Sie machte ihm sofort auf. Er blickte freundlich in ihr blasses Gesicht.

»Herr von Bühren ist hier, Bettina, er wünscht dich zu sprechen.«

Sie erschrak. Was war geschehen?

»Herr von Bühren?« murmelte sie.

»Ja, komm nur – du brauchst nicht zu erschrecken. Es wird noch alles gut.«

Sie faßte sich und ging still mit ihm in sein Zimmer hinüber. Tante Adolfine war endlich mit ihrer Rede fertig geworden und saß ganz erschöpft in einem Sessel. Bühren trat schnell auf Bettina zu und führte ihre Hand mit Ehrerbietung an seine Lippen.

»Gnädiges Fräulein, ich habe die Ehre, Sie herzlichst zu bitten: Werden Sie meine Frau und gestatten Sie mir, Sie von heute ab als meine Verlobte zu betrachten«, sagte er mit bebender Stimme.

Bettina zuckte zusammen und trat von ihm zurück. Dunkle Röte schoß in ihr Gesicht. Betroffen sah sie ihn an, ohne eine Antwort zu finden.

»Du kannst Gott auf den Knien danken, daß Herr von Bühren dich durch seine Werbung wieder zu Ehren bringt«, rief Frau Adolfine ihr zu.

Bühren trat unwillkürlich schützend zwischen Bettina und ihre Tante.

»Sie können sich denken, gnädiges Fräulein, wie glücklich ich bin, Ihnen sagen zu dürfen, daß ich durch einen glücklichen Zufall in den Stand gesetzt bin, die nötige Kaution zu stellen, so daß ich ohne Sorge für Ihre Zukunft meine Werbung vorbringen kann. Ich werde sehr glücklich sein, wenn Sie mir Ihr Jawort geben wollen.«

Adolfine fand, daß er zu viel Umstände machte, und wollte eben wieder hineinreden. Da legte Peter nachdrücklich und warnend seine Hand auf ihren Arm und bat sie durch einen Blick, zu schweigen. Bettina sah mit umflortem Blick in Bührens Gesicht. Sie hatte ihre Ruhe wiedergefunden.

»Ich weiß nicht, wie Sie zu diesem Schritt gedrängt worden sind, Herr von Bühren. Jedenfalls danke ich Ihnen. Sie wollen damit meine Unbesonnenheit wiedergutmachen. Aber ich kann und will dieses Opfer nicht annehmen.«

Peter Aßmann und seine Frau fuhren in maßlosem Erstaunen auf.

»Bettina – was soll das heißen?« rief Tante Adolfine entrüstet.

»Das soll heißen, daß ich mich weigere, Herrn von Bührens Werbung anzunehmen, schon weil sie erzwungen ist.«

»Das ist ein Irrtum Ihrerseits, gnädiges Fräulein«, sagte Bühren warm. »Ich habe Sie immer sehr gern gehabt, meine Wünsche durften sich Ihnen nur nie nahen. Seit gestern abend weiß ich, daß ich Sie liebe von ganzem Herzen. Und ich bin glücklich, in der Lage zu sein, Sie ohne Sorge um die Zukunft um Ihre Hand bitten zu dürfen. Niemand hat mich zu diesem Schritt gezwungen, also kann von einem Opfer keine Rede sein. Ich liebe Sie und bitte nochmals um Ihr Jawort.«

Bettina strich mit der Hand über ihre Stirn. Da stand ein Mann vor ihr, der sie zur Frau begehrte, der sie beschützen würde vor allem Bösen. Sie brauchte nur ja zu sagen und hatte dann eine Heimat gefunden am Herzen eines Mannes. Niemand konnte sie dann hinaustreiben in die fremde kalte Welt. Wies sie ihn ab, dann war ihres Bleibens hier nicht länger. Tante Adolfine sah unbarmherzig und kalt zu ihr herüber. Aber trotzdem – nein, nein –, sie konnte nicht mit der Liebe zu einem andern im Herzen eine Ehe eingehen. Es würde ein Unrecht sein an sich selbst und an Bühren, der mit so bittenden, ehrlichen Blicken in ihre Augen sah. Entschlossen richtete sie sich auf.

»Es tut mir leid, Herr von Bühren – ich kann Ihre Frau nicht werden, so ehrenvoll mir Ihr Antrag auch ist. Ich muß Ihnen ehrlich bekennen, daß ich Sie nicht liebe – und ohne Liebe werde ich nie eine Verbindung fürs Leben eingehen. Seien Sie mir nicht böse, ich kann nicht anders, und Offenheit muß zwischen uns herrschen.«

Bührens Gesicht bekam einen schmerzlich betroffenen Ausdruck. Sie liebte ihn nicht, kein wärmeres Gefühl als schlichte Menschenliebe hatte sie getrieben, ihm zu helfen. Diese Erkenntnis war ihm sehr bitter. Zugleich aber stieg Bettina noch mehr in seiner Hochachtung, und der Wunsch, sie von jedem unlauteren Verdacht zu befreien, erfüllte sein Herz.

Während er noch mit dem bitteren Gefühl der Enttäuschung rang, war Frau Adolfine wütend von ihrem Sitz emporgefahren und überschüttete Bettina mit Vorwürfen.

»Wie kannst du es nur wagen, Herrn von Bühren abzuweisen? Du müßtest ihm Dank wissen, daß er dich nach allem noch zur Frau begehrt. Ich verstehe nicht, wie du dich da noch bedenken kannst. Ich verstehe dich überhaupt nicht.«

Bettina sah sie ernst an. Eine große Ruhe war über sie gekommen,

»Nein, Tante Adolfine, du verstehst mich nicht – hast mich nie verstanden. Ich muß darauf verzichten, dir meine Handlungsweise überzeugend zu erklären, das weiß ich. Gib es auf, mich überreden zu wollen, ich werde niemals Herrn von Bührens Frau.«

Peter Aßmann schüttelte den Kopf, er wurde nicht klug aus der Geschichte. Aber seine Gattin gab den Kampf noch nicht auf. Diese Bettina schien gefährlicher, als sie geglaubt hatte. Auf jeden Fall mußte sie unschädlich gemacht werden.

»Glaub nur nicht, daß du noch in unserem Haus bleiben darfst. Ein Mädchen, das sich nicht schämt, zu einem Herrn in die Wohnung zu laufen, und sich dann noch weigert, seine Frau zu werden, behalte ich nicht in meiner Umgebung«, sagte sie giftig.

Bettina schüttelte den Kopf.

»Nein, Tante. Nach alledem wünsche ich selbst nicht mehr zu bleiben. Ich gehe, wie es schon zuvor beschlossen war.«

Bühren wandte sich an Peter Aßmann.

»Würden Sie die Güte haben, mir ein paar Worte unter vier Augen mit Fräulein Sörrensen zu gestatten?«

Der alte Herr nahm mit ehrlich bekümmertem Blick auf Bettina den Arm seiner Frau und zog sie mit sich hinaus.

Bühren trat, als er mit Bettina allein war, auf sie zu.

»Gnädiges Fräulein – ich will jetzt nicht davon reden, wie weh es mir tut, daß Sie mich abweisen. Ich weiß, Sie konnten nicht anders. Furchtbar ist mir aber der Gedanke, daß Sie durch Ihre Herzensgüte in eine so peinliche Lage geraten sind. Bitte, geben Sie mir mein Wort zurück, und gestatten Sie mir, daß ich Ihren Verwandten alles erkläre.«

Bettina lächelte schmerzlich-bitter.

»Glauben Sie, daß ich meinen Verwandten dann weniger schuldig erscheine? Man wird mich nicht weniger hart verurteilen. Vielleicht noch mehr. Verstehen wird mich keiner.«

»Doch, vielleicht. Als heute morgen Ihr Vetter bei mir war –«

Bettina fuhr auf.

»Mein Vetter war bei Ihnen? Welcher?«

»Der Baumeister.«

Bettina preßte die Hand aufs Herz und wurde dunkelrot.

»Er«, flüsterte sie, und ein Beben flog über ihre Gestalt.

Bühren sah sie forschend an. Ein sonderbarer Ausdruck verdunkelte seine Augen. Ihm war plötzlich klar, warum ihn Bettina nicht lieben konnte.

Das Mädchen blickte auf.

»Also mein Vetter Ernst war bei Ihnen und – und er hat Sie gezwungen, mir Ihre Hand anzubieten, nicht wahr?« forschte sie herzklopfend.

»Nein, nicht gezwungen. Er hat mir nur großherzig die Kaution zur Verfügung gestellt, weil er glaubte, Sie liebten mich, ich liebte Sie. Er wollte uns in seiner Güte den Weg zum Glück ebnen.«

Das junge Mädchen strich sich mit zitternder Hand das lose Haar aus der Stirn.

»Er war wohl sehr böse auf mich?« fragte sie leise.

»Nein – er glaubt an Ihre Schuldlosigkeit und hat keine Ahnung, daß man bereits hier Gericht über Sie gehalten hat. Obwohl ich ihm keine Erklärung geben konnte, hielt er Sie einer unehrenhaften Handlung für unfähig. Er nahm an, Ihre Liebe zu mir und die Angst um mein Leben haben Sie zu einem unbesonnenen Schritt gedrängt. Und ich – ich war so vermessen, auch an diese Liebe zu glauben. Die ganze schlichte Größe Ihrer Tat ist mir erst jetzt klargeworden. Und nicht wahr – Sie geben mir mein Wort zurück? Wenigstens Ihrem Vetter Ernst möchte ich die ganze Wahrheit sagen dürfen. Ich glaube bestimmt, er wird Sie verstehen.«

Ein süßes Lächeln huschte über ihr Gesicht.

»Ja, ihm sollen Sie alles sagen; auch daß ich gestern den ganzen Tag auf ihn gewartet habe und noch in seinem Büro war, ehe ich zu Ihnen kam. Er sollte Ihnen das Geld bringen, und nur weil ich ihn nicht fand, kam ich selber. Sagen Sie ihm auch – ich weiß nicht, wann er nach Hause kommt, ob ich ihn noch einmal sehe –, sagen Sie ihm, ich lasse ihm herzlich danken für all seine Güte, und er soll mir nicht böse sein, daß ich – daß ich Ihre Frau nicht werden kann.«

Bühren lächelte wehmütig.

»Ich glaube nicht, daß er Ihnen deshalb böse sein wird, und will ihm gern alles ausrichten.«

»Herzlichen Dank. Und nicht wahr, Sie sind nun nicht traurig, daß ich Ihnen nein sagen mußte. Sie finden später gewiß eine liebe Frau, die Sie liebt und Sie glücklich macht. Und glauben Sie nicht, daß ich bereue, was ich gestern abend getan habe. Unter gleichen Umständen tät ich heute dasselbe. Zu sorgen brauchen Sie sich auch nicht um mich. Ich weiß schon, wo ich ein Unterkommen finde.«

»Und kann ich sonst gar nichts für Sie tun?«

»Nein, ich danke Ihnen.«

»Wie aber soll ich Ihnen Ihr Geld zurückzahlen?«

Sie lächelte.

»Ich melde mich schon, wenn ich einmal höre, daß es Ihnen recht gutgeht.«

Er sah ihr ernst und sinnend in das liebe Gesicht, und dabei dachte er:

»Sie liebt ihren Vetter Ernst – und er liebt sie, wenn ich mich ein wenig auf Seelenkunde verstehe. Diese beiden Menschen haben mich durch ihre Güte beschämt. Vielleicht kann ich mich ihnen jetzt dankbar erweisen. Und wenn es weh tut – mag es drum sein –, er hat auch nicht nach seinen eigenen Schmerzen gefragt, als er mir die Möglichkeit bot, sie zu heiraten. Jetzt kann ich ihm seinen Edelmut zurückzahlen.«

Bettina hatte einen Blick auf die Uhr geworfen. Es war Zeit, daß sie zum Bahnhof aufbrach, wenn sie den festgesetzten Zug erreichen wollte. Und da sie einmal gehen mußte, war es besser, sie schob ihre Abreise nicht länger auf. Es hätte nur ihre Qual verlängert. Vor allen Dingen fürchtete sie sich, Ernst noch einmal zu begegnen. In ihrem jetzigen Seelenzustand hatte sie vielleicht nicht mehr die Kraft, sich zu beherrschen. Und wenn sie ihm verriet, was sie für ihn fühlte, würde sie die Scham umbringen. Er hatte sie Bühren in die Arme führen wollen! Wenn sie je in ihren kühnsten Träumen daran gedacht hätte, daß er ihre Liebe erwidern könnte, dieser Umstand hätte sie überzeugt, daß er sie nicht anders liebte als eine kleine Schwester.

Sie rief Tante und Onkel herbei, damit sich Bühren verabschieden konnte. Die alten Herrschaften gaben sich sehr kühl und erwiderten auf Bührens Bitte um Verzeihung wegen der bereiteten Unannehmlichkeiten nur wenige, steifklingende Worte.

Bühren küßte Bettina ehrerbietig die Hand und ging, um sofort Ernst aufzusuchen und ihn zu Bettinas Schutz nach Hause zu schicken. Er wußte, dieser vermochte mehr für sie zu tun als er.

Bettina wandte sich nach seinem Fortgehen an Frau Adolfine und Peter.

»Gestattet mir, daß ich euch gleich jetzt Lebewohl sage. Ich muß sofort aufbrechen, wenn ich meinen Zug erreichen will«, sagte sie leise.

Peter Aßmann sah sie bekümmert an.

»Mußtest du uns das antun? Konntest du Bührens Werbung nicht annehmen? Dann wäre alles gut gewesen.«

»Ich konnte nicht anders handeln, als ich es getan habe. Seid mir nicht böse, laßt mich in Frieden gehen. Ich bin nicht schuldig in dem Sinn, wie ihr glaubt; ich war nur unbesonnen und wußte mir nicht anders zu helfen.«

»Du möchtest uns natürlich eine romantische Erklärung auftischen für deine Leichtfertigkeit«, sagte Frau Adolfine giftig.

»Nein, Tante, das will ich nicht. Es hat ja auch keinen Zweck. Du hast ein Recht, mich aus deinem Haus zu weisen, denn ich habe gegen die Regeln verstoßen, die dir maßgebend sind. Auch habe ich lange genug eure Güte in Anspruch genommen. Ich danke euch herzlich für alles, was ihr mir Gutes getan habt. Alt genug bin ich ja, um mich nun auf eigene Füße zu stellen.«

»Und wo willst du jetzt hingehen?« fragte Peter besorgt und sah seine Frau heimlich forschend an, ob sie ihren strengen Richterspruch nicht rückgängig machen wollte. Adolfine schien jedoch ungerührt.

»Ich begebe mich zunächst in eine Pension nach Thüringen. Vorläufig nehme ich nur meine nötigsten Sachen mit. Weiß ich erst, wo ich dauernd bleibe, dann schreibe ich dir, Tante Adolfine, und bitte dich, mir meine übrigen Sachen nachsenden zu lassen.«

»Es ist gut«, antwortete Adolfine kalt.

Kalt war auch ihre Hand, die steif und reglos einen Augenblick in der Bettinas lag. Onkel Peter jedoch nahm das Mädchen in den Arm.

»Wenn du je in Not kommen solltest, ich werde dir immer beistehen«, sagte er bewegt.

Sie sah ihm mit feuchten Augen ins Gesicht, beugte sich schnell über seine Hand und berührte sie mit ihren Lippen.

Dann eilte sie aus dem Zimmer, ohne sich noch einmal umzusehen.

Peter Aßmann sah ernst in das Gesicht seiner Frau.

»Adolfine – warst du nicht zu hart?«

Sie kniff den Mund zusammen. Dann sagte sie kalt:

»Der Handkuß hat dich wohl schwach gemacht? Ja – sie versteht es, sich einzuschmeicheln. Ich sehe weiter als du. Bettina muß aus dem Haus. Denke daran, daß du zwei erwachsene Söhne hast. In welchem Verhältnis sollten sie in Zukunft mit ihr stehen, nachdem sie sich durch ihren Leichtsinn selbst in schlechten Ruf gebracht hat?«

Peter sah nachdenklich aus.

»Daran hab' ich freilich noch nicht gedacht. Aber ich meine, wir hätten die ganze Angelegenheit erst aufklären sollen. Bettina macht mir in keiner Weise den Eindruck einer Schuldigen.«

»Um so schlimmer. Laß dir sagen, daß Ernst eine bedenkliche Vorliebe für Bettina an den Tag legte. Bleibt sie im Haus, ist es nicht unmöglich, daß sich da eine Liebelei entwickelt. Deshalb war ich so ›hart‹, wie du es meinst. Ich nenne es nur ›vernünftig‹.«

Dagegen konnte Peter nichts mehr einwenden.

Und so verließ Bettina das Haus, in dem sie lange Jahre eine Heimat gefunden hatte. Um ihren Hals trug sie unter dem Kleid das Goldkettchen mit der Türkiskapsel, das ihr Großtanting einst mit Segenswünschen geschenkt hatte. Ehe sie es heute umlegte, hatte sie es geküßt. »Mein Talisman«, flüsterte sie dabei leise, und eine große Ruhe kam über sie. Sie war um Jahre gereift in diesen Stunden der Not.

XIV

Bühren fand Ernst noch im Baubüro. Der hatte es nicht über sich gebracht, nach Hause zu gehen, wo ein glückliches Brautpaar auf seine Glückwünsche wartete. Erstaunt und betroffen sah er auf, als er Bühren mit ernstem und nichts weniger als frohem Gesicht vor sich sah. Sofort erhob er sich.

»Nun?«, fragte er erwartungsvoll. »Ist alles in Ordnung? Darf ich – darf ich Ihnen Glück wünschen?«

Bühren schüttelte den Kopf.

»Nein. Fräulein Sörrensen hat mich mit meiner Werbung abgewiesen.«

Ernst zuckte zusammen.

»Abgewiesen – abgewiesen? Das – nein, das verstehe ich nicht.«

Bühren stellte seinen Helm auf die breite Zeichentafel, an der Ernst lehnte.

»Fräulein Sörrensen liebt mich nicht und will keinem Mann angehören, den sie nicht liebt.«

Ernst fuhr sich aufgeregt durch das Haar und konnte nur mit Mühe seine Fassung bewahren.

»Bettina liebt Sie nicht? Ja, um Himmels willen – warum ist sie denn dann bei Ihnen gewesen? Was soll das alles heißen?«

»Um Ihnen das zu erklären, bin ich zu Ihnen gekommen. Auf meine Bitte hat mir Fräulein Sörrensen mein Wort zurückgegeben. Ihnen soll ich alles sagen, denn von Ihnen verkannt zu werden, schien ihr das bitterste.«

Ernst sah Bühren mit dunklen Blicken an.

»So sprechen Sie – ich bitte –, sprechen Sie«, stieß er erregt hervor.

Bühren sah den gequälten Ausdruck in den Augen dieses Mannes. Und es wurde ihm nun zur Gewißheit, daß Ernst Aßmann und Bettina Sörrensen sich liebten. Er holte tief Atem und erzählte, was sich am vergangenen Abend zugetragen hatte. Auch, daß Bettina so dringend gewünscht hatte, Ernst zu ihm zu schicken, und ihn nicht gefunden hatte.

Der Baumeister hörte reglos zu, nur in seinen Augen zuckte heißes, flammendes Leben. Zum Schluß sagte Bühren:

»Ich gestehe offen, daß ich auch von dem Wahn befangen war, Fräulein Sörrensen hege ein tieferes Interesse für mich. Gleich Ihnen glaubte ich, so etwas tue eine Frau nur, wenn sie liebt. Aber wir haben beide die schlichte Seelengröße der jungen Dame nicht begreifen können. Aus rein menschlichem Erbarmen ist sie zu mir gekommen, um mich vor dem Schicksal zu behüten, das ihren Bruder einst betroffen hatte. Mit heißen Wünschen klammerte ich mich ans Leben, das mir plötzlich doppelt hold und schön erschien, als ich Fräulein Sörrensen sah und an ihre Liebe glaubte. Ich nahm das Geld an. Sie bat mich so dringend und herzlich darum. Und dabei war sie so ängstlich und unruhig, weil sie wußte, daß sie einen Verstoß gegen die gute Sitte beging. Es war ihr nicht leicht geworden, aber sie hatte sich nicht anders zu helfen gewußt. Ich wollte sie nicht allein in der Dunkelheit nach Hause gehen lassen und begleitete sie. Das ist alles.«

Ernst atmete tief auf und lief aufgeregt hin und her. Schließlich blieb er vor Bühren stehen und drückte ihm die Hand.

»Sie wissen nicht, was Sie mir Gutes getan haben mit dieser Erklärung«, rief er mit bebender Stimme.

Bühren sah ihm ernst und offen in die Augen.

»Doch – ich weiß es. Und weil ich es weiß, will ich Sie bitten, gehen Sie schnell nach Hause. Fräulein Sörrensen braucht Ihren Schutz.«

Ernst fuhr auf.

»Meinen Schutz? Was ist geschehen?«

»Als ich zu Ihren Eltern kam, war bereits Gericht über Fräulein Sörrensen gehalten worden. Ihr Bruder Georg hatte Ihren Eltern gleich heute morgen erzählt, daß Sie die junge Dame mit mir meine Wohnung verlassen sahen.«

Ernst ballte die Hände.

»Er ist ein Waschweib«, knirschte er zornig zwischen den Zähnen hervor. »Aber bitte, sprechen Sie weiter, was geschah?«

»Ihre Frau Mutter verlangte, daß Fräulein Sörrensen das Haus verläßt, und ich fürchte, da sie meine Werbung nicht annahm, wird Ihre Frau Mutter auch jetzt noch darauf bestehen. Ich bat Fräulein Sörrensen, Ihren Eltern alles erklären zu dürfen, aber sie wollte nicht und behauptete, diese Erklärung würde sie nicht entlasten in den Augen Ihrer Eltern. Jedenfalls will sie das Haus verlassen, und da sie annahm, daß zwischen Ihnen und ihr vielleicht kein Wiedersehen mehr stattfinden würde, bat sie mich, Ihnen ihren Dank auszusprechen für alle Güte, und – Sie sollen ihr nicht böse sein, daß sie meine Frau nicht werden kann. Weiter brauche ich Ihnen wohl nichts zu sagen.«

Ernst riß seinen Hut vom Haken.

»Nein – ich weiß genug. Und meinen herzlichsten Dank! Aber jetzt muß ich Sie verlassen – Bettina darf nicht fort.«

Damit stürmte er hinaus, unbekümmert, ob ihm Bühren folgte oder nicht. Dieser sah ihm mit trübem Blick nach.

»Der Beneidenswerte, er hat alles, was das Leben zu bieten hat: Einen Beruf, der ihn ausfüllt und ihm Ruhm und Reichtum einbringt, ererbtes Vermögen – und nun auch noch die Liebe dieses einzigen Mädchens. Das Schicksal teilt seine Lose recht willkürlich aus«, dachte er wehmütig, als er langsam seine kahle Junggesellenwohnung wieder aufsuchte. Mit freudigem, unruhigem Hoffen war er fortgegangen, vor sich ein rosiges Zukunftsbild. Arm und enttäuscht kehrte er zurück. Grau und nüchtern lagen seine Tage wieder vor ihm. Die ›Armeleutnantsmisere‹ hüllte ihn wieder ein.

Ernst kam atemlos zu Hause an. Er trat aufgeregt in das Wohnzimmer, wo sich seine Eltern stumm gegenübersaßen und den Kaffee einnahmen, den sie nach Tisch hier zu trinken pflegten. Georg hatte nur hastig zu Mittag gegessen und war wieder fortgegangen. Er fühlte dunkel, daß er keine glänzende Rolle in der Sache gespielt hatte, und wollte Ernst vorläufig aus dem Weg gehen.

Bei Ernsts unerwartetem Eintritt sahen die Eltern unbehaglich auf.

»Wo ist Bettina?« rief dieser heftig, ohne alle Einleitung.

Seine Mutter sah ihn vorwurfsvoll an.

»Aber Ernst – ist das eine Art, einzutreten? Du solltest doch etwas Rücksicht nehmen. Man erschrickt ja.«

Er fuhr sich ungeduldig durchs Haar.

»Verzeih, Mutter. Aber wo ist Bettina?«

Frau Adolfine machte ein hochmütiges Gesicht.

»Sie hat unser Haus verlassen und ist bereits abgereist. Georg hat uns erzählt, daß sie Bühren in seiner Wohnung besucht hat, und danach konnte ich sie natürlich nicht mehr im Haus dulden.«

»Georg ist ein boshafter Schwätzer«, fuhr Ernst heftig auf.

»Mein Sohn, du solltest dich besser beherrschen und nicht in diesem Ton von deinem Bruder sprechen.«

Ernst bewahrte nur mit Mühe seine Ruhe.

»Wo ist Bettina hingegangen?«

»Das weiß ich nicht.«

»Das weißt du nicht? Mutter, du läßt das arme Mädchen schutzlos in die Welt hinausgehen und weißt nicht einmal, wohin sie ihre Schritte lenkt?«

Adolfine machte ein unnahbares Gesicht.

»Das arme Mädchen ist eine leichtfertige Person. Außerdem ist sie alt genug, sich selbst zu schützen.«

»Eine leichtfertige Person? Das soll Bettina sein? Nein, Mutter, sie ist ein großherziges, gütiges Geschöpf. In ihrer

Herzensgüte und in Angst und Sorge um ein gefährdetes Menschenleben ließ sie sich zu einem Schritt hinreißen, den allerdings die strenge Moral verbietet. Sie hat Bühren aufgesucht und ihm das Geld gebracht, das er brauchte, um eine Ehrenschuld einzulösen. Ein Zufall hatte ihr seine Not verraten. Ohne ihre großherzige Tat wäre heute ein junges Menschenleben ausgelöscht gewesen. Sie sah Bührens Schicksal mit vom Leid geschärften Augen vor sich, als sie hörte, daß ihm Vater die Summe verweigerte, die er brauchte. Sie sah ihn gleich ihrem geliebten Bruder mit durchschossener Brust im Geiste vor sich. In ihrer Angst nahm sie von ihrem Geld und suchte mich auf. Ich sollte es Bühren bringen. Sie fand mich nicht und mußte nun selbst gehen, wollte sie nicht zu spät kommen mit ihrer Hilfe. Schwer genug mag es ihr geworden sein. So – das ist die ›leichtfertige‹ Person, Mutter. Ich kann Bettina nur höher achten dafür.«

Peter Aßmann war blaß geworden bei Ernsts Erklärung. Er fühlte sich nicht ganz schuldlos bei dem Gedanken an Bühren. Hätte er ihm doch helfen sollen?

Frau Adolfine aber blieb unbewegt.

»Das kann ich mir denken«, sagte sie schneidend. »So etwas bewunderst du, solch eine sinnlose Handlungsweise. Wie unweiblich sich Bettina dabei benommen hat, bemerkst du gar nicht.«

»Unweiblich? Mutter! Nennst du das unweiblich? Wäre es dir weiblicher erschienen, sie hätte mit Seelenruhe in der Sicherheit ihres Zimmers die Nachricht abgewartet, daß Bühren sich erschossen hat? Dann hast du einen schlechten Begriff von Weiblichkeit, Mutter.«

Frau Adolfine fuhr empört auf.

»Ich muß sehr bitten, mein Sohn, daß du nicht in diesem Ton zu mir sprichst. Deine Erziehung ist leider durch mancherlei Einflüsse eine sehr mangelhafte geworden, das beweist dein Benehmen. Bettinas Verhalten hat gegen die gute Sitte verstoßen –

aus welchem Grunde ist Nebensache. Und ich dulde zweifelhafte Personen nicht in meiner Umgebung. Übrigens scheint es mir höchste Zeit, daß dieses Mädchen aus dem Haus kommt. Du wirfst dich in einer Weise zu ihrem Ritter auf, die mir nicht unbedenklich erscheint.«

Ernst richtete sich auf und sah die Mutter fest an.

»Ja, ich werfe mich zu ihrem Ritter auf, weil sie unschuldig leidet, und dann auch, weil ich sie liebe. Ich habe die Absicht, sie zu meiner Frau zu machen, wenn sie mich wiederliebt.«

Die Eltern erhoben sich gleichzeitig aus ihren Sesseln und sahen ihn betroffen an. Frau Adolfine wurde ganz blaß. »Du bist von Sinnen«, rief sie, außer sich vor Schrecken.

»Nein, Mutter, ich bin klar und ruhig. Bettina ist mir schon lange lieb und teuer, aber erst seit gestern, seit ich fürchten mußte, daß sie mir verloren war, weiß ich, wie stark und tief meine Liebe zu ihr ist. Sie wird mich glücklich machen, und ich hoffe, ihr gebt mir eure Einwilligung.«

»Nie – niemals«, rief Adolfine zornig. »Ein Mädchen, das einen Leutnant in seiner Wohnung besucht, meine Schwiegertochter? Nein, das leide ich nicht. Eine Person, die ich aus Gnade und Barmherzigkeit in mein Haus aufgenommen habe und die zum Dank meinem Sohne den Kopf verdreht, nein – niemals gebe ich dazu meine Einwilligung.«

Ernst wandte sich an seinen Vater und sah ihn schmerzlich forschend an.

»Und du, Vater? Du auch nicht?«

Der alte Herr schien mit sich zu kämpfen. Sein Gesicht verriet starke innere Unruhe. Endlich trat er vor seinen Sohn hin und stützte die Hand auf den Tisch. Dann sagte er ruhig:

»Wenn sich alles so verhält, wie du sagst, dann kann ich keine Schuld an Bettina finden. Sie hat ein zu weiches Herz. Wenn Bettina zu deinem Glück notwendig ist: Meinen Segen hast du.«

»Peter!«

Es war ein wahrer Entsetzensschrei, den Frau Adolfine ausstieß. Ernst aber faßte seines Vaters Hand.

»Vater, lieber Vater«, rief er bewegt.

Seine Mutter stand zitternd vor Entrüstung vor den beiden Männern.

»Peter, besinn dich doch, was willst du zulassen? Magda Wendheim wartet nur darauf, daß sich Ernst erklärt; die glänzendsten Partien könnte er machen, und du willst gestatten, daß Ernst eine Bettlerin heiratet?«

Peter sah zum erstenmal in seinem Leben seine Frau zornig an. Und diesem Zorn war ein tiefer Schmerz beigemischt.

»Erstens ist Ernst in dem Alter, wo er unsere Einwilligung zu einer Ehe nicht mehr nötig hat. Er würde also gegen unseren Willen heiraten, und ich habe keine Lust, mir meinen Sohn wieder auf Jahre hinaus zu entfremden. Und was Bettinas Armut betrifft – muß ich dir ins Gedächtnis zurückrufen, daß auch du einst ein armes Mädchen warst?«

Adolfine taumelte erbleichend zurück. Sie starrte ihren Mann mit verstörtem Gesichtsausdruck an.

»Das wirfst du mir vor?« stieß sie heiser hervor.

»Ich werfe dir nichts vor. Nur erinnern will ich dich daran, damit du nicht ungerecht bist. Ernst hat es ebensowenig nötig nach Geld zu heiraten wie ich. Er ist der Mann, durch eigene Tüchtigkeit sein Vermögen zu vergrößern. Geld ist Macht, und als Kaufmann verkenne ich diese Macht durchaus nicht. Aber sein Lebensglück ist mir wichtiger als Geld.

Bettina ist nichts vorzuwerfen als eine gutmütige Unbesonnenheit, an der ich mich nicht ganz schuldlos fühle. Hätte ich Bühren das Darlehen bewilligt, das er von mir erbat, dann wäre sie nicht auf den Gedanken gekommen, ihm zu helfen. Das soll mir eine Warnung sein, nicht immer auf meinen Grundsätzen bestehen zu bleiben. Leid hat er mir auch getan, und wenn ich geahnt hätte, daß es ihm an das Leben gehen sollte – dann hätte ich ihn vielleicht nicht gehen lassen ohne Hilfe. Ich glaubte, das Schlimmste, was ihn treffen könnte, sei ein schlichter Abschied.

Bettina hat infolge ihrer traurigen Erfahrung weiter gesehen als ich. Und kurz und gut – sie ist mir als Schwiegertochter willkommen. Sie ist all die Jahre fleißig, bescheiden und liebenswürdig gewesen. Tante Emma, die eine große Menschenkennerin war, hat sie wertgehalten und liebgehabt. Ich denke, Adolfine, du bist vernünftig und gibst deinen Widerstand auf, mit dem es dir wohl gar nicht so ernst ist.«

Adolfine hatte fassungslos zugehört. In solchem Ton hatte ihr Mann noch nie mit ihr gesprochen. Und daran war bloß diese Bettina schuld. Ein wilder Grimm gegen das Mädchen stieg in ihr auf.

»Mir scheint, ihr habt euch alle zusammen die Köpfe von der scheinheiligen Person verdrehen lassen«, sagte sie höhnisch. »Ich gebe jedenfalls meine Einwilligung zu dieser Ehe nicht, es ginge gegen meine Überzeugung. Schlimm genug, daß sie meinen Sohn bestrickt. Daß du gegen mich ihre Partei ergreifst, ist empörend. Ich habe, wie es scheint, nur allein meinen klaren Blick bewahrt.«

Und wie eine beleidigte Königin, die ihre Vasallen in höchster Ungnade verläßt, ging sie zur Tür hinaus.

Vater und Sohn sahen sich stumm in die Augen. Endlich atmete Peter Aßmann tief auf.

»Mutter besinnt sich schon noch. Sie meint es so schlimm nicht. Sie scheint immer härter, als sie ist«, sagte er begütigend.

Ernst begriff, daß der Vater ihm das Verhalten der Mutter in milderem Licht erscheinen lassen wollte. Er kannte sie aber gut genug, um nicht zu wissen, daß sie Bettina nie gütig entgegenkommen würde. Und er beschloß in dieser Stunde, seine junge Frau – wenn Bettina das erst sein würde – der Mutter möglichst fernzuhalten. Auf keinen Fall würde er mit ihr im elterlichen Haus wohnen. Aber so weit war er leider noch nicht. Er drückte seinem Vater die Hand.

»Ich bin dir so dankbar, lieber Vater.«

Peter lächelte.

»Weißt du, mein Sohn, ich hatte noch eine alte Schuld an dir gutzumachen. Damals hätte ich es nicht leiden sollen, daß du aus dem Haus gingst. Ich denke, nun sind wir quitt.«

Sie schüttelten sich die Hände und sahen sich voll herzlicher Liebe in die Augen.

»Was gedenkst du nun zu tun?« fragte Peter Aßmann nach einer Weile.

»Zuerst muß ich in Erfahrung bringen, wohin sich Bettina gewandt hat. Kannst du mir keinen Fingerzeig geben?«

»Leider nicht. Ich weiß nur, daß sie zwei Uhr dreißig Minuten in der Richtung nach Thüringen abgereist ist. Sie wollte eine Pension in Thüringen aufsuchen.«

»Weiß Mutter Näheres?«

»Nein. Aber Bettina will uns, wenn sie erst über ihre Zukunft beschlossen hat, schreiben, damit ihre Sachen nachgeschickt werden können.«

»Das kann ja Wochen dauern. So lange halte ich es nicht aus, in Unruhe über ihr Schicksal zu bleiben. Und Gewißheit will ich haben, ob sie mich liebt.«

Peter Aßmann zuckte die Achseln.

»Da kann ich dir freilich keinen Rat geben.«

Ernst ging sinnend auf und ab. Plötzlich blieb er stehen.

»Ich will zu Bühren gehen, vielleicht hat sie ihm verraten, wohin sie gehen will.«

»Tu das – und Glück auf den Weg.«

Sie trennten sich mit festem Händedruck.

Bühren konnte Ernst auch keine Auskunft geben. Mit Bedauern hörte er, daß dieser zu spät gekommen war, Bettinas Abreise zu verhindern. Auch er gab Ernst den Rat zu warten, bis Bettina ihre Adresse angeben würde. Das war aber gar nicht nach Ernsts ungestümem Sinn. Er fand jetzt nicht eher Ruhe, als bis er wußte, daß Bettina ihn so liebte, wie er von ihr geliebt sein wollte. Und seine Sehnsucht nach ihr wuchs mit jeder Minute, die ihn fernhielt von ihr.

XV

Bettina hatte bei Frau Dr. Hartung in Ilmenau Wohnung und freundliche Aufnahme gefunden. Frau Dr. Hartung war die Witwe eines Arztes, der sich hier einen Wirkungskreis geschaffen hatte.

Das schlanke blonde Mädchen mit dem traurigen Gesicht und dem schwarzen Kleid gefiel ihr sehr. Sie bekam ein schönes, helles Zimmer mit einem reizenden Ausblick nach dem Kickelhahn, und die alte Dame half ihr selbst, sich wohnlich einzurichten.

Bettina gab an, daß sie sich einige Wochen hier aufzuhalten gedenke. Der Pensionspreis war nicht zu hoch, wenn er auch bedeutend das überstieg, was Bettina an Zinsen von ihrem kleinen Vermögen zu verbrauchen hatte. Sie tröstete sich jedoch mit dem Gedanken, daß sie sich später sparsamer einrichten und auf irgendeine Weise noch etwas hinzuverdienen konnte. Vorläufig atmete sie auf, daß sie wieder ein Dach über ihrem Kopf hatte. Sie war sehr bedrückt und verzagt gewesen auf der Fahrt hierher, und ihr Kopf schmerzte von allem Denken und Sinnen, was nun aus ihr werden sollte.

Die erste Nacht schlief sie tief und fest, weil sie von allen Aufregungen sehr erschöpft war. Am andern Morgen wurde sie von fröhlich plaudernden Stimmen unter ihrem Fenster geweckt. Sie erhob sich schnell und kleidete sich an. Verstohlen blickte sie durch die Gardinen hinab in einen hübschen kleinen Garten. Dort saßen an verschiedenen sauber gedeckten Tischen Herren und Damen beim Frühstück. Ihre Pensionsgenossen.

Es waren meist ältere Ehepaare, einige in Begleitung junger Mädchen, und einzelne Damen verschiedener Altersstufen.

Man rief sich von Tisch zu Tisch freundlich guten Morgen zu und wechselte einige höfliche Redensarten über das Wetter, geplante Ausflüge und ähnliche Allgemeinheiten. Die gewöhnliche Sommerfrischen-Unterhaltung. Für Bettina war das ganz neu. Sie kannte ein derartiges Leben und Treiben nicht. Onkel Peter und Tante Adolfine hatten zwar jedes Jahr auf einige Wochen irgendein Bad oder eine Sommerfrische aufgesucht, aber Großtanting war nie mehr gereist, seit Bettina im Haus war, und so war sie nie mit hinausgekommen.

Als Frau Dr. Hartung später das junge Mädchen in den Garten führte und sie den übrigen Hausgästen vorstellte, richtete sich natürlich aller Aufmerksamkeit auf sie. Bettina war verlegen, als so viele Blicke auf ihrem Gesicht ruhten, aber gerade diese Verlegenheit ließ sie um so reizender erscheinen. Die Trauerkleidung tat das übrige. Man kam ihr gleich herzlich und freundlich entgegen und war sehr nett zu ihr.

Nun war sie schon länger als acht Tage hier. Man hatte sie verschiedentlich aufgefordert, Ausflüge mitzumachen. Sie war einige Male mit oben auf dem Kickelhahn gewesen, hatte auch einen verträumten Sommernachmittag oben in der Nähe des Goethehäuschens auf einer Bank gesessen und ihre traurigen Gedanken in die alte Heimat schweifen lassen – zu ihm, den ihre Seele aller Vernunft zum Trotz nicht lassen konnte.

Auch hinüber nach Paulinzella war sie mitgefahren und hatte mit staunenden Augen die Klosterruine betrachtet. Von Paulinzella fuhr man mit der Bahn nach Schwarzburg. Überwältigend und in aller Lieblichkeit bezaubernd erschien ihr das herrliche Landschaftsbild, das sie vom Trippstein aus durch das Fenster der Borkenhütte vor sich sah. Ringsum tiefgrüne Wälder auf den Bergen, und drunten auf einer Hügelinsel das Schloß mit seiner malerischen Wirkung. Um den Schloßberg schmiegte die Schwarza die schlanken, silberhellen Arme. Die springenden Wellchen blitzten im Sonnenschein.

Bettina atmete auf. Wie schön war die Welt! Und rings um sie her fröhliches Lachen und Plaudern, köstliche Daseinsfreude, Herzen, die sich suchten und fanden. Nur sie war allein. – Am liebsten blieb sie auch für sich. Nur wenn man sie ganz dringend aufforderte, schloß sie sich den andern an. Waren sie alle fort, dann saß sie still für sich im Garten und ließ ihre Blicke ins Weite schweifen. Oder sie stieg hinauf auf den Kickelhahn, auf den Aussichtsturm, von dem das ganze Panorama des Thüringer Waldes zu übersehen war. Da stand sie und schaute – schaute, bis ihr die Augen brannten.

Da draußen irgendwo, da lebte er, der ihrem Herzen so teuer war und den sie nicht vergessen konnte, an den sich all ihre Gedanken klammerten. Vergeblich suchte sie sich davon loszureißen. Sie mußte doch nun ernstlich ihre Zukunft ins Auge fassen. So konnte sie nicht lange weiterleben, erstens weil es zu teuer war, und dann fehlte es ihr auch an einer Tätigkeit, die ihre Zeit ausfüllte, sie in Anspruch nahm, damit sie etwas anderes zu denken hatte als immer nur das eine.

Eines Tages vertraute sie sich Frau Dr. Hartung an. Sie sagte ihr, daß sie verwaist sei, bis jetzt bei Verwandten gelebt habe und nun versuchen wolle, auf eigenen Füßen zu stehen. Sie sei im Besitz eines kleinen Kapitals, dessen Zinsen nicht reichten, ihren Lebensunterhalt zu bestreiten. Sie wolle auf irgendeine Weise etwas hinzuverdienen. Ob ihr Frau Dr. Hartung einen Rat geben könne.

Die alte Dame hatte ruhig zugehört. Nun sah sie lächelnd in Bettinas Gesicht.

»Hätten Sie Lust, bei mir zu bleiben?«

Das junge Mädchen machte ein verlegenes Gesicht. Schließlich sagte es aber tapfer:

»Dazu reichen eben leider meine Mittel nicht aus.«

Die alte Dame schüttelte den Kopf.

»Nein, so meine ich es nicht. Sehen Sie, liebes Fräulein Sörrensen, ich werde alt, und manchmal wird es mir ein bißchen viel Arbeit. Zumal im Sommer, wo ich immer das Haus voller Gäste habe. Wenn Sie bei mir bleiben wollten, um mir einen Teil der Arbeit abzunehmen, dann wäre uns vielleicht beiden geholfen. Sie sind mir sympathisch, und ich muß jemand haben, dem ich ganz vertrauen kann. Hohes Gehalt könnte ich Ihnen freilich nicht zahlen, das bringt meine Pension nicht ein, denn im Winter ist stille Zeit. Aber sie hätten doch freien Aufenthalt und ein kleines Taschengeld. Da brauchen Sie am Ende Ihre Zinsen gar nicht auf und können sie für spätere Tage zurücklegen. Und wenn Sie sich nicht verheiraten sollten aus irgendeinem Grunde – vielleicht übernehmen Sie dann nach Jahren das Haus selbst, denn ich bin eben nicht mehr die Jüngste. Meine einzige Tochter ist mit einem Arzt in Berlin verheiratet, die würde, sterbe ich einmal, froh sein, eine Nachfolgerin für mich zu finden. Überlegen Sie sich das einmal.«

Bettina faßte ihre Hand.

»Da gibt es nichts zu überlegen, Frau Doktor. Gern sage ich ja. Da brauche ich doch nicht weiterzusuchen und zu grübeln. Wenn Sie mich wollen – ich bleibe von Herzen gern.«

Die alte Dame lachte.

»Nein, überlegen sollen Sie sich erst alles; so schnell will ich Sie nicht beim Wort nehmen. Bis nächsten Sonntag sollen Sie Bedenkzeit haben. Da bleiben Ihnen noch fünf Tage.«

»Weil Sie es so wollen, soll es so sein. Ich werde mich aber nicht anders bedenken, das weiß ich.«

»Dann soll es mir lieb sein. Aber jetzt entschuldigen Sie mich, Kindchen, ich muß in die Küche.«

Von den fünf Tagen waren schon drei verstrichen. Für Bettina stand es fest, daß sie das Anerbieten von Frau Doktor Hartung annehmen wollte. Es war ein heißer, schwüler Sommertag. Das junge Mädchen saß in ihrem Zimmer am offenen Fenster, mit einer Handarbeit beschäftigt. Da kam das freundliche Zimmermädchen zu ihm herein und meldete, daß ein Herr im

Besuchszimmer auf es warte. Bettina erschrak und sprang empor.

»Ein Herr?«

»Ja, gnädiges Fräulein.«

»Er verlangt mich zu sprechen?«

»Ja, gewiß, Fräulein Sörrensen. Ob Sie hier wohnen und ob Sie zu Hause seien, fragte er.«

»Und sein Name?«

»Den habe ich nicht verstanden. Der Herr sprach sehr undeutlich, und ich wollte nicht noch einmal fragen.«

Daß ihr der Herr ein festes rundes Etwas in die Hand gedrückt und ihr gesagt hatte: »Meinen Namen brauchen Sie nicht zu nennen, ich will Fräulein Sörrensen überraschen, sie ist eine Verwandte von mir«, das verriet das Mädchen nicht.

Bettinas Herz klopfte unruhig. Wer mochte sie sprechen wollen? Hier kannte sie doch niemand als ihre Pensionsgenossen. Und von daheim? Onkel Peter? Oder Bühren? Oder gar – er? Ernst? Ach nein – nein, die wußten ja alle nicht, wo sie war. Wie töricht von ihr, so zu erschrecken. Wer weiß, irgendein fremder, ein gleichgültiger Mensch in einer ebensolchen Angelegenheit.

Sie ging langsam hinüber in das Besuchszimmer und öffnete die Tür. Und da flog ein Zittern über ihre Gestalt. Kaum vermochte sie die Tür hinter sich zuzuziehen. Vor ihr stand Ernst.

Eine Weile sahen sie sich reglos an. Dann trat er mit einem tiefen, befreienden Atemzug auf sie zu und faßte ihre Hände.

»Endlich habe ich dich gefunden, Bettina.«

Es lag ein Ausdruck in seinen Worten, der sie erbeben machte und ihr glühende Röte in das Gesicht trieb. Und seine Augen sahen sie so seltsam heiß und dringend an.

»Bettina – warum gingst du, ohne mir Lebewohl zu sagen? Warum ließest du mich nicht wenigstens wissen, wohin du gegangen bist?«

Sie sah ihn zagend an. »Ich fürchtete, du wärst mir böse und wolltest nichts mehr von mir wissen.«

Er schüttelte den Kopf.

»Warum sollte ich dir böse sein? Ich wußte doch, daß du schuldlos warst.«

»Weil ich nicht Bührens Frau werden wollte. Du hattest es so gut gemeint mit mir. Aber ich konnte nicht.« Er sah sie wieder lange und mit heißem Forschen an.

»Du – du, sag mir doch, warum wolltest du Bührens Frau nicht werden?«

Sie erschauerte und sah von ihm fort.

»Ich – ich konnte nicht. Ich liebe ihn nicht.«

Er faßte ihre Hände wieder und zog sie dicht an sich heran.

»Weil du einen andern liebst, Bettina. Ist es so?«

Sie wollte ihre Hände befreien.

»Nein – nein – laß mich doch«, bat sie leise und ängstlich.

Aber er hielt sie fest, ihre holde Verwirrung weckte jubelndes Hoffen in ihm.

»Du – sieh mich an –, sieh mir in die Augen und sag es mir noch einmal, daß du keinen andern liebst«, bat er mit gepreßter Stimme.

Sie sah hilflos, bezwungen zu ihm auf, eine heiße Bitte um Schonung im Blick.

Da umfaßte er sie fest und zog sie in seine Arme.

»Bettina – liebst du mich? Willst du meine inniggeliebte Frau werden?«

Der Vollklang der Liebe tönte aus seinen Worten. Da ging das leise Widerstreben ihrer Gestalt in haltlose Schmiegsamkeit über. Sie sah ihn an mit Augen, die all ihre schrankenlose Liebe verrieten.

»Ich hab' dich so lieb – so lieb«, flüsterte sie willenlos.

Da preßte er seine Lippen auf die ihren.

»Mein Lieb – meine Bettina – mein Glück!«

Sie schloß unter seinem leidenschaftlichen Blick die Augen,

und ihre Hände glitten leise über sein Gesicht, ihm die Lider schließend.

»Bist du mein?« fragte er selig und hielt sie fest an seinem Herzen. Sie drängte sich ihm entgegen im Übermaß seligen Empfindens.

»Dein – ich könnte sterben an meiner Liebe.«

Da riß er sie empor in ungestümer Wonne, daß ihr in jähem, süßem Erschrecken fast die Sinne schwanden.

»Du – du.«

Das Mädchen erschauerte vor der Liebesfülle, die diese beiden kleinen Worte bargen. Jubelndes Glück, freudiger Stolz erfüllten Bettinas Seele. Still – selig erwiderte sie seine Küsse in scheuer, aber heißer Zärtlichkeit.

Endlich löste sie sich errötend aus seinen Armen und strich sich ordnend über das gelockerte Haar.

Jetzt erst kam ihr voll zum Bewußtsein, was geschehen war.

»Wie hast du mich gefunden, Ernst?« fragte sie leise.

Er zog mit übermütigem Lachen ein Zeitungsblatt aus der Tasche.

»Hier ist der Verräter, Liebste. Dies Blatt fand ich vor der Tür deines Zimmers, als man es gestern aufräumte. Und da las ich die Anzeige, die dir wahrscheinlich den Weg hierher auch gezeigt hat. Ich war schon ganz verzweifelt, daß ich deine Spur nicht fand. Das Warten fiel mir so schwer, es war ja nie meine starke Seite. Und nun hatte ich einen Fingerzeig. Wie ich ging und stand, bin ich zum Bahnhof gegangen – und nun habe ich dich und halte dich. Ach, Mädchen – du weißt nicht, wie lieb ich dich hab'. Hast du es denn nie gemerkt?«

Sie schüttelte verträumt den Kopf.

»Nein, ich glaubte, du fühltest nur Mitleid für mich.«

Er preßte sie wieder fest an sich und küßte ihren zuckenden Mund.

»Du – sieht so Mitleid aus?«

Sie lächelte glücklich.

»Nein – nein. Das ist Liebe – ach, ich liebe dich schon so lange. Ich glaube, schon ehe ich dich kannte. Wenn ich mit Großtanting von dir sprach, klopfte mir das Herz immer sehr stark.«

Er lachte glücklich.

»Süßer blonder Schatz! Wenn uns Großtanting jetzt sehen könnte! Glaubst du nicht, daß sie sich freute?«

Bettina machte plötzlich ein ängstliches Gesicht.

»Großtanting? O ja, die wohl. Aber deine Eltern! Ach Ernst, deine Eltern, was werden die sagen, wenn sie hören, daß du mich heiraten willst.«

Er strich ihr zärtlich das Haar aus der Stirn.

»Kleiner Furchthase, bist du schon wieder bange? Meine Eltern wissen, daß du meine Frau wirst.«

Sie sah ihn mit großen, erschrockenen Augen an.

»Sie wissen es schon? Ach Gott – da sind sie gewiß sehr böse.«

Er lachte.

»Kleines Mädel, nicht bange sein, jetzt stehe ich neben dir, und kein böses Wort, kein strenger Blick soll dich mehr kränken. Übrigens sei ruhig – meines Vaters Einwilligung habe ich schon, er gibt uns seinen Segen. Mutter schmollt noch; sie wollte mich durchaus nach ihrem Sinn unter die Haube bringen. Aber wenn sie sieht, daß all ihr Schmollen nicht hilft, wird sie schon vernünftig sein. Und wenn nicht, so ist sie mehr im Verlust als ich. Wahrscheinlich werden wir uns in Berlin ein Heim gründen, dort bin ich besser am Platz als zu Hause. Und wenn Mutter sich nicht gut zu dir stellt, so ist es ihr eigener Schaden. Wir zwei sind uns ja selbst genug. Oder nicht?«

Sie schmiegte sich in seine Arme.

»Du bist meine Welt. Kann es denn wahr sein, gibt es solch ein Glück für mich?«

Er lachte.

»Du – wer weiß, ob das ein so großes Glück für dich ist. Ich bin ein wilder, ungebärdiger Gesell, ungestüm und voller Ansprüche. Alles will ich dir sein – mit niemandem und nichts deine Liebe teilen. Ich werde dich noch quälen mit meiner Liebe. Wird dir nicht angst, furchtsames kleines Mädel?«

Sie lachte glücklich.

»Quäle mich nur, du – ich kann ja sonst die Größe meines Glücks gar nicht fassen.«

»Und weißt ganz genau, daß du mich trotz meiner Ungebärdigkeit um den Finger wickeln kannst, wenn du mich so ansiehst wie eben jetzt?«

Lange saßen sie dann beisammen, bis sich Bettina besann, daß sie Ernst Frau Dr. Hartung vorstellen und ihr sagen mußte, daß sie sich verlobt habe.

Die alte Dame wurde gerufen und hörte die Mitteilung lächelnd an. Sie beglückwünschte das Brautpaar freundlich und sagte dann scherzend:

»Sehen Sie, Fräulein Sörrensen, es war doch gut, daß ich Ihnen Bedenkzeit ließ.«

Bettina faßte Ernsts Hand.

»An solch einen Zwischenfall dachte ich freilich nicht«, sagte sie neckend.

Ernst blieb bis zum Abend. Er hatte noch allerlei mit Bettina zu besprechen wegen der gemeinsamen Zukunft. Bettina sollte vorläufig ruhig bei Frau Dr. Hartung bleiben. Er wollte, wenn es irgendwie einzurichten war, jeden Sonntag nach Ilmenau kommen, trotz der langen Eisenbahnfahrt. Zur Not fuhr er jedesmal mit dem Nachtzug zurück. Jedenfalls hielt er jetzt eine lange Trennung von Bettina für eine Unmöglichkeit. Auf eine lange Verlobungszeit wollte er sich überhaupt nicht einlassen. Sobald er die notwendigsten Vorarbeiten für den Theaterneubau abgeschlossen hatte, wollte er heiraten. Inzwischen würde er in Berlin eine passende Wohnung suchen und sie für seine junge Frau traulich einrichten.

»Du sollst dich so wohl und heimisch darinnen fühlen, daß du dich nie daraus fortsehnst«, sagte er zärtlich.

»Das kann sowieso nie geschehen, wenn du bei mir bist«, erwiderte sie und schmiegte sich wohlig in seine Arme.

XVI

Im September war die Hochzeit. Frau Adolfine grollte noch immer, aber Peters dringende Ermahnungen hatten doch erreicht, daß sie die Hochzeitsfeier im eigenen Haus veranstaltete – der Leute wegen. Man glaubte in Aßmanns Bekanntenkreisen, Bettina sei fortgegangen, weil sie als Ernsts Braut doch nicht mit ihm unter einem Dach leben konnte.

Diese Lesart hatte Peter verbreitet, um allem Gerede auszuweichen.

So kehrte Bettina noch einmal in das alte Patrizierhaus am Fluß zurück, diesmal als der Mittelpunkt der festlichen Veranstaltung. Frau Adolfine sprach nur mit ihr in Gegenwart anderer Menschen, und Georg hatte ein unausstehlich boshaftes Lächeln für sie, wenn Ernst nicht an ihrer Seite war.

Dafür war Peter Aßmann doppelt herzlich und lieb zu seiner Schwiegertochter.

Bettina nahm die kleinen Bitterkeiten gern mit in den Kauf. Ihr junges Herz wäre wohl sonst nicht imstande gewesen, die Glücksfülle zu bergen. Sie sah holdselig und lieblich aus in dem weißen Kleid aus weicher Seide. Auch heute trug sie Großtantings ›Talisman‹ am Hals.

»Er hat dich zu mir geführt, ganz sicher«, sagte sie zu Ernst, als er sie nach der Trauung einige Augenblicke für sich allein hatte.

Er nickte und sah entzückt in ihr liebes Gesicht.

»Du meine Liebste – jetzt bin ich froh, wenn wir diese Feier glücklich hinter uns haben. Solch ein Hochzeitsschmaus ist doch eine gräßliche Veranstaltung, zumal für das Brautpaar.«

Sie führte seine Hand schmeichelnd an ihre Wange.

»Auch das geht vorüber.«

Er umschlang sie mit leidenschaftlicher Innigkeit, und sie sahen sich stumm in die strahlenden Augen.

Für Frau Adolfine brachte dieser Tag doch noch eine kleine Genugtuung. Georgs Verlobung mit Fräulein Elina Hagemann wurde bei der Tafel verkündet. Das war ein kleiner Trost auf die Wunde, die ihrem Stolz geschlagen worden war.

Magda Wendheim befand sich trotz ihrer getäuschten Hoffnung als Gast bei der Feier. Sie flirtete sehr auffällig mit einem Kameraden Bührens. Auch dieser war zugegen, und Ernst und Bettina plauderten eine lange Zeit herzlich und freundschaftlich mit ihm. Er gab sich auch alle Mühe, heiter zu scheinen, so schwer es ihm fiel, angesichts des hellen Glücks, das aus der beiden Menschen Antlitz leuchtete.

Als Ernst mit Bettina abends zur Bahn fuhr, zog er sie fest in seine Arme.

»Froh bin ich doch, daß wir Bühren nicht oft begegnen müssen. Du sollst mir allein gehören – mir ganz allein. Auch nicht einen Gedanken sollst du an ihn verschwenden, denn er liebt dich.«

Bettina preßte seine Hand an ihr Herz.

»Du Unband.«

»Siehst du – jetzt geht die Not schon los«, neckte er.

Sie küßte verstohlen seine Hand.

»Oh, die große, große Not. Liebster, die will ich selig leiden.«

Innig umschlungen fuhren sie dem Glück entgegen.

Eine junge Frau auf der Suche nach dem Glück –
der neue große Roman von Alexandra Jones

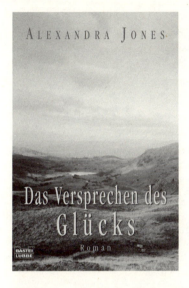

Alexandra Jones
DAS VERSPRECHEN
DES GLÜCKS
Roman
448 Seiten
ISBN 978-3-404-15580-4

Die Irin Louise Duigan macht sich Anfang des 20. Jahrhunderts zusammen mit ihrem Vater und ihren Brüdern auf den beschwerlichen Weg über den Atlantik. Schon auf der Überfahrt geschieht ein schreckliches Unglück, und die Familie wird getrennt. Louise landet schließlich in Canton, Ohio, bei einer Gouverneursfamilie. Hier lernt sie den Juristen Robert du Pre kennen – beide verlieben sich. Der Standesunterschied wird zum Problem, denn die Frau des Präsidenten, Ida McKinley, hat von der Beziehung erfahren und tut alles, um das Paar zu trennen. Robert wird versetzt, und Louise schlägt seinen Heiratsantrag aus, weil sie inzwischen Zweifel an der Zukunft dieser Beziehung hat ...

Bastei Lübbe Taschenbuch

Der Zauber der Kindheit und die Kraft der Liebe
– eine Reise zum Mittelpunkt des Herzens

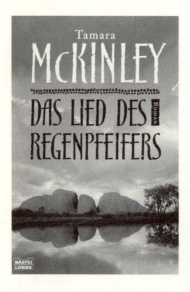

Tamara McKinley
DAS LIED DES
REGENPFEIFERS
Roman
429 Seiten
ISBN 978-3-404-15594-1

Olivia lauschte dem Lied des Regenpfeifers. Hier war sie zu Hause, ungeachtet der schmerzhaften Erinnerungen und der Geheimnisse, die sie aufzudecken hatte. Wie die Bäume war auch sie in dieser Erde verwurzelt. Sie betete nur, dass die Wurzeln tief genug reichten, um dem drohenden Sturm standzuhalten.
Die junge Olivia Hamilton muss vielen Stürmen trotzen, bis sie in Australien ein neues Leben findet und endlich erkennt: Was zählt, ist die Liebe und dass man fähig ist, sie weiterzuschenken ...
Tamara McKinley verzaubert ihre Leser einmal mehr mit den Düften und Farben des roten Kontinents und schickt sie auf eine abenteuerliche Reise – zum Mittelpunkt des Herzens.

Bastei Lübbe Taschenbuch